AtV

LION FEUCHTWANGER wurde 1884 in München geboren. Nach vielseitigen Studien gab er die Kulturzeitschrift „Der Spiegel" heraus, schrieb Theaterkritiken und arbeitete an Siegfried Jacobsohns „Schaubühne" mit. Bei Ausbruch des ersten Weltkrieges wurde Feuchtwanger in Tunis interniert, konnte jedoch fliehen. In München vom Wehrdienst suspendiert, nahm er die Übersetzung und Bearbeitung indischer, griechischer und spanischer Dramen wieder auf, zudem entstanden eigene Stücke und Antikriegsdichtung. Die bayerische Räterepublik erlebte er „in großer Nähe führender Männer". Die historischen Romane „Die häßliche Herzogin Margarete Maultasch" und „Jud Süß" brachten Feuchtwanger Weltruhm. 1925 siedelte er nach Berlin über. Als die Nazis die Macht übernahmen, befand er sich auf einer Vortragsreise in den USA. Seine Bücher wurden verboten, Haus und Vermögen konfisziert. Sanary-sur-mer, Feuchtwangers neuer Lebensort, war zeitweilig ein Zentrum deutscher Emigranten. Hier vollendete er u. a. die „Wartesaal"- und die Josephus-Trilogie. Ende 1936 fuhr er in die UdSSR („Moskau 1937. Ein Reisebericht für meine Freunde"). 1940 internierten ihn die Franzosen. Ab 1941 lebte er in Kalifornien, wo weitere große historische Romane, Erzählungen, Stücke und Essays entstanden. Feuchtwanger starb 1958 in Pacific Palisades.

Neun Jahre sind seit dem Jüdischen Krieg vergangen. In dieser Zeit hat Flavius Josephus, der ehrgeizige, leidenschaftliche und erfolggewohnte Mann, viel erreicht. Das Schicksal hat ihn tief erniedrigt, aber auch hoch hinauf getragen: er ist der Freund des Kaisers Titus, Mitglied des Zweiten römischen Adels, seine Bildnissäule ziert den Friedenstempel. Die Balance, Jude zu bleiben und Römer zu werden, scheint geglückt. Doch immer wieder muß er Konzessionen machen. Am Ende durchdringen die Gegensätze ihn selbst und zerstören seine Familie. „Er, der die Welt durchtränken wollte mit jüdischem Geist, konnte nicht einmal seinen Sohn damit erfüllen."

Lion Feuchtwanger

Die Söhne

Roman

Aufbau Taschenbuch Verlag

ISBN 3-7466-5032-1

4. Auflage 1997
Aufbau Taschenbuch Verlag Berlin

Umschlaggestaltung Torsten Lemme
unter Verwendung eines Ausschnitts aus dem Gemälde
„Catull rezitiert sein berühmtes Gedicht“
von Lawrence Alma-Tadema
Druck Elsnerdruck, Berlin
Printed in Germany

Erstes Buch

Der Schriftsteller

Als der Schriftsteller Flavius Josephus von seinem Sekretär erfuhr, der Kaiser liege im Sterben, gelang es ihm, sein Gesicht ruhig zu halten. Er zwang sich sogar, zu arbeiten wie sonst. Es war freilich gut, daß der Sekretär am Schreibtisch saß, während Josef in seinem Rücken auf und ab ging. Den Anblick des ruhigen, ironisch höflichen Gesichts hätte Josef heute nicht ertragen. Wie immer, er beherrschte sich, hielt durch, erklärte erst nach einer Stunde Arbeit, es sei für heute genug.

Sowie er aber allein war, erhellten sich seine heftigen, langen Augen, er holte tief Atem, strahlte. Vespasian im Sterben. Sein Kaiser. Hörbar vor sich hin sagte er es, auf aramäisch, mehrmals, voll tiefer Befriedigung: „Jetzt stirbt er, der Kaiser. Jetzt stirbt er, der Messias, der Herr des Erdkreises, mein Kaiser."

Ihm war es erlaubt, zu sagen: mein Kaiser. Er war mit ihm verknüpft seit ihrer ersten Begegnung, als er, der gefangene General der aufständischen jüdischen Armee, nach dem Fall seiner letzten Festung verhungert und erschöpft vor diesen Römer Vespasian gebracht wurde. Josefs Lippen verpreßten sich, dachte er an jene Begegnung. Damals hatte er den Mann als den Messias begrüßt, als den künftigen Kaiser. Es war eine peinigende Erinnerung. Hatte damals das Fieber der unsäglichen Entbehrung aus ihm gesprochen? War es nur ein schlaues Manöver gewesen, ihm vom Trieb der Selbsterhaltung eingegeben? Unnütze Grübelei. Die Ereignisse haben ihn bestätigt, Gott hat ihn bestätigt.

Er sah ihn vor sich, den alten Mann, der jetzt im Sterben

lag, den harten, langen Mund in dem mächtigen, kahlen Bauernschädel, die schlauen, jovialen, unerbittlichen Augen. Ist er diesem Kaiser zugetan? Er bemüht sich, gerecht zu sein. Er, der jüdische Feldherr, ist zu den Römern übergegangen, während diese sein Land bekriegten. Er hat immer wieder zwischen Rom und seinen Landsleuten vermittelt trotz der ungeheuren Schmähungen von beiden Seiten. Er hat dann durch sein großes Buch vom jüdischen Krieg sein Teil dazu beigetragen, die Juden der östlichen Reichshälfte zu besänftigen. Und das war nötig; denn die waren nach der Zerstörung der Stadt und des Tempels gefährlich geneigt, gegen die Sieger von neuem loszuschlagen. Hat der Mann, der jetzt starb, ihm diese großen Dienste gelohnt? Er hat ihm ein Ehrenkleid gegeben, ein Jahresgehalt, Landbesitz, den Purpurstreif und den Goldenen Ring des Zweiten Adels, dazu freie Wohnung auf Lebenszeit in dem Haus, das früher er selber bewohnt hatte. Ja, wenn man mit flüchtigem Auge hinsah, dann hat der römische Kaiser Vespasian den jüdischen Staatsmann, General und Schriftsteller Josef Ben Matthias bezahlt, auf den Sesterz genau. Dennoch sind, nun Josef mit dem Sterbenden Abrechnung hält, seine Augen finster, sein hageres, fanatisches Gesicht voll Haß. Er hebt das goldene Schreibzeug, das er, ein Geschenk des Kronprinzen Titus, im Gürtel trägt; mechanisch, mit kleinen Schlägen klopft er auf das Holz des Tisches. Der Kaiser hat ihn wieder und wieder auf eine besondere, sehr bittere Art gedemütigt. Hat ihm das Mädchen Mara hingeworfen, nachdem er selber sich an ihr sattgeliebt hatte, hat ihn gezwungen, diesen seinen Wegwurf zu heiraten, trotzdem er wußte, daß das für ihn Ausstoßung aus dem Priesterstand und Bann bedeutete. Oft und abermals, solange Josef in seiner Umgebung war, hat er ihn mit derben, bäurischen, bösartigen Späßen gequält, vielleicht weil er wußte, daß Josef über Mächte und Eigenschaften verfügte, die ihm selber fremd und versagt waren. Alles in allem hat der Kaiser den Josef so behandelt, wie das hochmütige Rom eben immer den Osten traktierte. Der Osten war älter, länger zivilisiert, hatte tiefere Bindungen zu Gott. Man fürchtete diesen Osten, er zog einen an und war einem unheimlich. Man brauchte ihn, nützte ihn aus und zeigte ihm zum Dank und zur Rache bald Wohlwollen, bald Verachtung.

Josef dachte an seine letzte Begegnung mit dem Kaiser. Er preßte die Zähne aufeinander, daß die Jochbogen seines knochigen, blaßbraunen Gesichts doppelt stark hervortraten. Es war bei dem großen Empfang gewesen, den Vespasian unmittelbar vor Antritt seiner letzten, erfolglosen Erholungsreise gegeben hatte. „Bekommen wir jetzt bald die Neufassung Ihres ‚Jüdischen Krieges', Doktor Josef?" hatte er ihn gefragt, eine Menge Menschen hatten zugehört. Und „Seien Sie diesmal gerechter mit Ihren Juden", hatte er hinzugefügt mit seiner rauhen, knarrenden Stimme. „Ich gestatte Ihnen, gerecht zu sein. Wir können uns das jetzt leisten." Ließ sich ein frecherer Hohn denken? War es billig, ihn als gekauftes Werkzeug abzutun, sein Buch als läppische Schmeichelei? Josefs Gesicht rötete sich, heftiger mit dem Schreibzeug klopfte er auf den Tisch. Er hat den hochmütig behaglichen Tonfall des Alten genau im Ohr. „Ich gestatte Ihnen, gerecht zu sein." Es ist gut, daß der Mund, der solche Worte sprach, keine Gelegenheit mehr haben wird, ähnliche zu sprechen. Er malt sich aus, wie dieser Mund jetzt schmal und verzerrt ist, weit offen vielleicht oder auch fest zugesperrt, krampfig bemüht jedenfalls um letzten Atem. Er wird keinen leichten Tod haben, sein Kaiser, er ist so voll Leben, es wird ihn sicher hart ankommen, dieses Leben zu lassen. Es wäre auch schwer zu ertragen, wenn diesem Manne ein leichter Tod vergönnt wäre.

„Ich gestatte Ihnen, gerecht zu sein." Schön, sein Buch war dazu angetan, die römische Herrschaft zu festigen, die Juden des Ostens von einem neuen Aufstand abzuhalten. War das nicht im höchsten Sinne „gerecht"? Die Juden waren endgültig besiegt. Ihren großen Krieg so darzustellen, daß die Aussichtslosigkeit eines neuen Aufstands jedermann sichtbar wurde, war das nicht verdienstvoll im jüdischen Sinne noch mehr als in dem der Römer? Ach, er weiß, welche Lockung es ist, sich nationalem Hochgefühl hinzugeben. Er selber hat sich davon tragen lassen, als der Aufstand losbrach. Aber daß er damals, die Nutzlosigkeit der wilden und großen Unternehmung erkennend, den patriotischen Brand in sich austrat und der besseren Vernunft folgte, das, wahrhaftig, war die beste Tat seines Lebens und, im höchsten Sinne, gerecht.

Wer denn hätte das Buch über den jüdischen Krieg schreiben sollen, wenn nicht er? Er hat diesen Krieg von Jerusalem her und von Rom her erlebt. Er hat sich nichts geschenkt, er hat den Krieg mit angesehen bis zu seinem bitteren Ende, um sein Buch zu schreiben. Er hat die Augen nicht zugemacht, als man Jerusalem niederbrannte und den Tempel, das Haus Jahves, den stolzesten Bau der Welt. Er hat seine Landsleute sterben sehen in Cäsarea, in Antiochia, in Rom, wie sie in der Arena sich selber bis zum Tod zerfleischten, wie sie ertränkt, verbrannt, von wilden Tieren gehetzt wurden, zum Spaß johlender Zuschauer. Er hat es mit angesehen, als einziger Jude er, von der kaiserlichen Loge aus, wie die Zerstörer Jerusalems im Triumph in Rom einzogen und wie sie die besten der Verteidiger mitschleppten, gegeißelt, jämmerlich, zum Tode bestimmt. Er hat das durchgestanden. Es war seine Bestimmung, das alles aufzuschreiben, wie es war, auf daß man den Sinn dieses Krieges erkenne.

Man kann die Geschichte des Krieges kühner schreiben, als er es getan hat, klarer, eindeutiger, freier. Er hat Konzessionen gemacht, hat manches große Wort getilgt, manches leidenschaftliche Bekenntnis, weil es im Rom Vespasians hätte Anstoß erregen können. Aber was war besser, Kompromisse schließend einen Teil der Wirkung zu erreichen oder prinzipientreu gar keine?

Welch ein Segen, daß jetzt der Alte stirbt und seinem Sohne den Platz frei macht, diesem Titus, dem Freunde Josefs, dem Freunde der Jüdin Berenike. Die Jüdin wird in den Palatin einziehen, und dann, ja, du sehr guter, sehr großer Kaiser Vespasian, dann erst wird mein „Jüdischer Krieg" seine ganze „gerechte" Wirkung tun. Josef läuft hin und her, schmeckt seinen Erfolg im vorhinein ganz aus. Mechanisch greift er nach dem sehr schwarzen Bart, der dreieckig in starren, gepflegten Locken von den ausrasierten Lippen herunterzackt. Er summt vor sich hin in jenem uralten Singsang, in dem er in seiner frühen Jugend in den Lehrstunden der Universität Jerusalem die Sprüche der Bibel zu zitieren gelernt hat. Sein hageres Gesicht strahlt Hochmut und Glück.

Er kann zufrieden sein mit dem Erreichten. Er hat durch zahllose Strapazen hindurch müssen, das Schicksal hat ihn heftiger geschaukelt als die meisten andern, aber im Grunde hat jede letzte Welle ihn höher getragen. Heute, mit seinen zweiundvierzig Jahren, in seiner besten Kraft, weiß er genau, was er kann. Es ist viel. Er war Soldat, er war Politiker: jetzt ist er Schriftsteller, und das von Herzen, ein Mann, der Gedanken aussinnt, die den Soldaten und den Politiker leiten. Man trägt ihm scharfe, hämische Worte seiner griechischen Kollegen zu, sie machen sich lustig über sein dürftiges Griechisch. Sollen sie. Seine Leistung steht da, die Welt hat ja dazu gesagt. Wenn er aus seinen Büchern vorliest, dann drängt sich trotz seines schlechten Griechisch die ganze große Gesellschaft Roms, ihn zu hören. „Siebenundsiebzig sind es, die haben das Ohr der Welt, und ich bin einer von ihnen", jenes uralte, hochmütige Wort eines verschollenen Priesters klingt in ihm auf. Er ist zufrieden.

Er ist nicht zufrieden. Seine langen, heftigen Augen werden finster. Er denkt an die, die ihn nicht gelten lassen.

An jenen Justus zuerst, seinen Freundfeind, Justus von Tiberias, der ihm seit seinen Anfängen als ein ewiger Vorwurf im Wege steht. Worin jetzt, nachdem man politisch unterlegen ist, die Aufgabe eines jüdischen Schriftstellers besteht, darüber waren sie beide sich klar. Es gilt, den Sieger Rom von innen her zu besiegen, im Geiste. Jüdischen Geist in seiner ganzen Großheit vor das mächtige Rom, vor die bewunderten, gehaßten Griechen so hinzustellen, daß sie sich ihm hingeben, das ist heute des jüdischen Schriftstellers Sendung. Von dem Augenblick an, da er zum erstenmal vom Capitol aus über die Stadt Rom hinsah, hat Josef das gespürt. Doch nicht er allein hat so gespürt, sondern, leider, eben auch jener Justus. Ja, jener Justus hat, sehr frühzeitig, klare Gedanken aus seinen Gefühlen gemacht. „Gott ist jetzt in Italien." Josef weiß nicht mehr genau, wer dieses Wort zum erstenmal gesagt hat, er selber oder der andere. Ohne den andern jedenfalls wäre es nicht in der Welt.

Wie immer, nun hat ihrer beiden Arbeit das gleiche Ziel: der westlichen Welt das Wesen des Judentums darzustellen, seinen schwierigen, verkannten Geist, so oft verborgen unter scheinbar aberwitzigen Bräuchen. Nur eben ist die Methode des Justus viel härter, gerader. Er will nicht begreifen, der Mensch, daß man an Römer und Griechen ohne Kompromisse nicht herankommt. Als Josef glücklich so weit war, daß er die sieben Bücher seines „Jüdischen Krieges" abgeschlossen vorlegen konnte, da, inmitten des stürmischen Beifalls der Hauptstadt, hat Justus nichts für ihn gehabt als ein tödlich freches Lächeln. „Ich wüßte niemand, der Sprungbretter für eine gute Karriere besser fabrizierte als Sie", damit hatte er Josefs Lebensarbeit abgetan. Und dann hat er sich, dieser dreisteste aller Menschen, der doch ohne des Josef Zutun überhaupt nicht mehr in der Welt wäre, darangesetzt, sein, des Josef Werk noch einmal zu schreiben, einen „Jüdischen Krieg", wie Justus ihn sieht. Mag er. Josef hat keine Angst davor. Das Buch wird werden wie die andern paar schmalen Bücher, die Justus bisher veröffentlicht hat, scharf, klar, geschliffen und ohne Wirkung. Sein eigenes Buch aber, das Buch mit dem dürftigen Griechisch und den Konzessionen, hat die Probe bestanden. Hat gewirkt, wird wirken, wird bleiben.

Und jetzt genug von Justus. Der ist weit weg, in seinem Alexandrien, und soll dort bleiben. Josef setzt sich an den Schreibtisch, nimmt das Manuskript des Phineas auf, des Sekretärs. Wieder wie so oft verdrießt ihn die flüchtige, unordentliche Schrift des Mannes. Gewiß, es kommt bei dieser Arbeit auf das Technische des Schreibens nicht an; allein Josef ist gewohnt an die Sorgfalt, mit der man die Schriftrollen der hebräischen Gesetzbücher herstellt, und er ärgert sich.

Er überfliegt das Papier. Meisterhaft ist es, das Griechisch dieses Phineas, keine Frage. Josef ist angewiesen auf seine Hilfe. So lebendig sein Aramäisch und sein Hebräisch ist, seinem Griechisch fehlen die Nuancen. Er hat den Phineas als Leibeigenen gekauft, für teures Geld. Er hat bald gesehen, daß er keinen zweiten Mitarbeiter finden könnte, so tauglich wie ihn. Niemand versteht besser als er, was Josef will. Bald aber auch hat er erkennen müssen, daß dieser Phineas, stolz auf sein Griechentum, im Grunde alles Jüdische verachtet. Der Sekretär zeigt es ihm auf seine Art. Oftmals, höhnisch geradezu, führt er ihm vor, wie geschmeidig er sich seinen Gedankengängen anzupassen vermag, und gibt einer Wendung jenen letzten Schliff, den Josef ersehnt. Aber dann wieder, gerade wenn Josef sein Herz daran hängt, einen Gedanken, ein Gefühl mit letzter Feinheit auszudrücken, dann versagt er sich, der Tückische, stellt sich dumm, sucht eifrig, beflissen und findet nichts, genießt es aus, wie Josef sich um das ersehnte Wort abzappelt, und läßt ihn am Ende im Stich in seiner Plumpheit. Am liebsten, trotz der Dienste, die er ihm leistet, jagte er ihn aus dem Hause.

Aber es geht nicht. Er kann ihn so wenig loswerden wie den Justus. Dorion, seiner Frau, ist der Mensch unentbehrlich geworden, sie hat ihn zum Erzieher des kleinen Paulus bestimmt, und auch der Junge hat sich in den Griechen vergafft, rettungslos.

„Siebenundsiebzig sind es, die haben das Ohr der Welt, und ich bin einer von ihnen.“ Alle preisen ihn glücklich. Er ist ein großer Schriftsteller in einer Welt, die den Schriftsteller unmittelbar nach dem Kaiser ehrt. Aber dieser große Schriftsteller kann heute nicht mehr erreichen, was er damals erreichte, als er in seinen Anfängen war und noch keineswegs erprobt. Damals hatte er die Kraft, die Fremdheit wegzuschmelzen zwischen sich und Dorion. Damals, in Alexandrien, sind sie in eines geflossen, er und dieses Mädchen Dorion, seine Frau.

Wie weit das hinter ihm liegt. Vieles hat sich verändert in diesen zehn Jahren. Sie ist wieder die ägyptische Griechin geworden von früher, und er ist der Jude.

Aber jetzt, nun Titus Kaiser wird, nun der große Umschwung kommt, kann es nicht wieder werden wie in Alexandrien? Dorion liebt den Erfolg. Dorion kann den Mann nicht trennen von seinem Erfolg. Sicher weiß sie noch nichts von dem bevorstehenden Tod des Kaisers. Er wird hinübergehen zu ihr, um ihr selber die glückliche Wendung mitzuteilen. Sie wird dasitzen, schmal, lang – ihr Leib ist zart geblieben, nicht entstellt, trotzdem sie ihm Kinder geboren hat –, den gelbbraunen Kopf wird sie nach hinten werfen, leicht mit der stumpfen Nase wird sie schnuppern. Mit den dünnen Händen, mechanisch, wird sie ihren Kater Chronos streicheln, ihren geliebten Kater, den er nicht leiden kann und den sie für einen Gott hält, wie sie ihre glücklich verreckte Katze Immutfru für einen Gott gehalten hat. Er begehrt sie heftig, wie er sie sich so vorstellt, den Mund mit den kleinen Zähnen töricht halboffen vor Überraschung, nachdenklich, in der Haltung eines kleinen Mädchens. Dorion ist ein Kind, sie hat die Gabe, sich zu freuen, ungehemmt wie ein Kind. Man sieht, wie Freude in ihr entsteht, wie sie wächst, wie erst ihr Mund sich freut, dann die Augen, dann ihr ganzes Gesicht, endlich ihr ganzer Leib. Sie ist herrlich, wenn sie sich freut.

Er wird trotzdem nicht zu ihr gehen und sie benachrichtigen. Es wäre ein zu billiger Triumph, es wäre ein Eingeständnis, wie sehr er sie braucht, und er muß behutsam sein vor ihr, er darf sich nicht gehenlassen, er hat gewisse Wünsche, die sie ihm versagt. Ihr sein großes Verlangen zeigen hieße sich ihr unterlegen zeigen.

Aber viel Überwindung kostet es ihn, nicht zu ihr zu gehen. Er hat zahllose Frauen gehabt, er sieht jung aus und nach etwas Besonderem, er ist kräftig, elegant, Ruhm und Erfolg ist um ihn, die Frauen fliegen ihm zu. Doch erst seitdem er Dorion kennt, weiß er, was Liebe heißt und was Begehren heißt, und alle Verse des Hohenliedes beziehen ihm Sinn nur mehr aus ihr. Ihre Haut duftet wie Sandelholz, ihr Atem aus dem vorstehenden, begehrlichen Mund ist wie die Luft Galiläas im Frühling. Es gibt wenig Frauen, die er länger lieben kann als die Zeit, in der er körperlich mit ihnen zusammen ist. Auf alle Frauen in der Welt könnte er verzichten: aber daß er leben sollte ohne diese Frau Dorion, kann er sich nicht ausdenken.

Sie gehören zusammen. Sie ist die Frau seiner Rippe, und sie spürt es. Was alles hat sie ihm geopfert. Kurz nach ihrer Hochzeit schon hat er sich von ihr trennen müssen, um in Begleitung des Kronprinzen vor Jerusalem zu ziehen und den Fall der Stadt mit anzuschauen. Wie hat sie sich gehalten, als er endlich zurückkam, nur um sie von neuem wegzuschicken. Zeitlebens wird er sie vor sich sehen, wie sie damals dastand, schweigend. Leicht und rein hob sich auf ihrem steilen Kinderhals der lange, dünne Kopf mit dem großen Mund. Sie schaute ihn an mit ihren meerfarbenen Augen, die zusehends dunkler wurden. Er sah ihre Haut, er wußte, daß diese Haut süß, glatt und sehr kalt war. Sie war alle Süßigkeit der Welt, diese seine Frau Dorion, und endlos hat sie ihn erwartet, und nun war er zurück, und sie stand vor ihm, und sie war ganz Verlangen nach ihm. Da war aber sein Buch, dieses verfluchte Buch, um dessentwillen er so vieles auf sich genommen hat, und wenn er bei ihr blieb, dann konnte er es nicht schreiben, und wenn er es jetzt nicht schrieb, dann entflog es ihm für immer. Er mußte ihr das sagen, er mußte sie wegschicken. Sie aber stand da, hörte ihn, hielt ihn nicht, sagte kein Wort des Widerspruchs. Nicht einmal, daß sie ihm einen Sohn geboren hatte in der Zeit, da er vor Jerusalem gewesen war, sagte sie ihm.

Sehr anders war die Dorion von heute als jene Dorion. Während der fünfzehn Monate, da er sein Buch schrieb, dieses gesegnete, verfluchte Buch, hatte sie sich zurückverwandelt in die spöttische, hochmütige Dame von früher, jenes alexandrinische Mädchen, kühl und neugierig, angefüllt mit den leichtfertigen Gesichten der griechischen Fabelwelt. In solcher Gestalt war sie zu ihm gekommen, als er sie nach der Vollendung seines Buches zurückgerufen hatte. Sie war streitbar geworden, kritisch. Sie habe, hatte sie ihm erklärt, nun die schimpfliche Judensteuer eingeführt sei, ihren Übertritt zum Judentum rückgängig gemacht, und sie denke nicht daran, den kleinen Paulus beschneiden zu lassen. Es hatte wilden Streit gegeben. Er wollte es nicht dulden, daß man seinen Sohn als Griechen erziehe, daß sein Sohn ausgeschlossen bleiben sollte aus der Gemeinschaft der Erwählten, Gottgläubigen. Aber seine Ehe als die eines römischen Vollbürgers mit einer Frau ohne römisches Bürgerrecht war vor dem Gesetz nur eine Ehe halber Legalität. Paulus unterstand der Vormundschaft der Mutter, war ägyptischer Grieche wie sie. Josef konnte ihn ohne ihre Einwilligung nicht zum Juden machen. Es wäre ihm nicht schwergefallen, seiner Ehe Vollgültigkeit zu erwirken, der Junge wäre dadurch zum Mitglied des Zweiten Adels geworden wie er selber. Wie oft hatte er Dorion bestürmt, darein zu willigen. Er wollte alles vorbereiten, es hätte sie einen einzigen Gang vor Gericht gekostet. Dorion lehnte ab. Damals in Alexandrien hatte sie darauf gedrängt, daß er das Bürgerrecht erwerbe. Sie hatte es zur Vorbedingung ihrer Ehe gemacht, daß er das Unmögliche erwirke und binnen zehn Tagen römischer Vollbürger sei. Jetzt zog sie es vor, Bürgerin Zweiter Klasse zu bleiben, nur damit der Junge auch weiter ihrer Vormundschaft unterstehe und kein Jude werde.

Paulus. Des Josef ganzes Herz hängt an dem Jungen. Aber Paulus ist der Sohn seiner Mutter. Er schaut auf zu dem Griechen, dem Leibeigenen, dem erst Josef die Freiheit geschenkt hat. Ihn liebt er, diesen verfluchten Phineas. Wenn Josef an ihn heranwill, sperrt er sich zu, ist fremd und höflich, wahrscheinlich schämt er sich seines Vaters, weil der ein Jude ist. Er selber ist ein Grieche, der kleine Paulus.

Allein wenn jetzt, unter Titus, alles sich ändern wird, wird Josef dann nicht endlich die Wand niederreißen können zwischen sich und dem Jungen? Es muß ihm glücken. Er wird noch höher steigen, noch mehr Erfolg um sich häufen, und Dorion wird sich überzeugen lassen, wird ihm helfen. Sie wird begreifen, daß jetzt der Schriftsteller Flavius Josephus die Zukunft seines Sohnes nicht mehr gefährdet, auch wenn er ihn zum Juden macht.

Josef ist voll Zuversicht. Er ist zweiundvierzig Jahre alt, in seiner besten Kraft. Vespasian stirbt. Kaiser wird der Mann Titus, der Josefs Freund ist. Josef wird durchsetzen, was er will, wird aus seinem Leben austilgen, was ihn stört. Wird seine „Universalgeschichte des jüdischen Volkes" schreiben, das Buch, von dem er träumt, und Justus wird schweigen und keine Einwände wissen. Auch Dorion wird er von neuem zu sich zwingen, und seinen Sohn wird er zum Juden und Weltbürger machen, zu seinem ersten Jünger und Apostel. Josef hat das Pergament mit den unordentlichen Schriftzeichen des Phineas aufgerollt. Phineas, der Grieche, der Judenhasser, ist ihm im Wege, er muß fort. Es wird schwer sein, sich ohne ihn zu behelfen. Josef hat einen Psalm geschrieben, den Psalm des Weltbürgers. Leise vor sich hin spricht er die hebräischen Verse:

„O Jahve, gib mir mehr Ohr und mehr Auge,
Die Weite deiner Welt zu sehen und zu hören.
O Jahve, gib mir mehr Herz,
Die Vielfalt deiner Welt zu begreifen.
O Jahve, gib mir mehr Stimme,
Die Größe deiner Welt zu bekennen.

Merkt auf, Völker, und hört gut zu, Nationen.
Spart nicht, spricht Jahve, mit dem Geist, den ich über euch ausgoß,
Verschwendet euch, geht die Stimme des Herrn,
Denn ich speie aus denjenigen, der knausert.
Und wer eng hält sein Herz und sein Vermögen,
Von dem wende ich mein Antlitz.

Reiße dich los von deinem Anker, spricht Jahve.
Ich liebe nicht, die im Hafen verschlammen.
Ein Greuel sind mir, die verfaulen im Gestank ihrer Trägheit.
Ich habe dem Menschen Schenkel gegeben, ihn zu tragen über die Erde,
Und Beine zum Laufen,
Daß er nicht stehen bleibe wie ein Baum in seinen Wurzeln.

Denn ein Baum hat nur *eine* Nahrung.
Aber der Mensch nähret sich von allem,
Was ich geschaffen habe unter dem Himmel.
Ein Baum kennt immer nur das gleiche,
Aber der Mensch hat Augen, daß er das Fremde in sich einschlinge,
Und eine Haut, das andere zu tasten und zu schmecken.

Lobet Gott und verschwendet euch über die Länder.
Lobet Gott und vergeudet euch über die Meere.

Ein Knecht ist, wer sich festbindet an ein einziges Land.
Nicht Zion heißt das Reich, das ich euch gelobte,
Sein Name heißt: Erdkreis."

Es sind gute Verse, sie besagen genau das, was er sagen will. Aber es sind hebräische Verse, und so, wie sie jetzt übersetzt sind, klingen sie arm und ohne Musik. Ihre Wirkung auf die Welt können sie erst tun, wenn auch im Griechischen ihre Musik mitklingt, die Musik von den Stufen des Jahve-Tempels. Als man vor nunmehr dreihundert Jahren die Heilige Schrift ins Griechische übersetzte, da arbeiteten die zweiundsiebzig Doktoren, die mit dem Werk betraut waren, unter Klausur, jeder streng abgesondert; dennoch hatte der Text eines jeden am Ende wortwörtlich übereingestimmt mit dem Text aller andern, und es war ein herrliches Werk geworden. Aber solche Wunder geschehen nicht mehr. Er findet keine zweiundsiebzig Menschen, die seinen Psalm übersetzen könnten. Er findet keinen einzigen außer, vielleicht, diesen Phineas, und Phineas müßte guten Willens sein und seine ganze Kraft daran wenden.

Wie immer, der Psalm ist in der Welt, wenn auch in schlechtem Griechisch. Nun Titus Kaiser wird, darf es sich der Schriftsteller Flavius Josephus erlauben, wieder der Doktor Josef Ben Matthias zu sein. Er wird seine Gefühle reiner ausdrücken, tiefer, jüdischer, in schlechterem Griechisch. Er verzichtet auf Phineas, er ist fertig mit ihm. Einmal, trotzdem, wird die Stunde kommen, da alle Völker seinen Psalm verstehen.

Der Kaiser Titus Flavius Vespasian lag am Abend dieses Tages im Schlafraum seines altmodischen Landhauses in der Nähe des Städtchens Cosa. Als er gemerkt hatte, daß es zu Ende ging, hatte er sich hierherbringen lassen auf das von der Großmutter ererbte etrurische Gut, wo er aufgewachsen war. Er liebte das bäurische, verräucherte Haus, an dem Geschlechter gebaut und immer wieder angebaut hatten. Er hatte alles unverändert gelassen, unkomfortabel und dunkel, wie es vor sechzig Jahren in seiner Knabenzeit gestanden war.

Die Decke des Zimmers war niedrig, geschwärzt, die Tür des großen, fensterlosen Raumes öffnete sich weit auf den riesigen, von einer uralten Eiche überschatteten Hof, in dem sich ein Schwein mit seinen Ferkeln herumtrieb. Das breite Bett, sich nur ein paar Handhoch über den Boden erhebend, war in eine nicht hohe Nische hineingebaut, es war ein Steinlager, viel Wolle darauf, überzogen mit grobem Bauernleinen.

Auf diesen primitiven Schlafraum also richtete die große Stadt Rom ihre Augen, ja, schon Italien und die näher gelegenen Provinzen; denn geflügelt hatte sich die Nachricht von dem bevorstehenden Tode des Kaisers verbreitet.

Es waren nur wenige Menschen um den Kaiser, sein Sohn Titus, der Leibarzt Hekatäus, der Adjutant Florus, der Kammerdiener, der Friseur; dazu Claudius Regin, der Hofjuwelier, Sohn eines sizilischen Freigelassenen und einer jüdischen Mutter, der große Finanzmann, von dem sich der Kaiser in wirtschaftlichen Dingen gern beraten ließ. Diesen Mann hatte Vespasian an sein Sterbebett befohlen. Die Anwesenheit seines jüngeren Sohnes hingegen, Domitians, hatte er sich ausdrücklich verbeten.

Es war sieben Uhr abends, aber es war der dreiundzwanzigste Juni, der Tag wird noch lang sein. Der Kaiser auf seinem groben Bett sah erbärmlich mager aus. Die Krämpfe und Durchfälle, die ihn den ganzen Tag über gequält, hatten jetzt nachgelassen, um so schmerzhafter spürte er seine Schwäche. Er dachte daran, daß man ihn gleich nach seinem Tod durch Senatsbeschluß heiligsprechen, unter die Götter erheben wird. Er verzog den langen Mund zu einem Grinsen, wandte sich an den Arzt, leicht röchelnd, das Sprechen fiel ihm schwer: „Holla, Doktor Hekatäus. Diesmal wird's nichts mehr, diesmal werde ich ein Gott. Oder glauben Sie, daß ich noch warten muß, bis es dunkel ist?"

Man schaute gespannt auf den Doktor Hekatäus, was der erwidern werde. Hekatäus war berühmt um seiner Gradheit willen. Auch jetzt sagte er ohne Umschweife: „Nein, Majestät. Ich glaube, Sie werden nicht mehr bis zur Nacht warten müssen."

Vespasian schnaufte stark. „Na also", sagte er. „Los, meine Kinder." Er hatte Auftrag gegeben, ihn, wenn es soweit sei, anzukleiden, zu rasieren, zu frisieren. Er legte nicht viel Gewicht auf Äußerlichkeiten, aber er glaubte, Senat und Volk von Rom hätten Anspruch darauf, daß der Kaiser anständig sterbe. Titus näherte sich, das breite Knabengesicht des Neununddreißigjährigen war besorgt. Er wußte, welche Anstrengung es den Sterbenden kosten werde, sich baden und ankleiden zu lassen. Aber Vespasian winkte ab: „Nein, mein Junge. Disziplin muß sein." Er versuchte, zu dem Adjutanten Florus hinüberzulächeln. Dieser Florus nämlich hielt auf Formen, litt unter der Formlosigkeit des Kaisers, unter seinem groben Dialekt. Vor drei Tagen noch, als Vespasian den Namen des Städtchens Cosa, wohin er gebracht werden wollte, „Causa" aussprach, hatte sich Florus nicht enthalten können, ihn zu korrigieren, es heiße nicht Causa, sondern Cosa. Woraufhin der Kaiser dem Adjutanten Florus erwidert hatte: „Ich weiß schon, Flaurus." – „Disziplin muß sein", wiederholte er also auch jetzt, ein wenig mühsam, sehr im Dialekt. „Nicht wahr, Flaurus?"

Man badete den Sterbenden. Ausgemergelt, die grobe Haut faltig, Brust und Bauch schmutzigweißlich behaart, schnaufend, hing der Alte in den Armen seiner Leute. Man trocknete ihn, der Friseur machte sich mit dem Rasiermesser über ihn her. Es war ein guter Friseur, er war bei einem ersten ägyptischen Meister in die Schule gegangen, aber als Friseur des Kaisers hatte der Arme wenig Gelegenheit, seine Kunst zu zeigen. Er mußte statt der guten gallischen Seife billige lemnische Ziegelerde nehmen, die andere war dem Kaiser zu teuer, und nach dem Bade duldete er statt der echten Nardensalbe nur die scheußliche napolitanische Imitation. Heute aber durfte der Friseur das Kostbarste verwenden, was da war. Einer kleinen Büchse aus Alabaster und Onyx, einem Geschenk der Provinz Bithynien, entnahm er Balsam, Opobalsam, jenes edelste Würzwerk der Welt, in winzigen Quantitäten aus dem Innern Arabiens herbeigeschafft. Zwei Büchsen dieses Opobalsams gab es alles in allem auf der Erde, beide im Besitz der jüdischen Fürstin Berenike. Eine davon hatte sie vor Jahren dem Prinzen Titus geschenkt, und der hatte sie dem Friseur für diesen Tag überlassen. Die niedrige Bauernstube war voll von den edeln Düften, in die sich vom Hof her der Geruch der Schweine mischte. „Na, Flaurus“, sagte der Kaiser, „ich hoffe, ich stehe jetzt in gutem Gestank bei Ihnen.“ Alle dachten daran, wie er einst dem Titus, als dieser sich über die von ihm ausgeheckte unwürdige Latrinensteuer beklagte, einen aus dieser Latrinensteuer stammenden Sesterz vor die Augen gehalten hatte mit den Worten: „Findest du, er stinkt?“

Gebadet und gesalbt ließ sich der Sterbende das purpurne Festkleid anziehen, dazu die hochgesohlten, schwarzgeriemten Schuhe des Ersten Adels. Er seufzte tief auf, als man damit zu Ende war, ließ sich zurücklegen. „Ein Glas eiskalten Wassers“, befahl er. Er sah, daß man zögerte. „Es kommt schon nicht mehr darauf an“, sagte er zu dem Arzt hinüber. „Meinen Sie nicht, Doktor Hekatäus?“ Der Mann erwiderte aufrichtig: „Es kostet Sie höchstens zehn Minuten Leben.“ Man brachte ihm den Becher Schneewasser. Es tröpfelte in seinen ausgedörrten Mund, es schmeckte sehr süß. Wahrscheinlich hat Doktor Hekatäus ein Betäubungsmittel hineingetan, um seine Schmerzen zu lindern. Er leckte mit rauher Zunge die letzten Tropfen von den langen, gesprungenen Lippen. Jetzt aber, bevor ihm wirr wird, muß er es ihnen noch einmal einschärfen: „Daß ihr mich ja hochhebt, wenn ich das Zeichen mit dem Finger mache. Ich will im Stehen sterben. Keine falsche Rücksicht. Versprecht es mir. Versprecht es mir beim Herkules.“ Er grimassierte hinüber zu seinem Sohne Titus. Der nämlich hat einmal einen umständlichen, kostspieligen Stammbaum der Dynastie anfertigen lassen zurück bis auf Herkules. Aber wenn sich Vespasian sonst auch in Repräsentationsdingen seinem Sohne fügte, damals hatte er aufbegehrt. Sein Vater war Steuerbeamter gewesen, später Bankier in der Schweiz, sein Großvater Inhaber eines Inkassobüros, sein Urgroßvater Inhaber eines Vermittlungsbüros für Landarbeiter. So war es und nicht anders. Daran ließ er nicht rütteln. Nichts da Herkules.

Er schnaufte, blinzelte hinaus in den Hof, der blaß und

ruhevoll dalag. Vom Meer hatte sich ein leichter Abendwind aufgemacht, man hörte ihn im Laub der Eiche. Bald werden Sterne dasein, den Abendstern kann man wahrscheinlich schon sehen.

Es ist gut, daß es zu Ende geht. Bis jetzt ist das Sterben verhältnismäßig einfach. Als er sich das letztemal seinem Sohn Titus zulieb auf den Triumphwagen gestellt hat, um den Sieg über die Juden zu feiern, und den ganzen Tag aufrecht in den schweren Kleidern des Capitolinischen Jupiter hat herumfahren müssen, meine Lieben, das zum Beispiel ist viel härter gewesen. Jetzt wird er höchstens ein paar Minuten aufrecht stehen müssen.

Er hat wild herumgefuhrwerkt über den Erdkreis. Hat sich in England mit den Barbaren herumgeschlagen, in Rom mit dem Senat und dem Militärkabinett. In Judäa haben sie ihn verwundet, in Afrika mit Pferdeäpfeln nach ihm geschmissen, in Ägypten mit Heringsköpfen. Es ist wild auf und ab gegangen in seinem Leben. Er war Bürgermeister von Rom, Konsul, Triumphator, aber auch Spediteur, Vermittler von Adelstiteln, Agent für dunkle Finanzgeschäfte, mehrmals bankrott. Wenn er sich nicht hat kleinkriegen lassen, dann ist das eigentlich das Verdienst der Eiche da draußen im Hof, dieser alten, heiligen Eiche des Mars. Sie hat, so haben ihm Mutter und Großmutter immer wieder erzählt, bei seiner Geburt einen unwahrscheinlich üppigen Wurzelschößling getrieben, ein Zeichen dafür, daß er vom Schicksal zum Höchsten bestimmt war. Lange genug hat sie sich blamiert, die heilige Eiche. Er hat gestöhnt, wenn seine Mutter und später seine Freundin, die Dame Cänis, unter Berufung auf diese Eiche ihn immer von neuem quälten, er dürfe sich nicht, wie er es doch so gerne wollte, behaglich hier auf dem Gut als zufriedener Bauer zur Ruhe setzen. Nun ja, er hat sich gefügt, hat fluchend weitergeschuftet. Schließlich hat die Eiche ja auch recht behalten, und seine Mutter und Großmutter, deren verräucherte Wachsbüsten draußen im Vorraum stehen, können zufrieden sein.

Es dämmert. Seine Gedanken werden dumpf und wirr, der Betäubungstrank beginnt zu wirken. Eine fettige Hand bemüht sich, die Mücken zu verscheuchen, die sich immer wieder auf der schweißigen, lederigen Haut seines Gesichts niederlassen wollen. Er blinzelt. Es ist Claudius Regin, der ihm die Mücken wehrt. Ein Halbjude, aber kein schlechter Mann. Vierzig Milliarden haben gefehlt, als Vespasian die Geschäfte übernahm. Vierzig Milliarden. Der Summe will ins Auge geschaut sein. Der Jude hat ihr ins Auge geschaut. Ohne den Juden hätte er sie nicht geschafft.

Claudius Regin, Halbjude, Mann aus dem Osten. Vespasian weiß, daß er ohne die Hilfe des Ostens nie Kaiser geworden wäre. Aber er ist Römer, der Osten ist ihm unheimlich, er mag ihn nicht. Man muß aus dem Osten soviel Profit ziehen wie möglich, aber tiefer darf man sich nicht mit ihm einlassen. Sowie er den Osten nicht mehr brauchte, hat er ihn kaltgestellt. Hat ganzen Provinzen, Griechenland zum Beispiel, ihre Privilegien wieder entzogen. Auch dieser Bursche Josef ist unausstehlich. Alle Literaten sind unausstehlich, die jüdischen doppelt. Leider kann man ohne sie nicht auskommen. Biographien sind wichtig. Man stirbt leichter, wenn man weiß, man hinterläßt einen guten Geruch bei der Nachwelt. Ein richtiges Buch hält länger vor als ein Standbild. Das Buch dieses Juden Josef ist dauerhaft. Und nicht teuer, alles in allem. Noch keine Million hat er auf den Menschen verwendet. Ein lächerlicher Preis für ein paar Jahrtausende Nachruhm. Wenn er annimmt, das Buch hält für zweitausend Jahre vor, was dann hat pro Tag er für seinen Nachruhm bezahlt? Laß sehen. Zuerst: zweitausend mal dreihundertfünfundsechzig. Dann: eine Million geteilt durch das Ganze. Wenn er nur nicht eine so verfluchte Dumpfheit im Schädel hätte. Zweitausend mal dreihundertfünfundsechzig. Es geht nicht mehr. Aber auf alle Fälle ein gutes Geschäft.

Eine Mücke ist im Innern seines Ärmels. Daß er das noch spüren kann, ist ein günstiges Zeichen. Er kriegt auch bestimmt noch heraus, was ihn der Tag Nachruhm kostet. Man müßte die Mücke wegjagen. Aber das Sprechen erfordert Kraft, und er braucht seine Kraft für ein anständiges letztes Wort. Ein römischer Kaiser muß mit einem anständigen letzten Wort sterben. „Jagt mir die Mücke weg“, wäre ja ganz gut, aber doch nicht würdig genug.

Jetzt ist sie weg. Er hat Glück mit seinem Sterben. Hier in dieser alten, angenehmen Bauernstube mit dem Hof davor, der Eiche und den Schweinen läßt es sich leicht sterben, wakker, respektabel.

Sein Titus ist ein guter Sohn. Ein wenig zu ehrgeizig. Wenn man nicht scharf aufgepaßt hätte, dann hätte er ihn wahrscheinlich schon vor Jahren aus dem Weg geräumt. Die ganze Zeit hindurch hat er ihm seinen Arzt Valens aufzudrängen versucht. Ob er ihn vielleicht doch hat vergiften lassen? Nein. Der Doktor Hekatäus ist zuverlässig: es ist nur das Darmleiden. Zweitausend Jahre Nachruhm für insgesamt eine Million Sesterzien. Zweitausend mal dreihundertfünfundsechzig. Er würde es übrigens dem Titus nicht verdenken, wenn der ihm eine kleine Dosis Gift zugeführt hätte. Neunundsechzig Jahre, einen Monat und sieben Tage, das ist ein schönes Alter, damit kann man sich zufriedengeben. Die vierzig Milliarden Schulden sind auch weg. Unfreundschaftlich wäre es ja und nicht kindlich, wenn Titus ihm Gift gegeben hätte; denn er hat ihn während ihrer gemeinsamen Regierung wirklich fast immer gewähren lassen. Zweitausend mal dreihundertfünfundsechzig. Er war doch sonst so stark im Kopfrechnen.

Es ist gut, daß er Order gegeben hat, sein Sohn Domitian dürfe nicht heraus zu ihm. Er möchte ihn jetzt nicht im Zimmer haben. Domitian, Bübchen, das Früchtchen. Er mag ihn nicht. Warum hat dieser verdammte Titus soviel herumgehurt? Jetzt hat er nur eine Tochter und kann sich Bübchen nicht vom Halse schaffen, man braucht ihn für die Dynastie.

Zweitausend mal dreihundertfünfundsechzig. Einen Philosophen müßte man da haben. Aber die Philosophen hat er hinausgeschmissen aus Italien. Es gibt vier Arten von Philosophen. Erstens diejenigen, die schweigen und für sich philosophieren; die sind schlimm und verdächtig, weil sie schweigen. Zweitens diejenigen, die regelrecht Unterricht geben; die sind schlimm und verdächtig, weil sie reden. Drittens diejenigen, die Vortragsreisen machen; die sind überaus schlimm und verdächtig, weil sie sehr viel reden. Viertens die Bettelphilosophen, die Cyniker; die sind die allerschlimmsten, weil sie sogar unterm Proletariat herumgehen und reden. Trotz seinem unbehaglichen Respekt vor der Literatur hat er die Burschen allesamt aus dem Land gejagt. Gewisse hochnäsige Aristokraten haben erklärt, das sei pöbelhaft. Na schön, er hat keine Salonmanieren, er ist ein alter Bauer. Am heftigsten hat damals der Senator Helvid gegen ihn gewettert. Ein verdammt frecher Bursche, dieser Helvid. Bis zuletzt hat er ihm seinen Kaisertitel verweigert. Eigentlich imposant, soviel Frechheit. Aber unüberlegt, wenn man nicht zwanzig Armeekorps hinter sich hat. Böses Blut hat es gemacht, als er ihn abtat. In seiner Biographie wird die Geschichte trotzdem keinen Flecken zurücklassen. Denn als er sah, welchen Sturm das Todesurteil erregte, hat er es sofort kassiert. Erst dann freilich, als sein Sohn Titus die Exekution bereits angeordnet hatte, so daß bei allem guten Willen der Widerruf des Urteils zu spät eintreffen mußte. Schlau hat er das gedeichselt. In solchen Dingen haben Titus und er sich immer ohne Worte verstanden. Fair haben sie sich benommen, einer gegen den andern. Von den Freuden der Herrschaft hat er dem Titus den größeren Teil gelassen. Dafür mußte der alle unangenehmen Maßnahmen auf die eigene Schulter nehmen, auf daß der Begründer der Dynastie nicht allzu unpopulär werde. Populär ist man sowieso nicht. Wenn man Vernunft anwendet, kann man schwerlich populär werden. Aber wenn eine Dynastie lange genug hält, dann wird sie vielleicht populär, selbst wenn sie vernünftig ist.

Zweitausend mal dreihundertfünfundsechzig. Er kriegt es nicht mehr heraus. Und er muß doch dem Titus noch sagen, daß der auch den jüngeren Helvid erledigen soll, auch den Senecio und den Arulen, so klug und schweigsam sie sich halten, und noch eine ganze Reihe anderer philosophischer Herren von der Opposition. Man kann es sich jetzt leisten, durchzugreifen. Die Dynastie sitzt fest genug, und, der Sterbende lächelt listig, seine eigene Biographie kriegt keine Flecken mehr davon.

Erledigt werden müssen die Burschen. Opposition ist ein großes Vergnügen für den, der sie macht. Aber man muß auch wissen, was man riskiert, und bereit sein, dafür zu zahlen. Wenn ihm nur das Sprechen nicht so schwerfiele. Er muß sich reiflich überlegen, ob er sein bißchen Atem für diese Weisung oder für ein anständiges letztes Wort verbrauchen soll.

Schade, daß Titus keinen Sohn hat. Julia, seine Tochter, ist ein nettes Mädchen. Weiß, fleischig, ein angenehmes Stück Weib, und sie trägt ihre kunstvolle Frisur so, als ob wirklich Herkules ihr Ahnherr sei und nicht der Inhaber des Inkassobüros. Ein richtiger, handfester, römischer Weibertyp ist ja doch das Beste, in Gesellschaft sowohl wie im Bett. Und da können die alten Geschlechter mit einigem aufwarten, das muß man ihnen lassen. Bübchen hat keinen schlechten Geschmack gehabt, als er sich mit soviel Energie diese Lucia ins Bett holte.

Es hat schwere Mühe gekostet, damals vor acht Jahren, den Titus von seiner Jüdin loszueisen. Hätte man ihn selber von seiner Cänis loseisen wollen, er hätte auch gebockt. Aber gewisse Dinge gehen nun einmal nicht. Dicke Steuern durchsetzen und gleichzeitig zu den Juden halten, das geht nicht, mein Lieber. Wenn man wirtschaftlich im Dreck steckt, dann muß man die Massen gegen die Juden loslassen. Von dieser Regel kann man nun einmal nicht ab. Manchmal hat der Junge den Blick seiner Mutter, jenes Vage, Wirre, Unverantwortliche, jenes, geradeheraus, ein wenig Verrückte, das ihn an dieser Domitilla immer erschreckt hat. Dazu hat er seinen aristokratischen Tick. Wahrscheinlich ist er nur deshalb so ungeheuer auf die Jüdin hereingefallen, weil sie aus altem Königsblut stammt. Hoffentlich läßt er sich jetzt nach seinem Tod nicht von neuem mit ihr ein.

Ein stärkerer Wind weht, man hört ihn in der Eiche. Gute, alte Eiche. Sie hat sich bewährt. Es ist ein wenig frischer geworden, die edeln Gerüche, mit denen man Vespasian gesalbt hat, verwehen. Die Schweine haben sich in ihren Koben im Winkel zurückgezogen. Vespasian ist ein alter Bauer, es ist Abend und alles getan, er darf getrost sterben. Bis jetzt war eine leise Furcht in ihm, er werde noch einen Krampf kriegen und, vielleicht, sein kostbares Sterbekleid besudeln. Doch jetzt ist es sicher, daß ihm in den paar Minuten, die es noch dauern wird, nichts mehr passiert. Er wird seine Sache gut machen bis zuletzt. Wenn bei der Leichenfeier seine Väter und Urväter vor ihm einhergehen und seine Mutter und seine Großmutter, er darf sich mit ihnen sehen lassen. Alles, was seine Vorfahren geleistet haben, der Bankmensch, der Mann vom Inkasso- und der vom Vermittlungsbüro und die tüchtigen Gutsbesitzer, von denen er von Mutterseite abstammt, alles das mündet in ihn ein wie Flüsse in ein großes Meer. Er hat das Gut gehalten, er hat es ausgezeichnet bestellt, es ist gediehen, es ist ein riesiges Gut geworden, es reicht über die See, es ist der Erdkreis geworden, das Meer ist nur ein Teil von seinem Gut, es reicht nach Asien, nach Afrika, nach England. Sein Gut heißt Rom.

Nun aber ist es sehr dämmerig. Titus steht in der breiten Tür, die zum Hof hinausführt. Nicht groß, aber fest und stattlich steht er da, mit rundem, offenem Gesicht, das kurze Kinn kräftig vorgestoßen, so daß es scharf, dreieckig einzackt. Vespasian sieht seinen Sohn, er hört den Wind in der Eiche, seine behaarten Ohren sind voll von diesem Wind. Fernher durch den Wind hört er Schmettern von Trompeten wie seinerzeit, wenn er, in England oder in Judäa, Attacke kommandiert hat. Sein Titus hat leider keinen Humor, aber dafür ist manchmal in seiner Stimme etwas von diesem Schmettern. Vespasian kann sich ruhig konsekrieren lassen, kann ruhig eingehen unter die Götter. Wenn Herkules auch nicht sein Ahnherr ist, er darf es sich erlauben, mit ihm zu reden als Mann zum Mann. Sie werden sich gegenseitig in die Rippen stoßen, Herkules wird lachen und die Keule senken, sie setzen sich nebeneinander und erzählen sich Witze.

Zweitausend mal dreihundertfünfundsechzig. Die Dumpfheit in seinem Schädel weicht plötzlich einer klaren Schärfe. Zweitausend mal dreihundertfünfundsechzig, sehr einfach, das sind siebenhundertdreißigtausend. Rund eine Million hat er auf diesen Burschen Josef verwandt. Also noch nicht eineinhalb Sesterzien kostet ihn ein Tag Nachruhm. Das ist geschenkt.

Er fühlt sich leicht und voll Zufriedenheit. Gleich wird es soweit sein. Nur kurze Zeit noch, zwei Minuten noch, noch eine. Die muß er durchhalten. Er muß Würde haben wegen der Eiche.

Er gibt das Zeichen mit der Hand, schwach, kaum merklich. Aber sie merken es, sie richten ihn hoch. Sie sollen es lassen. Es tut scheußlich weh, er ist ungeheuer schwach, sie sollen ihn liegen lassen. Aber er hat nicht die Kraft, es ihnen zu sagen. Er muß doch etwas sagen. Was denn? Er hat es so genau gewußt. Seit Tagen hat er sich auf sein letztes Wort vorbereitet. Sie richten ihn weiter hoch. Es ist unerträglich, aber sie haben keine Rücksicht.

Wind kommt von außen. Das schafft ein wenig Erleichterung. Sie sollen keine Rücksicht nehmen. Disziplin muß sein. Er will im Stehen sterben, so hat er es sich vorgenommen.

Und wirklich, er steht, oder vielmehr er hängt vornübergeneigt, die Arme um die Schultern der andern. Um die Schultern seines Sohnes Titus und seines Beraters, des Claudius Regin. Er hängt schwer vornüber, er schnauft kläglich, von der harten, ledernen Haut seiner Stirn rinnt Schweiß, Schweißtropfen stehen auf seiner mächtigen Glatze.

Es geht nicht mehr. Wozu die Quälerei? Der Halbjude Claudius Regin macht nicht mehr mit, er gibt dem Titus ein Zeichen. Sie lassen ihn zurückgleiten.

Der alte Mann, der Herr des Erdkreises, der diesen Erdkreis beharrlich, schimpfend, Witze machend, so lange auf seinen Schultern geschleppt hat, läßt sich gleiten. Eine gewaltige Last wälzt sich von ihm. Er sieht die Eiche, er spürt den Wind, spürt die Seligkeit des Sichfallenlassens. Er liegt auf dem harten Lager, stolz, glücklich. Oh, er braucht nicht hauszuhalten, er kann seinen Atem verschwenden, er kann es sich erlauben, noch vor dem würdigen letzten Wort diesem schlauen Geschäftsmann Regin mitzuteilen, welch allerschlauestes Geschäft er gemacht hat. Flüsternd, grausig spaßhaft, keucht er ihm ins Ohr: „Wissen Sie, was ein Tag Nachruhm mich kostet? Einen Sesterz, ein As und sechseinhalb Unzen. Geschenkt, nicht?“ Dann erst, sich zusammenreißend, den Kopf mit ungeheurer Anstrengung von einem zum andern wendend, stößt er hervor: „Cäsar Titus, meine Herren, sagen Sie dem Senat und dem Volk von Rom: ihr Kaiser

Vespasian ist im Stehen gestorben.“ Dies lügend, liegend, veratmet er.

Den zweiten Tag darauf wurde die Leiche, sorglich einbalsamiert, nach Rom überführt und im Kaiserhaus auf dem Palatin aufgebahrt, auf hohem Katafalk, in der Halle, wo die Wände entlang die Wachsbüsten der Ahnen standen. Da lag er also, der tote Vespasian, die Füße nach dem Ausgang hin, in purpurnem Kaiserornat, eine Kupfermünze mit der Umschrift „Das besiegte Judäa“ als Fährgeld für den Totenschiffer unter der Zunge, Kranz auf dem Haupt, Siegelring am Finger, schwarzgekleidete Liktoren, die Rutenbündel gesenkt, vor ihm, und täglich kamen Titus, Domitian, Julia, Lucia und riefen ihn mit all seinen Namen und Titeln. Amtlich übrigens war er noch am Leben; denn der Senat hatte beschlossen, ihn unter die Götter zu erheben. Er galt also, bis zur Verbrennung, als noch nicht tot, man brachte ihm Speisen, legte ihm Dokumente vor, die Ärzte kamen, untersuchten ihn, gaben Bulletins aus über seinen Zustand.

Am Nachmittag aber, um von ihrem Kaiser Abschied zu nehmen, schritten in endlosem Zug Senat und Volk von Rom an dem Prunkbett vorbei, Hunderte vom Ersten, Tausende vom Zweiten Adel, Hunderttausende von den zwei Millionen Bewohnern der Stadt Rom.

Niemand wagte fernzubleiben; man wußte, daß die Polizei Listen führte. Auch die hocharistokratischen Herren der Opposition stellten sich ein, an ihrer Spitze der Senator Helvid. Der Kaiser hatte seinen Vater töten lassen, weil der kühn die Rechte des Senats, der gesetzgebenden Körperschaft, hatte wahren wollen. Die Herren waren nicht wie ihre Väter, sie redeten nicht wie diese viel und laut, sie fügten sich. Aber sie vergaßen nicht. Der Tag wird kommen, da sie reden und handeln dürfen.

Auch jetzt also bezeigen sie dem Regime Unterwerfung, traten vor die Leiche, im Trauerkleid, wie der Brauch es forderte. Sie schauten den Kaiser an; selbst im Tode, mit geschlossenen Augen, schien ihnen sein mächtiger Schädel bäurisch und gemein. Der Vater Helvid hatte sich seinerzeit mit stolzen Worten dagegen verwahrt, als Vespasian die Ehre, das zerstörte Capitol neu aufzubauen, für sich in Anspruch nahm. Sie, die jüngeren, waren gewitzt, sie hatten im Senat dafür gestimmt, daß man den toten Parvenü zum Gott erhebe. Mag man ihm Tempel und Standbilder errichten: er bleibt tot. Da liegt er, er verzieht nicht die langen, schmalen Lippen zu seinem bösartigen Grinsen, er kann nicht mehr über sie witzeln auf seine gemeine Art, der sie, die würdigen, vornehmen Herren, so gar nicht gewachsen sind. Haß und Hohn im Herzen, schauten sie auf die Leiche, und mit trauernden, ehrfürchtigen Gebärden verhüllten sie das Haupt gleich den andern und riefen mit den andern: O unser Kaiser Vespasian, o du sehr guter, sehr großer Kaiser Vespasian.

Auch der Senator Junius Marull kam, der große Advokat und gefürchtete Redner, einer der reichsten Männer der Stadt. Er war kein politischer Gegner des Toten, aber er hatte dem Kaiser in seinen Geschäften Konkurrenz gemacht, und die beiden hatten einen langen, versteckten, erbitterten Kampf geführt. Als Vespasian sah, daß er den andern wirtschaftlich nicht schlagen konnte, hatte er ihn politisch und gesellschaftlich zu erledigen gesucht: er schloß ihn aus dem Senat aus, weil er – ein Vorwand von billiger Ironie – vor langer Zeit einmal in der Arena gegen eine spartanische Ringkämpferin angetreten sei. Der elegante, überfeinerte Marull hatte diese Maßregelung mit derselben gleichmütig spöttischen Geste hingenommen wie alle andern Handlungen des bäurischen Kaisers. Die Degradierung, nachdem er alle Genüsse der Welt ausgekostet, war dem blasierten Herrn nichts gewesen als eine neue Sensation. Höhnisch hatte er den breiten Purpurstreif und den hochsohligen Schuh der Hocharistokratie mit der Uniform der Entsagung vertauscht, mit dem härenen Mantel, dem Wanderstab, dem Bettelranzen des Stoikers, des Philosophen strengster Observanz. Sein härener Mantel freilich war vom ersten Schneider der Stadt angefertigt, sein Wanderstab mit Gold und Elfenbein eingelegt, sein Bettelranzen aus vornehmstem Leder. Im übrigen stand sein neuer Stoizismus ihm nicht weniger gut zu Gesicht als früher sein Prunk. Niemand konnte die Lehrsätze der stoischen

Schule eleganter dozieren, und wenn er in der schönen Bibliothek seines Hauses über Philosophie sprach, dann drängte sich alles zu, was in der Stadt Geltung hatte.

Auch heute kam Junius Marull in seiner Philosophentracht. Es war offenbar anstößig, daß der frühere Senator in diesem Aufzug vor die Leiche trat, aber die Zeremonialbeamten fanden keinen rechten Grund, es ihm zu verwehren. Den blickschärfenden Smaragd hielt er vor das hellblaue Auge, und, den Toten angelegentlich, ungebührlich lange beschauend, sagte er mit seiner lauten, näselnden Stimme: „Ich will mir unsern sehr guten, sehr großen Kaiser genau betrachten, bevor er ein Gott wird. Einem Stoiker ist manches erlaubt, was einem Senator vielleicht nicht anstünde."

Auch der jüdische Hofschauspieler Demetrius Liban verweilte ungeziemend lange vor der Leiche. Aller Augen waren auf dem sehr Berühmten, als er mit geübtem Schritt, der Würde, Trauer und Ehrfurcht ausdrückte, vor den Katafalk trat. In angemessener Entfernung blieb der nicht große Herr stehen, die etwas trüben, graublauen Augen richtete er eindringlich auf die geschlossenen des Kaisers. Er hatte eine Streitsache mit diesem Mann. Die letzten Jahre waren hart für ihn gewesen, und der Tote trug die Schuld daran. Der Tote war es, der ihm die Gelegenheit genommen hatte, sich seinem Publikum zu zeigen, er hatte ihn gezwungen, seinen Titel Erster Schauspieler der Epoche an andere abzugeben. Klingt es nicht heute schon fast wie ein Märchen, daß man einmal Polizei und Militär hat aufbieten müssen, um die Unruhen zu dämpfen, die seine Pointen hervorgerufen haben? Unter dem neuen Kaiser, unter Titus, dem Freund der jüdischen Prinzessin, wird das anders werden. Die Nichtskönner, die Favor, die Latin, werden nicht länger Gelegenheit haben, einen Demetrius Liban in den Schatten zu stellen.

Da lag er, der Tote, der Feind. Er weiß nicht, was er ihm angetan hat. Wahrscheinlich hat er es auch bei Lebzeiten nicht gewußt. Für ihn war die Sache einfach gewesen: die Massen sehen es nicht gern, daß der Kronprinz mit einer Jüdin liiert ist, folglich zeigt der Kaiser, daß er diese Liaison nicht billigt, daß er die Juden nicht mag, und läßt den jüdischen Schauspieler nicht ans Licht. Von Kunst hat er nichts verstanden, der Bauer, der Emporkömmling. Wahrscheinlich hat er nicht die leiseste Ahnung gehabt, was er ihm, dem Demetrius, angetan hat. Woher auch soll ein Klotz wie der gewußt haben, was alles er anrichtete mit seiner albernen Politik? Nie hätte der begriffen, was es heißt, zuschauen müssen, wenn ein anderer an einer Rolle herumstümpert, die man selber in höchster Vollendung hätte schaffen können. Man erstickt an dem Grimm über die verpaßten Gelegenheiten. Welche Gefahren hat er auf sich nehmen müssen, um nur überhaupt zu einer Rolle zu kommen. Da hat einmal der alte Helvid, der Führer der Antikaiserlichen im Senat, der jetzt hingerichtete, ein freches Stück geschrieben, einen „Cato", und dieses Stück in seinem Hause geladenen Gästen vorführen wollen. Welche Kämpfe hat er, Demetrius, durchgemacht, ehe er sich entschlossen hat, darin zu spielen. Es bedeutete Lebensgefahr, in dieser dem Regime feindlichen Aufführung aufzutreten, er war kein kühner Mann, und dabei war ihm die Rolle nicht einmal gelegen.

Still, gesammelt, ehrerbietig stand er vor dem Toten, aber in seinem Innern, stürmisch, haderte er mit ihm. Jetzt, du Toter, kannst du mich nicht mehr hindern, jetzt tauche ich wieder empor. Jung bin ich nicht mehr, einundfünfzig, der Beruf verbraucht einen. In vier langen Jahren habe ich ganze fünf Rollen gespielt, man kommt aus der Übung, man verliert den Kontakt mit dem Publikum. Aber ich habe trainiert, ich habe Diät gehalten, ich schaffe es. Du bist tot, du bist ein „Gott", aber ich bin der lebendige Schauspieler Demetrius Liban, und wenn es darauf ankommt, dann mache ich noch immer Statuen lachen, wie der alte Seneca einmal von mir gesagt hat. Paß auf, der Neue, dein Sohn, der versteht mehr als du von der Kunst, der läßt mich hinauf. Vor zwölf Jahren, im Trauerzug der Kaiserin Poppäa, habe ich die Karikatur der Poppäa gespielt, das war was, das war eine Leistung. Jetzt wird man mich an dich heranlassen. Ich werde Sie spielen, Majestät, bei Ihrem Leichenbegängnis, ich, nicht der Favor. Es ist noch nicht gewiß, ich sollte es noch nicht Wort werden lassen, noch nicht einmal Gedanke. Leider ist kein Holz da, an das ich klopfen könnte. Ob ich wohl an den Katafalk vor kann und klopfen? Nein, das geht nicht, übrigens ist er ja auch nicht aus Holz. Aber sie werden mir die Rolle geben. Jetzt, nachdem du tot bist, besteht kein Grund mehr, sie mir nicht zu geben. Ich bin der, der es am besten macht, die Rolle gehört mir, das ist klar, alle sehen es. Man muß mir sehr feind sein, um es nicht zu sehen, und Titus ist mir nicht feind. Und wie werde ich dich spielen, was werde ich aus dir herausholen, du Kaiser, du Gott, du Toter, du Judenfeind.

Der Schauspieler Demetrius Liban betrachtet den Toten, verhüllten Hauptes, ehrerbietig. Aber seine Augen sind nicht ehrerbietig. Bösartig durchforschen sie das Gesicht des Kaisers, spähen, was daran zum Lachen reizen könnte, erblicken, was die andern nicht sehen, die Spuren seines harten Geizes, den scharfen Kontrast zwischen seiner hausbackenen Art, seiner Nüchternheit, seiner bäurischen Derbheit und dem zeremoniösen Prunk seiner Stellung. So lange hast du mich in den Schatten gedrängt, während meiner besten Jahre hast du mich kaltgestellt. Aber jetzt bin ich daran. So, wie ich dich machen werde, wirst du im Gedächtnis der Menschen fortleben. Ich werde bestimmen, welche Maske, welche Form dein Andenken annehmen wird.

Verhüllten Hauptes gleich den andern grüßt er den Toten, den Arm mit der flachen Hand ausgestreckt, und mit den andern ruft er: O unser Kaiser Vespasian, o du sehr guter, sehr großer Kaiser Vespasian.

Schon hatte bis in die fernste Provinz der Feuertelegraf die Nachricht vom Tod des Kaisers verbreitet, und mit der Nachricht Furcht und Hoffnung.

In England schickte der Gouverneur Agricola die Grenztruppen vor bis zum Flusse Taus, fürchtend, der Thronwechsel könnte die nördlichen Pikten zu neuen Einfällen in das befriedete Gebiet ermuntern. Am Niederrhein regten sich die Chatten, die Bataver. In der Provinz Afrika rüstete in aller Eile der Gouverneur Valer Festus ein zweites Detachement Kamelreiter, er wollte den zu Raubzügen geneigten Stämmen der südlichen Wüste, den Garmaten, rechtzeitig beweisen, sie hätten unter dem neuen Herrn kein weniger wachsames Regiment zu erwarten als unter dem alten. An der untern Donau liefen Kuriere zwischen den Häuptlingen der Daker hin und her: war es ratsam, jetzt einen neuen Vorstoß über die römische Grenze zu wagen? Am Kaukasus, am Asowschen Meer hoben die Alanen die Köpfe, witternd, ob ihre Zeit gekommen sei.

Der ganze Osten spannte sich in Erregung. Der Provinz Griechenland hatte der karge Vespasian die Privilegien genommen, die ihr der kunstbegeisterte Nero verliehen hatte. Der neue Kaiser war jünger, war groß geworden in griechischen Ideengängen, in griechischer Bildung. Sicherlich wird er der adeligsten unter den Nationen des Reichs die Rechte zurückgeben, die man ihr geraubt hat.

In Ägypten rief der Gouverneur Tiber Alexander alle Offiziere und Mannschaften aus dem Sommerurlaub zurück. Seine Residenz, die Stadt Alexandrien, die zweitgrößte und die beweglichste der bewohnten Welt, fieberte. Die Juden dort, fast die Hälfte der Bevölkerung, reich und mächtig, hatten seinerzeit der neuen Dynastie als die ersten ihre Ergebenheit bewiesen und den Prätendenten Vespasian mit Geld und Einfluß unterstützt. Der hatte es ihnen nicht gedankt. Im Gegenteil, er hatte sie durch Einführung einer schimpflichen Sondersteuer gebrandmarkt und hatte es zugelassen, daß die Weißbeschuhten, die judenfeindliche Partei Ägyptens, unter Führung gewisser Professoren der Universität Alexandrien immer dreister wurden. Jetzt, hofften die Juden, wird Berenike Kaiserin, jetzt wird es aus sein mit den Weißbeschuhten.

Die Provinz Judäa selber machte ihrer Regierung Sorgen. Der Generalgouverneur Flavius Silva war ein gerechter Mann, aber seine Situation war schwierig. Viele Juden waren im Krieg umgekommen, viele hatte man zu Leibeigenen gemacht, viele waren ausgewandert. Ihre Städte verödeten, die griechischen blühten, und immer neue syrisch-griechische Siedlungen wurden gegründet. Die Rivalität zwischen den geduckten, erbitterten Juden und den privilegierten griechischen Einwanderern führte zu blutigen Zwischenfällen. Der Thronwechsel steifte den Juden den Nacken, schürte ihre

Hoffnung, auf dem verwüsteten Grund Jerusalems, wo jetzt als einzige Baulichkeiten nackt und kahl römische Militärbaracken drohten, werde bald wieder ihre Stadt und ihr Tempel glänzen.

Ganz Syriens sommerliche Ruhe war gefährdet. Am Hof des Perserkönigs äugten und lauerten die Prinzen von Kommagene, Magnus und Kallinikos, deren Länder Vespasian annektiert hatte. Überall fanden für diese Prinzen Kundgebungen statt, der Gouverneur Trajan mußte scharfe Maßnahmen treffen, um die Ordnung zu sichern.

Bis in das ferne China strahlte die Nachricht vom Tode des alten Kaisers Wirkung aus. Vespasian hatte durch seine Luxussteuer den Handel mit chinesischer Seide und chinesischen Bronzen sehr beengt. Von dem jungen Kaiser erhofften sich die Seestädte am Roten Meer neuen Aufschwung. Sie schickten, um die alten Verbindungen anzuknüpfen, eine Gesandtschaft an den General Pan Tschao, den großen Marschall der Han-Dynastie.

So, von überallher, schaute man in Hoffnung und Furcht nach dem Palatin auf den neuen Herrn, auf Titus.

Dieser Titus, am vierten Tag nach dem Tode Vespasians, besprach in seinem Arbeitszimmer mit dem Zeremonienmeister und mit dem Intendanten der Schauspiele das Arrangement der Totenfeier. Der Zeremoniell für das Leichenbegängnis eines unter die Götter erhobenen Kaisers war vag und wollte bis in jedes Detail festgelegt werden; denn Titus wußte, Senat und Volk werden bei der geringsten Ungeschicklichkeit mit bösartigem Spott über ihn herfallen. Immerhin hat man jetzt wohl alles durchgesprochen, die Herren könnten gehen: worauf warten sie?

In seinem Innern weiß Titus, worauf sie warten. Über *eines* hat man noch nicht gesprochen, über ein Unwesentliches, auf das aber ganz Rom neugierig ist, über die Frage nämlich, wer im Leichenzug den Toten verkörpern soll. Demetrius Liban ist beliebt; allein es bleibt ein heikles Problem, ob man dem Juden die Rolle des toten Kaisers geben darf. Titus sieht vor sich hin, hinauf zu dem Bild der Berenike. Um dem Vater kein Ärgernis zu geben, hat er das Porträt bisher in seinem kleinen privaten Arbeitszimmer hängen lassen; jetzt hat er es in diesen Raum gebracht, der auch offiziellen Besuchern zugänglich ist. Das lange, edle Gesicht der jüdischen Prinzessin schaut auf ihn, die eine ihrer großen, schönen Hände ist sichtbar, das Bild ist beängstigend lebendig, es ist ein Meisterwerk des Malers Fabull; Titus, während er es beschaut, hört ihre tiefe, leicht heisere, vibrierende Stimme, sieht ihren königlichen Gang. „Was übrigens die Besetzung der Rolle des Vespasian anlangt", wirft er schließlich den noch immer zögernden Herren hin, „so werde ich Ihnen im Lauf des Tages Vorschläge machen lassen."

Und dann, endlich, ist er allein. Er lehnt zurück, schließt die Augen, das breite, runde Gesicht erschlafft. In einer Viertelstunde wird Bübchen dasein, Domitian, sein Bruder. Es wird keine angenehme Auseinandersetzung werden. Titus ist ehrlich willens, Bübchen entgegenzukommen; aber gerade daß der Junge das weiß, das macht ihn so arrogant.

Der neue Kaiser hat die Augen geöffnet, schaut mit fast dümmlich träumerischem Blick vor sich hin, die Lippen wie die eines schmollenden Kindes vorgeschoben. Noch fünf Minuten. Er ist schrecklich müde. Soll er im Hausrock bleiben, wie er ist? Bübchen wird sicher in voller Gala auftreten. Was immer er tut, Bübchen wird es als Kränkung empfinden. Empfängt er ihn in der Tracht des Kaisers, dann ist es herausfordernd, empfängt er ihn im Hausanzug, ist es Nichtachtung. Er bleibt, wie er ist.

Die wachhabenden Offiziere draußen erweisen klirrend die Ehrenbezeigung: Domitian kommt. Wahrhaftig, er ist in voller Uniform. Titus erhebt sich, geht dem zwölf Jahre Jüngeren höflich entgegen. Beschaut ihn aufmerksam wie einen Fremden. Bübchen sieht eigentlich besser aus als er selber. Das Gesicht ist weniger fleischig, er ist größer. Die Arme freilich hält er sonderbar eckig nach unten. Aber sonst ist die Haltung gut, er wirkt kräftig, jünglinghaft. Nur an der aufgeworfenen Oberlippe, findet Titus, erkennt man die Arroganz.

„Guten Tag, Bübchen", sagt Titus und küßt ihn, wie es die

Sitte verlangt. Domitian läßt es sich kalt gefallen. Er kann aber nicht verhindern, daß sein hübsches Gesicht sich rötet. Auch schwitzt er. Titus konstatiert es mit Genugtuung. Das kommt davon, daß er sich bei der Hitze so schwer und offiziell angezogen hat.

Es ist nicht nur die Hitze, die Domitian bedrückt. Für ihn hängt von dieser Unterredung mehr ab als für den Bruder. Er ist allerdings gut vorbereitet. Der Senator Marull, dem alten Kaiser von jeher abgeneigt und deshalb sein, des Domitian, Freund, hat sich seit seiner Degradierung ihm noch enger angeschlossen, und mit diesem höllisch klugen Berater hat er die Situation genau durchgesprochen. Die Sache liegt so. Der Alte hat ihn nicht gemocht, und dieser da mag ihn ebensowenig. Am liebsten hätten sie sich seiner entledigt. Titus könnte es auch ohne weiteres, er hat die Macht dazu. Aber er wird es nicht tun, Marull hat ihm das schlagend bewiesen. Im Gegenteil, Titus wird ihm im Lauf dieser Unterredung allerhand Konzessionen anbieten. Denn für Titus bedeutet die Dynastie den Sinn seines Lebens, und auf ihm, auf Domitian, steht die Dynastie. Titus hat zwar seine Tochter Julia, aber, und wenn er sich noch tausend Frauen ins Bett holt, er hat keine Hoffnung mehr, noch einen Sohn zu zeugen.

Domitian zögert, bevor er zu sprechen anfängt. Er ist willens, scharfe, heftige Dinge zu sagen, legt aber Gewicht auf Höflichkeit der Form. Auch weiß er, daß sich in der Erregung, wenn er laut wird, seine Stimme leicht überschlägt, darum will er ruhig bleiben, leise. Er verzeihe dem Bruder, sagt er endlich, daß der ihm nicht schon heute die Titel gegeben habe, die ihm zukämen. Daran müsse man sich wohl erst gewöhnen.

Titus, aus engen, nach innen gerichteten Augen, schaut dem Domitian aufmerksam auf den Mund. „Willst du mir nicht erklären, welche Titel?" fragt er, ehrlich verwundert.

Er sei überzeugt, erwidert Domitian, der Mann, dessen Leiche unten in der Halle aufgebahrt sei, habe ihn zum Alleinerben eingesetzt. Er habe oft mit ihm darüber gesprochen, und er wisse genau, das Schriftstück sei auch ausgefertigt worden. Lediglich damit dieses Testament nicht an den Tag komme, habe Titus ihn vom Sterbelager des Vaters ferngehalten. Er bringt das mit leiser Stimme vor, errötend, manchmal ein wenig stotternd, mit sehr höflichen Gebärden.

Titus hört ihn an, immer ruhig und aufmerksam; ja er macht sich sogar Notizen, stenographiert, wie es seine Gewohnheit ist, einige Sätze mit. Da Domitian lange nicht zu Ende kommt, wischt er mechanisch mit dem Schreibgriffel wieder aus, was er sich notiert hat, glättet das Wachs. „Hör einmal, Bübchen", redet er dem Domitian, wie der endlich fertig ist, freundlich zu, „ich habe dich zu mir bitten lassen, um mich mit dir offen auszusprechen. Wollen wir nicht wie vernünftige, erwachsene Männer miteinander reden?" Er ist fest entschlossen, auf den Unsinn nicht einzugehen, den der Bruder vorgebracht hat. Trotzdem, gegen seinen Willen, hat auch er sich gerötet. Das haben sie von der Mutter, daß sie ihre Erregung nicht verbergen können.

Domitian hat mit ängstlicher Spannung gewartet, wie Titus seine Frechheit aufnehmen werde. Er hatte gefürchtet, Titus werde mit schmetternder Stimme gegen ihn loslegen, und dieses soldatische Schmettern machte ihn immer nervös und schüchtern. Daß der Bruder leise blieb, war ihm eine Bestätigung. Die Methode, die Marull ihm angeraten hatte, war schon die rechte. Er habe es für seine Pflicht gehalten, fuhr er also fort, immer mit der gleichen Höflichkeit, den Bruder über seinen Standpunkt nicht im unklaren zu lassen. Er werde auch vor Dritten mit seiner Meinung über das beseitigte Testament nicht zurückhalten. Wenn anders Titus Schwierigkeiten vermeiden wolle, dann möge er ihm zumindest die Mitregentschaft einräumen.

Titus ist müde. Wozu das lange, unnütze Gerede? Es gibt soviel zu tun. Die Minister verlangen Entscheidungen, der Senat, die Generäle, die Gouverneure der Provinzen. Die Zeremonien der Trauerwoche, die Vorbereitungen der Leichenfeier sind anstrengend, zeitraubend. Begreift Bübchen wirklich nicht, daß er den aufrichtigen Wunsch hat, sich mit ihm zu verständigen? Ach, wie gerne würde er ihn an der Herrschaft teilnehmen lassen. Aber es ist leider unmöglich, mit ihm zusammenzuarbeiten. Bübchen ist so heftig und von so böser

Art, daß er binnen drei Wochen zerschlüge, was man in der mühevollen Arbeit von zehn Jahren aufgebaut hat.

Domitians Augen sind jetzt auf dem Bild, auf dem großen Bild der Berenike. Titus habe einigen Grund, meint er, immer mit der gleichen, höflichen Tücke, sich gut mit ihm zu stellen. Er werde es nicht leicht haben, die Dame gegen Senat und Volk durchzusetzen. Ohne dem Bruder zu nahe zu treten, glaube er, daß er selber sich bei den Römern größerer Popularität erfreue. Er gestatte sich, daran zu erinnern, daß sie vermutlich nicht hier säßen, wenn nicht seinerzeit er, Domitian, die Stadt gehalten hätte.

Titus hörte sich das wilde, phantastische Gerede aufmerksam an. Richtig daran ist nur so viel, daß vor zehn Jahren, als er und Vespasian noch mit dem Heer im Osten standen, Bübchen sich in Verkleidung aus dem belagerten Capitol gerettet hat. „Darf ich dich fragen", erwidert er, und jetzt ist in seiner Stimme jenes Schmettern, das Domitian nicht liebt, „was deine damalige Flucht aus dem Capitol mit Berenike zu tun hat?"

Bübchen errötet tief. Es ist Marull, der ihm empfohlen hat, sowie es brenzlig wird, Berenikes Namen zu nennen, an diesen wunden Punkt des Titus zu rühren. Im übrigen fühlt er sich in der Sache mit der Jüdin im Recht, hier ist er der Sachwalter Roms. Natürlich kann Titus mit seiner Berenike schlafen, sooft es ihm Spaß macht. Aber daß die Beziehungen des Bruders zu der Jüdin so öffentlich sind, das gibt Ärgernis, und die Dynastie, gerade weil sie jung ist, muß darauf achten, Skandal zu vermeiden. Lange und ausdrucksvoll beschaut er das Bild. Dann, noch höflicher und zeremoniöser als vorher, führt er aus: „Sie werden eine jüdische Kaiserin nicht durchsetzen können, Bruder. Vielleicht wird man sie Ihnen verzeihen, wenn es auch eine römische Kaiserin gibt. Vielleicht wird man Ihre Berenike neben meiner Lucia ertragen. Sie sehen, nüchternste Vernunft verlangt, daß Sie mich zumindest zum Mitregenten machen."

Das ist richtig. Die Dynastie ist unpopulär. Berenike wird Anstoß erregen. Und mit Lucia, Bübchens Frau, der Tochter des überaus populären Feldmarschalls Corbulo, kann man sich sehen lassen, Rom liebt sie. Aber hat Titus nicht Zeit? Hat er nicht die Armee hinter sich? Wenn man ihm nur Zeit läßt, dann schluckt die Masse am Ende alles. Immerhin, gerade weil dieses Argument Domitians das erste ist, das Sinn hat, ärgert es ihn. Mit harten, engen Augen sieht er auf den Bruder, sein rundes, offenes Gesicht ist jetzt sehr rot. „Laß das meine Sorge sein", herrscht er ihn an. „Glaube mir, ich werde Maßnahmen treffen, die mir Popularität unter allen Umständen sichern."

Domitian, leidend unter dem Geschmetter, zuckt sichtlich zusammen, ist eingeschüchtert. „Aber vielleicht gestatten Sie, daß ich an Vaters Beerdigung teilnehme", sagt er mit gefärbter Demut. „Was heißt das?" ärgert sich Titus. „Natürlich wirst du neben mir gehen hinter der Bahre." – „Das ist freundlich von Ihnen", bedankt sich immer mit der gleichen gefärbten Demut Domitian. „Und haben Sie auch angeordnet, daß die Beutestücke aus dem Jüdischen Triumph mitgeführt werden?" erkundigt er sich besorgt. Diese Frage ist hinterhältig. Denn man führt im Leichenzug das mit, was an die Leistungen des Toten erinnert; die Beute aber des jüdischen Krieges ist von Titus errungen worden, nicht von Vespasian.

Titus stand jetzt am Schreibtisch. Er war ein gutes Stück kleiner als der Bruder, aber nun war auch er gereizt, und er schaute so verächtlich auf Bübchen, daß der den Blick nicht aushielt. Titus dachte an den Toten, der unten in der Halle lag, im Purpur des Triumphators; an seinem Prunkbett aber zogen die Römer vorbei, in endlosem Zug. Was der also wohl, was der Vater dem Früchtchen geantwortet hätte, bedachte Titus. Und er fand die Antwort. „Man hat mir deine Rechnungen auf den Tisch gelegt", sagte er kalt, sachlich. „Allein auf der Domäne am Albanersee hast du eine Million zweihunderttausend neue Schulden. Hat in Vaters verlorenem Testament auch was über deine Schulden gestanden?" Domitian schluckte. Der Vater hatte ihn immer knapp gehalten, so daß er die Villa und das Theater am Albanersee, die Prunkbauten, die er für Lucia begonnen hatte, in den Anfängen hatte steckenlassen müssen. „Wollen wir nicht endlich ernsthaft reden?" begann von neuem, veränderten Tones Titus. „Ich will Frieden mit dir, ich will Freundschaft. Du sollst Geld haben, du sollst auf der Domäne bauen können, du sollst für Lucia haben, was du willst. Aber nimm Vernunft an. Gib Frieden."

Domitian ist stark gelockt. Aber er weiß, Titus braucht ihn, auf ihm steht die Dynastie, Marull hat ihm versichert, er könne viel mehr aus ihm herauspressen. „Bedenken Sie, bitte", erwidert er, „daß mir rechtens der Erdkreis gehört. Würden Sie sich an meiner Stelle mit einer Handvoll Sesterzien abspeisen lassen?" Titus, lächelnd, hat eine Anweisung geschrieben und eine Quittung. „Willst du das Geld, oder willst du es nicht?" fragt er. „Natürlich will ich das Geld", mault stirnrunzelnd Bübchen, unterschreibt die Quittung und schiebt die Anweisung in den breiten Purpursaum seines Galakleides.

Titus fühlt sich erschöpft. Die ganzen letzten Jahre stak diese Müdigkeit in ihm. Er hat so lange auf die Herrschaft gewartet. Oft hat er mit dem Gedanken gespielt, sie mit Gewalt an sich zu reißen, es hat Überwindung gekostet, zu warten, er war klug, er hat sich überwunden. Er hat gehofft, wenn er erst nach Recht und Gesetz Herr der Welt sein wird, dann wird seine Müdigkeit vorbei sein, dann wird ein großes Glücksgefühl sie wegschwemmen. Und nun ist es soweit, nun liegt der Alte unten in der Halle. Aber die Müdigkeit ist nicht fort, nach wie vor füllt eine tiefe Gleichgültigkeit ihn an; dieses erste Erreichnis erwies sich als eine Enttäuschung. Jetzt hat die ganze Welt nur noch zwei Lockungen für ihn. Mit Berenike zusammen zu sein, mit Nikion, verknüpft, für immer, ist die eine. Die andere ist, diesen hier zu gewinnen, den Bruder. Sollte er wirklich nicht fähig sein, das zu erreichen? Er hat die Armee herumgekriegt, hat bewirkt, daß selbst sein nüchterner, zugesperrter Vater auf seine Art ihm zugetan war, daß Nikion trotz der Verbundenheit mit ihrem uralten Volk ihm die Zerstörung des Tempels verzieh und ihn liebt. Versagt er so übel hier vor diesem jungen Menschen? Was soll das kleinliche, kümmerliche Gezänk?

Er steht auf, tritt zu dem Sitzenden, legt ihm den Arm um die Schulter. „Nimm Vernunft an, Bübchen", bittet er nochmals. „Mach keine Geschichten, die zuletzt nur dich selber schädigen. Zwing mich nicht, Härte gegen dich anzuwenden." Er macht ihm neue Angebote, ihm zu beweisen, wie ehrlich er es mit ihm meint. Er will, um das Volk endgültig für die Dynastie zu gewinnen, öffentliche Bauten größten Stiles errichten, er will Spiele geben, wie man sie noch niemals gesehen hat. Bübchen, bietet er ihm an, soll für viele dieser Bauten, soll für die wichtigsten dieser Spiele als Protektor zeichnen und die Ehre davon haben.

Domitian hat die Oberlippe noch mehr vorgewölbt, er sitzt steif und ablehnend da. Sicher sind das Fallen, die Titus ihm legt. Das Volk endgültig für die Dynastie gewinnen will er? Aha, er sieht ein, wie wenig Anhang er im Volk hat. Er braucht ihn, er braucht den Namen des Jüngeren. Bauten großen Stiles errichten will er? Aha, er will ihm seine guten Baumeister abspenstig machen, die Grovius und Rabirius. „Ich will Mitregent sein oder nichts", sagt er feindselig, starrköpfig.

Titus hört ihn an. Wut steigt in ihm hoch. Aber er darf sich nicht hinreißen lassen. Wenn er heftig wird, verdirbt er die Sache vollends. Um ruhig zu bleiben, sagt er sich vor, was alles für den Bruder spricht. Man hat ihn, als er ein Knabe war, elend und knapp gehalten; dann plötzlich, er war kaum achtzehn, fiel ihm die Stellvertretung des Vaters in Rom zu, das Regiment der halben Welt. Kein Wunder, daß einer da das Gleichgewicht verliert. Bübchen ist nicht unbegabt. Er hat Ideen, er hat Elan. Das Ungestüm, mit dem damals der Achtzehnjährige die junge, strotzende Lucia dahin brachte, sich scheiden zu lassen und ihn zu heiraten, war imposant. Imposant auch bei aller Überflüssigkeit der Schneid, mit dem er damals zur Armee nach Gallien aufbrach. Gibt es denn kein Mittel, den Bruder spüren zu lassen, wie läppisch sein Mißtrauen ist, wie überflüssig seine Quertreibereien?

Nein, es gibt keines. Bübchen spürt nichts. „Du wirst natürlich bei der Leichenfeier deinen Demetrius Liban beschäftigen?" fragt er bösartig. Titus hat geschwankt, ob er das tun soll. Jetzt, gereizt durch den Ton des Bruders, kann er sich trotz aller Mühe nicht länger zähmen. „Ja", sagt er scharf,

„ich werde mir gestatten, diesen Künstler zuzuziehen." – „Du weißt", erwidert giftig Domitian, und jetzt ist es aus mit seiner Höflichkeit, seine Stimme kippt, „daß Vater den Favor genommen hätte. Keinen anderen. Deinen Juden mit seinen vulgären Übertreibungen bestimmt nicht." – „Dein Favor ist wohl diskret?" höhnt Titus zurück. „Das Couplet von den Schweinen ist wohl diskret?" Trotz des Schmetterns läßt Bübchen sich jetzt nicht einschüchtern. „Das stand zu erwarten", erwidert er, „daß dein orientalischer Geschmack an den Schweinen Anstoß nimmt."

Den Titus wurmt es, daß er auf den kindischen Ton des Bruders einging, daß er nicht hat durchhalten können. Er macht einen letzten, großen Versuch, Bübchen zu gewinnen. „Ich kann dich nicht zum Mitregenten machen", sagt er, die Augen nach innen gestellt, versunken, gequält geradezu. „Du kennst die Gründe. Aber alles sonst will ich dir geben. Heirate Julia."

Domitian sieht auf. Das ist mehr, als er erwartet hat. Wenn dieser da ihm die Tochter zur Frau geben will, statt ihn umbringen zu lassen, so bedeutet das allerhand. Wer kann wissen, ob Titus immer von der gleichen Langmut bleiben wird, ob er sich nicht doch eines Tages entschließt, sich des gefährlichen Nebenbuhlers zu entledigen, ihn zu beseitigen. Er, Domitian, an seiner Stelle hätte es längst getan. Heiratet er Julia, dann ist ihm Leben und Anspruch auf die Nachfolge gesichert. Dazu ist Julia schön. Blond, fleischig, weißhäutig, von einer lässigen, reizvollen Trägheit. Eine kurze Zeit schwankt er. Doch sehr bald wieder fällt ihn das alte Mißtrauen an. Der andere will, daß er Julia heirate, sich von Lucia scheiden lasse? Aha, Titus will Lucia für sich selber, will zeigen, daß ihm die Frau, die der Bruder geheiratet hat, als Freundin gerade recht ist. Gefehlt, mein Lieber. Darauf fällt dir ein Domitian nicht herein.

Er stellt sich vor, wie er seinen Freunden, dem Senator Marull und seinem Adjutanten Annius, diese Unterredung schildern, wie er vor allem seiner geliebten Lucia triumphierend davon erzählen wird. Bis in jede Einzelheit ausmalen wird er ihr, wie sich der Bruder vor ihm abgezappelt hat, wie er seine

List durchschaut hat und ihn hat abfahren lassen. Lucia wird lachen; sie kann gut lachen, und wer sie zum Lachen bringt, hat viel bei ihr gewonnen. Er ist sehr mißtrauisch, die Menschen sind Geschmeiß, davon ist er zutiefst überzeugt, aber wenn Lucia lacht, dann ist er glücklich. Vielleicht, wenn sie gut und zustimmend über seine Erzählung lacht, läßt sie ihn auch einmal wieder die Narbe unter ihrer linken Brust küssen, deren Berührung sie ihm so oft versagt. „Ich anerkenne Ihre guten Absichten, Bruder", erklärt er endlich, sehr höflich. „Allein das ändert nichts an der Rechtslage. Die Unterschlagung des Testaments bleibt ein Verbrechen, das vielleicht vergeben, aber durch solche Angebote nicht gesühnt werden kann. Ich behalte mir alles Weitere vor", schließt er, grüßt, geht.

Als er dann, am dreißigsten Juni, hinter der Bahre des Vaters einherschritt, fühlte er sich nicht unzufrieden. Daß man zum Beispiel die Beutestücke aus dem jüdischen Krieg mittrug, die Schaubrottische, den Goldenen Leuchter, daß man also der Wahrheit die Ehre gab und den Vespasian, nicht den Titus als den Besieger Judäas anerkannte, das hat er erwirkt, das hat der Bruder ihm konzedieren müssen. Je länger die Zeremonie dauerte, so mehr füllte ihn Befriedigung. Es ist gut, daß es mit dem Alten aus ist. Darin ist er mit Titus einig, daß man jetzt die Würde der Dynastie ganz anders wahren kann. Der Tote da vor ihm freilich, wie er auf seinem hohen Traggerüst halb sitzend liegt, in der Haltung eines Lebenden, die Wange in eine Hand gestützt, ist trotz des kaiserlich purpurnen Kleides nicht eben sehr würdig. Doch schon die Prozession der vorausschreitenden Ahnen ist eine höchst eindrucksvolle Schaustellung. Denn jetzt haben er und Titus freie Hand. Die Schauspieler, die dort vorne, eine endlose Reihe, zu Fuß, zu Pferd, auf Ruhebetten gelagert, die Ahnen verkörpern, ihre Masken tragend, stellen nicht den Inhaber des Inkassobüros dar und nicht den des Vermittlungsbüros, wohl aber Feldherren, Oberrichter, Präsidenten, und ihr Zug mündet aus in Herkules, den Ahnherrn des Geschlechts. Mögen die Beweisstücke für diese Vorväter zweifelhaft sein: wenn man sie den Massen nur oft genug zeigt, dann glauben sie daran; er selber beginnt schon, daran zu glauben.

Neben dem kräftigeren, jüngeren Bruder wirkt Titus ein wenig müde. Ab und zu murmelt er mit den Chören: „O Vespasian, o mein Vater Vespasian“; aber es bleibt ein mechanisches Bewegen der Lippen. Er leidet unter der Hitze, unter seiner Schlaffheit. Vielleicht hat Bübchen ihm ein Gift eingegeben, ein schleichendes, langsam wirkendes. Sein Arzt Valens freilich bestreitet es, und Valens ist vertrauenswürdig. Vielleicht ist wirklich seine Erschöpfung einfach die Konsequenz seines wilden, rastlosen Lebens. Vielleicht auch die Folge einer Krankheit, die eine Frau ihm angehängt hat. Vielleicht auch weder Gift noch Krankheit, sondern einfach eine Strafe des jüdischen Gottes.

Neun Jahre sind es jetzt her, daß man das Haus dieses Gottes verbrannt hat. Nicht er: man. Er hat Berenike versprochen, den Tempel zu schonen, und er hat das Seine dazu getan. Wenn es am Ende doch anders kam, dann trägt er nicht mehr Schuld daran als sein Vater, und wenn er jetzt die Beute von damals, die Tempelgeräte, mit im Leichenzug führen läßt, so gibt er mit Recht dem Toten die Ehre des Triumphs, wälzt aber mit dem gleichen Recht die Verantwortung für die Lästerung des jüdischen Gottes auf ihn ab.

Er erinnert sich genau, wie er damals dem Ersten Zenturio der Fünften den Tagesbefehl für den fatalen neunundzwanzigsten August übergab. „Belästigt der Gegner die Lösch- und Aufräumekommandos, so ist er mit Energie abzuweisen, doch unter Schonung der Baulichkeiten, soweit sie zum eigentlichen Tempelhaus gehören“, so hat er es formuliert. Er ist gedeckt. Das Kriegsgericht hat alles festgestellt. Man hat der Ersten Kohorte der Fünften Legion die Unzufriedenheit der Heeresleitung ausgesprochen, weil sie den Brand nicht verhindert hat. Er braucht nicht lange einen guten Advokaten, um sich zu rechtfertigen.

Eine andere Frage bleibt allerdings, ob auch der beste Redner und listigste Advokat, ob selbst ein Marull oder Helvid ihn vor diesem verdammt listigen östlichen Gott, vor diesem unsichtbaren Jahve, zu einem Freispruch verhelfen könnte.

Der Zenturio der Fünften hat vorschriftsmäßig den Tagesbefehl wiederholt. Er sieht ihn noch, diesen Hauptmann Pedan, wie er damals vor ihm stand, fleischig, mit nacktem, rosigem Gesicht, gewaltigen Schultern, mächtigem Nacken, mit seinem lebendigen und seinem Glasauge. Er hat es noch gut im Ohr, wie der Hauptmann damals, wiederholend, den Befehl mit seiner quäkenden Stimme vorlas. Dann, unmittelbar nachdem Pedan geendet hatte, war ein winziges Schweigen gewesen. Er wußte noch genau, was er während dieses winzigen Schweigens gespürt hatte. Daß man das da herunterreißen müsse, das Weißgoldene, den Tempel dieses unheimlichen, unsichtbaren Gottes, daß man ihn unter die Füße stampfen müsse, das hat er gespürt. Jerusalem muß hin sein, Hierosolyma est perdita, die Initialen davon: Hep, Hep, das hat er damals gespürt, genau wie seine Soldaten. Aber was er gespürt hat, ist seine Sache, Gedanken sind unsichtbar, nur für seine Taten muß man einstehen. Möglich freilich, daß dieser listige Jahve es anders hält, der ja leider aus seiner Unsichtbarkeit heraus alles merkt. Vielleicht ist es deshalb, daß er sich jetzt an ihm rächt und ihn krank macht und ihm alle Tatkraft und Freude nimmt. Vielleicht wäre es klüger, an Stelle des Doktor Valens einen guten jüdischen Priester zu Rate zu ziehen. Er muß das mit seinem Juden Josef bereden.

Ach, wenn er es mit Berenike bereden könnte. Wenn er sie da hätte. Es ist ihrethalb, daß er diesen Feuertelegrafen eingerichtet hat. Sicher weiß man es längst in Judäa, daß der Alte tot ist. Sicherlich auch hat es Berenike in der Einsamkeit ihrer judäischen Besitzungen erfahren. Sicherlich weiß sie, wie sehr er sie braucht, sicher ist sie längst aufgebrochen. „O Vespasian, o mein Vater Vespasian", bewegten sich seine Lippen. Aber seine Gedanken sind bei Berenike. Er berechnet, daß sie bei gutem Wind in zehn Tagen schon hier sein kann.

Endlich ist man auf dem Forum. Man macht halt vor der Rednertribüne. Titus ersteigt die Bühne. Er ist ein guter Redner, Lobreden auf Tote sind dankbare Aufgaben, er ist gut vorbereitet. Auf einem in der Falte seines Ärmels versteckten Täfelchen hat er stenographische Notizen. Seiner Sache sehr sicher also, ja mit einer gewissen Freude, begann er zu sprechen. Doch merkwürdigerweise wich er sehr bald ab von dem, was er sagen wollte. Er sagte fast nichts über den englischen Feldzug des Toten und wenig über die Errettung des Reichs und die Stabilisierung der Wirtschaft. Mit schmetternder Kommandostimme aber, in langen Sätzen, pries er, wie der Tote Jerusalem, die niemals eroberte Stadt, genommen und zerstört habe. Verwundert hörten es die Römer, Bübchen grinste geradezu. Auch die Juden standen erstaunt. Warum wollte es der neue Kaiser nicht wahrhaben, daß er der Zerstörer des Tempels war? Bedeutete es für sie Gutes oder Schlechtes, daß der neue Herr seine eigenen Taten zugleich mit der Leiche verbrennen wollte?

Auf dem Marsfeld war in Pyramidenform ein ungeheurer Scheiterhaufen errichtet, mit sieben sich verjüngenden Stockwerken. Die Pyramide war mit goldbestickten Decken bekleidet, Elfenbeinreliefs und Gemälde verherrlichten die Taten des Mannes, der jetzt im Begriff war, ein Gott zu werden. Gaben, die Senat und Volk dem Toten gespendet hatten, waren über die sieben Stockwerke verteilt, Speisen, Kleider, Schmucksachen, Waffen, Geräte, was immer ihm im Jenseits lieb und nützlich sein mochte. Weithin duftete der Scheiterhaufen nach Wohlgerüchen, nach Gewürz, Weihrauch, Balsam, auf daß der Gestank des Brandes übertäubt werde.

Die Dächer der Gebäude ringsum, der Theater, Badeanstalten, Wandelhallen, waren bedeckt mit Zuschauern. Vier große Tribünen waren errichtet für diejenigen, die man am Zug nicht hatte teilnehmen lassen können, weil die Entfernung vom Palatin zum Marsfeld nicht lang genug war, alle Berechtigten zu fassen.

Auf einer der Tribünen hatte man den Vorstehern der sieben jüdischen Gemeinden Roms Plätze angewiesen. Zu ihnen hatte sich Claudius Regin gesellt. Es waren sehr gute Plätze, und die jüdischen Herren betrachteten das als günstiges Zeichen.

Es war bitter notwendig, daß endlich freundlichere Winde kamen. Die Regierung hatte seinerzeit die Juden Roms den Aufstand in Judäa nicht entgelten lassen. Dennoch war mit der Zerstörung ihres Staates und ihres Tempels schwerer Kummer über sie hereingebrochen. Obwohl viele von ihnen schon seit fast anderthalb Jahrhunderten hier in Rom saßen, hatten sie nie aufgehört, ihr Judäa als ihr Heimatland zu betrachten, und alle paar Jahre waren sie, frommes Glück im Herzen, zum Passahfest nach Jerusalem gewallfahrtet, zum Hause Jahves. Jetzt waren sie für immer dieser ihrer wahren Heimat beraubt. Nicht nur das: sie wurden Tag um Tag auf eine besonders demütigende Art an die Zerstörung ihres Heiligtums erinnert. Der Mann nämlich, dessen Leiche man jetzt hierhertrug, war nicht geneigt gewesen, ihnen die kleine Abgabe zu schenken, die sie früher für den Tempel in Jerusalem gezinst hatten. Er hatte vielmehr voll bösartigen Witzes verordnet, daß die fünf Millionen Juden des Reiches diese Steuer nunmehr für den Kult des Capitolinischen Jupiter zu entrichten hätten. Bei Todesstrafe war es ihnen verboten, sich dem Areal ihres eigenen, verwüsteten Tempels im Umkreis von zehn Meilen zu nähern: in höhnischem Glanz aber hob sich vor ihren Augen, von ihrem Geld neu errichtet, das Heiligtum der Capitolinischen Trinität, das Haus jenes Jupiter, der nach der Meinung dieser Römer ihren Jahve besiegt und in den Staub getreten hatte.

Und nicht nur diese schimpfliche Sondersteuer drückte sie. Da war noch die Frage der Emigranten aus Judäa. Der Krieg hatte eine ungeheure Menge Juden von dort weggespült. Die östlichen Provinzen mit ihren großen Städten Antiochien und Alexandrien hatten Hunderttausende aufgenommen; aber ihrer dreißigtausend etwa waren bis in die Hauptstadt gelangt. Es gab in Rom Juden von großem Reichtum und großem Einfluß, doch die Mehrzahl waren Proletarier, sie wohnten kümmerlich in freiwilligem Ghetto auf dem rechten Tiberufer, sie erregten durch ihr Elend und ihre Absonderung Unwillen und Gelächter, und der neue Zustrom zumeist bettelhafter Emigranten war den Altangesessenen unwillkommen. Dazu kam, daß zahllose Juden durch den Krieg Leibeigene geworden waren; noch immer bestand ein großer Teil des Menschenmaterials, das den Vorrat für die Tierhetzen und die andern blutigen Spiele der Arena bildete, aus Juden.

Selbstverständlich versuchte man von diesen Leibeigenen so viele wie möglich freizukaufen; allein das erforderte große Mittel, und wen man freigekauft hatte, der lag einem auf der Tasche. Dabei schickten die jüdischen Gemeinden Alexandriens und Antiochiens immer wieder Delegierte, nun möchten doch auch die römischen Juden endlich größere Summen für die gemeinsamen Hilfskomitees stiften. Richtig war, daß jene östlichen Gemeinden für die Kriegsopfer ungleich höhere Beträge aufgebracht hatten als Rom. Aber Rom konnte eben nicht mehr leisten; es war schmerzhaft, immer wieder daran erinnert zu werden, wieviel reicher und mächtiger die östlichen Juden waren als die westlichen, immer wieder zu spüren, mit welchem Hochmut sie auf die Westjuden herabschauten.

Heute aber quälten diese Gedanken die Juden der Stadt Rom nicht so hart wie sonst. Vespasian war tot. Auf der Tribüne des Marsfeldes saßen die Repräsentanten ihrer sieben Gemeinden, ihre Präsidenten, Syndici und Doktoren, und warteten darauf, daß er unter die Götter eingehe. Sie versprachen sich manches von der Zeit, da dieser Vespasian endlich ein Gott und Titus Kaiser sein wird. Das Bild der Berenike hing groß und jedem sichtbar im Empfangsraum des neuen Herrn, sehr bald wird die jüdische Prinzessin auf dem Palatin einziehen. Sie wird, eine neue Esther, ihr Volk aus den Demütigungen retten, die seine Feinde ihm antun.

Die sieben Gemeinden liebten einander nicht. Die eine war modernistisch, liberalistisch, eine andere zählte nur Leibeigene und Freigelassene zu ihren Mitgliedern, wieder eine andere nur römische Bürger und große Herren; dennoch waren sie alle, Vornehme und Proletarier, freier Denkende und streng Ritengläubige, verbunden durch den gemeinsamen Schmerz um den verlorenen Staat, durch die gemeinsame Schmach der Judensteuer und der Eintragung in besondere Steuerlisten und jetzt durch die gemeinsame Hoffnung auf Umschwung.

Die jüdischen Herren auf der Tribüne saßen in einer großen Gruppe. Cajus Barzaarone, der Präsident der Agrippenser-Gemeinde, der mitgliederreichsten, ist nicht so zuversichtlich wie die übrigen Herren. Er hat viel erlebt und viel gesehen. Jahve ist ein gütiger Gott und ziemlich tolerant, aber der Kaiser, jeder Kaiser, greift oft ein in die Rechte Jahves und macht es den Juden nicht leicht. Der alte Herr wiegt den klugen Kopf. Es ist schwer, ein guter Jude und zugleich ein guter Römer zu sein. Es ist schwer für ihn selber, seine Möbelfabrik, die erste in Rom, auf der Höhe und zugleich alle Gebote Jahves zu halten. Sein Vater, den er sehr liebte, hat sein Alter vergällt gesehen durch die inneren Konflikte, die diese Situation mit sich brachte. Es wird auch diesmal, erklärt er, nicht so einfach sein, wie die Herren es sich vorstellen. Es wird wahrscheinlich noch viel Wasser den Tiber hinunterfließen, ehe die Prinzessin Berenike Kaiserin ist, und wenn sie es wirklich wird, wer weiß, wieviel von ihrem Judentum sie dafür wird preisgeben müssen. Man hat da Beispiele.

Alle wissen, an wen der kluge, kopfwiegende Herr denkt. Der Schriftsteller Josef Ben Matthias ist den Juden Ursache ständigen Zankes und Ärgernisses. Dieser Mann, sein Leben, sein Buch, sein vielfacher Verrat und sein vielfaches Verdienst um die Judenheit, bleibt ihnen ein Rätsel. Das regierende Kollegium von Jerusalem hat ihn seinerzeit in den Bann getan. Einige von den Doktoren in Rom sind der Ansicht, nach dem Untergang des Tempels gelte dieser Bann nicht mehr. Aber den meisten Juden der Stadt ist Josef gleichwohl ein Abtrünniger, und sie halten, wenn er in ihre Nähe kommt, die sieben Schritte Abstand wie vor einem Aussätzigen. So auch hält es Cajus Barzaarone.

„Ich glaube“, sagt der Finanzmann Claudius Regin, und die schlauen, schläfrigen Augen unter seiner vorgebauten Stirn schauen gerade und unverwandt in die listigen, beweglichen des Möbelhändlers, „ich glaube, es wird sich jetzt zeigen, daß Doktor Josef Ben Matthias sein Judentum nicht vergessen hat.“ Er gibt Josef mit Absicht seinen jüdischen Namen und Titel. Er möchte die Gelegenheit benützen, für ihn bei den Juden etwas herauszuschlagen. Wahrscheinlich weiß der sehr weltkundige Herr besser als die Männer hier auf der Tribüne um die vielen brüchigen Stellen im Wesen des Josef, und oft in seiner mundfaulen Art gibt er ihm das zu verstehen.

Gleichwohl hat er eine aus den Tiefen kommende Neigung für ihn, er hilft ihm, wo er kann, und hat als des Josef Verleger einen großen Teil seines Ruhmes geschaffen.

Die Juden auf der Tribüne hören aufmerksam zu, wie Claudius Regin zu sprechen beginnt. Er betont zwar immer, er gehöre nicht zu ihnen, er sei froh, daß sein sizilischer Vater, dem Drängen seiner jüdischen Mutter widerstehend, ihn nicht habe beschneiden lassen. Aber, alle wissen es, wenn *einer* ein Freund der Juden ist, dann dieser Claudius Regin. „Ich glaube", fährt er fort, „es wäre gut, den Doktor Josef Ben Matthias zu unterstützen, wenn er sein Judentum beweisen will." – „Kann man einen dabei unterstützen?" brummelt ablehnend Cajus Barzaarone. Aber Claudius Regin weiß, die Juden auf der Tribüne werden sich seine Worte überlegen.

Der Zug nahte, umkreiste das Marsfeld. Die auf der Tribüne erhoben sich, den Arm mit der flachen Hand ausstrekkend, grüßten den toten Kaiser. Aber worauf sie warteten, alle, gespannt, das war nicht der tote, das war der lebendige Vespasian, der Schauspieler, ihr Schauspieler, Demetrius Liban, der Jude. Und da kam er auch schon, von weit her erkannte man sein Nahen an dem stürmischen Gelächter, das ihm voranging. Zwischen dem Senat und den Gruppen des Zweiten Adels schritten sie, der ganze Trauerzug der Ahnen, ein zweites Mal, dargestellt wiederum von Tänzern und Schauspielern, aber Masken und Gesten schärfer jetzt, grotesk, ins Komische verzerrt. Und da, endlich, als ihr letzter, Vespasian. Unser Demetrius Liban.

Nein, das war nicht Demetrius, das war wirklich Vespasian. Ein Jammer, daß der Tote sich nicht mehr selber sehen kann, es wäre ihm ein Hauptspaß. Mit derben, kräftigen Schritten ging Demetrius-Vespasian einher, seine Lippen waren vielleicht ein Winziges länger, seine Falten ein Winziges härter, ein Winziges breiter seine Stirn, ein Winziges nüchterner, vulgärer das ganze Gesicht als das des Toten da vorne. Aber gerade darum war er doppelt Vespasian. Leiblich gemacht war den Hunderttausenden der ganze Kontrast zwischen der Würde und Mystik römischer Kaisermacht und der bäurisch rechenhaften Persönlichkeit ihres letzten Trägers.

Jubelnd begrüßten sie ihren Kaiser, wie er da zwischen ihnen einherschritt, Spott austeilend, Spott hinnehmend. Er sei vergnügt, sagte er den Massen am Straßenrand; es sei heute ein heißer Tag, das mache durstig, das sei gut für die Latrinensteuer.

Seinen Hauptspaß aber hielt Demetrius Liban noch zurück. Soll er ihn überhaupt machen? Immer wieder faßte ihn Furcht vor seinem eigenen Mut. Jetzt aber sah er auf einer der Tribünen den Kollegen Favor, den Ersten Schauspieler der Epoche, den Nichtskönner, um dessentwillen dieser Tote ihn aus dem Licht in den Schatten gedrängt hat. Da packte es ihn, und das Herz trat ihm auf die Zunge. Mit derben Schritten machte er sich Bahn bis zum Intendanten der Schauspiele, wartete, bis es ganz still wurde, und, auf den Scheiterhaufen und die Pracht des Leichenzuges weisend, mit lauter, knarrender Stimme, fragte er: „Sagen Sie, Herr, wieviel haben Sie denn nun für den ganzen Zauber ausgeworfen?" – „Zehn Millionen", antwortete wahrheitsgemäß der überraschte Intendant. Da grinste Demetrius-Vespasian schlau über sein hartes Bauerngesicht, stieß den andern in die Seite, streckte ihm die Hand hin, blinzelte, schlug ihm vor: „Gebt mir hunderttausend und schmeißt mich in den Tiber."

Einen Augenblick stutzte man, dann aber pruschte man heraus, die Zuschauer am Straßenrand, die Senatoren auf der Tribüne; selbst die spalierbildenden Soldaten der Leibgarde konnten sich des Lachens nicht enthalten. Dröhnendes Gelächter war von einem Ende des Platzes bis zum andern.

Den Juden auf der Tribüne aber, trotzdem sie sich der ansteckenden Heiterkeit nicht entzogen, kamen sogleich Bedenken. Liban ist ein ausgezeichneter Schauspieler, meinten die einen, sein Witz ist gut, und er darf ihn sich leisten. Nein, meinten die andern, ein Jude muß Rücksicht nehmen, und es wird peinliche Folgen haben. Und ja und nein, und sie waren voll Anerkennung und priesen den Demetrius, und sie schüttelten sorgenvoll die Köpfe und schimpften.

Jetzt aber war der Zug am Scheiterhaufen angelangt. Man erstieg die Pyramide, setzte die Bahre auf dem obersten

Stockwerk nieder. Titus öffnete dem Toten die Augen, er und Domitian küßten ihn, sie blieben bei ihm, während unten ein Regiment der Garde mit Tuben und Hörnern ein letztes Mal vorbeizog. Dann stiegen sie hinunter und zündeten, abgewandten Gesichtes, den Scheiterhaufen an. In dem Augenblick, da die Flamme hinausschlug, schwang sich vom Giebel des obersten Stockwerks ein Adler in die Luft.

In wenigen Minuten stand die Pyramide in Feuer. Die entzündeten Massen des Parfüms verbreiteten einen ungeheuren, betäubenden Geruch. Die Zuschauer aber, nicht abgehalten von Hitze und Geruch, drängten vor, zerrissen das Spalier der Garde. „Leb wohl, Vespasian, leb wohl, du sehr guter, sehr großer Kaiser. Sei gegrüßt, Gott Vespasian", riefen sie, stürzten zum Scheiterhaufen, warfen letzte Gaben in die Flammen, Kränze, Kleider, abgeschnittene Haarlocken, Schmuck. Ein Taumel ergriff sie, halb gespielte Trauer, halb echte, sie schrien, die Hörner und Tuben klangen, noch sah man den Adler in der Luft.

Auf seiner Tribüne der dickliche Finanzmann Claudius Regin schaute aus seinen schweren, schläfrigen Augen unter der vorgebauten Stirn in das Getümmel. Vielleicht spürte unter den Hunderttausenden allein er wirkliche Trauer. Ohne viele Worte zu machen, hatte der römische Kaiser niemanden als diesen Halbjuden in seine geheimen Sorgen und Freuden hineinschauen lassen. Vermutlich wußte niemand besser als er um die Schwächen des Toten, doch niemand besser auch um seine kluge Sachlichkeit, seinen trockenen, witzigen Verstand, seinen tiefen Blick fürs Menschliche. Claudius Regin verlor in ihm einen Freund. Mit seinen schweren Beinen schnell und mühevoll wackelte er herunter von der Tribüne, in die Hitze um den Scheiterhaufen hinein, schrie mit den andern, riß sich die Schuhe ab, schmiß sie in die Flammen.

Es wuchs die Hitze, das Geschrei, der Taumel. Selbst die große, römische Lucia konnte sich nicht halten, sie zerfetzte ihr schwarzes Gewand, warf die Fetzen in die Flammen, ihre linke Brust mit der kleinen Narbe darunter war bloß. „Leb wohl, Kaiser Vespasian. Sei gegrüßt, Gott", schrie sie mit den andern.

Sehr schnell brannte die Pyramide nieder. Die glimmenden Kohlen wurden mit Wein gelöscht, dann sammelte man die Gebeine, begoß sie mit Milch, trocknete sie an Linnen ab, legte sie, mit Salben und Wohlgerüchen vermischt, in eine Urne. Gleichzeitig aber, in einer kleinen Höhlung, die im Mausoleum des Augustus vorbereitet war, begrub man den beringten dritten Finger des Toten, den man vor der Verbrennung abgeschnitten hatte.

Josef arbeitete trotz der drückenden Hitze vom frühen Morgen bis tief in die Nacht. Es ging um mehr als eine stilistische Überfeilung. Er wollte jetzt, nach dem Tod des Vespasian, die jüdische Grundhaltung des Buches auch in der griechischen Version so klar herausarbeiten wie in der ursprünglichen aramäischen Fassung.

Phineas saß am Tisch, still, zugesperrt. Josef hielt sich in seinem Rücken. Sicherlich hatte der Sekretär, der überzeugte Grieche, Verachtung für die jüdischen Tendenzen des Buches und verhöhnte sie in seinem Innern. Sein großes, blasses Gesicht aber mit der mächtigen Nase blieb glatt, höflich, beflissen. Josef verlangte von ihm nicht weniger als von sich selbst, und Phineas, ohne ein Wort des Unmuts, hielt durch. Josef sah den starken, wenig behaarten Hinterkopf des Menschen, hörte seine tiefe, gleichmütige, wohlklingende Stimme. Der ganze Raum war angefüllt von seinem undurchdringlichen Hohn. Der Hohn des Josef freilich war besser, tiefer; sein Entschluß, sich von dem Mann zu trennen, gab ihm Überlegenheit.

So arbeitete er, gehetzt, verbissen, kaum gehemmt durch die vielen Widerstände, bis er die Überfeilung der ganzen sieben Bücher des „Jüdischen Krieges“ vollendet hatte. Tief atmete er auf, als er soweit war. Er hatte sich bis jetzt keine Gedanken gegönnt an die Dinge außerhalb seiner Arbeit. Jetzt tauchte er herauf. Jetzt wollte er die Augen aufmachen, wollte sehen, was sich in diesen Wochen rings um ihn ereignet hatte.

Er schlenderte durch die Stadt. Es war angenehm, nach der Stille dieser letzten Wochen und ihrer engen Sammlung die Weite Roms zu spüren, sein brausendes Leben.

Josef geriet auf das Forum, das den Namen des toten Kaisers trug. Weiß und stolz hob sich vor ihm das Haus der Friedensgöttin. Am Mittwoch pflegten hier öffentliche Vorträge stattzufinden. Josef ging solchen Veranstaltungen gemeinhin aus dem Wege. Heute indes lockte es ihn, einen griechischen Redner zu hören, ohne jede Endung und Wendung auf ihre Brauchbarkeit für sein eigenes Werk hin prüfen zu müssen. Er betrat den Tempel, ging in den Rezitationssaal.

Die übergroße Zahl der literarischen Vorträge war zur Plage geworden; die Vorträge im Friedenstempel gar galten als anspruchsvoll und überkultiviert, und gewöhnlich blieb der weite, vornehme Raum leer. Doch heute konnte Josef nur mit Mühe Platz finden. Der Redner nämlich, ein gewisser Dio aus Prusa, war in letzter Zeit, vor allem durch die Protektion des Titus, sehr in Sicht gekommen, und sein Thema „Griechen und Römer“ war von höchster Aktualität. Denn der schlaue Kaiser Vespasian hatte zwar dem griechischen Osten viele wirtschaftliche und politische Privilegien entzogen, hatte aber diese Unbill durch Schmeicheleien für griechische Bildung und Kultur und durch Ehrengehälter für eine Reihe griechischer Künstler und Wissenschaftler versüßt. Der Steuerzuwachs aus dem Entzug der Privilegien brachte an die fünf Milliarden, die Ehrengehälter kosteten noch keine Viertelmillion. Trotzdem hatte die Geste auf die ehrsüchtigen Griechen ihre Wirkung nicht verfehlt. Die senatorische Opposition in Rom aber, immer bestrebt, den Kaiser, da sie es durch ernsthaften Widerstand nicht konnte, durch Nadelstiche zu kränken, hatte daraufhin die „Griechlein“ noch heftiger als bisher ihre altrömische Verachtung spüren lassen. Dio, der Redner von heute, der Günstling des Titus, war der Wortführer der Griechen in Rom, und man war gespannt, was er sagen und was man ihm erwidern werde.

Viel Neues brachte der berühmte Mann nicht vor, das wenige freilich in glänzender Form. Er pries vor allem, und zwar mit deutlichen Spitzen gegen die Herren von der senatorischen Opposition, die man zahlreich unter den Zuhörern sah, die geistige Freiheit, die die Monarchie gebracht habe, ein Erreichnis, das der griechische Osten besonders schätze. Politische Freiheit, führte er aus, sei ein zynisches Vorurteil. Ein so riesiger Organismus wie der des Römischen Reiches müßte, wollte man ihn statt von einem einheitlichen Willen von einer größeren Körperschaft regieren lassen, schnell in Anarchie und Barbarei zerfallen. Ein geordnetes Ganzes aber sei die Voraussetzung einer wirklichen Freiheit, der Freiheit im Geiste. Es sei also, so paradox es klinge, die Herrschaft eines einzelnen die einzige Möglichkeit, geistige Freiheit zu gewährleisten. Geistige Freiheit aber sei von jeher das A und O hellenischer Kultur gewesen, und es sei somit die Monarchie die den Griechen am meisten gemäße Regierungsform. Die römische Monarchie gar entspreche durchaus den Vorstellungen, die die Besten der Griechen seit Homer sich vom Staate gemacht hätten. Sie sei keine orientalische Tyrannis, sondern eben jenes aufgeklärte Königtum, das die politische Ideologie der hellenischen Klassiker immer und immer wieder ersehnt habe. Kein Wunder daher, daß seit den Zeiten des Augustus die griechische Bildung einen neuen Aufschwung genommen habe. Jetzt seien römische Macht und griechischer Geist im Begriff, für immer harmonisch eins zu werden.

Die Herren von der aristokratischen Opposition, kenntlich an dem breiten Purpurstreif ihrer weißen Galakleider und an ihren hohen, roten, schwarzgeriemten Schuhen, hörten die Rede mißvergnügt mit an. Sie hatten gleich erwartet, daß der Sprecher des Titus sein Thema zu Ausfällen gegen sie benutzen werde. Sie beharrten auf der Fiktion, den sechshundert Senatoren stehe die Herrschaft des Reiches zu, der Kaiser sei nur der Erste unter Gleichen, und was war der Vortrag des Dio anders gewesen als ein Angriff gegen diese ihre Auffassung? Sie standen in einer anmaßlichen Gruppe zusammen, als der Redner geendet hatte. Josef, mit vielen anderen, trat näher an die Gruppe heran; man war gespannt, ob sie sich auf eine Diskussion einlassen würden. Josef lachte in seinem Innern über ihre utopischen Ansprüche. Sie waren um nichts besser, diese Herren mit den hochklingenden Titeln und Ämtern, als jene „Rächer Israels", die seinerzeit den jüdischen Aufstand fortgeführt hatten, als er längst besiegt war.

Jetzt begann wirklich einer von den jüngeren Herren zu reden. Er wagte es nicht, die monarchistischen Theorien Dios anzugreifen, er zog es vor, seinen Ärger in Schmähungen des Griechentums zu entladen. Wenn es im Osten immer wieder zu Reibungen komme, führte er aus, so liege das nur am Dünkel der Griechen. Die wollten den Römern vorschreiben, was sie zu tun und zu lassen hätten, was einem Römer anstehe und was nicht. Wie sähen sie denn in Wahrheit aus, diese Menschen, die sich als das Salz der Erde betrachteten? Schnelle, witzige Urteile hätten sie bei der Hand, das leugne er nicht, ihre Beredsamkeit sei betäubend, aber sie seien höchst unbedenklich in der Wahl ihrer Argumente. Ihre leicht angeregte Phantasie hindere sie, zwischen Wahrheit und Lüge zu unterscheiden. Außerdem habe lange Knechtschaft sie zur Schmeichelei erzogen, ihre komödiantischen Talente entwickelt. Natürlich könne man diese Eigenschaften auch mit freundlicheren Worten bezeichnen, könne sie Anpassungsfähigkeit nennen, Anmut des Wesens und der Rede, Erfindungsgabe, Geschäftsgewandtheit. Wenn aber die Griechen sich ernstlich mit Rom verständigen wollten, täten sie gut, sich selbst zu sehen, wie sie seien. „Wir hier", schloß er, „halten es gewiß für einen Vorzug, gut zu reden und zu schreiben und schöne Bilder zu malen. Aber die Fähigkeit, ein Reich und eine Armee zu organisieren, scheint uns wertvoller. Wir sind nicht gewillt", fügte er bei, anspielend auf das hohe Ansehen, das Dio bei Hofe genoß, „es hinzunehmen, daß bei Tafel ein Jemand, den der gleiche Wind in unsere Stadt wehte, der uns die Damaszenerpflaumen bringt und die syrischen Feigen, vor uns den Vorrang hat. Daß wir von Kind auf die Luft des Aventin geatmet und uns mit sabinischer Frucht genährt haben, halten wir für einen Vorzug, den wir gegen keine Fixigkeit griechischer Rede vertauschen möchten."

Josef, so plump ihm dieser Ausspruch römischen Stolzes schien, hörte es gern, daß der Mann den Griechen so hochmütig abfertigte. Viele hatten sich um die Gruppe gesammelt, Griechen und Römer, aufmerksam lauschend. Der Redner Dio stand dem jungen Aristokraten gegenüber, lang, elegant, sehr sicher, ein verbindliches Lächeln um den dünnen Mund. Er schien gleichmütig, aber man sah, wie es hinter seiner hohen, steilen Stirn arbeitete, und wartete gespannt, wie jetzt der griechische Professor, dieses Licht aus dem Osten, dem jungen, hoffärtigen Römer seine Frechheiten heimzahlen werde.

Allein noch bevor Dio den Mund auftat, hatte ein anderer sich an diese Aufgabe gemacht, ein Mann mit einem großen, gescheiten Kopf auf einem mageren, eleganten Körper. Der Teint des Mannes war von krankhafter Blässe, seine Hände dünn, unmäßig lang. Aber man sah diese Blässe nicht mehr und nicht mehr die großen, dünnen Hände, sowie er erst zu sprechen angefangen hatte, man hörte dann nur mehr seine tiefe, wohlklingende, wandlungsfähige Stimme. Josef hatte das an sich selber erfahren. So zuwider ihm sein Sekretär Phineas war, er konnte sich dem Zauber seiner Rede schwer entziehen. Daß aber dieser Phineas sich an solchen Diskussionen beteiligte, hatte er bisher nicht gewußt, und er hörte aufmerksam und betreten zu.

Was Phineas sagte, war bis zur Gefahr tapfer. „Es ist nicht ausgemacht", meinte er, und sein Ton war besonders höflich, „ob wir Griechen, wenn wir unsere ganze Intensität auf Erhaltung unserer politischen Freiheit gerichtet hätten, besiegt worden wären. Wer Isokrates aufmerksam liest, der erkennt, daß es unter uns jederzeit Männer gab, die unsere politische Freiheit bewußt preisgeben wollten, um unsere geistige Freiheit zu wahren. Darin hat dieser große, weise Herr Dio aus Prusa zweifellos recht. Allein nicht zu dem Zweck haben wir auf unsere politische Souveränität verzichtet, um uns jetzt von Männern heruntermachen zu lassen, die die Zusammenhänge nicht überblicken. Wir haben ein Universalreich angestrebt. Rom hat, im Rohbau wenigstens, dieses Universalreich geschaffen. Wir müssen uns aber dagegen verwahren, daß man uns unseren Anteil abspricht. Wir geben Rom, was Roms ist: man anerkenne, was unser ist. Unser Anteil ist nicht gering. Nehmen Sie der römischen Bildung ihre griechische Grundlage, und alles stürzt zusammen. Cicero ist nicht denkbar ohne Demosthenes, Virgil nicht ohne Homer. So gewiß in Politik und Wirtschaft Rom der Welt Gesetze gibt, so gewiß trägt alles Geistige unsere hellenische Prägung. Kaiser Vespasian hat uns Freiheiten entzogen, die ein früherer Monarch uns gegeben hat. Wir beklagen uns nicht darüber. Wir haben auch nicht groß gejubelt, als jener andere uns diese Freiheiten verlieh. So mächtig der römische Kaiser ist, die Dinge, die uns Griechen die wichtigsten auf der Welt scheinen, kann er uns nicht nehmen und nicht geben. Er kann sie bestenfalls von uns empfangen. Der junge Herr, der von der Höhe seines Senatorenschuhs so tief auf uns ‚Griechlein' in unseren silbernen Sandalen herabschaut, möge wissen, daß wir bei all unserer Schmiegsamkeit *eine* Eigenschaft nicht umbiegen und nicht umlügen, niemandem zuliebe: den Stolz, Griechen zu sein. Macht ist eine große Sache, Politik ist eine große Sache, aber im Bereich des Geistes, vom Standpunkt des ordnenden Philosophen aus, sind die Politiker nichts Besseres als Polizisten, ausführende Organe des Alleinherrschers Geist. Ohne Aristoteles, ohne griechische Ideologie wäre Alexander nicht möglich gewesen. Und was ist dieses große Römische Reich anders als, in kleinerem Format, die Wiederholung dessen, was als erster Alexander geschaffen hat?"

Josef stand ziemlich weit hinten. Er konnte Phineas schlecht sehen und hoffte nur, der habe ihn nicht gesehen. Die Stimme des Mannes drang in ihn. Der Mann brauchte keine großen Worte zu machen, eine leise Schwingung seiner Stimme, und sein Gegner war begraben unter einem Berg von Hohn. Betroffen nahm Josef wahr, wie selbst die eisig hochmütigen römischen Aristokraten sich seiner Rede nicht entziehen konnten. Sie machten Miene, zu gehen, aber sie blieben, sie hörten zu, sie schauten auf den großen, blassen Kopf, aus dem geflügelt die Worte kamen. Josef verstand die Tiefe dieses Erfolgs. Phineas sprach vor Männern, die ihm nicht gewogen waren, er, der Freigelassene, vor Männern des höchsten Adels. Es war sicherlich nicht das erstemal, daß er bei einer solchen Gelegenheit sprach: so spricht keiner, der das erstemal spricht. Wie kam es, daß er ihm niemals ein Rühmens aus seiner Begabung gemacht hat? Welcher Hochmut von dem Freigelassenen, welch innerer Vorwurf für ihn selber, daß er es nicht für der Mühe wert hielt, ihm davon auch nur zu sprechen.

Aber mehr als das alles traf ihn der Inhalt dessen, was der Mann sagte, dieser selbstverständliche Stolz auf die griechische Superiorität. Waren das nicht seine eigenen Träume von jüdischer Überlegenheit, nur eben angewandt aufs Griechentum? Wenn, wie Phineas mit Recht sagte, dieses große Römische Reich nichts anderes war als eine Nachahmung der schon von Alexander erreichten Universalmonarchie, war dann das jüdische Schicksal, selbst wenn es bis zu den Höhen geführt werden könnte, von denen Josef träumte, etwas anderes als ein läppisch verkleinerter Abklatsch des griechischen? War sein, des Josef, Lebensziel wirklich nur die Imitation eines längst Erreichten?

Der Stolz des Römers auf sein Römertum war lächerlich. Keine Frage, daß Phineas ein besserer Mann war als der junge, dünkelhafte Mensch, der die Griechen angepöbelt hatte. Phineas hatte ihm gut erwidert, aber seine Argumente, sowie man sie näher betrachtete, zerfielen wie die des andern. Daß einer sich besser dünkt als der andere, weil die Vorfahren der Leute, in deren Mitte er geboren war und deren Sprache er sprach, große Taten verrichtet hatten, war sinnlos und verächtlich.

Josef, als er so weit gedacht hatte, erschrak. Wenn das für den Römer galt und für den Griechen, galt es weniger für ihn, den Juden? Schnell schaltete er seinen Vorbehalt ein. Gut, er hat den Psalm des Weltbürgers geschrieben, und sicherlich ist auch sein letztes Ziel, daß alle Stämme der Welt *ein* Volk werden, geeint im Geiste: aber solange das nicht erreicht ist, gilt es da nicht, die eigene Gruppe zusammenzuhalten, schon weil sie die einzige ist, die dieses Ziel erstrebt?

Er suchte das stark erschütterte Gebäude seines Stammesdünkels durch dieses Argument zu stützen, aber es gelang nicht. Er dachte seine Gedanken nicht zu Ende, hörte den Phineas nicht zu Ende. Er schlich hinaus, die hohen Stufen des Friedenstempels hinunter drückte er sich, benommen, in großer Verwirrung, fliehend beinahe.

Am Abend dieses Tages aber, als er zu Claudius Regin, seinem Verleger, ging, um ihm das abgeschlossene Manuskript zu überreichen, hatte der leichtfertige Mann alle Eindrücke und Gedanken des Vormittags schon wieder in die unterste Tiefe seiner Brust verdrängt.

Der große Finanzmann, nach der Mahlzeit, lag auf dem Speisesofa, schlecht, lotterig angezogen, und trank in kleinen Schlucken an seinem Wein, er mußte ihn lauwarm trinken, er hatte einen schwachen Magen. Er sei enttäuscht von der Haltung des Titus, erzählte er dem Josef. Der Kaiser sei sonderbar apathisch. Immer müsse der Arzt um ihn sein, dieser Doktor Valens. Selbst wenn es um Summen von vierzig, fünfzig Millionen gehe, bleibe er zerstreut, eine auffallende Haltung für einen Sohn des Vespasian. Er schiebe Entscheidungen immer wieder auf. Auch die Juden ernsthaft zu beschützen, wie er es wohl gern möchte, könne er sich nicht entschließen. Wahrscheinlich liege das an den Gerüchten, die Domitian, das Früchtchen, aussprenge. Früher sei dem Titus das Geschwätz der Straße gleichgültig gewesen. Jetzt aber habe er solche Furcht davor, daß er sich scheue, den Juden seine Sympathien zu zeigen. Es wäre gut, wenn endlich Berenike käme.

Trotzdem Josef von der Weltkenntnis seines Verlegers viel hielt, stand die innere Zuversicht, die ihn erfaßt hatte, als er zum erstenmal vom Ableben des Vespasian hörte, so fest, daß ihn die Reden des Claudius Regin nicht irremachten.

Der jetzt hatte das Manuskript des Josef aufgerollt. „Lesen Sie den Anfang des sechsten Buches", bat Josef, „das Kapitel unmittelbar vor dem Sturm auf die Tempelburg." – „Die Römer", las Claudius Regin, „rasierten, um sich das für ihre Belagerungswälle erforderliche Bauholz zu verschaffen, das an die Stadt anstoßende Gelände bis auf neunzig Stadien im Umkreis. Das Land, das vorher im üppigsten Schmuck von Bäumen und Lustgärten geprangt hatte, lag jetzt vollkommen kahl. Kein Fremder, der die herrliche Umgebung Jerusalems früher gesehen, hätte jetzt, beim Anblick solcher Verödung, auf die ungeheure Veränderung anders reagieren können als mit bestürztem Jammer. Wäre jemand, der mit der Gegend von früher her vertraut war, jetzt unversehens hierherversetzt worden, er hätte sie nicht wiedererkannt, er hätte die Stadt suchen müssen, die doch vor ihm lag."

Josef wartete gespannt, was Regin sagen werde; er wußte, dieser Mann war einer der besten Kenner. „Ich freue mich", sagte schließlich der Verleger, „daß Sie die jüdische Tendenz verstärkt haben. Ihr Buch, mein Doktor und Herr, ist sicherlich das beste Buch über den Krieg." Josefs Herz hob sich. Aber Claudius Regin war noch nicht zu Ende. „Ich bin neugierig", schloß er, „was Justus nach Ihrem Buch zu sagen haben wird."

Den Freitagabend darauf ging Josef über die Emiliusbrücke, die hinüber zum rechten Ufer des Tiber führte, wo die Juden wohnten. Er war voll Genugtuung. Cajus Barzaarone, der Vorstand der Agrippenser-Gemeinde, die Worte bedenkend, die Claudius Regin bei der Bestattung des Kaisers gesprochen, hatte den Josef eingeladen, den Vorabend des Sabbats in seinem Hause zu verbringen. Josef ging also zum Drei-Straßen-Tor in das Haus des Cajus.

Mit Vergnügen erkannte er das Speisezimmer wieder. Heute wie damals vor fünfzehn Jahren, als er zum erstenmal hierhergekommen, war der Raum zur Feier des Sabbateingangs nicht nach römischer Art erleuchtet, sondern, nach dem Brauch Judäas, von silbernen, mit Veilchengirlanden geschmückten Lampen, die von der Decke hingen. Heute wie damals stand auf dem Büfett altes Tafelgeschirr mit dem Emblem Israels, der Weintraube. Mehr aber als alles andere rührte das Herz des Josef der Anblick der strohumhüllten Wärmekisten; da am Sabbat nicht gekocht werden durfte, bewahrte man die schon bereiteten Speisen in diesen Kisten auf, und ihr vertrauter Geruch erfüllte den Raum.

Cajus Barzaarone kam ihm unbefangen entgegen, als hätte er ihn gestern zum letztenmal gesehen. „Friede mit dir, mein Doktor und Herr Josef Ben Matthias, Priester der Ersten Reihe", bot er ihm ehrerbietig den hebräischen Gruß und führte ihn zum mittleren Speisesofa, dem Ehrenplatz. Sogleich dann sprach er, man hatte offenbar nur auf Josef gewartet, über einem Becher judäischen Weines, Weines von Eschkol, das Heiligungsgebet des Sabbatabends. Segnete sodann das Brot, brach es, verteilte es, alle sagten amen, und man begann zu essen.

Solange die Frauen und die Kinder anwesend waren, kam keine rechte Unterhaltung zustande. Endlich aber war die Mahlzeit aus, und Josef, Cajus und des Cajus Schwiegersohn, der Doktor Licin, blieben allein. Sie saßen zusammen, die drei Männer, bei Wein, Konfekt und Früchten. Der alte, schlaue Möbelhändler lockerte seine vorsichtige Zurückhaltung. Wären gewisse äußere Ereignisse nicht eingetreten, begann er, dann hätte er den Josef nicht in sein Haus gebeten, so sei aber nichts von dem eingetroffen, was sich die Juden von dem neuen Regime versprochen hätten; im Gegenteil, die Erwartung, daß der Kaiser eine Jüdin heiraten werde, habe die judenfeindliche Stimmung nur verstärkt. Und der Kaiser schreite nicht dagegen ein, und Berenike komme nicht. Er habe nun gehört, Josef werde anläßlich der Vollendung der Neufassung seines Buches Gelegenheit haben, den Kaiser ausführlich zu sprechen. Er fordere den Josef auf, Titus dann daran zu erinnern, daß die bedrängten Juden Roms auf ein Wort des Wohlwollens warteten.

Josef hatte sich nichts vorgemacht über die Gründe, die Cajus Barzaarone veranlaßt haben mochten, die Versöhnung mit ihm anzubahnen. Bei aller Verachtung, die die Juden ihm gezeigt hatten, war man auch früher schon manchmal an ihn herangetreten, wenn es galt, bei Hofe Beschwerden vorzubringen oder Vergünstigungen zu erlangen. Aber daß der Mann jetzt so nackt und unumwunden heraussagte, was er von ihm wollte, ärgerte ihn. Mit hochgezogenen Augenbrauen hörte er zu. „Ich will tun, was ich kann“, erwiderte er kurz.

Der geschmeidige Doktor Licin bemerkte Josefs Verstimmung. „Ich bitte um Ihre Aufmerksamkeit noch für eine andere Sache“, sagte er schnell, sehr liebenswürdig. Josef konstatierte fast wider Willen, wie sehr zu seinem Vorteil der früher ein wenig affektierte Herr sich verändert hatte. Vermutlich hatte ihn Irene zurechtgeschliffen. Wenig fehlte, und damals hätte er selber die Tochter des reichen Möbelhändlers geheiratet; glühend hatte sie ihn verehrt in seiner ersten römischen Zeit, als er, ein begnadeter Soldat Jahves, ausziehen wollte, um für sein Land zu streiten. Wie anders wäre alles gekommen, wenn er sie zur Frau gehabt hätte. Er wäre dann wohl in Rom geblieben und hätte niemals eine Armee geleitet und ins Verderben geführt. Er wäre nie Tischgenosse des Kaisers und des Prinzen geworden. Er lebte dann jetzt wohl in Rom als Schriftsteller, reich, ruhevoll, mit mäßigen Sünden und mäßigen Verdiensten, wohl angesehen, so wie dieser Doktor Licin. Die stille, ernste Irene hätte ihn vor seinen ausschweifenden Handlungen bewahrt, er hätte seine Taten in der Phantasie begangen statt in der Wirklichkeit und hätte sich damit begnügt, von ihnen zu schreiben. Ein wenig vielleicht beneidete er den Doktor Licin: aber im Grunde war er einverstanden, daß dieser Irene geheiratet hatte und nicht er.

„Es ist jetzt gewiß", setzte ihm Doktor Licin auseinander, „daß meine Synagoge auf der Velia niedergerissen werden wird, wenn der Kaiser dort baut. Ich höre nun von dem Glasfabrikanten Alexas, daß Sie nach wie vor beabsichtigen, für die siebzig Thorarollen, die Sie aus Jerusalem gerettet haben, eine eigene Synagoge zu stiften. Natürlich beabsichtigen auch wir, an Stelle der Veliasynagoge auf dem linken Tiberufer ein neues Haus zu errichten. Hören Sie meinen Vorschlag. Wollen wir gemeinsam bauen? Es wäre schön, wenn das neue Haus eine Josef-Synagoge würde."

Josef horchte groß auf. Wie, die Juden des linken Tiberufers, die vornehmsten der Stadt, wollten wirklich ihre neue Synagoge unter sein Protektorat stellen? Man will sich ernstlich mit ihm aussöhnen? Der Doktor Licin freilich ist ein guter Mann, er hat eigentlich immer auf *einer* Front mit ihm gekämpft, er schreibt selber griechische Tragödien, die ihre Stoffe der Bibel entnehmen, und die orthodoxen Doktoren verzeihen ihm dieses gewagte Unterfangen höchstens deshalb, weil er der Schwiegersohn des Cajus Barzaarone ist. Es wäre natürlich großartig, wenn er, Josef, Protektor und Präsident der vornehmsten römischen Synagoge würde. Aber keine Übereilung jetzt. Kann er, wenn er darauf eingeht, sich der Forderung entziehen, seinen Sohn Paulus zu beschneiden und zum Juden zu machen? Und davon abgesehen, woher soll er die Mittel nehmen, einen würdigen Beitrag zum Bau der Synagoge zu stiften? Der Ruhm eines Schriftstellers münzt sich nicht in Geld um. „Ich darf mir diese Sache ein paar Wochen überlegen", sagte er zögernd. „Aber was Sie mir anbieten", fügte er rasch hinzu, und Stimme und Gesicht nahmen jenes Strahlen an, das ihm von jeher die Herzen gewann, „ist mir eine große innere Freude. Ich danke Ihnen, Doktor Licin", und er streckte ihm die Hand hin.

Er war glücklich in diesen Tagen nach der Vollendung seines Werkes. Vergessen hatte er, daß er noch seine Angelegenheit mit dem Sekretär Phineas zu bereinigen hatte, vergessen, daß Frau und Sohn sich ihm entfremdeten. Denn alles andere ging, wie er wollte. Die Juden söhnten sich mit ihm aus, und im Palatin zeigte man ihm ein strahlendes Gesicht. Man hatte nämlich seine Audienz auf einen Donnerstag gelegt, das war der Tag, der den Freunden und Vertrauten des Kaisers vorbehalten blieb, und Titus hatte der offiziellen Einladung eine eigenhändige Nachschrift beigefügt, er freue sich, den Josef endlich einmal wieder ausführlich zu sprechen.

Und jetzt, stark im Gefühl seines Glückes, war Josef genügend gerüstet und in der rechten Laune, jene Auseinandersetzung mit Dorion herbeizuführen, die er so lange hinausgezögert.

Er durchschritt den verwinkelten Korridor, der hinüber in ihre Räume führte. Er sehnte sich nach ihr, nach ihrem langen Kopf mit den meerfarbenen Augen, nach ihrem dünnen Körper, nach der hohen Kinderstimme, mit der sie ihre zärtlichen, bösartigen Sätze vorbrachte. Er hatte sich häuslich, doch elegant angezogen. Sein reiches Haar fiel in schwarzen, halblangen Locken, die schmalen, heftigen Lippen waren sorgfältig ausrasiert, der Bart zackte in starrem, strengem Dreieck herunter. Er ging beschwingt wie in seiner besten Jugend; er war voll von männlicher Zärtlichkeit für Dorion und freute sich darauf, ihr seine guten Nachrichten zu bringen.

Er fand sie nicht allein. Ein paar Herren und eine Dame saßen um sie herum, eine Reihe leerer Sessel war da, sie hatte offenbar eine größere Gesellschaft um sich gehabt. Sie lag auf dem Ruhebett in einem Gewand aus hauchdünnem koischem Flor, ihr geliebter, schwärzlichgrüner Kater Chronos, der dem Josef verhaßt war, ihr zur Seite.

Ein Aufleuchten ging über ihr gelbbraunes Gesicht, ein bißchen Empörung, ein bißchen Triumph, als Josef eintrat. Sie streckte ihm die Hand hin. „Wie schade, daß du nicht früher gekommen bist, mein Josef", sagte sie. „Senator Valer hat uns aus seinen ‚Argonauten' vorgelesen." – „Ja, das ist schade", sagte ein wenig trocken Josef und wandte sich dem Senator zu.

Der alte Valer saß steif und würdig da. Das Reich zählte jetzt nur mehr zweiunddreißig Familien von reinem, altem Adel, und wenn eine dieser Familien ihren Ursprung unbestritten bis zu dem Trojaner Äneas zurückführen konnte, dann war es die seine. Valer pflegte auf Inschriften und Dokumenten mit seinem vollen Namen zu zeichnen: Q. Tullius Valerius Senecio Roscius Murena Coelius Sex. Julius Frontinus Silius C. Pius Augustanus L. Proculus Valens Rufinus Fuscus Claudius Rutilianus. Jeder dieser Namen hob seine Beziehungen zu dem edelsten Blut des Reichs hervor. Leider aber entsprach das Vermögen des Senators Valer nicht diesem hohen Adel. Ja, es war schiere Höflichkeit, wenn man ihn noch als Senator bezeichnete; denn dieser Tullius Valer besaß nicht einmal mehr die Million Sesterzien, die für Mitglieder des Ersten Adels unterste Vermögensgrenze war. Kaiser Vespasian hatte ihn deshalb kraft seines Zensoramtes aus den Listen des Senats gestrichen. Er hatte ihm aber, die Verabschiedung mildernd, in dem Haus, das er selber früher bewohnt, auf Lebenszeit freie Station zugesprochen. Dort also hatte jetzt der alte Valer das Obergeschoß inne, während dem Josef die beiden unteren Stockwerke angewiesen waren. Der zensurierte Senator trug sein Schicksal mit Würde. Die neuen Räume boten ihm nicht einmal Platz, die Wachsbüsten seiner hohen Ahnen alle unterzubringen; er mußte einen Teil beim Spediteur unterstellen. Aber er klagte nicht. Zurückgezogen lebte er mit seiner Tochter, der zweiundzwanzigjährigen, strengen, weißgesichtigen Tullia, in dem verwinkelten Haus des sechsten Bezirks, zwischen Reliquien, vermotteten Prunkkleidern, verstaubten Liktorenbündeln, verwelkten Triumphatorenkränzen seiner Urväter. Er widmete sich nur mehr literarischer Tätigkeit, schrieb an seinem großen Versroman über die Argonauten, mit denen er natürlich auch verwandt war. Aber er verzieh dem Parvenü Vespasian nicht die Schmach der Ausstoßung; heimlich brütete er über einem kühnen, rebellischen Epos, bestimmt, die Taten seines Ururvetters Brutus zu feiern, strotzend von aufrührerischen, republikanischen Sentenzen. Trotz aller Heimlichkeit wußte übrigens ganz Rom von diesem Unternehmen, und lächelnd kolportierte man eine Äußerung Vespasians: gerade darum habe er dem guten Valer freie Wohnung gewährt, daß der in Ruhe seine Hymnen auf die Republik schreiben könne; denn habe einer erst einmal republikanische Verse dieses feierlichen alten Esels gelesen, dann werde er in Zukunft, sowie er nur das Wort Republik höre, gähnen.

Josef begrüßte Dorions Gäste. Tullia saß weiß und zugesperrt da, knapp dankend. Auch sein Schwiegervater Fabull, der Maler, der Hochmütige, blieb einsilbig. Um so lärmender begrüßte ihn Dorions intimster Freund, der Oberst Annius Bassus. Doch seine laute Höflichkeit täuschte Josef nicht darüber hinweg, daß seine Dazwischenkunft Dorions Gesellschaft gestört hatte. Es war offenkundig, daß man sich vor Josefs Eintritt vertraut und gut unterhalten hatte; jetzt aber sprach man schleppend über Gleichgültiges. Josef bemühte sich, amüsant zu sein. Die Gäste dankten es ihm nicht, entfernten sich bald.

Dorion blieb nicht ungern mit Josef allein. Immer, selbst in den Stunden der Vermischung, war er ihr aufregend rätselhaft geblieben, immer war sie neugierig, was dieser Seltsame jetzt wieder anstellen werde. Hätte etwa ein anderer Mann nach einem so folgenschweren Ereignis wie dem Thronwechsel so lange geschwiegen? Gab es einen zweiten, der, vertraut mit seiner Frau, nicht das Bedürfnis verspürt hätte, sich in solchem Falle mit ihr auszusprechen?

Mit schlaksiger Bewegung drehte sie ihm ihren zarten, dünnen Leib zu, schaute ihm voll ins Gesicht. Es sei schade, meinte sie, daß er nicht früher gekommen sei. Der alte Valer habe nämlich nicht aus den „Argonauten“ vorgelesen, sondern aus dem „Brutus"; es sei erstaunlich, welch kühne Sprache der Mann sich erlaube. „Soweit ich seine Verse kenne", erwiderte lächelnd Josef, „sind sie so schweißig wie er selber." Der alte Valer trug nämlich stets nur die feierliche, altmodische Toga, und zwar auf dem bloßen Leib, wie es der Brauch vor dreihundert Jahren verlangt hatte; das war Hausgesetz bei den Valeriern, weil sie eine so alte Familie waren.

Dorion stützte sich halb auf, so daß die weiten Ärmel zurückfielen und ihre langen, braunen Arme freilagen. Es machte ihr Spaß, wenn Josef sich über ihre Freunde mokierte. Aber diesmal ging sie nicht auf seine Worte ein. Was denn mit Phineas los sei, fragte sie. Die letzten Wochen über sei der kleine Paulus arg vernachlässigt worden.

Dem Josef kam es gelegen, daß sie die Rede auf Phineas brachte. Er war entschlossen, Phineas von sich abzuschieben, aber das sollte langsam geschehen, ohne große Worte und Gesten, kühl, höflich, nobel, ironisch. Der Mann hatte gut für ihn gearbeitet, keine Frage. Aber er hatte sich nicht an das Werk hingegeben, es war äußerliche Arbeit geblieben. Äußerlich sollte denn auch der Lohn sein, reichlich, aber ohne Herzensdank.

Er habe den Phineas in diesen letzten Wochen viel beschäftigen müssen, sagte er. Doch das sei jetzt zu Ende. Phineas habe im übrigen gut gearbeitet, er wolle ihm eine Gratifikation geben. Was sie dazu meine, wenn er ihm die Garderobe ergänze und erneuere. Die Kleider des Phineas seien schäbig geworden. Sich griechisch zu tragen erfordere eben Geld. Ob sie sich dieser Sache annehmen wolle. Sie verstehe das besser.

Dorion schaut ihm ins Gesicht, den Mund halboffen, lächelnd. Schön, erwidert sie, sie werde das besorgen. Es sei gut, daß Phineas wieder für den Jungen Zeit habe. Hätte sich nicht ab und zu Oberst Annius um die Erziehung des Paulus gekümmert, dann hätte kein Mensch sich seiner angenommen.

„Annius", sagte Josef wegwerfend, „Annius Bassus", und er machte eine Bewegung mit der Hand, die den Mann auswischte. Alles an diesem Offizier verdroß ihn, sein Lachen, sein lautes, offenes, herzliches Gehabe. Annius Bassus war

Unterbefehlshaber im jüdischen Krieg gewesen und hatte sich mehrmals ausgezeichnet. Josef aber hatte ihm eine gewisse antisemitische Äußerung nicht vergessen und in seinem Buch seine Leistung totgeschwiegen. Allein der Oberst schien ärgerlicherweise dieses feindselige Schweigen nicht zur Kenntnis zu nehmen, er behandelte vielmehr den Josef nach wie vor mit der gleichen, stürmischen Freundschaftlichkeit, erzählte ihm pikante Anekdoten über Kriegskameraden, haute ihn auf die Schulter. Den Josef wurmte das, und zwiefach kränkte ihn, daß Dorion sich in ihre Freundschaft mit dem Offizier nicht einreden ließ.

Auch heute wies sie die verächtliche Geste des Josef zurück. Es sei gut, meinte sie, daß nicht er allein über die Qualitäten des Annius zu befinden habe. Der alte Kaiser zum Beispiel habe seine Meinung offenbar nicht geteilt. Sonst hätte er schwerlich den Annius zum Obersten in der Garde gemacht und ihm die heikle Aufgabe anvertraut, des Prinzen Domitian Hofmarschall und Adjutant zu sein.

Das war richtig. Annius hatte sich sogar in dieser schwierigen Stellung gut bewährt, er hatte es zuwege gebracht, sich dem jungen Prinzen anzufreunden, ohne das Vertrauen des Alten zu verlieren.

Der Oberst werde es unter Titus nicht leicht haben, meinte trocken, ein wenig hämisch Josef. Ihm, Josef, sei das übrigens gleichgültig. Für ihn sei der Mann erledigt. Die große Gelegenheit des Annius sei der Krieg gewesen, und die habe er verpaßt. Er habe sich vor Jerusalem nicht so gehalten, daß seine Taten auch nur der Erwähnung wert gewesen seien.

Dorion lächelte, rückte näher an ihn heran. „Natürlich geht es nur dich an“, meinte sie, „was du der Erwähnung für wert hältst, was nicht. Ich weiß, daß ein Künstler nicht arbeiten kann, ohne von sich überzeugt zu sein. Auch mein Vater könnte es nicht. Aber bist du nicht vielleicht ein wenig sehr stolz, mein Josef?“ Er hörte ihre Sticheleien. Sie lag aufgestützt. Er sah ihre schräge, hohe Stirn, ihr leichtes, reines Profil, die Worte kamen zierlich, stachelig aus ihrem großen, frechen Mund und taten ihm nicht weh. Er liebte sie sehr. „Bist du ganz sicher", fuhr sie fort, „daß dein Urteil ein für allemal Geltung hat, daß deine Wertung die letzte ist?"

„Ja", sagte Josef, und es klang überzeugt, nicht eitel. Er setzte sich zu ihr, nahm ihren Kopf in beide Hände, hielt ihn in seinem Schoß, sprach hinunter zu ihr: „Siehst du, in euerm Alexandrien glaubt ihr an das Totengericht. Osiris thront, Anubis und Horus stehen an der Waage, zweiundvierzig Beisitzer, Straußfeder auf dem Haupt, Schwert in der Hand, halten Gericht über den Verstorbenen, und euer Hermes mit dem Vogelkopf verzeichnet den Spruch. Ich habe die Waage, ich verzeichne den Spruch. Ich brauche keinen Osiris und keine zweiundvierzig Beisitzer."

Dorion hörte ihm zu. Der Mann ist offenbar verrückt, größenwahnsinnig. Aber seine Stimme ist angenehm, sie geht ihr angenehm ins Ohr und ins Herz. Ihr Kopf liegt auf seinem Schoß, mit der einen Hand streichelt sie ihren großen, langhaarigen Kater Chronos, Josefs starrer, dreieckiger Bart kitzelt sie. Sie war ihm oft fremd in diesen letzten Wochen. Oft, gerade wenn dieser nette und männliche Oberst Annius da war, hat sie nicht begriffen, warum sie sich an diesen sonderbaren Juden weggeworfen hat, der monatelang, jahrelang keine Zeit für sie hatte. Aber sowie er da ist, sowie er sie auf und ab schaut mit seinen heftigen, hemmungslosen Augen, nach ihr greift mit seinen heftigen, hemmungslosen Händen, dann liebt sie ihn, dann gehört sie ihm.

„Ich weiß, mein Hermes", sagt sie, immer lächelnd, mit ihren dünnen, beweglichen Fingern seinen kunstvoll geknüpften Bart aufdröselnd, „ich weiß, du brauchst nur deinen unsichtbaren Gott."

Josef war nicht gewillt, mit ihr darüber zu debattieren. Er nahm sie fester, beugte sich tiefer zu ihr herunter, sprach mit seiner schönen, gewinnenden Stimme auf sie ein. Er habe sie arg vernachlässigt in diesen letzten Wochen, es habe ihn große Überwindung gekostet, aber er habe ganz für sie dasein wollen, ungeteilt. Das sei nicht möglich gewesen, solange er nicht eine bestimmte Arbeit vollendet hatte. Jetzt sei es soweit. Es sei gute Arbeit geworden. Am Donnerstag werde er das Buch dem Kaiser überreichen. Sehr bald darauf werde er öffentlich daraus vorlesen. Vorher aber, und noch bevor er es dem Kaiser gibt, wolle er es ihr geben. Das erste Exemplar müsse sie haben.

Dorion erwidert lange nichts. Sie fühlt sich wohl, den Kopf in seinem Schoß, die Hand in seinem Bart. Dann, unvermutet, mit ihrer hohen Kinderstimme, lächelnd, fragt sie: „Sage, mein Josef, wenn jetzt unser Titus Kaiser ist, werden wir dann endlich zu Geld kommen?"

Josef ändert seine Haltung nicht. Er ist vornübergeneigt, die eine Hand hält er unter ihrem Kopf. Geld, denkt er, was heißt Geld. Er findet, daß man mit seinen rund sechzigtausend Sesterzien Jahreseinnahmen ganz leidlich auskommt. Dorion ist offenbar nicht dieser Meinung. „Geld?" fragt er zurück, immer lächelnd. „Was brauchst du? Schmuck? Neues Personal? Mußt du sehr sparen? Sag mir, was du brauchst." – „Ich?" meint faul und träumerisch Dorion und streckt sich behaglich. „Ich brauche nichts, außer vielleicht, daß man sich ein wenig um mich kümmert. Aber wir, ich meine, du und ich und der Junge, wir brauchen eine Villa, ein Landhaus, wenn wir schon nicht in der Stadt neu bauen können." Und mit einem Ruck richtet sie sich hoch, sitzt da, kindlich, ein wenig steif, den Kater im Schoß.

Darauf war Josef nicht vorbereitet. Wohl wußte er, daß ihr das dunkle Haus in Rom niemals gefallen hat. Es war ehrenvoll, vom Kaiser behaust zu werden in dem Hause, das er selber einmal bewohnt hat; aber es war nicht zu leugnen, dieses Haus war altmodisch, verwinkelt, dunkel, muffig. Seit dem ersten großen Erfolg des Josef hat Dorion sich gewünscht, in Rom im eigenen Haus zu wohnen. Aber was man hätte bauen können, das wäre bescheiden gewesen, kleinbürgerlich, nichts für den verwöhnten Geschmack der Tochter des Hofmalers Fabull. Josef hatte wirklich zu wenig Zeit und Gedanken an Dorion gewandt; sonst hätte er voraussehen müssen, daß die Änderung der Situation ihre Träume neu werde aufleben lassen.

Sie sprach weiter. Sie hatte sich schon umgetan um das Wie und Wo. Wenn es um die Befriedigung ihrer Launen ging, konnte die Lässige sehr betriebsam sein. Ihr Vater war befreundet mit dem Baumeister Grovius, dem Lieblingsarchitekten des Prinzen Domitian. Der Prinz wird auf der Domäne bei Albanum im größten Stil bauen. Architekt Grovius, unterstützt von des Prinzen Freund, unserm Annius, wird erwirken, daß man dort Terrain käuflich oder mittels langen Pachtvertrages billig erhält. Er hat schon, unverbindlich natürlich, ein Haus für sie entworfen. Nicht teuer, bescheiden, dem Vermögen eines Schriftstellers angepaßt, aber hell und luftig. Ein Herrenhaus, zwei Dienerschaftsgebäude, das ist alles. Ihr Vater Fabull hat seit langem eine Idee für ein Fresko, das organisch durch die Wandelgänge einer Villa laufen soll. Er hätte es oftmals ausführen können, viele haben ihn darum gebeten; aber er hat ihr zugesagt, es für sie aufzusparen. Jetzt sei man also soweit. Sie schaute Josef strahlend an.

Er hörte von diesen Plänen mit Unbehagen. Ihn störte nicht das alte Haus, nicht die Dunkelheit seines Arbeitsraums. Man wird „billig" bauen. Wie stellt sich Dorion das vor? Unter dreihunderttausend wird er nie wegkommen. Er wird Geld aufnehmen müssen; die Zinsen sind hoch. Und was alles wird nötig sein, wenn erst Dorion ihre Villa bezieht. Neue Wagen, neue Dienerschaft. Diese modernen, hellen Häuser sind nicht denkbar ohne Statuen und Fresken. „Du sollst dir kein Bild machen", heißt es in der Schrift. Josef, sowenig er sonst am jüdischen Ritus festhält, haßt alles Bildwerk, es ist ihm ein Greuel.

Dorion inzwischen schwatzt weiter, glücklich. Setzt ihm die Pläne des Architekten Grovius auseinander. Sie zieht ihm das goldene Schreibzeug aus dem Gürtel, zeichnet mit ein paar Strichen den Grundriß auf. Hier der große Speiseraum für den Sommer mit Aussicht auf den See und auf das Meer. Hier die Wandelgänge für Regen. Da kann sich Josef ergehen und sich von seinem unsichtbaren Gott für sein Totenrichteramt inspirieren lassen. Hier auch – ihre Stimme wurde bewegt vor Stolz –, die ganze Wandelhalle durch, soll das Fresko ihres Vaters Fabull laufen, sein schönstes Werk, das ihre Villa am Albanersee berühmt machen wird für die Ewigkeit, das Fresko „Die versäumten Gelegenheiten". Ein junger Mann schaut jungen Frauen nach, die, ein langer Zug, von ihm weggehen, Göttinnen, wie es scheint; sie gehen weg, sie drehen noch den Kopf über die Schulter und lächeln ihm zu, sie sind sehr schön, in ihrem Lächeln ist ein kleines Bedauern und sehr viel Spott, und der junge Mann sitzt und starrt ihnen nach.

Josef ist nicht sehr interessiert an den Details des Freskos „Die versäumten Gelegenheiten". Dorion hat ihm große Opfer gebracht, ungeheure, aber sie hat auch viel von ihm verlangt, mehr, als gemeinhin ein Mensch zu geben gewillt ist. Wenn er ihr die Villa schenkt, wird er für die Synagoge kein Geld mehr haben. Immer wieder stellt sie ihn vor solche Entscheidungen. Du sollst dich nicht vergatten mit den Töchtern der Sünde. Sie war halb Griechin, halb Ägypterin, ein Reis jener beiden Völker, die das seine am meisten gequält haben. Der Priester Pinchas, als er sah, daß einer aus der Gemeinde Israel hurte mit einer Midianitin, nahm einen Spieß und ging dem Manne nach in den Hurenwinkel und durchstach beide, den Mann und das Weib, durch ihren Bauch. Du sollst dich nicht vergatten. Es war eine sehr große Sünde. Anderenteils hat Moses eine Midianitin geheiratet, Salomo eine Ägypterin. Ihm selber, dem es aufgetragen war, aus dem Bürger eines kleinen Staates ein Weltbürger zu werden, mußte allerhand erlaubt sein. Bisher war es ihm geglückt: er war Jude geblieben und war Römer geworden. Er hat sich mit der Tochter Edoms vermischt und ist Josef Ben Matthias geblieben.

Er tauchte auf aus seinen Träumen, und er sah die Frau, ihr zartes, hochfahrendes, begehrliches Gesicht, ihre gelockerten Glieder. Er hat diese Frau oft und abermals gekränkt. Er kann ihr jetzt nicht nein sagen, da es um ein so Kleines geht wie Geld. Er hat sich vermischt mit ihr, sie ist ihm sehr fremd, sie ist aus dem Blut uralter Götzendiener, ihre Väter, die die seinen gequält und gedemütigt haben, schlafen unter spitzen, hohen, dreieckigen Bergen, sie ist ganz angefüllt mit törichtem Aberglauben, sie hält die Bücher, die ihm heilig und sein Liebstes sind, für dumm und verächtlich und seine Lebensart für leere Spielerei. Gerade erst, da er von seiner Aufgabe erzählt, von seinem Totenrichteramt, hat sie ihn ausgelacht. Dennoch gehört sie zu ihm, und er zu ihr, der Jude zu der fremden Frau. Er hat den Psalm des Weltbürgers geschrieben: „Nicht Zion heißt das Reich, das ich euch gelobte, sein Name heißt: Erdkreis." Und da ist die Frau, und er kann ihr nicht nein sagen wegen Geld.

Er packte sie, daß der Kater Chronos in Sprüngen davonlief, er riß ihren Kopf hintenüber und sagte ihr, ganz nah an ihrem halbgeöffneten Mund: „Wenn ich dir deine Villa gebe, Dorion, gibst du mir dann Paulus?"

Da lachte Dorion, laut, schrill, bösartig. „Ich denke nicht daran, mein Josef", sagte sie, aber ihre Stimme war zärtlich. Doch im nächsten Augenblick riß sie sich los, jagte hinter einen der leeren Stühle, auf denen die Hörer des alten Valer gesessen waren. Er ihr nach, mit seinem geübten Schritt. Er packte sie, fester, gewalttätig. „Bekomme ich meine Villa?" fragte sie, sich wehrend, aber ihre Augen verschwammen schon.

Josef sagte weder ja noch nein. Nahm sie. Ringsum standen die leeren Stühle. Von einem Winkel aus schaute der Kater Chronos zu, leise fauchend, den Rücken gekrümmt.

Dreihundertfünfzig leibeigene Schreiber, in sieben Gruppen eingeteilt, arbeiteten an der Herstellung des „Jüdischen Kriegs", nach dem Diktat von sieben Spezialisten. Zwei Tage vor der Audienz konnte Claudius Regin dem Josef das für den Kaiser bestimmte Exemplar aushändigen. Es war eine schöne, große Rolle, der Behälter, die Handgriffe aus kostbarem, altem Elfenbein, das Material herrlichstes Pergament. Die Initialen jedes Kapitels waren kunstvoll verziert, vornean war vielfarbig das Porträt des Autors.

Sehr aufmerksam beschaute Josef das Porträt, kritisch, wie das eines Fremden. Ein brauner, langer Kopf, heftige Augen, starke Augenbrauen, die Stirne hoch, vielfach gebuckelt, die Nase lang, leicht gekrümmt, das Haar dicht, schwarzglänzend, der Bart starr, dreieckig zugespitzt, die dünnen, geschwungenen Lippen ausrasiert. „Flavius Josephus Römischer Ritter", lautet die Umschrift: aber es ist der Kopf des Doktors und Herrn Josef Ben Matthias, Priesters der Ersten Reihe, Vetters der Prinzessin Berenike, aus dem Geschlechte Davids.

Die Sprache ist griechisch, aber es ist ein jüdisches Buch. Es ist ein jüdisches Buch, doch sein Geist ist der eines Weltbürgers.

„Flavius Josephus Römischer Ritter." Noch immer beschaut Josef das Porträt. Die Juden rasieren nicht die Ecken ihres Haupt- und Barthaars. „Ihr sollt nicht rund abnehmen die Seitenenden eures Haupthaars und nicht zerstören die Enden eures Bartes", heißt es in der Schrift. Die Römer hingegen tragen das Gesicht glattrasiert. Solang es nicht ausgearbeitet genug ist, lassen sie den Bart stehen; dann aber, wenn sie finden, ihr Gesicht sei fertig, zeigen sie es nackt. Josef hat jetzt genug gearbeitet an sich und seinem Buch. Er darf es wagen, sein Gesicht nackt zu tragen.

Aber ist es klug, jetzt, da er zum erstenmal zu Titus geht, sich ihm ohne Bart zu zeigen? Titus verlangt nach dem Juden, nicht nach dem Römer.

Josef rollt das Buch auf. Er hat ein jüdisches Buch geschrieben. Sein Judentum steckt nicht in seinem Haar und seinem Bart. Er darf es sich leisten, mit nacktem Gesicht zu Titus zu gehen.

Der erwartet ihn in angenehmer Spannung. Seit Wochen hatte er Verlangen getragen, Josef zu sehen; nur jene seltsame Lauheit, die ihn die ganzen letzten Wochen hindurch hemmte, hatte ihn verhindert, ihn rufen zu lassen, bevor er sich meldete.

Der Kaiser hatte in diesen ersten Wochen seines Regiments keine gute Zeit gehabt. Er war stumpf, mutlos, alle Frische war ihm ausgeronnen. Es zehrte an ihm, daß das römische Volk sich all seinen Mühen zum Trotz feindselig vor ihm zusperrte, daß die Massen in ihm einen Tyrannen sahen, einen Emporkömmling, einen Ausbeuter. Auch sonst ging alles quer. Die Mißstimmung gegen die Juden, das Volk seiner geliebten Berenike, wuchs, und er, vergiftet von jener quälenden Apathie, brachte es nicht über sich, ernsthafte Maßnahmen dagegen anzuordnen.

Wäre doch erst Berenike da. Er muß einen Menschen haben, vor dem er sich ganz ausschütten kann. Sein Arzt Valens schaut einen mit seinen schweren, langsamen, prüfenden Blikken durch und durch; das tut schmerzhaft wohl. Er hat Valens soviel wie möglich um sich; auch jetzt ist er bei ihm. Aber über das Letzte, was ihm fehlt, kann Titus mit diesem seinem Arzt doch nicht sprechen; der ist Römer, und was ihm fehlt, ist eben das andere, ist der Osten.

In großer Spannung also erwartet er Josef. Denn Josef weiß um seine Listen und Kämpfe, Berenike zu gewinnen, weiß um das Hin und Her, das der Zerstörung des Tempels vorausging, weiß um seinen Streit mit dem unsichtbaren jüdischen Gott. In Aufgelöstheit und Bereitschaft erwartet er seinen jüdischen Freund.

Er stand auf, als Josef kam, ging ihm entgegen. Aber auf halbem Wege stutzte er. Was ist das, dieses nackte Gesicht? Ist das sein Jude Josef? Er verzögert den Schritt, enttäuscht. Soll ihm auch diese Freude wieder zerrinnen? Er sucht in dem Gesicht des andern, erkennt die gebuckelte, gewalttätige Stirn, die heftigen Augen, die lange, leicht gekrümmte Nase, die begehrlichen, geschwungenen Lippen, den ganzen westöstlichen Mann. Allein so schnell schmilzt seine Fremdheit nicht. Wohl umarmt er den Josef und küßt ihn, wie es der Gebrauch unter Freunden fordert; aber seine Gesten bleiben kühl, formell. „Ich freue mich, Sie einmal wiederzusehen, Flavius Josephus“, sagt er. Er gibt ihm seinen römischen Titel, und in seiner Stimme ist nichts von der Vertrautheit, auf die Josef sich gefreut hat.

Josef ist gleichwohl nicht entmutigt. Mit raschem Blick hat er die Situation übersehen. Das Porträt der Berenike, die fremden, spähenden, gequälten Augen des Titus, des Kaisers, seines Freundes. Daß der sich erst in seinem neuen Gesicht zurechtfinden muß, darauf war er gefaßt. Er muß ihm Zeit lassen. Mit seiner schönen, warmen Stimme erwidert er, wie sehr er sich freue, dem Kaiser die neue Fassung seines Werkes zu überreichen. Dann stellt er ihm den Mann vor, der die Rolle trägt, diesen seinen Sekretär Phineas. Vielwortig setzt er auseinander, ein wie trefflicher Mitarbeiter der Herr ihm gewesen sei. Auf solche Art zahlt er dem Griechen seinen Haß durch Großmut heim und gibt gleichzeitig dem Kaiser Gelegenheit, Neutrales zu reden und sich an sein neues Gesicht zu gewöhnen.

Titus spricht mit dem Sekretär ein paar freundlich gleichgültige Worte. Dann nimmt er ihm die schwere Rolle des „Jüdischen Kriegs“ ab, rollt sie auf, gewahrt das Porträt des Josef. Lange beschaut er das Porträt, schaut dann von dem Bild auf den Mann, seine Augen werden frischer, ein Schmunzeln geht über sein knabenhaftes Gesicht. „Da hast du aber noch deinen Bart gehabt, mein Josef“, meint er freundschaftlich, mit einem kleinen Lachen. Josef, das Lachen des Kaisers offen und vertraulich zurückgebend, erwidert: „Bitte, lesen Sie mein Buch, Majestät, und sagen Sie mir, ob ich soweit bin, mein Gesicht nackt zu zeigen, oder ob ich mir von neuem den Bart stehen lassen soll.“ – „Sei sicher, daß ich es dir offen sagen werde“, erwidert, zusehends herzlicher und vergnügter, Titus, entrollt das Buch weiter, rollt es dann behutsam wieder zu und legt es, zärtlich fast, auf den Tisch. Alle seine Schlaffheit ist fort. Er faßt den größeren Josef um die Schulter, redet auf ihn ein, führt ihn weg von den andern, geht mit ihm auf und ab in dem weiten Raum, redet, frisch, gelöst, doch die Stimme leicht gesenkt, auf daß die andern ihn nicht hören.

Er spricht aber mit ihm von den langen Monaten, da sie zusammen vor den Mauern des verhungernden, verfallenden Jerusalem lagen. „Weißt du noch, mein Josef“, sagt er, „wie wir damals an der Leichenschlucht standen, in Abschnitt IX? Weißt du noch, was wir damals gesprochen haben?“ Ob Josef es wußte. Das war der Abgrund vor der Mauer gewesen, in den die in der Stadt ihre Leichen zu werfen pflegten, Tausende jeden Tag. Gegen Ende Juli war es gewesen, es mögen jetzt ziemlich genau neun Jahre her sein. Eine große Stille war, sie standen in der früher so üppigen Landschaft, die nun öde war und voll von scharfem, beizendem, atemnehmendem Gestank. Da standen sie, zu ihren Füßen die Schlucht, in der Menschen von Josefs Stamm verwesten, hinter ihnen, vor ihnen, neben ihnen die Kreuze, an denen Gefangene, Menschen von Josefs Stamm, hingen, die Luft, das ganze, kahle Land voll Getier, das auf den Fraß wartete. Es war ein sehr bitterer Sommer gewesen für den Mann Josef und, bei allem

Stolz und Glück, ein sehr schmerzhafter auch für den Römer. „Und weißt du noch“, fuhr der Kaiser fort, „was wir miteinander sprachen, als ich dich besuchte, wie du verwundet lagst, getroffen von den Schüssen der Juden?“ Ob Josef es wußte. „Bist du unser Feind, mein Jude?“ hatte Titus damals gefragt, und „Nein, mein Prinz“, hatte er geantwortet. Aber „Gehörst du zu denen jenseits der Mauer?“ hatte Titus weiter gefragt, dringlicher, und „Ja, mein Prinz“, hatte Josef erwidert. Er erinnert sich genau, wie Titus ihn damals angesehen hatte, ohne Haß, doch kummervoll vor Nachdenken; denn auch Berenike gehörte zu jenen Fanatischen, Unverständlichen, Verblendeten, und niemals wird er sie ganz verstehen. „Weißt du noch, weißt du noch“, fragte der Kaiser, und Josef wußte, und jetzt verstanden sie einer den andern. Sie waren älter geworden, das Gesicht des einen, jetzt nackt, war zerarbeitet, viele neue Erfahrungen waren darin eingeschrieben, das des andern verfettet, müde, voll Verzicht. Aber sie lockerten sich auf, beide, sie dachten sich zurück, die frühere große Vertrautheit war um sie. Josef war weitergegangen auf seinem Weg nach Westen, den Titus zog es weiter auf dem Weg nach Osten. Josef hoffte, spürte, der Tag wird kommen, da er offen mit diesem Manne über seine geheimsten Ziele wird reden können, über die sieghafte Verschmelzung des Ostens mit Rom. An diesem Tage aber werden der römische Kaiser und der jüdische Schriftsteller eines sein: die ersten Weltbürger, die ersten Menschen eines späteren Jahrtausends.

„Ich muß dir übrigens doch sagen“, erzählte ihm vertraulich Titus, „was mein Vater mir einmal geraten hat. ‚Laß dich nicht zu tief ein mit den Juden‘, redete er mir zu. ‚Es tut manchmal ganz gut, zu wissen, daß es auf der Welt noch was anderes gibt als die Ideen des Forums und des Palatins. Es schadet nichts, wenn du dir manchmal von jüdischen Weibern die Haut und von jüdischen Propheten das Herz kraulen läßt: aber glaub mir, das römische Exerzierreglement und das politische Handbuch des Kaisers August sind Dinge, mit denen du im Leben besser bestehst als mit allen heiligen Schriften des Ostens.‘ “

„Und werden Sie sich danach richten, Majestät?“ fragte Josef. „Das siehst du doch", schmunzelte vergnügt Titus und schaute auf das Bild der Berenike. Ihr langes, edles Gesicht blickte aus braungoldenen Augen auf sie herunter, überaus lebendig. „Dein Schwiegervater Fabull hat da ein Meisterstück gemalt", fuhr er fort, nachdenklich. „Aber was ist es? Holz und Farbe. Wo ist ihre Stimme? Weißt du noch, es war immer eine ganz kleine Heiserkeit in ihrer Stimme. Zuerst hat sie mir gar nicht gefallen. Und wo ist ihr Gang? Während wir vor Jerusalem standen, wie oft, habe ich davon geträumt, daß sie die Stufen des Tempels herunterschreiten wird, herunter aus dem Weißgoldenen. Nikion, Nikion, meine Wildtaube, mein Glanz", sagte er, in etwas ungelenkem Aramäisch, gegen das Bild hin. Es war das erstemal, daß er das Bild der Frau vor einem Dritten mit diesem ihrem Kosenamen anrief. „Das wird eine gute Zeit werden", fuhr er fort, strahlend. „Wir werden einige Mühe haben, unsere Nikion durchzusetzen, aber wir werden es schaffen." Er war überaus zuversichtlich, der Soldat, den Josef kannte, das Kinn kurz, hart, die Augen eng, aufs Ziel gerichtet. In seiner Stimme aber war das alte, militärische Schmettern, so daß die beiden andern aufschauten.

Die haben sich inzwischen miteinander unterhalten, Phineas, der Sekretär, mit dem Leibarzt, mit Mucius Valens, Inhaber des Goldenen Rings des Zweiten Adels, einem sehr großen Herrn, einem der mächtigsten des Reichs. Er hat die medizinische Wissenschaft revolutioniert, dieser Valens, er hat eine neue Methode der Diagnose gefunden, er erkennt die Beschaffenheit fast jeder Krankheit an den Augen des Patienten, und seine Kunst hat ihm großen Ruhm gebracht und viel Geld. Er ist ein kalter Herr, der Leibarzt Valens, ein Realist, der im Grunde nichts gelten läßt als Profit und Karriere. Er gibt sich nicht aus im Gespräch. Auch diesem Griechen Phineas, den der Jude so hoch gerühmt hat, will er nichts sagen, er will ihn aushorchen, er will nicht draufzahlen, er will haben, was der andre zu geben hat. Aber Phineas ist geschickter im Gespräch als der Römer. Er erzählt wenig von sich, spricht mit Nichtachtung von den Widersachern des Valens, schmeichelt klug seiner Eitelkeit: er holt ihn aus, und selbstgefällig und mit großer Offenheit gibt Valens ihm seine medizinischen Überzeugungen preis.

Die beiden Männer haben lange Zeit, sich gegenseitig zu beschnüffeln; denn der Kaiser hört nicht auf, mit dem Juden zu reden. Mit Ungeduld, Neid und Erbitterung nehmen es die beiden wahr. Es dauert eine Ewigkeit, bis der Kaiser mit Josef zu ihnen zurückkommt. „Wir müssen uns jetzt sehr oft sehen, mein Josef", beendet er das vertrauliche Gespräch. Dann strafft er sich, klatscht einen Sekretär herbei, verkündet: „Wir freuen Uns, Flavius Josephus, daß Sie die zweite Fassung Ihres großen Werkes abgeschlossen haben. Neun Jahre verlangte Horaz für die Reife eines Buches, neun Jahre jetzt haben Sie an diesem Werk gearbeitet. Ihr Buch ist ein Ehrendenkmal für Unsern Vater, den göttlichen Vespasian, eine Ehrung für Uns selbst und Uns sehr willkommen. Wir sind gewillt, Ihnen auch für die Zukunft die Möglichkeit zu schaffen, Ihre Wissenschaft und Kunst in würdiger Muße Unsern Interessen und denen des Reichs zu widmen. Lassen Sie mich Ihnen zum Zeichen Unseres Dankes und Unserer Anerkennung eine Anweisung auf den Fonds zur Förderung der Wissenschaften überreichen." Und er nimmt aus der Hand des Sekretärs die Anweisung und übergibt sie Josef.

Josef, gemeinhin nicht eben geldgierig, hätte in diesem Augenblick doch sehr gerne gewußt, wie hoch die Anweisung sein mag. Vieles hing für ihn davon ab. Allein er mußte sie wohl ungelesen in den Ärmel schieben. Er schickte sich an, dem Kaiser zu danken. Der schaute ihm voll ins Gesicht, mit einem ganz kleinen Lächeln, dann, unversehens, es war wohl ein plötzlicher Entschluß, fuhr er fort, und jetzt klang seine Stimme nicht mehr schmetternd, sondern es war die Stimme eines Freundes, der dem andern eine Freude macht: „Außerdem, mein Josef, will ich, daß dein Buch in der Bibliothek des Friedenstempels niedergelegt und daß dir dort eine Ehrensäule errichtet wird."

Josef atmete hoch, eine schnelle Röte über seinem nackten Antlitz. Er mußte an sich halten, sich nicht ans Herz zu greifen. Selbst Valens und Phineas konnten ihre Überraschung nicht ganz verbergen. Eine Büste im Ehrensaal des Friedenstempels. Es gab viele Statuen in Rom, aber eine Büste in diesem Saal blieb das höchste Ziel eines jeden Schriftstellers; denn unter den Schriftstellern aller Zeiten, deren Werke in griechischer oder lateinischer Sprache vorlagen, hatte man nur einhundertsiebenundneunzig würdig befunden, ihre Werke in die Ehrenschränke des Friedenstempels aufzunehmen, und nur siebzehn Lebende waren darunter, elf Griechen und sechs Römer. Oftmals, wenn Josef an den Tafeln vorbeiging, auf denen in Erz gemeißelt die Namen dieser großen Schriftsteller standen, hatte er neidvolle, hochfahrende Betrachtungen angestellt. Ist es ausgemacht, daß unter den Lebenden wirklich gerade die elf Griechen und sechs Römer dieser Ehrensäulen die Jahrhunderte überdauern werden? Seit drei Jahrhunderten lag die Bibel in griechischer Übersetzung vor: warum fehlten auf der Tafel Namen wie Jesajas, Jeremias, Ezechiel? Sind die Hymnen König Davids schlechter als die des Pindar? Aber daß er selber der erste Fremde, der erste „Barbar" in diesem erlauchten Kreise sein könnte, hatte er aus Furcht vor dem mißgünstigen Schicksal auch in seinen leisesten Träumen nicht zu denken gewagt. Wie Tuben und Hörner klang es ihm jetzt durch den Kopf, er fühlte sich wie damals, als er als Knabe zum erstenmal die Weißgekleideten auf den Stufen des Tempels hatte singen hören. Das alte Wort tauchte ihm hoch: „Siebenundsiebzig sind es, die haben das Ohr der Welt, und ich bin einer von ihnen", und betäubend überfiel ihn sein Glück.

Sogleich aber, noch ehe er dem Kaiser und Freund dankte, mischte sich eine Sorge in diese seine flutende Seligkeit. „Du sollst dir kein Bild machen." Er hat es zugelassen, ja, er war die Ursache, daß einstmals das Schloß des Titularkönigs Agrippa in Tiberias um der Bildsäulen willen gestürmt und niedergebrannt wurde. Es ist eine Todsünde, wenn er es jetzt zuläßt, daß in dem heidnischen Tempel seine eigene Bildsäule errichtet wird. Viele Juden, die meisten, werden im geheimen stolz sein über die Ehrung, die man einem der Ihren erweist. Öffentlich aber, in den Synagogen und Lehrhäusern, wird man von neuem gegen ihn predigen, und überall im Reich, selbst jenseits der Grenzen, bei den Juden des fernen Ostens, wird sein Name zum Abscheu werden. Leise auch mischten sich andere Besorgnisse ein. Wird er, wenn man ihm selber eine Ehrensäule errichtet, Dorion das Fresko des Fabull verweigern können? Und wie soll er das Geld für alles das schaffen? Vielleicht, dies kam vor, wird er die Errichtung der Bildsäule aus eigenen Mitteln bezahlen müssen.

Dieser letzten Sorge freilich wurde er rasch überhoben. Kaum nämlich hatte er seinen Dank gestammelt, da sagte ihm Titus, er sprach jetzt, dem Freunde zu Gefallen, aramäisch, schwierig suchte er die Worte aus seinem Gedächtnis: „In den nächsten Tagen also schicke ich dir den Bildhauer Basil. Überleg dir aber“, fügte er lächelnd hinzu, „ob er dich nicht doch lieber mit Bart machen soll.“

An die vierzig Freunde hatten den Josef zum Palatin begleitet. Sie warteten in der Halle. Als er zurückkam, strahlend, waren es ihrer sechzig geworden. Unheimlich schnell hatte sich in der Stadt das Gerücht verbreitet, daß der Kaiser den Josef an die zwei Stunden in einer Privataudienz dabehalten hatte. Man empfing ihn mit lärmender Freude. Als er gar in halb echter, halb gespielter Bescheidenheit erzählte, welche Ehrenbezeigungen der Kaiser ihm zugedacht, jubelte man, umarmte ihn, küßte ihn. Am stürmischsten bekundete der Schauspieler Demetrius Liban seine Freude. Er streckte den Arm mit der flachen Hand aus, führte ihn zurück, küßte die Hand, warf Josef den Kuß zu, verhüllte das Haupt bis auf Stirn und Augen, und so, in der Pose des Mannes, der die Gottheit verehrt, rührend und komisch zugleich, rief er wieder und wieder: „O du sehr guter, sehr großer Jude Josephus.“ Er dachte aber daran, daß der Kaiser, wenn er schon diesen so hoch ehrte, ihm selber bestimmt noch ganz andere Ehrungen werde zuteil werden lassen.

In großem Triumphzug geleitete man den Josef nach seinem Haus. „Was ist los?“ fragten die Vorübergehenden. „Es ist der Schriftsteller Flavius Josephus“, antwortete man ihnen, „der Jude. Er hat ein neues Buch geschrieben. Der Kaiser hat ihm eine Million geschenkt und läßt ihm Denkmäler errichten. Es ist aus. Wir kriegen die Jüdin zur Kaiserin.“

Schon nach zwei Tagen lud der Bildhauer Basil den Josef ein, mit ihm die Einzelheiten der zu modellierenden Ehrensäule zu besprechen. Josef war in großer Verwirrung. Soll er nicht doch die Ehrung ablehnen? Wie man es mit den Bräuchen halten sollte, das blieb ihm ein ständiges, stacheliges Problem. Es führten mehrere Wege zu Jahve; die Bräuche waren einer von diesen Wegen. Josef selber hat die Bräuche nicht nötig, er hat seinen eigenen Weg zu Gott gefunden. Aber für die große Masse sind sie notwendig. Und jetzt gar, nachdem der Staat nicht mehr da ist, gibt es, will sich einer zu diesem geistigen Prinzip „Judentum" bekennen, schwerlich ein anderes Mittel als die Bräuche. Bildwerk irgendwelcher Art um sich zu dulden ist überdies mehr als die Verletzung irgendeines der vielen Verbote, es ist die Verleugnung des geistigen Urprinzips, des unsichtbaren Gottes.

Ist es denn überhaupt möglich, die Ehrung zurückzuweisen? Es ist möglich. Er könnte zum Beispiel erklären, er fühle sich dieser Ehrung erst dann würdig, wenn er ein zweites, größeres Werk vollendet habe. Dies bedeutete ein Opfer, einen ungeheuren Verzicht. Und selbst wenn er sich entschließen sollte, das Opfer auf sich zu nehmen, durfte er es denn? Bedeutete nicht ein solcher Verzicht zugleich eine Schädigung der gesamten Judenheit?

Josef fragte den Claudius Regin um Rat. Der Verleger schaute ihn auf und ab aus seinen schweren, schläfrigen Augen, seine dicken, schlechtrasierten Lippen lächelten. Er wußte, Josefs Herz hing an dieser Ehrung, er wußte, Josef will nur, daß man ihm zurede. Aber er machte sich den Spaß, ihm nicht zuzureden, er ließ ihn zappeln. Gewiß wäre es ein Schaden für die Judenheit, meinte er mundfaul, wenn Josef die Ehrung ablehnte. Aber die Juden hätten schon so viel überstanden, die Zerstörung des Tempels zum Beispiel; sie würden vielleicht auch die Nichtaufstellung der Säule überstehen. Josef bat ihn, ernsthaft zu reden. Es gebe gewisse Handlungen des Josef, erwiderte Regin, die er selber nicht getan haben möchte. Ob es aber wesentlich sei, von den dreihundertfünfundsechzig Verboten der Schrift, die die Doktoren ausgeklügelt hätten, einhundertachtundsiebzig zu übertreten oder einhunderteinundachtzig, und welche von diesen dreihundertfünfundsechzig Verboten stärker wiegen und wieviel Unzen stärker, darüber nachzudenken stehe einem Doktor der Tempeluniversität von Jerusalem wie dem Josef besser an als einem vielbeschäftigten Finanzmann. Auf diesem Gebiet sei Josef selber auch zweifellos sachverständiger als er, und er müsse diese Frage schon mit sich allein bereinigen. Im übrigen freue er sich, ihm berichten zu können, daß die Neufassung des „Jüdischen Kriegs“ ausgezeichnet gehe. Vor allem die jüdischen Besteller seien zahlreich. Er nehme an, das rühre daher, daß diese neue Fassung weniger, sagen wir: vorsichtig sei. Vielleicht gebe diese Tatsache dem Josef einen Fingerzeig.

Josef, sehr verärgert, ging zu Cajus Barzaarone. Hier fand er mehr Verständnis. „Wenn Sie mich fragen“, sagte der alte Möbelhändler, „so kann ich Sie nur auf mein eigenes Exempel hinweisen. Sie wissen, ich habe mich dazu verstanden, an dem von mir verfertigten Hausrat Tierfiguren als Ornamente anbringen zu lassen; sonst hätte mich die Konkurrenz überholt. Einige angesehene Doktoren haben mir freundliche Gutachten ausgestellt und in meinem Fall die Fabrikation der Tierornamente für eine läßliche Sünde oder gar für erlaubt erklärt. Aber diese Konzessionen sind fragwürdig, darüber bin ich mir klar; schließlich heißt es in der Schrift eindeutig: ‚Du sollst dir kein Bildnis machen.‘ Ich habe jedenfalls meinem alten Vater – das Andenken des Gerechten zum Guten – noch vor seinem Ende durch meinen Liberalismus viel Kummer gemacht, und manchmal sage ich mir, vielleicht war auch der Schiffbruch und Untergang meines ältesten Sohnes Cornel eine Strafe für meine Sünden. Ich versuche, meine Schuld gutzumachen. Für den Loskauf jüdischer Leibeigener habe ich dreimal mehr beigesteuert als den vorgeschriebenen Zehnten. Trotzdem drückt mich der Zweifel, ob es erlaubt ist, Geld, selbst wenn man es für solche Zwecke verwendet, mit fragwürdigen Mitteln zu erwerben. Ihre Situation, Doktor Josef, ist noch ungünstiger. Eine Porträtbüste anfertigen zu lassen verstößt zweifellos gegen den Geist der Lehre. In Ihrem Fall werden die Doktoren von Jabne kaum Milderungsgründe finden." – „Sie raten mir also ab?" fragte Josef. „Ich rate Ihnen zu", erwiderte langsam Cajus Barzaarone, vor sich hin schauend. „Es ist im Interesse von uns allen. Sie haben schwere Sünden auf sich genommen, und sie waren weniger im Interesse von uns allen. Nehmen Sie die Ehrung an." Er schaute ihm plötzlich voll ins Gesicht und sagte, unerwartet dringlich: „Aber zeigen Sie, daß Sie ein Jude sind. Lassen Sie endlich Ihren Jungen beschneiden, Doktor Josef."

Der Mann redete. Der Mann hatte leicht reden. Er wußte doch, daß Josef keine juristischen Möglichkeiten besaß, seinen Sohn ohne Dorions Zustimmung ins Judentum zu zwingen. Als hätte Cajus Barzaarone seine Gedanken erraten, fügte er hinzu: „Wenn Ihre Frau Sie liebt, wird sie kein Bedenken tragen, den Jungen nach Ihren Wünschen erziehen zu lassen." Josef erwiderte nichts. Es war aussichtslos, dem andern klarzumachen, daß Dorion ihn liebte und es dennoch nicht zuließ, daß sein Sohn zum Juden wurde.

Im Grunde freilich hat der Mann recht. Je mehr Josef Ben Matthias zum Flavius Josephus wird, um so mehr ist er verpflichtet, seinen Paulus zum Juden zu machen. Er wird die Ehrung annehmen, und er wird den Kampf um seinen Sohn von neuem beginnen. Wenn erst Berenike da ist, dann wird er vielleicht sogar durchsetzen können, daß die juristischen Hemmungen fallen und daß Paulus auch ohne Dorions Zustimmung zum Juden werden kann.

Vorläufig aber kam nicht die Prinzessin Berenike, sondern es kam der Gouverneur der Provinz Judäa, Flavius Silva. Er brachte mit sich das Konzept eines Buches, das er über die Juden schreiben, und eine Denkschrift, die er dem Kaiser überreichen wollte. Nun Berenike in Rom erwartet wurde, hielt er es für ratsam, selber in der Hauptstadt zu sein, und er war glücklich, daß sich die Ankunft der Prinzessin so lange hinauszögerte.

Der Gouverneur Flavius Silva war ein vergnügter, lärmender Herr, ein Vetter des Obersten Annius Bassus und diesem sehr ähnlich. Man hatte, nachdem die Generäle Cerealis und Lucil versagt hatten, ihn mit der Statthalterschaft der sehr schwierigen Provinz betraut, und er hatte sich in die Aufgabe verbissen, Judäa zu befrieden und zu romanisieren. Es verbarg sich hinter seinem lauten und jovialen Gehabe ein gut Teil harter, zäher Schlauheit.

Das Land war verwüstet, die berühmte Stadt Jerusalem zerstört, ein großer Teil der jüdischen Bevölkerung tot oder als Leibeigene verkauft. Der neue Gouverneur bemühte sich mit Erfolg, das Land neu zu besiedeln. Im Einvernehmen mit der Zentralregierung in Rom verteilte er Hunderttausende der jüdischen Bewohner seiner Provinz übers ganze Reich, erleichterte ihre Auswanderung, zog möglichst viele nichtjüdische Kolonisten nach Judäa. Baute eine ganze Reihe von zerstörten jüdischen Städten als griechisch-römische Siedlungen neu auf, gründete neue, die Stadt Flavisch Neapel zum Beispiel, und brachte sie rasch hoch. Neun Jahre nach der Zerstörung Jerusalems konnte er nach Rom melden, sein Neapel habe bereits vierzigtausend Einwohner, seine Hauptstadt, die Meerstadt Cäsarea, habe um sechzigtausend zugenommen.

Flavius Silva war ein gerechter Mann, den Juden nicht abgeneigt. Aber er war Römer bis in die Knochen, dem Kaiserhaus verwandt und fest entschlossen, römischen Frieden und römische Ordnung, wie sie Kaiser Vespasian dem ganzen Reich aufgezwungen, auch in seiner Provinz durchzusetzen. Er brachte seine Syrer zur Räson, wenn diese glaubten, sie könnten ungestraft die Juden schikanieren, aber er duldete es auch nicht, wenn die Juden seine Syrer und Griechen durch ihren albernen Religionseifer zu ihrem eigenen Glauben verleiten wollten. Rom war tolerant, der jüdische Glaube von Staats wegen erlaubt. Man hatte nach vielem Blutvergießen darauf verzichtet, die jüdische Bevölkerung zu zwingen, den Bildsäulen der konsekrierten Kaiser Reverenz zu erweisen. Hatte sogar aus Rücksicht auf die jüdische Bevölkerung die allwöchentlichen unentgeltlichen Getreidelieferungen in den Städten Alexandrien und Antiochien vom Sonnabend auf den Freitag verlegt. Wenn aber jetzt die Juden seiner Provinz darüber hinaus sich anschickten, Griechen oder Römer ihrem angestammten Glauben an die Staatsgötter abspenstig zu machen, so war das Maß überschritten, und Flavius Silva dachte nicht daran, diesen staatsfeindlichen Bekehrungseifer der Juden hinzunehmen.

Nun sandten ihm zwar die Juden immer wieder Delegationen in sein Regierungspalais, Doktoren und Juristen, um in langen Reden und vielwortigen Schriftsätzen zu beweisen, es liege ihnen fern, Nichtjuden zu ihrem Glauben zu bekehren. Aber das änderte nichts an der Tatsache, daß eine ganze Menge Bettelphilosophen in seiner Provinz herumzogen, vor Syrern und Griechen eifernde Predigten hielten und ihnen ihr jüdisches Himmelreich anpriesen. Als er die jüdischen Doktoren darauf hinwies, erzählten sie ihm, diese Bettelphilosophen und Zyniker seien eine winzige Splitterpartei, Minäer oder auch Christen genannt, eine unbedeutende Sekte, mit abweichenden, unverbindlichen Lehrmeinungen. Doch der Gouverneur war nicht der Mann, sich mit einem so billigen Ableugnungsmanöver zufriedenzugeben. Wie denn? Was denn? Diese sogenannten Christen schauten genauso aus wie seine andern Juden, sie taten das gleiche, sie lehrten das gleiche, anerkannten die gleichen heiligen Schriften, die gleichen Feiertage, sprachen gleich schlecht Latein, waren gleich schwierig. Im Grunde hielt Flavius Silva alle Juden für Barbaren und ihre Religion für einen wirren Aberglauben. Soweit er die verwikkelten Darlegungen der Doktoren verstand, handelte es sich bei der Sekte der sogenannten Minäer oder Christen darum, daß diese glaubten, der Messias sei schon vor vierzig oder fünfzig Jahren erschienen, während die übrigen Juden annahmen, er werde erst in zwanzig oder dreißig Jahren auftreten. Beide Annahmen offenkundig höchst läppischer Aberglaube; denn in Wahrheit war ja der Messias vor zehn Jahren erschienen in Gestalt des Kaisers Vespasian, was der legitime Vertreter der jüdischen Priesterschaft, der Schriftsteller Flavius Josephus, selber zugegeben hatte. Jedenfalls konnte sich ein Verwaltungsbeamter, der für die Ordnung im Lande verantwortlich war, auf so spitzfindige Unterscheidungen wie die zwischen den Minäern und den übrigen Juden nicht einlassen. Flavius Silva hielt denn auch der gesamten Judenheit gegenüber den Vorwurf der Proselytenmacherei aufrecht und war entschlossen, gegen diesen Unfug mit allen Mitteln einzuschreiten.

Aus diesem Grunde also war er, ausgerüstet mit reichlichem Material, das seine Herren hatten sammeln müssen, nach Rom gekommen. Er wollte, noch bevor die Prinzessin Berenike hier eintraf und ihren Einfluß geltend machte, gesetzgeberische Maßnahmen gegen das Unwesen erwirken. Er wollte sich auf ein Gesetz stützen können, das mit Leibeigenschaft und Tod einen jeden bedrohte, der einen Anhänger der Staatsreligion dem Glauben seiner Väter abspenstig machte und ihn einem andern Glauben zuführte, sei es durch Beschneidung, sei es durch Tauchen in Wasser.

Der Gouverneur saß bei den Ministern und bei den Senatoren herum. Er war ein gewitzter Politiker, er behandelte die Herren des kaiserlichen Kabinetts sehr anders als die des Senats. Den Ministern erklärte er, wie rasch er in seiner Provinz die Ordnung endgültig herstellen könnte, wenn nur endlich ein kaiserliches Edikt strenge Strafen gegen die Gottlosenbewegung festsetzte. Gestützt auf ein solches Edikt, könnte er die Bekenner der Staatsreligion wirksam vor dem Bekehrungseifer der Juden schützen, ohne diesen zu nahe zu treten. Den Senatoren legte er dar, wie übel, vor allem seit dem Thronwechsel, die Übergriffe der Juden zunähmen. Spaßhaft erklärte er, wenn das so weitergehe, dann würden bald durch alle syrischen Städte Judäas Juden mit gezücktem Messer laufen, um jemanden zu suchen, den sie beschneiden könnten. Der Senat möge doch endlich ein Gesetz dagegen erlassen oder zumindest die Gesetze über Körperverletzung und Eunuchentum dahin erweitern, daß sie auch die Beschneidung eines Nichtjuden inbegriffen.

Die frische, offene Art des Gouverneurs gefiel allgemein. Titus selber freilich zögerte die Audienz immer wieder hinaus, in der Flavius Silva über die Zustände in Judäa Vortrag halten und ihm seine Denkschrift überreichen wollte. Den Senatoren hingegen, vor allem denen der Opposition, sagte der Gedanke sehr zu, in der gesetzgebenden Körperschaft eine Vorlage im Sinne des Gouverneurs einzubringen. Selbst wenn dann der Kaiser sein Veto einlegte, hatte man deutlich gezeigt, daß man nicht gewillt war, die Politik des Reichs von Rücksichten auf die Jüdin bestimmen zu lassen.

Im übrigen hinderten den Flavius Silva seine umständlichen politischen Geschäfte nicht, nach den Entbehrungen der Provinz das laute, fröhliche Leben der Hauptstadt zu genießen. Man sah ihn auf vielen Festen, man sah ihn in den vornehmen Villen in Antium und den albanischen Bergen.

Sein Vetter Annius führte ihn bei der Dame Dorion ein. Annius hatte ihm viel von den Opfern erzählt, die diese reizvolle Frau auf sich genommen hatte, um ihren Sohn vor der Beschneidung zu bewahren. Hatte sie es doch nur zu diesem Zweck abgelehnt, römische Vollbürgerin zu werden; denn war sie erst im Genuß dieses Bürgerrechts, dann verwandelte sich ihre Verbindung mit Josef aus einer Ehe halber Legalität in eine vollgültige, und dann stand es bei Josef, die Glaubenszugehörigkeit seines Sohnes zu bestimmen. Flavius Silva war entzückt von der Haltung der Dame Dorion und verfehlte nicht, ihr seinen Enthusiasmus auf soldatische Art zu zeigen.

Die Tatsache, daß die Frau des größten jüdischen Schriftstellers sich mit solcher Hartnäckigkeit und unter so vielen Opfern der Beschneidung ihres Sohnes widersetzte, bestätigte dem Gouverneur, wie widerwärtig jedem normalen Untertan des Reichs der jüdische Aberglaube war und wie berechtigt also sein Vorgehen. Dorions Kampf wurde sein eigener.

Sehr schnell verbreitete sich auch auf dem rechten Tiberufer die Nachricht von der Ankunft des Gouverneurs und seiner Absicht, bittere Maßnahmen gegen das geschlagene Volk der Juden durchzuführen. Ein Trost blieb, daß der Kaiser ihn nicht empfing. Trotzdem wuchs Unruhe und Angst.

Und Berenike kam nicht.

Cajus Barzaarone ging nochmals zu Josef und bat ihn, er möge sich nicht länger Gewissensskrupel machen. Im Interesse aller müsse er sich überwinden und die Ehrensäule annehmen. Doktor Licin redete ihm zu, der Glasfabrikant Alexas, sogar, leicht grinsend, Claudius Regin. Demetrius Liban bot seine geübte Beredsamkeit auf. Alle bestürmten sie den Josef. Er aber ließ sich bitten, oft und abermals, und zögerte lange, ehe er endlich tat, was zu tun er von Anfang an entschlossen war.

Mit Unbehagen ging er durch den neunten Bezirk, in dem der Bildhauer Basil sein Atelier hatte. In diesem Bezirk waren die meisten Steinmetzen angesiedelt. Hier lagen, eine neben der andern, die zahlreichen Werkstätten, in denen fabrikmäßig die Denkmäler und Büsten hergestellt wurden, die der ungeheure Bedarf der Stadt und des Reichs forderte. Jetzt zum Beispiel, nach der Thronübernahme, wurden allein an großen Büsten und Denkmälern des Titus über dreißigtausend verlangt. Man sah hier den neuen Kaiser in allen Stellungen, als Triumphator, zu Pferde, auf dem Thron. Sein breiter, knabenhaft nachdenklicher Kopf mit den kurzen, krausen, in die Stirn frisierten Locken war zu Zimmerschmuck jeder Art verarbeitet. Künstlerische Skrupel machte man sich wenige. Da hatte man etwa auf Vorrat vierhundert Vollstatuen des Vespasian angefertigt, die jetzt durch den Tod des Kaisers zu raumfressenden Lagerbeständen wurden; man verwendete kurzerhand die Rümpfe und setzte ihnen den Kopf des neuen Herrschers auf.

Josef haßte den neunten Bezirk. Unmutig schritt er durch den heißen, staubigen, lärmenden Wald gigantischer und winzig kleiner Stein- und Erzbilder von Göttern, Kaisern, Heroen, Philosophen. Angewidert ging er vorbei an den ernsten und neckischen Erzeugnissen des Kunstgewerbes, an Spiegeln, Leuchtern, Dreifüßen, Vasen, die betrunkene Silene zeigten, tanzende Nymphen, geflügelte Löwen, Knaben mit Gänsen, vielfältige Ausgeburten einer kindisch tändelnden Phantasie.

Endlich war er am Hause des Bildhauers Basil angelangt. Es lag inmitten des Getümmels der Werkstätten. Erschrekkend beinahe überfiel ihn die plötzliche Stille, als er die Vorhalle betrat. Die Werkstatt selber war ein großer, heller Saal; ein paar Bildwerke standen darin herum, Antiken wahrscheinlich, Josef verstand sich nicht darauf. Der Künstler Basil stand in dem weiten Raum, salopp, klein, etwas verloren.

Er hieß den Josef sich setzen, ging um ihn herum, vielwortig schwatzend. „Natürlich freut es mich, Flavius Josephus", sagte er, ihn mit hellen, unangenehm eindringlichen Augen musternd, „daß der Kaiser mir diesen Auftrag gegeben hat. Aber mir wäre lieber, er hätte ihn mir ein halbes Jahr später gegeben. Sie können sich nicht vorstellen, was unsereiner gerade jetzt zu tun hat. Meine Gesellschaft allein hat fünfhundert neue Arbeiter eingestellt. Na", kam er endlich zur Sache, seufzend, „wollen wir eben zusehen, daß wir etwas möglichst Schönes aus Ihnen machen. Hast du dir den Herrn gut angeschaut, Kritias?" wandte er sich an einen ziemlich vierschrötigen Burschen, einen Leibeigenen vermutlich oder einen Freigelassenen. „Das ist nämlich mein Gehilfe", erklärte er dem Josef. „Er wird Ihnen die Augen einsetzen, wenn wir soweit sind. Das ist seine Spezialität." Auch der Bursche beschaute Josef eindringlich; der kam sich vor wie ein Tier auf dem Markt, wie ein Leibeigener auf der Auktion.

Der kleine, quicke Basil, immer um den peinvoll sitzenden Josef herumgehend, schwatzte munter weiter. „Wie haben Sie sich's denn gedacht, Flavius Josephus?" fragte er. „Was meinen Sie zum Beispiel zu einer größeren Gruppe, Sie sitzend, Buch in der Hand, zwei oder drei Schüler zu Ihnen aufblikkend? Aber auch eine Büste auf einem eingelegten Sockel oder eine Säule wäre nicht reizlos. Einen markanten Kopf haben Sie. Ich hatte Sie mir übrigens immer mit Bart vorgestellt. Wissen Sie, Sie sind doch auch Nichtrömer, mit Ihnen kann ich offen reden. Im Grunde verstehen sie nichts von Kunst, die Römer. Nur bei Porträts muß man sich in acht nehmen. Davon verstehen sie was. Leider. Na, was denken Sie? Gruppenbild oder Büste? Gruppenbild wäre leichter. Reden Sie doch einen Ton, bitte", ermunterte er ihn, da Josef verdrossen schwieg. „Erzählen Sie mir was aus Ihrer Vergangenheit, daß ich Leben in Ihr Gesicht kriege. Ich sehe schon", wandte er sich an Kritias, „der Herr will die ganze Verantwortung mir zuschieben. Gehen wir schon an die Büste", entschied er sich, seufzend. „Es spricht einiges dagegen, ich sage es Ihnen offen, Flavius Josephus. Ihr Kopf ist zwar ausgezeichnet, aber, von uns aus gesehen, kein Schriftstellerkopf. Zuviel Energie und zuwenig Kontemplation. Auch du wirst es nicht leicht haben, mein Kritias. Diese beweglichen Augen, schwierig. Sie müssen wissen, Flavius Josephus, wenn sich der Künstler mit der klassischen Manier begnügt, mit geschlossenen Augen, dann spart er sich Zeit, Arbeit, Seele. Na, drücken wir uns nicht. Immer einmal heran, mein Kritias."

Josef mußte auf einem Podium Platz nehmen. Basil klatschte ein paar Schüler herbei, und, unbekümmert um den mürrisch Sitzenden, analysierte er Gesicht und Haltung seines Modells. „Ihr seht, Jungens", führte er aus, „diesen Herrn Flavius Josephus, einen, wie man mir sagt, ungewöhnlich bedeutenden Schriftsteller – ich selber habe leider noch nicht die Zeit gefunden, seine Bücher zu lesen –, dem Seine Majestät eine Ehrensäule in der Bibliothek des Friedenstempels zuerkannt hat. Das ist eine große Aufgabe, und wir wollen unser Modell scharf studieren, bevor wir anfangen.

Der Herr sieht beim ersten Anblick etwas finster aus, aber wir wollen das nicht unterstreichen, es scheint mir nur eine momentane Stimmung. Die Augen liegen tief, da entsteht sowieso ein finsterer Ausdruck. Gib viel Glanz in die Augen, mein Kritias. Siehst du dieses etwas bösartige Schillern, das der Herr jetzt gehabt hat? Das mußt du mir festhalten. Aus den dünnen Lippen würde ein Philosoph wahrscheinlich auf eine weltabgewandte Gesinnung schließen. Aber unsereiner sieht sogleich, daß sich der Herr trotzdem recht gut in der Welt auskennt. Wir müssen herauskriegen, Jungens, wie kräftig die Lippen sind bei all ihrer Dünnheit. Wir werden den Kopf ein wenig über die Schulter drehen. Das ist ein Experiment, das ist gegen die Schulregel. Aber auf solche Art kriegen wir die Augen in die Winkel. Das gibt den Ausdruck eines Mannes, der mit seinen Augen die Welt packen will. Und dann kriegen wir auch die stolze, gierige Geste heraus, die dem Herrn so gut steht. Eine echte Schriftstellergeste nebenbei, die wir schon deshalb unter allen Umständen herausholen müssen; wir leisten es uns nämlich, den Herrn ohne Buch darzustellen, und das Gesicht wirkt sowieso nicht sehr literarisch. Was abgesehen von dem speziellen Fall kein Nachteil ist. Schaut euch das Hagere, Knochige des Kopfes an, Jungens, die ausgezeichnete Stirn, die Buckel über den

Augen, die Buckel unterm Haaransatz, dieses Auf und Nieder, die Zerarbeitung, die Zerklüftung. Der Kollege Diodor würde jeden dieser Züge wichtig unterstreichen. Wir werden das nicht machen. Wir werden charakterisieren, nicht karikieren.

Es ist ein jüdischer Kopf, den wir da zu machen haben. Herr Flavius Josephus ist Jude. Denkt euch den Bart hinzu, dann wird es noch deutlicher. Wir müssen es dahin bringen, daß sich der Beschauer, ohne daß er es selber merkt, den Bart hinzudenkt. Macht die Augen auf, Jungens. Schaut euch den Kopf gut an, so wie er jetzt vor euch ist. Wenn ich ihn erst einmal modelliert habe, dann werdet ihr ihn nur mehr sehen, wie ich ihn sah."

Er schickte die Schüler hinaus und dann auch den Kritias. „Diese Vorbereitungen sind ein wenig langweilig", wandte er sich wieder an Josef. „Aber ich kann nicht zu arbeiten anfangen, ehe ich mir über jede Einzelheit klargeworden bin. Das geht am besten, wenn ich das Modell meinen Schülern erkläre."

„Wie halten wir es mit der Säule?" fragte er nachdenklich. „Wenn wir Herrn Fabull dazu bekämen, Ihren Schwiegervater, die Säule zu bemalen, das wäre eine große Sache." – „Ich möchte Herrn Fabull nicht bemühen", lehnte Josef kurz ab. „Fabull ist ein herrlicher Maler", beharrte Basil, „und für solche Arbeit unbestritten der erste Mann der Epoche. Ich arbeite gern mit ihm." – „Ich möchte Herrn Fabull nicht heranziehen", erwiderte noch energischer Josef. „Wenn Sie es durchaus ablehnen", seufzte Basil, „dann müssen wir den Sokkel mit Reliefs ausarbeiten. Sie waren doch General, habe ich mir sagen lassen. Da werden wir am besten einige Ihrer Kriegstaten auf den Reliefs darstellen."

Josef war im Begriff, auch diesen Vorschlag heftig zurückzuweisen, als mit kräftigem Schritt, an dem tief sich neigenden Leibeigenen vorbei, eine junge Dame in das Atelier kam, stattlich, schön, hochfahrend. Sie habe unerwarteterweise zwei Stunden frei, erklärte sie dem offensichtlich geschmeichelten Bildhauer, und jetzt wolle sie ihre Kolossalstatue beschauen, solange sie noch im Stein stecke. Ob sie sehr störe, unterbrach sie sich, mit einer leichten Kopfbewegung gegen Josef. Die ganze Zeit hatte sich Josef gefragt, wessen Züge dort drüben das große Modell der Juno trage. Jetzt erkannte er, daß es natürlich die Züge dieser Dame waren, der Frau des Erbprinzen, Lucia Domitia Longina. Der Bildhauer, in seiner saloppen Art, sagte, sie störe nicht; denn selbstverständlich werde er vorher seine Sache mit dem Herrn ins reine bringen. Dann werde er ihr gern die Statue zeigen.

Der Herr selbst aber scheine verärgert, bemerkte die Prinzessin, den Josef ungeniert auf und ab schauend, leicht amüsiert über sein steifes, verschlossenes Gesicht.

Basil stellte ihn vor. Sie habe doch gleich gewußt, sagte Lucia, daß sie dieses Gesicht kenne. Sie habe ihn schon mehrmals gesehen, er sei ihr aufgefallen. Aber etwas an seinem Gesicht habe sich verändert. „Ein interessantes Buch, Ihr ‚Jüdischer Krieg'", fuhr sie fort, ihn unverwandt und ohne Rücksicht musternd. „Gewöhnlich wird in solchen Büchern schrecklich gelogen. Selbst in den Memoiren meines Vaters, des Feldmarschalls, scheint mir einiges verdächtig. Bei Ihrem Buch hatte ich den Eindruck, Sie schwindeln nur, wenn es um Nie selber geht. Dafür habe ich Witterung."

Josefs Gesicht verlor seine Finsternis. Sooft er diese Dame Lucia bei offiziellen Anlässen gesehen hatte, war sie ihm ernst vorgekommen, streng, repräsentativ, die Juno des Modells. Nie hätte er gedacht, daß sich diese Juno so leicht und angenehm geben könnte. Sein Unmut war fort. Vor Frauen solcher Art fühlte er sich sicher und beschwingt. Möglich, setzte er ihr auseinander, daß an seinem Buch einiges gezwungen und weniger überzeugend wirke. Das komme daher, daß er seine Gedanken in einer fremden Sprache habe ausdrücken müssen. Jetzt aber, in der Neufassung, sei ihm vieles besser geglückt.

„Wie ist es also?" unterbrach Basil. „Bleibt es bei den Reliefs?" Josefs Unbehagen kam zurück. Was denn aus seinem früheren Leben will er in Stein hauen, dieser Aufdringliche? Seine Taten im jüdischen Krieg? Die werden sich nicht gut ausnehmen in römischen Augen. Seine Begegnung mit Vespasian, diese zweideutige, ihn peinigende Begegnung, die ihn vor den Juden befleckt, soll die in Stein gehauen werden?

Der kleine, flinke Basil – ihr „Eichhörnchen" nannte ihn Lucia – schwatzte unterdessen munter weiter. Sonst habe man bei einem Schriftsteller nicht viel Material für den Sokkel, meinte er, aber bei einem Kriegshelden wie Josef bleibe ja die einzige Qual das Wählen. Josef fiel ihm ins Wort. Man lasse seine Niederlagen nicht gerne in Stein hauen, lehnte er ab. Er bitte darum, die Säule glatt zu halten, ohne Bemalung und ohne Relief. Vielleicht sei das eingebildet, aber er glaube, seine eigene Darstellung der Ereignisse sei anschaulich genug.

„Schön", fügte sich Basil. „Sie ersparen mir Arbeit." Lucia hatte schweigend zugehört. „Sie sind ein schwieriger Herr", sagte sie jetzt zu Josef, lächelnd. „Merkwürdig, daß einer nach soviel Erlebnissen noch so empfindlich ist."

Dann machte man sich auf den Weg, um die Kolossalstatue zu beschauen. Lucia forderte Josef auf, mitzukommen. Inmitten von Staub und Lärm hob sich die riesige Juno, noch zu einem guten Teil im Stein steckend. Die linke Hand sprang vor, Basil kletterte hinauf. Auf der mächtigen, steinernen Hand stehend, erklärte er seine Arbeit. Eine Juno sei keine dankbare Aufgabe. Eine Juno bleibe fad und feierlich, selbst wenn eine Lucia das Modell sei. Er möchte einmal die wirkliche Lucia machen, nicht die offizielle, repräsentative. „Wie stellen Sie sich denn die wirkliche Lucia vor?" fragte von unten herauf die Prinzessin, lachend. „Zum Beispiel", meinte, sich duckend, Basil, „als Tänzerin Thais auf dem Rücken des Philosophen reitend, angenehm besoffen. Das wäre eine Aufgabe."

Die große Lucia streckte sich, griff nach ihm, holte ihn von der Hand ihrer Statue herunter. Ihr persönlich liege wenig an Respekt, erklärte sie friedfertig, aber Bübchen würde sich ärgern, wenn er so unehrerbietiges Gerede hörte. „Jetzt", wandte sie sich an Josef, „wo wir Ihre Jüdin bald da haben werden, Ihre Berenike, darf ich mir erst recht nichts vergeben. Ihr Juden macht unsereinem viele Ungelegenheiten", seufzte sie. „Er gehört übrigens zur angenehmeren Sorte, finden Sie nicht, mein Eichhörnchen?" sagte sie zu Basil. Josef ärgerte sich, daß sie so über ihn hinweg sprach. Trotzdem, als sie ihre

Sänfte bestieg, fragte er, sie mit seinen heftigen Augen dringlich anschauend: „Darf ich Ihnen die Neufassung meines Buches bringen?" – „Tun Sie das, mein Lieber", erwiderte sie. Auch das sagte sie obenhin. Aber sie winkte dem Diener ab, der die Vorhänge schließen wollte, und während die Sänfte sich in Bewegung setzte, schaute sie den Josef an, mit geschlossenen Lippen lächelnd, ein klein wenig spöttisch, sehr einladend. Ihre Stirn unter der in vielen Locken hoch sich türmenden Frisur war rein und kindlich, ihre weit auseinanderstehenden Augen über der langen, kräftigen Nase schauten furchtlos, lebensgierig. Josef aber lächelte in seinem Innern und ärgerte sich nicht mehr.

Zu ungewohnter Stunde erschien in dem Haus im sechsten Bezirk der Glasfabrikant Alexas, den Josef unter allen Juden in Rom für seinen besten Freund hielt. Dieser Alexas war seinerzeit während der Belagerung in Jerusalem geblieben, seinem alten Vater zuliebe, der sich nicht von der Stadt hatte trennen können. Er hatte dort grausige Dinge durchgemacht, man hatte ihm seine ganze Familie auf schauerliche Art getötet, er selber war, im letzten Augenblick, von Josef aus einem Gefangenendepot herausgeholt worden, das die für Tierhetzen und Kampfspiele Bestimmten enthielt. Der weltkundige Mann mit seinen fortschrittlichen Fabrikationsmethoden war auch in Rom rasch hochgekommen. Seine stattliche Leibesfülle freilich und die frischen Farben seines Gesichtes waren für immer fort, sein strahlend schwarzer Bart verfärbt, und eine leise, wissende Trauer war um alles, was er sagte und was er tat. Josef hielt große Stücke auf seinen Freund. Der lebte beispielhaft und ohne viel Krampf vor, wie man gleichzeitig ein guter Jude und ein guter römischer Untertan sein konnte.

Heute schien der sonst so ruhige Mann erregt, seine trüben, bekümmerten Augen belebt. Zwei unerwartete Besucher waren in seinem Haus eingetroffen, ein Mädchen aus Judäa, oder vielmehr eine Frau, in Begleitung eines zehnjährigen Jungen, beide ihm von früher her nicht bekannt. Es war die erste Frau des Josef, Mara, mit ihrem Sohne Simeon.

Dem Alexas hatten die Frau und der Junge gut gefallen. Josef aber schien betreten, ablehnend. Warum denn die Frau gerade zu ihm gekommen sei? fragte er den Alexas. Es war deshalb gewesen, weil sie seinen Namen schon in Judäa gehört hatte als den eines Freundes des Josef. Was sie in Rom wolle, erzählte Alexas weiter, habe sie ihm nicht anvertraut, für alle seine Fragen habe sie ein sanftes, geheimnisvolles und verschmitztes Lächeln gehabt. Sie habe ihn nur gebeten, zu dem Doktor Josef Ben Matthias zu gehen, Priester der Ersten Reihe, Freund des Kaisers, ihrem Herrn und früheren Gemahl, auf daß der, wenn er auch sie selber verworfen habe, seinem Sohne sein Antlitz leuchten lassen möge, dem Simeon, Janiki, seinem Erstgeborenen.

Josef hatte seine frühere Frau die ganzen zehn Jahre hindurch nicht gesehen, auch seinen Sohn nicht, und wenig Gedanken an die beiden verloren. Er hatte sich damit begnügt, ihr die ausgesetzte Rente anweisen zu lassen. Mara hatte zuerst auf dem Land gelebt, auf seinen Gütern, dann war sie in die Stadt gezogen, in die Meerstadt Cäsarea, damit dort der kleine Simeon die Schule besuche. Mara hätte ihn lieber in das Lehrhaus von Jabne gebracht, das Zentrum der jüdischen Gelehrsamkeit. Aber Josef hatte gefürchtet, daß sein Sohn dort nicht wohl aufgenommen werde, und darum Mara veranlaßt, mit ihrem Jungen nach Cäsarea zu gehen, der Hauptstadt des Landes, die fast nur von Griechen und Römern bewohnt war. Es war für Juden nicht ganz einfach, dort Zutritt zu erlangen; sie bedurften eines Sonderpasses. Aber Josefs Verwalter Theodor Bar Theodor hatte für Mara und ihren Jungen die Sondererlaubnis rasch erwirkt. Dort also hatte sie die letzten Jahre gelebt, still, gefügig, ohne ihn zu behelligen; jedes Jahr zum Hüttenfest hatte sie ihm in einem demütigen Brief mitteilen lassen, daß sie und ihr Sohn sich wohl befänden und ihm für seine Güte dankten.

Jetzt zum erstenmal, seitdem er sie kannte, hatte sie einen selbständigen Beschluß gefaßt und war ohne seinen Willen nach Rom gekommen. Er hatte sich von ihr geschieden, hatte die öffentliche Geißelung auf sich genommen, um diese Scheidung zu erlangen. Die Frau seiner Rippe ist Dorion, der Erstgeborene seines Herzens Paulus. Warum war auf einmal diese da? Was fiel ihr ein? Was wollte sie? Das Richtige wäre, sie wieder nach Judäa zu schicken, ungesehen, mit strengem Verweis.

Er rief sich ihr Bild zurück, wie sie, nachdem Vespasian sie genommen hatte, zu ihm gekommen war, vernichtet, eine geschminkte Tote. Wie sie dann aufgeblüht war, nachdem der Römer ihn gezwungen hatte, sie zu heiraten. Sie war vierzehnjährig damals, ihr Gesicht rein, eirund, ihre niedrige Kinderstirn schimmernd. Demütig kamen die Worte aus ihrem üppig vorspringenden Mund, sanft und zärtlich glitt sie um einen herum, alle kleinen Wünsche erfüllend, bevor man sie aussprach. Und er hatte sich das gefallen lassen. Diese Mara, die, wenn auch gegen ihren Willen, durch die Kriegsgefangenschaft und die Buhlerei mit dem Römer zur Hure geworden, war seinem Herzen und seiner Haut wohlgefällig gewesen. Nicht lange freilich. Niemals war von ihr jene tiefe Lockung ausgegangen wie von Dorion.

Jetzt also ist sie da. Als Geliebte hat man sie nach drei Wochen vergessen, aber sicher ist sie eine gute Mutter. Er war in Alexandrien, als sie ihm den Sohn gebar, den Erstgeborenen, den er nie gesehen hat. Er erinnert sich genau, wie sie es ihm mitgeteilt hat. Der Brief war von einem Schreiber geschrieben, aber man erkannte sogleich ihren Ton: „O Josef, mein Herr, Jahve hat gesehen, daß Deine Magd mißfällig war vor Deinem Angesicht, und er hat meinen Leib gesegnet und hat mich gewürdigt, daß ich Dir einen Sohn gebäre. Er ist an einem Sabbat geboren, und er wiegt sieben Litra und fünfundsechzig Zuz, und sein Schrei kam von der Wand zurück. Ich habe ihn Simeon genannt, das ist der Sohn der Erhörung, denn Jahve hat mich erhört, als ich mißfällig war. Josef, mein Herr, sei gegrüßt und werde groß in der Sonne des Kaisers, und der Herr lasse sein Antlitz leuchten über Dir. Und iß keinen Palmkohl, weil es Dich dann gegen die Brust drückt." Dieser Brief schwamm auf dem Meer von Cäsarea nach Alexandrien, während gleichzeitig von Alexandrien nach Cäsarea jener andere Brief schwamm, in dem er ihr die Scheidung mitteilte.

Er will die alten Dinge nicht aufrühren. Er liebt den Sohn

aus seiner Ehe mit Dorion. O wie liebt er ihn, seinen Sohn Paulus. Aber dieser Paulus ist nicht aufgenommen in die Gemeinschaft der Gläubigen, er sperrt sich zu vor ihm, hängt sich an jenen Phineas, den Hämischen, den Hund. Ist ein Griechenjunge, hochfahrend, voll Fremdheit und Verachtung vor dem jüdischen Vater. Jetzt also ist der andere da, sein jüdischer Sohn. Aber der, als die Frucht aus der Ehe eines Priesters mit einer Kriegsgefangenen, ist ein Mamser, ein Bastard.

Es ist arg, daß er keinen rechtmäßigen jüdischen Sohn hat. Die Büste im Friedenstempel ist eine Ehrung, wie sie noch nie einem Juden widerfahren ist. Der Doktor Licin hat ihn aufgefordert, die Synagoge zu stiften. Es wäre gut, wenn die Thorarollen, die aus Jerusalem geretteten, in einer Josef-Synagoge stünden, während sein Bild im Friedenstempel steht. Die römischen Juden würden die Stiftung einer Josef-Synagoge nur dann würdigen, wenn er einen jüdischen Sohn hätte. Sein Schlaf wäre gut dann, tief und ohne Störung.

Im Grunde ist der Mamser, der Bastard, von jeher dem vollberechtigten jüdischen Bürger gleichgestellt gewesen. Jetzt, nach der Zerstörung des Tempels, ist es erlaubt, die Gesetzgebung über die Bastarde in einem laxen Sinne auszudeuten. Ehefähig freilich ist der Bastard nicht. Aber es gibt Auswege. Es wäre schön, hier in Rom einen jüdischen Sohn zu haben. Es wäre schön, die Josef-Synagoge zu haben. Anderntteils können, wenn er Mara erst einmal vor sein Angesicht läßt, leicht tausend Ungelegenheiten und Verwicklungen entstehen. Wenn es eine Josef-Synagoge gibt und sein Bild im Friedenstempel, dann wird sein Schlaf tief sein. „Ich danke Ihnen für die Botschaft, lieber Alexas“, beschließt er seine Gedanken. „Sagen Sie Mara, ich werde morgen kommen.“

Am nächsten Tag, auf dem Wege zu ihr, sagte er sich, das Wichtigste sei, sich nicht überrumpeln, sich kein Versprechen ablocken zu lassen. Er wird sich die beiden einmal anschauen, das ist alles. Verpflichten wird er sich zu nichts.

Die Frau, als er kam, neigte sich tief. Sie trug das einfache Kleid des nördlichen Judäa, viereckig, aus *einem* Stück, dunkelbraun, rot gestreift. Ein vertrauter Geruch stieg ihm in die Nase; sie liebte es noch immer, ihre Sandalen zu parfümieren.

„O mein Herr", sagte sie, „du hast dein Barthaar geopfert, aber dein Angesicht ist stark, schön und leuchtend auch ohne dein Barthaar." Sie war demütig wie stets, aber voll von einer großen Sicherheit, die er früher nicht an ihr gekannt hatte. Mit ihrer kleinen, festen Hand wies sie auf den Jungen, nahm ihn um die Schulter, führte ihn Josef vor. Der sah, daß er breit war, wohlgeraten; in dem eirunden Schädel Maras hatte er entschiedene Lippen, eine kräftige Nase, lange, schnelle Augen wie er selber. Josef legte seinem Sohn die Hand auf das dichte, wirre Haar und segnete ihn, Gott möge ihn machen wie Ephraim und Menasse.

Der Junge musterte den fremden Herrn ohne Verlegenheit, aber er blieb einsilbig. Sie sprachen aramäisch. Mara forderte ihren Sohn auf, griechisch zu sprechen; er könne ganz gut Griechisch, erklärte sie stolz. Aber Simeon war bockig, er sah nicht ein, warum er griechisch sprechen sollte, wenn der Herr Aramäisch konnte.

Ein bißchen taute er auf, als Josef ihn über die Reise ausfragte. Die „Viktoria" war ein gutes Schiff, nicht sehr groß freilich. Bei dem Sturm kurz nach Alexandrien seien fast alle seekrank geworden, aber er nicht. Auch ein Transport wilder Tiere sei auf dem Schiff gewesen, für die Arena. Die hätten während des Sturms kolossal gebrüllt. Zwei Geschütze habe das Schiff mitgeführt, wegen der Seeräuber. Es gab zwar keine Seeräuber mehr, aber das Gesetz, daß jedes Schiff bestückt sein müsse, war nicht aufgehoben. Für die Geschütze hatte sich Simeon besonders interessiert. Er hatte sie sich von den Mannschaften genau erklären lassen, ja, er hatte selber ein kleines Modell eines Geschützes konstruiert. Mara bestand darauf, daß er es dem Herrn zeige. Er ließ sich auch nicht lange bitten. Sein Gesicht wurde hell, wenn er von dieser seiner Konstruktion sprach, lustiger als das oft finstere des Josef. Er hatte offenbar eine gute Hand für solche Dinge.

Für so was, erklärte Mara, habe Simeon Interesse, da könne er aufpassen, da könne er Griechisch. Im Lehrhaus aber seien seine Leistungen keineswegs befriedigend. Er lasse sich zu leicht ablenken, treibe sich, ihren Ermahnungen zum Trotz, viel auf den Straßen Cäsareas herum, wo er von den

Jungens der Gojim nur übles Zeug aufschnappe. Aber ihre dunkle Stimme war sanft, während sie ihren Simeon-Janiki verklagte, es war ein gewisser Stolz darin auf ihren geweckten Jungen, der so voll Interesse war für seine Umwelt.

Josef, vorsichtig, immer wie ein Erwachsener zu einem andern sprechend, suchte aus dem Knaben herauszuholen, was der sich im Lehrhaus angeeignet hatte. Viel war es offenbar nicht. Dennoch rührte es den Josef schmerzhaft tief auf, als er aus dem Munde seines Sohnes hebräische Worte hörte, uralte, vertraute Klänge, im Tonfall des Landes Israel. Der Junge verteidigte sich gegen die Klagen seiner Mutter. Wozu soll er die schwierigen Gesetze über Tempeldienst und Opfer auswendig lernen, da der Tempel doch leider einmal zerstört ist? Der Hafen von Cäsarea und die Schiffe und die Silos interessieren ihn eben mehr. Dafür kann er doch nichts.

Mara fürchtete, Josef werde zürnen über diese bedenklichen Reden des Knaben. Aber Josef zürnte nicht. Er selber war ein guter Schüler gewesen und hatte seine Stunden im Lehrhaus brav abgesessen. Aber dann war er Soldat geworden und hatte sich im Leben getummelt, und offenbar stak das Soldatische doch tiefer in ihm, als er glaubte. Das zeigte sich jetzt an dem Jungen. Er sprach mit ihm über Geschütze, er erklärte ihm die Konstruktion der „Großen Deborah", jenes berühmten Geschützes der Juden, das die Römer erst nach so vielen vergeblichen Mühen hätten erobern können und das sie mit besonderem Stolz, trotzdem es halb zerstört war, im Triumphzug aufgeführt hatten. Der Junge hörte mit leuchtenden Augen zu. Josef selber ereiferte sich. Er hatte eine klassische Schilderung dieser Maschine in seinem Buch gegeben, er geriet ins Griechische, wie er jetzt sprach, und es erwies sich, daß Simeon-Janiki ganz gut verstand. Mara hörte befriedigt zu, wie ihr Mann und ihr Junge miteinander schwatzten.

Jetzt fragte der Junge den Vater aus nach den Merkwürdigkeiten der Stadt Rom, von denen er gehört hatte. „Euer Rom ist sehr groß", meinte er nachdenklich. „Aber unser Cäsarea ist auch nicht klein", fügte er sogleich hinzu, stolz. „Wir haben das Palais des Gouverneurs und die Kolossalstatuen am Hafen und die Große Rennbahn und vierzehn Tempel und das Große Theater und das Kleine Theater. Wir sind überhaupt die größte Stadt der Provinz. Mutter erlaubt nicht, daß ich zu den Wagenrennen gehe, aber ich habe mit dem Champion Thallus gesprochen, der dreizehnhundertvierunddreißig Rennen gewonnen hat. Er hat über drei Millionen gemacht, und er hat mich auf seinem Ersten Pferd Silvan reiten lassen. Sind Sie einmal auf einem Ersten Pferd gesessen?"

Jetzt sprach der Junge wieder aramäisch, und Josef fand sein Wesen gelöst und angenehm. „Ein Bastard, der ein Gelehrter ist, steht höher als ein unwissender Priester", lautet ein Satz der Doktoren. Diesen Satz konnte man zwar kaum auf Simeon anwenden, aber sein Sohn gefiel ihm gleichwohl. Mara war glücklich, daß Josef dem Knaben wegen seiner Unwissenheit nicht zürnte. Ihre Schuld war es nicht, wenn er nicht das Zeug zu einem Doktor und Herrn in sich hatte. Sie hat wirklich alles dazu getan. Schon während ihrer Schwangerschaft hat sie Meerbarben gegessen, auf daß ihr Simeon wohl gerate. „Eigentlich hat es auch geholfen", meinte sie mit sanftem Stolz. „Er ist wild, er treibt sich auf den Straßen herum und gebraucht schlechte Worte, und ich habe hierher nach Rom gehen müssen, weil ich in Cäsarea nicht mit ihm fertig wurde. Aber er hat einen raschen Kopf und eine geschickte Hand und findet Wohlgefallen vor den Menschen. Nein, das darf ich ohne Vermessenheit sagen: wir sind nicht aufs Johannisbrot gekommen." – „Sagt man das hier noch: ‚aufs Johannisbrot'?" erkundigte sich etwas verächtlich Simeon. „Bei uns in Cäsarea sagen sie ‚auf den Hund gekommen'. Das gefällt mir besser. Aber das Richtige habe ich erst auf dem Schiff gelernt, von den Matrosen. Die sagen: beschissen." – „Immer hat er es mit den niedrigen Worten", beklagte sich Mara. „Mir gefällt es: beschissen", beharrte Simeon. „Wenn du schon das Johannisbrot nicht liebst, mein Junge", riet Josef, „dann nimm vielleicht: unten durch." Simeon überlegte einen kleinen Augenblick. „Nicht sehr schön", entschied er. „Das andere ist schöner. Aber wenn Mutter es durchaus will, dann sage ich also: unten durch", und er tauschte einen Blick des Einverständnisses mit Josef, ein Erwachsener, der auf die törichten Launen einer Frau Rücksicht nimmt.

Josef fragte seinen Sohn, ob er in Cäsarea viele Freunde habe. Es erwies sich, daß er mehrere griechische Kameraden hatte. Wurden sie frech, prügelte er sich mit ihnen herum. Unter den Polizisten hatte er gute Bekannte, die zu ihm hielten gegen die Lausebengels. Erst hatte er offenkundig statt „Lausebengels" ein kräftigeres Wort nehmen wollen, aber aus männlicher Rücksicht auf die Mutter unterdrückte er es.

Diese, nach einer Weile, schickte den Knaben hinunter auf die Straße; er hatte auch da bereits Freunde. Josef, sowie sie allein waren, beschaute Mara. Sie war reifer als früher, ein wenig dicklich übrigens, fest in sich ruhend, voll bescheidener Genugtuung. Er, vor seinem Sohne Paulus, hatte versagt. Er, der die Welt durchtränken wollte mit jüdischem Geist, konnte nicht einmal seinen Sohn damit erfüllen. Hier aber die Frau saß da, ein kleines, zufriedenes Lächeln um den üppig vorspringenden Mund. Ihr Sohn hatte nicht das Zeug zum Schriftgelehrten, er war ein wenig vulgär, manches war in ihm von seinem Großvater, dem Theaterdiener Lakisch. Aber ein Jude war er immerhin, gut gediehen im ganzen, geweckt.

Trotzdem reizte den Josef die Zufriedenheit der Frau. Finsterer, als es ursprünglich seine Absicht gewesen war, fragte er sie, was sie denn hier wolle, was sie von ihm wolle.

Sein Unmut schreckte sie nicht. Sie glaube, erwiderte sie, Simeon-Janiki sei ein bißchen verwildert. Cäsarea, wo er immer mit den Griechenjungen herumgetobt habe, sei vielleicht doch nicht das Richtige für ihn gewesen, in Jabne hätte er bessere Aufsicht gehabt. Hier in Rom hoffe sie jemanden zu finden, der die Hand fest genug habe, ihn zu zähmen. Josef sah vor sich hin, erwiderte nichts. Dies sei aber nur das eine, fuhr sie fort. Sie habe noch einen wichtigeren Grund. Daß Josef, ihr Herr, seinen Sohn nicht habe in Jabne erziehen lassen, sei eine schwere Last für ihr Herz gewesen all die Jahre hindurch; denn sie glaube, sie habe den Grund richtig erraten, trotz all ihrer Torheit. So sei sie denn allein nach Jabne gegangen, Wanderstab in der Hand, Wasserschlauch und hörnernen Behälter für die Wegzehrung um die Schulter, wie man früher nach Jerusalem hinaufzog, und habe umgefragt bei den Doktoren der Universität, ob es denn kein Mittel gebe, ihren Sohn, diesen ihren wohlgeratenen Simeon-Janiki, zu befreien von dem Fluch, der auf ihm liege; denn er sei doch nun einmal vorläufig ein Mamser, ein Bastard. Sie sei bis zu dem weisesten aller Menschen vorgedrungen, kurz vor seinem Ableben übrigens, zu dem Großdoktor Jochanan Ben Sakkai, das Andenken des Gerechten zum Guten. Der habe denn auch mild zu ihr gesprochen und habe ihre Rede erwogen, als käme sie nicht wie aus dem Mund eines jungen Kalbes, und habe ihr geraten, nach Rom zu gehen und zu Josef zu sagen, er habe sie geschickt. Da habe sie angefangen zu sparen von dem Geld, das Josef in seiner Güte ihr gegeben habe, und gerade als sie die Summe für die Reise zusammen hatte, sei für alle Juden ein neuer Glanz angebrochen, weil doch nun eine jüdische Frau Kaiserin in Rom sein werde. Und nun sei sie da und hoffe, ihr Herr Josef zürne nicht. Das brachte sie vor, sanft, ohne Anspruch, immer mit ihrem kleinen, stillen, verschmitzten Lächeln.

Josef, als er den Namen Jochanan Ben Sakkai aus dem Munde der Frau hörte, war erschüttert. Er hatte angenommen, sie sei aus Vorwitz gekommen, zudringlich, von allein. Und nun war es Jochanan Ben Sakkai, der sie geschickt hatte, sein Lehrer, der hochverehrte, listige, der an seiner Universität Jabne mit gesegneter, übermenschlicher Zähigkeit am Werke gewesen war, den verlorenen Staat der Juden durch die Lehre des Moses und die Bräuche der Doktoren zu ersetzen. Dieser Mann hatte bis zuletzt an Josef geglaubt, als längst die anderen ihn anspien. Der also, sich mühend um ihn übers Grab hinaus, hat ihm die Frau und den Jungen geschickt, und jetzt gerade sind sie gekommen, da er in Wirrnis war des Bildes wegen, das man von ihm machte.

Die Frau sprach weiter. Sie hatte hundert Sorgen. Ob man denn richtig auf seine Nahrung sehe? Ob man ihm genügend Rettich gebe und Johannisbrotblätter? Ob man ihm nicht zu scharfe Kapernsauce vorsetze? Das habe ihm immer geschadet. Sie habe ihm ein wenig Majoran-Ysop mitgebracht, auch gutes Salz aus dem Toten Meer, das römische Salz sei so schlecht, habe man ihr gesagt.

Sie holte die kleinen Gaben hervor, glücklich, *eine* Luft mit diesem Mann zu atmen, ihm von seinem, ihrem Kind zu sprechen, von diesem klügsten und tapfersten aller Söhne, Simeon-Janiki. Josef hörte ihre stillen Worte, sah ihre niedrige, schimmernde Stirn. Er dachte an den mühevollen, umwegig kämpfenden Glauben jenes großen Alten, Jochanan Ben Sakkais. Gott wird nicht kleiner, hatte der ihm gesagt, auch wenn seine Bekenner auf listigen Umwegen zu ihm gehen. Es war ein großes Geschenk, daß Jochanan Ben Sakkai ihm die Frau und den Knaben geschickt hatte.

Mara rückte näher. „Zürnst du, mein Herr, daß ich gekommen bin?“ fragte sie, da er lange schwieg. „Du hättest schreiben sollen und meinen Willen einholen“, erwiderte er. Doch sogleich, gnädig, fügte er hinzu: „Aber nun du da bist, mag es sein.“

Der Bildhauer Basil zeigte dem Josef das Stück Metall, aus dem sein Kopf entstehen sollte. Es war korinthische Bronze, jenes besonders edle Metall, das vor nunmehr zweihundertsechsundzwanzig Jahren entstanden war, als bei der Zerstörung der Stadt Korinth die Kunstwerke aus Gold, Silber, Kupfer in geschmolzenen Strömen ineinanderflossen, sich zu einer seither nie wieder erreichten Mischung von wunderbarer Schönheit vereinigend. Der Bildhauer versprach sich viel von dem blassen, fremdartigen Schimmer, der von Josefs Kopf ausgehen werde, wenn er erst in diesem Metall gegossen sei.

Basil arbeitete jetzt an einem Tonmodell, nachdem er zuerst ein Wachsmodell geknetet hatte. Josef saß auf dem Podium des großen Ateliers und hörte dem Manne zu, der ihm von Dingen erzählte, die ihm sehr fremd waren. Von den zahllosen Fälschungen zum Beispiel, die man in Rom den Sammlern anzuhängen versuchte. Warum auch sollte man die reichen Leute nicht übers Ohr hauen, die auf das Alter von Kunstwerken und auf verschollene, zweifelhafte Meisternamen mehr Gewicht legten als auf den Kunstwert? „Ich habe da“, erzählte er, „jüngst bei dem Sammler Tullus gegessen. Es war eine große Gesellschaft, lauter Freunde des Tullus. Auf den Tischen standen über dreihundert Silberbecher und sonstiges Tafelgerät, eines kostbarer und älter als das andere, die Ziselierungen schon ganz verwischt. Ich sage Ihnen, Flavius Josephus, die Kunstwerke waren so echt wie die Freunde. Da war zum Beispiel ein Tafelaufsatz, ein Löwe, der eine Antilope reißt, darunter in antiken Schriftzeichen, gerade noch lesbar, der Name des großen Myron. Myron ist jetzt seit mehr als fünfhundert Jahren tot, aber wenn Sie meinen guten Kritias fragen, der könnte Ihnen genau erzählen, ob der bewußte Myron heute früh mit dem rechten oder mit dem linken Fuß aufgestanden ist."

Josef, während der kleine, hurtige Mann schwatzte, sah zu, erstaunt, unheimlich angerührt, wie unter seinen Händen sein Gesicht entstand. Dieser widerwärtige Basil hatte ärgerlicherweise nicht zuviel behauptet: was da vor ihm in die Welt hineinwuchs, das war in Wahrheit sein Kopf, nicht weniger lebendig als der von Fleisch und Blut, und es wird in Zukunft schwer sein, schwer sogar für ihn selber, diesen Kopf anders zu sehen. Das waren seine Lippen, seine Nüstern, seine Stirn. Und doch war es ein fremder, unheimlicher Kopf. Er riß sich zusammen, er wollte Klarheit. Waren das die Lippen, die Weisung gegeben hatten, den Justus vom Kreuz zu nehmen, den Freundfeind, der jetzt an einem „Jüdischen Krieg" schrieb, der Schamlose? Waren das die Nüstern, die den Brand und Gestank des stürzenden Jerusalem und des Tempels eingesogen hatten? War das die Stirn, hinter der der entschlossene Wille gewohnt hatte, die Festung Jotapat sieben mal sieben Tage zu halten? Ja, dies war sein Gesicht, und war doch nicht seines, wie jene Taten sein waren und doch nicht sein; denn jetzt würde er sie nicht mehr tun oder anders. Er schaute sich an, der lebendige Josef den tönernen. Vieles, was der Mann mit diesem Gesicht getan hatte, gefiel ihm, vieles mißfiel ihm, das meiste war ihm unverständlich. Welcher Josef ist der wahre: der tönerne oder der lebendige? Welcher Josef ist der wahre: der, der jene Taten getan hat, oder der, der hier sitzt? Was macht einen Menschen aus: was er jetzt ist, oder was er früher getan hat?

Er überlegte scharf. Kam zum Schluß. Der Mann Flavius Josephus, lebend in der Stadt Rom im Jahr 832 nach Gründung der Stadt, im Jahr 3839 nach Erschaffung der Welt, hat nichts gemein mit dem Manne Josef Ben Matthias, General seinerzeit in Galiläa. Der Schriftsteller Flavius Josephus sah mit rein literarischem, wissenschaftlichem Interesse auf das, was jener Doktor Josef Ben Matthias, Priester der Ersten Reihe, getan hat. Er zeichnete die Geschichte jenes Josef Ben Matthias mit der gleichen kalten Neugier auf wie die Geschichte des Königs Herodes, den wechselvollen Lebenslauf eines fremden, vergangenen Mannes. Und Flavius Josephus, als er zu diesem Schluß gekommen war, fühlte sich dem Josef von einst, jenem toten, abgelebten Manne, sehr überlegen.

Plötzlich aber, schreckhaft, überfiel ihn der Gedanke: was aber ist dieser Josef von heute, gemessen an dem Josef der Zukunft? Er wog, was er getan hatte und was zu tun noch vor ihm lag, und der Atem setzte ihm aus.

Er hat dieses Buch vom jüdischen Krieg geschrieben, den Römern gefällt es, die Römer feiern den Josef von heute und gießen sein Bild in das kostbarste Metall der Welt. Der eine Teil seiner Aufgabe liegt hinter ihm, der leichte, der lohnende. Vor ihm aber, berghoch, drohend, unbegonnen, steht die wahre Aufgabe, das Werk der Zukunft, die große Geschichte seines Volkes, die zu schreiben, die der westlichen Welt zu vermitteln er sich anheischig gemacht hat. Um dieses Werkes willen hat er soviel Sünden auf sich genommen, soviel Unheil angestiftet. Und gemacht hat er, der Josef von heute, den „Jüdischen Krieg“. Ist das ein Beginn? Ist das eine Abzahlung auf die ungeheure Schuld? Es ist nichts. Er wiegt, er wiegt, er zählt, und er verwirft. Betäubend überfällt ihn das Gefühl seiner Ohnmacht. Er war ein Lügner, als er vor zehn Jahren Vespasian als den Messias bezeichnete. Er war ein Lügner jetzt, da er sich für das Werk berufen glaubte und aus solcher Berufung heraus sich vermaß, Sünden auf sich zu nehmen, die einen erdrücken mußten. Eine klare, bittere Stimme wacht mit einemmal in ihm auf, er hat sie seit langem nicht mehr gehört. „Ihr Doktor Josef ist ein Lump“, sagt die Stimme, es ist die des Justus von Tiberias, des Freundfeindes. Sie ist nicht laut, aber sie übertönt das Geschwätz des Bildhauers, sie füllt das große Atelier ganz aus, sie macht das Tonmodell schwanken und verschwimmen, sie drückt ihm das Herz ab mit ihrer Verachtung, ihrer Resignation, ihrem unbeholfenen Aramäisch. Er muß an sich halten, um nicht hier, vor diesem Bildhauer Basil, an die Brust zu schlagen und zu bekennen: Eitelkeit. Alles, was ich getan habe, ist eitel. Ich genüge nicht dem Werk. Ich bin verworfen.

Seine Büste aber, die Ehrenbüste, gedieh. Bald schon stand sie da, vorerst probeweise in gemeiner Bronze gegossen, und ungelöst war nur noch das Problem der Augen. Doch schon für morgen hatte der Gehilfe Kritias auch für sein Teil versprochen, seine Arbeit zu liefern.

Als Josef am andern Tag in das Atelier kam, um sich das Werk in seiner endgültigen Form zeigen zu lassen, fand er dort die Prinzessin Lucia. Es war das drittemal, daß er sie bei Basil traf. Wie sie hörte, worum es ging, blieb sie.

Gespannt schaute Josef zu, wie Kritias dem Erzmodell zwei schillernde, eirunde Steine einpaßte. Erschreckend blickten die Steine aus der Bronze. Das waren nicht mehr irgendwelche Halbedelsteine in irgendwelcher Bronze, das waren wirklich seine Augen. Betroffen erkannte Josef, daß dieser unheimliche, vierschrötige Mensch Kritias ihn durchschaut hatte, seine versteckten Gedanken, seine Sünden, seine Lüste, seinen Stolz, seine Ohnmacht. Er haßte diesen Griechen Kritias, und er haßte den Griechen Basil, weil sie ihm die Nacktheit seiner Seele abgelauert hatten. Er konnte den Anblick der Büste nicht ertragen und wandte den Kopf zur Seite.

Da gewahrte er Lucia, wie sie aufmerksam, mit hohen Augenbrauen, die Büste beschaute. Schnell, um der Wirrnis seines Gefühls zu entkommen, klammerte er seine Gedanken an sie, an ihr kühnes, helles Gesicht. Diese Römer wissen nichts von Sünde, wahrscheinlich ist das ihre Stärke, die Ursache ihrer ungeheuren Erfolge. Ungestört von inneren Hemmungen haben sie ihr Reich aufgerichtet und unseren Staat zerschlagen. Haben wir nicht unsere erste große Schlacht verloren, weil wir uns nicht dazu verstehen konnten, am Sabbat zu fechten, und es vorzogen, uns wehrlos hinschlachten zu lassen? Ich bin klüger geworden mittlerweile. Ich habe einiges gelernt. Ich weiß um die Sünde, aber ich tu sie. Mir wächst Kraft aus meinen Sünden. „Du sollst Gott lieben auch mit deinem bösen Trieb." Es ist leicht, stark zu sein, wenn kein Bewußtsein den Trieb hemmt. Sündig sein, bewußt, und sich nicht flüchten in Frommheit und Resignation, das ist der größte Triumph.

Und er wandte seine Blicke wieder der Büste zu. Beschaute sie, voll trotziger Selbstbejahung. Der ganze, bronzene Kopf jetzt, wie er, halb über die Schulter gewendet, auf den Beschauer und in die Welt sah, war gespannt von einer tiefen, wissenden, gefährlichen Neugier, und Josef sagte ja zu dieser Gier und zu seinen Sünden. Vielleicht war in den schillernden Augen ein Abstoßendes: aber es waren Augen voll Kraft und Leben, es waren seine Augen, und er war froh, daß sie waren, wie sie waren.

Alle beschauten sie die Büste mit gesammelter Aufmerksamkeit, der verwirrte, trotzige Josef, die nach allem Starken, Lebendigen lüsterne Lucia, der selbstbewußte, skeptische Basil, der stille, menschenverachtende Gehilfe Kritias. „Beim Herkules", sagte schließlich die Prinzessin, sie versuchte leicht zu sprechen, aber ihre Stimme klang gepreßt, „Sie sind ja ein Verruchter, mein Flavius Josephus." Überrascht riß Josef den Kopf zu ihr hinüber, finster, hochmütig. Was sie sagte, klang zwar wie eine Anerkennung, aber wer gestattete ihr, seine Gedanken zu erraten? Was er zu denken sich erdreisten durfte, war noch lange keinem zweiten erlaubt. Er erwiderte nichts.

„Du hast dich selbst übertroffen, mein Freund Kritias", sagte schließlich Basil, auch er, gegen seine Gewohnheit, betreten. „Aber ich glaube", fügte er hinzu, und seine gewohnte Munterkeit klang diesmal etwas gezwungen, „wir machen den Kopf trotzdem ohne Augen." – „Gut, tun wir das", sagte zögernd Josef. „Schade", sagte Lucia.

Unmittelbar nach Vollendung der Büste ließ der Kaiser den Josef nochmals zu sich bitten. Er war allein diesmal, und Josef bemerkte sogleich, daß die Apathie seiner ersten Wochen von ihm abgefallen war. Die Massen hatten in der Zwischenzeit einen sonderbaren Spitznamen für ihn gefunden, sie nannten ihn den „Walfisch". Wahrscheinlich wollten sie damit seine Machtfülle bezeichnen zusammen mit seiner Entschlußlosigkeit und Schwerfälligkeit. Wie immer, heute war er bestimmt kein Walfisch. Vielmehr schien er strahlender Laune, sehr aufgeschlossen, und er verhehlte Josef auch nicht die Gründe seiner Veränderung.

Die Angst, die das Zögern Berenikes ihm bereitet hat, ist vorbei. Nicht deshalb etwa hat sie so lange gezaudert, weil, wie er schon befürchtet hat, die Schatten seiner alten Taten sich neu zwischen sie und ihn gestellt hatten, die Zerstörung des Tempels, der männlich freche Trug, durch den er sie damals zu sich gelockt und sie vergewaltigt hat. Es hat sich vielmehr alles aufs fröhlichste entwirrt: was sie zurückhält, sind naive, liebenswerte Regungen. Sie will nämlich, fromme Törin, die sie ist, bevor sie dauernd mit ihm in Rom lebt, mit ihrem Gott ins reine kommen, will ihr späteres Glück mit Opfern fundieren, legt sich Kasteiungen auf, Taten der Entsagung und Buße. Sie hat Jahve zu Ehren ihr Haar geschoren und das Gelübde getan, erst dann nach Rom zu kommen, wenn ihr Haar wieder lang ist. Aus Scheu vor Gott, hat sie ihm geschrieben, versagt sie sich die Freude, ihn schnell zu sehen. Vielleicht auch, meint er vertraulich und stößt den Josef an, spielt dabei der Wunsch mit, sich ihm nicht in kurzem Haar zu zeigen. Die Närrin. Als ob er sie weniger liebte, selbst wenn sie ganz kahl geschoren käme. Zuerst hat sie, um sich das Opfer zu erschweren, ihm nicht einmal den Anlaß ihres Zögerns mitteilen wollen: ihr Gelübde, fand sie, sei eine Sache nur zwischen ihr und ihrem Gott. Schließlich aber hat sie sich doch eines Bessern besonnen und ihm geschrieben. Er ist im Innersten froh, daß alles sich auf so kindliche Art gelöst hat.

Josef war überrascht, ungläubig. Er kannte Berenike, und er kannte jüdische Bräuche und Sitten. Sich des Weines zu enthalten und das Haar zu scheren, solch ein Gelübde legte man ab, wenn Jahve einen aus einer unmittelbaren, drohenden Gefahr errettet hat. Nein, das kann der wahre Grund Berenikes nicht sein, es ist etwas anderes, Geheimnisvolles um ihr Zögern. Den Römer mag sie täuschen, ihn nicht. Wie immer, sie wird kommen, und Titus glüht für sie wie damals in Alexandrien. So überlegt Josef während der wortreichen, glücklichen Erzählung des Kaisers, anmerken aber läßt er sich nichts von seinen Zweifeln.

Der Kaiser schwatzt weiter, fröhlich, spricht von einer Überraschung, die er sich ausgedacht hat. Da ist sie auch schon. Er hat den Astronomen Konon herbestellt, um ihn in Gegenwart des Josef zu empfangen. Der Gelehrte muß ihm von dem neuen Sternbild erzählen, das er entdeckt hat. Es befindet sich in der Nähe des Löwen, sieben sehr kleine Sterne, Leute mit scharfen Augen wollen zehn bis zwölf erblicken. Es ist ein ganz fernes, feines Leuchten, zart wie ein Haarstreif.

„Haben Sie schon einen Namen für Ihr Sternbild?" fragte der Kaiser. „Ich wollte die Majestät um eine Benennung bitten", erwiderte demütig der Gelehrte. „Nennen Sie das Sternbild ‚Haar der Berenike'", ordnete lächelnd Titus an. „Die Prinzessin Berenike hat nämlich ihr Haar dem Himmel geopfert", erklärte er. „Ich denke, der Himmel hat diese Gabe angenommen und wird sie bewahren."

Ganz Rom drängte sich in der Bibliothek des Friedenstempels, als der Kaiser dort zum erstenmal einem Juden eine Ehrensäule errichten ließ. Josef hatte Schwierigkeiten, auch nur die zwanzig Einlaßmarken zu erhalten, die Dorion für ihre Freunde benötigte.

Schwer schleppten Leibeigene die Büste herein und stellten sie auf den glatten Marmorsockel. Schweigend in weitem Halbkreis stand die große Versammlung. Hager, fremdartig schimmernd, augenlos und doch voll wissender Neugier, schaute hoch und hochfahrend, über die Schulter gedreht, der Kopf des Josef über die prunkvolle Menge.

Junius Marull, den man auf Josefs Wunsch zum Festredner bestimmt hatte, trat vor die Büste. Er sprach vom Schriftsteller, vom Geschichtsschreiber, er pries den Mann, der die Tat, das Vergehende, festhält. Der Staatenlenker vergeht, und sein Werk vergeht. Der Feldherr stirbt, und sein Sieg verflüchtigt sich. Sind sie denn wirklich, diese Taten? Ändern sie sich nicht, schon während sie geschehen? Vieldeutig sind sie, jedem, der daran teilnimmt, bedeuten sie anderes, jeder sieht sie anders. Da aber nimmt der Schriftsteller die Geschehnisse in die Hand und macht sie eindeutig, so daß sie ein für allemal dastehen, hell, klar. Mächtiger als der Tod ist der große Geschichtsschreiber. Er besitzt das Geheimnis, der Welle zu gebieten, daß sie nicht verrinnt, sondern feststeht für immer.

Die Juden haben das früh erkannt. Sie haben ihre Geschichte seit Urzeiten festgehalten in einer Tradition, die ihr Gott selber ihnen offenbart hat. Sie sind, wie die Übersetzung ihrer Kanons durch die Siebzig zeigt, große Geschichtsschreiber. Es scheint mir deshalb ein doppelter Triumph, daß Kaiser Titus die Juden nicht nur besiegt, sondern auch diesen ausgezeichneten Juden Flavius Josephus dazu vermocht hat, die Geschichte dieses Sieges zu schreiben.

Wenn heute der sehr gute, sehr große Titus seinen Geschichtsschreiber als ersten Juden in die Reihe derjenigen aufnimmt, deren Werke hier im Saal der Unsterblichen aufbewahrt werden, dann ist das ein sehr hoher Dank, doch kein zu hoher; denn durch das Buch unseres Josephus erst leben die Taten der Römer in Judäa für die fernen Geschlechter.

Drüben in seinem Schrank liegt es jetzt, das Buch unseres Freundes. Es ist nichts. Nichts als ein Buch: Pergament, Tusche, Tinte. Aber dieses höchst gebrechliche Material ist gleichzeitig der härteste Stoff der Welt, nicht minder dauerhaft als hier die korinthische Bronze, aus der die Büste geformt ist. Denn nichts Größeres gaben die Götter uns Menschen als das geschriebene Wort.

So sprach Junius Marull. Dann trat der Kaiser vor, bekränzte die Büste, umarmte Josef, küßte ihn. Die weite, ernste Halle aber war voll von brausenden Rufen und Applaus. „O unser Kaiser Titus, o du großer Schriftsteller Flavius Josephus“, schallte es von allen Seiten. Es riefen so die Senatoren, die dastanden in ihren purpurgestreiften Gewändern, auf ihren hochgesohlten, schwarzgeriemten, roten Schuhen, es riefen so, ein wenig säuerlich, die Kollegen des Josef, es riefen so, begeistert, die vielen Damen, es riefen so, stolz und gerührt, die wenigen Juden, die man eingeladen hatte, der Doktor Licin, Cajus Barzaarone.

„O unser Kaiser Titus, o du großer Schriftsteller Flavius Josephus", glücklich inmitten der andern ruft es auch die Dame Dorion. Es gelingt ihr auf Augenblicke, vor dem alten Valer, vor Annius Bassus die ganze Feier zu bagatellisieren und die überlegen Ironische zu spielen, aber lange hält sie nicht durch. Die beiden können sich ja selber dem Eindruck der Zeremonie nicht entziehen. Stolz also steht die Dame Dorion da, den dünnen, reinen Kopf leicht überrötet, den großen Mund kindlich halboffen. Für alle, für Annius und Valer und Flavius Silva, wird Josef künftighin nicht mehr der verachtete Jude sein, sondern der große Schriftsteller, dessen Ehrenbild hier im Friedenstempel feierlich aufragt. Sie hat ihn verhöhnt, wenn er von sich selber sprach als von einem Manne, dessen Macht unbegrenzt sei und endgültig wie die der Totenrichter. Allein hat nicht jetzt sogar der Spötter Marull Ähnliches von ihm ausgesagt? Sie schaut von seinem hageren, schönen Gesicht auf den blassen, hohen Schimmer der Büste, und es ist ein neuer Josef, den sie sieht, jenes rätselhafte Leuchten ist um ihn, wie es ausgeht von der korinthischen Bronze seines Standbilds, sein Kopf schaut hoch und fremd über die andern wie hier die Büste. Und sie fühlt ihre beste Neigung zu ihm hinströmen wie in ihrer ersten Zeit in Alexandrien, da sie sich mit ihm gemischt hat.

Josef selber steht inmitten dieser Ehrungen in bescheidener, würdiger Haltung. Hinter seiner hohen, gebuckelten Stirn aber wirren sich die Gedanken. Dies ist ein gesegneter Tag, der Tag der Erfüllung, lang ersehnt. Dies ist der Eingang Israels durch eine erste Pforte in die Ehrenhalle der Völker. Aber ist es nicht eine erschlichene Ehre? Da steht seine Büste; blaß und edel unter dem dunkelgrünen Kranz schimmert die Bronze. Er selber aber ist aus schlechtem Stoff. Wie kümmerlich ist sein Buch, vergleicht er es mit dem, was zu machen er berufen ist. Und selbst dieses ärmliche Buch hat er nur vollenden können mit Hilfe des Phineas. Die Zeiten sind vorbei, da er, wie damals nach Vollendung seines Makkabäer-Buches, stolz auf sein Griechisch war. Jetzt weiß er, daß er überall der Stützen und Krücken bedarf. Nicht einmal seinen Sohn Paulus kann er für seine Idee gewinnen: wie soll er die Welt gewinnen? Er verliert sich, er ist ganz angefüllt von der Bewußtheit seines Nichts. Er hört den festlichen, ehrenvollen Lärm; durch den Lärm hindurch aber, leise und ihn trotzdem mühelos übertönend, hört er wiederum die bittere, verächtliche Stimme, die Stimme des Freundfeindes, abschließend, jeden Widerspruch von vornherein vernichtend: „Ihr Doktor Josef ist ein Lump." Er schaut in die Gesichter ringsum: erkennen sie denn nicht, wie erbärmlich er ist? Das Gefühl seiner Ohnmacht droht ihn zu ersticken, gleich wird er zusammenbrechen. Er schaut ringsum nach Hilfe. Da ist niemand, der ihm helfen könnte. Nicht einmal Alexas ist da, der Glasfabrikant. Wenn er wenigstens die Hand auf den Scheitel seines jüdischen Sohnes legen könnte, Simeon-Janikis. Aber niemand ist da.

Sein blasser, knochiger Kopf indes hält immer das gleiche, bescheidene und stolze Lächeln fest. Höchstens um einen Schatten bleicher ist er geworden. Man findet, er ist ein Mann, der sein Glück gut zu tragen weiß, wert seines Erfolges.

Zweites Buch
Der Mann

Nach der qualvollen Hitze der letzten Wochen hatte sich heute, am siebenundzwanzigsten August, ein guter Wind aufgemacht, und Josef, in seiner Sänfte, auf dem Weg zum Palatin, genoß mit allen Sinnen die leichte, frische Luft. Er fühlte sich glücklich. Es war ein Triumph für ihn, daß Titus sogar jetzt, während der Feuersbrunst, nach ihm verlangte. Denn heute, am vierten Tag, war der Brand noch immer nicht gelöscht, es war der größte seit den Zeiten des Nero. Vielleicht war das Unglück diesmal noch schlimmer. Denn damals hatte das Feuer die engen, häßlichen Innenviertel zerstört, diesmal aber hatte es die schönsten Stadtteile erreicht, das Marsfeld, den Palatin. Das Pantheon war ausgebrannt, die Bäder des Agrippa, die Tempel der Isis und des Neptun, das Balbus-Theater, das Pompejus-Theater, die Volkshalle, das Amt für militärische Finanzen, viele Hunderte der schönsten Privathäuser. Vor allem aber war das Capitol ein zweites Mal zerstört, das kaum neu vollendete, das Zentrum der römischen Weltherrschaft.

War das ein Zeichen der Götter gegen den Walfisch? Das feindselige Geraun gegen ihn verstärkte sich. Die Juden vor allem waren in Bewegung. Sie waren selber vom Brande betroffen, ihre schönste Synagoge, die des linken Tiberufers, die Veliasynagoge, war zerstört. Trotzdem sahen sie das Feuer geradezu mit Genugtuung. Es war ihr Geld, das für Jahves Tempel bestimmte, mit dem der übermütige Sieger das neue Haus der Capitolinischen Trinität gebaut hatte. Und jetzt also, nach so kurzem Bestand, war es ein zweites Mal vernichtet worden, das Capitol, dessen Anblick ihnen soviel Grimm und Herzeleid gebracht hatte. Jahves Hand, triumphierten sie, Jahves Hand trifft den Mann, der seinen Tempel eingeäschert und sein Volk erniedrigt hat. Überall in ihren Vierteln sammelten sich Straßenprediger, verkündeten den Untergang der Welt, verteilten Traktate über den Messias, den Rächer, der das Schwert bringt.

Josef selber allerdings sah die Dinge anders. Er war angefüllt mit Zufriedenheit. Titus, obgleich er sofort, mit einer in der letzten Zeit ungewohnten Tatkraft, eingegriffen hatte, überallhin Lösch- und Aufräumekommandos entsendend, Plünderungsversuche im Keim erstickend, den Obdachlosen Unterkunft schaffend, fand trotzdem Zeit, ihn, Josef, vor sein Angesicht zu berufen.

Leichtgeschaukelt in der Sänfte, in angenehmen Gedanken, atmete Josef den guten Wind. Alles fügte sich ihm. Dorion hat sich seit der Aufstellung der Büste gewandelt, sie ist eins mit ihm wie in ihrer ersten, besten Zeit in Alexandrien. Er freut sich, daß er ihre Wünsche oder vielmehr – warum das verschönernde Wort? – ihre Launen befriedigen kann. Leicht fällt es ihm nicht. Er hat die Voranschläge für die Villa überprüft. Trotz des unerwartet hohen Geschenks, das der Kaiser ihm gemacht hat, wird er Geld aufnehmen müssen, wenn er für die Synagoge, die seinen Namen tragen soll, eine halbwegs anständige Stiftung machen und gleichzeitig Dorions Villa bauen will. Claudius Regin, sein Verleger, wird ihm die notwendigen Summen nicht verweigern, aber es wird ihm eine willkommene Gelegenheit sein, unangenehme Anmerkungen zu machen. Allein gerade daß Dorions Launen ihn Opfer kosten, ist das Reizvolle. Heute nacht hat er ihr die Villa versprochen. Er lächelt, wenn er daran denkt, wie listig sie ihm die Zusage abgeschmeichelt hat. Es wird jetzt nach dem Brande, hat sie ihm sachlich auseinandergesetzt, eine neue, große Bautätigkeit einsetzen. Viele, die bisher im Zentrum wohnten, werden in der Umgebung bauen, die Terrains bei Albanum und die Baukosten werden anziehen. Aber sie, klug, wie sie ist, hat sich schon mit dem Architekten Grovius ins Benehmen gesetzt. Er bleibt ihr im Wort, er reserviert ihr das Terrain, er hält seinen Voranschlag ein.

Josef kennt die Welt, er weiß, daß der Architekt den Voranschlag natürlich trotzdem überschreiten wird, er weiß, daß er sein Versprechen teuer wird bezahlen müssen. Aber er denkt an sie, wie sie neben ihm lag, den Kopf auf seiner Brust, und mit ihrer dünnen Kinderstimme auf ihn einsprach, und er bereut auch jetzt, im hellen Tageslicht, seine Zusage nicht. Er darf es sich leisten, großzügig zu sein. Ein genügsamer Mann ist er nicht, nein, das kann man nicht sagen. Er war niemals genügsam, er war immer gierig nach mehr Leben, nach mehr Erfolg, Leistung, Genuß, Liebe, Weisheit, Gott. Jetzt aber ist er im Zug, jetzt schaufelt er ein.

Titus kam ihm mit raschen Schritten entgegen, herzlich. Seitdem der Kaiser den Grund kennt, der Berenikes Ankunft hinauszögert, seitdem er weiß, daß dieser Grund nicht in ihm liegt, ist er beschwingt, aufgetan, seine Schlaffheit ist weg. Die Feuersbrunst kann seiner Sicherheit nichts anhaben. Daß man Glück mit Opfern bezahlen muß, dieser Gedanke war ihm geläufig. Hat die kluge Berenike das nicht freiwillig getan, im vorhinein? Obendrein gibt ihm der Brand Gelegenheit, seine eigene Freigebigkeit im Gegensatz zu der Enge seines Vaters zu manifestieren. Eigentlich, versichert er dem Josef, sich ganz vor ihm gehenlassend, sei ihm der Brand sogar willkommen. Immer habe es in seiner Absicht gelegen, zu bauen. Der Untergang des alten Rom sei ihm nur eine Bestätigung, daß der Himmel sein Vorhaben billige. Beflissen, angeregt erzählt er Josef von dem neuen Rom, dessen Bild er in seiner Seele trage, wieviel großartiger er das Capitol aufbauen, wieviel herrliches Neues er an Stelle des schlechten Alten setzen werde.

Mehr aber als der Neubau Roms, mehr als alles andere beschäftigt ihn nach wie vor Berenike. Vertraulich, nicht zum erstenmal, befragt er den Juden Josef, seinen Freund, ob es ihm wohl glücken werde, niederzureißen, was zwischen ihm und ihr steht. „Du selber, mein Josef", redet er auf ihn ein, „hast die Ägypterin geheiratet. Ich weiß, daß viele dir das als Sünde anrechnen. Auch meine Römer sehen es nicht gern, wenn ich die Fremde heirate. Sag mir aufrichtig, was haltet ihr Juden von der Ehe mit einer Fremden? Ist es eine Sünde vor eurem Gott?" Dem Josef tat es wohl, daß der Kaiser sich so vor ihm aufschloß. Geduldig, wie schon mehrmals, setzte er ihm auseinander: „Josef, unser Heros, dessen Namen ich trage, hat eine Ägypterin zur Frau genommen, unser Gesetzgeber Moses eine Midianitin. König Salomo hat mit vielen fremden Weibern als mit seinen Frauen geschlafen. Und wir Juden preisen mit höchstem Preis Esther, die Gattin des Perserkönigs Ahasver." – „Das klingt tröstlich", erwiderte nachdenklich Titus. „Ich muß es dir sagen, mein Josef", fügte er hinzu, nahe an ihm, den Arm um seine Schulter, lächelnd, knabenhaft verlegen, „ich bin vor ihr immer wie ein kleiner Junge. Sie ist fremd und hoch über mir, selbst wenn ich sie nehme. Ich will, daß sie eins mit mir wird, ich will mich mischen mit ihr. Aber sie bleibt mir versperrt, selbst wenn sie sich mir gibt. Ihr Juden habt dieses infernalisch gescheite Wort für den Akt: ein Mann erkennt eine Frau. Ich habe sie bis jetzt nicht erkannt. Aber wenn sie nun kommen wird, dann, des bin ich sicher, wird sie sich mir auftun. Ich habe nämlich den Grund gefunden, warum ich ihr bisher nicht näherkam. Ich war gehemmt durch einen Rest läppischer Konvention, mein Römerdünkel war wie ein Panzer zwischen mir und ihr. Aber ich bin weiser geworden in diesen letzten Wochen. Ich weiß jetzt, daß das Reich mehr ist als ein vergrößertes Italien. Vielleicht war diese Katastrophe eine Mahnung eures Gottes. Es brauchte diese Mahnung kaum mehr. Ich war lässig, ich gebe es zu, meine Hände waren träg, das zu tun, was mein Herz und mein Hirn mich hießen. Ich werde nicht länger träg sein. Dieser Flavius Silva wird seine Vorlage über die Beschneidung nicht im Senat einbringen. Die Weißbeschuhten in Alexandrien werden in ihre Schranken zurückgewiesen werden. Sag es deinen Juden. Sie sollen an mich glauben. Schon in den nächsten Tagen werde ich es mit Claudius Regin bis in alle Einzelheiten überdenken."

Eigentlich hatte Josef nach der Audienz zurück in sein Haus wollen. Aber er hatte von Anfang an ein kindisches Gelüst verspürt, sich Mara und dem jungen Simeon im Galakleid zu zeigen. Jetzt, nach der Huld des Titus, konnte er dieses

Gelüst nicht länger bezähmen. Er begab sich zu dem Glasfabrikanten Alexas.

Die Dinge fügen sich ihm, innen und außen. Fort ist jenes Gefühl drückender Unzulänglichkeit, das ihn damals im Augenblick seines höchsten äußeren Triumphs überfallen hat. Schön, sein Leben ist kompliziert, die Sache mit Dorion ist kompliziert, die Sache mit Mara nicht einfach. Aber er hat die Methode. Die Frau, die er liebt und die sein Herz und seine Sinne nicht entbehren können, weigert ihm den Sohn. So nimmt er eben den Sohn der andern, die er nicht liebt, die ihm aber nichts weigert.

Es ist mit dem jungen Simeon in Rom nicht so glatt gegangen, wie Mara es sich vorgestellt hat. In der orthodoxen Schule auf dem rechten Tiberufer, in die sie den Jungen zunächst schickte, bekam er, der Bastard, der Sohn des geächteten Josef, allerlei Unangenehmes zu hören. Mara nahm ihn weg, schickte ihn auf Rat des Glasfabrikanten Alexas, der sich in den geweckten Jungen vergafft hatte, in eine liberale Schule. Dort fühlt sich Simeon wohl, man stößt sich nicht daran, daß er der Sohn des Josef ist. Seine Mutter aber, die ängstlich an den alten Bräuchen festhält, ist unzufrieden. Ihr Simeon-Janiki lernt in der vornehmen Schule bedenkliche Dinge. Niemand verwehrt ihm, selbst am Sabbat nicht, mit den heidnischen Jungens auf der Straße seine wilden Spiele zu treiben. Vor allem ist da der kleine Constans, der Sohn des pensionierten Hauptmanns Lucrio. Die beiden Jungen haben Isispriester verulkt, es hat Krach gegeben, sogar die Polizei hat sich eingemischt. Auch in dem Restaurant „Zum großen Olivenstall“ sind die beiden einmal gesehen worden. Ob Simeon dort verbotene Dinge gegessen hat, ist aus ihm nicht herauszubekommen, er schweigt eisern auf Maras Fragen: aber was soll aus ihm werden, wenn er dort etwa Schinken gekostet haben sollte, den das Schild des Restaurants als Spezialität anpreist?

Josef findet diese Streiche nicht so schlimm. Er hat den kleinen Constans gesehen, den Kameraden seines Sohnes, einen wilden, schmutzigen Burschen. Die beiden prügeln sich, aber sie hängen aneinander, ja, der kleine Constans verehrt Simeon, seitdem dieser einmal dem pensionierten Hauptmann, seinem Vater, eines seiner Geschützmodelle vorgeführt und der Hauptmann gebrummt hat: „Nicht übel. Für einen Judenjungen allerhand." Aber ideal ist die Erziehung Simeons wirklich nicht, das muß man Mara zugeben, und es wäre Zeit, daß er in die rechten Hände kommt. Nun ja. Maras Wünsche sind leichter zu erfüllen als die Dorions, und sie gehen mehr in der Richtung seiner eigenen. Er hat sich also entschlossen. Er überläßt Dorion Paulus, aber er selber kümmert sich um die Erziehung Simeons, vielleicht sogar, wenn er sich bewährt, nimmt er ihn später ins Haus. Das scheint ihm eine glückliche Lösung, die alle befriedigt. Selbst die Juden der Hauptstadt werden sich mit seinem griechischen Sohn abfinden, wenn er ihnen seinen jüdischen Sohn vorweist. Mit Dorion hat er noch nicht über sein Vorhaben gesprochen. Aber was wohl sollte sie dagegen einzuwenden haben? Er lächelt rechenhaft, mit gutmütigem Zynismus. Er hat ihr die Villa geschenkt, sie ist ihm einen Gegendienst schuldig. So trägt Großzügigkeit ihren Lohn in sich.

Anmaßlich, in seinem glänzenden Festgewand, erscheint er vor Mara. Sie ist eitel Bewunderung; selbst Simeon, bei all seiner Kritik, konstatiert mit sachlicher Anerkennung, wie gut Josef aussieht.

Eigentlich hat Josef vor, sich zuerst mit Dorion über sein Projekt auseinanderzusetzen. Aber er ist gut gelaunt und will Freude um sich verbreiten. Mara mag endgültig in Rom bleiben, verkündet er gnädig, den Jungen wird er bei hochgestellten Freunden unterbringen, später vielleicht sogar zu sich ins Haus nehmen.

Gewöhnlich dauert es lange, ehe Mara begreift; aber diesmal, da es sich um ihren Jungen handelt, sieht sie sogleich, welch tiefen Einschnitt in ihr Leben Josefs Entscheid bedeutet. Wenn der Knabe bei Freunden Josefs oder gar in seinem eigenen Hause erzogen wird, dann heißt das, daß sie sich von Simeon trennen muß. Sicherlich dann wird sie ihren Jungen selten zu sehen bekommen. Ihr Herr und Gebieter Josef ist sehr weise. Aber weiß nicht sie, die Mutter, manches um den Jungen, was Josef nicht weiß? Und wird Simeon nicht viele von den guten alten Bräuchen verlernen? Trotzdem ist sie glücklich. Ihr Simeon-Janiki hat das Herz des Vaters gewonnen, er wird ein großer Mann werden wie dieser, wenn auch nicht ein Doktor und Herr und Weiser in Israel. Sie küßt Josefs Hand, sie heißt den Jungen seine Hand küssen, sie ist demütig, stolz, glücklich.

Josef, an diesem großen Tag, beschließt, nun er den Bau der Villa genehmigt hat, auch die Stiftung der Synagoge endgültig zu regeln. Er teilt dem Doktor Licin mit, daß er sich am Bau der neuen Synagoge beteiligen wolle. Licin ist ehrlich erfreut. Auf geschickte Art, die den andern nicht demütigt, schneidet er die Finanzfrage an. Die Josef-Synagoge soll kein allzu prunkvolles Bethaus werden. Provisorisch, unverbindlich veranschlagt er die Kosten des Baus auf eine Million siebenhunderttausend Sesterzien. Josef erschrickt. Mehr als zweihunderttausend kann er unter keinen Umständen auf die Stiftung verwenden, und darf er es bei so geringer Leistung annehmen, daß man die Synagoge nach ihm benennt? Doktor Licin aber, ohne ihn zu Wort kommen zu lassen, spricht weiter. Er denke es sich so, daß er und Josef sich in die Kosten teilen. Josef solle die siebzig kostbaren Thorarollen zusteuern, die er aus der Zerstörung Jerusalems gerettet habe und die er, Licin, mit etwa siebenhunderttausend Sesterzien in Anschlag bringe; Josef hätte dann in bar noch etwa hundertfünfzigtausend zuzuschießen. Diese Thorarollen seien ja der wesentlichste Bestandteil des neuen Gotteshauses. Sollte das Äußere, der Bau, wider Erwarten höher zu stehen kommen als nach dem Voranschlag, dann sei es Sache Licins und seiner Leute, für den Mehraufwand einzustehen.

Das ist ein großmütiges Angebot der jungen Herrn, das ist ein glücklicher Tag. Josef kann seine Freude kaum verbergen: sichtbar vor den Augen der Römer steht seine Bildsäule im Friedenstempel, und vor den Augen der Juden wird er durch die Josef-Synagoge ausgesöhnt sein mit seinem unsichtbaren Gott.

Stolz, mit vielen Worten, erzählte die Dame Dorion ihrem Vater, dem Hofmaler Fabull, daß Josef ihr nun endgültig den

Bau ihrer Villa bei Albanum zugesagt habe. Der massige Herr saß in strenger Haltung da, besonders sorgfältig angezogen, wie das seine Art war; weil er als Maler von Beruf gesellschaftlich nicht voll genommen wurde, legte er es mit doppeltem Eifer darauf an, sich korrekt und römisch zu geben. Als seinerzeit Dorion, an der er leidenschaftlich hing, des Juden Frau geworden war, hatte ihn das bis ins Mark getroffen. Seither war er noch strenger, wortkarger.

Dorion also, lebhaft, glücklich, mit ihrer dünnen, kindlichen Stimme, brüstete sich, wie geschickt sie alles arrangiert habe. Vor Jahren schon hat sie mit dem Architekten Grovius einen erstaunlich billigen Preis für das Terrain und für den Bau vereinbart. Es war nicht leicht, Grovius die ganze Zeit hinzuhalten. Sie hat es erreicht. Auch jetzt, nach dem Brand, trotzdem die Preise geradezu stündlich anziehen, bleibt ihr der Architekt im Wort.

Fabull hörte versperrten Gesichtes zu. Im Anfang, unmittelbar nach Dorions Heirat, hatte er für diesen Juden, den Lumpen, den Hund, an den sein Kind sich weggeworfen, nichts gehabt als Haß und Verachtung. Daß Josef gar noch Schriftsteller war, hatte diesen Haß gesteigert; er wollte von Literatur nichts wissen, er war erbittert, daß Rom die Literaten gelten ließ, nicht aber die Künstler. Allein er war ein großer Porträtist, gewohnt, in den Gesichtern der Menschen zu lesen, er hatte dem Gesicht des Josef viel von seinem Schicksal und seinem Wesen abgelesen, er konnte sich der Bedeutung des Mannes nicht verschließen, und es war im Lauf der Jahre etwas wie eine Aussöhnung zustande gekommen. Ja, allmählich wuchs in dem Maler Fabull eine Art haßvoller Bewunderung. Dieser Mann Josef beschrieb in seinem Buch Menschen, Landschaften, Vorgänge überaus bildhaft, mit dem Aug des Malers; dabei verabscheute er alle Bildnerei. Er wurde Fabull schließlich geradezu unheimlich. Der Mann besaß magische Kräfte. Nicht nur sein Kind hat er behext, auch den alten Kaiser und den jungen. Ihm hat man die gesellschaftliche Geltung, die er, Fabull, so schmerzlich vermißt, geradezu nachgeworfen. Verschärft noch wurde der Groll des Fabull durch den Bericht des Bildhauers Basil, daß Josef es abgelehnt habe, die Ehrensäule für die Bibliothek von ihm bemalen zu lassen. Seinem künstlerischen Ansehen konnte diese Weigerung nichts anhaben, er galt als der erste Maler der Zeit; aber sein ganzer, unvernünftiger Zorn gegen den Schwiegersohn war ihm bei dem Bericht wieder hochgestiegen.

Wie ihm die Tochter von Josefs neuem Glück erzählte, und daß sein Reichtum ihm jetzt erlaube, ihr die lang erträumte Villa zu schenken, packte den Maler zwiefacher Grimm. Er selber war wohlhabend, auch keineswegs geizig, er hätte gern seiner Tochter, die er liebte, ihr Landhaus geschenkt; wenn er es sich versagte, dann nur, um ihr zu zeigen, daß dem Josef trotz seines großen, scheinbaren Glanzes ein Wesentliches fehlte. Es war ihm eine Genugtuung, daß sie ihre Liebe zu diesem Josef wenigstens mit Entbehrungen bezahlen mußte.

Mit gewohnter Stummheit hörte er zu, während sie lange und glücklich sprach. Er dachte daran, daß seine Dorion dem Menschen *eines* wenigstens abgeschlagen hatte: ihren Sohn Paulus hatte sie nicht zum Juden machen lassen. Das war sein Trost. Sein Enkel wurde, was er selber war, rechtlos, aber von Gehabe und Anschauungen römisch-streng und erfüllt von griechischer Bildung. Doch dieser Gedanke milderte seinen Grimm nur wenig. Als Dorion schließlich seinen gravitätischen Kopf in ihre Hände nahm, mit den Worten: „Ich freue mich ja so, Väterchen, daß du jetzt ‚Die versäumten Gelegenheiten' für mich malst", da machte sich der alternde Mann behutsam, doch entschieden von ihren lieben Händen los, und wortkarg, mit seiner sehr männlichen Stimme, erwiderte er: „Es tut mir leid, Dorion, ich werde dem Juden das Bild nicht machen."

Dorion, gekränkt, empört, staunte: „Was heißt das? Du hast es mir doch versprochen. Es war nicht leicht, Josef dahin zu bringen." – „Das kann ich mir denken", sagte haßvoll der Alte. „Das ist der Grund, warum ich es nicht tue. Der Kaiser ist nicht so heikel wie dein Jude", fuhr er fort. „Der Kaiser hat mich beauftragt, die Große Halle der Neuen Bäder auszumalen. ‚Die versäumten Gelegenheiten' werden dort vielleicht kompetentere und auf alle Fälle freundlichere Beschauer finden als im Landhaus des Flavius Josephus." – „Du machst mich lächerlich vor ihm", erzürnte sich Dorion, „nachdem ich mich so lange vor ihm abgezappelt habe. Du hast noch nie dein Wort gebrochen", bat sie. „Die Situation hat sich geändert", gab Fabull zurück. „Flavius Josephus hat es ausdrücklich abgelehnt, von mir arbeiten zu lassen. Er hat mich abgelehnt, als der Bildhauer Basil mich vorschlug."

Dorion schwieg, betreten, denn davon hatte sie nichts gewußt. Ihr Vater aber sprach weiter. „Du lächerlich vor ihm", sagte er, höhnisch. „Er hat sich lächerlich gemacht vor aller Welt, unzählige Male. Hat sich auspeitschen lassen, ist mit der Kette des Leibeigenen herumgelaufen. Und wenn sie auch sein Bild in die Bibliothek gestellt haben, er bleibt lächerlich, er bleibt bemakelt. Der Jude, der Hund, der Wegwurf."

Niemals hatte Dorion aus dem Mund ihres Vaters so maßlose Worte gehört. Für einen Augenblick war sie geneigt gewesen, ihm recht zu geben; jetzt, da dies aus ihm herausquoll, änderten sich ihre Gefühle. Damals, als sie ihm ihren Entschluß mitteilte, mit dem Juden zu leben, hatte sie harte, höhnische Worte von ihm erwartet, aber er hatte nichts gesagt, er hatte den Mund zugepreßt, daß er ganz dünn wurde, seine Augen waren beängstigend rund aus seinem Gesicht herausgetreten, es war schlimm gewesen, und sie war schnell aus dem Hause gegangen, zu Josef. Er hatte geschwiegen, damals, er hatte auch seither geschwiegen, und sie war aufs tiefste erstaunt, daß er jetzt, nach zehn Jahren, auf einmal sprach.

Zuerst fehlten ihr, der sonst so Wortgewandten, vor Erstaunen die Worte. Dann aber sah sie vor sich die Büste im Ehrensaal, ihren blassen, hohen Schimmer, das rätselhafte Leuchten um Josefs Kopf, sie hörte den festlichen Lärm, der ihn feierte, und ihr Staunen wandelte sich in Empörung. „Ich lasse ihn nicht beschimpfen", brach sie los. „Auch von dir nicht. Er ein Hund? Er Wegwurf? Er hat Macht wie einer der Totenrichter", fuhr sie fort mit ihrer dünnen Stimme, es klang etwas läppisch, sie selber hatte darüber gelacht, als Josef sich dessen rühmte, aber ihre Augen waren hell, wild, ekstatisch, als sie es ihm jetzt nachsprach. „Er hält Gericht über Lebende und Tote. Ihm ist die Macht gegeben. Er ist der Hermes mit dem Vogelkopf, der den Spruch verzeichnet auf seiner

Schreibtafel." Fast war sie froh, daß der Vorwurf des Vaters, der so lang verschwiegene, aufgestapelte, nun endlich Wort geworden war, daß sie sich dagegen wehren konnte.

Er sprach weiter, schimpfte weiter, hart, grob, wie ein Rollkutscher. Es war ihm leid, während er sich so gehenließ. Er liebte seine Tochter, liebte sie um ihrer ägyptischen Mutter willen, um ihres Kunstverstandes willen, um ihres Sohnes willen, den sie in seinem Sinne großzog. Er wußte, daß er sie mit jedem Wort weiter von sich wegstieß, und er selber litt unter seinen Worten, es paßte nicht zu ihm, harte, grobe Reden zu führen. Aber wenn er an den Menschen dachte, an den Juden, den Lumpen, den Hund, dann verließ ihn seine Zucht, es riß ihn hin, und er sagte mehr, als er sagen wollte. Alles, was er so lange stumm in sich herumgetragen hatte, brach aus ihm heraus, schmutzig, niedrig, gemein.

Dorion erblaßte, um die Lippen zuerst, wie es ihre Art war, dann über das ganze Gesicht. War das ihr Vater, der da hin und her ging und so gemein schimpfte und fluchte, der größte Künstler der Zeit, und an dem sie hing? Einmal hatte sie wählen müssen zwischen ihm und Josef, da hatte sie den Mann gewählt. Aber dann war alles gut geworden, sie hatte den Mann und den Vater, und sie hatte sich so darauf gefreut, daß jetzt in dem Haus, das der Mann ihr schenkte, das Werk des Vaters um sie sein sollte, dieses halb rührende, halb spöttische, sein bestes, „Die versäumten Gelegenheiten". Und nun also endete alles in wüstem, grobem Geschimpfe. Aber es war nicht zu ändern, auch sie konnte sich nicht zähmen. „Geh", unterbrach sie ihn plötzlich mit ihrer dünnen, schrillen Stimme, sie war jetzt vollkommen erblaßt, häßlich, verzerrt. „Geh", sagte sie noch einmal, „und mal dein Bild, für wen du willst, für den Kaiser oder für den Pöbel von Rom."

Fabull saß da wie damals, als sie ihm zum erstenmal von ihrer Verbindung mit dem Juden gesprochen hatte, die Lippen ganz dünn, die Augen weit aus dem Kopf heraus. Er schwieg wie damals. Sie wünschte sehr, er spräche ein einziges Wort, das wie ein Widerruf klang oder eine Entschuldigung. Aber er sagte nichts, er nahm nichts zurück, er saß einfach da, vielleicht schaukelte er ein ganz klein wenig, unmerklich. Sein Schweigen legte sich um sie und engte sie hart ein, so daß ihr ganzer Rumpf schmerzte. Allein auch sie nahm nichts zurück, und als er schließlich aufstand, hielt sie ihn nicht. Da ging er denn, ein wenig schwankend, den Rücken nicht ganz so aufrecht wie sonst.

So also sah es um Dorion aus, als Josef zu ihr kam, um ihr mitzuteilen, was er mit seinem Sohne Simeon vorhatte. Er wählte leichte, beiläufige Worte. Im Grunde war er stolz auf seinen Einfall und kam nicht auf den Gedanken, Dorion könnte ernsthafte Einwände machen.

Ihr blaßbraunes Gesicht blieb unbewegt, während er sprach. Durch ihre Freunde wußte sie von der Anwesenheit der ersten Frau des Josef, man lächelte über diese Frau aus der Provinz, es war ein Jugendabenteuer, Dorion selber hatte gelächelt und die Geschichte schnell wieder vergessen. Jetzt, während Josef sprach, nahm die Angelegenheit für sie ein anderes Gesicht an. Sie hatte für diesen Mann ungeheure Opfer gebracht, er hatte sie als etwas Natürliches hingenommen und ihr immer neue Demütigungen zugefügt. Und nun gar wollte er den Bastard dieser Kleinbürgerin aus der Provinz ihrem Paulus gleichstellen, ihn ihr ins Haus bringen. War er so stumpf, daß er nicht merkte, was er ihr zumutete? Oder waren es vielleicht trotz allem tiefere Bindungen, die ihn mit diesem judäischen Weib verknüpften? Man hatte ihr gesagt, die Frau sei eine dumme, dickliche, kleine Jüdin, ein Nichts: aber wer weiß, was diesen merkwürdigen Josef an sie fesselte. Jude bleibt Jude, Jude geht zur Jüdin wie Wolf zur Wölfin und Hund zur Hündin. Sie hatte ihn erst gestern noch so heiß gegen ihren Vater verteidigt, mit Nägeln und Zähnen, hatte ihren Vater, den einzigen Menschen, an dem sie hing, seinethalb aus dem Hause gewiesen. Das also war der Ersatz, den er ihr für ihren Vater bot: sein Bankert. Aber sie bezähmte sich, sie ließ von dem Bösen, Bitteren, das in ihr hochstieg, nichts laut werden, sie sagte nur hart und dünn: „Nein. Ich bin nicht damit einverstanden, daß du diesen Jungen unserm Paulus gleichstellst."

Josef ließ sich durch ihren kühlen Ton täuschen. Es war

nicht weiter verwunderlich, daß es einiges Hin und Her kostete, ehe sie ihre Zustimmung gab. In großer Ruhe also sprach er weiter. „Unserm Paulus?“ fragte er zurück. „Das ist es ja eben, daß Paulus leider nur dein Paulus ist, nicht unser Paulus. Du mußt es doch begreifen, daß ich endlich einen richtigen, jüdischen Sohn haben will. Überlege dir, bitte, in Ruhe, Dorion, meine kluge, liebenswerte, ob ich Unbilliges von dir fordere.“

Dorion gab sich weiter unzugänglich. „Nicht ich bin es“, sagte sie bösartig, doch beherrscht, „die dir den Jungen verweigert. Er selber verweigert sich dir. Er tut recht daran; denn er ist nun einmal kein Jude. Du hast es geschafft, du hast dich aus dem niedrigen Volk herausgehoben. Warum soll mein Junge zu deinen Juden hinuntersteigen? Es ist guter Instinkt, wenn er nicht will. Sieh ihn dir an, sprich mit ihm: er will nicht. Versuch es. Hol ihn dir, wenn du kannst.“

Ihr ruhiger Hohn brachte ihn auf. Hatte nicht sie verhindert, daß der Junge mit jüdischen Lehren und jüdischen Menschen in Berührung kam? Hatte nicht sie ihm diesen Phineas in den Nacken gesetzt? Und nun wagte sie es, ihn zu verspotten, weil der Junge nicht jüdischer war? Er stellte sich Paulus vor, er verglich ihn mit Simeon. Paulus war schlank, edel gewachsen, er hatte die stillen, gefälligen Manieren des Phineas, es war keine Frage, daß, wenn man Simeon und ihn gegenüberstellte, der laute, hemmungslose Judenjunge nicht gut abschnitt. Aber hatte sie das Recht, ihn zu verlachen, weil er nicht Paulus zu seinem jüdischen Sohn hatte machen können? Ich selber bin schuld, daß sie jetzt so dreist ist, sagte er sich. Pherizus, Emanzipation, das ist die böseste Eigenschaft, die eine Frau haben kann, lehren die Doktoren, und vor keiner Gattung Weib warnen sie heftiger als vor der Emanzipierten. Verse der Bibel stiegen in ihm hoch. „Bitterer als den Tod empfand ich das Weib; sie gleicht einem Netz, ihr Herz einer Schlinge, ihre Hände Fangstricken. Wem Gott wohlwill, entrinnt ihr, aber der Sünder fängt sich in ihr.“ Leise, unhörbar fast, wie als Junge, da er die Verse memoriert hatte, sprach er sie vor sich hin. „Sagtest du was?“ fragte Dorion. Aber er hatte sich schon wieder in der Gewalt. Er muß Geduld mit ihr haben. Frauen haben keine Logik. Gott hat ihnen aufbauenden Verstand versagt. Selbst eine Jüdin ist der Logik kaum zugänglich: wie sollte es diese sein, die Griechin? „Du solltest das nicht sagen, Dorion", meinte er also, ruhig. „Hast du nicht selber alles getan, ihn zum Griechen zu machen, und dich widersetzt, wenn ich ihm nur mit einem bißchen Judentum kommen wollte? Ich sage das nicht, um es dir vorzuwerfen, aber sei nun auch du, bitte, vernünftig, und stell dich mir nicht entgegen, wenn ich einen jüdischen Sohn haben will."

Allein sie beharrte. Ihr Junge war Grieche, jede Faser an ihm war griechisch. Judentum aufzupfropfen wäre Verbrechen. Ja, sie habe es durchgesetzt, nicht ohne Mühe, daß Paulus seine eigenen Gaben durch die Bildung und die Sitten des Phineas veredle. Darauf sei sie stolz; denn das sei das Wenigste, was eine gute Mutter für einen solchen Sohn tun könne.

Ihn reizte ihre Zähigkeit. „Und was", fragte er spöttisch, „ist das Höchste, was du mit den Methoden deines Phineas erreichen kannst? Daß Paulus, wenn er erwachsen ist, beliebt sein wird bei aller Welt und ein Flachkopf wie dein Annius und die andern um dich herum." Schon während er dies sagte, bereute er es. Aber es war zu spät. Sie stand auf, stand ihm gegenüber, dünn, schlank, blaß. Zunächst freilich gelang es ihr, an sich zu halten. „Du verstehst ihn nicht, den Jungen", sagte sie. „Er ist nun einmal Grieche, und du bleibst Jude, und wenn du dir den Bart noch so sorgfältig abrasierst." Dann aber, als käme ihr, was er gesagt hatte, jetzt erst zum vollen Bewußtsein, packte sie die weiße Wut. Er wage es, brach sie los, ihr den Annius vorzuwerfen, er, der so blind und wahllos sei in seiner Geilheit. Wer sei sie denn, diese Frau, um deren Jungen er so heftig kämpfe? Oh, sie wisse gut, wer sie sei, man habe es ihr gesagt. Eine Kleinbürgerin aus der Provinz, ein schmutziges Nichts, eine dicke, dumme Jüdin, an der selbst der alte Vespasian nach *einer* Nacht genug gehabt habe. Und deren Frucht wolle er jetzt ihrem behüteten, gepflegten Paulus gleichstellen. Und darum beschimpfe er sie. Woher er denn überhaupt wisse, daß dieser Straßenjunge sein Sohn sei und nicht der des Vespasian?

Während sie so gegen ihn keifte, schrill, dünn, gemein, war

sie sich bitter und reuevoll bewußt, wie heiß sie ihn gestern hier an der gleichen Stelle gerühmt hatte. Sie liebte ihn doch. Sie hatte doch gezeigt, daß sie bereit war, auf ihn einzugehen, ihm gefügig zu sein, auch wenn sie ihn nicht verstand. Warum war er so gar nicht bereit zur geringsten Rücksicht? Warum verlangte er so viel und gab so wenig? Warum zwang er sie, widerlich und niedrig gegen ihn loszuschimpfen? Sie war sehr blaß, während sie schimpfte, ihr Zorn konnte sich nur schwer halten vor ihrer großen Liebe.

Josefs nacktes Gesicht, während ihre Worte auf ihn einpeitschten, rötete sich. Es drängte ihn, sich auf sie zu stürzen, auf sie einzuschlagen, auf diesen dünnen, frechen, gebrechlichen Körper, mit Fäusten, mit seinem Schreibzeug. Hinter ihrem Gesicht sah er das höfliche, höhnische des Phineas, hinter ihrer dünnen Stimme hörte er des Phineas wohlklingende, elegante. Aber in all seinem Zorn war er sich bewußt, daß es die erduldete Kränkung vieler Jahre war, die jetzt aus ihr losschrie. Er dachte daran, was alles sie ihm gegeben hatte, es war, als drängen durch ihre Worte hindurch ihre verschwiegenen Gedanken zu ihm. Er sah sie vor sich, wie sie sich hatte wegschicken lassen, schweigend, den Sohn nicht einmal erwähnend, diesen Sohn Paulus, den sie mit Recht den ihren nannte; denn es war ihr Sohn, nicht der seine. War es denn nicht seine Schuld, daß sie sich so verändert hatte? Er darf nicht zu genau wägen, was sie sagt. Sie ist verstört. Ihre Schimpfworte sind Worte des Augenblicks, in der nächsten Stunde schon wird sie bereuen. Er wußte nicht, daß sie bereute, schon während, ja bevor sie sie sprach.

Er ging zu ihr, setzte sich, zog sie zu sich herunter, machte seine Stimme sanft, redete auf sie ein. Sie habe recht. Er sei nun einmal Jude und sie Griechin, und nur in ihren besten, glücklichsten Momenten könnten sie ganz eins werden. So habe der Himmel das gefügt. Aber das gerade sei ja der Grund seines Vorschlags. Sie möge bedenken, daß dieser Vorschlag auch für ihn ein Opfer einschließe: den Verzicht auf Paulus. Es sei nicht so, daß er immer nur nehmen wolle und niemals geben. Daß er sie die Villa bauen lasse, auch das zum Beispiel, lege ihm allerhand Lasten auf.

Dieses Letzte hätte er nicht sagen sollen. Sie sprang auf, legte Raum zwischen ihn und sich. Hart, kalt, mit einer Stimme, deren Ruhe ihn mehr aufbrachte und erschreckte als ihr Zorn, erklärte sie, sie kenne eine ganze Reihe Männer, die ihr eine solche Villa und eine bessere mit Freuden schenkten, und ohne ihr das Geschenk hinterher vorzuwerfen. Was übrigens das Fresko „Die versäumten Gelegenheiten" anlange, so sei seine Überwindung überflüssig geworden. Ihr Vater weigere sich, es für ihn zu malen, er male es für den Kaiser.

Josefs Augen waren fast töricht vor Verwunderung. Er begriff die Gründe nicht, nicht die Zusammenhänge, er verstand diese Menschen nicht. Er schwieg. Sie aber, weitergetrieben wahrscheinlich durch die Erinnerung an ihren Vater, wurde heftiger, zügelloser. „Schick das Weib weg", verlangte sie plötzlich, ohne Übergang, hart, herrisch, „das Weib und den Bastard."

Josef schaute auf sie, überrascht in seinem Herzen. Seine Erwägungen waren falsch gewesen, das sah er jetzt. Er kannte sie gut, aber doch nicht bis ans Ende. Er hatte in der Vergangenheit so viel von ihr verlangt, daß jetzt offenbar selbst eine gerechte Forderung sie in Wut brachte. „Schick das Weib weg", beharrte sie, immer mit den gleichen, wilden, hellen Augen. Sie hatte alle Herrschaft über sich verloren.

Josef, wie immer, wenn etwas ganz Überraschendes, Unheilvolles ihn traf, wurde eiskalt, drückte seine Gefühle nieder, rief seine Vernunft zu Hilfe. „Überleg dir meinen Vorschlag in Ruhe, Dorion", bat er, und seine Stimme klang gleichmütig. „Beschlafe ihn zwei, drei Nächte. Und was den Bau anlangt, so laß dich nicht hinhalten und verlange jede Beschleunigung. Ich habe zwei Raten bezahlt. Überleg dir alles gut, Dorion." Er nahm ihren langen, dünnen Kopf zwischen seine beiden Hände, ihre Haut war zart und sehr kühl, er küßte sie, sie ließ es sich ohne Regung gefallen, und er ging.

Josef verlangte von Claudius Regin einen Vorschuß auf seine künftigen Arbeiten, hundertfünfzigtausend Sesterzien. Es wurde, wie Josef vorgesehen hatte, eine unangenehme Unterredung. Regin zahlte zwar, aber er hatte eine unbehagliche

Art, die Überreichung einer Anweisung mit mürrischen und ironischen Bemerkungen allgemeiner Natur zu begleiten. Heute war er besonders unwirsch. Seit dem Tode Vespasians, erklärte er dem Josef, ist eine Zeit der Verschwendung angebrochen. Der Alte, wenn er sähe, mit wie leichter Hand Titus das Kapital vertut, das er mit soviel Mühe zusammengekratzt hat, sein Finger wüchse drohend aus dem Grab. „Vespasian", raunzte er, „hätte Ihnen für die Neufassung des ‚Jüdischen Kriegs' keine solche Summe hingeschmissen. Die Dame Dorion muß ihre Villa haben, natürlich. Muß man allen Launen der Damen nachgeben? Ich sehe es nicht gern, daß Sie jetzt bauen. Alle Welt muß jetzt bauen. Unser Titus steckt weitere zwölfeinhalb Millionen in sein Amphitheater. Hundert Tage müssen die Spiele dauern, mit denen es eingeweiht wird. Jeder Tag kostet nahe an eine halbe Million. Dem Alten bliebe der Speichel weg. Er hat mit Jupiters und meiner Hilfe ein paar Milliarden hinterlassen. Wenn wir so weitermachen, werden wir bald am Rande sein.

Es ist mir nicht um die einmalige Summe. Sie drückt, aber sie läßt sich schaffen. Es ist der Standard. Nach den Bädern und nach dem Amphitheater werden unsere lieben Römer noch eine Wandelhalle wollen, nach der Wandelhalle einen Tempel, und in den Bädern will man baden, und hunderttägige Spiele kann man nicht alle Jahre machen. Sie werden es erleben, Doktor Josef. An sich selber. Ihre Dame Dorion wird für die Villa ein Dutzend neue Leibeigene brauchen und Pferde und einen Wagen. Wir haben die Preise gesenkt, stimmt. Der Scheffel Weizen kostet nur mehr fünf Sesterzien, und schon für vierzehn kriegen Sie ein paar gute Schuhe. Der Schneider verlangt nur mehr sieben Sesterzien Tagelohn, und der Schreiber ist mit dreieinhalb für je hundert Zeilen zufrieden. Das sind Beträge, die Sie nicht umwerfen, das können Sie sich leisten. Aber Sie werden Augen machen, wie Ihr Budget anzieht, wenn erst die Dame Dorion in ihrer Villa sitzt. Schauen Sie mich an. Dieses Oberkleid ist vier Jahre alt, diese Schuhe drei. Ich könnte mir neue spendieren, aber ich halte es nicht für weise, meinen Standard ins Blaue hinein zu erhöhen.

Ich sehe es nicht gern, Doktor Josef, daß Sie sich den Kopf

mit Finanzsorgen vernebeln, statt ihn für Ihre ‚Jüdische Geschichte' frei zu halten. Ich habe allerhand in Sie hineingesteckt, Doktor Josef. Ich habe in Sie, lassen Sie mich mal rechnen, etwa zweitausend Prozent mehr hineingesteckt als in Ihren Kollegen Justus von Tiberias, und das Leben in Rom ist nur um siebenunddreißig Prozent teurer als das Leben in Alexandrien."

„Na ja", seufzte er und stellte Josef die Anweisung aus.

„Nicht ich bin es", hatte Dorion gesagt, „die dir Paulus verweigert. Er selber verweigert sich dir. Versuch es. Hol ihn dir, wenn du kannst." Diese Worte fraßen an Josef. Denn Dorion hatte recht, es war immer eine Fremdheit zwischen ihm und Paulus gewesen. Aber woran lag das? Zugegeben, Kinder interessierten ihn nicht, es fiel ihm schwer, sich in sie einzufühlen. Er war selber ein altkluges Kind gewesen, schnell erwachsen, und dachte nicht gern an seine frühe Jugend. Freier, glücklicher hatte er sich erst mit zunehmenden Jahren gefühlt, da hatte er das Gefühl des Wachsens, des Reifens genossen. Aber trotzdem, wenn er ernstlich wollte, verstand er Menschen zu nehmen, auch sehr junge; freilich war er hochfahrend und wollte selten. Seinen Sohn Paulus hätte er gerne für sich gewonnen, denn er liebte ihn. Warum versagte er gerade vor ihm und vermochte seine Liebe nicht zu äußern? Wenn er es scharf überprüfte, dann war der Knabe der einzige Mensch, vor dem er befangen war. Immer war er vor Paulus unsicher gewesen, auch jetzt wird er seine Fremdheit nicht überwinden können. Dorion hatte recht.

Dabei sah er mit Bitterkeit und Freude, daß Paulus ein Sohn war, den man wohl lieben und dessen man stolz sein durfte. Die Glieder des Neunjährigen waren zart und dennoch kräftig, seine Bewegungen leicht und sicher. Auf einem langen Hals saß dünn und braun der Kopf, der Kopf der Mutter, aber die heftigen Augen waren die des Vaters, sie glühten herrisch in dem schmalen, feinen Gesicht.

In der Schule des Nikias, die er besuchte, hatte er unter seinen Kameraden wenig Freunde. Es war nicht nur, weil ihm das Kleid des römischen Bürgerknaben versagt war – unter den achtzig Schülern des Nikias waren zwei Dutzend ohne den Bürgerstreifen –, aber er galt als hochfahrend. Wenn man mit ihm spielte, wenn er sich an den Hahnenkämpfen seiner Kameraden beteiligte und seine eigenen Hähne ins Spiel brachte, dann endete das häufig nicht nur mit Prügeln – das wäre nicht weiter unangenehm gewesen –, sondern es setzte auch scharfe, bösartige Worte, die man einander lange nachtrug. Dabei hatten die andern Achtung vor Paulus, er war tapfer, das bestritt keiner, selbst sein Hochmut gefiel ihnen, und wenn er mit seinem Ziegengespann, dem schönsten seiner Straße, vor der Schule des Nikias anfuhr, dann waren sie geradezu stolz auf ihn. Das hinderte nicht, daß sie sich über den Ziegengestank lustig machten, der ständig um ihn war; wer ein gutes Gespann haben wollte, durfte die Pflege der Tiere nicht Leibeigenen überlassen, er mußte sich selbst darum kümmern. Von dem Ziegengestank aber war kein weiter Weg zu herzkränkenden Schimpfworten über Judengestank und ähnliches. Paulus wußte, daß es nur der Neid war, der seine Kameraden zu solchen Beschimpfungen trieb, der Neid auf seine Ziegen und auf seinen Vater, doch der Hohn traf ihn darum nicht weniger tief. Er ließ es sich nicht merken, ein römischer Junge mußte seinen Ärger verbeißen. Er preßte die Lippen zusammen und blickte hochfahrend über die andern weg. Er war etwas Besonderes, das hob ihn und das fraß an ihm.

Im Grunde hätte er leidenschaftlich gern mit den andern gespielt. Wenn sie an ihren Tierpuppen aus Wachs und Ton herumkneteten, an primitiven Karikaturen von Lehrern, Kameraden, Bekannten, dann hätte er gerne mitgetan, aber er war jähzornig, er wußte, es kam leicht zum Streit, und er konnte es nicht verwinden, wenn sie ihn als Juden beschimpften. Wenn sie mit diesem besonderen Schimpf anrückten, dann wußte er nichts zu erwidern. So wurde er, gegen seinen Willen, mehr und mehr zu den Erwachsenen getrieben. Er verbrachte viel Zeit in der Gesellschaft seiner Mutter, bewunderte den alten, steifen, ungeheuer vornehmen Valer, verehrte scheu aus der Ferne die weiße, strenge Tullia, suchte Gespräch mit dem lärmenden, sicheren Obersten Annius, mit dem man sogleich vertraut war, schloß sich immer enger an seinen Lehrer Phineas an. Wenn er mit dem zusammen sein konnte oder wenn er sich mit seinen Ziegen abgab, das war seine beste Zeit.

Es ging ihm gut. Er lernte leicht; im Griechischen, in der Geschichte glänzte er mühelos über seine Kameraden. Als einziger Sohn eines wohlhabenden Hauses hatte er reichliche Mittel zur Verfügung, war gut angezogen, hatte die besten Manieren und das beste Ziegengespann. Es muß gesagt werden, daß er oft heimlich die weiten Ärmel seines Kleides voll von Wachs und Kitt hatte, um Tierfiguren zu kneten, und daß die Sauberkeit seines Anzuges unter dieser Angewohnheit ein wenig litt. Dennoch gehörte er unbestritten zu den vornehmsten und schicksten Jungen in der Schule des Nikias. Was ihm all diesen Glanz vergällte, das war, ohne daß er es sich recht eingestand, das Judentum seines Vaters. Sein Vater war römischer Ritter, ein großer Schriftsteller und ein Freund des Kaisers, er liebte ihn und war stolz auf ihn: aber er war ein Jude. Was das eigentlich war, konnte einem keiner recht sagen. Es mußte etwas Gutes sein, denn sonst wäre sein Vater kein Jude, aber es mußte gleichzeitig etwas sehr Übles sein, sonst würde seine Mutter es zulassen, daß auch er Jude wurde und damit ein junger adliger Römer. Wenn er darüber Fragen stellte, vertröstete man ihn, man werde ihm das alles erklären, wenn er älter sei; aber er gäbe sein Ziegengespann darum, wenn er aus seiner verzwickten Lage heraus wäre.

Oft, wenn er mit dem Vater zusammen war, betrachtete er ihn scheu, bemüht, näher an ihn heranzukommen. Beschaute seine Hände, die nackte Haut seiner Beine, das alles war fremd und war doch sein Vater, er streichelte wohl auch neugierig und zärtlich diese Haut; sein Vater bemerkte es kaum oder entzog sich ihm bald, ein wenig verwundert. Am meisten an seinem Vater hatte den Jungen der Bart beschäftigt, dieser kunstvoll geknüpfte, scharf dreieckige, schwarze Bart. Als kleines Kind hatte er oft versucht, damit zu spielen, daran herumzudröseln. Später sagte man ihn, daß nur östliche Menschen solche Bärte trügen. Als in allerletzter Zeit der Bart verschwand, war ihm das nackte Gesicht seines Vaters noch fremdartiger vorgekommen als das bärtige, und manchmal sehnte er sich nach dem strengen, kunstvollen Bart.

Es kam vor, daß der Vater ihm Geschichten aus der jüdischen Legende erzählte, oder er beschrieb ihm die Pracht des Tempels. Aber so gut Josef solche Dinge in seinen Büchern gestaltete, seinem Jungen konnte er sie nicht mundgerecht machen. Die Geschichten der griechischen Welt, die Phineas ihm beibrachte, waren schöner, feiner. Auch war das Griechisch des Vaters fehlerhaft, voll von Akzenten und Betonungen, die Phineas ihm selber streng verbot. Paulus hörte höflich zu, aber er war froh, wenn der Vater zu Ende war.

Einmal fragte er den Onkel Annius geradezu, wie es denn um die Juden stehe, und ob sie Barbaren seien. Einen kleinen Moment schien Onkel Annius betreten, dann aber sagte er dem Jungen auf seine laute, herzhaft offene Art Bescheid. Im Krieg haben sich die Juden als tapfere Soldaten erwiesen, keine Frage. Daß sie, wie allgemein behauptet werde, in ihrem Tempel einen Esel verehrt oder Griechenknaben geschlachtet hätten, halte er für unwahrscheinlich. Im übrigen steckten sie voll von Aberglauben. Dieser Aberglaube verleite sie zum Beispiel dazu, jeden siebenten Tag, also den siebenten Teil ihres Lebens, zu verfaulenzen. Dabei sei das nicht einfacher Müßiggang. Er habe selber erlebt, wie sich welche an diesem siebenten Tag aus ihrem Aberglauben heraus wehrlos hinschlachten ließen. Man müsse sich mit ihnen abfinden, wie sie nun einmal seien. Ein richtiger Römer könne mit jedem Lebewesen der bewohnten Welt fertig werden. Barbaren? Ja, in einem gewissen Sinn wohl, aber sie gehörten zu der feineren, der höheren Spezies. Mit den Deutschen etwa oder den Briten dürfe man sie nicht auf eine Stufe stellen.

Über dieses Gespräch dachte Paulus oft und lange nach, am liebsten, wenn er in seinem Ziegenstall mit der Zurichtung des Futters beschäftigt war. Die Beschaffung und richtige Mischung des Futters für die Ziegen war keine leichte Arbeit. Sie waren wählerisch, vor allem Paniscus, der schöne, kastrierte Bock, auf den er stolz war. Sie brauchten trockene, gute Kräuter, ihre sorgfältig abgemessenen kleinen Portionen Salz und sehr viel frisches Grün, das in der Stadt nicht immer leicht zu beschaffen war. Paulus schnitt und mischte, die Ziegen drängten sich an ihn heran, rupften, kauten geräuschvoll, und er dachte. Da, einmal, kam ihm die Erleuchtung. Wenn die Juden Barbaren waren und wenn sein Vater ein Jude war, dann war es eben ein Gutes, ein Barbar zu sein, und dann war er stolz darauf, von einem Barbaren zu stammen. Er war mit seiner Arbeit fertig, aber er verließ den Stall nicht. Er kauerte in seiner Ecke. Das Geräusch der fressenden Ziegen war um ihn, und er dachte weiter an seinem Gedanken. „Ja, so ist es, mein Paniscus", sagte er befriedigt und kraulte das eifrig kauende Tier hinter dem spitzen, kleinen Ohr.

Josef sagte sich natürlich, daß sein Junge über seine eigene Zugehörigkeit zu den Juden allerlei Ärgerliches zu hören bekomme, aber wie sehr das an ihm zehrte, davon wußte er nichts, und Paulus sagte ihm nichts. Selbst in diesen Tagen, da Dorions Worte hart in ihm nachklangen, ahnte er nichts von dem Hin und Her im Herzen seines Sohnes.

Einmal in dieser Zeit traf er Paulus unvermutet auf dem Marsfeld. Der Junge kutschierte sein Ziegengespann. Josef freute sich der Gelegenheit. Er selber war in seiner Sänfte, er schlug Paulus einen Wettlauf vor, wer eher zu Hause sei, der mit seinen Ziegen oder er mit seinen geübten kappadokischen Sänftenträgern, und er war fast ebenso stolz wie Paulus, als dieser einen kleinen Vorsprung hatte.

Er forderte seinen Sohn auf, mit in sein Arbeitszimmer zu kommen. Das tat er selten, und es war eine große Ehrung für den Jungen. Vater und Sohn schwatzten. In guter Haltung saß der anmutige, kräftige Knabe seinem Vater gegenüber, beglänzt von einem Streif der starken, schräg einfallenden Sommernachmittagssonne. Wieder verglich Josef im Geiste den Sohn der Mara mit dem Sohn der Dorion, und sein jüdischer Sohn erschien ihm plump.

Er fragte und erfuhr, daß Paulus jetzt die Odyssee las, in der Schule sowohl wie mit Phineas, und zwar den fünfzehnten Gesang. Josef selber hatte in Rom mit heißem Bemühen seinen Homer studiert. Gutmütig jetzt, ungewohnt täppisch und gleichzeitig stolz zitierte er Paulus ein paar Verse. Der Junge hörte höflich zu. Ungefüg kamen die edlen griechischen Laute aus dem Munde des Vaters. Sie waren Barbaren, die Juden, sie verhunzten das Griechische durch ihren Akzent; gewiß, wenn sein Vater ein Barbar war, dann durfte man stolz darauf sein, zu den Barbaren zu gehören, aber Paulus konnte trotzdem, als sein Vater zu Ende war, der Versuchung nicht widerstehen, seinesteils ein paar Verse zu zitieren in der einwandfreien Aussprache und in dem elegant modischen Tonfall, halb Prosa, halb Gesang, wie er ihn von Phineas erlernt hatte. Josef, keineswegs gekränkt, hörte erfreut, wie wohllautend die schönen Zeilen aus dem Munde seines Jungen kamen. Sein Griechisch kann er, dieser Phineas. Wie stolz war er selber auf sein Griechisch gewesen, damals, als er an dem Makkabäer-Buch schrieb. Jetzt weiß er, wie erbärmlich es war. Phineas müßte den Kosmopolitischen Psalm übersetzen. Schade, daß er so tückisch ist.

Der Junge sprach seine Verse weiter: „Siehe, so mußte auch ich das Land meiner Väter verlassen, und so ward ich ein Fremder und Flüchtling unter den Menschen.“ Paulus war zu Ende, die Verse standen noch im Raum, Josef hatte nur ihren Klang gehört, jetzt überdachte er ihren Sinn, und sie schmeckten ihm bitter.

„Mein griechischer Akzent ist nicht gut“, sagte er plötzlich, scheinbar ohne Zusammenhang, es klang wie eine Bitte und eine Entschuldigung. Er fragte sich, welchen Homer-Kommentar Phineas wohl benütze; es gab vier oder fünf sehr gute Kommentare, einer davon war voll von antisemitischen Ausfällen, es war der des Apion. Wenn er den des Apion benützt, dachte Josef, dann schmeiße ich ihn hinaus. Aber er wagte nicht, seinen Sohn zu fragen.

Der, mittlerweile, mechanisch, formte in der Verborgenheit seines weiten Ärmels an dem Kitt, den er dort mit sich trug. „Was kramst du da?“ fragte Josef. Der Junge hatte sich soeben im Stolz seines herrlichen Griechisch dem Vater überlegen gefühlt, jetzt errötete er tief. Josef lachte gutmütig, er lachte selten. In seinem Innern aber dachte er: Alles bringen sie ihm bei, wovon sie wissen, daß es mir verboten und verhaßt ist. Wenn er den Kommentar des Apion benützt, schmeiß ich ihn hinaus.

Wenige Tage darauf ging er in das Zimmer des Paulus zur Zeit, da Phineas ihn unterrichtete. Er setzte sich still hin und hörte zu. Phineas ging gründlich vor, zergliederte die Verse, ging keiner Schwierigkeit aus dem Weg und machte doch gleichzeitig alles dem Kinde schmackhaft und verständlich. Josef war interessiert; Homer war den Griechen, was den Juden die Bibel war. Homer, das waren lauter hübsch gefärbte Lügen und Phantasien, aber man konnte viel Scharfsinn daran knüpfen, diese Phantasien zu kommentieren. Es war eine andere Methode, aber sie war eine gute Schulung. Es wäre amüsant, den Homer einmal kritisch zu beklopfen mit den Auslegungsmethoden, die man auf den jüdischen Hochschulen zur Kommentierung der Bibel anwandte. So hätte *er* dem Paulus den Homer beizubringen versucht. Schade, daß das nicht ging.

Josef kramte in den Manuskripten, die auf dem Tisch lagen, lächelnd, mit dem Interesse eines Erwachsenen für eine kindliche Spielerei. Plötzlich, mitten in der nachlässigen Lektüre eines aufgeschlagenen Buches – es war einer jener modischen Papyrusbände zum Umblättern, wie sie Josef nicht leiden konnte, nicht eine der alten, soliden Pergamentrollen – setzten ihm Herz und Gedanken aus. War das nicht ...? Er blätterte nach vorn. Ja, das war der Kommentar des Apion.

Ruhig bleiben, sagte sich Josef. Nicht durchgehen, vor dem Jungen keinen Zorn zeigen. Ich muß ihn hinausschmeißen. Nachdem er dies wagt, kann ich ihn nicht mehr schonen; es wäre Irrsinn. Aber gespannt bin ich, ob er sich erfrecht, das Buch dieses Hundes in meiner Gegenwart dem Jungen vorzusetzen. Josef konnte den Worten des Phineas nur noch mit Mühe folgen, seine heftigen Augen waren verschleiert vor Wut, er atmete mühsam. Aber er war gewiß, bis jetzt hatte Phineas den Apion noch nicht zitiert. Er sprach nichts, hörte zu, wartete.

Der kluge Phineas hatte längst gemerkt, worum es ging. Seit seiner letzten Arbeit mit Josef rechnete er damit, daß der ihm einmal, bald, Dienst und Brot aufsagen werde. Es kümmerte ihn wenig; er war bedürfnislos, und das Gesetz zwang Josef, seinem Freigelassenen das Existenzminimum zu geben.

Leid freilich wäre es dem Phineas, wenn man ihn des Einflusses auf den Knaben beraubte, den er liebgewonnen hat. Aber er denkt nicht daran, aus solchen Gründen sein Griechentum und seine griechische Wahrheit zu verleugnen.

Gleichmütig also, es mochte eine kleine halbe Stunde sein, seitdem Josef im Zimmer war, sagte er: „Apion meint dazu", und er greift nach dem Buch und beginnt daraus zu zitieren. Josef unterbricht ihn. „Wollen Sie wirklich dem Jungen diesen Kommentar beibringen?" fragt er. „Meinem Jungen?" Seine Stimme ist heiser, er preßt sie, um nicht heftig zu werden, er spricht leise, aber eine Welt von Empörung liegt in diesem „meinen". „Finden Sie den Homer-Kommentar des Apion nicht gut?" fragte gelassen Phineas zurück, während Paulus neugierig, erstaunt, von einem zum andern schaut. „Aber darüber brauche ich mit dem Schriftsteller Flavius Josephus nicht zu diskutieren", fährt er verbindlich fort. „Wissen Sie einen zweiten, der so gute Worte gefunden hätte zum Lob des Schriftstellers wie dieser Apion? Ist Ihnen aufgefallen, daß der Senator Marull in der Lobrede vor Ihrer Büste unversehens auf Worte des Apion zurückgriff? Ich glaube, es gibt schwerlich ein besseres Mittel, unserem Paulus" – er betonte ganz leise das „unserem" – „beizubringen, wie hoch und edel der Beruf seines Vaters ist."

Er hatte das Buch wieder auf den Tisch gelegt. Josef, unwillkürlich, packte es; er pflegte sorgsam mit Geschriebenem umzugehen, doch er konnte sich nicht zähmen, er packte es so heftig, daß es beschädigt wurde. Aber immer noch preßte er die Stimme und wurde nicht laut. „Und Sie geben wirklich", sagte er, „dem Jungen den schmutzigen Unsinn zu lesen, den dieser Ägypter über das Volk seines Vaters auskübelt?" Während er das sagte, dachte er: Jetzt ist es soweit, jetzt schmeiße ich ihn hinaus. Aber ich muß es ruhig tun, ohne Heftigkeit. Dabei ist es ein Jammer, daß er nicht den Kosmopolitischen Psalm übersetzt. Ein guter Lehrer ist er auch. Schade, daß er so tückisch ist. Siebenundsiebzig sind es, die haben das Ohr der Welt, und ich bin einer von ihnen. Aber das Ohr meines Jungen habe ich nicht. Er hat es. Und er vergiftet meinen Jungen, er stiehlt ihn mir für immer, er macht ihn mir schmutzig mit dem Dreck dieses aussätzigen, ägyptischen Hundes. Und ich schmeiß ihn hinaus.

Der sehr große, blasse Kopf des Phineas war noch blutloser geworden. Aber seine Stimme blieb gelassen, elegant und kalt wie immer, als er erwiderte: „Ich weiß nicht, ob ich die judenfeindlichen Sätze in dem Homer-Kommentar überschlagen hätte, sie sind nicht wichtig. Aber das muß ich sagen: ich hatte die Absicht, in zwei oder in drei Jahren mit unserem Paulus die Schrift des Apion ‚Gegen die Juden' zu lesen und auch die ‚Ägyptische Geschichte' des Priesters Manetho." Dies waren die erbittertsten judenfeindlichen Schriften, die die Epoche kannte.

Ruhig bleiben, sagte sich Josef. „Lest ihr in der Schule auch den Kommentar des Apion?" wandte er sich an Paulus. Seine Stimme klang beherrscht. Trotzdem war ein solcher Grimm in ihr, daß Paulus aufstand und sich – war es eine Flucht oder ein Bekenntnis? – neben Phineas stellte. „Ja", antwortete, da er schwieg, für ihn Phineas, „auch in der Schule des Nikias lesen sie den Kommentar des Apion. Mit Recht. Ich hielte es für verfehlt", fügte er hinzu, und seine grauen, klaren Augen schauten furchtlos wie die eines Naturforschers das nackte, heftige Gesicht des Josef auf und ab, „dem Jungen die Bücher des Manetho und Apion vorzuenthalten. Was diese Autoren über die Juden sagen, mag zu einem kleinen Teil richtig sein und zum größeren falsch – ich zum Beispiel halte es natürlich für unsinnig, zu unterstellen, daß Sie etwa jemals an der Schlachtung eines griechischen Knaben teilgenommen hätten –, aber es ist eine von vielen angenommene Meinung großer Männer, und man kann sie nicht einfach verschweigen. Es ist nicht meine Absicht, unsern Paulus so zu erziehen, daß er, wenn er einmal an das Studium des ‚Jüdischen Kriegs' herankann, das Werk ohne Kritik liest. Er wird seine Vorzüge vielleicht doppelt schätzen, wenn er auch die Meinungen anderer kennt."

Vor diesem kühlen, höflichen Hohn zerbrach die mühsame Gelassenheit des Josef. „Sie haben mein Vertrauen tückisch mißbraucht, Phineas", sagte er, „Sie sind ein Lump, Freigelassener Phineas", und er legte das Buch des Apion zurück auf den Tisch, auffallend behutsam. Auch seine Stimme blieb leise, aber er konnte nicht verhindern, daß diese seine leise Stimme voll war von einem unendlichen Haß und daß sein Gesicht sich verzerrte. Was für einen Unsinn mache ich, dachte er. Wie kann ich in Gegenwart des Jungen solchen Unsinn machen? Sie sind ein Lump, habe ich gesagt. Es ist einfach verrückt, und hat nicht einmal einer in meiner Gegenwart von mir gesagt, daß ich ein Lump bin? Und schaut nicht Paulus zu? Ja, Paulus schaut mir ins Gesicht, Paulus hört meine Stimme, Paulus hat gelernt, daß ein Mann sich beherrschen muß und daß einer verächtlich ist, ein Barbar, wenn er sich nicht beherrscht. Ich bin verächtlich für Paulus, ich bin ein Barbar für Paulus. Jetzt habe ich selber eine Mauer zwischen mich und Paulus gestellt, eine riesige. Ich bin ein Narr. Und Phineas ist zwar ein Lump, aber der einzige, von dem Paulus seinen Homer annimmt, und der einzige, der den Psalm übersetzen könnte. Und wie stand er da im Friedenstempel, nach dem Vortrag des Dio, als er zu den Senatoren sprach. Ich bin ein Narr. Ich hätte mich nicht auf einen Streit mit ihm einlassen dürfen.

Der Knabe hatte sich dicht neben seinen Lehrer gestellt; mit der einen Hand im Ärmel, nervös, knetete er heftig an einem Stückchen Kitt herum, mit der andern hatte er die des Phineas ergriffen. Mit hochgezogenen Augenbrauen schaute er blaß auf seinen Vater, der so alle Herrschaft über sich verloren hatte. „Sie waren mein Herr, Flavius Josephus“, sagte Phineas, „ich bin Ihr Freigelassener, ich bin Ihnen Gehorsam und Achtung schuldig nach dem Gesetz. Außerdem steht Zorn dem Manne schlecht an, das versuchte ich von jeher unserm Paulus beizubringen, und ich will nicht einer sein, der gegen seine eigenen Lehren handelt. Was soll ich Ihnen erwidern, Flavius Josephus? Ich glaube nicht, daß ich irgend jemandes Vertrauen mißbraucht habe. Leider haben Sie selber niemals mit mir über Paulus gesprochen, aber die Dame Dorion gab mir oft Gelegenheit, mich mit ihr über meine Lehrmethoden zu unterhalten. Sie billigt sie.“

Auf dieses letzte, höllische Argument des Griechen wußte Josef nichts zu erwidern. Nein, er war dem Phineas nicht gewachsen. Sein Bild stand im Friedenstempel in korinthischem Erz, er hat ein Buch geschrieben, das Ost und West priesen, aber er wurde seines Freigelassenen nicht Herr, er war lächerlich und ein Narr in seinem eigenen Hause, es war ihm nicht gegeben, den Sohn, den er liebte, aus den Irrlehren des Griechen zu befreien. „Ich billige Ihre Lehrmethoden nicht, Phineas", sagte er schließlich, trocken, es war ein verhältnismäßig guter Rückzug, seine Stimme verriet nichts von seinen bitteren, hilflosen Gedanken. „Ich wünsche Ihre Dienste nicht länger, weder als Erzieher meines Sohnes noch als Sekretär." Er strich mehrmals glättend über das Buch des Apion, lächelte Paulus zu, der blaß dastand, sehr nah an seinem Lehrer, und ging.

Am andern Tag erschien eine Zofe der Dorion und fragte förmlich im Auftrag ihrer Herrin, ob Josef die Dame Dorion empfangen wolle. Josef erwiderte: „Ja, natürlich", aber er fühlte sich unbehaglich, unsicher.

Und dann, sogleich, kam Dorion, kühl, höflich. Josef liebte es nicht, wenn sie die hauchdünnen Kleider trug, die sie fürs Haus bevorzugte. Dennoch hätte er sie heute lieber in einem solchen Kleid gesehen als in der Besuchstracht, die sie angelegt hatte. Sie ging ohne Umschweife auf ihre Sache los. Der Ausbruch des Josef, die Art, wie er sich vor ihrem lieben Sohn habe gehenlassen, habe ihre Geduld ausgeschöpft. Phineas sei der ideale Erzieher des Jungen, ein Erzieher, den Paulus dringlich benötige. Sie wolle nicht länger mit einem Manne zusammen leben, der ihren Sohn des Erziehers beraube. Sie wisse, daß ein solches Argument dem Sittengericht nicht für die Scheidung genüge, wohl aber, darüber hätten ihre Freunde sie unterrichtet, sei die Tatsache, daß Josef seine frühere Konkubine mit ihrem Sohn habe nach Rom kommen lassen, für dieses Gericht ein zureichender Scheidungsgrund. Sie bitte ihn also, ihr binnen drei Tagen mitzuteilen, ob er gütlich in die Scheidung willige oder ob er sie zu einem Prozeß zwingen wolle.

Josef war hilflos erbittert. Er wußte, Dorions Ansinnen war nicht ernst gemeint, sie wollte ihn durch die Drohung mit der

Scheidung lediglich nötigen, den Phineas zurückzurufen. Aber niemals bisher hatte sie so grobe Mittel angewandt. Überdies hatte sie ihren Freunden von der Sache erzählt, ihn durch die leidige Geschichte vor diesen Burschen bloßgestellt, vor dem unausstehlichen Annius, dem läppischen, senilen Valer, vor der ganzen widerwärtigen Clique. Dabei hatte sie doch selber ihn in die Sache mit Phineas hineingehetzt. Hat nicht sie ihn höhnisch aufgefordert, sich Paulus zurückzuholen? Finster jetzt, ohne sie zu unterbrechen, hörte er sie an, und als sie zu Ende war, nach einem kleinen Schweigen, sagte er trocken: „Schön, ich werde es mir überlegen."

Noch ehe es Nacht war, bereute er. Überlegen. Unsinn. Er dachte doch nicht daran, sie aufzugeben. Was? Soll er sich von Dorion und Paulus trennen, weil ein Phineas den Apion und Manetho für gute Schriftsteller hält? Das war ihm doch längst bekannt. Und daß Phineas dem Paulus nicht die Bibel und die Propheten beibringt, sondern den Homer und den Apion, das hatte er sich doch auch von jeher an den Fingern abzählen können. Er wird zu bequem, er läßt sich immer mehr von seinem Trieb leiten statt von seiner Vernunft. Er muß kältere Bäder nehmen, dann wird er sich nicht mehr so leicht hinreißen lassen. Er hat sich unwürdig benommen. Sein in den Prinzipien der Stoa, der Selbstbeherrschung, erzogener Sohn wird ihm das nicht so leicht vergessen.

Er muß die ganze Geschichte einrenken.

Ohne sich lange zu besinnen, ohne sich melden zu lassen, geht er hinüber zu Dorion, klinkt die Tür auf. Er findet sie auf dem Ruhebett, ungeschminkt, aufgelöst in Wut und Tränen. Ihre Augen haben nichts mehr von ihrer hellen Wildheit, es sind trübe, schmollende Kinderaugen. Er setzt sich zu ihr, faßt sie um die Schulter, redet ihr gut zu.

Zwischen zwei Umarmungen treffen sie ein Abkommen. Es wird alles beim alten bleiben. Er nimmt die Verabschiedung des Phineas zurück. Sie redet nicht mehr von der Austreibung der Mara und sagt dem Phineas, er möge ihren Sohn mit der Lektüre des Apion und Manetho verschonen.

Die Prinzessin Berenike hatte in der kleinen Badehalle ihres Palais in Athen geschwommen, jetzt ließ sie sich von ihrem Masseur unter Aufsicht des Leibarztes salben und kneten. Wenn sie den Kopf zurücklegte, dann war die Haut ihres Halses glatt und edel; richtete sie aber den Kopf hoch, dann sah man trotz aller Schönheitspflege Fältchen.

Während Leibarzt, Masseur und Kammerfrau sich um sie beschäftigten, schwatzte sie mit ihrem Bruder, dem jüdischen Titularkönig Agrippa. Es war von frühester Jugend an zwischen den Geschwistern große Vertrautheit gewesen, vor ihm gab sie sich rückhaltlos, sie schämte sich nicht ihrer Nacktheit, sie befragte ihn sachlich, ob sie nicht schlaff und ältlich aussehe. Grünlich wässeriges Licht füllte das kellerartige Gewölbe des Schwimmbads und der Turnhalle, es war angenehm kühl. „Man sollte das Schwimmbad vergrößern lassen", meinte Berenike, aber es klang zerstreut. „Warum nicht", erwiderte ebenso zerstreut Agrippa. Die Geschwister, die reichsten Fürsten des Ostens, waren in der ganzen Welt um ihrer Bauleidenschaft willen bekannt; allein heute stand weder ihr noch ihm der Sinn nach baulichen Projekten.

„Fester, knete mich fester", forderte Berenike den makedonischen Masseur auf, der jetzt an ihrem Fuß arbeitete. „Nicht zu fest, Hoheit", mahnte der Arzt. „Sie machen es dadurch nur schlechter und haben die Schmerzen." Berenikes Gesicht war wirklich leicht verzerrt. Aber alle hier im Raum wußten, daß sie zehnmal mehr Schmerz auf sich genommen hätte, wenn das die Heilung ihres Fußes auch nur um ein Winziges beschleunigte.

„Hat man wirklich nichts gemerkt?" erkundigte sie sich ängstlich, schon zum drittenmal, bei ihrem Bruder. „Ich würde es dir doch sagen, Nikion", begütigte sie Agrippa. „Habe ich es dir irgendwann unterschlagen? Bestätigen Sie es ihr, Doktor", wandte er sich an den Arzt. „Sind wir nicht übereingekommen, Nikion unter keinen Umständen etwas vorzumachen? Sie soll alles genau wissen, jedes Detail." — „Sie haben mir heute morgen so wenig Ursache gegeben, Hoheit", erklärte der Arzt, „mich um Sie zu kümmern, daß ich wirklich Muße hatte, die Gesichter zu studieren, die auf der

Tribüne und die auf der Straße. Es ist niemand auch nur auf die Vermutung gekommen, es könnte mit Ihrem Fuß etwas nicht in Ordnung sein." – „Wenn ich lange Kleider anhabe", überlegte Berenike, „wird es jetzt wahrscheinlich wirklich selten erkennbar. Aber wie ist es, wenn man den Fuß sieht?" – „Ich habe herumgehorcht", mischte sich die Kammerfrau ein. „In Griechenland so gut wie in Syrien und in Ägypten glaubt jedermann, daß die Prinzessin nur wegen ihres Haares und des Gelübdes zögert, nach Rom zu gehen."

Berenike war tapfer, gewohnt, ihre Angelegenheiten mit sich allein auszumachen. Aber es drängte sie, sich immer von neuem bestätigen zu lassen, daß ihr Fuß völlig verheilen werde. Sie verlangte naeh immer neuen Beruhigungen. Heute morgen hatte man ihr hier in der Stadt Athen einen Ehrenbogen errichtet, die Zeremonie, von der sie zurückkam, war lang und ermüdend gewesen, der Gouverneur der Provinz hatte gesprochen, der Bürgermeister von Athen, der Präsident der Akademie, sie selber hatte erwidert, und während dieser ganzen Zeit hatte sie stehen müssen. Sie fühlte sich müde, aber sie hatte das Gefühl, sie habe gut durchgehalten. „Fester, knete mich fester", forderte sie nochmals. Trotz allem, was der Arzt sagte, glaubte sie, durch noch energischeres Training, durch noch mehr Schmerz könne sie eine raschere Genesung erzwingen.

Sie hat die Stadt wahrhaftig königlich beschenkt, hat ihr eine große Wandelhalle gestiftet, ein glanzvolles Bade-Etablissement. Heute abend wird der Bürgermeister ein zweites Mal bei ihr vorsprechen. Sie weiß, warum. Griechenland rühmt ihre leidenschaftliche Neigung für griechische Kultur. Sie ist die einzige Frau, der die Stadt einen Ehrenbogen errichtet hat. Jetzt, hofft man, wird sie bei Titus der Stadt und der Provinz die Rechte und Privilegien neu erwirken, die Kaiser Nero erteilt und Vespasian annulliert hat. Berenike ist geneigt, sich für diese Wünsche einzusetzen, sie freut sich, daß man mit solcher Sicherheit in ihr die künftige Kaiserin sieht; aber nicht ohne Sorge denkt sie daran, daß sie sich bei der Audienz heute abend ein zweites Mal wird zusammenraffen und repräsentieren müssen. Sie kann zwar die Reden der Herren sitzend anhören, aber dann, wenn sie erwidert, muß sie aufstehen und eine geraume Zeit stehen bleiben. Disziplin. Damals, unmittelbar bevor Titus nach Jerusalem aufbrach, bei dem großen Abschiedsbankett in Alexandrien, hatte Titus von römischer Disziplin gesprochen; es waren Worte, die ihm tief aus dem Innern kamen, und sie hat ihn sehr geliebt für diese Worte. Nun hat sie Gelegenheit, Disziplin zu zeigen. Bis jetzt, glaubt sie, hat sie sich nicht schlecht gehalten.

Drei Wochen noch, das ist das Äußerste, länger kann sie die Reise nach Rom nicht hinauszögern. „Werden wir es schaffen, Strato", wendet sie sich an den Arzt, zum fünfzigstenmal, „in drei Wochen?" Und „Ja, Hoheit", erklärt zum fünfzigstenmal der Arzt. „Sie werden es schaffen, auch mit der Hälfte Ihrer Energie."

Man ist zu Ende mit der Massage. Der Arzt Strato mit Hilfe der Kammerfrau umwickelt das geschwollene, verdickte, zerbrochene Bein mit Kräutern und Verbänden, dann läßt er Berenike und ihren Bruder allein. Sie liegt auf dem Ruhebett in dem grünlichen, von Wasserdunst erfüllten Raum, sie liegt nackt, sie bewegt den kranken Fuß mechanisch auf und ab, sie hat sich gewöhnt, zu trainieren, immerzu, allen Abmahnungen zum Trotz.

Aber nun, nach der ungeheuren Anspannung, die die Zeremonie von ihr verlangte, und vor der neuen Anspannung, die die Audienz von ihr verlangen wird, überkommt sie trotz allem eine große Schlaffheit. Vor ihrem Bruder darf sie sich gehenlassen, sich ausschütten, klagen. Kraftlos liegt sie, schließt die Augen, violett verfälteln sich unter den dünn rasierten Brauen die Lider. Sie sieht ihren Bruder nicht, aber sie spürt, wie er auf sie schaut, still, eins mit ihr, der Mensch, der sie am meisten auf der Erde liebt. Und ganz leise, im Aramäisch ihrer frühen Jahre, spricht sie zu ihm, zusammenhanglos, aber sie weiß, er kennt die Zusammenhänge, sie muß es heraussagen, das endlos oft Gedachte, sie muß jammern, klagen, Gott und die Welt anklagen, wie sinnlos man mit ihr umgesprungen ist. „O Agrippa, o mein Bruder", jammert sie, „warum mußte der Gouverneur diese Jagd für mich veranstalten? Wenn einer mein Freund ist, dann doch dieser Tiber Alexander. Und warum mußte er mir dieses verdammte Pferd Saxo geben? Warum mußte mir dieser läppische Unfall zustoßen? Sag es mir, mein Bruder, erklär es mir. Ich werde verrückt darüber. Als der Alte starb, da war ich so sicher, ich werde die zweite Esther sein. Du selber hast mich nicht mehr Nikion genannt, sondern immer nur Esther. Jetzt hast du mich lange nicht mehr Esther genannt.

Ja, ich weiß schon, es war Glück im Unglück, und alle haben getan, was sie vermochten. Es war ein Glück, daß ich auf der Jagd den Schmerz verbeißen konnte. Es ist ein Glück, daß nur neun Leute um den Unfall wissen und daß sie zuverlässig sind, alle neun. Tiber Alexander wird nichts verraten, es ist nicht in seinem Interesse, und die andern sind von uns abhängig, ich weiß es, und du hast ihnen klargemacht, daß sie Freiheit haben werden und Reichtum, wenn sie bis zum Ende mitspielen, und daß sie dir nicht entgehen können und erledigt werden, wenn sie das nicht tun. Auch die Idee mit dem Gelübde war eine gesegnete Idee von dir. Du bist mein kluger Bruder, und du kennst die Welt. Ja, ja, es wird gut hinausgehen, es muß gut hinausgehen, sag es mir noch einmal, sag es mir oft.

Aber wenn du es mir noch so oft sagst und wenn ich selber es mir sage, der Wurm bleibt doch und bohrt in mir. Es wird nicht gut hinausgehen. Es ist eine Strafe, und man kann sich ihr nicht entziehen. Wir wollten Griechen sein, und wir wollten Juden sein, und das geht nicht. Jahve erlaubt es nicht. Wir wollten zuviel, wir waren zu hochmütig. Es ist eine einzige Sünde, die die griechischen Götter genauso strafen wie Jahve, das ist der Hochmut, die Hybris, und wir haben sie begangen, und das ist die Strafe.

Ja, Titus hat mich geliebt, und er liebt mich noch. Aber selbst wenn es mir glückt, selbst wenn ich jede äußere Spur verwischen kann und nicht hinke, wird nicht jenes Unaussprechliche weg sein, um dessentwillen sie meinen Gang rühmten? Ja, sag es mir noch einmal, sag es mir hundertmal, es ist nicht wegen meines Ganges, daß Titus mich liebt. Aber, frag dich selbst, ist es nicht immer eine läppische Kleinigkeit, die einen Mann anzieht, und wenn sie nicht mehr da ist, selbst wenn er es nicht merkt, ist dann nicht der ganze Zauber fort? O Agrippa, o mein Bruder, es ist vergebens. Alles, was wir tun, und wenn du es noch so klug ausgesonnen hast, ist vergeblich. Es ist unser Hochmut, und es ist die Strafe."

Drei Stunden später aber, als sie Bürgermeister und Magistrat der Stadt Athen empfing, war sie strahlend und königlich wie je. Und die Stadt Athen freute sich, daß die künftige Kaiserin ihren Delegierten soviel Huld erwies.

Der Prinz Domitian zeigte seinem Freund Marull den Fortgang der Bauten, die er auf der Domäne von Albanum aufführte. Die Villa mit ihren zahlreichen Nebengebäuden, das Theater, die in den See vorgeschobenen Pavillons. Die Architekten Grovius und Rabirius führten, großes Gefolge war da, der Intendant des Prinzen, der Obergärtner, dazu Silen, ein dicker, behaarter Zwerg, den der Prinz um seines grotesken, erschreckenden Aussehens willen für teures Geld gekauft hatte und der mit hoher Fistelstimme bösartige Witze vorbrachte.

Seitdem Bübchen die Erfahrung gemacht hatte, daß er von Titus Geld in jeder Menge haben konnte, setzte er seiner verschwenderischen Laune keine Grenzen mehr. Was er baute, sollte den Staatsbauten seines Bruders nicht nachstehen. Hier die Villa gar war für Lucia bestimmt, und was war kostbar genug, für Lucia den rechten Rahmen zu bilden? Der Spleen des Prinzen trieb seine Architekten und Ingenieure dazu an, immer neue Überraschungen zu ersinnen, barocke Maschinen, um nach Belieben die Wände eines Saales zurückweichen, die Decke verschwinden zu lassen, auf daß alles ringsum sich jeder wechselnden Laune Lucias anpasse. In den Wüsten Afrikas, in den Steppen und Dschungeln Asiens jagte man, um seine Gärten, Lucias Gärten, mit merkwürdigem, schauerlichem und groteskem Getier anzufüllen.

Es war heiß, der Rundgang war ermüdend. Marull war froh, als man zu Ende war und in einem kleinen, dämmerigen Saal Eisgetränke serviert bekam. Domitian bat seinen Freund um ein ehrliches Urteil. Der hielt auch nicht zurück und wog Lob und Tadel gemessen ab. Er hatte Verständnis für den finstern, großartigen Humor des Prinzen, so plump sich dessen Launen manchmal auswirkten. Er hatte sich ursprünglich aus äußeren Gründen dem Domitian genähert: er wollte, nachdem Vespasian ihn aus dem Senat ausgestoßen hatte, sich an dem Kaiser dadurch rächen, daß er sich seinem unlieben Sohn befreundete. Allmählich aber, so scharf Marull alle Mängel des Prinzen sah, war aus dieser äußeren Verknüpfung beinahe etwas wie wahre Freundschaft geworden.

Als Bübchen ihm seine neuen Bauten mit soviel Beflissenheit vorführte, hatte Marull gleich geahnt, daß der Prinz mehr von ihm wollte als bloße Begutachtung. Bald zeigte sich, daß seine Vermutung richtig war. Domitian brauchte seine Hilfe zur Ausführung einer originellen Idee. Er wollte nämlich zur Eröffnung des zur Villa gehörigen Theaters eine Posse spielen, in der die Eroberung einer östlichen, barbarischen Provinz durch die Makedonier gezeigt werden sollte. „Und?" fragte aufmerksam Marull, den Prinzen aus seinen scharfen, hellblauen Augen durch den blickschärfenden Smaragd musternd. Domitians Gesicht rötete sich leicht, die aufgeworfene Oberlippe dehnte sich zu einem bösartigen Lächeln. „Es soll natürlich", sagte er, „kein verstaubtes, historisches Theater sein, sondern die aktuellen Beziehungen sollen, auch ohne starke Unterstreichung, sofort jedermann deutlich werden. Wenn Sie mir zum Beispiel, lieber Marull, Ihren Adjutanten Johann von Gischala für die Aufführung ausborgen wollten, dann würde mein Brüderchen ohne weiteres merken, worum es geht."

Marull klopfte nachdenklich mit seinem eleganten Bettelstab den Boden. Er hatte alles durchkostet, was der verwöhnteste Mann der Epoche ausschmecken kann, er war ausgekältet. Sensationen mußten, wenn sie ihm Spaß machen sollten, sehr abgelegen sein. Vielleicht war der einzige Mensch, an dem ihm wirklich lag, eben jener Johann von Gischala, sein Leibeigener. Dieser Johann war im judäischen Krieg Feldherr gewesen, neben dem Kommandanten Simon Bar Giora die bedeutendste jüdische Figur des Krieges; er hatte die Bauern Galiläas in den Krieg getrieben, sie angeführt. Den Simon Bar Giora hatte man ans Kreuz geschlagen, den Johann von Gischala hatte er, Marull, um sehr viel Geld und mit Aufbietung all seiner Beziehungen aus der Beute erworben. Er verwendete ihn jetzt als ständigen Begleiter; Johann hatte, gestützt auf sein ausgezeichnetes Gedächtnis, ihm die Namen und Eigenschaften der Begegnenden zuzuflüstern, deren sich Marull selber nicht entsinnen konnte. Aber es war nicht um seines Gedächtnisses willen, daß Marull an dem Manne hing. Er wollte, der Stoiker, in ihm ein Symbol des Schicksals um sich haben, des mächtigen, unentrinnbaren, mit höchster Einsicht begabten und unverständlichen, ein Symbol menschlicher Größe und menschlichen Sturzes, eine stete, ironische Mahnung.

Wie jetzt der Prinz ihn aufforderte, ihm den Johann für seine Aufführung auszuborgen, zögerte er. Er hatte, was ihm an menschlicher Wärme geblieben war, an diesen Johann gehängt. Zuerst hatte er sich nur einen Spaß mit Bedeutung machen wollen, er hatte erwartet, Johann werde nach soviel hartem und großem Erleben finster und pathetisch sein, erfüllt von dunkler Menschenverachtung. Aber nichts dergleichen. Johann legte trotz seines ausgezeichneten Gedächtnisses eine merkwürdige Fähigkeit an den Tag, seine eigene Vergangenheit restlos zu verdauen. Er hatte alle seine Intensität in den jüdischen Feldzug gesteckt, hatte Zehntausende in den Tod geschickt, sein eigenes Leben unzählige Male aufs Spiel gesetzt, hatte Schicksal ausgeteilt und Schicksal erlitten. War neben Simon Bar Giora im Triumphzug aufgeführt, gegeißelt, in die Gewalt des Marull überstellt worden. Damit war für ihn der jüdische Feldzug aus, sein Pathos vorbei. Das Unternehmen war mißglückt, er hatte seine Folgen auf sich genommen, hatte es liquidiert. Die Geschehnisse waren abgetan, Schluß damit, es beginnt eine neue Existenz.

Nur diesen einfachen, dürren Bestand, nichts anderes, Interessanteres konnte Marull aus Johann herausholen, wenn er ihn auf noch so kluge und behutsame Art auszuforschen suchte. Zuerst hatte Marull geglaubt, der Mann wolle ihn auf irgendeine verschmitzte Art hereinlegen. Aber immer deutlicher zeigte sich, daß die Haltung des Johann aufrichtig war.

So pathetisch den Römern die Motive des Krieges schienen, dieser Hauptanstifter hatte ihn wirklich nicht aus pathetischen Gründen angezettelt. Johann von Gischala war ein kleiner, galiläischer Landedelmann gewesen. Er hing an seinem Gut, er hatte den starken Erwerbsinn des Bauern, er wollte sein Öl mit gutem Gewinn verkaufen, sein Terrain vergrößern und fand es unerträglich, daß diese Römer übers Meer herkamen und sich in seine Geschäfte mischten. Dagegen mußte etwas geschehen, dagegen mußte man aufbegehren, dagegen mußte man, wenn es nötig war, Krieg anfangen. Man hatte Krieg angefangen, Johann war gegen seinen Willen ins Pathetische hineingerissen worden, hatte, wie er selber glaubte und hunderttausend andere glauben machte, Krieg geführt für Jahve gegen Jupiter. Nun war der Krieg mißglückt, und im Grunde war der verstandesklare Mensch froh, seines Pathos wieder ledig zu sein. Er hatte die Erfahrung gemacht, daß der Krieg nicht das rechte Mittel war, die Dinge ins Gleis zu bringen. Folglich muß man eine andere Methode suchen. Seine nächste Aufgabe jedenfalls war, wieder zu Terrain und zu gut verkäuflichem Öl zu kommen.

Diese Haltung, dem Marull vollkommen fremd, gefiel ihm gerade wegen dieser Fremdheit. Er gewann den Mann auf seine Art lieb. Oft spielte er mit dem Gedanken, ihn freizulassen, aber er fürchtete, der sehr gewandte Johann werde dann Mittel finden, nach seinem Galiläa zurückzukehren, und ihm für immer entschwinden. Johann war dem Marull mehr geworden als eine snobistische Attrappe, er sah geradezu einen Freund in ihm und wollte ihn ungern verlieren.

Wie jetzt Domitian mit seinem Ansinnen herausrückte, bewegte den Marull Zwiespältiges. Den Feldherrn eines Krieges in einer Parodie auf diesen Krieg auftreten zu lassen, das konnte an sich ein guter Spaß sein, aber der Parodierte mußte der Sieger sein, nicht der Besiegte. Der jüdische Krieg war in Wahrheit alles eher als ein Spaß gewesen, es war wohlfeil, ihn zehn Jahre nach erfochtenem Sieg zu verulken. Marull hatte nichts dawider, wenn einer den Menschen ihre Schwächen auf bissige, kränkende Art vorhielt. Aber die Juden hatten sich tapfer gehalten, man traf sie nicht, wenn man ihren Krieg lächerlich machte. Seine jüdischen Freunde, Flavius Josephus, Demetrius Liban, Johann von Gischala selber, mochten den Witz mit Recht als frostig empfinden, das ganze Unternehmen als platt, einfältig.

Er machte also höfliche Ausflüchte. Gewiß war die Idee des Prinzen ausgezeichnet, aber war sie würdig der großen Gelegenheit? Roch sie nicht ein bißchen nach Atelierscherz?

Gerade das Zögern des Marull reizte den Domitian. Er ersah daraus nur, daß sein Projekt sehr verwegen war. Auch lockte es ihn, den Marull zu etwas zu zwingen, was der nicht wollte. Selber oft gedemütigt, hatte er Freude daran, andere zu demütigen. Marull war von ihm abhängig. Der Gegner des Vespasian, sein Freund, war notwendig auch der Feind des Titus, und somit war seine wichtigste Stütze er, Domitian. Der Prinz also, verbindlich und bösartig, bestand auf seinem Willen. Sein Theater in Albanum sollte Lucias würdig sein, sollte alle andern Theater des Reichs schlagen. Wenn sein Projekt etwas vom Atelierscherz an sich habe, wie sein guter und kritischer Freund Marull scharf, doch vielleicht nicht mit Unrecht anzumerken beliebe, so schade das nichts. Das Theater soll kein Haus für die große Masse werden. Ihm, Domitian, liege daran, das Lachen der Lucia zu hören. Dazu brauche er den Johann von Gischala.

Er ließ nicht locker. Es blieb dem Marull nach einigem Hin und Her nichts übrig, als zuzustimmen. Einen Vorbehalt freilich machte er. Johann von Gischala sei hintergründig. Man könne einen Menschen zwingen, zu sterben, aber nicht, eine Rolle zu spielen.

Auf dem Weg nach Rom ärgerte er sich, daß er sich von Domitian das Versprechen hatte abringen lassen. Ist die Demütigung der ohnmächtigen Juden, wie Bübchen sie plant, nicht viel witzloser als etwa jener Ringkampf mit der Spartanerin, dessenthalb Vespasian ihn aus dem Senat gestoßen hat? Diese Bauern, die Flavier, sind in Wahrheit Parvenüs, Domitian nicht weniger als der Alte. Dem Alten hat er widerstanden, er hat keine Furcht, aber er spürt jetzt, daß der Junge gefährlicher ist. Er hätte sich nicht so tief mit ihm einlassen sollen.

Doch nun ist es einmal soweit, er kann nicht zurück. Angenehm wird die Unterredung mit Johann von Gischala nicht werden.

Marull drückt denn auch lange herum, bevor er zur Sache kommt. Er spricht auf die übliche, mokante Art über Angelegenheiten des römischen Terrainmarkts. Die Preise, infolge des großen Brandes, ziehen weiter an. Johann hat für alles, was mit Fragen des Terrains zu tun hat, ungewöhnliches Verständnis, er hat einen Riecher dafür, welche Gegend man im Rom der Zukunft als Wohnviertel bevorzugen wird: den Norden nämlich. Ruhig sitzt er da, streicht seinen Knebelbart und belegt diese seine Meinung mit vielen guten Gründen. Aber er hat Witterung nicht nur für die Terrainverhältnisse, sondern er merkt auch, daß dem Marull heute andere Dinge am Herzen liegen. Er beschaut ihn aus seinen kleinen, listigen Augen, ist auf der Hut.

Endlich bricht Marull das Gespräch über die Terrains ab und setzt ihm in nüchternen Worten auseinander, was der Prinz von ihm will. Er selber finde den Spaß nicht sehr tief, schließt er, und er finde es eine starke Zumutung des Prinzen an ihn, den Marull. Johann wisse nun aber, wie Bübchen sei, und kenne seine eigene, des Marull, Lage. Es sei sehr wohl denkbar, daß andere Freiheitsführer in der Situation des Johann es vorzögen, sich oder den Prinzen umzubringen. Wobei wahrscheinlich nur das erstere gelänge. Johann indes sei klug und frei von unvernünftigem Pathos. Darum habe er ihm die Sache ohne Umschweife mitgeteilt. „Wir kennen uns, mein Johann“, schloß er, „du weißt, daß du mir mehr bist als ein guter Adjutant. Ob du ein guter Schauspieler bist, daran zweifle ich. Ich halte es für einen blöden Witz, dich dazu verwenden zu wollen. Ich brauche dir nicht zu sagen, wie zuwider mir das Ganze ist.“

Johann hat, während Marull spricht, alles, was er damals im Kriege erlebt hat, vor sich gesehen, mit seinen listigen, unbestechlichen Bauernaugen. Die Kämpfe in Galiläa. Die Scheußlichkeiten des belagerten Jerusalem, dieser wüsten, stinkenden Kloake, die wenige Monate zuvor die schönste Stadt der Welt gewesen war. Die üble Nebenbuhlerschaft mit Simon Bar Giora. Wie sie sich herumgestritten hatten, er und Simon, gleich Hähnen, die, mit den Füßen aneinandergebunden, zum Abschlachten geführt werden und immer noch einer nach dem andern krallen und mit dem Schnabel hauen. Jenes Abendmahl, da er die letzten zum Opferdienst bestimmten Lämmer genommen und gegessen und den Priester gezwungen hat, die Knochen abzunagen. Und jetzt also soll er das alles und sich selber verulken, in einer Posse, den Römern zum Spaß.

Aufmerksam schaut er dem Marull auf den dünnen Mund, läßt ihn ganz zu Ende reden. Dann, ohne Zögern, sagt er: „Schön, ich mache es. Aber ich stelle eine Bedingung. Sie geben mir endlich die Freiheit, und Sie geben mir hunderttausend Sesterzien für die Erwerbung von Terrains im Norden. Die Rolle ist nicht leicht", fügt er hinzu, und jetzt lächelt er sogar. „Demetrius Liban hätte mindestens zweihunderttausend verlangt."

Denn als er sich die Bilder des belagerten Jerusalem ins Gedächtnis zurückrief, hat er das nicht etwa mit Erhebung getan oder mit Grimm, sondern mit Genugtuung. Ja, Genugtuung füllte ihn an, immer steigende, darüber, daß er all dieses Scheußliche nicht umsonst durchgemacht hat, daß es ihm vielmehr jetzt das Mittel neuen Aufstiegs sein soll. Und noch während Marull sprach, hat er schon anderes gesehen, sich selber nämlich als Freigelassenen in einem Büro in Rom, wo er Grundstücksgeschäfte tätigt und Geld verdient, um sich in Galiläa neues Öl und neues Terrain zu erwerben. Denn als Bauer ist er geboren, und sein Leben wäre gut, wenn er seinen Rest als Bauer verbringen und als Bauer in Galiläa sterben könnte.

Marull war überrascht, wie Johann so schnell zustimmte. Er hat ihn wahrhaftig unterschätzt, diesen Johann. Er hat geglaubt, er sei nichts weiter als ein Nationalheld: und nun erweist er sich als ein vernünftiger Mann. „Schön", sagt er, „einverstanden. Aber fünfzigtausend genügen auch für den Anfang."

Domitian, den Brief in der Hand, in dem ihm Marull die Zustimmung Johanns mitteilte, lief zu Lucia. Sie war dabei, Toilette zu machen. Friseur und Zofen bemühten sich, ihre Haare in zahllosen Locken zu einem kunstvollen Turm aufzubauen. Domitian war froh erregt. Das hübsche Gesicht gerötet, stellte er sich groß vor der geliebten Frau auf, den einen Arm eckig nach hinten, in der andern den Brief. Sein dicker, behaarter Zwerg Silen war grotesk hinter ihm einhergewatschelt, er bemühte sich, den Arm eckig hinter seinem Buckel zu halten, seinen Herrn nachahmend. Der Prinz sprach schnell und wichtig, er achtete nicht darauf, daß seine Stimme sich überschlug, auch die zahlreichen Leibeigenen kümmerten ihn nicht, sie waren Hunde für ihn. Er dachte, die lustige Lucia werde an seinem Plan so viel Spaß haben wie er selber, er wartete auf ihr lautes, fröhliches Lachen. In seinem Innern hoffte er, nachdem er sich ihr zu Gefallen so erfinderisch angestrengt habe, werde sie ihn endlich einmal wieder die Narbe unter ihrer linken Brust küssen lassen. „Und dieser Jude wird es machen", schloß er triumphierend. „Soeben schreibt mir Marull, daß er es machen wird. Der Walfisch muß kommen zu der Einweihung. Er kann nicht anders, ohne dich und mich auf den Tod zu kränken. Stell dir sein Gesicht vor, wenn er das sehen wird." Und er lachte sein hohes, sich überschlagendes Lachen, in das die Fistelstimme des Zwerges stürmisch meckernd einstimmte.

Lucia hatte sich ihm zugewandt. Erst hatten Friseur und Zofen an ihrem Lockenturm weitergearbeitet, aber sehr bald merkten sie, daß die harmlose Morgenvisite sich in eine böse Auseinandersetzung zu verwandeln drohte, und zogen sich ängstlich mit ihren Utensilien in die Ecke zurück. Lucia hatte ihr heftiges Gesicht mit jähem Ruck dem Prinzen ganz zugewandt, so daß das halb vollendete Gebäu ihrer Frisur einstürzte. Nein, ihr mißfiel die Idee Bübchens aufs äußerste. „Bist du verrückt geworden?" fuhr sie ihn schroff an. „Ich verstehe nicht, wie Marull sich zu einer so plumpen, läppischen Sache hergeben kann." Sie dachte an den Juden Josef, und was sie bei diesem über Johann gelesen hatte. Ihre großen, weit auseinanderstehenden Augen schauten zornig, abschätzig auf ihren Gatten.

Domitian begriff nicht, was sie an seinem Projekt mißbilligte. Für einen kleinen Moment kam ihm das Zögern des Marull ins Gedächtnis. Der hatte von einem Atelierspaß gesprochen. War das nur ein freundlicheres Wort gewesen für „Geschmacklosigkeit" oder „Plumpheit"? Nein, seine Idee war gut, Lucia war einfach schlechter Laune. Alle hatten sich wieder einmal zusammengetan, um ihm die Freude zu verderben. Der Zwerg Silen war nach vorn gekommen, das groteske Gesicht voll von blöder Hoffart, den stolzen Zorn Lucias parodierend. Mit einem Fußtritt stieß ihn der Prinz in die Ecke. Aber dann, sogleich wieder, fand er zu seiner gewohnten Höflichkeit zurück. Stark gerötet, doch mit verbindlichem, fast zustimmendem Lächeln sagte er: „Sie sind heute ungnädig, Prinzessin. Vielleicht haben Sie nur halb hingehört auf das, was ich Ihnen erzählte. Es scheint auch, daß Ihre Leibeigenen ungeschickt mit Ihrer Frisur umgingen. Sie sollten sie vielleicht strenger halten. Jetzt wollen wir von anderem sprechen, und Sie erlauben, daß ich Ihnen meine Idee später einmal in Ruhe auseinandersetze." Aber Lucia, heftig und gerade, wie sie war, trug keinen Anstand, ihn vor den Leibeigenen weiter zu demütigen. „Gib dir keine Mühe, Bübchen", sagte sie schroff. „Pökle dir deine abgeschmackte Idee ein, bis du jemanden findest, dem sie gefällt. Ich werde nicht nach Albanum kommen, wenn dort irgend etwas von dem gespielt wird, was du da erwähnt hast."

Domitian schwitzte. Er dachte nicht daran, seinen Plan aufzugeben, aber er hielt es für klug, Lucia zu nehmen, wie sie nun einmal war. Er setzte sich, er schwatzte höflich und beflissen Belangloses. Rief sogar den Zwerg aus seiner Ecke und wies ihn an, sich weiter zu betätigen. Lucia aber blieb einsilbig und sagte ihm schließlich kurzerhand, sie sei heute nicht in der Laune für ihn und wäre ihm verbunden, wenn er sie und ihre Leute ihre Toilette in Ruhe beenden ließe. Domitian nahm das wohl oder übel für einen Scherz und zog höflich und in guter Haltung ab.

Lucia aber wußte, daß er nicht so leicht von einer Sache abzubringen war, die er sich einmal in den Kopf gesetzt hatte. Sie war gutmütig, und sie mochte ihr Bübchen gerne leiden. Sie nahm sich vor, ihn auch gegen seinen Willen vor der Blamage zu bewahren.

Schon wenige Tage später, am vierten September, bei der Eröffnung der großen vierzehntägigen Spiele im Theater des zweiten Bezirks, fand sie Gelegenheit, ihren Vorsatz auszuführen. Sie war in der kaiserlichen Loge. Titus schien frisch und besonders gut gelaunt. Er hatte nicht mehr den trüben, verschwommenen Blick der früheren Wochen, vielmehr sah er sie an mit Augen, die sahen, und wenn er sprach, dann war in seiner Stimme jenes leise Schmettern seiner besten Zeit. Sie hatte des Domitian Treibereien gegen Titus nie gebilligt; sie war lebenslustig, glanzsüchtig, aber aus viel zu großer Familie, um ehrgeizig zu sein. Auch spürte sie aus den Beziehungen des Titus zu Berenike die echte Leidenschaft, und die Zähigkeit dieser Neigung imponierte ihr. Es war das erstemal, daß sie ihren Schwager seit seiner Veränderung traf, er gefiel ihr, es war wahrhaftig nichts mehr vom Walfisch an ihm, und sie beschloß, das geschmacklose, tükkische Projekt des Domitian jetzt schon in der Wurzel zunichte zu machen.

Es war, als ob Titus ihre Gedanken erraten hätte. Denn in der Pause fragte er sie, wie es denn nun mit ihrer Villa in Albanum voranginge und ob man bald mit der Eröffnung ihres Theaters rechnen könne. Sie schaute aus ihren großen, weit auseinanderstehenden Augen gerade in seine trüberen, harten, engen und sagte, es liege nicht am Bau, wenn man das Theater nicht so bald eröffne, vielmehr bestünden noch Meinungsdifferenzen zwischen ihr und Bübchen, was man da eigentlich spielen solle. Und sie erzählte unbekümmert Bübchens Projekt.

Titus schaute sie aufmerksam an, meinte, das sei interessant, dankte ihr, lächelte. Sie gefiel ihm, sie war in Wahrheit die Tochter des Feldmarschalls Corbulo, der so groß und froh zu leben und so groß und furchtlos zu sterben gewußt hatte. Er wunderte sich, daß Bübchen sie hatte gewinnen können und sie halten konnte, er beneidete ihn. Er beneidete sie um die Selbstverständlichkeit ihrer Handlungen, um ihre Kraft, um ihr strotzendes Römertum.

Auf der Bühne ging das Spiel weiter. Titus schaute Lucia, seine Nachbarin, von der Seite an. Diese und ihr Geschlecht sind nicht wie er und die Seinen durch tausend Wenn und Aber gehemmt. Sie sind ihre eigenen Richter, die Meinung der Welt ist ihnen gleichgültig. Sie lieben das Leben, sie fürchten nicht den Tod, und gerade darum können sie es genießen. Sie hatte die Unterredung mit ihm offenbar wieder vergessen, mit ganzer Anteilnahme folgte sie dem Spiel der Bühne. Wäre nicht Berenike, diese Frau wäre noch die einzige, die ihn reizte. Die Ärzte hatten ihm gesagt, er habe ein für allemal die Fähigkeit verloren, einen Sohn zu zeugen. Er versank in sich, grübelte, träumte. Er sah die Wange der Frau, den Arm mit der Hand, in die sie die Wange gestützt hatte. Eine leise, wahnsinnige Hoffnung stieg in ihm hoch, diese Frau könnte ihm vielleicht trotz des Spruches der Ärzte einen Sohn gebären.

Zwei Tage darauf ließ sich zu seiner Überraschung Domitian bei ihm melden. Bübchen gab sich höflich, geradezu unterwürfig. Es war wohl, nahm Titus an, das verunglückte Theaterprojekt und die Mißbilligung der Lucia, die den sonst so ungebärdigen Bruder heute so klein machten. Er selber, Titus, strahlte, er fühlte sich frisch, in guter Form, die Ankunft Berenikes stand bevor, und daß jetzt der Bruder so gedemütigt zu ihm kam, hob ihn noch mehr.

Freilich zeigte sich bald, daß der Prinz nicht etwa nur aus Schuldbewußtsein gekommen war. Behutsam nämlich, aber dem Titus deutlich erkennbar, steuerte er auf ein bestimmtes Ziel los. Immer wieder lenkte er das Gespräch auf ein Gesetz, das der Kaiser vor wenigen Tagen im Senat hatte beschließen lassen und das die Strafen gegen die falschen Anzeigen wegen Majestätsbeleidigung erheblich verschärfte. Offensichtlich machte sich der Prinz Sorgen über die Anwendung und Auswirkung dieses Gesetzes. Wieso aber, das blieb Titus fürs erste unklar.

Er selber hatte das Gesetz erlassen, weil in Rom die Stimmen nicht zum Schweigen kamen, die in dem Brand ein Zeichen sahen, wie sehr der Himmel seine Verbindung mit Berenike mißbillige. Es galt so, den Massen zu beweisen, wie fromm und mild er war. Das neue Gesetz war ein gutes Mittel. Die Verfahren wegen Majestätsbeleidigung waren verhaßt, die Ankläger verachtet. Indem Titus die Strafandrohungen gegen falsche Denunzianten verschärfte, schmeichelte er den Massen und ehrte die Götter.

Sehr ernst freilich nahmen weder der Hof noch die Gerichte diese Verschärfung der Gesetze. Die Strafen für Majestätsverbrechen waren außerordentlich hart, Tod, Verbannung, in jedem Falle aber Vermögenskonfiskation. Um diese Vermögenskonfiskation ging es; denn die im Verlauf solcher Verfahren konfiszierten Gelder und Güter bildeten einen wesentlichen Teil der Einnahmen der staatlichen und der kaiserlichen Kassen. Wer eine Anzeige erstattete, die zur Verurteilung des Angeschuldigten führte, erhielt einen hohen Anteil der konfiszierten Güter. Titus und seine Minister rechneten damit, daß infolge dieser hohen Belohnungen trotz der scharfen Strafandrohungen nach wie vor viele Anzeigen erfolgen würden.

Er spielte mit Bübchen, gab ihm auf seine Anmerkungen zu dem Gesetz nur beiläufige Antworten, lenkte ab, schwatzte munter über dies und jenes. Bübchen aber kam gewandt auf vielen Wegen immer wieder auf das Edikt gegen die Denunzianten zurück, so daß Titus sich immer gespannter fragte, was er denn eigentlich wolle.

Endlich nannte Domitian einen Namen, den Namen Junius Marull. Er nannte ihn behutsam, obenhin. Allein sowie dieser Name einmal gefallen war, sah Titus mit einemmal klar. Er lächelte still, grimmig, befriedigt. Da hatte er sich, und noch dazu ohne daß er es beabsichtigte, eine brauchbare Waffe gegen Bübchens Anmaßung geschaffen.

Dem Senator Marull nämlich war seine Ausstoßung aus dem Senat geschäftlich gut bekommen, er hatte sich für den sozialen Abstieg durch einen ungeheuern wirtschaftlichen Aufschwung entschädigt. Solange er Senator war, war es ihm verboten gewesen, Anzeigen zu erstatten. Nach seinem Ausschluß konnte er es sich erlauben, den und jenen seiner früheren Kollegen des Majestätsverbrechens zu zeihen. Er war ein gewiegter Jurist, ein ausgezeichneter Redner, er stillte seinen unersättlichen wirtschaftlichen Appetit. Neun Anzeigen hatte er erstattet; saftige Anzeigen. Der um die Mehrung des Staatsschatzes und seines eigenen stets besorgte Vespasian war ihm nicht in den Arm gefallen, und die Prozesse hatten zur Vergrößerung des wirtschaftlichen Ansehens sowohl Vespasians wie seines Gegners Marull viel beigetragen. In einem einzigen Fall, einem geringfügigen, hatte Vespasian, um das Prestige zu wahren, den Beschuldigten freisprechen lassen; aber unter dem ökonomischen Kaiser waren die Strafen gegen falsche Denunzianten mild gewesen, Marull war mit einer Geldbuße davongekommen.

Als jetzt das neue Edikt so scharfe Strafen gegen die Anzeiger festsetzte, hatte Marull, spürsinnig, wie er war, sogleich bedacht, daß der Kaiser bei einigem schlechten Willen, ohne eine neue Vorlage im Senat einzubringen, dem Gesetz Rückwirkung verleihen und es gegen ihn ausdeuten lassen konnte. Wie er das dem Domitian mitteilte, beiläufig übrigens, wie es sich für einen Stoiker schickte, elegant und sorglos, festigte sich in dem immer finsteren und mißtrauischen Prinzen sogleich die Überzeugung, des Titus einziger Zweck bei der Einbringung des Gesetzes sei gewesen, den Marull zu treffen, seinen Freund Marull.

Er war dem Marull ehrlich freund, wenn er es auch nicht lassen konnte, ihn manchmal zu quälen. Gerade jetzt, beim Scheitern des Theaterprojekts, war ihm wieder bewußt geworden, daß es auf der ganzen Welt nur drei Menschen gab, an denen er hing. Lucia, Annius, Marull. Hätte ein anderer ihn auf so brüske Art verraten wie jetzt Lucia, er hätte ihn in den Tod gehaßt und verfolgt: sie liebte er für ihren Verrat nur um so mehr. Hätte ein anderer sein Projekt verblümt als plump gescholten und einen feineren Geschmack zu zeigen gewagt als er selber, er hätte das diesem andern niemals verziehen: Marull liebte er darum um so mehr.

Wie jetzt Marull ihm von der Gefahr sprach, in die das neue Gesetz ihn brachte, hatte er sogleich beschlossen, den

Freund vor den Intrigen des Bruders zu retten. Ohne Marull etwas davon zu sagen, war er zum Walfisch gegangen.

Der hatte mit keinem leisesten Gedanken daran gedacht, das Gesetz gegen Marull anzuwenden. Wie er aber jetzt Bübchens Ängste merkte, war er schlau genug, ihn nicht zu beruhigen. Mit keinem Wort sprach er von Marull. Wohl aber erwähnte er beiläufig, seine Berater seien sich noch nicht schlüssig geworden, ob man nicht vielleicht das Gesetz gegen die falschen Anzeiger auch auf die Vergangenheit ausdehnen solle. Domitian meinte, das sei nicht ratsam, man müßte dann wohl gegen einige sehr angesehene Männer vorgehen, denen die staatlichen und die kaiserlichen Kassen viel verdankten; man tue nicht gut daran, diese alten, dem Ansehen der Dynastie nicht förderlichen Geschichten aufzuwärmen. Das war ein etwas laues Argument. Bübchen wußte das selber, und als Titus leichthin erwiderte, es sei freundlich von ihm, daß er sich soviel Sorgen um die Minderung seiner Popularität mache, wußte er nichts mehr zu erwidern und zog verstimmt ab, die gewohnte Höflichkeit mühsam wahrend.

Senator Marull stand vor dem schweren Problem, ob er den Johann von Gischala wirklich aus der Leibeigenschaft freilassen sollte, wie er es ihm anläßlich des peinlichen Theaterprojekts Bübchens in Aussicht gestellt hatte. Niemand natürlich konnte ihn zwingen, sein Versprechen zu halten, und der kluge Galiläer war auch beherrscht genug, ihn nicht daran zu erinnern. Aber Johann war dem Marull nicht ein Leibeigener im gemeinen Sinn, und wenn die menschliche Bindung zwischen ihnen beiden nicht reißen sollte, konnte er ihn nicht auf immer in diesem unwürdigen Stand belassen. Dazu kam ein anderes. Wenn auch Marull an eine unmittelbare Gefahr nicht glaubte, so konnte immerhin bei den seltsamen Beziehungen zwischen Titus und Domitian den Walfisch plötzlich einmal die Laune ankommen, ihn mit Hilfe des Gesetzes gegen die Denunzianten zu verschlucken, und es wäre ärgerlich, wenn dann Johann in die Hand eines Irgendwer fiele. Marull beschloß also, seinen Johann freizulassen.

Vorher aber wollte er sich mit seiner Hilfe noch einen Spaß

machen. Marull, in letzter Zeit an den Zähnen und infolgedessen an zunehmender Menschenfeindschaft leidend, fand, Josephus wiege sich seit seiner großen Ehrung in besonders satter Selbstzufriedenheit, und Liban war ihm von jeher wichtigmacherisch erschienen. Er beschloß, seinen beiden hochmütigen Freunden einmal eine Lehre zu erteilen, und da er wußte, daß sie annahmen, sie selber und ihre Tätigkeit in Rom seien der Anlaß des jüdischen Krieges gewesen, hielt er seinen in die tiefsten Tiefen gefallenen Leibeigenen für den rechten Mann, dieses Geschäft zu besorgen.

Er bat also Josef und Liban zusammen mit Claudius Regin und einigen andern zu Gast. Der Schauspieler machte ihm sein Vorhaben leicht. Kaum nämlich hatte Marull, nach dem Essen, vom jüdischen Krieg und seinen Ursachen zu sprechen angefangen, da begann Demetrius auf seine gewohnte, unterstrichen schlichte und darum um so bedeutungsvollere Manier, sich in Meditationen zu ergehen, wie seltsam Jahve und das Schicksal mit den Menschen spiele; man könnte mit dem Dichter sagen, „gleichwie der Wind mit Tropfen Wassers spielt auf breiten Blättern". Damals, als er den „Juden Apella" aufführte, hatte er da nicht geglaubt, der gesamten Judenheit einen Dienst zu erweisen, und hatte er nicht, wie der hier anwesende Doktor Josef bezeugen könne, gerade dadurch die Entscheidung in der Frage von Cäsarea und somit den Ausbruch des Krieges herbeigeführt? Josef schwieg. Es war ihm nicht lieb, an jene Episode erinnert zu werden. Allein Marull forderte ihn auf: „Legen Sie Zeugnis ab, mein Josef, wie unser Demetrius will. Waren wirklich Sie und er die Ursache des Krieges?" – „Der unmittelbare Anlaß wohl", zuckte Josef die Achseln, ein wenig verärgert.

„Und was meinst *du*, mein Johann?" wandte sich plötzlich Marull an den Galiläer, der bescheiden unter den Aufwartenden in einer Ecke stand. Demetrius und Josef sahen unmutig hoch. Marull wußte doch, daß seit Beginn des jüdischen Krieges zwischen Johann und Josef bittere Feindschaft war, und was den Schauspieler anlangte, so war dem der Galiläer von jeher unsympathisch gewesen. Ein Nationalheld hatte pathetisch auszuschauen, romantisch, interessant. Es war ihm, dem großen Schauspieler, vorbehalten, daraus mit Hilfe eines witzigen Denkspiels das Gegenteil zu machen. Und nun erdreistete sich dieser Johann, das zu sein, was er selber, Demetrius, allenfalls zu spielen vorhatte. Es war eine derbe Unhöflichkeit von Marull, einen solchen Mann, einen Leibeigenen obendrein, als Zeugen wider einen Josef und einen Demetrius aufzurufen.

Johann näherte sich auf bescheidene Art. „Was soll ich?" fragte er höflich. „Du hast gehört", sagte Marull, „was unsere Freunde Flavius Josephus und Demetrius Liban über den Ursprung des jüdischen Krieges denken. Du warst an diesem Krieg nicht unbeteiligt, mein Johann. Willst du uns nicht sagen, was *du* dazu meinst?"

„Wenn hier der große Schauspieler Demetrius Liban erklärt", meinte sachlich Johann, „der Streit um einige Sitze im Magistrat von Cäsarea sei die Ursache des Krieges gewesen, so behaupten die Doktoren von Jabne, die Sünden Israels trügen die Schuld, und die jüdischen Nationalisten sagen, die Übergriffe der römischen Gouverneure. Die ‚Gläubigen' wieder, die sogenannten Minäer oder Christen, sind der Ansicht, schuld am Kriege und seinem Ausgang sei ein Prozeß gegen einen gewissen falschen Messias. Sie sehen, meine Herren, die Meinungen sind geteilt." Er verstummte, strich nachdenklich seinen kurzen Knebelbart und schaute wieder bescheiden aus seinen grauen, verschmitzten Augen der Reihe nach über die Gesichter seiner Hörer. „Auch unser Flavius Josephus", sagte liebenswürdig Marull, „führt in seinem berühmten Buch eine ganze Reihe patriotischer und religiöser Motive an. Aber", munterte er den Bescheidenen auf, „was meinst *du*, mein Johann?" – „Ich meine", sagte Johann und schaute dem Josef gerade und voll ins Gesicht, „im Grunde sind die Ursachen des Krieges viel einfachere und viel tiefere."

Josef hatte beschlossen, sich an dieser unwürdigen Debatte mit seinem alten Feind Johann nicht zu beteiligen; dennoch, wider seinen Willen, riß es ihm jetzt den Mund auf. „Was sind denn das für geheimnisvolle Ursachen?" fragte er hochmütig, bösartig.

„Das will ich Ihnen sagen, Doktor Josef", erwiderte friedfertig Johann, „freilich lieber aramäisch. Wir beide sprechen ja das Aramäische besser und haben uns oft auf gut aramäisch unterhalten. Aber wir wären dann wohl unhöflich gegen die andern Herren, meine ich. Also, schlecht und lateinisch. Ich selber habe zu Anfang des Krieges seine Ursachen nicht besser gekannt als Sie, vielleicht auch habe ich sie nicht kennen wollen. Jedenfalls habe ich meinen Bauern, als ich sie in den Krieg hetzte, um sie in Stimmung zu bringen, genauso wie Sie tausendmal vorgeredet, daß es ein Krieg Jahves gegen Jupiter sei, und ich habe es auch geglaubt. Ich war, wie Sie schreiben, einer der Anstifter und Führer, ich habe den ganzen Krieg mitgemacht, ich war oft und abermals nahe daran, umzukommen. Dann wäre ich sonderbarerweise verreckt, ohne recht zu wissen, worum eigentlich dieser Krieg ging."

„Und jetzt wissen Sie es?" fragte immer mit der gleichen bösartigen Kälte Josef.

„Ja", erwiderte ruhig, fast freundlich Johann von Gischala. „Nach dem Krieg, im Dienst dieses milden Senators Marull, hatte ich Zeit, es mir zu überlegen. Und ich habe es auch herausbekommen." – „Los endlich", ermunterte ihn Marull. „Es ging damals", fuhr Johann fort, „nicht um Jahve und nicht um Jupiter: es ging um den Preis des Öls, des Weins, des Korns und der Feigen. Hätte eure Tempelaristokratie in Jerusalem", wandte er sich mit freundlicher Belehrung an Josef, „nicht so gemeine Steuern auf unsere mageren Produkte gelegt, und hätte Ihre Regierung in Rom", wandte er sich ebenso freundlich-sachlich an Marull, „uns nicht so niederträchtige Zölle und Abgaben aufgebrummt, dann wären Jahve und Jupiter noch lange ausgezeichnet miteinander ausgekommen. Hier in Rom konnte der Liter Falernerwein für fünfeinhalb Sesterzien verkauft werden, wir mußten unseren Wein für dreiviertel Sesterzien verschleudern und davon fast noch einen halben Sesterz Steuern abgeben. Wenn man sich das nicht klarmacht und wenn man nicht unsere Vorkriegspreise für Korn mit denen hier in Italien vergleicht, dann weiß man von den Ursachen des Kriegs, auf gut galiläisch, einen Dreck. Ich habe Ihr Buch sehr aufmerksam gelesen, Doktor Josef: Preise und Wirtschaftsziffern habe ich keine darin gefunden. Lassen Sie mich, einen einfachen Bauern, Ihnen sagen: Ihr Buch mag ein Kunstwerk sein, aber wenn man es gelesen hat, weiß man über das Warum und Wieso des Krieges keinen Deut mehr als vorher. Das Wichtigste haben Sie nämlich leider ausgelassen."

Regin hatte sich erhoben; seinen Becher in der Hand – er trank den Wein wegen seines schlechten Magens gewärmt –, ging er auf und ab, manchmal einen unartikulierten Brummlaut ausstoßend, der nach Zustimmung klang. Josef, um seine Gleichgültigkeit zu zeigen, kaute unhöflich an einem Stück Konfekt. Liban hatte eine hochmütig ironische Miene aufgesetzt, Marull eine ergötzte. Niemand sprach, alle warteten sie gespannt, was Johann weiter sagen werde.

„Ich halte Judäa", fuhr der scheinbar ohne Zusammenhang fort, „für ein gutes, gesundes Land und seine Lehre für etwas Großes, Herrliches, wohl wert, daß man sie verteidige. Ich meine nicht den unsichtbaren Gott und die großen Reden der Propheten. Das ist sicher etwas Erhabenes, aber doch mehr eine Sache für unseren Doktor Josef. Für mich sind das Beste an der Lehre die Agrargesetze, vor allem die über die Brachlegung der Äcker in jedem siebenten Jahr. Das sind eminent gescheite Vorschriften, und es ist nur schade, daß sie von der Habsucht der Jerusalemer Aristokratie so oft sabotiert wurden", meinte er anzüglich, gegen Josef gewandt.

„Ich glaube", wandte er sich wieder an die andern, „dieses unser Siebenjahr wird sein gut Teil dazu beitragen, Rom kleinzukriegen. Sie erlauben mir, Senator Marull, daß ich meine bäurische Meinung gerade heraussage. ‚Die Besiegten diktieren den Siegern ihre Gesetze', immer wieder zitiert ihr entrüstet diesen Spruch eures Seneca. Unser Doktor Josef will das durch den Geist bewerkstelligen, höre ich. Das sind Wolkenschlösser. Aber mittels der Konkurrenz unserer Landwirtschaft, scheint mir, werden wir euch in nicht allzu ferner Zeit wirklich Gesetze diktieren können, und recht spürbare. Die Landwirtschaft Italiens ist nämlich auf dem Hund, Senator Marull. Ihr importiert und stapelt aus politischen Gründen, um das Getreide unentgeltlich oder zu sehr billigen Preisen an die Bevölkerung zu liefern, so viel Korn in Rom, daß ihr die Getreidewirtschaft Italiens ein für allemal unrentabel gemacht habt. Dafür habt ihr euch auf hochwertige Weine spezialisiert. Ursprünglich war diese Planwirtschaft nicht übel, sie war sogar großartig. Jetzt aber ist der Markt für eure Weine längst zu klein geworden. Afrika hat Überproduktion an Wein, Spanien deckt jetzt schon achtzig Prozent seines Bedarfs aus eigenen Erzeugnissen, Gallien vierzig, halb Asien beliefern wir Juden, bald werden wir es ganz beliefern. Glauben Sie, ihr könnt von dem Weinbedarf Englands und der beiden deutschen Provinzen leben? Überall sonst habt ihr kräftig zugegriffen. Aber an dieses Problem wagt ihr euch seit hundert Jahren nicht heran. Jetzt ist es zu spät, die Landwirtschaft Italiens umzustellen, und lebensfähig halten könnt ihr sie auch nicht länger. Nicht am griechischen Geist und nicht am jüdischen und nicht an den Barbaren wird Rom kaputtgehen, sondern am Zusammenbruch seiner Landwirtschaft. Das sage ich Ihnen, Senator Marull, Johann von Gischala, Bauer aus Galiläa. Denn von der Terrainspekulation und der Weltherrschaft allein kann man auf die Dauer nicht leben. Es geht nicht ohne eine vernünftig organisierte Landwirtschaft. Womit ich gegen den Kunstwert Ihres Buches nichts gesagt haben möchte", schloß er trocken, sich höflich an Josef wendend.

„Sind Ihre Gesichtspunkte nicht ein bißchen sehr agrarisch?" fragte Demetrius, da Josef schwieg. Es war nur ein ganz leiser Hohn in seiner Stimme, aber er hatte während der Rede Johanns Zeit gehabt, diesen Hohn gut zu präparieren, so daß aus ihm die ganze Verachtung des Idealisten für den rohen Materialismus des Erdenmenschen herausklang. „Wir Galiläer", erklärte friedfertig Johann, „sind überzeugte Bauern. Die klugen Herren in Jerusalem", lächelte er, „ersetzten denn auch das Wort Dummkopf durch das Wort Bauernvolk oder Galiläer."

Alle schauten auf Josef, was der wohl erwidern werde. Aber Josef blieb seinem Vorsatz treu und erwiderte nichts. Die Einwände des Johann waren lächerlich, wirkliche Bauerneinwände, die Einwände einer Schildkröte gegen einen Adler. Getreidepreise, Weinpreise, Ölpreise. Davon soll Politik abhängen, davon sollen Kriege herrühren? Oh, er hätte dem Johann schon herausgeben können. Wollen Sie vielleicht auch, hätte er ihm sagen können, den Auszug aus Ägypten, die Wanderung durch die Wüste, die Errichtung der Reiche Juda und Israel, die Kämpfe mit Babel, Assur und Hellas aus den Brot- und Weinpreisen erklären? Aber er bezwang sich und schwieg. Er hatte bessere Gelegenheit, seine Meinung darzutun. In seiner „Jüdischen Universalgeschichte" wird es darum gehen, immer wieder Ursachen und Folgen aufzuzeigen, und gerade da wird er erweisen, daß, was die Schicksale der Nationen geformt hat, immer Gedanken waren, religiöse Ideen, Geistiges. Preise, Statistiken, dachte er. Ich habe die Entstehung des Krieges aus der Entwicklung eines ganzen Jahrhunderts erklärt, nicht aus ein paar zufälligen Ziffern. Sind Preise und Statistiken in den historischen Büchern der Bibel? Sind Preise und Statistiken bei Homer? Der Narr der, der Bauerntölpel, der Galiläer. Was will er denn? Jahve hat doch längst gegen ihn entschieden. Siebenundsiebzig sind es, die haben das Ohr der Welt, und ich bin einer von ihnen. Wessen Ohr aber hat der da? Marull will sich einen Spaß machen, darum läßt er ihn mit seinen Ziffern gegen mich los. Ich denke nicht daran, dem Römer darauf hereinzufallen.

Leise bohrend aber, gegen seinen Willen, stieg in ihm die Erinnerung hoch, daß Justus von Tiberias in den wenigen, schmalen Bänden seiner Geschichtswerke Preise und Statistiken genannt hatte.

Demetrius Liban mittlerweile ärgerte sich, daß die Aufmerksamkeit so ganz von ihm abgeglitten war. Nicht dazu hat er sich bezichtigt, an der Zerstörung des Tempels schuld zu sein, um dem Johann Gelegenheit zu einem langen, agrarökonomischen Vortrag zu geben. Was glaubt dieser Mensch? Will er sein Galiläa hierherverpflanzen? Hier hat man Gott sei Dank noch immer Sinn für Kunst, und die Betonung eines Wortes durch den Schauspieler Demetrius Liban interessiert die Römer immer noch mehr als die Ölpreise sämtlicher Provinzen.

Da Josef schwieg und auch Liban nichts zu sagen wußte, meinte schließlich nachdenklich mit seiner hellen, fetten Stimme Claudius Regin: „Schade, daß Sie kein Schriftsteller sind, Johann von Gischala. Mit diesen Ihren Ansichten ließe sich ein höchst lesenswertes Buch schreiben."

Zwei Wochen später erschienen Senator Marull, Claudius Regin und der Leibeigene Johann von Gischala in der großen Julischen Halle, vor einer der Kammern des Hundertmännergerichts. Die Lanze war aufgepflanzt, das Zeichen der Besitzergreifung, denn diese Gerichtshöfe entschieden ausschließlich über Zivilstreitigkeiten.

Die Formen der Verhandlung waren sehr feierlich, der Präsident des Gerichtshofes selber amtierte, einer der achtzehn Großrichter des Reichs, und die Liktoren walteten in voller Amtstracht, ausgestattet mit Beilen und Rutenbündeln. Aber in seltsamem Gegensatz zu dieser Feierlichkeit stand die Fülle der gleichzeitig verhandelten Prozesse. Acht Kammern tagten in der *einen* großen Halle, nur durch Vorhänge voneinander getrennt, so daß man da und dort die verschiedenen Verhandlungen gleichzeitig hörte.

Sehr bald wurden die Parteien des Scheinprozesses „Claudius Regin gegen Junius Marull" aufgerufen.

Regin rührte mit der verlängerten Hand, das heißt mit einem kleinen Stab, die Schulter des Johann und sagte die Formel: „Ich nehme diesen Mann als Freien in Anspruch." Der Richter fragte den Marull: „Haben Sie dagegen etwas einzuwenden?" Marull schwieg. Daraufhin rührte der Liktor mit der verlängerten Hand die Schulter des Johann und sagte: „Man nimmt diesen Mann als einen Freien in Anspruch. Hat jemand dagegen etwas einzuwenden?" Und Marull schwieg abermals. Daraufhin erklärte der Richter: „So trete ich dem Freiheitsanspruch bei und erkläre diesen Mann für einen Freien nach Römischem Recht."

Nachdem dieser Akt vollzogen war, sagte Marull mit etwas fatalem Grinsen zu Johann: „So, mein Johann, und jetzt gebe ich dir fünfzigtausend Sesterzien, und wenn es fünfhunderttausend sind, dann kannst du meinethalb nach Judäa gehen." Johann sagte: „Geben Sie mir zehntausend, und lassen Sie mich gehen, wenn es hunderttausend sind."

Claudius Regin hörte aufmerksam zu.

Marull sagte sich, es sei vielleicht nicht klug gewesen, daß er dieses Gespräch in Gegenwart des Verlegers begonnen hatte. Aber nun blieb ihm nichts übrig, als ja zu sagen.

Titus, nach den Mühen, die die Regierungsübernahme und die große Brandkatastrophe ihm gebracht hatten, fuhr, nur in Begleitung seines Arztes Valens, nach seinem Landgut bei Cosa, um sich eine kurze Rast zu gönnen.

Die Rast wurde kürzer, als er beabsichtigt hatte. Schon nach den ersten Tagen traf aus der Stadt neue Unglücksbotschaft ein. Die Epidemie, die in Ägypten und in Sizilien so viele Opfer gefordert, hatte nun, gerade noch am Ende des Sommers, die Stadt Rom erreicht. Für den gestrigen Tag meldete der Gesundheitsdienst einhundertachtzehn Todesfälle. „Müssen wir nicht zurück nach Rom, mein Valens?" fragte Titus seinen Arzt und Vertrauten.

Valens verneinte. Er führte viele Gründe an. Die Epidemie kam ihm nicht gelegen. Er ist ein großer Diagnostiker, aber für die Seuche braucht man keinen Diagnostiker, sie tritt so auf, daß jedes Kind die Symptome im ersten Augenblick erkennt. Nein, in Rom ist jetzt nicht viel Ansehen für ihn zu holen. Die Stadt ist sowieso geneigt, ägyptische, jüdische und griechische Ärzte vorzuziehen. Daß die Griechen und Ägypter auf dem Gebiet der Seuchenbekämpfung mehr Erfahrungen haben als er, ist unbestreitbar.

Der Leibarzt Valens ist ein kalter, müder Mann, ein Realist. Er hat erreicht, was er erreichen kann, hat zahllose Anhänger, hat eine neue Schule gegründet. Leicht hat man ihm seine Karriere nicht gemacht. Er wäre trotz seiner neuen Methoden nicht hochgekommen, wenn er nicht ein paar Damen der Aristokratie in einigen kritischen Fällen mit Erfolg zum Abort verholfen hätte. Auch dann war es nicht ganz einfach gewesen. Wohl hatte er die höchsten Honorare in Rom erzielt, aber noch Jahre hindurch nahm man ihn nicht für voll, und gewisse hochnäsige jüdische und griechische Kollegen behandelten ihn ganz offen als Scharlatan. Erst als Titus ihn zu seinem Leibarzt machte, hatte das Gerede aufgehört. Jetzt hatte er Geld und Ruhm und war überdies der Vertraute des

Titus. Mitregent in einem gewissen Sinn. Er war auf dem Gipfel.

Wer aber einmal so hoch geklettert ist, hat es schwer, sich zu halten. Ist nicht schon ein kleiner Abstieg da? Es war mit Titus in den letzten Wochen eine Veränderung vorgegangen, die für den Arzt Valens einen Erfolg, für den Menschen Valens aber eine Gefahr bedeutete. Titus war frischer, selbständiger geworden, drohte ihm zu entgleiten. Jetzt kam noch diese Seuche hinzu, die gewisse andere sicher zum Anlaß benutzten, sich in den Vordergrund zu drängen.

Schon am nächsten Tag mußte Valens erfahren, daß seine Befürchtungen nicht grundlos waren. Als nämlich Claudius Regin eintraf, beriet der Kaiser lange mit ihm, ohne Valens zuzuziehen. Es wurden aber an diesem Tage dreihundertdreiundvierzig Tote gemeldet, den Tag darauf über vierhundert. Es war eine andere Art von Seuche als die bisher beobachtete, sie trat nicht mit schwarzen Beulen auf, sondern mit starken Durchfällen und einer erschreckenden Durchkältung der Haut sowie des ganzen Körpers. Die jüdischen und griechischen Ärzte rühmten sich, in einigen Fällen Heilung erzielt zu haben. Auch wandten sie neue Präventivmethoden an, anscheinend mit Erfolg. Valens war erbittert.

Viele der Wohlhabenden, trotzdem sie jetzt, zu Ende des Sommers, gerade erst von ihren Landgütern zurückgekehrt waren, verließen die Stadt aufs neue. Titus, gegen den Rat der Ärzte, kehrte in die Stadt zurück. Claudius Regin hatte ihm vorgestellt, daß er, nachdem seine Gegner das Auftreten der Seuche als ein neues Zeichen der Götter gegen ihn ausbeuteten, jetzt erst recht zeigen müsse, ein wie guter Vater er seinen Römern sei.

In der Stadt erreichte ihn ein Schreiben der Berenike. Sie fand, es sei nicht gut, ihre Wiedervereinigung zu feiern, solange die Epidemie in Rom wüte. Sie hoffe, daß die Seuche schon in zwei oder drei Wochen derart eingedämmt sein werde, daß sie kommen könne. Des Titus erster Gedanke, als ihn die Nachricht vom Auftreten der Epidemie erreichte, war gewesen, daß er nun noch länger auf Berenike werde zu warten haben. Jetzt fragte er sich, ob er ihr nicht nach Griechenland entgegenfahren solle. Allein schon im nächsten Augenblick verwarf er diesen Plan. Er war seiner sicher, er war Berenikes sicher, er wollte vor seinen Römern nicht feig erscheinen. Die Seuche war ein gutes Omen, sie gab ihm Gelegenheit, sich zu bewähren.

Es erwies sich auch, daß die Römer ihm diesmal sein Verhalten hoch anrechneten; ja, sie fanden, daß seit der Ankunft des Walfischs die Seuche abnahm.

Dorion hatte, sowie das erste Geflüster über die Seuche sie erreichte, dem Josef vorgeschlagen, die Stadt zu verlassen; denn trotz der Anwesenheit des Kaisers flüchtete jetzt, wer immer es sich leisten konnte. Die Villa bei Albanum war nicht fertig, aber zur Not konnte man dort hausen, und man wird ja ohnedies die meiste Zeit im Freien verbringen. Josef fand es vernünftig, daß sie mit dem Jungen aus dem verseuchten Rom fortwollte. Aber er haßte die Villa bei Albanum, er schlug vor, nach Campanien zu gehen. Sie beharrte, es kam zu heftigen Worten, und es zeigte sich, daß ihre Versöhnung Flickwerk gewesen war. Schließlich erklärte er, er fühle sich sicher in der Hand seines Gottes, und blieb in Rom, während sie mit Paulus und Phineas nach Albanum ging.

Es lag schwer auf Dorion, daß sie mit ihrem Vater in Unfrieden war. Sie liebte ihren Mann Josef heißer, aber die Bindung mit ihrem Vater war gleichmäßiger; mit ihm verstand sie sich, mit Josef verstand sie sich nicht. Sie dachte daran, Fabull trotz des Zerwürfnisses aufzusuchen, ihn nochmals kindlich zu bitten, ihren Lieblingswunsch zu erfüllen, das Haus bei Albanum auszumalen. Hier in dem verseuchten Rom konnte er jetzt doch nicht bleiben.

Schon hatte sie Weisung gegeben, die Sänfte bereitzustellen, da klangen ihr die gemeinen, niedrigen Worte von neuem hoch, die er gegen Josef gesagt hatte. Nein, sie konnte nicht zu ihm gehen. Sie selber durfte Josef beschimpfen, sie durfte ihn auch vor Dritten lästern, sie, aber niemand sonst, auch ihr Vater nicht. Sie versuchte gleichwohl, sich zu überwinden. Sie liebte doch ihren Vater, und zwischen ihr und Josef wurde es immer schlimmer: wie soll sie leben, ohne mit ihrem Vater ausgesöhnt zu sein? Sie befahl ihren Füßen, zu gehen, aber sie gingen nicht. Sie fuhr nach Albanum, ohne ihren Vater gesehen zu haben.

Es war schön in Albanum. Die Berge schwangen sich in edlen Linien, das Meer lag weit und groß, und lieblich der See, die Luft atmete sich leicht. Auch der Bau ging gut voran, und sie gab mit Lust immer neue Weisungen. Aber die Wände blieben leer, sie brachte es nicht über sich, einem andern den Auftrag zu geben, sie zu bemalen, so gute Leute der Architekt Grovius ihr vorschlug. Sie sah die leeren Wände, und es nagte an ihr, daß sie leer waren.

Josef blieb in Rom. Was er gesagt hatte, war wahr. Er war wirklich ganz angefüllt mit hochfahrender, fatalistischer Sicherheit. Die Seuche konnte ihm nichts anhaben. Verschwunden aber war jene Zuversicht, daß es zwischen ihm und Dorion wieder gut werde. Dorion gleitet fort von ihm, alle seine Macht über sie ist fort. Er hat sich vor ihr gedemütigt, hat auf seinen Sohn Paulus verzichtet, hat sie ihre Villa in Albanum bauen lassen. Aber es nützt nichts, er kommt so nicht weiter, sie will alles oder nichts. Er kann sie nur halten, wenn er sich vollends ihrem Willen fügt und sich selber aufgibt.

Er ging in diesen Tagen oft in die Subura, zu Mara, zu seinem Sohne Simeon. Er hatte sie aufgefordert, Rom zu verlassen, aber sie war von Galiläa her gewohnt, Epidemien fatalistisch hinzunehmen. Sie wollte bleiben, wo Josef war; heimlich freute sie sich, daß sie infolge der Seuche Gelegenheit hatte, Josef öfter zu sehen. Fast immer jetzt trug sie ihre geflochtenen, parfümierten Sandalen; sie wollte in feiertäglicher Bereitschaft für ihn sein.

Josef saß in dem behaglichen Raum, den der Glasfabrikant Alexas ihr überlassen hatte. Selbst jetzt, während der Seuche, war die Subura so voll von Verkehr, daß der Lärm bis in das Zimmer drang. Josef las oder schwatzte ein weniges mit Mara, oder er beschäftigte sich mit Simeon-Janiki, seinem jüdischen Sohn. Infolge der Seuche konnte sich Simeon nicht auf den Straßen herumtreiben wie sonst; hatte Mara nicht Grund, die Seuche wirklich für ein Geschenk des Himmels zu halten? Er war vielmehr, um Ansteckung zu vermeiden, gezwungen, sich zu Hause zu halten, und er befaßte sich wohl oder übel mehr mit Büchern. Josef brachte ihm den „Jüdischen Krieg". Es war die aramäische Version, die ursprüngliche, die weniger Kompromisse machte als die griechische. Den Simeon interessierte das Buch, er war ein geweckter Junge, und den Josef rührte Reue und Bitterkeit, wenn er merkte, wie sein kleiner Sohn sich immer wieder den Kopf zerbrach über Stellen, die Josef aus politischen Gründen lückenhaft und undurchsichtig gefaßt hatte. In seinem Innern übrigens haderte er bei solchen Anlässen oft mit Johann von Gischala und Justus von Tiberias und verspottete sie wegen ihrer Wirtschaftsziffern und Statistiken.

Mara saß still und zufrieden dabei, wenn ihr Herr Josef mit dem Knaben, den sie ihm geboren hatte, über sein Buch redete. Der Großdoktor Jochanan Ben Sakkai war ein heiliger Mann gewesen, Jahve hat aus ihm gesprochen.

Was Simeon-Janiki im „Jüdischen Krieg" am brennendsten interessierte, war die Beschreibung von militärischen Dingen, insbesondere von Kriegswerkzeugen. Die Artillerie, die Belagerungsmachinen, die Geschütze, die Widder, die Katapulte und Ballisten, davon konnte er nicht genug hören. Stämmig saß er dem Vater gegenüber, aufmerksam aus dem eirunden Gesicht schauten seine schnellen Augen, unermüdlich fragte er nach jedem Detail. Sehr bald wußte er genau den Unterschied zwischen einem Oxybol und einem Petrobol, zwischen einem Geradspanner, einem Euthyton, und einem Winkelspanner, einem Palyton. Er wußte, wie ein Geschütz konstruiert wird, dessen Spanner nur einmal zwischen den Spannbolzen hinläuft, und eines, dessen Nerv nach dem ersten Umlauf wieder denselben Weg zwischen den Spannbolzen zurücklegt. So interessiert war er an diesen Dingen, daß er, seine Schreibfaulheit überwindend, sich das Wichtigste notierte und der Mutter mehrmals laut vorlas, um es ja zu behalten. Und Mara freute sich ihres klugen Sohnes.

In dem Müßiggang dieser Seuchenwochen entstand im Kopf des Knaben Simeon ein verschmitzter Plan. Josef hatte ihm von einem sehr wirksamen Geschütz der Juden erzählt, einem Katapult, genannt „Die Große Deborah". Es war offenbar ein genial konstruiertes Geschütz gewesen; der Erfinder hatte den verblüffenden Einfall gehabt, die waagrechte Welle am hintern Ende der Geschoßführung durch einen Flaschenzug mit der Bogensehne zu verbinden. Die Geschoßlänge dieser Kriegsmaschine betrug 1,36, ihr Geschoßdurchmesser 0,148, ihre Tragweite 458,20 Meter. Simeon wollte nun die erzwungene Muße der langweiligen Wochen, die ihn ans Haus fesselten, dazu benutzen, ein Modell dieser „Großen Deborah" anzufertigen, obendrein mit einer Verbesserung: eine Art Handspeiche sollte es ermöglichen, die Bogensehne mühelos und sehr schnell bis zum Abzug zurückzuwinden. Mit diesem Modell wollte er seinen Vater überraschen.

Als er aber an die Ausführung ging, mußte er erkennen, daß er mit zwei Händen nicht auskam, daß zumindest vier Hände notwendig waren. Er vertraute sich seiner Mutter an, sie half ihm nach Kräften, aber ihre Beflissenheit nützte wenig; Frauen waren eben für so männliche Angelegenheiten nicht zu brauchen. Seinen Freund hätte er dahaben müssen, seinen Kameraden Constans.

Der aber hatte sich seit dem Ausbruch der Epidemie nicht mehr sehen lassen. Da man dem Simeon eingeschärft hatte, wegen der Ansteckungsgefahr so wenig wie möglich mit andern zusammenzukommen, hatte wohl sein Freund Constans ähnliche Weisung erhalten. Allein jetzt, da es um die „Große Deborah" ging, fand Simeon diese Ängstlichkeit übertrieben und machte sich auf den Weg, seinen Kameraden zu besuchen. Der Mutter, die ihn zurückhalten wollte, sagte er, er müsse sich Schnitzholz für sein Modell besorgen.

Doch im Haus des Freundes hatte er ein böses Erlebnis. Des Constans Vater nämlich, der Hauptmann Lucrio, hatte während seiner Dienstzeit in der Armee ein paar unangenehme Epidemien miterlebt, seine Leute waren gestorben wie Fliegen an kalten Tagen, er war, als jetzt die Seuche in Rom ausbrach, nervös geworden. Seine Mittel erlaubten ihm nicht, die Stadt zu verlassen; aber in seiner Wohnung wenigstens traf er alle Vorsichtsmaßnahmen. Er opferte zweimal täglich auf dem kleinen Hausaltar, hielt ständig ein mit Essig getränktes Tuch vor die Nase, verbrannte Sandelholz, um durch den Rauch die Ansteckungskeime zu vertreiben, vermied alles, was die Götter reizen könnte, und hatte seinem Sohn Constans den Verkehr mit Simeon streng untersagt, damit der sich nicht durch den Umgang mit einem Juden, einem Gottlosen, beflecke. Voll Schrecken und Zorn also wich der Hauptmann, sowie er den Simeon kommen sah, vor dem erstaunten Knaben zurück und überschüttete ihn mit wüsten Schimpfreden. Er solle sich scheren, er verpeste mit seinem Atem die Luft und mache jeden aussätzig, der in seine Nähe komme. Seine alte Judensau – er meinte Berenike, aber das begriff Simeon nicht – sei schuld an der ganzen Seuche, und wenn er sich nicht verziehe, und das mit der Schnelligkeit eines gehetzten Hasen, dann werde er, der Hauptmann Lucrio, ihn kunstgerecht zu Ragout verarbeiten. Simeon zog ab, seine Verblüffung war fast noch größer als seine Scham und sein Zorn.

Weder dem Vater noch der Mutter sprach er von dem seltsamen Benehmen des Hauptmanns. Das war eine Sache zwischen ihm und diesem. Aber um so beflissener dachte er über den Hauptmann nach, seine Wut und seine Worte. Lucrio war ein barscher Herr, das wußte er, er hatte auch früher schon gelegentlich judenfeindliche Äußerungen getan. Allein Simeon war nicht nachträgerisch, er selber pflegte viel und heftig zu schimpfen. Zudem stellte er als kluger, welterfahrener Junge in Rechnung, daß Lucrio wohl infolge der Seuche nervös war. Immerhin, einen gewissen Stolz hat man, und niemand läßt sich gerne sagen, er verpeste die Luft und verbreite Aussatz. Simeon entschloß sich, den Hauptmann nach den Gründen zu fragen, die ihn zu so ehrenrührigen Reden veranlaßten. Freilich wird er das erst dann tun, wenn die Seuche vorbei und der Hauptmann wieder trätabel ist.

Übrigens führte sein Besuch im Hause des Freundes trotz des soldatischen Zornausbruchs des Lucrio zum Ziel. Kamerad Constans nämlich als anständiger Bursche und guter Freund schämte sich der Haltung seines Vaters. Schon während der Alte auf Simeon eingeschimpft, hatte er ihm, rot und hilflos danebenstehend, hinter dem Rücken des Vaters beschwichtigende Gesten gemacht. Nach zwei Tagen bewerkstelligte er es, sich verstohlen bei Simeon einzufinden. Mara verfügte nicht über den kräftigen Wortschatz des Hauptmanns Lucrio, aber sie war, als Constans auftauchte, nicht minder entsetzt als der Hauptmann beim Erscheinen des Simeon. Simeon indes, als die Mutter den ersehnten Freund, nun er endlich da war, hinausweisen wollte, schimpfte und fluchte dermaßen, daß es Hauptmann Lucrio nicht hätte besser können. Vor allem gebrauchte er mehrmals das Fluchwort „Beim Herkel", eine von ihm selber erfundene Abkürzung der Beteuerungsformel „Beim Herkules". Er wußte, daß er die Mutter durch die Anrufung des monströsen, heidnischen Gottes auf das äußerste erschrecken werde, und sie verstummte denn auch sogleich und zog sich zurück.

Constans, als sie endlich allein waren, drückte herum, versuchte, seinen Vater zu entschuldigen, ihn zu rechtfertigen. Simeon fand es nicht an der Zeit, Constans etwas von den Gedanken mitzuteilen, die er sich über den Hauptmann Lucrio in diesen zwei Tagen gemacht hatte, er war froh, den Freund dazuhaben, und ihm ging es jetzt vor allem um die „Große Deborah". So schnitt er denn die Reden des Constans kurz ab und erzählte ihm von seinem Plan. Constans, froh, daß Simeon ihn die Haltung seines Vaters nicht entgelten ließ, machte sich mit Feuer ans Werk, und sie kamen flott voran.

Constans stellte sich bald ein zweites Mal ein. Von da an saßen die beiden Knaben zum Entsetzen der Mara immer häufiger zusammen, angespornt von der Schwierigkeit und der Heimlichkeit ihres Unternehmens, und während sich ringsum die Stadt in Angst wegen der Seuche und in Gebeten verzehrte, bastelten sie an ihrer „Großen Deborah".

Mara wurde gequält von Zweifeln, ob sie Josef nichts von diesen Besuchen mitteilen solle. Aber sie konnte das ihrem Janiki nicht antun. Auch hob es ihr Herz, daß sie gewissermaßen eine Mitverschworene ihres Sohnes war. Still saß sie dabei, wenn Simeon den Vater auf vorsichtige, umwegige Art über die Konstruktion der „Großen Deborah" ausholte, und sie konnte sich nur schwer beherrschen, dem Sohne nicht manchmal einverständnisvoll zuzublinzeln.

Josef merkte nichts von der Heimlichkeit der beiden. Er

kam oft in die Subura, und ihm gefiel sein jüdischer Sohn. Der war ein netter, geweckter Junge, freilich sehr gebunden ans Sinnlich-Materielle. Aber Josef wendete nicht allzuviel Gedanken an ihn. Immer wieder, während er mit ihm schwatzte, stellte er sich seinen Sohn Paulus vor, wie der auf den Hügeln bei Albanum einherfuhr, auf seinem Ziegengespann, schlank, blaßbraun, hochmütig. Er beantwortete geduldig die Fragen seines Sohnes Simeon, er beschaute das runde, klare, zufriedene Gesicht der Mara, und er liebte seinen Sohn Paulus sehr.

Der Maler Fabull sah sich infolge des Brandes und der gesteigerten Bautätigkeit mit Aufträgen überschüttet. Er arbeitete. Wenn er nicht arbeitete, wartete er auf seine Tochter, stellte sich vor, wie sie kommen und ihm Abbitte leisten werde, und dieses Warten zehrte an dem verschlossenen, hochmütigen Mann. Sie wußte, wie sehr er sie liebte, sie liebte ihn, sie wird kommen. Er wartete. Arbeitete immer wilder, um nicht warten zu müssen.

Die Seuche kümmerte ihn nicht. Es schien ihm undenkbar, daß sie ihn erreichen könnte, ehe er sein großes Bild gemalt und sich mit seinem lieben Kinde ausgesöhnt hätte. Er arbeitete. Er zog sich peinlich korrekt an wie stets, er malte nur im Galakleid. Er malte oder er wartete auf seine Tochter. So vergingen ihm die Tage und die Nächte. Noch ging die Sonne früh auf und spät unter, er konnte lange malen.

Jetzt war auch der Riesenbau der Neuen Bäder so weit gefördert, daß er mit seinem großen Fresko beginnen konnte, mit den „Versäumten Gelegenheiten". Jahre hindurch hatte er sich mit diesem Gemälde beschäftigt. Er hatte davon geträumt, es für sein Kind zu malen, und es verdroß ihn tief, daß das nun nicht sein sollte. Aber der Künstler in ihm verhehlte sich nicht, daß die Proportionen der Halle, die es jetzt auszumalen galt, günstiger waren, als irgendein Privatbau sie ihm bieten konnte. Mit verbissenem Eifer machte er sich an die Aufgabe. „Die versäumten Gelegenheiten" werden ein gutes Bild sein, man wird ihn nicht nur den Ersten Maler der Flavier, man wird ihn den Ersten Maler aller Kaiser nennen. Man hat die schönsten Gemälde aus sechs oder sieben Jahrhunderten nach Rom geschleppt, aber der wird Rom nicht gesehen haben, der nicht sein Bild gesehen hat.

Er hatte kaum sein Gerüst aufschlagen lassen und die ersten Pinselstriche getan, als ihn die Seuche anfiel. Sie warf ihn aufs Bett, sie zwang dem peinlich saubern und korrekten Herrn Durchfälle und Erbrechen auf, die Ärzte erkannten nach wenigen Stunden, daß er verloren war. Hohläugig lag er, den fleischigen Kopf eingefallen, spitznasig, Gesicht und Hände bläulich, die Haut kalt wie die eines Leichnams. Rings um ihn war Räucherwerk angezündet, um die Ansteckungsgefahr zu vermindern und den Gestank zu übertäuben, der von ihm ausging. Seine Waden krampften sich, sein Bewußtsein blieb klar, aber die Ohren sausten ihm, Schwindel überkam ihn, er suchte sich sein Bild vorzustellen, aber es wurde ihm dick und schwarz vor den Augen. Entsetzlicher Durst quälte ihn, er sah und wußte, was um ihn vorging. Er wußte, daß er jeden Trunk mit Erbrechen, Schmerzen, Schwäche zu bezahlen haben werde, und für die Ärzte, die seine geradezu spleenige Sauberkeit und Korrektheit kannten, war es das Erschreckendste, daß er trotzdem zu trinken verlangte, immer wieder zu trinken. Die Dinge um ihn wurden ihm gleichgültig, zuerst seine Freunde, dann seine Bilder, zuletzt sein Kind. Auch sein bevorstehender Tod wurde ihm gleichgültig, nur *eines* verlangte er: Wasser, Wasser.

Als man am Abend des dritten Tages dem Bildhauer Basil mitteilte, daß sein Freund Fabull gestorben war, sagte er zu seinem Gehilfen Kritias: „Siehst du, mein Kritias, was hat man nun davon? Er hat seine ‚Versäumten Gelegenheiten' malen wollen, daran ist er gestorben. Man schuftet sich ab, man rechnet, man nimmt noch einen Auftrag an und noch einen. Man weiß, man kann auskommen mit dem Geld, das man gemacht hat. Und man hat das Beste geschaffen, was man schaffen kann. Aber man will noch mehr Geld, man will noch Besseres machen, man will noch mehr Ruhm, man will, daß der Umsatz der Fabrik im nächsten Jahr zweihundertdreißigtausend Büsten beträgt statt zweihundertzehntausend. Wir sind Fetthirne, mein Kritias. Ich sollte mir ein nettes, kleines Gut am Jonischen Meer kaufen, nur dann arbeiten, wenn ich Lust habe, alle vier oder fünf Tage, und niemanden vor mich lassen als ein paar nette Frauen. Und vielleicht dich, wenn du nicht gerade zu widerborstig bist. Man sollte in der Sonne liegen und Wein trinken und ab und zu ein gutes Buch lesen. Und vor allem sollte man mit vier Pferden fort aus dieser verfluchten Stadt. Ich habe durchaus nicht den Ehrgeiz, in den Sielen zu sterben wie dieser lächerliche und großartige Fabull. So, und wie hast du mir für morgen den Tag eingeteilt?"

Dorion, als sie den Tod ihres Vaters erfuhr, fiel ohnmächtig um. Sie hatte, seitdem sie ihn aus ihrem Hause gewiesen, nichts mehr von ihm gehört, sie hatte angenommen, er habe die verseuchte Stadt geflohen. Als man ihr sagte, er sei an der Epidemie gestorben, spürte sie geradezu körperlich, wie Schuldgefühl sich auf sie senkte, sich um sie legte, pressend, vernichtend: sie hat ihn umgebracht.

Als sie aus langer Ohnmacht erwachte, war sie bestürzend verändert, blutlos, das Gesicht fleckig. Den Bemühungen ihrer Zofe, des Paulus, des Phineas blieb sie unzugänglich. Sie gab Weisung, sie in die Stadt zurückzubringen. Als man ihr vorstellte, die Leiche sei bestimmt gleich nach dem Tode verbrannt worden, erwiderte sie nichts, beharrte, fuhr zurück in die Stadt.

Sie fuhr nicht erst nach Hause. Wie sie war, in dem Kleid, in dem sie die Nachricht erhalten hatte, ungewaschen, unfrisiert, ging sie in das Atelier ihres Vaters, zu seinen Ärzten. Sie wollte seine Asche haben. Man machte Ausflüchte. Man hatte ihn der Vorschrift gemäß zusammen mit andern Leichen verbrannt, aber das wagte man ihr nicht zu sagen. Vielmehr erklärte man ihr vielwortig, die Asche könne nur ausgefolgt werden, wenn eine spezielle Erlaubnis der obersten Gesundheitsbehörde vorliege. Sie ging zu den leitenden Ärzten, drang bis zu Valens vor. Die Asche wenigstens wollte sie haben. Schließlich gab man ihr eine aschengefüllte Urne.

Vielleicht ahnte sie in ihrem Innersten, daß das irgendwelche Asche war, aber sie wollte es nicht wissen. Es war die Asche ihres Vaters, des von ihr getöteten, den man ruchloserweise verbrannt hatte, so daß nun auch seine Seele, sein

„Ka", für immer vernichtet war, und sie hatte es geschehen lassen.

Mit dem Häufchen Asche in der billigen, kümmerlichen Urne ging sie zurück in das Haus des Fabull. Man wollte sie wegbringen, da man das Haus trotz der Desinfektion für ansteckungsgefährlich hielt. Aber sie widersetzte sich. Mit der Urne hockte sie in dem Atelier des Fabull, wo halbvollendete Bilder herumstanden und lehnten, Zeichnungen zu den „Versäumten Gelegenheiten" und anderes. Sie kauerte auf dem Boden, sprach zu der Urne.

Die Dame Dorion war aufgeklärt, sie hatte offenen Sinn für die Wirklichkeit; aber was Tod und Jenseits anlangte, so hatte ihre Mutter sie von frühester Kindheit an angefüllt mit den uralten, dunklen Vorstellungen des Nillandes. Die Mutter selber war dem strengen, alten Ritus gemäß einbalsamiert worden, ihr für die Ewigkeit konservierter Leib lag wohlversorgt in dem kleinen Wohnhaus, das ihr Fabull auf dem Totenhof von Alexandrien errichtet hatte. Ihr Vater Fabull aber war nicht nur durch ihre Schuld umgekommen, sondern auch infolge ihrer grauenvollen Fahrlässigkeit für immer vernichtet. Sie hatte es zugelassen, daß sein heiliger Leib auf barbarische Art verbrannt wurde, so daß er sein Wohnhaus für die Ewigkeit nicht betreten, das Schiff nicht besteigen konnte, das darauf wartete, ihn nach den Ländern der Seligen zu bringen.

Sie hockte auf der Erde, mager, verschmutzt, die meerfarbenen Augen verwildert, mit den dünnen Händen preßte sie die Urne. Sie hatte eines jener Totenbücher im Atelier gefunden, wie man sie den Einbalsamierten mitgab, ein Buch mit den Beschwörungen und Zauberformeln, die Fährnisse abzuwenden, die den Wanderer im Jenseits bedrohten. Sinnlos vor sich hin, mit scheppernder Stimme, sprach sie die uralten ägyptischen Formeln.

Plötzlich hielt sie ein, verstummte, stierte voll Furcht und Haß vor sich hin. Sie war an das Kapitel über das Totengericht gekommen. Da klangen ihr mit einemmal Schrecken erregend die geheimnisvollen Worte des Josef auf, die hochfahrenden, daß er Macht habe, den Spruch über die Toten aufzuzeichnen. Seine Reden bekamen jählings einen überraschenden, haßvollen Sinn. Er war es, seine Rachsucht war es, die ihren Vater für immer vernichtet hatte.

Am dritten Tag kam er. Sie sprang auf, mit einem kleinen Schrei. Wich mit solchem Entsetzen vor ihm zurück, wies ihn, fauchend, mit solchem Haß von sich, daß er nicht zu bleiben wagte.

Er schickte ihr Ärzte, Pfleger. Erst nach Tagen kehrte sie in ihr Haus zurück.

Als er sie dann, wieder nach Tagen, in ihren Räumen aufsuchte, erschien sie noch schmaler und zarter als sonst, aber sie war sorgfältig gekleidet und gepflegt wie immer, ja, sie trug jene hauchdünnen Gewänder, die sie liebte, und ihr Kater Chronos war um sie. Sie hatte sich zusammengerafft, sie hatte Pläne. Es blieben ihr nur mehr zwei Dinge zu tun. Das erste war, ihren Sohn im Sinn seines Großvaters zu erziehen, das zweite, dem Juden heimzuzahlen, was er ihr und ihm angetan hatte. Beides erfordert Ruhe und List, Eigenschaften, die sie nicht gut meistert. Aber es geht um den Sinn ihres Lebens, sie wird ruhig und listig sein.

Still und höflich erklärte sie ihm, sie werde nach Alexandrien gehen. Die Seele, das „Ka“, ihres Vaters sei vernichtet, aber sie wolle trotzdem die Asche in dem für Fabull bestimmten Totenhaus in Alexandrien beisetzen. Ihren Paulus werde sie mitnehmen, um ihn in Alexandrien erziehen zu lassen. Wenn Josef ihr gestatte, den Phineas mitzunehmen, so wäre sie ihm dankbar. Für ihn bedeute es eine finanzielle Entlastung, und sie drücke es nicht; denn infolge des Todes ihres Vaters habe sie ja Mittel.

Josef hatte längst eingesehen, daß er Dorion nicht werde halten, daß er nicht länger mit ihr werde zusammen leben können. Aber was sein Verstand erkannte, wollte sein Gefühl nicht wahrhaben. Er bat sie, beschwor sie, in Rom zu bleiben. Er stellte ihr vor, daß ihr Vater selber den Jungen als Römer habe erzogen wissen wollen, nicht als Alexandriner. Er versprach ihr feierlich, ihr in die Erziehung ihres Sohnes nicht mehr einzureden. Aber bleiben solle sie.

Sie hatte damit gerechnet, daß er so sprechen werde. Mit

stiller Genugtuung bestätigte sie sich, daß sie seine Worte kalt anhören konnte, daß nichts mehr an ihm, nicht seine Stimme, nicht seine Augen an ihr Gefühl rührten. Sie wird ihren Plan ohne Furcht vor der Überrumpelung durch ihre alte Neigung zu Ende führen können.

Sie war von Anfang an entschlossen gewesen, in Rom zu bleiben; aber sie wollte sich diese ihre Bereitschaft abkaufen, ihn dafür zahlen lassen. Langsam, schrittweise, mit kluger Taktik, gab sie nach. Sie wird in Rom bleiben, aber sie stellte Bedingungen. Sie kam auf ihre alte Forderung zurück. Die dünne Stimme gezügelt, die hellen, wilden Augen sehr kalt, erklärte sie, sie bestehe darauf, daß er das Weib, jene Jüdin, aus der Provinz, aus Rom wegweise.

Josef dachte an die Geschichte Abrahams. „Da sprach Sara zu Abraham: Treibe aus diese Magd Hagar mit ihrem Sohne; denn nicht erben soll der Sohn dieser Magd mit meinem Sohne, mit Isaak. Und leid war die Sache sehr in den Augen Abrahams. Aber er machte sich auf am Morgen und nahm Brot und einen Schlauch Wasser und gab es der Hagar, legte es auf ihre Schulter samt dem Kinde und schickte sie fort. Und sie ging."

Josef sagte Dorion zu, er werde Mara aus Rom wegweisen.

Am andern Morgen ging er in das Haus an der Subura, zu Mara. Sie strahlte, als Josef kam; ihrem klaren, runden Gesicht, das jetzt etwas vollbäckig geworden war, sah man jede Regung sogleich an. Auch der Junge freute sich offensichtlich. Er war mit seinem Modell vorangekommen, bald wird er es dem Vater zeigen können. Mara lief geschäftig ab und zu. Sie machte Josef ein kaltes Fußbad zurecht; sie wußte, daß er, wenn er zu Fuß kam, es liebte, die Füße zu baden. Sie versuchte, es ihm behaglich zu machen, brachte ihm den Schemel, Eisgetränke.

Josef ließ es sich herrenhaft gefallen. Aber er verwandte keinen Blick von ihr, wie sie ab und zu ging. Sie war ein bißchen dicklich geworden in diesen zehn Jahren. Aber das sah er jetzt nicht, vielmehr sah er sie heute, wie er sie während ihres ganzen Aufenthaltes in Rom nicht gesehen hatte, so nämlich, wie sie damals in Cäsarea gewesen war. Seine Phantasie wischte das Pausbäckige ihres Gesichts fort, er sah ihr Antlitz rein, eirund, die niedrige Stirn schimmernd wie damals, die langen Augen, den üppig vorspringenden Mund, das ganze, demütige, junge, süße, galiläische Gesicht von damals, betont noch in seiner Reinheit durch das dunkelbraune, viereckige Kleid mit den roten Streifen, wie es im Norden Judäas landesüblich war. Verlangen nach ihr stieg ihm auf wie in der ersten Zeit in Cäsarea.

„Und leid war die Sache sehr in den Augen Abrahams." Er hat Dorion das Versprechen gegeben. Dorion, wie sie jetzt ist, ist nicht die Frau, ihm etwas zu schenken. Er liebt seinen Sohn Paulus, und er hängt an Dorion. Vielleicht ist es ein Unglück für ihn, daß er an ihr hängt; aber wie immer, er kann nicht los von ihr. Er muß vorwärts jetzt, er muß es Mara sagen.

Er drückte herum, es fiel ihm schwer, anzufangen, den Frieden dieses Hauses zu stören. Ringsum war die Seuche; aber in dem Zimmer hier war alles gut. Der Junge, Simeon-Janiki, sein jüdischer Sohn, saß da, stämmig, beflissen, und las aus dem „Jüdischen Krieg", langsam, doch erfolgreich um den Sinn bemüht, Mara hörte still zu, verständnislos und glücklich, und ihm war es auferlegt, das alles zu zerstören.

Er riß sich zusammen. Mit Ansprung erklärte er, jetzt, nachdem auch sein Schwiegervater Fabull an der Seuche gestorben sei, halte er es nicht für angebracht, daß Mara mit dem Jungen länger in Rom bleibe. Simeon sah überrascht hoch. Wie denn? fragte er. So lange habe die Seuche ihm nichts anhaben können, er habe keine Furcht vor ihr. In kurzem, überlegte er in seinem Innern, wird es so weit sein, daß er dem Herrn und Vater das Modell wird zeigen können. Die ganze Arbeit dieser letzten Wochen stak in dem Modell. Soll sie vertan sein? Wo wird er einen zweiten so eifrigen Mitarbeiter finden wie seinen Freund Constans?

Mara war keine kluge Frau, doch wenn es um Josef ging, war sie spürsinnig. Von Anfang an hatte sie heute erkannt, daß Josef ihr etwas zu sagen hatte, und nichts Angenehmes, und jetzt erschrak sie sehr. Sogleich ahnte sie die Zusammenhänge. Sie hatte sich über die Dame Dorion viel erzählen lassen, sie wußte, daß sie ihr ein Dorn im Auge war. Sicher stak die Dame hinter Josefs Vorschlag. So lange hatte Josef sie in Rom geduldet; in diesen letzten Wochen schien es sogar, als sei ihre und des Jungen Anwesenheit ihm eine Stärkung. Woher diese plötzliche Besorgnis, nun doch die Seuche schon im Abklingen war? Sicher war es die Dame, die sie forthaben wollte. Ist sie erst einmal fort, dann wird die Dame zu verhindern wissen, daß sie jemals zurückkommt. Ach, sie verstand das sehr gut. Sie selber an Stelle der Dame hätte wohl auch nicht die Anwesenheit einer zweiten Frau des Josef und ihres Kindes geduldet.

Dies alles spürte sie in einem Augenblick, und die Freude auf ihrem stillen und fröhlichen Gesicht erlosch sichtbarlich. Aber sie machte nicht erst lange, lahme Widerreden. Sie verwies dem Jungen seinen Widerspruch, und sie selber fügte sich. In ihrem Innersten hatte sie niemals an den Bestand dieses ihres Glückes geglaubt, und gerade als Josef ihr versprach, er werde den Jungen bei Freunden erziehen lassen, hatte sie zu zweifeln begonnen. Wenn Josef, ihr Herr, es wünschte, dann ging sie natürlich. Ja, er wünschte es, er wünschte, daß sie zurück nach Judäa gehe. „Nach Judäa?" fragte finster und widerspenstig Simeon, aber die Mutter gab ihm einen Blick, vorwurfsvoll, traurig und bittend zugleich, und er schwieg.

Sowie sie indes mit dem Jungen allein war, änderte sie ihre Haltung. Sie begriff die Dame Dorion, sie ehrte und liebte ihren Mann Josef, aber diesmal fügte sie sich nicht ohne weiteres. Wenn es um sie allein ginge, dann wohl: aber es geht um ihren Jungen. Jeder muß sehen, wie der in Rom aufblüht, wie die Stadt sowohl als auch die Gegenwart seines Vaters dazu beiträgt, ihn blühen und gedeihen zu machen. In Judäa verwildert er. Soll sie ihn aus dem Licht zurück in den Schatten bringen? Sie denkt nicht daran.

Sie eröffnete sich Josef und ihrem Freund, dem Glasfabrikanten Alexas. Der beleibte Herr hörte zu, ohne sie zu unterbrechen. Es war ein vielerprobter Mann, er hatte mehr Leid erfahren als die meisten andern, hatte alle verloren, die ihm lieb gewesen waren. Jetzt waren ihm diese Frau aus Judäa und ihr Junge lieb geworden, durch den netten, geweckten Simeon war neuer, fröhlicher Lärm in sein ödes Haus gekommen, er wollte nicht, daß die beiden fortgingen und sein Haus wieder stumm werde. Er hatte erfahren, wie schnell Freude entschwindet. Er fand es frivol, dieses fröhliche Leben ohne Kampf ziehenzulassen, und begriff nicht, wie Josef die beiden fortschicken konnte.

Die Nacht über dachte er nach. Den andern Tag glaubte er, einen Ausweg gefunden zu haben. Er wird Mara heiraten. Er wußte natürlich, warum Josef Mara aus Rom forthaben wollte. Aber wenn Mara eines andern Frau ist, kann dann ihre Anwesenheit die Dame Dorion stören?

Als Josef das nächste Mal in das Haus an der Subura kam, um mit Mara die Einzelheiten ihrer Rückreise zu besprechen, war zu seinem nicht angenehmen Erstaunen auch Alexas da und teilte ihm die Lösung mit, die er gefunden hatte. Josef schien der Plan nicht willkommen. Er wußte leider, daß die Dame Dorion nicht so leicht zu befriedigen war, wie sein Freund Alexas glaubte. Dorion war heftig, sicher nicht war sie mit einer solchen halben Lösung einverstanden. Josef verlor sie, wenn Mara in Rom blieb. Auf der andern Seite wagte er nicht recht, seinem Freunde zu widersprechen. Wenn der Mara heiraten wollte, woher sollte er, Josef, den Anspruch nehmen, ihn zu hindern? Niemand nannte den Namen der Dame Dorion, aber alle wußten, daß es im Grunde nur um sie ging. Man sprach hin und her und kam nicht vom Fleck.

Mara sah Josefs Zögern. Die Freundschaft des Alexas, sein Antrag waren ihr als ein neuer, unerwarteter Glücksfall erschienen. Nun mußte sie erkennen, daß, wenn sie in Rom blieb, ihre Gegenwart nur den Zorn Josefs, ihres Herrn, erregen, daß sie ihm als Frau des Alexas in Rom ferner sein werde als in Judäa. Aber ging es nicht um den Jungen? War es nicht notwendig, Simeon-Janiki in Rom zu halten unter etwas strafferer Zucht? Sie fand keinen Ausweg.

Alexas schließlich fand ihn. Wenn sein Freund Josef so sehr um Maras Gesundheit fürchte, so sei es vielleicht das klügste, wenn Mara auf einige Zeit nach Judäa zurückkehre, schon um dort ihre und des Simeon Dinge endgültig zu ordnen. Der Junge aber habe doch wirklich von der Seuche nichts zu befürchten; es ereigne sich äußerst selten, daß so junge Menschen von ihr befallen werden. Er schlage also vor, Mara solle vorläufig allein nach Judäa zurückkehren, Simeon-Janiki aber gewissermaßen als Pfand in seinem Hause zurückbleiben.

Mara saß stumm und erloschen da. Der Vorschlag des Alexas war gut gemeint, doch auf diese Art verlor sie ihren Mann sowohl wie ihren Sohn. Aber sie begriff, daß es einen andern Ausweg nicht gab, wenn sie nicht den Zorn Josefs erregen wollte. Sie klammerte sich daran, daß diese Regelung nur eine „vorläufige" sein sollte, und fügte sich.

Josef und der Junge begleiteten sie auf das Schiff. Das war eine Reise von drei Tagen, und sie rechnete dem Josef seine Höflichkeit hoch an, denn er war erkältet und pflegte sich zu verwöhnen.

Es war merkwürdig, wie sie sich auf dieser Reise in die frühere Mara zurückverwandelte. Sie verlernte vollends ihr bißchen Griechisch und Latein. Sie bewunderte ihren Jungen, der soviel geschickter und erwachsener war als sie. Mit vielen demütigen Worten, immer von neuem, bat sie Josef, sich seiner anzunehmen. Alexas ist ein guter Mann und ihrem lieben Simeon-Janiki zugetan, aber wie soll ein Sohn gedeihen ohne den Segen und die Liebe des Vaters? Zweimal in der Woche oder einmal wenigstens müsse Josef ihn vor sein Antlitz lassen, das müsse er ihr versprechen. Josef versprach es, versprach mehr. Er war gewillt, sein Versprechen zu halten, er hatte seinen jüdischen Sohn gern. Simeon-Janiki war sein Erstgeborener. Der Erstgeborene seines Herzens freilich blieb sein Sohn Paulus.

Mara, als man den Steg schon weggezogen hatte und das Schiff sich in Bewegung setzte, rief ihm noch zu, er solle ja sofort zurückkehren. Er solle um Gottes willen sogleich nach seiner Rückkehr Kamillen mit Mangold und zerstoßener Kresse, in alten Wein gemischt, zu sich nehmen und richtig schwitzen. Er müsse ihr mit nächster Post schreiben, wie es um seine Erkältung stehe. In ihrem Innern machte sie sich Vorwürfe, daß sie seine Begleitung angenommen hatte; denn sie fürchtete, jetzt sei er der Seuche leichter zugänglich.

Dann stach das Schiff in See. Sie stand lange auf dem Hinterdeck. Josef und Simeon verschwanden rasch, langsam die Küste Italiens. Sie aber stand noch, als die Küste schon lange verschwunden war.

Simeon-Janiki liebte seine Mutter, er fühlte sich männlich vor ihr, wie ein Erwachsener vor einer Unmündigen. Trotzdem mußte er sich, wenn er ehrlich sein wollte, in den Wochen nach ihrer Abreise eingestehen, daß er froh war, sie jetzt nicht um sich zu haben. Denn es waren sehr ausgefüllte Wochen, und seine Mutter hätte ihn behindert.

Nachdem nämlich die Seuche ihre Kraft verloren hatte und die Begüterten von ihren Landsitzen zurückkehrten, kündigte jetzt auch der offizielle „Tagesanzeiger" endlich an, daß die Prinzessin Berenike in zwei Wochen in Rom eintreffen werde. Schon hatte auch der Kaiser dem Senat mitgeteilt, er habe beschlossen, die Eröffnung des neuen, von seinem Vater begonnenen Amphitheaters, des größten der Welt, durch Hunderttägige Spiele von niegesehener Pracht zu feiern. Nicht erwähnt in seinem Schreiben war, daß diese Spiele Berenike galten, aber jedermann im Reich wußte es.

Die Stadt tauchte in ihr altes, fröhliches Leben herauf, die Vorbereitungen der Spiele setzten alles in Bewegung. Die Knaben Simeon und Constans hatten groß zu tun, sie konnten sich nicht vorstellen, daß ohne ihre Mithilfe alles ordentlich vonstatten gehe. Selbst die Arbeit am Modell der „Großen Deborah" blieb liegen.

Sie trieben sich in den Stallungen der Pferdezüchter herum, der Unternehmer, die für die Wagenrennen das Material lieferten, der „Blauen" und der „Grünen". Das ganze Reich war geteilt in diese beiden Rennparteien. Denn seit hundert Jahren, seitdem den Römern mit der Möglichkeit der politischen Betätigung auch die politische Leidenschaft verraucht war, galt ihre ganze Passion den Pferderennen, und mit wilder Anteilnahme verfolgte ein jeder die Siege und Niederlagen seiner Rennpartei. Selbst die „Gläubigen", die Minäer, die „Christen", wie einige sie nannten, Anhänger einer neuen, mild und strengen, asketischen Sekte, konnten sich dieser allgemeinen Strömung nicht entziehen. Der Terrainhändler Tryphon zum Beispiel, ein Anhänger dieser Sekte, ein Landsmann und Geschäftsfreund des Freigelassenen Johann von Gischala, interessierte sich jetzt mehr für die Chancen der „Blauen" als für die Terrains im Norden oder für die Abweichungen seines Glaubens von den Lehrmeinungen der Doktoren. Als Johann ihn verwundert fragte, ob denn überhaupt die Lehren seiner Sekte ihm erlaubten, den Wagenrennen beizuwohnen, antwortete dieser „Gläubige" unerwartet liberal, man dürfe die Ergötzlichkeiten nicht verschmähen, die Gottes Güte gewährt habe. Und als Johann auch dann noch den Kopf schüttelte, wies der Christ Tryphon auf die Heilige Schrift hin und berief sich auf den Propheten Elias. Da dieser auf einem Wagen gen Himmel gefahren sei, so könne, meinte er, die Kunst des Wagenlenkens vor Gottes Augen nicht mißfällig sein.

Simeon war „grün", Constans „blau". Es war den „Blauen" geglückt, sich den „Vindex" als Hauptpferd für ihr wichtigstes Viergespann zu sichern. Das war ein Ereignis, vor dem selbst die geplante Heirat des Walfischs mit der Jüdin zurücktrat. Der Hauptmann Lucrio zum Beispiel war „blau", und beinahe vergaß sogar er seine Antipathie gegen die östliche Dame, weil man jetzt das Pferd Vindex für die „Blauen" in Rom rennen sehen sollte.

Die beiden Knaben, täglich aus den Stallungen hinausgeworfen, ersannen täglich neue Vorwände, sich wieder Zugang zu verschaffen. Constans erlahmte allmählich. Aber Simeon war erfinderisch. Er bestach etwa den Türsteher mit Amuletten, die den eigenen Gespannführern Sieg, den Gegnern Untergang bringen sollten; er fertigte das Zeug selber an, ägyptische Beschwörungsformeln, sonderbar geritzte Alexandermünzen, kleine Zauberglöckchen für die Pferde. Es gelang ihm, mit dem einen oder andern der Gespannführer ins Gespräch zu kommen. Die Beine gegrätscht, fachmännisch stand er da und zitierte, was der Champion Thallus,

Tausendsieger, ihm einmal in Cäsarea gesagt habe, kennerhaft beklopfte er die Hälse und Schenkel der Pferde, verglich sie mit dem Pferd Silvan, auf dem er einmal gesessen sei, und Constans stand voll neidischer Bewunderung daneben.

Nun hatte Constans von einem Kameraden ein graues Eichhörnchen erworben, das sich in die Stadt Rom verirrt hatte, und er versprach dem Simeon dieses Eichhörnchen, falls der ihm erwirke, daß er einmal auf dem Gaul Vindex sitzen dürfe. Simeon, keß, wie er war, traute sich das wohl zu. Es gab aber ein Hindernis. Der Gaul Vindex lief für die „Blauen“, und er, Simeon, war „grün“. Er war „grün“ geworden damals, als der Champion Thallus sich ihm gegenüber so anständig benommen hatte, und nicht für den Gaul selber hätte er seine „grüne“ Überzeugung verleugnet. Glücklicherweise aber fragte ihn niemand nach seiner Parteizugehörigkeit. Er ging schließlich bei den „Blauen“ ebenso ein und aus wie bei den „Grünen“, und er erreichte es, daß der Gespannführer Avil, der beste Mann der „Blauen“, vorläufig ihn selber einmal auf dem Gaul Vindex sitzen ließ. Klein, breit und die Brust fast gesprengt vor Stolz, saß er auf dem fünfjährigen Vollblut. „Beim Herkel“, sagte er, „mit diesem Gaul könnte man glatt Indien erobern.“

Zunächst aber galt es, das graue Eichhörnchen zu erobern. Allein gerade als er soweit war, dem Avil die Bitte vorzutragen, auch seinen Freund Constans einmal auf dem Vindex reiten zu lassen, ereignete sich ein Unglück, das die ganze Stadt bewegte. Avil war neben Thallus wohl der beste Mann der Rennbahn, auch er war Tausendsieger, tausendundsieben Siege hatte er hinter sich. Er lebte in Gallien und war nach Rom gekommen, um rechtzeitig mit dem Training auf der Großen Rennbahn zu beginnen. Da, zwei Wochen vor seinem Auftreten, gerade noch kurz vor ihrem endgültigen Verlöschen, packte ihn die Seuche, und er starb, bevor er den Constans auf den Vindex gesetzt hatte.

Der Tod ihres Freundes Avil verleidete den Knaben die Stallungen. Um so häufiger machten sie sich nun in den Kasernen der Fechter zu schaffen. Hier ging es fast noch bewegter zu als bei den Rennern. In die Quartiere der Fechter Zutritt zu erhalten war übrigens leicht. Die Herren, denen die Organisation der Fechterspiele oblag, entfalteten eine wilde Werbetätigkeit, und ihnen war jedes Interesse willkommen. Sie standen nämlich vor schweren Problemen. Das Material, das man für die Hunderttägigen Spiele benötigte, war ungeheuer, etwa fünfzehntausend Menschen; überdies mußte man bei der größeren Hälfte der diesmal auf den Aufführungslisten Bezeichneten von vornherein das schwarze „P“ beifügen, den Anfangsbuchstaben des Wortes „Periturus“, „vermutlich verloren“: sie waren bestimmt, im Lauf der Spiele zu krepieren. Nun standen zwar aus der jüdischen Kriegsbeute von vor zehn Jahren noch etwa achttausend Stück Leibeigene zur Verfügung. Aber war es taktvoll, dieses Material bei einer Veranstaltung zu verwenden, die zu Ehren einer jüdischen Prinzessin abgehalten werden sollte, noch dazu der künftigen Kaiserin? Auf alle Fälle tat man gut, wenn man, um notfalls auf dieses Hauptreservoir verzichten zu können, anderes Material in hinreichenden Mengen bereitstellte. In der großen Stadt konnte man immer Menschen auftreiben, die sich, da sie am Verhungern waren, als Fechter für die Arena anwerben ließen. Zwar war die strenge Zucht der Kasernen gefürchtet, und der Eid, den man bei der Anwerbung zu leisten hatte, „sich mit Ruten hauen, mit Feuer brennen, mit Eisen töten zu lassen“, wirkte abschreckend. Andernteils aber war die Verpflegung in den Kasernen berühmt, es war die reine Mast, und die Aussicht, zweimal im Leben, nämlich bei dem großen öffentlichen Festmahl, das man den Fechtern vor ihrem Auftreten gab, und in der Arena selber, angestarrt zu werden wie ein Senator, entschädigte manchen für die Furcht vor dem Tode. Auch galt man als Fechter bei den Frauen; von gewissen Damen der Hocharistokratie war bekannt, daß sie sich mit Vorliebe Fechter als Genossen ihrer Nächte aussuchten, besonders unmittelbar vor ihrem Auftreten, was zwar die Chance, mit dem Leben davonzukommen, minderte, aber doch seinen Reiz hatte. Trotz dieser Lockmittel konnten sich die Organisatoren nur mittels einer ungeheuren Werbetätigkeit die nötige Anzahl von Fechtern verschaffen, und sie zeigten eine erfinderische Phantasie. Simeon und Constans sahen und hörten einmal mit brennendem Interesse mit an, wie ein Direktor der Fechterschulen einem Berichterstatter des „Tagesanzeigers“ das neu eingestellte Material vorführte, eine ganze Anzahl Freigeborener. Der Direktor wies vor allem auf einen, übrigens ziemlich mickerig aussehenden, jungen Menschen hin, der den Namen einer anständigen Familie trug. Dieser Jüngling erklärte, er habe sich deshalb als Fechter verpflichtet, weil er das Handgeld brauche, um die Leiche seines Vaters, der als einer der letzten an der Seuche gestorben war, der Verbrennung zu entziehen und sie, dem Testament zufolge, beerdigen zu lassen; wahrscheinlich war dieser Vater ein sogenannter „Gläubiger“ oder Christ gewesen. Der Berichterstatter versprach sich viel von der Wirkung dieser romantischen Geschichte.

Die Fechter waren übrigens zumeist umgängliche Burschen und ließen sich, wenn sie nicht gerade trainierten, aßen oder schliefen, ohne weiteres mit den beiden Knaben in Gespräche ein. Sachkundig beurteilten Simeon und Constans ihre Technik, betasteten ihre Waffen, befühlten ihre Muskeln, gaben Ratschläge.

Bisher war das Lieblingsspiel der römischen Jungen „Engländer und Soldaten“ gewesen. Die wilden Engländer hatten vom letzten Krieg her in Rom eine nachdrückliche Erinnerung hinterlassen, vor allem durch ihre blaue, barbarische Kriegsbemalung, und zum Ärger ihrer Mütter waren die Jungen nicht davon abzubringen, sich blau anzuschmieren und Engländer zu spielen. Jetzt, und nicht zuletzt auf Betreiben des Simeon, wurde dieses Spiel durch das Fechterspiel ersetzt. Die Jungen stachen und hauten mit Holzwaffen aufeinander ein, und weithin durch die Straßen, schauerlich, im Sprechchor, gellte und heulte ihr Schwur, „sich mit Ruten hauen, mit Feuer brennen, mit Eisen töten zu lassen“. Oh, wie bedauerten sie, daß sie nicht das vorgeschriebene Mindestalter hatten, um diesen Schwur in Wahrheit zu leisten und Fechter zu werden.

Das Niederträchtigste blieb, daß man, da man noch nicht vierzehn Jahre alt war, nicht einmal Aussicht hatte, in den Zuschauerraum des Amphitheaters einzudringen. Simeon zwar vermaß sich, er werde es erreichen. Wieder versprach ihm Constans das graue Eichhörnchen, wenn er, auf welche Art immer, auch ihn in den Zuschauerraum einschmuggeln könnte. „Beim Herkel", versicherte Simeon, mit großartiger Beiläufigkeit, „das werden wir schon deichseln."

Aber dieses leichtsinnige Versprechen kostete ihn schlaflose Nächte. Ja, oft auch bei Tage versank er in Nachdenken. Manchmal, im Bewußtsein, daß seine Mutter nicht da war und er also keine langen, lästigen Fragen über den Genuß verbotener Nährmittel zu fürchten habe, kaufte er sich wohl eine mit Honig bestrichene Eselswurst, und dann konnte man ihn klein und breit auf den hohen Stufen irgendeines Tempels sitzen sehen, träumerisch die Wurst verzehrend und Pläne wälzend, wie er sich wohl mit Constans während der Spiele in das Amphitheater einschleichen könnte.

„Was meinen Sie, mein Demetrius?" unterbrach plötzlich Marull die Arbeit am Manuskript des „Seeräubers Laureol". „Wie wäre es, wenn wir die Seeräuber zu entlaufenen Leibeigenen machten?" Der Schauspieler Demetrius Liban sah hoch. „Wie das?" fragte er. Seine Unlust war mit einemmal fort, sein ganzes, gedunsenes Gesicht spannte sich.

Auch für ihn waren diese Wochen vor den Spielen eine große Zeit. Seit den Trauerfeierlichkeiten für den verstorbenen Kaiser war er nicht mehr öffentlich aufgetreten. Er hatte sich für eine große Gelegenheit aufsparen wollen: nun, mit den Hunderttägigen Spielen, war diese große Gelegenheit da. Seit seiner Kindheit war es sein Lieblingstraum gewesen, den Seeräuber Laureol darzustellen, den beliebtesten Verbrecher des Jahrhunderts, Helden eines alten Volksspiels des Catull. Immer wieder hatte er es sich versagt, diese Rolle zu spielen, weil er sich ihr nicht gewachsen fühlte. Jetzt, nach so vielem Auf und Ab, war er innerlich reif, jetzt konnte er der alten, halbtoten Figur frischen Odem einhauchen, den Odem seiner eigenen Zeit. Allein er war mit der Arbeit nicht so gut vorangekommen, wie er gehofft hatte. Auch Marull, der ihm das Buch schrieb, schien schwunglos. Schon seit drei Wochen plagten sie sich ab; doch das Manuskript, sie fühlten es beide, ohne es sich einzugestehen, blieb lahm. Das war nicht der „Laureol", von dem sie geträumt hatten.

Wie nun Marull plötzlich diese neue Idee mit den Leibeigenen in die Debatte warf, hob den Schauspieler neue Hoffnung. „Sie werden sehen, mein Demetrius, es geht", fuhr Marull angeregt und zuversichtlich fort. „Ich rekapituliere, was wir für das Vorspiel haben", sagte er auf die sachliche Art, die er sich von seiner juristischen Betätigung her angewöhnt hatte. „Gesindel hat sich zusammengetan, Deserteure, entlaufene Leibeigene zumeist, wenn wir meinen neuen Einfall bringen wollen. Sie haben ihren ersten Handstreich gemacht, ihr erstes Schiff gekapert und sind jetzt in einer versteckten Bucht eingelaufen, um in Ruhe die Beute zu teilen. Sie sind vergnügt, sie malen sich aus, wie sie diesen ersten Verdienst aus ihrem Räuberdasein verwenden wollen. Die meisten tragen das ‚E' eingebrannt, das die zur Zwangsarbeit bestimmten Leibeigenen kennzeichnet."

„Ich sehe schon", sagte Demetrius. „Ausgezeichnet. Und jetzt lassen wir einen Hausierer auftreten, von dem die Kerle zunächst ein großes Quantum der Salbe des Scribon Larg kaufen, um dieses Zeichen verschwinden zu machen." – „Ja", sagte Marull. „Dabei haben sie natürlich gar kein Zutrauen zu der Salbe. Sie fürchten, der Mann hängt ihnen Schwindelware auf, wie immer heutzutage." Der Sekretär stenographierte eifrig mit. „Finden Sie nicht", fragte Marull, „daß wir durch diese Geschichte mit den Leibeigenen gewinnen? Merken Sie, worauf ich hinauswill?"

Und ob Liban es merkte. Das war der Nagel, das war die Lösung. Auf diese Art endlich hatte man die so heiß ersehnte Aktualität. Wenn irgend etwas aktuell war, dann das Leibeigenenproblem. Seit Jahrzehnten gingen die Bestrebungen der modernen Philosophen und Juristen dahin, die Existenz der Leibeigenen zu erleichtern. Niemand selbstverständlich, sei es Grieche oder Römer, sei es Jude, Ägypter oder Christ, sei es Ideolog oder praktischer Politiker, denkt daran, die Leibeigenschaft ganz aufzuheben. Es ist klar, daß dann jede geregelte Produktion, daß Zivilisation und gesellschaftliche Ordnung dann aufhören müßten. Immerhin verkünden eine ganze Anzahl moderner Schriftsteller und Politiker unablässig, es sei vernünftiger und entspreche mehr den heutigen humanen Anschauungen, die Abhängigkeit der Leibeigenen zu mildern. Sie haben auch in den letzten Jahrzehnten einige Erfolge erzielt. Schon ist es zum Beispiel zum Ärger der Konservativen und der Gruppe der „Echt Römischen Männer" durch Edikt verboten, Leibeigene ohne Richterspruch zu töten; die Liberalen haben sogar einen Senatsbeschluß erwirkt, dem zufolge man nicht einmal mehr einen Leibeigenen ohne weiteres an ein Bordell verkaufen darf. Dieser unser Marull ist noch weiter gegangen; er hat, als er noch im Senat saß, ein Gesetz eingebracht, dem zufolge es verboten sein sollte, ausgediente, nicht mehr verwertbare Leibeigene auf die Straße zu werfen und verhungern zu lassen; vielmehr sollten Besitzer von senilen, nicht mehr brauchbaren Leibeigenen, falls man ihnen diese nicht für die Spiele in der Arena abnahm, gehalten sein, ihnen täglich ein Stück Brot und zweimal im Monat etwas Knoblauch und Zwiebel zu liefern. Selbstverständlich ist er mit so radikalem Liberalismus nicht durchgedrungen. Aber es ist eine großartige Idee, und niemand weiß sie besser zu schätzen als Liban, wenn Marull jetzt von der Bühne her, bei Gelegenheit des „Laureol", dieses Problem von neuem anschneiden will.

„Ja", erwiderte also Liban, „das ist die Lösung. Jetzt haben Sie es geschafft, Senator Marull. Weiter, bitte. Sagen Sie, wie denken Sie sich die Handlung weiter?" Marull war in Schwung gekommen, er improvisierte, improvisierte mit Glück. „Unsere Seeräuber trinken. Sie trinken viel. Unter dem Einfluß des Weins schwatzen sie von ihrer Vergangenheit. Sie zählen die Mühen und Mißhandlungen ihres früheren Leibeigenendaseins auf; keiner will dem andern an Fülle des durchgemachten Elends nachstehen. Sie streiten, sie werden immer heftiger. ‚Wer hat am meisten zu leiden gehabt?' schreien sie sich an. ‚Du? Mit deinem bißchen glühender Zange? Das soll auch was sein?' Und sie gehen mit Fäusten, Rudern, Enterhaken aufeinander los." – „Ich sehe", sagte enthusiastisch Demetrius, „ich verstehe, ich bin im Bilde." Und mit rascher Bühnenphantasie führte er die Idee des Marull aus: „Sie singen ein Couplet. So etwa: ‚Ich kenn die Peitsche, / Ich kenn das Eisen, / Ich kenn das Feuer, / Die Nackenkette, / Und ich, ich hing schon einen Tag am Kreuz.' “ Er pfiff und sang das Couplet vor sich hin. „Ja“, sagte Marull. „Fein. In dieser Art etwa. Und dann kommen Sie, Laureol, und schlagen die wildesten unter den Räubern kurz und klein.“ – „Und dann spiele ich mich in den Vordergrund“, arbeitete Demetrius beflissen weiter. „Ich erzähle, was ich selber erlitten habe, wie man mich erst auf die Galeere geworfen hat, dann in die Bergwerke, dann in die Steinbrüche, wie man mich dann an die Wasserpumpe der Bäder gestellt hat, dann an die Tretmühle.“ – „Ja“, fiel ihm Marull ins Wort. „Aber Sie, Liban-Laureol, machen natürlich kein Wesens daraus. Sie haben das alles gut und ohne sonderliches Mißbehagen überstanden und geben glatt zu, daß jeder von Ihren Kollegen mehr gelitten hat als Sie.“ – „Großartig“, sagte Demetrius und sah sich schon mit vernichtender Schlichtheit diese Erklärung abgeben. „Da müssen sie mich dann natürlich zu ihrem Hauptmann machen“, freute er sich.

„Und nun wollen wir sehen“, überlegte Marull, „ob wir uns im weiteren Ablauf durch diese Idee mit den Leibeigenen nichts gefährden.“ Und, wieder auf seine umsichtige Art, rekapitulierte er, während der Sekretär stenographierte, den Fortgang des Stückes: wie der berühmte Seeräuber, alt, fett und bürgerlich geworden, sich unter falschem Namen zur Ruhe gesetzt hat und wie er jetzt, behaglich verheiratet, die Ehrenämter seines Dorfes bekleidet. Da kommt ein Bettler, ein entlaufener Leibeigener, und erzählt, um sich mit Romantik zu umgeben und dadurch bessere Geschäfte zu machen, heimlich den Frauen, er sei der große, verschollene Räuber Laureol, nach dem die Polizei noch immer vergeblich sucht. Sogleich auch ist Geraun, Furcht und Bewunderung um ihn. Das hält der wirkliche Laureol nicht aus. Er flüstert seinen Freunden, seinen Kollegen im Magistrat zu, wer er ist. Aber jedermann hält es für einen guten Spaß, niemand glaubt ihm, nicht einmal die eigene Frau. Man lacht ihn einfach aus. Der fette Mann, immer mehr erbittert, besteht darauf, der große Seeräuber zu sein, er schäumt. Und da er keinen Glauben findet, bringt er schließlich die Beweise. Er trommelt seine alten Kumpane zusammen, die Leibeigenen, er liefert sich selber der Polizei, dem Gericht. Er endet am Kreuz, aber er hat bewiesen, daß er er ist. Und wenn die andern ihr Couplet singen: „Ich kenn die Peitsche, / Ich kenn das Eisen, / Ich kenn das Feuer, / Die Nackenkette", dann kann er mit Recht vom Kreuz her erwidern: „Und ich, ich häng den ganzen Tag am Kreuz."

Das Gesicht fast töricht vor Aufmerksamkeit, hörte Demetrius zu, wie Marull den Inhalt des Stückes zusammenfaßte. Ja, nun war es endlich da. Das war das Stück, von dem er geträumt hatte, sein Stück. Jetzt war aus der sentimental pathetischen Gestalt des alten Seeräubers das geworden, was er darstellen wollte, ein Symbol des Rom von heute. „Ja", atmete er tief auf, als Marull geendet, „das ist es, jetzt haben wir es. Jetzt haben Sie es", korrigierte er sich höflich. „Dafür kann ich Ihnen mein ganzes Leben lang nicht genug danken", fügte er voll tiefer Freude hinzu.

„Wissen Sie", fragte Marull zurück und klopfte nachdenklich mit seinem eleganten Bettelstab den Boden, „wem Sie in Wahrheit zu danken haben? Unserem Freund Johann von Gischala. Ich weiß, Sie mögen ihn nicht. Aber denken Sie nach, und sagen Sie selbst, ob wir ohne ihn auf diesen Laureol gekommen wären."

Aber Demetrius Liban, ganz erfüllt von innerer Freude, dachte keineswegs an die Parallelen, die das Schicksal dieses Laureol, wenigstens in seinem ersten Teil, mit der Geschichte des Nationalhelden Johann von Gischala aufwies. Er atmete vielmehr tief auf, mehrmals. Eine große Last fiel von ihm ab. Es war dies: Jahve hat sein Antlitz von ihm abgewandt, und daß die Arbeit der letzten Wochen so schwunglos geblieben war, hatte ihm bestätigt, daß Gott ihm noch immer zürnte. Denn noch immer nicht war die Rechnung zwischen ihm und Jahve ausgeglichen. Ganz abgesehen von der Sache damals mit dem „Juden Apella", war er, solange der Tempel stand, niemals seiner Verpflichtung nachgekommen, nach Jerusalem zu wallfahrten. Seine Absicht zwar war es immer gewesen, und er hatte Entschuldigungsgründe. Wirkte er nicht hier in

Rom auf seine Art zur größeren Glorie der Juden und somit zur Ehre Jahves? Verwandte er nicht seinen Einfluß und einen Teil seines Einkommens für jüdische Zwecke? Zudem litt er unter der Seekrankheit und hatte sogar aus diesem Grund lokkende Gastspiele nach dem verhältnismäßig nahen Griechenland abgelehnt. War er es nicht seiner Kunst schuldig, Leib und Geist frisch zu erhalten? Das waren gewiß triftige Gründe. Ob sie aber vor Jahve verfingen, daran zweifelte er im stillen. Denn hätte Jahve sie gelten lassen, dann hätte er ihn wohl kaum mit so vielen Heimsuchungen geschlagen. Jetzt aber sah er die Wolken verfliegen. Jahve wandte ihm sichtbarlich sein Antlitz wieder zu. Liban dankte seinem Gott mit all seinen Gebeinen, daß er dem Marull diese herrliche Idee mit den Leibeigenen gesandt hatte.

Laß es gelingen, betete er in seinem Herzen, führ es gut hinaus. Und ich will, gleich nachdem ich den Laureol gespielt habe, ich will nach Judäa fahren. Glaub es mir, Adonai, ich will. Bestimmt werde ich hinfahren, auch wenn dein Tempel nicht mehr steht. Nimm es an. Laß es nicht zu spät sein. So eifrig dachte er, daß er, der sonst so Beherrschte, die Lippen bewegte und Marull ihn mit amüsiertem Erstaunen ansah.

Sehr viele und sehr verschiedene Menschen der Stadt Rom trafen ihre Vorbereitungen für die bevorstehende Ankunft der Prinzessin Berenike.

Quintilian, einer der am meisten geschätzten Redner und Anwälte, Inhaber des Goldenen Rings des Zweiten Adels, arbeitete Tag und Nacht an der Ausfeilung der beiden Plädoyers, die er seinerzeit als Anwalt der Prinzessin vor dem Senat gehalten hatte. Es war kein unmittelbarer prozessualer Anlaß, der ihn genötigt hätte, die beiden Reden auszuarbeiten. Sie hatten ihre Wirkung längst getan, die eine war vor drei, die andere vor vier Jahren gehalten worden. Aber Quintilian war in stilistischen Fragen sehr delikat, und die Stenographen hatten damals hinter seinem Rücken seine Reden für die Fürstin Berenike in einer Fassung publiziert, die von Hör- und Schreibfehlern strotzte. Ihn, dem ein nachlässiges Übergangswörtchen, ein falsches Komma den Schlaf raubte, hatte es krank gemacht, daß Reden in so übler Form unter seinem Namen in der Welt verbreitet waren. Nun die jüdische Fürstin kam, wollte er ihr die beiden Plädoyers in einer Fassung überreichen, für deren winzigste Details er einstehen konnte.

Auch in das Leben und in den Tageslauf des Hauptmanns Kattwald griff die bevorstehende Ankunft der Prinzessin ein. Kattwald, oder wie er sich jetzt nannte, Julius Claudius Chatualdus, der Sohn eines deutschen Stammeshäuptlings, war in zartem Alter als Geisel an den Hof des Kaisers Claudius gekommen. Der deutsche Prinz war, auch als die Differenzen zwischen seinem Stamm und dem Reich beigelegt waren, in Rom geblieben. Er hatte am Leben der Stadt Gefallen gefunden, man hatte ihn erprobt und ihm ein Detachement der deutschen Leibgarde des Kaisers unterstellt. Titus nun hatte Order gegeben, daß das Detachement des Chatualdus der Fürstin Berenike während ihres Aufenthalts in Rom als Ehrengarde dienen sollte; die deutschen Soldaten galten als ebenso zuverlässig wie stur. Sie verstanden die Landessprache nicht, sie waren Wilde und hielten infolgedessen Disziplin. Aber, das wußte der Hauptmann Chatualdus, es gab *eine* Sorte Menschen, die ihnen auf die Nerven gingen: die Juden. In den Wäldern und Morästen der Deutschen erzählte man wüste Märchen von den östlichen Völkern, von den Juden im besonderen, wie feind sie allen blonden Menschen seien und daß sie gern blonde Menschen ihrem eselköpfigen Gott als Schlachtopfer darbrächten. Diese Erzählungen wirkten in den in Rom stationierten deutschen Truppen nach, öfter schon, wenn sie mit östlichen Menschen zu tun hatten, waren sie von Panik befallen worden. Als zum Beispiel August, der Begründer der Monarchie, dem Judenkönig Herodes eine deutsche Leibwache als Ehrengabe nach Jerusalem sandte, hatte der König diese Soldaten bald unter einem höflichen Vorwand zurückschicken müssen. Darum also war jetzt der Hauptmann Julius Claudius Chatualdus voll Sorgen und Zweifel und verfluchte die Schicksalsgöttinnen, die er abwechselnd als Parzen und als Nornen bezeichnete, daß man gerade seinem Detachement diese zweideutige Aufgabe zuwies.

Unter den Juden selbst herrschte Jubel und Zuversicht. Dies äußerte sich auf die verschiedenste Weise. Da waren etwa die Herren, die es sich zur Aufgabe gemacht hatten, für den Freikauf der staatlichen Leibeigenen aus dem jüdischen Krieg Gelder zu sammeln. Sonst flossen, gerade wenn Spiele bevorstanden, die Spenden zu diesem Zweck sehr reichlich. Jetzt aber hatten es die Sammler schwer. Immer wieder bekamen sie zu hören, es sei doch äußerst unwahrscheinlich, daß man bei Spielen zu Ehren einer jüdischen Prinzessin jüdisches Material für die Arena verwenden werde, und sie wurden beinahe überall abgewiesen.

Andernteils änderte sich, nun der Walfisch Ernst machte und die Jüdin offenbar wirklich auf den Thron heben wollte, auch die Haltung der Römer. Viele, die bisher die Juden als minderwertig betrachtet hatten, fanden jetzt, sie seien, wenn man sich näher mit ihnen abgebe, nur wenig von einem selber unterschieden. Viele, die bisher den Verkehr mit ihren jüdischen Nachbarn gescheut hatten, begannen sich an sie heranzumachen. Die Juden bekamen es zu spüren, daß Jahve sich nach so vielen Heimsuchungen anschickte, seinem Volke sein Antlitz wieder zuzukehren und ihm eine neue Esther zu senden.

Manche von ihnen, und zwar gerade diejenigen, die vorher die größte Angst und Servilität gezeigt hatten, fanden sich nur zu rasch in die neue Situation und wurden überheblich. Die Doktoren, besorgt um dieser Überheblichkeit willen, ordneten an, daß man in allen Synagogen des Reichs an drei Sabbaten hintereinander jenes strenge Kapitel des Propheten Amos verlese, das mit den Worten beginnt: „Wehe den Sorglosen in Zion", und das denjenigen, die „auf Betten von Elfenbein liegen und die feisten Lämmer und Mastkälber fressen", die furchtbarsten Strafen androht. Der Präsident der Agrippenser-Synagoge übrigens, der Möbelfabrikant Cajus Barzaarone, war ein wenig verärgert, daß man gerade das Kapitel mit den „Betten aus Elfenbein" gewählt hatte.

Berenike, während das Schiff sich dem Hafen Ostia näherte, stand auf dem Vorderdeck. Aufrecht stand sie, ihre goldbraunen Augen suchten den näher kommenden Hafen voll gewollter Zuversicht. Jahve war gnädig, er hatte die Seuche gesandt und ihr dadurch nochmals Aufschub gewährt. Sicher hatten ihre Ärzte und ihre Energie das Übel wirklich bewältigt, alle sagten es ihr. Sie konnten doch nicht alle lügen.

Eine riesige Menschenmenge empfing sie, als sie mit ihrem Bruder Agrippa den Landungssteg überschritt. Vieltausendstimmig grüßte man sie, den rechten Arm mit der flachen Hand ausgestreckt; der Senat hatte eine starke Delegation abgesandt, Triumphbogen waren errichtet. Sie durchschritt die Reihen der spalierbildenden Truppen, der Hauptmann Chatualdus stellte ihr die deutsche Leibwache vor, die zu ihrem persönlichen Schutz bestimmt war. Im Triumph fuhr sie nach Rom, zum Palatin.

Titus stand in dem großen Portal. Berenike schritt die Stufen hinauf, den Bruder an ihrer Seite, lächelnd. Jetzt galt es, jetzt, sich zu bewähren. Für diese Minute hatte sie Jahre hindurch gelebt, die letzten Monate hindurch unsägliche Schmerzen ertragen. Die Stufen waren hoch. Schritt sie nicht zu schnell? Zu langsam? Sie spürte ihren Fuß, sie darf ihn nicht spüren, sie darf nicht daran denken.

Oben auf der Treppe stand der Mann, angetan mit den Insignien der Macht. Sie kannte sein Gesicht, das runde, offene Knabengesicht, das sie liebte, mit dem scharf dreieckig einzackenden Kinn und den kurzen, in die Stirn frisierten Lokken. Sie kannte jeden kleinsten Schatten darin, wußte, wie diese Augen hart, eng und trüb waren, wenn er zornig wurde, wie schnell und schlaff diese Lippe herabsinken konnte, war er enttäuscht. Nein, sie sinkt nicht herab. Die Augen freilich sind trüb. Aber wann je waren sie ganz klar? Sicher sind sie erfüllt von ihr, befriedigt. Und nun kommt er ihr ja auch entgegen, nun ist ihre Anstrengung zu Ende, sie hat gesiegt, sicher hat sie gesiegt, sicher hat ihr Leben Sinn gehabt. Die Pein, die sie auf sich genommen, die unsägliche Pein ihrer Seele und ihres Leibes, muß doch Sinn gehabt haben.

Ja, Titus kam ihr entgegen. Zuerst, wie der Brauch es erforderte, umarmte und küßte er den Agrippa, dann sie. Er sprach ein paar Scherzworte zu ihr, wie lang ihr Haar schon wieder geworden sei, er gab sich jungenhaft, froh. Flüsterte ihr Liebesnamen ins Ohr, in seinem mühsamen Aramäisch aus ihrer ersten Zeit: „Nikion, meine Wildtaube, mein Glanz." Brachte sie in ihre Zimmer. Während die Deutschen klirrend Wache bezogen, fragte er, ob sie in einer Stunde von den Anstrengungen der Reise so weit erholt sein werde, daß er sie besuchen dürfe, und verabschiedete sich.

Berenike, während dieser Stunde, badete, ließ sich salben. Richtete all ihre Gedanken auf Toilette und Schmuck. Sie wollte nichts anderes denken. Sie prüfte dieses Schmuckstück, jenes, dann ließ sie den ganzen Schmuck wieder abnehmen und behielt eine einzige Perle. Sie verwandte ihr kostbarstes Parfüm, jenen Opobalsam, von dem jetzt nur mehr dieses letzte Fläschchen in der bewohnten Welt existierte.

Titus, während dieser Stunde, hörte Bericht. Man hielt ihm Vortrag über den Fortgang der Bauten, der Neuen Bäder vor allem, die der Vollendung nahe waren, über die Vorbereitungen der Spiele. Er hörte sich alles an, doch nur sein Ohr hörte, er sagte zerstreut: „Lassen wir es auf später. Später werde ich mich entscheiden."

Was war das gewesen? Er hatte sich doch alle Jahre hindurch ohne Maß darauf gefreut, die Frau die Stufen hinaufschreiten zu sehen, zahllose Male hatte seine Phantasie die leeren Stufen geschmückt mit der heraufschreitenden Berenike, und nun war sie gekommen, und warum jetzt war alles so matt und leer? Wo war der Zauber hin, der von ihr ausging? War sie anders geworden? War er anders geworden? Es war wohl das Schicksal eines jeden Menschen, daß auch die schönste Erfüllung den ungeheuern Raum nicht füllen kann, den die Erwartung aushöhlt. Oder vielleicht auch ist der Mensch ein zu schwaches Gefäß und kann eine übergroße Freude nicht aufnehmen. Oder vielleicht auch hat er zu lange warten müssen, und es ist wie mit ganz altem, edlem Wein, den man nicht mehr trinken kann.

Dann war die Stunde vorbei, und er war wieder mit Berenike zusammen. Es war die gleiche Berenike, es war die Frau, die er so wütend begehrt hatte, die ferne, östliche, überlegene, aus uraltem Königsblut, es war eine dunkle, erregende, leicht heisere Stimme, es waren ihre Augen. Aber es war doch nicht Berenike, der Glanz von früher war ein für allemal weg, es war eine schöne, gescheite, liebenswerte Frau; doch schöner, gescheiter, liebenswerter Frauen gab es viele. Er sagte sich vor, was alles ihm diese Frau bedeutet hatte, aber es nützte nichts. Seine Freude rann aus ihm, er fühlte eine ungeheure Leere und Zerschlagenheit.

Er aß mit beiden Geschwistern zu Abend, mühte sich, froh zu erscheinen. Agrippa war klug und heiter wie stets, Berenike war schön und strahlend, sie war die begehrteste Frau der Welt. Er aber begehrte sie nicht.

Er trank, um seine Begierde anzustacheln.

Wie er dann wieder allein mit ihr war, fand er denn auch verliebt stammelnde Worte wie früher, aber während er sie sprach, war ein quälendes Wissen in ihm, daß es abgeleierte, routinierte Worte waren. Er schlief mit ihr. Er verspürte Lust. Doch er wußte, daß auch andere Frauen ihm die gleiche Lust hätten verschaffen können.

Es war seltsam, daß die sonst so geistesschnelle Berenike während der ganzen langen Mahlzeit nicht gemerkt hatte, wie es um Titus stand. Ihr Bruder hatte es sogleich erkannt; aber er hatte es nicht über sich gebracht, sie aus ihrer Täuschung zu reißen. So mußte sie erst im Laufe der Nacht und von allein auf die Wahrheit kommen. Es dauerte sehr lange, bis sie daraufkam. Sie wollte sich nicht eingestehen, was war, und als sie es sich eingestehen mußte, machte sie eine neue Erfahrung: daß es nämlich Schmerzen gab, die bitterer waren als die ihrer letzten Monate.

Als Titus sie noch vor Mitternacht verließ, mit freundlichen, leicht verliebten Worten, wußten beide, daß es zwischen ihnen für immer zu Ende war.

Den Rest der Nacht lag Berenike leer, ausgehöhlt. Nun die Anspannung ihrer letzten Monate von ihr abfiel, überkam sie Erschöpfung, alle Glieder taten ihr weh, sie glaubte, sie werde sich niemals mehr von dieser schmerzhaften Erschöpfung befreien können. Eine Lampe brannte. Sie dachte: Diese korinthischen Lampen hat man jetzt Jahrzehnte hindurch gesehen, man hat sich müde daran gesehen, sie sind banal, die karthagischen sind viel besser, man müßte es Titus sagen, er darf die korinthischen nicht mehr verwenden. Dieses dachte sie mehrmals. Dann wieder überkam sie das Gefühl ihrer lastenden Müdigkeit, ihr Fuß schmerzte unerträglich. Sie wollte ein Schlafmittel nehmen, aber sie scheute die Anstrengung, ihre Kammerfrau zu rufen. Endlich schlief sie ein.

Andern Morgens, ziemlich früh schon, war ihr Bruder bei ihr. Er fand sie gefaßt. Nichts mehr war an ihr von der krampfigen Intensität, mit der sie sich bisher zusammengerafft hatte. Vielmehr war sie voll von einer großen Ruhe. Aber der Glanz war fort, jener Zauber, den selbst ihre Gegner nicht geleugnet hatten.

Agrippa blieb zum Frühstück. Berenike aß mit gutem Appetit. Sie teilte dem Bruder ihre Entschlüsse mit. Sie wolle so bald wie möglich nach Judäa zurückkehren, um den Winter auf ihren dortigen Besitzungen zu verbringen. Sie denke, der Kaiser werde noch eine Abschiedsfeier für sie veranstalten. Es war das erstemal an diesem Tag, daß sie Titus erwähnte, und es tat Agrippa in der Seele weh, wie er sagen hörte: „der Kaiser". Im übrigen, fuhr sie fort, wolle sie hier nur mehr mit zwei Leuten zusammenkommen, mit ihrem Rechtsvertreter Quintilian und ihrem Chronisten Josef Ben Matthias. Sie sprach mit solcher Entschiedenheit, daß es sinnlos gewesen wäre, mit ihr zu debattieren. „Willst du, daß ich dich begleite, Nikion?" fragte Agrippa. Berenike hatte offenbar auch diese Frage schon vorbereitet. „Das wäre natürlich schön", erwiderte sie. „Aber es scheint mir aus vielen Gründen ratsam für uns beide, daß du zur Eröffnung des Amphitheaters in Rom bleibst."

Agrippa war ein weiser, weltkluger Herr. Er hatte viel Schicksale sich wenden und vollenden sehen, ungeheure Umschwünge einzelner Männer und ganzer Völker, er glaubte sich auf Menschen zu verstehen, und mit Berenike war er seit ihrer Geburt aufs innigste verknüpft. Er war auf vieles gefaßt gewesen, aber nicht auf diese kühlen, ruhigen Erwägungen. War das Nikion, seine Schwester?

Er nahm ihre Hand, er streichelte sie, sie ließ es geschehen. Nein, das war nicht Nikion, die große Leidenschaftliche, der das höchste Ziel nicht hoch genug war. Das war nicht die Frau, die, es ist erst wenige Wochen her, nackt vor ihm gelegen war, ihren ungeheuren Jammer und ihre noch größere Hoffnung vor ihn hinschüttend. Das war eine fremde Frau: Berenike, Prinzessin von Judäa, Fürstin von Chalkis, von Kilikien, eine der ersten Damen des Reichs, klug, vernünftig und sehr fernab den heißen Träumen, an denen sie ihn hatte teilnehmen lassen.

Stattlich saß der Anwalt da, seine braunen, gewölbten Augen schauten von Berenike zu Agrippa. Er war ein Abkömmling jener spanischen Familien, die, zu Beginn der Monarchie in Rom eingewandert, sich hier schnell gesellschaftliches und literarisches Ansehen erworben hatten. Er hatte es in der kurzen Zeit geschafft: jene Reden, die er damals im Prozeß der Fürstin gehalten hatte, waren jetzt bis ins Letzte ausgefeilt, würdig, der Zeit als Beispiele großer Prosa zu dienen. Seine Tätigkeit, meinte er höflich, während er Berenike die beiden Bändchen überreichte, bedeutete ja nun keine Dienstleistung mehr für sie; denn mit ihrer Ankunft in Rom sei der Prozeß wohl endgültig entschieden. So bleibe ihm nur übrig, ihr zu danken, daß sie ihm Gelegenheit gegeben habe, so vielen Menschen zu zeigen, was gutes Latein sei.

Er sei im Irrtum, erwiderte Berenike, gerade jetzt brauche sie seine Hilfe mehr denn je. Sie werde nämlich schon in den nächsten Tagen Rom wieder verlassen.

Es gelang dem stattlichen und würdigen Mann nur schwer, seine Bestürzung zu verbergen. Er hatte die Vertretung der Fürstin, der „hebräischen Venus", wie er sie im Freundeskreis nannte, wirklich nur deshalb übernommen, weil er hier eine lockende Möglichkeit sah, große Redekunst zu entfalten. Berenikes Rechtsansprüche hatten eine umständliche Vorgeschichte. Gerade das hatte ihn gereizt; er war berühmt wegen seiner Fähigkeit, schwer Durchsichtiges lucid zu machen, die Logik der lateinischen Sprache erlaubte es, auch die verwikkeltsten Dinge klar darzustellen, und die lateinische Sprache und die Wahrung ihrer edlen Tradition war ihm Herzenssache. An dem Prozeß selber lag ihm wenig; ja, daß das Ende dieses Prozesses eigentlich von vornherein feststand, war die unausgesprochene Voraussetzung gewesen, unter der er das Mandat angenommen hatte.

Es ging um die Frage, wieweit mit den Herrschaftstiteln der Berenike in Chalkis und Kilikien faktischer Besitz, Steuersouveränität vor allem, verbunden war. An sich bestand der Anspruch der Fürstin zu Recht. Gewiß hatte einmal, vor Jahrzehnten, einer ihrer Vorgänger in der Herrschaft Handlungen begangen, die ein römisches Gericht als Aufruhr hätte deuten und mit der Annullierung der Steuersouveränität hätte bestrafen können. Da Senat und Volk von Rom das aber damals unterlassen hatten, war der Anspruch des Reichs verjährt, Berenike genoß ihre Privilegien zu Recht. Anderenteils ging es um hohe Werte, und die Rechtsbestimmungen waren dehnbar.

Die ganze Stadt nahm an, daß, da die Gunst des Titus hinter der „hebräischen Venus" stand, der umständliche Prozeß eine reine Formsache war und mit einem sicheren Sieg Berenikes enden müsse. Wenn sich die Angelegenheit so in die Länge zog, dann nur deshalb, weil der knauserige Vespasian sich den formalen Verzicht auf so hochwertige Rechte nicht abringen konnte, trotzdem er faktisch längst vollzogen war; denn die Steuern waren die ganze Zeit über in Berenikes Kassen geflossen. Nun Titus an der Macht war, bestand kein Zweifel mehr, daß Rom in kürzester Frist Berenike im Besitz ihrer Rechte bestätigen werde.

So war die Situation gewesen, als Quintilian die Fürstin begrüßte. Jetzt, mit dem kurzen Satz der Berenike, hatte sie sich erschreckend verändert. Im Lauf einer Viertelminute war der Prozeß aus einer literarischen Angelegenheit eine bedrohliche, politische geworden. In dem Augenblick, da Titus nicht mehr hinter der Besitzerin der Herrschaften stand, wurde es sehr zweifelhaft, ob Rom die große und leichte Beute werde fahrenlassen.

Qintilian, während er sich bemühte, gelassen dazusitzen

und auf eine so unerwartete Mitteilung die rechte Antwort zu finden, erwog in rasender Eile, was für Folgen die Ungnade der Berenike haben könne. Eine Menge Probleme taten sich vor ihm auf. Wird man nicht von Regierungsseite an ihn herantreten mit der Lockung, seine Klientin zu verraten? Wird nicht vielleicht andererseits der Kaiser, gerade weil er ihre Beziehungen zerreißt, sie entschädigen wollen? Da war er hergekommen in der Meinung, es gelte, einer guten Kennerin ein paar Seiten ausgezeichneter Prosa zu überreichen. Statt dessen sah er sich plötzlich vor lebenswichtigen Entscheidungen. Die Vertretung einer solchen Mandantin war bedenklich, vielleicht gefährlich. War es nicht das klügste, zu erklären, es sei seit langem sein Plan gewesen, sich ausschließlich seinen literarischen Arbeiten zu widmen, was übrigens stimmte, und da nun durch die überstürzte Abreise der Fürstin der Prozeß sich von neuem zu verwickeln drohe, müsse er die Vertretung mit Bedauern niederlegen?

Quintilian hatte die Juden nie geliebt, und der Einfluß der „hebräischen Venus" auf die römische Politik war ihm immer unbehaglich gewesen. Sich jetzt von ihr loszusagen war eine große Versuchung, aber Quintilian war ein leidenschaftlicher Stilist. Darzutun, daß das Lateinische dem Griechischen in nichts nachstehe und es in vielem übertreffe, war der Sinn seines Lebens. Er war in erster Linie Lateiner, erst in zweiter Römer. Er war überzeugt, daß ein Mann und sein Stil identisch seien, daß Unanständigkeit sich notwendig auch im Stil auswirke und daß, wenn er sich in dieser Prüfung nicht würdig benehme, sein Latein leiden werde. Er beschloß, fair zu sein.

Berenike, während Quintilian zweifelte und sich entschied, legte ihre Ansprüche und ihre Argumente dar. Sie sprach mit erstaunlicher Logik, ohne Affekt. Sie bedurfte der Logik und der Vernunft. Berenike, in der Gunst des Titus, die Kaiserin, hätte Konzessionen machen können. Berenike, von Titus verlassen, Fürstin von Chalkis und Kilikien, dachte nicht daran, auch nur auf ein Titelchen ihres Anspruchs zu verzichten. Sie stammte ab von großen Königen, die, eingekeilt zwischen den stärksten Mächten der Welt, immer wieder ein außerordentliches Maß von Staatsklugheit und rascher Entschlußkraft benötigt hatten. Sie war in Wahrheit Enkelin dieser Könige. Es ist ein neues Feld, auf dem sie sich zu bewähren hat, aber sie wird sich bewähren. Sie wird Titus zwingen, noch manchmal an sie zu denken. Sie wußte so gut wie Quintilian, daß die letzte Entscheidung beim Kaiser lag. Sie wird ihn zwingen, sein Gesicht zu zeigen.

Quintilian war erstaunt über ihre Verstandesschärfe. Noch mehr staunte Agrippa. „Was ziehst du vor, Berenike", sagte er, nachdem Quintilian gegangen war, er sagte jetzt Berenike, nicht mehr Nikion, „was ziehst du vor, daß Titus dir die Privilegien nimmt oder daß er sie dir läßt?" Berenike sah ihren Bruder ohne Lächeln an; sie wußte, woran er dachte. „Ich liebe einen guten Haß mehr", sagte sie, „als eine gleichgültige Gerechtigkeit."

Wie dann Josef kam, ließ sie sich ein letztes Mal gehen. Dieser ihr Vetter hatte gesehen, wie ihre Freundschaft mit Titus begann, hatte selber eingegriffen und geholfen. Sie wollte, nun sie Rom und ihre Träume endgültig verließ, vor ihm, dem Geschichtsschreiber der Zeit, so dastehen, wie sie wünschte, daß die Späteren sie sähen. Aber als er nun da war, vergaß sie den Zweck, zu dem sie ihn gerufen hatte. Einmal hatte sie diesen Mann verhöhnt, weil er sich vor dem Römer gekrümmt hatte, sie hatte die sieben Schritte Abstand vor ihm gehalten wie vor einem Aussätzigen. Wieviel war sie von ihm unterschieden? Hatte sie nicht selber während dieses ganzen Jahrzehnts das gleiche getan wie er, nur mit weniger Erfolg? Die Gedanken und Gefühle ihrer schmerzhaften letzten Nacht brachen aus ihr hervor, und sie bekannte und bereute. „Es war falsch", klagte sie sich an. „Alles, was wir getan haben, mein Bruder und ich, war falsch. Gewiß, der Krieg mußte schlimm enden, auch wenn wir geholfen hätten, und es war gut und richtig, daß wir abgemahnt haben. Aber es war falsch, daß wir dann, als der Aufstand trotzdem losbrach, uns nicht an die Spitze stellten. Wir hätten mit den andern umkommen sollen. Wir haben uns lumpig benommen. Auch Sie haben sich lumpig geführt, mein Vetter Josef. Aber Sie haben wenigstens Erfolg gehabt. Ich hatte nicht einmal Erfolg. Wenn wir im Aufstand mitgekämpft hätten", fügte sie wild und verbissen hinzu, „dann hätten wir vielleicht Titus mit in unsern Untergang hineingerissen."

Josef hörte sie an. Mit ihren ersten Worten, bei ihrem Anblick schon, war alles, was er seit dem Tod des Vespasian für sich erträumt hatte, eingestürzt. Er war zu ihr gegangen, stolz, voll Hoffnung und Triumph, der große Schriftsteller zu der Kaiserin, die ihm hold war. Und nun war es nicht die Kaiserin, nun war es eine welkende, enttäuschte Frau, und er war mehr als sie. Denn es war, wie sie sagte: er hatte wenigstens seinen Erfolg.

Sie indes klagte weiter: „Es gibt kein Verständnis zwischen uns und den andern. Sie haben ein kaltes Herz. Wir spüren, was der andere spürt, ihnen ist es versagt. Aber vielleicht auch ist das ein Geschenk, daß sie es nicht spüren können, und die Ursache ihres Erfolgs."

Noch am gleichen Tage teilte sie dem Kaiser auf beiläufige, liebenswürdige Art mit, dieses Mal bekomme ihr das Klima und der feiertägliche Trubel Roms ungewöhnlich schlecht. Sie fühle sich erschöpft und bitte den Kaiser, nachdem sie ihm ihre Glückwünsche zum Thronwechsel überbracht und ihm ihre Ehrerbietung bezeigt habe, wieder in die Einsamkeit ihrer judäischen Güter zurückkehren zu dürfen.

Oh, wie war Titus betrübt, was fand er für scharmante und unbeteiligte Worte des Bedauerns. Er war wirklich ein höflicher Herr, und man mußte ein feines Ohr haben, um herauszuhören, wie er aufatmete. Übrigens schnitt Berenike, trotzdem sie es anders beschlossen hatte, noch in der gleichen Audienz die Frage ihres Prozesses an. Sie meinte, nun sie, und wohl auf lange Zeit, Rom verlasse, sei es vielleicht geraten, mit ihm die leidige Frage ihrer Privilegien in Chalkis und Kilikien zu erörtern. Denn zuletzt werde ja doch er diese Frage zu entscheiden haben. Schon während sie sprach, bereute sie. Sie hatte ihm die Probe zu leicht gemacht. Er wird froh sein um ein so bequemes Mittel, sie zu „entschädigen". Sie hätte jetzt nicht sprechen sollen. Aber zu groß war ihre Begier, zu erfahren, wie er darauf reagieren werde.

Er schien geradezu erfreut, daß sie von diesem Rechtshandel anfing. Selbstverständlich, erklärte er, sei es an der Zeit, die läppische Angelegenheit endlich aus der Welt zu schaffen. Seine Minister und Juristen seien umständliche Aktenkrämer. Er sei sich längst klar über den Fall, und er danke ihr, daß sie ihn daran erinnert habe. Gewiß beständen alle ihre Ansprüche zu Recht, nur sein Vater, der Gott Vespasian, sei, wie sie wisse, in gewissen Sachen etwas eigenartig und zurückhaltend gewesen. Er werde Weisung geben, die Sache in kürzester Frist zu regeln. „In kürzester Frist?“ verbesserte er sich mit lärmender Betriebsamkeit. „Noch heute, sogleich müssen wir das in Ordnung bringen“, und er klatschte seinen Sekretär herbei und gab unmißverständliche Order.

Berenike saß lächelnd da, hörte lächelnd die fröhlichen, geschäftigen Weisungen des Kaisers, die ihr und ihrem Bruder den so lange umstrittenen Besitz von vielen Millionen sicherten. Sie hatten, sie und ihr Bruder, die letzten Hasmonäer, einen großen Teil ihrer Reichtümer dazu verwandt, den Staatsstreich zu finanzieren, der diesen Mann und seinen Vater auf den Thron gehoben. Es wurmte sie, daß Titus sich jetzt seiner Schuld so großzügig entledigte. Sie hat ihn geliebt, und er findet sie ab.

Drei Tage später veranstaltete Titus ein offizielles Abschiedsfest für sie. In schöner Rede feierte er die große, liebenswerte, östliche Fürstin und bedauerte, daß sie seinem Rom so schnell den Rücken kehre, noch bevor sie ihm Gelegenheit gegeben habe, ihr sein neues Theater und seine Spiele zu zeigen. Berenike bemerkte mit einer Art bitterer Genugtuung, daß er sich für diese Rede stenographische Notizen gemacht hatte, die er in seinem Ärmel versteckt trug.

Dann fuhr sie fort. Von dem gleichen Ostia, wo sie angekommen. Agrippa, Claudius Regin, Quintilian, Cajus Barzaarone, der Hauptmann Chatualdus mit ihrer deutschen Leibwache begleiteten sie zum Schiff. Zwei römische Kriegsgaleeren gaben ihrem Fahrzeug das Geleit, bis die Küste außer Sehweite war. Noch vorher kehrte fröhlich der Hauptmann Chatualdus mit seinen deutschen Soldaten nach der Stadt zurück. Die Juden blieben am Ufer, bis das Schiff verschwand und mit ihm ihre Hoffnungen.

Berenike hatte sich sogleich, als das Schiff in See stach, in ihre Räume zurückgezogen. Es hatte übrigens in Rom niemand wahrgenommen, daß sie sich am Fuß verletzt hatte.

Niemals war ein Gast des Kaisers mit größeren Ehren entlassen worden. Überdies erschien am Tag ihrer Abreise das Edikt, das ihr die umstrittenen Herrschaften von Chalkis und Kilikien und den Titel einer Königin zuerkannte. Nach wie vor hing groß ihr Porträt im Empfangssaal des Kaisers. Kein Mensch außer Agrippa und Josef hatte erfahren, was zwischen Titus und ihr vorgegangen war. Dennoch wußten, und das binnen kürzester Frist, Stadt und Reich darum. Diejenigen, die sich vor wenigen Wochen mit Schnelligkeit und Inbrunst von den hervorragenden Qualitäten der Bewohner des rechten Tiberufers überzeugt hatten, fanden jetzt mit noch größerer Schnelligkeit und Inbrunst zu ihrer alten Überzeugung zurück und ließen die Juden durch doppelt brutale Verhöhnung ihre Minderwertigkeit fühlen. Die Juden, die eine Woche zuvor überheblich und sicher einhergegangen waren, wurden wieder klein und verzweifelt, und die Doktoren ordneten an, daß man in allen Synagogen des Reichs an drei Sabbaten hintereinander jenes schöne Kapitel des Propheten verlese, das mit den Worten beginnt: „Tröstet, tröstet mein Volk."

In den Büros, in denen man die Fechterspiele organisierte, gab es jetzt auf einmal keinen Zweifel mehr, ob man die Restbestände aus den Gefangenendepots des jüdischen Kriegs verwenden solle. Die Preise für diejenigen, die sich freiwillig meldeten, sanken um vierzig Prozent. Niemand mehr interessierte sich für den jungen Mann aus guter Familie, der sich hatte anwerben lassen, um die Kosten für die Beerdigung seines Vaters aufzutreiben.

Selbst in den Depots der Gefangenen wußte man Bescheid. Man sandte herzzerreißende Bitten an die jüdischen Gemeinden, zu helfen, einen loszukaufen. Die Herren, die für diese Zwecke sammelten, hatten denn auch jetzt größere Erfolge. Trotzdem war für den einzelnen die Chance des Loskaufs gering, es waren der Gefangenen zu viele, und in den Depots blieb man finster, hoffnungslos und betriebsam. Man bat den Gegner, einen nicht zu schonen, so wie man ihn selber nicht schonen werde; denn wer viele Gegner besiegte, hatte doch vielleicht Chance, mit dem Leben davonzukommen. Aber man wußte, daß diese Chance nicht groß war, daß hinter den meisten Namen in der Liste das fatale „P" stand, und während man trainierte, rüstete man sich zu sterben, legte Sündenbekenntnisse ab, traf Verfügungen, betete.

Titus sank, nachdem Berenike fort war, oft in eine tiefe Zerstreutheit. Er stand vor ihrem Bild und grübelte. Er konnte nicht begreifen, was eigentlich vorgegangen war. Berenike war doch die gleiche Frau gewesen wie früher. Das war das Gesicht, die Brust, die Glieder, die Haltung, das waren Körper und Seele, die er durch zehn Jahre hindurch geliebt hatte. Wie konnte ein so starkes Gefühl, das unwiderstehlichste, das er in seinem Leben gespürt hatte, sich so plötzlich verflüchtigen? War das eine Strafe dieses Gottes Jahve, der ihm sein höchstes Glück wegnahm? Vielleicht aber auch war es im Gegenteil ein Gnadenakt des Capitolinischen Jupiter, der ihm die Augen öffnete und ihn auf seine rechte Aufgabe verwies. Allein diese zweite, tröstliche Auffassung vermochte die erste, beängstigende nicht ganz zu vertreiben.

Wie immer, bei seinen Römern schaffte dem Walfisch der Bruch mit der Jüdin einen ersten großen Erfolg. Die Liebe des Volkes, um die er so lange vergeblich gekämpft hatte, jetzt fiel sie ihm auf einmal von allein zu. Er genoß sie mit Behagen. Er hatte sich lange genug erlesene Anwandlungen gestattet, eine esoterische Neigung zum Osten. Er atmete auf, nun er diese teuer erkauften Gefühle los war.

Breit sonnte er sich in der Liebe seines Volkes. Wandte immer neue, raffinierte Mittel an, sie zu steigern. Verschwendete. Erst jetzt hatte er die volle Freude an seinen Bauten, an den großartigen Vorbereitungen der Spiele. Immer seltener ließ er den unbequemen Mahner Claudius Regin vor sein Gesicht. Ohne Begleitung, ohne Maske, ein Privatmann, ging er in den Straßen spazieren und schlürfte es ein, wie die Massen von ihm sprachen. Denn wenn sie jetzt den Namen Walfisch gebrauchten, so geschah es mit Sympathie, mit Zärtlichkeit, und es war nicht mehr viel Unterschied zwischen dieser Bezeichnung und der, die seine Hofpoeten und Rhetoren für ihn erfunden hatten: „Die Liebe und Freude des Menschengeschlechts".

Gegen den Rat seines Intendanten feierte er die Vollendung der Neuen Bäder nicht durch ein auf den Adel beschränktes Einweihungsfest, sondern ließ schon am ersten Tag die Massen zu. Er selber fand sich an diesem Tag in dem riesigen herrlichen Etablissement ein, ohne Leibwache, ein beliebiger Mann unter den vielen tausend Besuchern. Entkleidete sich mitten unter allen andern, schwamm mit ihnen in dem Bassin mit lauem und in dem Bassin mit kaltem Wasser, ließ sich mit ihnen zusammen frottieren, sprach mit seinen Nachbarn, im Dialekt, in einem Gemisch von Sabinisch und Römisch, sagte ihnen zur Freude „Rauma" statt „Roma", scherzte mit ihnen, wieviel man den Bademeistern Trinkgeld geben solle. Er stand mit den andern in der großen Halle vor dem Fresko, das nun freilich nicht das Meisterwerk „Die versäumten Gelegenheiten" war, sondern nur ein ziemlich banaler mythologischer Schinken „Venus entsteigt dem Schaum". Wie immer, das Fresko bot willkommenen Vorwand zu obszönen Witzen. Er selber riß die obszönsten. Alle erkannten den Kaiser, aber sie gingen von ganzem Herzen auf das Spiel ein und taten, als erkennten sie ihn nicht.

Bei alledem überkam ihn manchmal, plötzlich, eine grübelnde Fremdheit. War das wirklich er, der da unter schallendem Ruf, den Kopf voran, ins Wasser sprang? War das er, der mit Behagen Rauma sagte statt Roma und über die Scham der Venus spaßte? Lärmend trieb er sich in dem großartigen Gebäude herum, stieß seine Römer vor den Bauch, ließ sich von ihnen auf die Schulter schlagen und war ungeheuer beliebt. Er fragte schließlich geradezu, ob sie sich freuten, den Walfisch unter sich zu haben. Stürmisches Gelächter, ungeheurer Jubel war die Antwort. Aber während er mitlachte und lärmte, dabei sogar in Gedanken seine eigenen Worte mitstenographierend, fand er, das sei höchstens der Walfisch, der da lachte und lärmte, nicht der echte Titus. Der echte Titus war fernab, nicht in den Neuen Bädern; er schaute einem

Schiff nach, das er nie gesehen hatte und auf dem Berenike war, und das er auf seinem schnellsten Kriegsschiff nicht erreichen konnte.

Demetrius Liban brachte dem Intendanten der Schauspiele das Manuskript des „Seeräubers Laureol". Liban war sehr stolz. Der Text der Revue war großartig geworden; das war in Wahrheit das Stück, von dem er seit seiner Kindheit geträumt hatte, und es kam im rechten Augenblick. Er war auf dem Gipfel seiner Kraft, reif, diese Rolle auszufüllen, in der die ganze Epoche stak.

Voll tiefer Genugtuung erzählte er dem Intendanten, wie er sich Regie und Darstellung vorstelle. Aber der sonst so höfliche und schnell begeisterte Herr blieb diesmal frostig. Er glaubte nicht, sagte er, daß man sich zur Aufführung einer neuen Revue entschließen werde. Man denke an etwas Aktuelles, an die Posse vom „Juden Apella" zum Beispiel; man habe bei Hofe an sehr einflußreicher Stelle den Wunsch geäußert, diese Posse einmal wiederzusehen, und dem römischen Publikum sei sie bestimmt gerade jetzt besonders willkommen.

Demetrius Liban riß die blaßblauen, trüben Augen weit auf, fast dümmlich vor Verwunderung. Träumte er? War das der Intendant, mit dem er sprach? War man im Jahr 833 nach Gründung der Stadt? Was faselte der Mann da? Er war doch gekommen, um den Seeräuber Laureol zu spielen. Hatte der Mensch nicht etwas gesagt vom Juden Apella? Wie denn? Was denn? War das ein Witz? Wollte der Mensch ihm die Freude verderben dadurch, daß er den Alpdruck von vor fünfzehn Jahren wieder aufsteigen ließ, die Ängste und Skrupel um diese gefährliche Posse, die in dieser Zeit Pogrome und Unheil heraufbeschwören mußte? „Der Kaiser will den ‚Juden Apella' sehen?" stammelte er. Und, was ihm seit dreißig Jahren nicht mehr passiert war, sein erlesenes Griechisch nahm die Färbung des Dialekts an, jenes halb aramäischen Dialekts, dessenthalb man die Bewohner des rechten Tiberufers verspottete. „Es liegen noch keine bestimmten Weisungen vor", sagte vorsichtig der Intendant, „aber ich halte es für äußerst unwahrscheinlich, daß man auf den ‚Seeräuber Laureol‘ zurückgreifen wird.“

Diesmal hatte Liban deutlich gehört. Es war kein Traum, es waren Worte, nüchterne, ernstgemeinte. Sie trafen ihn, ein jedes wie ein Schlag auf den Kopf, erschütterten ihn bis in die Eingeweide. Schwankend, verwirrten Blickes, entfernte er sich.

Er schickte die kappadokischen Läufer und die Sänfte nach Hause; er mußte jetzt gehen, sich bewegen. Den Palatin herunter zum Forum ging er, taumelnd, vor sich hin schwatzend. Die Vorübergehenden sahen ihm erstaunt nach. Viele erkannten ihn. Einige folgten ihm, Müßiggänger, Kinder, immer mehr. Er sah es nicht. Er fühlte sich plötzlich sterbensmüde, setzte sich auf die Stufen des Friedenstempels, ächzend. Da hockte er, wiegte den Oberkörper, wackelte mit dem Kopf, ein alter Jude. Freunde brachten ihn nach Haus.

Bittere, reuige Gedanken zernagten ihn. Was ihm geschah, konnte kein Zufall sein. So lange hatte er auf diese Erfüllung gewartet, und nun sie da war, nun der Mensch in seinem Innern fertig war, der Text geglückt, der rechte Rahmen geschaffen, da, im letzten Augenblick, in dem Augenblick gewissermaßen, da er auf die Szene treten wollte, stürzte ihm diese Szene vor den Füßen zusammen. Es war die Strafe Jahves.

Seine graublauen, trüben Augen wurden vollends stumpf, sein blasses, leicht gedunsenes Gesicht grau, faltig wie ein ungleichmäßig gefüllter Sack. Er zergrübelte sich, verfiel.

So fand ihn Josef. Der hatte den Umschwung vielleicht am wenigsten zu spüren bekommen; was er erreichen konnte, hatte er schon vorher erreicht. Als er jetzt den Schauspieler dermaßen zerstört vor sich sah, packte ihn der Gedanke, daß es ihm selber leicht ebenso hätte gehen können. Auch erinnerte er sich, was alles Demetrius Liban für ihn getan hatte, als er das erstemal in Rom gewesen war. Josef, trotzdem er in seinem Buch keine Ziffern gebracht hatte, war ein genauer Rechner. Er vergaß es nicht, wenn einer ihn kränkte, aber er vergaß auch nicht, was einer Gutes für ihn tat. Als jetzt der

Schauspieler so klein und elend vor ihm saß, als er ihm berichtete, wie man ihm zugemutet habe, den Juden Apella zu spielen an Stelle des Seeräubers Laureol, da beschloß Josef, seinem Freunde Genugtuung zu schaffen. Er faßte einen kühnen Plan, er ging zu Lucia.

Josef verstand sich auf Frauen. Vom ersten Augenblick an, da er Lucia gesehen hatte, wußte er, wie sie zu nehmen war. Sie war gierig nach Leben, empfänglich für starke Leidenschaft, frei von Furcht. Marull hatte ihm erzählt, sie habe es nicht gebilligt, daß Titus Berenike wegschickte, sosehr das in ihrem und Domitians Interesse war. Wenn es Josef gelang, ihr klarzumachen, wie unfair man gegen den Schauspieler handelte, dann, des war er sicher, wird sie sich seiner annehmen.

Lucia verbarg nicht ihre Freude, ihn zu sehen. Josef sprach mit ihr offen wie mit einer guten, verständigen Freundin. Er sprach von Berenike, erzählte ihr aus ihrer ersten Zeit Dinge, die er noch nie erzählt hatte. Er sprach warm von Titus, bedauerte, daß er sich von Berenike gelöst hatte, gab ihm aber gleichwohl recht und sah mit Freuden, daß Lucia sich gegen diesen seinen Männerstandpunkt leidenschaftlich empörte. Von da an hatte er leichten Weg. Schnell und ohne daß er selber starke Worte brauchen mußte, hatte er sie so weit, daß sie das Vorgehen gegen die Juden der Stadt und gegen den Schauspieler im besonderen mißbilligte. Es war unfair, diese Leute erst zu verhätscheln und in tausend Hoffnungen zu wiegen und sie dann mit einem Fußtritt beiseite zu stoßen. Ja, das war ihre Meinung. Sie wird mit dieser Meinung nicht zurückhalten, auch vor ihrem Schwager Titus nicht. Groß, die kühnen Augen über der scharf einschneidenden Nase weit auseinander, saß sie vor Josef, der hohe Turm ihrer kunstvoll frisierten Locken zitterte leicht, Josef war überzeugt, daß Titus ihre Meinung ernstlich bedenken werde.

Titus strahlte, als er Lucia sah. Er sah sie neu. Wohl hatte er schon in diesen letzten Wochen wahrgenommen, wie schön und voll Kraft sie war, aber da war er noch durch die Jüdin verzaubert gewesen. Jetzt erst sah er sie recht, gewissermaßen zum erstenmal, ihr kühnes, unbekümmertes, sinnliches Gesicht. Diese wußte zu leben. Er war der Narr, und Bübchen hat recht gehabt. Hätte er in so jungen Jahren wie Bübchen eine Frau gefunden, dieser gleich, dann hätte er wohl kaum in allen Erdteilen so wüst herumgehurt, dann wäre alles gut gegangen, und er hätte noch die Fähigkeit, Kinder zu zeugen. Dann auch wäre er kaum in den Bann der Jüdin gefallen, und dieser peinvolle Umweg wäre ihm erspart geblieben.

Was sagte Lucia da? „Wie Sie es gemacht haben, Schwager, das war Ihrer nicht würdig. Daß eine Frau einem nicht mehr gefällt, das kommt vor, das liegt in der Natur der Sache, dagegen ist nichts zu sagen. Aber ich finde es unfair, daß Sie diese Änderung Ihres Geschmacks fünf Millionen Menschen entgelten lassen. Mir sind, abgesehen von wenigen Ausnahmen, Ihre Juden unsympathisch, wahrscheinlich noch unsympathischer als Ihnen. Aber wie Sie sie jetzt behandeln, Titus, das geht nicht. Wenn Bübchen so etwas machte, ich würde ihm den Marsch blasen." – „Wissen Sie, Lucia", sagte Titus geheimnisvoll und wie in einer plötzlichen Erleuchtung, „dieser Reiz, der von ihr ausging, das war nichts Natürliches, Gesundes. Es war nur das Fremdländische, dieses verfluchte Östliche. Erst jetzt habe ich sie mit guten, römischen Augen gesehen. Sie ist eine alte Jüdin, meine Römer haben recht. Ich bin gesund geworden, ein bißchen plötzlich, und da haut man leicht über die Stränge. Wahrscheinlich stimmt das, was Sie sagen. Ich werde aufpassen, daß man nicht zu weit geht."

Er sah sie an, und sie sah ihn an, und er gefiel ihr. Sie liebte Bübchen auf ihre Art, aber Titus war interessanter. Beim Jupiter, das war kein Walfisch, das war ein springlebendiger Delphin. Wie reizvoll unberechenbar er war, militärisch straff jetzt, dann wieder knabenhaft verspielt, dann wieder grübelnd über seine Sehnsucht nach dem Osten, versinkend. Heute zeigte er unbekümmert, kindlich, wie froh er an ihr war. Er fand die rechten Worte, nicht zudringlich, nicht schüchtern. Er war nicht der Kaiser, war nicht der Bruder ihres Gatten, er war einfach ein Mann, der ihr gefiel und dem sie gefiel.

Claudius Regin ließ sich melden. Der Kaiser empfing ihn nicht, bestellte ihn für den andern Tag. Als Lucia fortwollte, hielt er sie zurück, und als sie endlich auseinandergingen, spürten sie eine starke, angenehme Neigung einer für den andern. Jetzt erst, so kam es Titus vor, war er ganz von der Jüdin genesen, und wieder streifte ihn jene läppische, abergläubische Hoffnung, diese Lucia vielleicht könne ihm einen Sohn gebären.

Den Tag darauf gab er Weisung, das Bild der Berenike wegzuhängen. Nun erinnerte in Rom nichts mehr an sie als jenes Sternbild in der Nähe des Löwen, jenes ferne, feine Leuchten, zart wie ein Haarstreif, das ihren Namen trug.

Der Intendant hatte das Erschrecken und die Demütigung des Demetrius Liban mit Vergnügen wahrgenommen. Da der Schauspieler ihn oft durch seine Star-Allüren gereizt hatte, nutzte er mit Freuden die Gelegenheit, ihm das heimzuzahlen. Sowie er Titus das nächste Mal Vortrag hielt, versuchte er, ihn zu bewegen, eine Aufführung der Posse „Der Jude Apella" anzuordnen.

Kaum aber hatte er von dieser Sache begonnen, so mußte er an der Haltung des Kaisers merken, daß er seine Zustimmung nicht so glatt erlangen werde, wie er gehofft hatte. Wen er da vor sich hatte, das war der Walfisch, ein plumpes Tier, aber gefährlich durch Ungeheuerlichkeit, so daß die Jagd Listen und Umwege erforderte. Geschickt bog der Intendant denn auch ab, kam aber später von neuem, diesmal mit viel beiläufigeren, vageren Worten, auf das Verlangen der Römer zurück, einmal wieder die Posse vom „Juden Apella" zu sehen. Er kannte die Schwäche des Walfischs, er wußte, wieviel diesem am Beifall der Massen lag. Er betonte, daß er selber den „Juden Apella" nicht sehr liebe und daß der „Laureol" des Marull sehr gut sei. Er halte es aber für seine Pflicht, dem Kaiser zu berichten, wie sehr die Massen gerade jetzt eine Aufführung des „Juden Apella" wünschten.

Titus schaute den in demütig abwartender Haltung dastehenden Herrn aus merkwürdig abwesenden Augen an. Soll er seinem Volk einen Wunsch abschlagen, den er so leicht erfüllen kann? Freilich, er hat Lucia ein Versprechen gegeben. Hat sich verpflichtet, dafür zu sorgen, daß man „nicht zu weit gehe". Auch liegt es keineswegs in seiner Absicht, den Demetrius zu kränken.

Verdrossen saß er da, sinnloses Zeug auf sein Notiztäfelchen stenographierend. Er ging Entscheidungen gerne aus dem Weg, er liebte Kompromisse. „Wie wäre es", sagte er, „wenn man den Liban seinen Laureol spielen ließe und einen dritten, den Latin zum Beispiel oder den Favor, den Juden Apella?"

Der Intendant zuckte die Achseln. „Ich fürchte", erwiderte er, „damit verlöre die Aufführung ihren Reiz. Die Römer würden sich wundern, daß nicht ein Jude den Juden spielt. Man würde außerdem durch eine solche Lösung den Liban nicht weniger kränken als das Volk; denn Liban war meisterhaft in der Rolle." Da er sah, daß sich der Kaiser noch immer nicht entschließen konnte, machte er Konzessionen. Daß der Monarch, meinte er, auf den Schauspieler keinen unziemlichen Druck ausüben wolle, entspreche durchaus seiner milden Wesensart. Er glaube aber, es gebe einen Mittelweg. Man könne dem Volk die beliebte und aktuelle Posse zeigen, ohne den Schauspieler vor den Kopf zu stoßen. Wie wäre es, wenn man zum Beispiel den Liban bäte, jetzt während der Spiele den Apella darzustellen, und ihm dafür das bestimmte Versprechen gäbe, ihn demnächst den Laureol spielen zu lassen?

Titus überlegte. Aber trotzdem er zögerte, sah der Intendant sogleich, daß er jetzt den Walfisch zur Strecke gebracht hatte. Und so war es. Wenn Titus zögerte, dann nur, um das Gesicht zu wahren. In seinem Innern war er glücklich über das Kompromiß, das der Intendant vorschlug. Auf diese Weise hielt er das Versprechen, das er Lucia gegeben hatte, und brauchte trotzdem seine Römer nicht zu verärgern. „Gut", sagte er.

Liban verfluchte sein Schicksal. Immer wieder stellte es ihn vor so bittere Alternativen. Als er damals, nach qualvollem Schwanken, den Juden Apella gespielt hatte, war das wenigstens eine Angelegenheit gewesen, die die ganze Judenheit betraf. Daß sie zum Schaden ausgegangen war, daß schließlich, wenn man es so wollte, Staat und Tempel daran verdarben, war nicht seine Schuld. Jetzt ging das Problem ihn allein an, nicht die Gesamtheit, aber es drückte ihn darum nicht weniger. Wenn er nicht auftrat, wenn er es hinnahm, daß man ihn bei den Hunderttägigen Spielen überging, dann war er für immer erledigt. An dem Kaiser wird er von nun an kaum mehr eine Rückendeckung haben. Bestimmt wollte der sich, vielleicht sogar ohne daß er es wußte, an allen Juden rächen für die Enttäuschung, die Berenike ihm bereitet hatte. Wenn er sich jetzt weigerte, den Juden Apella zu spielen, dann wird das dem Titus ein willkommener Vorwand sein, ihn für immer unten zu halten. Und er war einundfünfzig Jahre alt.

Er war zweiundfünfzig Jahre alt, aber das gestand er sich nicht ein.

Damals, als er das erstemal den Juden Apella spielte, hatte er ein Gutachten der Doktoren eingefordert. Das Gutachten war zweideutig ausgefallen, es verbot im Nachsatz, was es im Vordersatz erlaubte. Diesmal forderte er kein Gutachten. Er wußte, wenn er jetzt den Juden Apella spielt, werden das die Doktoren einmütig und unverklausuliert für eine Todsünde erklären. Die Doktoren waren gelehrt, und er verehrte sie. Aber in dieser Sache konnten sie ihm nicht raten, ihre Grundsätze waren zu starr.

Er sprach mit Josef, mit Claudius Regin. Durfte er es auf sich nehmen, durch Darstellung des Juden Apella sich über sein Judentum lustig zu machen, wie man ihm zumutete? Durfte er andernteils, nachdem Jahve ihn mit so außergewöhnlicher Kunstbegabung begnadet hatte, sich weigern und sich durch solche Weigerung das Theater für immer verschließen? Sowohl Josef wie Regin fanden kein Ja und kein Nein, beide waren schwunglos.

Am Ende entschloß sich Demetrius Liban, aus dem Depot der für die Spiele bestimmten kriegsgefangenen Juden fünf mit großen Geldopfern freizukaufen und den Juden Apella zu spielen.

„Ich bin nicht sentimental, aber die Narbe unter der linken Brust darfst du nicht küssen“, sagte Lucia zu Titus, mit großen, gleichmäßigen Zähnen lachend. „Er darf es auch nicht.“

Es war die Nacht vor der Eröffnung des Flavischen Amphitheaters, die erste Nacht, die sie mit ihm verbrachte.

„Warum machst du mich eifersüchtig, Lucia?“ fragte Titus zurück. „Warum quälst du mich?“

Groß, satt, nackt lag sie da. „Ich habe dir immer gesagt, daß ich ihn liebe“, erwiderte sie. „Aber was hat das mit dir zu tun? Was hat das mit uns zu tun? Sprich nicht von ihm. Du bist sehr anders, mein Titus. Es ist gut, daß die Götter die Männer so verschieden gemacht haben.“

„Ich glaube“, sagte Titus, satt auch er, flüsternd, geheimnisvoll, glücklich, „ich glaube, jetzt habe ich mein Blut gereinigt von diesem verfluchten Osten. Durch dich, Lucia. Jetzt bin ich Römer, Lucia, und ich liebe dich.“

Er war vollkommen glücklich, als er am andern Tag das Theater betrat, stürmisch umjubelt, und wissend diesmal, daß der Jubel nicht von der Polizei arrangiert war. Es war eine starke Lockung für ihn gewesen, dem Theater seinen eigenen Namen zu geben, aber er hatte sich bezwungen, er hatte die Ehre des großartigen Werkes der Familie überlassen, er weihte den Bau auf den Namen „Flavisches Amphitheater“. Ein Triumph aber war es für ihn und ein Zeichen von der Huld des Himmels, daß die Einweihung dieses Hauses ihm vergönnt war, nicht dem Vespasian, der so lange daran gebaut hatte. Klar und froh schauten seine Augen den riesigen, von Menschen wimmelnden Raum auf und nieder, er kannte die Zahl dieser Menschen, siebenundachtzigtausend waren es, die dreitausend Marmorstatuen verloren sich in der Masse der Lebendigen.

Die Spiele begannen. Es war früh am Morgen, und sie dauerten, bis die Sonne sank. Man hatte für diesen ersten Tag besonders großartige Vorbereitungen getroffen, und es starben an ihm allein neuntausend wilde Tiere und an viertausend Menschen. Auch in den Pausen zeigte man den Massen, daß sie Gäste eines wahrhaft großzügigen Kaisers waren. Nicht nur erhielten sie Wein, Fleisch und Brot umsonst, es wurden auch Lose ausgeworfen, die denjenigen, die sie erhaschten, Anspruch auf Terrains gaben, auf Geld, auf Leibeigene, und noch die geringsten unter den Losen berechtigten ihren Inhaber zu einer unbezahlten Liebesstunde mit einer der zahlreichen erlesenen, zu diesem Zweck bereitgestellten Huren.

Der Tag war herrlich, nicht zu heiß und nicht zu kalt, und nicht die Jüdin saß in der Loge neben dem Kaiser, sondern Lucia, Lucia Domitia Longina, die Römerin, die starke, üppige, lachende; die Massen waren glücklich. Auch auf den Bänken des Adels, ja in der kaiserlichen Loge selbst freute man sich, daß die Gefahr der östlichen Herrschaft abgewandt war. „O du sehr guter, sehr großer Kaiser Titus“, scholl es wieder und wieder von allen Seiten, „o du Liebe und Freude des Menschengeschlechts“, und, zärtlich geradezu: „O du unser sehr gutes, sehr großes Walfischlein.“

Während des langen Ablaufs der Spiele freilich, und zwar nach dem Mittag, hatte Titus einen jener Anfälle, wie man sie aus den ersten Wochen seiner Herrschaft kannte. Er versank in sich, schaute schlaff vor sich hin und begann plötzlich zu weinen. Niemand wußte, warum, er selber hätte es wohl kaum sagen können, und sehr viele von den Siebenundachtzigtausend nahmen es wahr; denn die kaiserliche Loge war von den meisten Plätzen aus sichtbar.

Es geschah dies übrigens während eines komischen Zwischenspiels, betitelt „Die Experimente des Dädalus“. In der Arena wurden mit Flügeln versehene Menschen durch kunstvolle Maschinen hochgezogen, so daß es aussah, als flögen sie wirklich. Die Seile waren jedes anders konstruiert, alle aber so, daß sie bei bestimmten, den Gefangenen nicht bekannten Bewegungen zerrissen. Wer die ganze Arena überflogen hatte, war gerettet, für heute zumindest, aber viele Stricke rissen vorher, und die Flügelwesen stürzten sich zu Tode. Es war possierlich anzusehen, wie die sonderbaren Menschenvögel, vor allem während des letzten Teils ihres Flugs, sich bemühten, ans Ziel zu kommen, wie aber gerade da infolge der gesteigerten Schnelligkeit noch viele sich zerstürzten. Die Organisatoren hatten sich von dieser Nummer besonders viel versprochen. Sie wirkte auch. Doch ging ein großer Teil der Wirkung dadurch verloren, daß die Zuschauer ihre Aufmerksamkeit zwischen den Flügelwesen und der kaiserlichen Loge teilten und sich betreten oder zumindest neugierig fragten, was wohl den Walfisch anwandle.

Die Flugbahn der Menschenvögel war übrigens so, daß sie während ihres ganzen Weges die kaiserliche Loge vor Augen hatten. Vielleicht war es für den einen oder andern von ihnen, bevor er zu Tode stürzte, ein Trost, daß der Mann, der sie gefangengenommen hatte und jetzt sterben ließ, weinte.

Drittes Buch
Der Vater

Die Dame Dorion verbrachte jetzt den größten Teil ihrer Zeit in der Villa in Albanum; der Bau war so weit gefördert, daß man dort bequem hausen konnte. Vollendet freilich war die Villa noch lange nicht, Dorion dachte sich immer neue Verfeinerungen aus. Sie hatte das Geld dazu, die Hinterlassenschaft ihres Vaters war ansehnlich. Trotzdem ließ sie alle Rechnungen für die Arbeiten an der Villa Josef zuschicken. Es lag ihr nicht viel an Geld; aber für Josef, das wußte sie, bedeuteten diese Aufwendungen Opfer, und sie lauerte darauf, ihn zu demütigen. Wann endlich wird er kommen und erklären, nun zahle er nicht länger? Sie bereitete sich auf diesen Tag vor. Malte sich aus, wie sein hochmütiges Gesicht sich verzerren wird, wenn er ihr diese Mitteilung machen muß. Überlegte gut, was sie ihm antworten wird. Oh, sie wird ihm nicht mehr hereinfallen. Er soll sie nicht noch einmal beschwatzen, der Wortkünstler, der Totenrichter, der Betrüger, der falsche Hellseher, der Jude. Jetzt ist sie gegen seine Künste gesichert. Die Erinnerung an ihren Vater ist ein Amulett, das sie vor allen Versuchungen dieses Josef schützt.

Allein Josef versuchte sie nicht. Er lebte in Rom, sie in Albanum, sie sah ihn selten, und wenn, dann war er höflich, fast heiter, vermied aber jedes intimere Gespräch. Die einzige Freude, die sie bei solchen Zusammenkünften hatte, war der hungrige Blick, mit dem er zuweilen, wenn er sich unbeobachtet glaubte, seinen, ihren Sohn Paulus betrachtete. Geschlagen aber gab er sich offenbar noch lange nicht. Er hielt sein Versprechen, zahlte die Rechnungen für das Haus und bot ihr keine Gelegenheit, ihm ihre gut vorbereiteten Worte zu sagen.

Dorion hatte sich in diesen Wochen verändert. Ihre Augen schauten wilder, heller, fordernder aus dem dünnen Kopf, ihr breiter Mund mit den kleinen Zähnen öffnete sich in stärkerer Begier, sie war schön, dünn und gefährlich. Aber das Zarte, Kindliche war fort, das früher an ihr gewesen war. Erzählte man Anekdoten von der zunehmenden Judenfeindschaft der Römer, dann konnte sie so böse und befriedigt lachen, daß selbst ihre Freunde erschraken.

Josef lebte in seinem dunkeln, unbequemen Haus im sechsten Bezirk. Er ging in die Subura zu Alexas, sprach mit dem kleinen Simeon, schloß sich nicht ab von seinen Freunden. Aber er hatte weder an der Arbeit Lust noch am Gespräch, weder an Büchern noch an Frauen, noch an Ehrungen, noch an der Stadt Rom, weder an Griechen und Römern noch an Juden. Es lockte ihn nicht, sich mit Gott zu befassen, und was der Kaiser tat, kümmerte ihn nicht. Vielleicht vermißte er seinen Sekretär Phineas, aber das gestand er sich nicht ein. Daß er Dorion und seinen Sohn Paulus vermißte, wußte er. Er hatte sich vorausgesagt, daß sein Opfer, die Austreibung der Mara, vergeblich sein werde. Aber er bereute es nicht; er hätte sie heute, wenn Dorion es gefordert hätte, nochmals fortgeschickt.

Das Geld, das man für die Villa verlangte, gab er ohne Widerrede, mit einer gewissen wollüstigen Erbitterung. Zuerst schaute er die Rechnungen kaum an, dann merkte er, daß der Voranschlag in jedem einzelnen Punkt überschritten wurde. Dorions Anschaffungen wurden immer kostspieliger. Aber er schwieg. Er machte sich klar, daß gerade sein Schweigen Dorion reizen und zu immer höheren Forderungen anstacheln mußte, so daß er ihr am Ende doch nicht mehr werde genügen können. Trotzdem schwieg er.

Langsam war der Bau so weit gediehen, daß wenig mehr zu tun übrigblieb. Über *eines* konnte sich Dorion nicht schlüssig werden: wie sie jenen Wandelgang ausmalen lassen sollte, der zuerst für das Fresko „Die versäumten Gelegenheiten" bestimmt gewesen war. Endlich entschloß sie sich, diese Halle, die sie ursprünglich für Josef ausersehen hatte, daß er sich dort in Ruhe mit seinen Gedanken ergehe, zu einer Gedächtnisstätte für ihren Vater zu machen. Sie wollte hier unter einer Porträtbüste des Fabull seine Urne aufstellen, und Bilder aus seinem Leben sollten die Wände entlanglaufen, eine ständige Mahnung an den teuren Toten, dessen Leib und Seele von Josef, dem Tückischen, vernichtet worden waren.

Sie erwog lange, wer die Würdigsten seien, die Büste des Fabull zu meißeln und sein Leben zu malen. Sie wandte sich an Basil. Der überarbeitete Mann lehnte zuerst vielwortig ab. Aber Dorion, mit ihrer Zähigkeit und geübten Sicherheit, Männern zu gefallen, stimmte ihn um; seufzend, nach dem Austausch vieler Reden, erklärte er sich bereit, seinem toten Freunde zulieb die Aufgabe zu übernehmen. Freilich erst, nachdem sie angedeutet hatte, für das Andenken ihres Vaters sei ihr nichts zu teuer. Nachdem Basil sich hatte überreden lassen, gewann sie für die Ausschmückung der Wandelhalle den sehr geschätzten und hochbezahlten Maler Theon.

Josef, als die beiden Herren das vereinbarte Honorar von annähernd fünfzigtausend Sesterzien von ihm forderten, erbleichte. Was alles wird diese Frau noch tun, um ihn ins Herz zu kränken? Sicher hatte Dorion weniger um ihren Vater zu ehren diese Aufträge erteilt, als um ihm ein tiefes Ärgernis zu geben. Was hatte die Büste des Basil, was die Malereien des Theon mit seinem Versprechen zu tun, Dorion die Villa zu bauen? Übrigens hätte er, selbst wenn er wollte, das Geld ohne die Hilfe des Claudius Regin nicht aufbringen können. Er beschloß, mit Dorion offen und vernünftig zu reden.

Dorion hatte von den beiden Künstlern gehört, daß Josef die Zahlung verweigerte. Sie spannte sich, als er sich bei ihr anmeldete. Dies wird der erste Gang ihres großen Rachemahls sein. Sie freute sich darauf, wie er seine Armut und Hilflosigkeit vor ihr bekennen wird, unfähig, sein Versprechen einzulösen.

Als er dann vor ihr stand, schaute sie ihn kalt auf und ab, den Mund genießerisch halb offen, mit der breiten Nase schnuppernd. Josef gestand sich, daß er sie selbst jetzt begehrte. Sie hörte ihn bis zu Ende an. Dann sagte sie, und ihre

Stimme klang scharf, doch ruhig, sie habe gleich angenommen, daß, was er ihr nach dem Tod ihres Vaters gesagt habe, nichts gewesen sei als schönes Gerede. Er habe das Weib nicht ihrethalb fortgeschickt, sondern um sein sauberes Betthäschen vor der Seuche zu bewahren, und seinen Bastard, da der von der Epidemie nicht gefährdet war, habe er denn auch in Rom gelassen. Es sei keine Überraschung für sie, daß er jetzt ihren Vater noch über den Tod hinaus mit seinem Haß verfolge und die Ehrung zu verhindern suche, die sie für sein Andenken plane.

Josef hörte ihre vor Bosheit und Bitterkeit fast irrsinnigen Sätze betreten an, schweren Herzens, mit großen Augen. Es dauerte lange, bis sie von seinen Ohren in sein Herz drangen. Dorion schloß triumphierend, ihre Geduld sei am Ende, sie werde nunmehr, sich berufend auf die Kränkung, die er ihr früher angetan, die Scheidung mit prozessualen Mitteln betreiben.

Josef hörte auch das. Er sah Dorion, und er begriff. Er erwiderte nichts. Er neigte sich, verabschiedete sich, ging. Sie nahm befriedigt wahr, daß er ein wenig schwankend ging, nicht ganz so aufrecht wie sonst, ähnlich wie ihr Vater gegangen war, als sie ihn zum letztenmal gesehen.

Josef fragte den Marull um Rat. Zwar konnte er sich der Überzeugung nicht mehr verschließen, daß Dorion ihm ein für allemal verloren sei. Aber es wollte ihm nicht in den Kopf, daß er mit ihr auch seinen Sohn Paulus preisgeben sollte. Das jüdische Recht gab alle Macht dem Manne. Josef fand es widersinnig, daß ein Vater den Sohn, den er zu seinem Rang emporheben wollte, aus formalen Gründen im niedrigeren Stande belassen mußte. „Die Weltherrschaft Roms“, ereiferte er sich, „basiert auf seinem gesunden Menschenverstand. Was diese Frau mir antun will, verstößt offenbar gegen die Vernunft, gegen den Sinn des Rechts. Wird ein römisches Gericht mich zwingen, es hinzunehmen?“

Der Senator Marull beschaute durch seinen blickschärfenden Smaragd den erregten, vergrämten Mann. Marulls Zähne wurden immer wackeliger, die Ärzte konnten ihm nicht helfen, die Schmerzen verstärkten seine Skepsis gegen die Menschen und ihre Institutionen. „Es wundert mich", erwiderte er dem Josef, „daß ein so kluger Mann über das Wesen des Rechts so ungenügend nachgedacht hat. Gesetzgebung und Rechtsprechung sind Versuche, die jeweils entstandenen politischen und ökonomischen Verhältnisse nachträglich ideell zu rechtfertigen und zu ordnen. Da nun diese Verhältnisse beweglich und immer im Fluß sind, Recht und Gesetz aber starr und sehr langsam, kann eine absolute Kongruenz des Rechtes mit der Wirklichkeit und ihren Forderungen nie erreicht werden. Der kluge Richter, beziehungsweise der kluge Anwalt, ist also dazu da, den Mann, der es verdient, gegen das Recht zu schützen." Nach dieser allgemeinen Belehrung ging er auf den konkreten Fall ein. „Hat die Dame Dorion Ihnen ein ansehnliches Heiratsgut mit in die Ehe gebracht?" fragte er. „Nicht daß ich wüßte", entgegnete ein wenig bitter Josef. „Ihr Vater war nicht geizig, aber er hat mich nicht geliebt. Außer ihren Kleidern, ein paar Nippsachen und einer mir übrigens recht mißfälligen Katze hat Dorion nichts in die Ehe gebracht. Und diese Katze ist inzwischen verreckt." – „Die Dame Dorion", meinte Marull, „wird trotzdem die allenfalls noch vorhandenen Fetzen dieser Kleider mit Erbitterung verlangen, und wir werden sie mit Zähnen und Klauen verteidigen müssen. Erst dann nämlich, wenn sie auf dem Weg der Zivilklage die Rückerstattung ihrer Mitgift erreicht hat, kann sie bewirken, daß der Sittengerichtshof gegen Sie vorgeht und der Zensor Ihnen allenfalls die Würdigkeit für den Zweiten Adel aberkennt. In diesem Fall natürlich", und er klopfte leise mit seinem eleganten Bettelstab den Boden, „könnten Sie unter keinen Umständen mehr in familienrechtliche Beziehungen zu Ihrem Sohn treten. Aber die Dame Dorion ist noch nicht am Ziel", schloß er tröstend. „Die Gesetze über die Scheidung sind erfreulich kompliziert. Wir können den Prozeß endlos hinausziehen, zwei Jahre, drei Jahre."

Josef starrte erbittert vor sich hin; es war merkwürdig, wie finster seine gebuckelte Stirn wirken konnte. Marull seinesteils war an dem Fall weniger juristisch als psychologisch interessiert. Es nahm ihn wunder, daß die Dame Dorion selbst ein so großes Ziel wie die Zugehörigkeit zum Zweiten Adel des Opfers der Vorhaut nicht wert fand. Er sah hinter ihrem Widerstand seine alten Feinde, die traditionsgläubigen Esel aus dem Senat. Sicher waren sie es, die Dorion in ihrer Unvernunft bestärkten. So wurde aus dem Streit um den Sohn des Juden Josef ein repräsentativer Kampf zwischen den starren Adeligen des alten Rom und den Liberalen, die das Weltreich mit wirklichem Kosmopolitismus füllen wollten. Wer siegen werde, war schwer vorauszusagen. Die Rollen waren sonderbar verteilt. Denn vermutlich wird diesmal, infolge des Sturzes der Berenike, die liberale Dynastie, der liberale Monarch auf seiten der konservativen Verfechter der republikanisch-nationalistischen Tradition stehen. Wenn er, Marull, das Mandat des Josef übernahm, begab er sich übrigens offenkundig in Gefahr; noch immer hing über seinem Haupt die Drohung jenes Gesetzes gegen die Denunzianten. Allein gerade das machte ihm den Kampf reizvoll.

Er hatte eine Idee. „Wie wäre es, wenn Sie Ihren Sohn adoptierten?" schlug er dem Josef vor. Josef sah überrascht hoch, aber, geschult an der Kasuistik der Universität Jerusalem, erkannte er rasch die Möglichkeiten in dem Plan des Römers. „Adoption", setzte der ihm auseinander, langsam dozierend, „ist die Heranziehung eines neuen Familienmitglieds durch Wahl. Da in Ihrem Fall die natürliche Zeugung nicht genügt hat, Ihren Sohn zum Familienmitglied zu machen, ergänzen wir eben den Mangel durch Heranziehung mittels Wahl. Bin ich verstanden? Oder kennt Ihr jüdisches Recht den Begriff der Adoption nicht?" erkundigte er sich höflich. Josef war beinahe gekränkt. Gewiß gab es Parallelen im jüdischen Recht. Wenn Lea und Rahel ihre leibeigenen Mägde dem Jakob zuführten und dieser die Kinder solcher Zeugung anerkannte, war das etwa nicht Adoption? Und war nicht Esther die Adoptivtochter des Mardochai? Dazu kamen die Vorschriften über das Levirat. Fachlich setzte er, der jüdische Jurist, dem römischen Juristen die seiner Meinung nach sehr simplen Bestimmungen dieser Institution auseinander. „Wir haben da ein sehr einleuchtendes Gesetz", erklärte er. „Wenn ein Mann stirbt, ohne Kinder zu hinterlassen, dann muß sein

Bruder die Witwe heiraten und dem mit ihr erzeugten Sohn den Namen des Verstorbenen beilegen. Es gilt also das zukünftige Kind einer kinderlosen Witwe aus der Ehe mit dem Bruder des verstorbenen Ehemanns als das von letzterem fiktiv adoptierte Kind." – „Das ist einfach", anerkannte der römische Jurist. „Unser Recht ist da komplizierter. Die Rechtshandlung selber allerdings nicht. Sie zerfällt in zwei Hauptaktionen, die Loslösung des Kindes aus der bisherigen Mund und die Überführung in die neue Mund. Die Loslösung geschieht durch dreimaligen Verkauf mit Erz und Waage in eine formale Leibeigenschaft. Es müßte also in Ihrem Fall die Dame Dorion den Jungen an einen Dritten, sagen wir an mich, veräußern. Ich gebe ihn frei, und er fällt an die Mutter zurück. Sie verkauft ihn ein zweites Mal an mich, ich gebe ihn abermals frei, so daß er wieder an sie zurückfällt. Sie verkauft ihn ein drittes Mal und zerstört dadurch endlich ihr Recht, das Kind bei ferneren Freilassungen in ihre Mund zurückfallen zu sehen; denn gemäß den Bestimmungen des Zwölftafelgesetzes erlischt diese Mund erst nach dreimaligem Verkauf. Nun beginnt der zweite Teil der Adoptionshandlung, die Aufnahme des Kindes in die Mund des neuen Vaters. Sie, Flavius Josephus, treten in einem Scheinprozeß als Kläger auf und verlangen die Übergabe des Kindes in Ihre Mund. Die Mutter als Beklagte schweigt, anerkennt hierdurch Ihre Forderung, und Paulus fällt an Sie. Sie sehen, das alles ist relativ einfach." – „Aber Dorion wäre ja verrückt", erwiderte Josef, „wenn sie in alle diese Dinge willigte." – „Sie wäre verrückt", lächelte schlau und juristisch Marull, „wenn sie sich weigerte. Wenn nämlich die Dame Dorion sich dagegen sträubt, daß ihr Sohn aus einem Provinzialen ohne Bürgerrecht ein Mitglied des Zweiten Adels wird, dann werden wir ihr die Würdigkeit abstreiten, ihr Kind zu erziehen. Außerdem gibt sie Ihnen dadurch einen großartigen Scheidungsgrund an die Hand." – „Aber Dorion", überlegte laut Josef, „hat sich doch die ganze Zeit hindurch geweigert, für sich und Paulus das Bürgerrecht zu erwerben und unsere Ehe zu voller Legalität erheben zu lassen." – „Sie denken zu natürlich und zuwenig juristisch", tadelte Marull. „Sie hätten doch, mein Flavius Josephus, das

Vollbürgerrecht für Ihre Frau nur durch Protektion und illegale Mittel erreichen können." Josef dachte nach. „Ich verstehe", sagte er, trotzdem ihm der Kopf ein wenig wirbelte. „Sie sehen", beendete vergnügt Marull seine Belehrung, „bei einigem Geschick kann man den gesunden Menschenverstand selbst mittels des römischen Rechtes durchsetzen."

Solange Josef mit Marull sprach, schien ihm der Adoptionsplan nicht ganz aussichtslos. Aber als er allein war, stiegen seine ersten Bedenken wieder hoch, und der Plan des Marull schien ihm doch zu abenteuerlich. Der Sinn einer Ehe halber Legalität war doch eben der, die Kinder in der Mund der Mutter zu belassen, der Sinn einer Adoption der, Kinder fremden, nicht eigenen Blutes der Familie einzupfropfen. Diese Römer waren noch halbe Barbaren, gewiß, und ihre Gesetze und Rechte stammten zum Teil noch aus der Zeit ihres Vollbarbarentums; aber so unsittlich konnte ihre praktische Justiz trotzdem nicht sein, den Sinn der Gesetze glatt ins Gegenteil zu verkehren.

Lange indes hielt sich Josef mit diesen Meditationen nicht auf. Das Ganze war ein Zirkel. Wenn Recht Unrecht war, warum sollte es sich nicht, mittels geschickter Ausdeutung, wieder in Recht zurückbiegen lassen? Blieb nur die Frage, ob sich sein Fall in der Halle des Sittengerichtshofs als ebenso biegsam erweisen wird wie in den Räumen des Marull.

Ein paar Tage später bat Marull den Josef zu sich. Diesmal hatte er einen gewissen Oppius Cotta zugezogen, einen Rechtskonsulenten. Es war Brauch, daß, um einen Mandanten zu vertreten, ein guter Redner und ein guter Rechtskundiger sich zusammentaten; dieser tiftelte die formal juristischen Argumente aus, jener verarbeitete sie rednerisch. Marull hatte also mit seinem Oppius Cotta den Fall durchgesprochen. Natürlich, meinte der Rechtskonsulent, werde die Gegenpartei versuchen, durch allerlei Einwände die Adoption bis zur Volljährigkeit des Knaben hinauszuziehen. Es komme darauf an, den Scheidungsprozeß der Dame Dorion nach Möglichkeit zu verzögern und das Adoptionsverfahren um so mehr zu beschleunigen. Alles hänge davon ab, wer schneller zum Zuge komme, die Dame mit der Scheidung oder Flavius Josephus mit der Adoption.

Josef erkannte, daß Marull ihm mit seinem Vorschlag eine gute Waffe in die Hand gegeben hatte. Aber in der Angelegenheit mit Dorion überrannte seine Leidenschaft immer wieder seine Klugheit. Statt abzuwarten, was Dorion beginnen werde, beschloß er einen letzten Versuch, sich mit ihr zu einigen. Sicherlich war es unklug, Dorion auf die juristische Methode aufmerksam zu machen, die man einschlagen wollte. Sicherlich wird Marull ihm dringend abraten, nochmals zu ihr zu gehen. Josef wünschte aber nicht, daß man ihm abrate, er verschwieg dem Marull sein Vorhaben. Ihm lag daran, Dorion zu sehen, ihre Stimme zu hören. Er fuhr nach Albanum.

Das Haus lag hell und weiß auf seinem Hügel. Der Türhüter führte ihn in die Wandelhalle. Es roch nach Farbe. Das Fresko war noch nicht fertig, aber schon sah Josef an den Wänden dreimal den stolzen, fleischigen Kopf des Fabull. Auf kunstreich verziertem Sockel stand die Aschenurne. Alles ringsum war dazu angetan, den Josef zu ärgern. Höhnisch sagte er sich, daß diese Asche da bestimmt nicht die des Malers Fabull sei, sondern irgendwelche, vielleicht sogar eines Tieres.

Da war schon Dorion. Als man ihr den Josef gemeldet hatte, war ein bösartiges Siegergefühl in ihr hochgestiegen. Jetzt konnte er kommen. Sie sei erstaunt, ihn zu sehen, begann sie. Hätten sie nicht beide ihr letztes Wort gesprochen? Nein, erwiderte er, bittend, zuredend. Er habe sich ein Neues ausgedacht, einen Vorschlag, sie beide in Güte voneinander zu lösen, ohne die widerwärtige Zeugenschaft ganz Roms. Sie erwiderte nichts, sie wartete, Ablehnung auf dem Antlitz.

Josef stand unbehaglich in der Wandelhalle, die neugemalten Köpfe des Fabull um sich. Hier konnte man nicht Kontakt bekommen, hier wurde jedes Wort und jede Bewegung steif und gezwungen. Im Innern der Halle war ein gepflegter Garten mit einem Steintisch und steinernen Bänken und Sitzen. Er hätte sich gern gesetzt, aber sie forderte ihn nicht auf. Sie blieb stehen und ließ auch ihn stehen. Scharf und dünn in der reinen Luft hob sich ihre Gestalt. Man war wie auf einer Bühne. Sie war ihm verhaßt, er selber war sich verhaßt, er hätte den Marull fragen, er hätte nicht kommen sollen. Aber nun war er da, und nun mußte er sprechen.

Er sei bereit, sagte er, in die Scheidung zu willigen und für ihren Unterhalt zu konzedieren, was immer sie billigerweise verlange. Er denke an eine Rente von vierzigtausend Sesterzien. Das seien zwei Drittel seines Einkommens. Er sei weiter bereit, und es fiel ihm schwer, für diesen Vorschlag die Lippen auseinanderzubringen, auch die Büste des Basil zu bezahlen und hier die Gemälde des Theon. Er könne freilich diese Beträge nicht alle auf einmal aufbringen, aber über die Termine werde man sich verständigen. „Schön", sagte Dorion und genoß den Kampf und die Demütigung seines nackten, bewegten Gesichtes.

„Ich habe dafür nur eine Bitte an dich", fuhr er fort. „Meine Freunde raten mir, Paulus zu adoptieren. Ich bitte dich, dein prinzipielles Einverständnis zu erklären. Das machte den Vorgang einfacher und weniger peinlich." Dorion schaute ihn aus ihren hellen Augen an. Langsam verzog sich ihr Mund. Sie lächelte. Sie lachte. Sie lachte los, hell, scheppernd, höhnisch, böse, laut, lange. Sie genoß den Vorschlag des Josef, und sie genoß ihr Lachen. Sicherlich gefiel ihr Lachen ihrem Vater Fabull, sicherlich genossen die drei Köpfe an den Wänden es mit.

Andern Tages erzählte Dorion ihrem Freunde Annius, wie kindisch sich Josef abgezappelt habe, wie klein und jämmerlich er vor ihr gestanden sei. Sie war voll von wilder, großartiger Freude, und sie lachte von neuem. Annius lachte mit. Lachend erzählte er seinem Vetter Flavius Silva von des Josef komischem Vorschlag, den Paulus zu adoptieren. Auch Flavius Silva lachte zuerst. Aber dann überlegte er, diese Juden seien wüste Fanatiker, und dazu teuflisch schlau; wenn es sich um ihren Aberglauben handle, brächten sie es fertig, das Geradeste krumm zu biegen.

Dorion erzählte auch dem alten Valer, dem Dichter, von Josefs Ansinnen. Auch Valer lachte, aber sein Lachen klang grimmig. Die Läufte waren verderbt und gaben Anlaß zu den schlimmsten Befürchtungen. Was war unmöglich in einer Zeit, in der sich ein Jude als römischer Ritter aufspielen konnte, während die echten Römer, die Sprößlinge des Äneas, ihrer Würde entkleidet, die Wachsbilder ihrer Ahnen beim Spediteur unterstellen mußten? Ihn sollte es nicht weiter wundern, führte er aus, wenn der Jude mit seiner Forderung, einen Römer zu beschneiden, bei einem römischen Gericht durchdränge. Schon der alte Seneca, ein schlechter Mann übrigens, der aber zuweilen gute Formulierungen fand und sein übles Leben durch einen anständigen Tod gutmachte, habe treffend bemerkt, die besiegten Juden diktierten den siegreichen Römern ihre Gesetze.

Der alte Valer nahm den Fall so ernst, daß er den Helvid aufsuchte, den Führer der oppositionellen Senatspartei, der sich mit besonderer Strenge für die Prinzipien der traditionellen nationalen Justiz einzusetzen pflegte. Helvid lachte nicht über das Begehren des Josef, er äußerte vielmehr über den verkommenen Adel und den verjudeten Senat bittere Sentenzen, die dem Herzen des Valer wohltaten. Aber sehr ernst nahm auch Helvid den Fall nicht. Er verwies vielmehr den Alten an seinen Rechtskonsulenten. Er glaubte nicht, daß er selber als Redner werde in Aktion treten müssen. Er nahm an, der Scheidungsprozeß der Dame Dorion werde längst zum Sieg geführt haben, bevor die Gegner mit ihrem Adoptionsverfahren recht im Zug seien.

Es zeigte sich aber bald, daß geschickte und einflußreiche Männer am Werk waren, den Scheidungsprozeß hinauszuzögern. Als Anwalt des Josef trat zunächst ein gewisser Publius Niger auf. Bald aber hatten Dorions Freunde ermittelt, daß dieser Publius Niger von einem gewissen Calpurnius Salvian vorgeschoben war und dieser Calpurnius Salvian von einem gewissen Clinius Macro. Es dauerte lange, bis die Freunde der Dorion hinter all diesen Namen den Oppius Cotta auftauchen sahen und die Kanzlei des Junius Marull. Als sie soweit waren, lachte niemand mehr über das Begehren des Josef, den Knaben Paulus zu adoptieren.

Das Modell der „Großen Deborah" gedieh, aber es erforderte mehr Zeit und Arbeit, als die beiden Knaben gedacht hatten. Und als es endlich fertig war, stellte sich heraus, daß man es praktisch nicht verwerten konnte. Es ließ sich zwar nach oben und nach unten in beliebiger Winkelhöhe verstellen, aber beim Abschuß machte es immer wieder eine unvorhergesehene, eigenwillige Drehung und wollte nicht parieren. Die beiden Knaben versuchten dies, jenes; nichts glückte. Schon begannen die Kameraden, die von dem Experiment Wind bekommen hatten, höhnisch zu fragen, ob das Modell in die Kloake gefallen sei.

Die beiden sahen ein, daß sie es allein nicht schafften, daß sie einen Sachverständigen zu Rate ziehen mußten. Josef schied aus; der sollte mit dem fertigen Modell überrascht werden. Blieb des Constans Vater, Hauptmann Lucrio.

Constans hatte seit seinem ersten, stammelnden Versuch, seinen Vater zu entschuldigen, niemals mehr mit dem Freund über die gröbliche Beleidigung gesprochen, die der Hauptmann dem Simeon angetan hatte. Aber er wurde ein gewisses Schuldgefühl nicht los. Simeon hatte inzwischen Gelegenheit gehabt, seine Überlegenheit noch öfters zu beweisen; er hatte wirklich den Freund während der Spiele in den Zuschauerraum des Amphitheaters eingeschmuggelt und sich das graue Eichhörnchen verdient. Es lag Constans daran, jene blöde Geschichte einzurenken. So war ihm die Hilflosigkeit vor der „Großen Deborah" nicht ganz unwillkommen. Eines Tages denn, als sich Simeon nach zahllosen, vergeblichen Versuchen auf das kleine Holzgestell des Geschützes setzte und resigniert feststellte: „Beim Herkel, das ist beschissen", faßte sich Constans ein Herz, schlug den Simeon auf die Schulter und sagte krampfig munter: „Los, Mensch, gehen wir zu meinem Alten."

Simeon hatte die wüsten Schimpfworte nicht vergessen, mit denen Hauptmann Lucrio ihn überschüttet, und nicht seinen Entschluß, den Hauptmann wegen dieses ehrenrührigen Gewäsches zur Rede zu stellen. Auch er hatte nur auf eine passende Gelegenheit gewartet. Er schaute also den Kameraden, wie der ihn einlud, mit zu seinem Vater zu gehen, von der

Seite her an, stand dann langsam auf, stellte sich mit gespreizten Beinen, die Fäuste in den weiten Ärmeln in die Seite gestemmt, nachdenklich hin, wie er es vor einem Entschluß zu tun pflegte, und sagte schließlich nach kurzer Überlegung: „Gemacht."

Man begab sich zu Hauptmann Lucrio. Die „Große Deborah" schleppte man an einem Strick hinter sich her, stolz auf das Aufsehen, das die merkwürdige Maschine erregte. Simeon kostete den Genuß an diesem Aufsehen nicht ganz aus. Er war beschäftigt mit Überlegungen, wie sich wohl ein junger Mann seiner Art dem Hauptmann gegenüber am richtigsten benehme. Die judenfeindliche Stimmung Roms hatte sich seit der Abreise der Berenike verstärkt; überall jetzt sang man ein Couplet, das jenes „Hep, Hep" als Refrain verwendete, mit dem seinerzeit die römischen Soldaten Jerusalem und den Tempel erstürmt hatten, die Initialen des Hohnrufes: Hierosolyma est perdita, Jerusalem ist hin. An allen Ecken und Enden grölte es: „Was hat der Jud im Tempel? / Ein Schwein, Hep, Hep, ein Schwein. / Warum hat er's im Tempel? / Weil's stinkt, so wie er selber stinkt. / Hep, Jud, Hep, Jud, Apella Hep." Auch Simeon, so beliebt er in seinem Stadtviertel war, bekam die steigende Judenfeindschaft zu spüren. Aber das focht ihn nicht sehr an. Sein Vater Josephus hatte den Ring des Zweiten Adels und machte sicherlich selbst an der Tafel des Walfischs gute Figur. Nannte man also Simeon ein „Judenschwein", dann schimpfte er zurück „Sohn eines Schindergauls und einer alten Hure" oder dergleichen, fand, er habe nach Punkten gesiegt, und damit war die Angelegenheit abgetan. Für ihn gipfelte das jüdische Problem in der geplanten Auseinandersetzung mit Hauptmann Lucrio, und er war entschlossen, da seinen Mann zu stehen.

Hauptmann Lucrio selber, so widerwärtig ihm die Juden waren, hatte den anstelligen und geweckten Simeon vermißt; er wie alle Welt hatte im Grund den Jungen gern. Das Bürschlein ist eben eine Ausnahme, pflegte er sich und andern zu sagen. Daß er den Knaben während der Seuche barsch angefahren hatte, fand er natürlich. Es war einfache Pflicht der Selbsterhaltung, während der Epidemie die Götter nicht herauszufordern, und er, Lucrio, konnte ja nichts dafür, daß Simeon ein Judenjunge war.

Als die beiden Knaben bei ihm eintraten, begrüßte er sie lärmend. Das Modell gar riß sein altes Artilleristenherz hin. Es dauerte nicht lange, da hatte er den Konstruktionsfehler herausgefunden. Er selber half mit, zu schnitzen und zu hobeln. Bald war es soweit, daß man das Modell ausprobieren konnte. Man tat das in der Straße vor Lucrios Haus. Er selber knetete aus Brotteig die Kugeln, Zuschauer sammelten sich, er kommandierte wie in der Schlacht: „Geschoß – bereit" oder „Geschoß – los". Und siehe, die „Große Deborah" funktionierte. Man schoß auf Spatzen und Tauben, man erlegte eine Taube, es war ein ungeheurer Triumph.

Doch der Respekt vor dem artilleristischen Können des Hauptmanns hinderte den tapferen Simeon so wenig wie seine Bärbeißigkeit, die Aufklärung von ihm zu verlangen, die zu fordern er sich vorgenommen hatte. Sowie also das Probeschießen zu Ende war, schloß er zunächst diesen ersten Teil der Zusammenkunft säuberlich ab mit der befriedigten Konstatierung: „Schön, das ist das", wandte sich dann aber kriegerisch an Lucrio, sah an ihm hinauf und fragte herausfordernd: „So, und jetzt, Hauptmann Lucrio, sagen Sie, wieso verpeste ich mit meinem Atem die Luft, und wieso mache ich jeden aussätzig, der in meine Nähe kommt?"

Der Hauptmann schaute einen Moment lang den auf dem Fahrgestell der „Großen Deborah" sitzenden Jungen verblüfft an. Dann erinnerte er sich, daß dies ja die Vorwürfe gewesen waren, die er dem Simeon während der Epidemie gemacht hatte, und mit lärmendem Lachen erwiderte er: „Das ist doch klar. Weil du ein Jud bist."

„Wieso ist das klar?" bestand Simeon. „Haben Sie einmal einen gesehen, der durch die Berührung eines Juden angesteckt wurde?"

„Die ganze Seuche", belehrte ihn überlegen der Hauptmann, „ist doch nur gekommen, weil der Walfisch daran dachte, die Jüdin zu heiraten. Wenn schon die bloße Absicht eine Seuche verursacht, was für eine Epidemie muß erst bei einer wirklichen Berührung entstehen."

Diesem Beweis wußte Simeon fürs erste nichts zu erwidern. „Wieso", fragte er also, nachdenklich, weiter, „glauben Sie, daß die Juden den Zorn des Himmels herausfordern?"

„Tu doch nicht so", ärgerte sich Lucrio. „Das wissen doch alle. Erstens, weil ihr eine Scheißbande seid, und zweitens, weil ihr einen ganz verruchten, hinterhältigen Aberglauben habt."

„Wieso sind wir eine Scheißbande?" fragte höflich und beharrlich Simeon.

Lucrio rötete sich. „Ihr seid Faulenzer", begann er seine Anklage zu detaillieren. „Jeden siebenten Tag faulenzt ihr und freßt euch voll mit Delikatessen. Dazu habt ihr die Frechheit, diese Faulenzerei Sabbat zu nennen nach dem Gesabber der Verseuchten, denen ihr die Seuche bringt. Außerdem seid ihr geil, geiler als die geilsten Böcke. Aber ihr seid noch eingebildeter als geil. Darum rührt ihr keine Nichtjüdin an."

Simeon saß erbittert auf seinem Geschütz und dachte scharf nach. „Ich bin nicht geil", sagte er schließlich streitbar.

„Es war auch nicht persönlich gemeint", lenkte der Hauptmann ein.

Simeon brütete. Er war gründlich und gab sich nicht so rasch zufrieden. „Und wieso Aberglauben?" fragte er.

„Weil ihr einen Esel göttlich verehrt", schrie, über soviel gespielte Ignoranz ergrimmt, der Hauptmann. „Weil ihr Griechenjungen schlachtet. Weil bei euch jedes Schwein seines Lebens sicherer ist als ein anständiger Nichtjude."

„Beim Herkel", sagte Simeon, „davon müßte ich doch auch etwas gemerkt haben."

Lucrio schaute mißtrauisch auf den Jungen. Aber der saß in einer solchen Haltung da, daß man wirklich nicht an Verstellung denken konnte. „Vielleicht haben sie dir noch nichts gesagt", meinte er, „weil du zu jung bist." Und um jeden weiteren Einwand zu ersticken, fügte er hinzu: „Achtzigtausend gute römische Soldaten sind in Judäa gestanden. Die haben es mit ihren eigenen, guten, römischen Augen gesehen. Außerdem ist es doch klar: wer die richtige Religion hat, siegt. Habt ihr vielleicht gesiegt? Also habt ihr den Aberglauben. Stimmt's?"

Leider fiel dem Simeon im Augenblick auf dieses Argument keine schlagende Antwort ein. „Sie sind ein großartiger Offizier, Hauptmann Lucrio“, begnügte er sich also zu erwidern. „Aber ich sage Ihnen, das Judentum ist eine erstklassige Sache.“

Die Freude an dem Geschütz war Simeon durch diese Unterredung verdorben. Die Argumente des Hauptmanns nagten an seinem Stolz. Wenn ein Mann soviel von Geschützen verstand wie Lucrio, dann mußte an seinen Argumenten etwas sein. Er dachte daran, seinen Vater zu fragen. Das Interesse, das Josef der Vorführung der „Großen Deborah“ bezeigte, ermutigte ihn. Zwei-, dreimal setzte er an, von seinen drückenden Zweifeln zu sprechen, aber er konnte die Scheu vor dem großen, ernsten Herrn nicht überwinden. Er spürte, wie reserviert Josef bei aller Freundlichkeit blieb. Hätte Josef Herz und Sinn mehr geöffnet, sicher wäre der Junge mit seiner Sache herausgerückt; er war so benommen davon, daß eigentlich selbst ein Fremder hätte merken müssen, daß eine heimliche Sorge ihn drückte. Aber Josef war ausgefüllt von dem Streit um seinen Sohn Paulus, er merkte nichts und ließ seinen Sohn Simeon mit seinen Sorgen allein.

Der wandte sich schließlich an Alexas. Sprach ihm von dem, was der Hauptmann den Juden vorwarf, und bat ihn, ihm „auf Ehrenwort“ mitzuteilen, was es mit der Anbetung des Esels, der Schlachtung der Griechenjungen und diesen Anwürfen auf sich habe. Alexas war in seinem Innern erbittert auf Josef, daß der den Jungen so hatte verwildern lassen. Mit guten, ruhigen Worten setzte er Simeon auseinander, das seien dumme, armselige Verleumdungen. Die Götter der andern Völker seien leicht verständlich, sie seien Götter jeweils einer bestimmten Gruppe und jedem sichtbar, auch den Dummen, man könne sie beschenken, wenn sie einem hülfen, und beschimpfen und schlagen, wenn sie sich versagten. Der Gott Jahve aber sei unsichtbar und nur denen verständlich, die ihr Hirn ein bißchen anstrengten. Er sei nicht ein Gott, den man einfach von seinem Vater erbe. Er sei der Gott aller Welt, aber eben begreiflich nur denjenigen, die sich Mühe gäben. Infolgedessen würden seine Verehrer von den Faulen und Dummen gerne verleumdet. Schon aber hätten auch unter den Römern und Griechen viele ihn erkannt. Er sei ein Gott auf lange Sicht, und bald werde die Zeit kommen, da alle ihn erkennten, und dann sei kein Unterschied mehr zwischen Römern, Griechen, Ägyptern oder Juden. Es sei jetzt schon müßig, solche Unterschiede zu machen, und einmal werde man diejenigen Narren schelten, die erklärten, einer sei besser oder schlechter, weil er dem oder jenem Volke angehöre.

Simeon überdachte das, es leuchtete ihm ein, und er fand, eigentlich hätte sich Lucrio das alles auch überlegen müssen. Ein Mann, der so gescheit war und Artillerist dazu, hätte die verdammte Pflicht gehabt, sich die Nase dreimal zu schneuzen, ehe er sich solchen Quatsch über die Juden aufbinden ließ und ihn weitergab. Er beschloß, den Hauptmann für seine freche und bequeme Leichtgläubigkeit zu bestrafen.

Unter den Schätzen, die er aus Judäa mitgebracht hatte, war eine Wurzel, der eine besondere Kraft eignete. Diese Wurzel zerrieb er zu Pulver, und das Pulver praktizierte er seinem Kameraden Constans, unmittelbar bevor er nach Hause ging, heimlich in den umgeschlagenen Ärmel des Straßenkleids. Er wußte, daß Constans, zu Hause angelangt, das Straßenkleid sogleich wechseln mußte und daß es umgedreht, gelüftet und säuberlich verwahrt wurde.

Es kam, wie Simeon es sich ausgedacht hatte. Als Hauptmann Lucrio sich zu Tisch setzen wollte, begann erst seine Frau zu niesen, dann er selber, dann Constans. „Zeichen angenommen", rief der Hauptmann, denn das Niesen war ein günstiges Omen. Aber das günstige Omen dauerte sehr lange. Der Leibeigene kam und trug die Speisen auf, und das günstige Omen ging noch immer weiter. Der Hauptmann winkte dem Leibeigenen, die Speisen wieder wegzutragen und warm zu stellen, aber der Leibeigene verstand ihn nicht, vielmehr begann er selber an dem günstigen Omen teilzuhaben. Die Speisen wurden kalt, und das Omen hörte nicht auf.

Erschöpft schließlich hockten sie alle auf Stühlen oder am Boden. Noch nach Atem japsend, ohne Zusammenhang, fragte der Hauptmann den Constans: „Warst du mit Simeon zusammen?" Constans war nicht übermäßig schlau, doch auch er ahnte Zusammenhänge. „Hast du wenigstens gezählt", fragte der Hauptmann, noch immer zwischen schnellen Atemzügen, „wie oft?" Wenn nämlich die Zahl der Niesausbrüche durch sechs teilbar war, dann war sie besonders günstig. „Fünfundachtzig", sagte Constans aufs Geratewohl, er hatte nicht gezählt. Der Hauptmann selber hatte die Zahl einhundertzweiunddreißig herausbekommen, aber er war seiner Sache nicht ganz sicher und hatte von Constans eine Bestätigung hören wollen. „Ich will dich lehren", schrie er also, „mir meine günstigen Zeichen zu verhunzen", packte den Constans und verprügelte ihn, so kräftig das seine Erschöpfung zuließ.

Constans, als er seinen Freund am andern Tag traf, erzählte ihm nichts von diesen Vorgängen. Aber plötzlich, ohne ersichtlichen Anlaß, schimpfte er los: „Scheißkerl, Saujud", und stieß den harmlos neben ihm Trottenden tückisch schmerzhaft in die Rippen. Da merkte Simeon, daß alles nach Wunsch gegangen war, und in der Rauferei, die sich aus dem Stoß des Constans entwickelte, behandelte er diesen mit Glimpf und Großmut.

Josef versuchte in diesen Wochen mehrmals, sich ernsthaft an die neue Arbeit zu machen, das ungeheure Material für seine „Universalgeschichte des jüdischen Volkes" zu sichten. Aber es gelang ihm nicht, sich zu konzentrieren. Seine Gedanken schweiften ab zu seinem Sohne Paulus. Immer wieder stellte er sich mit Bitterkeit vor, wie sicher in seinem Streit er sich fühlen dürfte, wenn Berenike auf dem Palatin thronte. Dann wieder freilich schien es ihm beinahe gut und ein Beweis jener Vorsehung, die über ihm waltete, daß die Hoffnungen auf Berenike eingestürzt waren. Seine Träume von der geistigen Herrschaft Israels hatten sich grob veräußerlicht, er hatte eitle, plumpe Symbole benötigt, wie die Bildsäule in der Bibliothek des Friedenstempels: nun war es mit solchen Dingen auf lange hinaus zu Ende, und das war gut so.

Er kam mit der Arbeit nicht vom Fleck. Sein neuer Sekretär, der Syrer Machon, störte ihn mehr, als daß er ihm half. Sein Griechisch war untadelig, aber es hatte keine Musik. Die

Sätze, die Josef mit ihm ausarbeitete, gaben den Sinn korrekt wieder, aber es fehlten die Schwingungen, die Josef im Aramäischen und Hebräischen erreichbar waren. Josef empfand schmerzlich seine eigene Unzulänglichkeit, er entbehrte Phineas.

Immerhin zwang er sich eine Zeitlang, methodisch zu bestimmten Stunden zu arbeiten. Doch eines Tages konnte er es nicht mehr. Er war Wochen hindurch mit seinem Sohne Paulus nicht zusammen gewesen. Im Geist sah er ihn vor sich, schlank, blaßbraun, zart und kräftig, hörte seine Stimme. Es litt ihn nicht länger bei der lustlosen Arbeit. Er mußte fort aus der Stadt, er mußte ins Freie.

Der nächste Weg nach Albanum wäre der auf der Appischen Straße gewesen. Aber er ging vors Latinische Tor und ließ sich ein gutes Stück Wegs auf der Latinischen Straße fahren. Erst kurz vor Ferentinum hieß er den Kutscher nach dem Albanischen See zu abbiegen. Es war nicht seine Absicht, Dorion oder Paulus zu sehen: aber was sollte ihn hindern, wenigstens eine Luft mit seinem Sohn zu atmen?

Er erging sich in der hügeligen Landschaft. Anmutig lag der See, dort drüben glänzte das Meer, und hier, prunkvoll, hoben sich weit und weiß die Bauten des Prinzen. Josef war Stadtmensch, die schöne Landschaft sagte ihm nicht viel. Es war schon spät im Sommer, es wird bald dunkel werden, es war ziemlich kühl. Er ging vor sich hin, nachdenklich, voll müder Bitterkeit.

Dies dort war die Villa Dorions. Hätte man ihn um Rat gefragt, er hätte sie höher bauen lassen, stattlicher, mit mehr Terrassen. Aber Dorion verstand das wahrscheinlich besser. Auf alle Fälle, das hatte er leider erfahren, war ihre Schlichtheit bedeutend kostspieliger. Was sie wohl für ein Gesicht machte, wenn er jetzt vor sie hin träte? Oh, er wußte es genau, er brauchte es nicht noch einmal auszuprobieren.

Er ging zurück, der Straße zu, wo sein Wagen wartete. Plötzlich, auf einem Hügelkamm, sah er ein Ziegengespann auftauchen, ein ihm wohlbekanntes. Er wußte, daß er die ganze Zeit darauf gewartet hatte; er hatte es sich nur nicht eingestanden. Denn wozu sonst wäre er hierhergefahren, wozu sonst in dieser Gegend herumgegangen zu der Stunde, da sein Sohn Paulus seine Ausfahrt zu machen pflegte? Sehr groß in der reinen Luft, auf dem Kamme des Hügels, klar im Licht, fuhr Paulus einher, aufrecht stehend in dem kleinen Gefährt, lässig und geschickt, sehr ernsthaft. Josef sah jede Einzelheit mit außerordentlicher Schärfe, jede Falte in dem leichtwehenden Gewand des Knaben, jedes Haar des Ziegenbocks Paniscus.

Er selber stand gegen das Licht in einer Talsenkung. Der Junge konnte ihn sehen, aber er mußte ihn nicht sehen. Wenn er sich still hielt, dann war es leicht möglich, daß Paulus ihn nicht gewahrte. Aber wenn er sich regte oder gar weiterging, dann mußte er wohl auf ihn aufmerksam werden. Josef schämte sich und hielt still.

Paulus fuhr auf dem schmalen Pfad oben auf dem Kamm. Er sah gerade vor sich hin auf seinen Weg, er fuhr langsam, elegant, locker. Plötzlich versteifte er sich und wurde ungeschickt, seine Haltung bekam etwas Krampfiges. Josef hielt nach wie vor ganz still. Wird er weiterfahren? Paulus fuhr weiter.

Josef, in seinem Rücken jetzt, regte sich noch immer nicht. Ihn fror. Sein Junge fuhr an ihm vorbei. Sein Junge hatte ihn gesehen und fuhr an ihm vorbei.

Da, unvermutet, wendete das Gefährt. Das war nicht leicht, aber Paulus machte es geschickt. In Schlangenlinien fuhr er den Hügel herunter, klug stellte der Bock Paniscus die Füße, das Gefährt kam auf Josef zu. Paulus nahm die kleine Peitsche in die linke Hand, senkte sie und streckte den rechten Arm mit der flachen Hand zum Gruß aus wie ein Rennfahrer, der in der Arena die Schaurunde fährt. Josefs Herz hob sich, schlug in Stößen. Der Junge kam näher, hielt vor ihm, das Gesicht ein wenig lächelnd, seine Verlegenheit mit Mühe meisternd.

Josef sagte, seine Stimme klang belegt, das Sprechen fiel ihm nicht leicht: „Jetzt kutschierst du aber, daß du dich in der Arena sehen lassen könntest." – „Ja, mein Paniscus ist jetzt großartig gezogen", sagte Paulus.

Erregung hatte ihn gepackt, eine scheue Freude und Zärtlichkeit, als er seinen Vater erspäht hatte. Dessen Gewohnheit war es sonst nicht, aufs Land zu fahren und Spaziergänge zu machen. In letzter Zeit freilich, seit dem Tod seines Großvaters Fabull, sprachen die Mutter und Phineas sehr unfreundlich über den Vater, und die Maßlosigkeit, mit der dieser in des Paulus Gegenwart seinen verehrten Lehrer Phineas zurechtgewiesen, hatte in dem Knaben einen Stachel zurückgelassen. Allein wie er jetzt den Vater erblickte, war trotzdem ein warmes Gefühl in ihm hochgestiegen. Es verwirrte ihn, daß dieser Mann, sein Vater, der große Schriftsteller und Freund des Kaisers, scheu wie ein entlaufener Leibeigener in der Landschaft herumstrich, um das Haus herumschleichend, in der unbestimmten Hoffnung, ihn zu sehen. Gleichzeitig aber dachte er an die Kränkung der Mutter und die Kränkung des Phineas, er war voll von Verlegenheit und Unmut, und sein erster Gedanke war, sich blind zu stellen, glatt weiterzufahren. Doch dann sagte er sich, es wäre feig, sich zu drücken. Man darf dem Unbequemen, Widrigen nicht aus dem Weg gehen, man muß sich ihm stellen, so entspricht es den Prinzipien des Schönen und Guten; das lehrte ihn Phineas jeden Tag. Und während Unmut gegen seinen Vater ihn füllte, war er trotzdem stolz, daß er die weite Fahrt gemacht hatte, nur um ihn, vielleicht, zu sehen, und stolz vor allem war er, daß sein Vater ihn gerade in dem Augenblick getroffen hatte, da er ihm seine Kunst in ihrem besten Glanz vorführen konnte. Die Wendung da oben auf dem Hügelkamm, die war, beim Herkules, höllisch schwer gewesen, da hätten die meisten versagt, und er freute sich, wie gut er sich im Angesicht des Vaters bewährt hatte. Doch schon während er Richtung auf Josef nahm, überlegte er wieder, wie sehr es seine Mutter und Phineas verdrösse, wenn sie ihn zusammen mit Josef sähen, und er beschloß, sich nicht in eine längere Unterredung mit dem Vater einzulassen. So elegant er hergefahren war, so steif und ungelenk stand er jetzt, hin und her gezerrt von seinen Empfindungen, auf seinem schwankenden, kleinen Wagen.

Josef, sonst nicht eben sehr tiefsichtig, wenn es um Paulus ging, erriet diesmal die Gedanken des Jungen genau. Er hätte gerne gefragt, was die Mutter mache und wie es um die Vollendung der Villa stehe, aber er fürchtete, dadurch an seine eigene schwächste Stelle zu rühren und den Jungen noch scheuer zu machen. Er sagte nur ein paar allgemeine Sätze: wie angenehm es sei, noch um diese Zeit auf dem Lande zu leben, und wie bequem Paulus hier seinen Tag zwischen Studium und Sport teilen könne. Paulus, ein wenig schwunglos, erwiderte, die Kameraden fehlten ihm, er langweile sich hier, so allein. Man brauche den Wettstreit, fügte er altklug hinzu.

Josef hörte aus diesen letzten Worten den Phineas heraus. Doch war in ihm die Freude, daß Paulus nicht, wie er zuerst stockenden Herzens gefürchtet hatte, an ihm vorbeigefahren war, noch genoß er den Anblick des Sohnes, freute sich seines wehenden Haares, seiner Stimme, aber schon sagte er sich: Es ist Phineas, der Verfluchte, dem ich das zu danken habe. Phineas lehrt ihn Selbstzucht, lehrt ihn, man dürfe auch dem Peinlichen nicht aus dem Weg gehen. Phineas bringt ihm die Lehren der Stoa bei. Was sind das schon für Lehren. Wie platt und armselig sind sie, wenn man sie mit der Weisheit des Predigers, des Kohelet, vergleicht. Kohelet möchte ich dem Jungen beibringen. Nicht jetzt, später natürlich. Es ist ein verdammt schwieriges Buch. Der Kohelet verstand die Griechen, aber die Griechen haben Mühe, ihn zu verstehen. Ach, Paulus, mein Sohn, würde das Buch verstehen, wenn ich nur Gelegenheit hätte, es ihm aufzuschließen. Ich könnte verrückt darüber werden, daß ich sogar dieses kurze Gespräch dem Phineas verdanke.

Josef weiß, daß es unklug ist, das Zusammensein länger auszudehnen. Er kennt genau die Prinzipien des Schönen und Guten, wie Phineas sie seinen Jungen lehrt, das hohe Lob der Selbstbeherrschung, er weiß, daß Paulus es ihm übelnimmt, weil er nun dasteht, seine Gefühle zeigt, sich nicht von ihm trennen kann. Er sollte sagen: Dort unten wartet mein Wagen. Und weiter gute Fortschritte im Homer und im Kutschieren. Und grüß die Mutter und Phineas. Das sollte er so leicht wie möglich sagen, aber er kann es nicht, er bringt es einfach nicht fertig, vielmehr schwatzt er weiter, krampfig, in einem selbst für seine Verhältnisse ungewöhnlich schlechten Griechisch, müßiges, läppisches Zeug. „Ja, Homer“, sagt er. „Es steht viel Unsinn im Homer. Aber er versteht sich auch auf Schönheit und Weisheit. Wenn Odysseus die Freier alle erschlägt, die gewalttätigen, die Männer der Tat, dann schont er den Dichter. Sie wissen, was der Schriftsteller wert ist, die Griechen." Was sagt er denn da? Was geht denn das den Jungen an? Was soll denn Paulus von ihm denken? Trotzdem spricht er noch eine Zeitlang in diesem Ton weiter. Endlich verstummt er, steht nur da und schaut den Jungen an. Dabei ist es jetzt schon ziemlich dämmerig, er müßte wirklich an die Rückkehr denken. Allein er steht da und schaut den Jungen an.

Er wartet so lange, bis Paulus selber Schluß macht. Es werde schon dunkel, meint er, und er müsse jetzt wohl heim. Da endlich rafft sich Josef zusammen und sagt hastig, ziemlich sinnlos: „Ja, ganz recht, auch mein Wagen wartet ja dort unten." Und dann fährt der Junge weg.

Josef aber, auch das ist falsch, bleibt weiter stehen und schaut ihm nach, bis er außer Sicht ist. Dann, ein wenig stolpernd, in verworrenen Gedanken, geht er zurück nach der Landstraße.

Für Simeon war die Angelegenheit mit dem Hauptmann Lucrio abgetan gewesen, nachdem er ihm auf so spürbare Art die Nieszeichen gesandt hatte. Simeon-Janiki war kein Philosoph. Was er dem Hauptmann und mehr noch seinem Kameraden Constans hatte zeigen wollen, war wohl, daß ein elfjähriger Judenjunge Glück und Unglück kündende Wahrzeichen ebenso handhaben könne wie ein ausgewachsener, römischer Eingeweidebeschauer und Vogelflugdeuter, und daß es also mit den religiösen Meinungen des Hauptmanns nicht weit her sei. Ob das den andern ganz klar wurde, daran lag ihm nichts, vielleicht war es ihm selber nicht ganz klar, jedenfalls hatte er, des war er sicher, die Sache fair und männlich erledigt.

Constans aber kam nicht so einfach darüber weg. Es wurmte ihn, daß Simeon sich über seinen Vater lustig gemacht hatte. Daß er ihn obendrein bei jener dem Ereignis folgenden Prügelei so mild behandelt hatte, kränkte ihn nur noch mehr. Sich von seinem Kameraden zu trennen, vermochte er nicht, doch zeigte er ihm seinen Groll auf dumpfe, hilflose Art. Wenn man etwa Räuber und Soldaten spielte, trennte er sich bei der Einteilung von Simeon, was früher niemals vorgekommen war, und wenn Simeon unter die Räuber ging, ging er unter die Soldaten. Den Simeon ärgerte das, aber mehr noch war er verwundert. Einmal fragte er den Constans geradezu, was los sei, was er, beim Herkel, gegen ihn habe. Constans wich aus. Simeon dachte sich, es werde wohl wegen des grauen Eichhörnchens sein. Gutmütig bot er dem Constans an, er wolle ihm das Tier auf einen Monat leihen. Aber Constans, nach einigem Zögern, sagte männlich: „Geschäft ist Geschäft", nahm das Eichhörnchen nicht und blieb weiter muffig und verstockt.

Eines Tages, als Constans wieder einmal Soldat, Simeon aber Räuber war, wurde der Kampf besonders erbittert. Es war selbstverständlich, daß die Soldaten, nicht die Räuber die „Große Deborah" benutzten. Nicht selbstverständlich war, daß die Soldaten das Lied mit dem Hep-Refrain anstimmten: „Was hat der Jud im Tempel? / Ein Schwein, Hep, Hep, ein Schwein." Im Gegenteil, das war eine Frechheit, da doch schließlich die „Große Deborah" eine Erfindung der Juden und es somit höchst unbillig war, wenn die, die sie benützten, dieses Lied sangen. Der erbitterte Simeon setzte also seinen ganzen Ehrgeiz darein, mit seinen Räubern das Geschütz wieder in seine Hand zu kriegen. Aber der erste Sturmangriff war vergeblich, die andern hatten die bessere Mannschaft. Die Räuber zogen sich ziemlich weit zurück, um die „Große Deborah" mit langem Anlauf in endgültiger Attacke zu nehmen. Das Geschütz selber trat in Tätigkeit, Constans bediente es, er schoß schnell, treffsicher. Er sah voraus, daß diese Attacke gelingen und daß sein nächster Schuß sein letzter sein werde. Er richtete das Rohr auf Simeon, schoß, traf.

Er traf sehr gut. Simeon, im Begriff vorzustürmen, fiel um und blieb liegen. Die andern dachten zuerst, es sei Spiel, die Räuber stürmten weiter, und die Soldaten wehrten sich weiter. Aber als Simeon liegenblieb, wendeten sie sich zurück, und sie sahen, daß die Kugel, die ihn getroffen hatte, nicht aus Brotteig war, sondern aus Stein. Nicht Constans hatte geladen, andere hatten ihn bedient, schon ließ sich nicht mehr feststellen, wer den Stein in die Röhre geschoben hatte, ob es ein Versehen war, Neugier oder Absicht. Simeon jedenfalls lag da und rührte sich nicht; die Kugel hatte ihn an der Stirn getroffen, gerade überm Auge. Die Jungens standen um ihn herum, einsilbig, betreten, bis endlich Vorübergehende sich einmischten. Dann schaffte man den toten Knaben in das Haus des Alexas.

Alexas ließ den Josef sogleich holen. Als er ihm erzählte, was man ihm berichtet hatte, stand Josef vollkommen ruhig; nur seine Zähne malmten auf merkwürdige Art. Ein einziger Gedanke füllte ihn an, füllte ihn ganz aus, so daß neben ihm kein anderer Gedanke möglich war: Ich habe mich um den andern bemüht, daß der kein Goi wird; inzwischen haben die Gojim mir meinen jüdischen Sohn erschlagen. Das dachte er unablässig.

Alexas hatte zu sprechen aufgehört. Josef sagte nichts, er stand mitten im Zimmer, leicht schwankend. „Wollen Sie Janiki nicht sehen?" fragte schließlich Alexas, die Stimme heiser, belegt. Josef schien nicht zu hören. Dann, unvermutet, fragte er: „Bitte?" Und Alexas wiederholte, feindselig: „Wollen Sie Janiki nicht sehen?" Josef, wieder nach einigem Schweigen, sagte, und es klang beinahe zaghaft: „Das geht doch nicht." Alexas schaute erstaunt hoch, dann fiel ihm ein, daß Josef offenbar an jene Vorschrift dachte, die es dem Priester verbot, sich einer Leiche auf mehr als vier Schritte zu nähern. „Ach so", sagte er, und in seiner Stimme war etwas wie Verachtung und Enttäuschung. „Sie könnten ihn ja vom Nebenzimmer aus sehen", schlug er dann vor. „Ja, so ginge es", erwiderte zögernd Josef und folgte dem Alexas.

Er setzte sich in das Zimmer neben der Leiche. Durch die offene Tür beschaute er seinen toten Sohn. Der lag auf dem umgestürzten Bett; Alexas hatte es umgestürzt, wie man das tat zum Zeichen der Trauer. Alexas ließ ihn allein mit dem Toten, und so blieb er die ganze Nacht.

Er dachte in dieser Nacht vieles, was er sonst nicht bedachte, und als der Morgen kam, war er um viele Nächte älter geworden. Gemeinhin hatte er Furcht davor, in seine Tiefen zu steigen, er war zu bequem dazu. Aber diesmal waren seine Tiefen aufgerissen, er mußte hinunter. Er dachte übrigens nicht griechisch in dieser Nacht und nicht lateinisch und nicht hebräisch, alle seine Gedanken gingen in dem Aramäisch seiner frühen Jugend, das ihm häßlich schien und das er verachtete.

Er haderte, er vernünftelte, er gab sich alle Schuld, dem Schicksal, Gott, Dorion. Sein Jammer war ohne Maß, ohne Maß sein Bereuen, ohne Maß seine Anklagen.

Er hat diesen seinen jüdischen Sohn zu wenig geliebt. Er hat Mara versprochen, ihn zu betreuen, aber er hat ihn schlecht gehütet, und wenn sie ihn fragt: „Wo ist Janiki, mein Kind, dein Sohn?", dann kann er ihr nichts erwidern. Er hat sein Herz an den Sohn der Griechin gehängt, er war stolz auf diesen Sohn seines Herzens, ihn hat er gehütet, die Hüterin seines jüdischen Sohnes aber weggeschickt und ihn selber schlecht bewacht; so ist der Tod dieses Sohnes verdiente Strafe.

Wer je hat sich so lächerlich überhoben? Kaum hat Mara den Rücken gekehrt, die Verachtete, zum zweitenmal Fortgeschickte, da war ihr schlecht behüteter Sohn schon verdorben, umgekommen durch jene Gojim, vor denen sie sich gefürchtet hatte, unter denen er selber aber, Josef, einherging mit lässigem Hochmut, ein Herr unter Geringeren. Da sitzt er jetzt, ein Haufen Dreck. Er, der Westöstliche, der Mann mit dem Kosmopolitischen Psalm. Römer hat er sein wollen und Jude zugleich, ein Weltbürger. Ein schöner Weltbürger. Wenn Weltbürger einer ist, der überall hingehört und somit nirgendshin, dann ist er einer. Nichts ist er. Kein Römer, kein Jude. Ein Nichts.

Flavius Josephus. Der große Schriftsteller. Seine Büste steht im Friedenstempel. Er hat ein berühmtes Buch geschrieben. Er arbeitet an einer „Universalgeschichte" der Juden. „Siebenundsiebzig sind es, die haben das Ohr der Welt, und ich bin einer von ihnen." Ein Haufen Dreck.

Er grub tief in sich, und er fand nichts. Er grub tiefer, da fand er Lust. Er grub tiefer, da fand er Eitelkeit. Noch tiefer, da fand er nichts. Noch tiefer, da fand er abermals Eitelkeit. Da erschrak er in seinem Herzen und fürchtete sich sehr.

Er flüchtete in die erlernte Weisheit. Aber sie gab ihm keinen Trost. „Ich habe erkannt, daß alles, was Gott macht, so bleibt in Ewigkeit. Nichts kann man hinzutun, und nichts kann man davon wegnehmen. Was ist, ist längst gewesen, und was noch sein wird, ist längst gewesen. Und weiter sah ich, wie es unter der Sonne zugeht: wo Milde sein sollte, war Bosheit, und wo Gerechtigkeit sein sollte, Unrecht. Da dachte ich in meinem Herzen, das ist von Gott der Menschen wegen so eingerichtet, damit sie einsehen, daß sie nicht mehr wert sind als das Vieh. Denn es geht dem Menschen wie dem Vieh, und sie haben *ein* Geschick. Wie dieses stirbt, so stirbt jener; *einen* Odem haben sie, und der Vorzug des Menschen vor dem Vieh ist ein Nichts, und alles ist eitel. An *einen* Ort geht alles: aus Staub ist es geworden, und es kehrt zurück in den Staub. Wer will wissen, ob der Geist des Menschen in den Himmel steigt und der des Viehs in die Tiefen der Erde?" So hat es einer gesagt, mit Namen Kohelet, vor ein paar hundert Jahren, wer könnte es besser sagen? Was braucht man da ihn, Flavius Josephus, und seine „Universalgeschichte"?

Der das sagte, jener Kohelet, war ein kluger Mann. Sie haben ihn nicht gemocht, und sie mögen ihn heute nicht, ihn nicht und sein Buch nicht. Durch Jahrhunderte haben sie in Jerusalem gestritten, ob sie sein Buch unter die Heiligen Schriften aufnehmen sollen, und jetzt noch streiten sie darüber in Jabne. Er ist zu klug und zu höhnisch, der Kohelet. „Es gibt für den Menschen nur das *eine*: essen und trinken und sich von seiner Arbeit ein gutes Leben machen." Das ist sein Resultat, das ist der letzte Schluß desjenigen, der am meisten geforscht hat auf dieser Erde. Sechzehn verschiedene Arten des Forschens hat er angewandt, und sechzehn gute Worte für diese sechzehn Arten hat er gefunden, und dies ist sein Resultat: „Alles ist Haschen nach Wind" und „Es gibt nichts als essen und trinken."

Dann wieder überkam Josef die Wut. Gott hält ihn zum Narren, Gott schaukelt ihn auf und ab, er spielt mit ihm wie das Meer mit einem Stückchen Kork. War es nicht erst wenige Wochen her, daß er zu Titus ging, großartig, auf der Höhe seines Glücks, und innen und außen war alles Glanz und Erfüllung? Und jetzt hat sich Jahve diesen blöden Witz mit ihm erlaubt. Das einzige, was er seinem Sohne Simeon beigebracht hat, war ein wenig Kunde von Geschütztechnik, und ausgerechnet durch diese alberne Parodie der Kriegsmaschine, die er ihm so stolz beschrieben, haben Jahve und die Gojim ihn umgebracht.

Was hat er verbrochen, daß Gott sich an ihm mit einem so läppischen Spaß vergriff? Er wollte seinen griechischen Sohn zu Gott führen. Ist das ein Verbrechen?

Er stand auf, sein Atem ging gewalttätig, er fauchte gegen Gott. Schön, man konnte ihn aufblättern, und Schicht um Schicht zerfiel, und man fand eine leere Hülse hinter der andern. Oben ist er ein Römer, aber wenn man ein wenig kratzt, dann wird er zum Weltbürger, und kratzt man noch mehr, dann ein Jude, und kratzt man ganz tief, dann geht auch das ab. Aber *eines* bleibt, *eines* kann man nicht wegkratzen, *eines* ist er: Josef Ben Matthias, Flavius Josephus, ein Häufchen Eitelkeit vielleicht, aber ein Wer jedenfalls, ein Ich. Das mag seine Schande sein, aber mehr noch ist es sein Stolz. Er erzählt zum Beispiel nicht von Ziffern, er tut das nicht, er mag nicht, er erzählt von lauter solchen Menschen, wie er einer ist, von lauter Ichs. Und so behauptet er sich vor Gott. Gott hat nicht das Recht, mit diesem Ich so umzuspringen. Sonst hätte er es nicht so machen dürfen.

Wie Hiob empörte er sich gegen Gott und sagte ihm Streit an. „Ich war eitel, ich habe mich überhoben“, gestand er einem unsichtbaren Richter ein. „Ich verstecke nichts. Trotzdem kränkt Jahve mich zu Unrecht und hat mir zu Unrecht meinen Sohn erschlagen. Wenn ich eitel war, hat nicht Jahve mich dazu gemacht? Wenn ich eitel war, war ich es nicht für Jahve? Ich wollte zeigen, daß ein Knecht Jahves menschlicher ist, göttlicher als ein Knecht Jupiters. Das war meine Eitelkeit. Und die vertrete ich. Und nun ist es an Jahve: er rede.“

Allein nach diesem Ausbruch seiner Wut und seines Stolzes sank er doppelt gering in sich zusammen. Ganz genau wußte er, daß er diesen seinen Sohn Simeon zu wenig geliebt hatte und daß er darum an ihm gestraft worden war. Sein Herz war lässig, sein Gefühl war arm, das war seine Schuld. Es war eine große Schuld.

Alles bis jetzt, sein Tun und sein Leiden, ist durch ihn hindurchgegangen. Er hat sich geschüttelt, und es war nicht mehr da, und er konnte neu beginnen. Diesmal kann er es nicht. Dies wird immer dasein. Durch all seine Zukunft wird jetzt Simeon um ihn sein mit der Forderung, die er an ihn hat.

Josef blieb die ganze Nacht in dem Zimmer neben der Leiche. Alexas kümmerte sich nicht um ihn. Die Nächte waren schon ziemlich kalt, Josef war erschöpft und wohl auch hungrig, aber er dachte nicht daran.

Am späteren Morgen brachte man zwei Besucher zu ihm, den Hauptmann Lucrio und seinen Sohn Constans. Die beiden standen verlegen herum. Sie wußten nicht, was sie zu dem blassen, verwildert ausschauenden, unrasierten Mann sagen sollten. „Ich bin ohne Schuld", sagte schließlich Constans, seine Stimme klang rauh und gestoßen, es fiel ihm nicht leicht, zu sprechen. „Es war ein Stein. Ich weiß nicht, wer ihn in die Röhre getan hat. Aber ich bringe es noch heraus und zerschlage ihm die Knochen. Beim Herkel", fügte er hinzu, er hatte diese Gewohnheit von seinem Freunde Simeon angenommen.

Josef schwieg. Nun kamen sie also, die Mörder. Er bemühte sich, aufzufassen, was Constans gesagt hatte, das war nicht leicht. Aber es gelang ihm. Hat er nicht gesagt, er sei ohne Schuld? Vielleicht ist er es, sicher glaubt er es. Aber wer ist ohne Schuld? Alle haben sie zusammengeholfen, alle haben sie seinen jüdischen Sohn gehetzt. Zuletzt tat er den Mund auf, es gelang ihm zu sprechen. „Ja", sagte er, „natürlich, du bist ohne Schuld, beim Herkel." Er lächelte sogar. Das freilich war ungeheuer mühevoll.

Den Hauptmann Lucrio hatte es Überwindung gekostet, diesen Gang zu machen. Er fand es fair, daß er hier war, und Josef, schien ihm, würdigte diese Fairneß nicht genügend. Flavius Josephus war zwar römischer Ritter und hatte Zutritt zum Kaiser, aber er blieb schließlich doch nur ein Jude. Man sah es auch daran, wie er sich jetzt verhielt. Im Nebenzimmer zu hocken, das Bett umzustürzen, was für barbarische abergläubische Sitten. Lucrio, als alter Soldat, liebte es, frei von der Leber weg zu sprechen, und hatte Lust, seine Ansicht in klaren Worten zu äußern. Da jedoch infolge einer unglückseligen Fügung sein Constans es war, der den Simeon getötet hatte, und da, wer weiß, der Tote vielleicht zuhören und später rächend eingreifen konnte, zog er es vor zu schweigen.

Er trat mit seinem Sohne näher an die Leiche heran. Er hatte gleich geahnt, daß die Freundschaft mit dem Juden nicht gut ausgehen werde. Jetzt liegt dieser Simeon tot auf dem umgestürzten Bett, und sein Constans ist schuld daran. Er wird für alle Fälle, um einer Rache des Toten zuvorzukommen, sich den Constans selber noch einmal vornehmen und ihn tüchtig durchprügeln. Überhaupt war es geboten, sich mit dem Toten zu verhalten, ganz abgesehen davon, daß der Kleine für einen Juden ein ungewöhnlich netter, geweckter Junge gewesen war. Das Bett haben sie umgestürzt, diese Abergläubischen, aber das Wichtigste haben sie wahrscheinlich versäumt. Und Lucrio zog eine Kupfermünze heraus und legte sie dem Simeon unter die Zunge, auf daß der sein Fährgeld für den Totenschiffer Charon bei sich habe.

Constans schielte nach der Leiche, zerstoßen vor Scham und Zerknirschung. Er hat sich furchtbar blöd benommen. Wahrscheinlich hat sein Kamerad nicht einmal gewußt, warum er eigentlich mit ihm verkracht war. Er war ein großartiger Bursche gewesen, sein Freund Simeon. Wie er die „Große Deborah" fertiggebracht hat, das war eine Leistung, und zuletzt noch hat er ihm das graue Eichhörnchen angeboten. Wenn er offen mit ihm gesprochen hätte, dann wären sie zusammengeblieben, sei es als Räuber, sei es als Soldaten, und dieses Scheußliche wäre nicht passiert.

So standen die beiden bei der Leiche, und Josef hockte im Zimmer nebenan. Dann, nach einer geziemenden Weile, hob der Hauptmann grüßend die Hand gegen den Toten, wie ein anständiger Römer es in einem solchen Fall machte, dreimal, und das gleiche tat sein Sohn, und sie riefen: „Leb wohl, mein

Simeon." Dann, brummig, mit kurzem Gruß gegen Josef, zog sich Lucrio mit Constans zurück.

Später am Tag kam Alexas. Der sonst so ruhige und höfliche Mann zeigte dem Josef auch jetzt das gleiche, herausfordernde Gesicht wie am Abend vorher. „Ich habe zusammen mit Doktor Licin die Beerdigung arrangiert", sagte er. „Wir werden ihn morgen beerdigen, vor dem Appischen Tor."

Josef saß, er sah ausgeleert aus bis ins Letzte. Es war ihm dick vor den Augen wie damals in der Höhle, als er am Verdursten war. Er hörte den aggressiven Ton des Alexas, er begriff, daß er offenbar auch in seinen Augen nicht ohne Schuld war. Aber das kümmerte ihn nicht. In ihm dachten noch immer die Verse des Kohelet: „Alles steht unter eisernem Gesetz, alles geschieht zur vorbestimmten Zeit: geboren werden und sterben, pflanzen und niederhauen, töten und heilen, aufbauen und einreißen, finden und verlieren, sich umarmen und sich vermeiden, Krieg und Frieden. Was also hat es für einen Wert, daß einer sich mühe?" Dies dachte er, und er saß da, hartnäckig, verwildert. Die Glieder mochten ihm eingeschlafen sein, aber er bewegte sich nicht.

Es kamen Freunde, ihn zu besuchen. Demetrius Liban, Claudius Regin, Doktor Licin. Man schickte ihm in weidengeflochtenem Körbchen das Linsengericht der Trauer. Aber trotzdem es Vorschrift war, die Trauernden zu trösten, kamen nicht viele Juden. Josef hatte es verabsäumt, den Toten zu seinem Sohne zu machen, und seinen andern Sohn hatte er nicht zum Juden gemacht. Sie fanden, der Tod des Knaben sei eine Strafe Jahves.

Andern Tages beerdigten sie Simeon-Janiki. Nur wenige gingen mit. Er hatte unter den Römern viele Freunde gehabt, und zum Scheiterhaufen hätten die ihn auch wohl begleitet. Aber daß man ihn nicht verbrannte, sondern beerdigte, empörte sie. Das Judentum war eine erlaubte Religion, und man verwehrte den Juden nicht ihre Bestattungsriten. Doch man war voll Mitleid mit dem Knaben, daß sein Leib auf so barbarische Art den Würmern preisgegeben wurde, und man verweigerte einer solchen Trauerfeier die Gefolgschaft.

Es war also nur ein kleiner Zug, der Simeon zum „Hause der Ewigkeit“ brachte, aber es war ein sehr auffälliger Zug. Josef tat das Seine dazu, ihn auffällig zu machen. Er ging hinter der Bahre, nach der Sitte von Jerusalem, unrasiert, das Kleid zerrissen, erschreckend verwahrlost. Er stampfte mit den Füßen, riß sich die Sandalen ab, schlug sich damit. Und die Römer am Wege sagten: „Das ist der Schriftsteller Flavius Josephus, der Jude. Die Götter haben ihn geschlagen. Zuerst hat der Kaiser seine Prinzessin heimgeschickt, und jetzt haben die Untern seinen Sohn geholt.“ Sie schüttelten die Köpfe, wie sie den zerlumpten, verwilderten Mann sahen, viele lachten, Müßiggänger schlossen sich dem Zuge an und erfreuten sich an dem Schauspiel des trauernden Juden.

Josef aber schrie seine Klagen hinaus, merkwürdige Klagen. Wenn es nämlich auch erlaubt war, zum Lobe des Toten zu übertreiben, so doch nur denjenigen, die vor der Bahre gingen. Wer indes hinter der Bahre ging, mußte sich streng an die Wahrheit halten, und Jerusalem nahm es mit dieser Regel doppelt genau. Josef also schrie: „Wehe, wehe über meinen Sohn Simeon, meinen Erstgeborenen, den Bastard. Er wußte mit Waffen umzugehen, mit kleinen Geschützen, wie ein Römer, und er ist durch ein Geschütz umgekommen wie im Krieg, und *ich* habe ihn das Geschütz gelehrt. Wehe, wehe über meinen Erstgeborenen, Simeon, den Bastard, und wo ist der Kaiser, denn dieser Knabe war vielleicht sein Bruder.“ Und damit wollte er sagen, daß es ja nicht ausgemacht war, ob nicht der alte Vespasian den Simeon gezeugt hatte, denn der hatte ja zuerst mit der Kriegsgefangenen Mara geschlafen. Wer freilich den Knaben gekannt hatte, wußte, daß nicht die leiseste Ähnlichkeit zwischen ihm und Vespasian gewesen war, wohl aber manches Ähnliche zwischen ihm und Josef.

Die den Josef verstanden, wunderten sich über seine Entblößung und Zerfleischung. Die Römer aber lachten immer mehr. Ihn kümmerte das nicht. Er schrie: „O weh, o weh, jetzt erst sehe ich, zu spät, daß er der Sohn meines Herzens war.“ Und er stampfte mit den Füßen und schlug sich mit den Sandalen, und er achtete es nicht, daß die einen den Kopf schüttelten über seine wunderlichen Reden und die andern über sein närrisches Gehabe lachten. So mochte Michal gelacht haben, die Frau des David, über ihren Mann, da er närrisch sprang vor der Lade Jahves; David aber hatte des nicht geachtet.

Zum Grab des kleinen Simeon kamen wenig Besucher. Am dritten Tag stellte sich der kleine Constans ein, und er brachte das graue Eichhörnchen mit, das er sich von Alexas hatte geben lassen. Sehr erregt und mit großer Mühe tötete er das Tier als ein Opfer, auf daß der Kamerad im Hades etwas zum Spielen habe. Er hatte sich lang überlegt, ob er seinem toten Freunde zulieb die „Große Deborah" aufgeben solle oder das Eichhörnchen, und hatte sich schließlich für die Opferung des Tieres entschlossen. Nun stand er da, das Eichhörnchen hatte ihn zerbissen und zerkratzt, seine Hände waren ganz blutig, vom Blut des Tieres und von seinem eigenen, und er mußte sich sehr zusammennehmen, daß ihm nicht übel wurde. Immerhin war er jetzt ohne Frage legitimer Erbbesitzer der „Großen Deborah".

Josef selber hielt sieben Tage Trauer, wie es Vorschrift war, auf der Erde hockend, mit zerrissenem Kleid, und er eggte und pflügte seine Seele durch in diesen Tagen. Dann setzte er sich hin und schrieb den „Psalm vom Ich":

Warum bist du so zweideutig, Jahve,
Wie ein Wegweiser, dem Knaben zum Spaß
Einen Arm ausrissen, den andern falsch beschriftend,
So daß jetzt ein einziger Arm
Gleichzeitig nach Ost und Westen weist?
Warum mißgönntest du den Menschen ihren Bau von
Babel
Und verwirrtest ihr Sprechen,
So daß einer jetzt Grieche heißt und einer Jude
Und Römer der dritte,
Während sie doch aus *einem* Odem gemacht sind und
Aus *einer* Rippe?

Ich hab einen Streit gegen dich, Jahve,
Eine gute Streitsach.
Josef Ben Matthias gegen Jahve, so heißt mein Streit.
Warum, wenn ich Josef Ben Matthias bin, muß ich dazu
Noch Römer sein oder Jude oder beides zugleich?
Ich will ich sein, Josef will ich sein,
So wie ich kroch aus meiner Mutter Leib,
Und nicht gestellt zwischen Völker
Und gezwungen, zu sagen: von diesen bin ich oder von jenen.

Aus meiner großen Zerrissenheit, Jahve,
Schrei ich zu dir:
Laß mich *Ich* sein.
Oder schmeiß mich zurück in das Öd und Leere,
Aus dem du mich rissest
Ins Licht dieser Erde.

In den sieben Tagen der Trauer hatte Josef scharf nachgedacht, welche Folgerungen für sein Verhalten er aus dem Tod seines Sohnes zu ziehen habe. Er glaubte nicht an Zufall. Jahve und das Schicksal, das war eins. Er war bereit, zuzugeben, daß der Tod Simeons eine Strafe war, aber worin soll die tätige Reue bestehen, die Jahve von ihm forderte? Er glaubte an die Verwobenheit aller Geschehnisse um ihn. Alles war eine Kette, und wie kein Buchstab der Heiligen Schrift durch Zufall an seiner Stelle stand und wie die Folge ihrer Gesetze und Geschichten, so zusammenhanglos sie schienen, trotzdem tief und sinnvoll war, so mußte es auch sinnvoll sein, daß ihm Simeon gerade da gefällt worden war, als er sich am heißesten um Paulus bemühte.

Simeons Tod war eine Mahnung, daß er Simeon in Paulus solle auferstehen lassen.

Finster, mit doppeltem Eifer nahm er den Kampf um Paulus auf. Es war nicht wahr, was Dorion gesagt hatte, daß sein Sohn sich ihm weigerte. Obwohl sie gegen ihn gehetzt hatten, Dorion und Phineas, hatte Paulus ihn in Albanum nicht übersehen, war nicht an ihm vorbeigefahren. Es waren nur diese beiden, die seinen Sohn von ihm abhielten. Wenn es ihm gelang, ihre Hände von Paulus zu lösen, dann gehörte er ihm.

Zunächst galt es den Kampf vor den Gerichten. Marull war ein guter Sachwalter. Josef gefiel ihm. Das Unglück mit dem Jungen hatte dem Manne den Hochmut abgekratzt, und was darunter zum Vorschein kam, schien dem experimentierlustigen Römer reizvoll. Im allgemeinen, fand Marull, tötete scharfer Verstand die Leidenschaft; dieser Josef aber war verständig und leidenschaftlich zugleich, eine seltene Mischung. Marull warf sich mit ganzer Kraft in den Streit um Paulus.

Er setzte Josef auseinander, wie es um seine prozessualen Aussichten bestellt war. Zuständig sowohl für die Scheidungs- wie für die Adoptionssache war das Hundertgericht. Präsident dieses Gerichts war der Senator Arulen, Großrichter des Reichs. Er gehörte der republikanisch-konservativen Opposition an und neigte vermutlich dazu, dem Josef den Jungen abzusprechen. Allein gerade weil er politisch festgelegt war, mußte er in seinen Entscheidungen doppelt vorsichtig sein, um sich nicht einer Korrektur durch die Kronjuristen auszusetzen. Alles hing davon ab, welche Politik jetzt, nach dem Sturz der Berenike, Titus den Juden gegenüber einschlug. Er hatte zwar in der letzten Zeit den Judenfeinden manches durchgehen lassen, anderenteils hatte ihn der Gouverneur Flavius Silva noch immer nicht dazu vermocht, das von ihm so sehr ersehnte Edikt gegen die Beschneidung zu erlassen. Auch hielt Titus den König Agrippa nach wie vor hoch in Ehren und hatte gerade in letzter Zeit den jüdischen Feldmarschall Tiber Alexander besonders ausgezeichnet, nachdem der aus Altersgründen die Statthalterschaft Ägyptens niedergelegt. Vorläufig jedenfalls konnte kein Mensch erkennen, ob der Kaiser den Juden feindlich oder freundlich oder einfach gleichgültig gegenüberstand, und ehe man da klarsieht, wird sich Großrichter Arulen hüten, seine Entscheidung zu fällen. Die Bemühungen des Marull, den Scheidungsprozeß in die Länge zu ziehen, kommen ihm sehr gelegen.

Die Dame Dorion hatte ihr Scheidungsbegehren damit begründet, daß Josef ihr zur Kränkung seine frühere Frau wieder in die Stadt gerufen und mit ihr Beischlaf gepflogen habe, trotzdem er selber sich von ihr als von einer Minderwertigen geschieden, ja diese Scheidung mit Erniedrigungen erkauft habe. Man hatte Beweiserhebung veranstaltet, und die Verteidiger des Josef hatten die Sache in die Länge gezogen. Endlich war es soweit, daß ein Termin anberaumt wurde, in dem Klägerin und Beklagter einander zum erstenmal vor Gericht gegenübertreten sollten.

Die Rechtshändel des Josef interessierten die ganze Stadt, und da überdies bekannt geworden war, Senator Helvid, der Führer der Opposition, werde in dieser Verhandlung persönlich die Klägerin vertreten, hatten sich viele Neugierige eingefunden. Das Gericht benötigte die ganze, riesige Julische Halle, die Zuhörer aufzunehmen.

Josef erschien vor Gericht, begleitet nicht nur von den Anwälten Publius Niger, Calpurnius Salvian, Clinius Macro und Oppius Cotta, sondern auch von Junius Marull selber. Er hatte sich nicht gescheut, die Tracht der Erniedrigung und Trauer anzulegen. Möglich, daß er diese Kleidung um seines toten Sohnes willen trug. Wahrscheinlich aber wollte er zeigen, daß die Argumentation Dorions darauf hinauslaufe, ihn zum Angeklagten eines Kriminalprozesses zu machen, dem solche Tracht anstand. Der hagere, zerstörte Mann erreichte seinen Zweck und weckte Empörung gegen die Klägerin.

Für den Senator Helvid und die Seinen war der Prozeß in erster Linie ein Mittel politischer Propaganda. Titus hatte sich durch den Sturz der Jüdin populär gemacht, er gab riesige Summen aus, um diese Popularität zu erhöhen; die Neuen Bäder, die Hunderttägigen Spiele hatten ihm die Herzen der Römer erobert. Vielleicht bot der Prozeß Gelegenheit, der „Liebe und Freude des Menschengeschlechts“ eins auszuwischen. Wenn man dartun konnte, daß es unter dieser Regierung einem Juden möglich war, mit Hilfe eines römischen Gerichts die Beschneidung eines Nichtjuden zu erzwingen, dann verwandelte sich vielleicht die „Liebe und Freude“ wieder zurück in den „Walfisch“. Freilich konnte man in öffentlicher Verhandlung die politischen Gesichtspunkte nur andeuten, aber die Entfaltung ferndrohenden, finsteren Prunks war die Stärke des Redners Helvid.

„Dieser Mann Flavius Josephus“, führte er aus, „ist zuerst eine Ehe eingegangen, die er selber für eine schändliche gehalten hat. Er hat sich öffentlicher Geißelung unterzogen, nur um sich des Weibes wieder zu entledigen, an das er sich, wohl in einer Art Verblendung, gebunden hatte. Im letzten Jahr nun, als der Übermut des Ostens wuchs und sehr groß ward, scheint den östlichen Mann von neuem seine alte Verblendung überkommen zu haben. Nachdem er in langer, glücklicher Ehe aus seiner Verzauberung endgültig erwacht schien, hat er jenes Weib von neuem in die Stadt gerufen, hat sie die lange Reise übers Meer machen lassen, hat sie unzählige Male aufgesucht und hat so die Frau, die seinethalb ihren großen, geliebten Vater verlassen und mit der er viele ehrbare und gesegnete Jahre verbracht hatte, öffentlich und aufs tiefste gekränkt. Die Frau war bis zum Übermaß geduldig. Sie hat sich lange damit begnügt, ihn still zu ermahnen, von dem schändlichen Umgang abzulassen. Aber er blieb verstockt, und, von neuem voll von der Verblendung und Sittenlosigkeit des Ostens, trieb er seine Unzucht weiter, bis ihm endlich der zürnende Himmel sehr sichtbare Strafe sandte. Wollen Sie, Richter und Geschworene der Römer, eine Frau dazu verurteilen, länger mit einem Manne zu leben, der sich so gröblich gegen sie vergangen hat? Wollen Sie sie dazu verurteilen, ihren wohlgeratenen Sohn im Hause eines Mannes großziehen zu lassen, der Sitten und Gebräuchen huldigt, die den Sinn jedes Römers beleidigen? Mag der Beklagte ein großer Schriftsteller sein, wie man behauptet: es geht nicht um Schriftstellerei. Schriftstellerei kann man nicht lehren, Kunst kann man nicht lehren. Was man lehren kann, was ein Kind im Hause von Vater und Mutter erlernt, das sind Sitten und Unsitten, Gradheit und Krummheit. Und der Beklagte, ein großer Schriftsteller vielleicht, ist ein krummer, lasterhafter Mensch. Es ist der Klägerin bisher fast wie durch ein Wunder geglückt, ihren Sohn rein und römisch zu wahren. Helfen Sie ihr, Richter und Geschworene, daß ihr das weiter gelinge. Sprechen Sie ihr zu, worum sie klagt, die Rückerstattung ihrer Mitgift, auf daß sie ihren Sohn von diesem Manne trennen kann und ihn großziehen zu einem guten Römer.“

Die Redezeit für die Anwälte war kurz befristet, die Wasseruhr des Helvid war abgelaufen, ehe er mit seinem Plädoyer zu Ende war. Doch man hörte ihm mit leidenschaftlichem Interesse zu, und als nach abgelaufener Uhr der Richter an die Geschworenen die erlaubte, aber selten gestellte Frage richtete: „Wollen Sie den Anwalt weiter hören?", da riefen alle wie aus einem Mund: „Er soll weitersprechen, Helvid soll weitersprechen."

Dann, nach der kurzen Mittagspause, trat Marull auf. Man wußte zwar in Rom, daß Vespasian sich mit Josef ein paar derbe Witze geleistet hatte, aber genauer informiert über die Vorgeschichte seiner ersten Ehe war man nicht, und daß Josef oder gar Marull es wagen würden, die Person des verstorbenen Kaisers in ihre bedenkliche Sache hineinzuziehen, hielten die Freunde und Berater der Dorion für ausgeschlossen. Allein Marull wagte es. In letzter Zeit behinderten ihn manchmal seine schadhaften Zähne am Reden; heute aber hatte er einen guten Tag, und hell, frech und deutlich, mit seiner näselnden Stimme, führte er aus: „Was die Gegenpartei vorgebracht hat, grenzt an Majestätsbeleidigung, und ein Mann, der den Senator Helvid daraufhin wegen Majestätsbeleidigung anzeigte, hätte von den verschärften Strafandrohungen gegen falsche Denunzianten wenig zu befürchten. Es ist mühelos zu erweisen, daß die Ehe des römischen Ritters Flavius Josephus, Freundes des Kaisers, die diese Leute hier als eine schimpfliche bezeichnet haben, auf ausdrücklichen, dringlichen Wunsch des Gottes Vespasian erfolgt ist und daß Gott Vespasian selber an ihr teilgenommen und an der Braut Vaterstelle vertreten hat. Wie man eine solche vom Vater des Vaterlandes vermutlich zum Heile des Reichs befohlene Ehe als eine schimpfliche bezeichnen und die Ansprüche der Dame Dorion darauf gründen zu können glaubt, ist einem guten Römer unverständlich. Ist ein Mann ein Lump, weil er die Weisungen des Gottes Vespasian ausgeführt hat? Wenn der Ritter Flavius Josephus seine erste Ehe später gelöst hat, dann geschah es aus Gründen, die die Majestät des Kaisers Titus gebilligt hat und die niemandem besser bekannt sind als der Gegenpartei. Der Herr Sachwalter der Gegenpartei benötigte, um seine Ausführungen zu begründen, mehr als die Frist der Wasseruhr. Ich benötige, um sie zu widerlegen, sehr viel weniger als diese Frist. Ich begnüge mich, die Beschuldigungen gegen meinen Herrn Mandanten eine absurde Verleumdung zu nennen, und überreiche des zum Beweis den Herren Richtern eine Liste von vorläufig sechshundertvierundvierzig Zeugen, die mit eigenen Augen gesehen haben, daß der Gott Vespasian der Eheschließung des Ritters Flavius Josephus mit erhabener Heiterkeit beigewohnt hat, sie sichtlich billigend. Ich überreiche weiter und lege unter die Lanze eine Liste von dreiunddreißig Zeugen, die bereit sind, durch ihren Eid zu erhärten, daß diese Ehe auf ausdrücklichen Wunsch des Gottes Vespasian geschlossen wurde."

Die Ausführungen des Marull erregten in der menschenvollen Julischen Halle Sensation. Der Großrichter beeilte sich, die Vertagung des Prozesses zu verfügen.

So hatte also Josef durch Preisgabe seiner tiefsten Schmach fürs erste den Schlag abgewendet, den Dorion und ihre Freunde gegen ihn führten. Man hatte in den letzten Jahren in Rom von jener alten Geschichte nur mehr undeutlich gemunkelt; nun war sie von neuem in aller Mund.

Übrigens ließen sich Helvid und die Seinen durch die freche Drohung des Marull nicht schrecken. In der Sache des Adoptionsbegehrens begründete der mutige Helvid, ohne Furcht vor einer Anzeige wegen Majestätsverbrechens, seinen Einwand mit den gleichen Argumenten, auf denen das Scheidungsbegehren der Dame Dorion basierte: er bezweifelte die Würdigkeit des Josef. Auch Großrichter Arulen wich vor Marull nicht weiter zurück. Trotzdem dieser beantragte, den Einwand des Helvid gegen einen Mann, dessen Büste der Kaiser in der Bibliothek des Friedenstempels habe aufrichten lassen, als schlechthin absurd abzulehnen, und trotzdem er jene Ehe des Josef mit den gleichen Mitteln verteidigte wie in dem Scheidungsprozeß, beschloß das Gericht, die Argumente Helvids zu untersuchen. Es sollten in Judäa Erhebungen angestellt werden; ob wirklich der Gott Vespasian jene Heirat des Josef gebilligt habe.

Die Spannung wuchs. War es nicht äußerst gefährlich,

Dinge aufzurühren, die die Dynastie so nahe angingen? Ängstlich schaute man nach dem Palatin. Großrichter Arulen hatte einen der Minister mit Mühe dazu bewogen, im Vortrag beim Kaiser den Prozeß zu erwähnen. Allein Titus rührte sich nicht. Er griff mit keiner leisesten Willensäußerung in den Gang der beiden Verfahren ein.

Rückkehrend von einer offiziellen Veranstaltung der Mitglieder des Zweiten Adels, zu Pferd, gefolgt von Freunden und Leibeigenen, traf Josef unvermutet den Gouverneur Flavius Silva. Es war auf dem Marsfeld, auch Flavius Silva war zu Pferd. Er hielt an. In seiner lärmenden, jovialen Art begrüßte er Josef, bewunderte den fleischlosen Kopf seiner edlen, arabischen Stute. Zog das Gespräch hinaus. Begleitete den Erstaunten ein Stück Wegs.

Langsam ritten die beiden Herren nebeneinanderher. Der hagere, finstere Josef sah in der offiziellen Tracht mit dem purpurnen Umwurf sehr gut aus, der etwas feiste Flavius Silva fiel neben ihm ab. Aber den Gouverneur verdroß das nicht. Er fand die Gelegenheit günstig, Josef eine bestimmte Mitteilung zu machen. Er war in dem Kampf um seine Sache nur langsam und zäh vorangekommen, jetzt aber hatten ihm die Prozesse des Josef um ein entscheidendes Stück weitergeholfen, und er hielt es für ein Gebot der Fairneß, ihn darüber nicht im unklaren zu lassen.

Denn es war soweit. Die republikanischen Senatoren werden endlich jene Vorlage einbringen, die Flavius Silva für die Verwaltung Judäas so dringlich benötigte, und es waren die Rechtshändel des Josef, die Helvid und die Seinen dazu bestimmt hatten. Schon in der Februarsitzung wird der frühere Großrichter Antist einen Gesetzentwurf zur Debatte stellen, der die Beschneidung eines Nichtjuden in klaren Worten verbietet und so der anmaßenden Proselytenmacherei der Juden ein für allemal ein Ende macht. Helvid habe sich vergewissert, teilte der Gouverneur dem Josef mit, daß der Senat die Vorlage mit großer Majorität annehmen werde.

Josef mühte sich, seine Betretenheit zu verbergen. Um ein solches Gesetz zu erwirken, war Flavius Silva nach Rom gekommen. Daß er die ihm befreundeten Senatoren zur Einbringung der Vorlage werde veranlassen können, war von Anfang an wahrscheinlich gewesen. Nach dem Sturz der Berenike war es gewiß. Trotzdem traf den Josef die Nachricht. Er wahrte Haltung, suchte seine Erregung mit allen Mitteln zu beschwichtigen, sagte sich, was immer der Senat beschließe, bleibe, vorläufig wenigstens, nur eine akademische Willensäußerung, und alles hänge davon ab, ob der Kaiser sein Vetorecht geltend machen werde.

Der Gouverneur sprach weiter. Er sei stolz darauf, der Urheber der Vorlage zu sein. Ihm liege daran, den Juden begreiflich zu machen, daß er dieses Gesetz gerade in ihrem Interesse wünsche. Nur so nämlich ließen sich die Grenzen zwischen Politik und Religion in Judäa klar festlegen, und ohne solche scharfe Grenzziehung könne man die Provinz nicht regieren. Er ereiferte sich. „Ich schütze", versicherte er dem Josef, „die jüdische Religion als eine erlaubte mit allen Mitteln. Ich schone die Empfindlichkeit Ihrer Glaubensgenossen. Ich habe das Verbot, in Städten mit überwiegend jüdischer Bevölkerung Kaiserbilder zu zeigen, den militärischen Stellen mit Nachdruck in Erinnerung gebracht. Ich fördere, soweit ich kann, die autonome jüdische Gerichtsbarkeit. Ich habe der Universität Jabne, ihren Doktoren und ihren Schülern Steuerfreiheit eingeräumt. Wenn einer tolerant ist, dann ich. Aber in dem Augenblick, in dem die jüdische Religion sich in Politik verwandelt, werde ich zu ihrem bittersten Gegner. Es ist ein Glück für die Juden, daß gerade ihr unsichtbarer Gott und seine Gesetze nichts als Religion sind und getrennt von aller Politik."

„Ich fürchte, Herr Gouverneur", sagte Josef, „selbst wenn die neue Vorlage Gesetz werden sollte, werden Sie die jüdische Religion nicht als etwas so völlig Ideologisches von der realen Politik absondern können, wie Sie es wünschen. Mißverstehen Sie mich, bitte, nicht. Ich hoffe, durch mein Beispiel zur Genüge bewiesen zu haben, daß jemand gleichzeitig ein guter Jude und ein guter Römer sein kann. Trotzdem ist Judentum mehr als eine Meinung, eine Ideologie. Jahve nämlich ist nicht nur Gott, er ist auch der König Israels."

„Ein Titel, ein Name“, zuckte Flavius Silva die Achseln. „So ist Jupiter der Herrscher Roms.“

„Weshalb sich auch der Kaiser zum Erzpriester Jupiters gemacht hat“, erwiderte Josef.

Flavius Silva lächelte. „Es steht nichts im Wege, daß ihr den Kaiser zum Erzpriester Jahves macht.“

„Das geht leider nicht“, bedauerte Josef.

„Ich weiß“, antwortete Flavius Silva. „Der Kaiser müßte sich vorher beschneiden lassen. Nein“, fuhr er fort, „Sie spielen mit Worten. Ich muß Ihr Judentum gegen Sie in Schutz nehmen. Es ist Religion, nichts sonst. Seien Sie froh, daß es so ist. Wenn Sie nämlich recht hätten, müßte ich noch heute Order geben, die Universität Jabne zu schließen.“

Er ließ sein Pferd einen noch langsameren Gang annehmen und schaute dem Josef ins Gesicht. „Ich glaube“, sagte er mit unerwartet scharfer Stimme, „Sie halten uns für dümmer, als wir sind, mein Flavius Josephus. Wer keine Macht hat, muß sich schon mit abstrakter Religion begnügen, mit einem unsichtbaren Gott. Wir werden dafür sorgen, daß sich nicht gewisse Ambitionen auf dem Umweg über die Religion in die Politik einschleichen. Wir erlauben eine ganze Reihe fremder Religionen und fördern sie, soweit sie Religionen sind. Das sind sie in dem Augenblick nicht mehr, in dem sie mit der Staatsreligion in Konflikt kommen. Denn diese ist nicht nur eine Ideologie, sie ist ein Bestandteil des politischen Apparats. Deshalb sorgen wir dafür, daß Personen, die in der Staatsreligion geboren sind, ihr nicht abspenstig gemacht werden können.“

Josef sah auf den neben ihm Reitenden. Das freundliche, behagliche Gesicht des Mannes hatte sich verhärtet, nichts Joviales war mehr darin, es war das unerbittliche Gesicht Roms, das alles zur Vernichtung verurteilte, worin es die leiseste Gefährdung seiner Macht witterte.

Der Gouverneur sprach weiter. „Wir können, da wir stark sind, ruhig zulassen, daß, wer will, einem Aberglauben nachgeht. Nicht zulassen können wir, daß ein solcher Aberglaube die Staatsreligion gefährdet. Denn sie ist ein politisches Mittel, eine Waffe. Wer einem im Staatsglauben Erzogenen diesen Glauben nehmen will, versucht, Rom eine Waffe zu nehmen. Das ist Hochverrat. Darum bestrafen wir die Gottlosigkeit eines im römischen Glauben Geborenen. Darum ist es nötig, daß die Beschneidung verboten wird. Darum habe ich erwirkt, daß meine Freunde dieses Gesetz im Senat einbringen."

Damit ließ Flavius Silva das Thema fallen, sein Gesicht entspannte sich, und als die beiden Herren sich trennten, war er wieder ganz der alte, lärmende, herzhafte Kriegskamerad.

Mit keinem Wort war von den Prozessen des Josef die Rede gewesen, aber Josef begriff sehr wohl, daß alles, was der Gouverneur gesagt hatte, sich auf seine Rechtshändel bezog. Trotzdem wollte er nicht sehen, daß der Gegner in seiner Streitsache nicht ein einzelner, sondern Rom war. Vielmehr steigerte die Mitteilung, die Flavius Silva ihm gemacht hatte, nur seinen Grimm gegen Dorion und Phineas.

Er berief seinen Freigelassenen Phineas zu sich, wie er es nach dem Gesetz tun konnte. Als der Grieche kam, war er zu ihm besonders höflich. Er verhehlte sich nicht, daß er, sosehr er Phineas haßte, ganz im Tiefen eine gewisse Freude spürte, als er seinen großen, blassen Kopf wieder vor sich sah. Er suchte auszulöschen, was in ihm gegen Phineas war, freundschaftlich geradezu sprach er auf ihn ein, schämte sich nicht seines unbeholfenen Griechisch. „Nichts liegt mir ferner", setzte er ihm auseinander, „als das Griechentum des Jungen anzutasten. Ich will nur ein Neues hinzutun. Lassen Sie mich den Versuch machen, in unserem Paulus Griechentum und Judentum zu vereinigen. Sie erziehen meinen Sohn in den Prinzipien der Stoa. Sie kennen unser Buch Kohelet. Kann man nicht versuchen, Kohelet mit Zeno und Chrysipp, mit Seneca und Muson zu vereinigen? Versperren Sie mir nicht den Weg zu Paulus. Sie haben sein Herz. Lassen Sie mir ein Teil davon." Er demütigte sich, trat ganz nahe an Phineas heran, ein Flehender.

Leider müsse er sich, erwiderte still und höflich Phineas, dem Josef in dieser Sache versagen. Er hielte es für eine Sünde an dem Knaben Paulus, ihn jüdischem Einfluß auszusetzen. Doktor Josef habe von dem Philosophen Kohelet gesprochen.

In dem Buch dieses Mannes stehe manches Ausgezeichnete und vieles Absurde; aber das Ausgezeichnete wiederhole nur, was einige Griechen lange vorher gesagt hätten. Ja, geradeheraus: je mehr jüdische Bücher er im Dienste des Josef gelesen habe, so deutlicher habe er erkannt, mit wie großem Recht zahlreiche Griechen in der jüdischen Lehre nichts anderes sähen als eine Sammlung ungereimter, abergläubischer Vorstellungen. Er habe nichts dagegen, daß ein gebildeter Mensch ein bißchen Aberglauben mit sich herumtrage. Wenn zum Beispiel die Dame Dorion ab und zu Meinungen äußere, die noch aus der Welt ihrer ägyptischen Kinderfrau stammten, so finde er das liebenswert und reizvoll. Aber eben nur im Munde der Dame Dorion. Werde hingegen etwa der junge Geist des Paulus mit jüdischen Lehrmeinungen angefüllt, dann, fürchte er, werde das die natürliche Anmut, die der Himmel dem Knaben mitgegeben, keineswegs erhöhen, sondern es werde dadurch in dem schönen und begabten Jungen nur jene Scheu und Finsternis großgezogen, die man an so vielen Bewohnern des rechten Tiberufers wahrnehme.

Josef lief auf und ab. Merkwürdigerweise empörte ihn mehr als das Nein des Mannes sein freches Geschwätz über den Kohelet. Dieser Mensch spürte den Rhythmus jedes kleinsten griechischen Spruchschreibers: aber vor der tiefen Musik des Kohelet verschloß er Herz und Ohr. Doch Josef bezwang sich, er wird nicht mit einem Phineas über den Kohelet rechten. Was ist schon dieser Phineas? Ein armer Mensch. Sein borniertes Griechentum hindert ihn, Größe wahrzunehmen, wenn sie nicht an einem Griechen sichtbar wird. Wie immer, ob arm oder boshaft, es durfte zwischen diesem Menschen und seinem Paulus keine Gemeinschaft sein.

Noch bevor der Sekretär geendet, stand Josef still, die Beine leicht gegrätscht, die Hände hinterm Rücken. Sachlich, nach einem kleinen Schweigen, stellte er fest: „Gut, Phineas, Sie wollen mir also nicht helfen?“ – „In dieser Sache nicht“, bestätigte der andere. „Dann gebe ich Ihnen Auftrag, Freigelassener Phineas“, sagte Josef, er hob kaum die Stimme, „hier in meinem Hause in Rom zu bleiben. Wollen Sie, bitte, aus der Übersetzung der Siebzig das Buch Kohelet hersuchen und mir notieren, wo Sie das Griechisch des Werkes als hart und nicht zeitgemäß empfinden. Machen Sie mir, bitte, Verbesserungsvorschläge.“ Phineas neigte stumm und höflich den großen Kopf.

Nach wenigen Tagen schrieb Dorion dem Josef, er möge zu ihr nach Albanum kommen. Diesmal also hatte er sie getroffen, die Hochmütige. Wie der Grieche, der Hund, von ihr gesprochen hatte. Wie zärtlich bei aller Überlegenheit.

Wieder empfing ihn Dorion in der Wandelhalle. Heute aber hieß sie ihn sich setzen, und sie saßen an dem Steintisch im Garten, und sie war höflich. Das Unglück, das den Josef getroffen hatte, der Tod seines Sohnes, seine wüste, hemmungslose Trauer, das alles war für sie eine tiefe, bittere Genugtuung gewesen. Er hat seinen Prozeß gegen die Götter verloren, der Stolze, der Totenrichter. Jetzt kann er seinem toten Bastard die Ehren des Jenseits erweisen, die er ihrem Vater versagt hat. Sie weiß genau, wie tief ihn der Tod seines jüdischen Sohnes hat treffen müssen, nachdem sie ihm seinen griechischen Sohn ein für allemal genommen hat.

Da sie ihn nicht mit der abweisenden Härte empfing wie das letztemal, ließ Josef sich vor ihr gehen. Ob es nicht sinnlos sei, fragte er, wie sie sich gegenseitig vor den Augen der Welt zerfleischten. Sie möge ihm erlauben, Paulus zum Juden zu machen. Sei nicht der Tod seines Sohnes Simeon eine Mahnung des Himmels, daß man Paulus zum Juden machen solle? Gerne lasse er ihr den Jungen für den größten Teil des Jahres, daß sie und Phineas ihm griechisches Wesen vermitteln: aber auf kurze Zeit, auf vier Monate, auf drei, möge sie Paulus ihm lassen.

Ach, Dorions Höflichkeit ging nicht tief. Schon verhöhnte sie ihn. Gewiß sei der Tod seines Simeon ein Zeichen der Götter. Aber er deute es falsch. Nur *eines* wolle der Himmel ihm zeigen: wie sehr er sich überhoben habe. Gegen ihn und seine Anschauungen spreche das Zeichen, nicht gegen sie und Paulus.

Josef sagte: „Nimm es, wie du willst, Dorion. Ich bin nicht gekommen, zu streiten. Gib mir Frieden, Dorion. Ich bin müde zum Sterben." Dorion sah, daß er verändert war, um vieles älter. Sie kannte gut solche Müdigkeit. In solcher Müdigkeit und Vernichtung war sie im Atelier ihres toten Vaters gesessen, die Skizzen zu den „Versäumten Gelegenheiten" an den Wänden. In ihrem Kopf waren uralte ägyptische Verse:

Der Tod steht heute vor mir
Wie der Duft von Myrrhen,
Wie das Sitzen unterm Segel bei gutem Wind.

Der Tod steht heute vor mir
Wie ein Weg im lieben Regen,
Wie die Heimkunft des Mannes im Kriegsschiff.

Der Tod steht heute vor mir
Wie der Anblick des Heimathauses,
Wenn einer viele Jahre gefangen war.

„Ich bedauere", sagte sie, „daß du hast leiden müssen. Auch ich habe einiges durchgemacht. Aber es hat keinen Zweck, wenn du immer das gleiche wiederholst. Ich habe dich bitten lassen, weil ich mich mit dir vertragen will. Ich habe einen vernünftigen Vorschlag. Man sagt mir, du läßt ein jüdisches Götterhaus bauen und brauchst Geld dazu. Ich habe Geld. Ich möchte dir deinen Freigelassenen Phineas abkaufen."

Josef beschaute ihr dünnes Gesicht. Ihre hellen Augen waren ganz ruhig. Wenn dies Hohn war, spielte sie ihn meisterlich aus. Er ging.

Sogleich nach seiner Rückkehr gab er dem Phineas Weisung, sich nach Albanum zu begeben und sich zur Verfügung Dorions zu halten.

Unvermutet erschien der Verleger Claudius Regin bei Josef und erkundigte sich, wie er mit der Arbeit vorankomme. „Ich kann jetzt nicht arbeiten", erklärte gereizt Josef. „Ich finde", erwiderte mit seiner fettigen Stimme Regin, „arbeiten ist das einzige, was man in dieser Zeit tun kann. Aber natürlich, Sie haben Ihren Phineas nicht“, fuhr er bösartig fort. Josef fand seinen Besucher dick, schlaff, gealtert. Er versagte sich die scharfe Antwort, die er auf der Zunge hatte. Immer zwar ärgerte er sich über Regin, aber er wußte, daß der einer der wenigen war, die ihm wohlwollten.

Regin setzte sein unwirsches Gequäke fort: „Der Herr spart sich die Arbeit. Andernteils ist der Herr großzügig. Der Herr macht der Dame Dorion Geschenke; wenn sie sich einen Stuhl neu überziehen will, schneidet er sich das Leder aus der eigenen Haut. Man sagt sich: wenn es gar nicht mehr weitergeht, wird der alte Regin schon Rat wissen. Man hat ja auch recht. Am Ende zahlt er, der Tölpel. Wissen Sie, daß dieses Kleid jetzt ins fünfte Jahr geht?“, und er wies zornig auf sein lotteriges Gewand. „Mit dem Kaiser kann man auch nicht reden“, schimpfte er weiter. „Der Mann ist ein krankhafter Verschwender. Ich sehe nicht mehr, wie ich das Budget ausgleichen soll. Am liebsten würde ich mich mit Johann von Gischala nach Judäa zurückziehen und Landwirtschaft treiben.“

Sie saßen jetzt beide verdrießlich da. „Sie wissen“, fing schließlich Josef an, „wie meine Prozesse stehen. Ich habe meine Gegner lahmgelegt, aber ich selber komme auch nicht weiter. Ich kriege den Jungen nicht heraus. Können Sie mir einen Rat geben?“

„Es ist ärgerlich“, erwiderte Regin, „daß Titus nicht mehr zu einem Entschluß zu bringen ist. Man kann keine Unterschrift von ihm erlangen. Das Reich läuft weiter. Die Gelder, die Vespasian und ich aufgestapelt haben, sind nicht so bald erschöpft: aber die Räder laufen immer langsamer und knarren immer lauter. Daran liegt es. Darum kriegen Sie Ihren Paulus nicht.“

„Dunkel“, zuckte Josef die Achseln.

„Sie sind langsam von Begriff“, tadelte Claudius Regin, „für einen Mann, der an der Hochschule von Jerusalem studiert hat. Natürlich möchte Großrichter Arulen Ihnen Ihren Paulus mit dem größten Vergnügen absprechen. Aber er wagt nicht, Ihnen unrecht zu geben, und wagt auch nicht, Ihnen recht zu geben. Denn sosehr er die Ohren spitzt, vom Palatin her hört er kein Ja und kein Nein. Er hat es nicht leicht, der Großrichter Arulen."

„Sie meinen", fragte Josef, „ich sollte den Versuch machen, Titus zu einer Willensäußerung zu bewegen?"

„Sie haben Ihren geringen Diener und Schüler mißverstanden, mein Doktor und Herr", sagte gallig Claudius Regin und wandte die umständlichen aramäischen Höflichkeitsformeln an. „Ich habe lediglich die Situation analysiert, ich habe Ihnen keinen Rat gegeben. Wissen Sie, wie eine Willensäußerung des Kaisers ausfällt? Ich weiß es nicht. Ihre Gegner wissen es auch nicht."

„Ich glaube nicht, daß Titus mein Feind ist", sagte nachdenklich Josef.

„Wissen Sie, ob er Ihr Freund ist?" fragte Regin zurück.

„Er hat vermutlich ein schlechtes Gewissen den Juden gegenüber", überlegte Josef.

„Die Prinzessin Lucia ist jetzt häufig um ihn", erwog mit fettiger Stimme Regin.

„Die Prinzessin Lucia ist mir sehr gewogen", erklärte Josef.

„Es ist Glückssache, in welcher Laune einer den Kaiser findet", meinte Claudius Regin.

„Ich glaube an mein Glück", sagte Josef. „Ich habe jetzt Anspruch auf Glück", behauptete er hochfahrend.

Claudius Regin schaute ihn aus seinen schläfrigen Augen amüsiert an. „Sie wissen gut Bescheid in den Kontobüchern Jahves", höhnte er.

„Könnten Sie mir die Audienz erwirken?" bat Josef.

„Ich könnte schon", quäkte mürrisch Claudius Regin. „Aber ich sehe jetzt den Kaiser selten, und ich glaube nicht, daß es für Sie vorteilhaft ist, wenn Sie sich die Audienz gerade durch mich erwirken lassen."

„Ich danke Ihnen für Ihren Rat", sagte herzlich Josef.

„Ich verbitte mir Ihren Dank", lehnte Claudius Regin unwirsch ab. „Ich habe Ihnen keinen Rat gegeben. Ich mache Sie nochmals darauf aufmerksam, daß eine solche Audienz recht unangenehme Folgen haben kann."

Es war schließlich Lucia, die dem Josef die Audienz erwirkte. Ihr gefiel die fanatische Hartnäckigkeit, mit welcher der Mann um seinen Sohn kämpfte. Außerdem, und dies gab wohl den Ausschlag, war ihr die Dame Dorion ebenso unsympathisch, wie Josef ihr angenehm war.

Der Kaiser, als er Josef empfing, war nicht in guter Verfassung. Er war erkältet, seine Augen waren trüb, sein Gesicht gedunsen, er schneuzte sich oft und beschwerlich. Er nahm den Josef fremd auf, abwesend, doch nicht ungütig. Im Verlauf der Unterredung belebte er sich, wurde sentimental. „Ich habe gehört", sagte er, „du hast Unglück gehabt. Ich hätte mich vielleicht ein wenig mehr um dich kümmern sollen. Aber glaub mir, auch ich habe es nicht leicht. Ich bleibe dir im Herzen gewogen, mein Josef. Man ist ein großes Stück Wegs zusammen gegangen, es war wahrscheinlich der bessere Teil. Sicherlich der leichtere."

Endlich kam Josef auf seinen Prozeß zu sprechen. Marull hielt die Audienz für gefährlich, der Kaiser war undurchsichtig, unberechenbar, zudem kränklich und zumeist schlechter Laune. Marull wußte aus Erfahrung, wie leicht körperlicher Schmerz Entscheidungen zuungunsten eines Bittstellers beeinflussen kann. Trotzdem Lucia den Kaiser vorbereitet hatte, blieb das Ganze ein Glücksspiel. Da indes Josef auf seinem Vorhaben bestand, hatte Marull sich bemüht, die Bitte, die Josef an den Kaiser richten wollte, in die glücklichste Form zu bringen. Josef bat also den Kaiser um die Gnade, einen der Kronjuristen mit der Abfassung eines Gutachtens über seinen Adoptionshandel zu beauftragen, am besten den Caecil als den in Fragen des Familienrechts am meisten beschlagenen. Es war aber Caecil ein genauer Freund und Mitarbeiter des Marull, und die Gutachten der Kronjuristen waren für die Rechtsprechung verbindlich.

Titus schneuzte sich, lächelte, sinnierte: „Prozesse. Ihr Juden führt viele Prozesse. Also du führst jetzt auch einen Prozeß. Oder eigentlich sogar zwei." Er lächelte stärker, wurde geradezu aufgeräumt. „Unser Freund Marull führt sie, deine Prozesse. Mein Vater liebte ihn nicht, deinen Marull, Bübchen liebt ihn. Es freut mich, daß er noch soviel Intensität für dich aufbringt. Er hat den Kopf voll von eigenen Sorgen, habe ich mir sagen lassen; das Gesetz über die falschen Denunzianten schwebt über seinem Haupt. Ein interessanter Mensch jedenfalls, ein höllisch kluger Kopf. Vielleicht auch ist er ein Lump. Und sicher werden er und mein Caecil ein großartiges Gutachten austifteln. Na schön." Und er gab Weisung, den Kronjuristen Caecil mit der Abfassung des Gutachtens zu beauftragen.

Früher hätte sich Josef vielleicht geärgert, daß der Kaiser mit keinem Wort seiner Bücher gedacht hatte. Heute war er einfach glücklich. Mit Überschwang und aus aufrichtigem Herzen dankte er allen, die ihm geholfen hatten, dem Titus, der Lucia, dem Regin, dem Marull.

Übrigens dachte Titus nicht daran, durch die Gunst, die er dem Juden Josef erwies, seine Popularität zu gefährden. Er wollte die „Liebe und Freude des Menschengeschlechts" bleiben. Er ließ also am gleichen Tag, an dem er den Kronjuristen Caecil mit der Abfassung des Gutachtens beauftragte, den Konsul Pollio wissen, daß, falls im Senat ein Gesetz gegen die Gottlosenbewegung und die Beschneidung beschlossen werden sollte, die Krone kein Veto einlegen werde.

Die Formalitäten der Adoption waren langwierig, aber Großrichter Arulen ging mit einemmal wie mit acht Pferden aufs Ziel los. Ohne daß ein Wort darüber gesprochen worden wäre, wußten plötzlich alle Maßgebenden, worum es ging: der Kaiser konzedierte der Opposition das Gesetz über die Beschneidung, aber er wünschte, seinen Juden Josef diesem Gesetz nicht zu unterstellen. Das war ein großartiges Geschäft für die Opposition; die Überlassung des Knaben Paulus an den Juden war durch den Verzicht des Kaisers auf das Veto tausendmal wettgemacht. Nachdem Arulen einmal im Bilde war, ließ er kein Verzögerungsmanöver mehr durchgehen.

Dorion raste. Sie begriff nicht, was um sie vorging. Vor zwei Wochen noch hatten ihre Freunde ihr versichert, die Dinge könnten nicht besser stehen, und jetzt von einem Tag zum andern sollte alles verloren sein? Als man sie vorlud, vor dem Hundertgericht den Verkauf ihres Sohnes Paulus vorzunehmen, schäumte sie. Dann weinte sie. Dann erklärte sie, sie sei krank. Aber es nutzte nichts. Es kam der Tag, da sie trotz allem mit Paulus in der Julischen Halle erscheinen mußte.

Die Lanze war aufgepflanzt, Erz und Waage war da, und der verhaßte Marull war da. Man fragte sie, ob sie gewillt sei, diesen ihren Sohn Paulus mit Erz und Waage an diesen Junius Marull zu verkaufen. Marull rührte die Schulter des Knaben mit dem kleinen Stabe, mit der verlängerten Hand, und übernahm ihn in seine Mund. Dreimal wiederholte sich der unwürdige Vorgang, dreimal mußte die tief Ergrimmte ihn über sich ergehen lassen. Blaß, das innere Zittern nur mit Mühe verbergend, stand Paulus da. Er hatte unter dem Aufsehen, das sein Prozeß machte, unsäglich gelitten, sein Stolz bäumte sich wild auf gegen das lächerliche Schauspiel, dem er jetzt den Helden abgeben mußte.

Als dies vorbei war, trat Josef als Kläger auf. Er klagte auf Übergabe des Knaben Paulus in seine Gewalt. Der Richter fragte Dorion, ob sie etwas gegen die Überstellung des Knaben Paulus an den hier anwesenden Flavius Josephus einzuwenden habe. Dorion schwieg. Der Liktor schaute nach der Wasseruhr, bis eine Minute vergangen war. Diese ganze Minute mußte Dorion dastehen und schweigen. Josef genoß dieses Schweigen. Es war ein ungeheurer Triumph für ihn, daß Dorion danebenstehen und schweigen mußte, nun er seinen Sohn für sich verlangte; seine Klugheit und Gottes Gnade hatten es so gefügt. Aber er versagte es sich – und vielleicht war dies sein größter Triumph –, Dorion anzuschauen, während sie stand und schwieg.

Dann stellte der Liktor fest: „Die Gefragte schweigt", und der Richter stellte fest: „Die Gefragte schweigt", und erklärte: „So trete ich dem Anspruch des Klägers bei und überstelle diesen Knaben Paulus seiner Gewalt." Und Josef rührte die Schulter des Paulus mit der verlängerten Hand und nahm den Blassen, der mit verpreßten Lippen dastand, mit sich zurück in das Haus im sechsten Bezirk.

Die Sitzung des Senats, in welcher der Antrag des Großrichters Antist über das Verbot der Beschneidung, das „Gesetz gegen die Juden", wie die Massen es nannten, beraten werden sollte, fand am ersten Februar statt. Es war ein klarer, kalter Tag, und voraussehend, daß die Sitzung lange dauern werde, hatte man den Senat schon für den frühen Morgen einberufen; denn Beschlüsse hatten Gültigkeit nur dann, wenn sie in der Zeit nach Sonnenaufgang und vor Sonnenuntergang gefaßt worden waren.

Noch in der Dunkelheit hatte sich vor dem schönen, großen Gebäude des Friedenstempels, wo der Senat bei wichtigen Anlässen tagte, eine große Menge angesammelt. Vor allem vom rechten Tiberufer waren Tausende gekommen. Selbst diejenigen, die sich vor der Zerstörung des Tempels wenig um die Riten gekümmert hatten, begannen jetzt ihr Herz daran zu hängen. Nun das Haus Jahves nicht mehr stand, wurden die Bräuche für das Judentum, was der Körper für den Geist ist; hörten die Bräuche auf, dann hörte auch das Judentum auf. Die Beschneidung gar, die fleischliche Besiegelung des Bundes zwischen Jahve und seinem Volk, galt den Juden als Grundmerkmal ihrer Nation und ihres Wesens. Die Beschneidung, lehrte Philo, der größte jüdische Philosoph des Jahrhunderts, hemme die fleischliche Lust, auf daß die Triebe des menschlichen Herzens nicht zügellos würden. Denn wie dem Weinstock, so sei es auch dem Menschen bestimmt, sich über den von der Natur gegebenen Zustand hinaus zu veredeln; durch die Beschneidung aber zeige der Mensch seine Bereitschaft, den ihm eingeborenen Rohstoff an Willen gemäß dem höheren Willen Jahves zu formen. Alle, auch die Lauesten, stimmten darin überein, daß die Beschneidung das heilige Volk Gottes aus der Mitte der gemeinen Menschen heraushob. Und daß man Staat und Tempel zerstört hatte, schien ihnen nicht so unheilvoll, als daß man jetzt plante, auch ihren Bund mit Jahve zu zerstören.

In großer Erregung also standen sie vor dem Friedenstempel. Daß das Gesetz durchgehen werde, war sicher; doch alles, ihre nationale Existenz, hing davon ab, welche einschränkenden oder erweiternden Bestimmungen der Senat beschließen werde. Der Kaiser hatte erklärt, er billige das Gesetz im Prinzip; die rechte Form zu finden sei Sache der Berufenen Väter. Niemand aber konnte voraussehen, welche Form diese wählen würden. Die Stellung der Parteien und der einzelnen Senatoren war sonderbar verquert und verkreuzt. Die Krone stand diesmal auf seiten der traditionellen, republikanischen Opposition, während die liberalistischen Anhänger der Monarchie Gegner des Gesetzes waren.

Weiß und großartig, als es dämmerte, hob sich das riesige Gebäude des Friedenstempels inmitten seiner Kolonnaden. Die Menschenmassen ringsum hüllten sich in die Kapuzen ihrer Mäntel, zündeten auf den Straßen, in den Wandelhallen Feuer an. Es schien immer kälter zu werden. Man hatte selbst die Statuen vor dem Gebäude mit großen Tüchern bedeckt, daß der Marmor nicht springe.

In das Innere des Tempels hatten nur diejenigen Zutritt, die mit einer besondern Erlaubnismarke ausgestattet waren. Die Senatoren trafen ein, frostzitternd, kleine, mit heißem Wasser gefüllte Behälter in den Ärmeln, ohne Sänfte, sie mußten sich dem Brauch zufolge zu Fuß in den Senat begeben. Mit Mühe erkämpften ihre Diener und die Polizisten den einzelnen den Zutritt in das Gebäude. Viele wurden von den Massen erkannt. Man begrüßte sie mit freundlichen, manche auch mit bissigen Zurufen; es fiel nicht jedem leicht, das kritische Spalier mit geziemender Würde zu passieren.

Trotzdem auch die inneren Räume menschengefüllt waren, wirkten sie nach dem Lärm des Flavischen Forums still und weit. Man hatte Kohlenbecken angezündet. Es half nicht viel, die Hitze ging nach oben, der Fußboden blieb kalt, und die Senatoren in ihren hohen, unbequemen, prunkenden Schuhen traten von einem Fuß auf den andern und sehnten sich nach der Zentralheizung ihrer Häuser. Kalt, voll unbehaglicher Drohung, standen ringsum die Bildwerke, hingen die Gemälde, mit denen Vespasian das mächtige, ihm zu Ehren errichtete Haus geschmückt hatte, die Riesenstatue des Nil mit seinen sechzehn Genien, der von der Schlange umwundene Laokoon, das Gemälde der Alexanderschlacht, das kostbarste der Welt, das den Triumph verherrlichte, den Europa über Asien erfochten. Frostig und golden prunkten an sichtbarster Stelle die Trophäen des großen Krieges der Flavier, des jüdischen Krieges, die dreiundneunzig heiligen Geräte des Tempels von Jerusalem, die Schaubrottische, der siebenarmige Leuchter. Alles in diesen Räumen mußte die Senatoren daran erinnern, daß Vespasian und sein Sohn den Sieg des Westens über den Osten vollendet hatten, daß Friede in der Welt und daß dieser Friede römisch war: und Titus und sein Vater hatten ihn geschaffen.

Jeder einzelne der Senatoren, bevor er in den Sitzungssaal ging, trat vor die Statue der Friedensgöttin, ihr Weihrauch und Wein darzubringen. In stiller Glorie hob sich die Statue, eingesäumt aber war sie von den Standbildern des alten Kaisers und des Titus, auf daß jeder, der ihr opferte, erkenne: diese beiden Männer waren die Schirmherren der Friedensgöttin, ohne sie stünde sie bloß und ungeschützt. Manche unter den republikanischen Senatoren beneideten den jüdischen Titularkönig Agrippa, den alten Tiber Alexander, früheren Gouverneur von Ägypten, und die vier anderen jüdischen Herren des Senats, die es sich erlauben durften, ohne Opfer an dem Bild dieser Friedensgöttin vorbeizugehen.

Sechshunderteinundachtzig Senatoren gab es. Fünfhundertsiebenundsiebzig waren stimmberechtigt. Lange vor Sonnenaufgang schon war die Ehrenhalle des Tempels gefüllt von den Berufenen Vätern. Sie standen herum in ihren Purpurmänteln und Purpurkleidern, flackernd belichtet von den vielen noch brennenden Leuchtern und von den Kohlenbecken, schwatzend, hüstelnd, frierend. Ernsthaft die Wände entlang reihten sich die Standbilder der großen Dichter und Denker. Immer wieder aus dem Schatten ins Licht tauchend, schaute auf die prunkvolle Menge der Kopf des Josephus, über die Schulter gedreht, hoch und hochfahrend, hager, fremdartig schimmernd, augenlos, voll wissender Neugier.

Unmittelbar nach Sonnenaufgang stellten die dazu bestimmten Beamten die Präsenzziffer fest. Es ergab sich die Anwesenheit von fünfhundertsechzehn Senatoren, eine glückliche Zahl, denn sie war durch sechs teilbar. Dann hieß der amtierende Konsul, Verus Pollio, alle Türen des Gebäudes weit aufmachen, auf daß die Öffentlichkeit der Sitzung hergestellt sei, und leitete die Tagung mit der vorgeschriebenen Formel ein, sie möge dem römischen Volk Glück und

Förderung bringen. Er stellte fest, daß zwei Drittel der Mitglieder anwesend, der Senat also beschlußfähig sei, und daß er die Sitzung nach Sonnenaufgang eröffnet habe. Er forderte den Chef des Kaiserlichen Protokolls auf, das zur Kenntnis zu nehmen.

Es wurde dann zunächst die Vorlage des früheren Finanzministers Quintus Pedo beraten, der zufolge die von dem Baumeister Seiner Majestät Acil Aviola erfundenen Maschinen in Zukunft bei der Erstellung von Bauten nicht benützt werden sollten. Quintus Pedo begründete seinen Antrag. Selber entzückt von der technischen Vollendung dieser Maschinen, die Zehntausende von Menschenhänden ersparten, habe er andernteils die Erfahrung machen müssen, daß diese Maschinen im Baugewerbe eine bedenkliche Arbeitslosigkeit hervorriefen. Seine Majestät habe dem genialen Architekten und Ingenieur eine Gratifikation anweisen lassen, die Verwendung der Maschinen aber für die kaiserlichen Bauten verboten. Er ersuche den Senat, entsprechend zu beschließen. Es war nicht viel Interesse für diesen Antrag da. Einer konnte sich des Witzes nicht enthalten, es wäre besser, statt die Anwendung der Erfindung des Aviola zu verbieten, durch Gesetz in allen öffentlichen Gebäuden die wohltätige Erfindung des Ingenieurs Sergius Orata einzuführen, die Zentralheizung. Im übrigen wurde der Antrag ohne Debatte angenommen. Die Senatoren, während des langwierigen Abstimmungsverfahrens, schwatzten unbekümmert über das Gesetz gegen die Juden.

Endlich war es soweit. Der Konsul teilte den Berufenen Vätern den Wortlaut der Vorlage des Oberrichters Antist mit: „Wer einen Menschen, sei dieser frei oder leibeigen, aus Gründen der Wollust oder zu Zwecken des Profits kastriert, verwirkt die in dem Gesetz des Cornel über Körperverletzung vorgesehenen Strafen. Wer eine solche Kastrierung veranlaßt oder Beihilfe leistet, verwirkt die gleichen Strafen." Dann ließ der Konsul die Senatoren in strenger Reihenfolge ihrer Anciennität aufrufen, jeden einzeln, und ihn befragen: „Was ist Ihre Meinung?"

Alle wußten, daß Antist der Vorlage ihren nichtssagenden

Text nur deshalb gegeben hatte, weil man den Anschein vermeiden wollte, als sei sie gegen die nach der Verfassung erlaubte Religionsbetätigung der Juden gerichtet. Aber schon der erste der republikanischen Senatoren, der befragt wurde, enthüllte die wahre Meinung der Vorlage und erklärte, er wünsche die Worte „aus Gründen der Wollust und des Profits" gestrichen und bitte außerdem, den Begriff der Kastrierung zu präzisieren, etwa durch die Worte „kastriert beziehungsweise sein Glied verstümmelt oder beschneidet".

Die liberalen Mitglieder des Senats wußten, daß es sinnlos war, die Vorlage als Ganzes abzulehnen. Ihr Wortführer schlug vor, dem Gesetz die Fassung des Antragstellers zu belassen, es aber nicht als Sondergesetz zu bezeichnen, sondern lediglich als Annex zu den Bestimmungen über Körperverletzung, wie sie in den Gesetzen des Labeo und des Cornel niedergelegt seien.

Weitaus das meiste Interesse unter allen Rednern fand König Agrippa. Seine Stellung in Rom war seit der Abreise seiner Schwester nicht einfach. Titus zwar zeichnete ihn nach wie vor durch besondere Herzlichkeit aus, aber er vermied es, mit ihm allein zu sein, und er tat nichts, um die Angriffe abzuwehren, die die öffentliche Meinung der Stadt immer heftiger gegen ihn richtete. Auf der Bühne, in den Versen der Moralisten, in den Couplets der Straße und der Kabaretts war teils mit, teils ohne Witz immer wieder die Rede von seinen unzüchtigen Beziehungen zu seiner Schwester, seiner snobistischen Eleganz, von seinem vergiftenden Einfluß auf den Kaiser, und er bedurfte seiner ganzen weltmännischen Gelassenheit, um gegen dieses Gerede zu bestehen.

Er litt unter der Kälte, und er liebte nicht Aufmerksamkeit solcher Art, wie sie ihm heute zuteil wurde. Aber er war ein guter, geübter Redner, seine geschmeidige Stimme füllte mühelos den Raum und drang durch die große Stille bis auf den Platz vor dem Tempel hinaus. Er spannte sich an. Er wußte, daß er nicht für sich allein sprach, sondern für die fünf Millionen Juden des Reichs, er, letzter Enkel der Könige, die Judäa seit Jahrhunderten beherrscht hatten. Er begann mit einem Kompliment für den Antragsteller. Seine Vorlage gehe aus von einem ethischen Grundgedanken, der wahrhaft des großen Rom würdig sei. Man dürfe aber, meinte er, die Absichten des edlen Antragstellers nicht dadurch gefährden, daß man böswilligen Auslegern ermögliche, die Moral des Gesetzes in der Praxis in eine Intoleranz umzufälschen, die des Reiches unwürdig sei. Zwei großen Völkern des Ostens, den Ägyptern und den Juden, sei die Beschneidung durch Religionsgesetz vorgeschrieben, Völkern, deren Religion das Reich nicht nur erlaube, sondern deren Götter es verehre. Habe nicht der römische Generalgouverneur in Judäa bis zuletzt dem unsichtbaren Gott Jahve ein Opfer in seinen Tempel gesandt? Wolle das Reich die Gläubigen dieses Gottes Jahve zwingen, Gebote zu verletzen, die sie seit Jahrtausenden befolgten? Das Gesetz des Antist in seiner reinen Fassung finde die Billigung aller römisch Denkenden; notwendig aber sei es, durch möglichst klaren Wortlaut jede Entstellung seines moralischen Grundgedankens zu verhindern. Und er bat die erlauchte Versammlung, die ägyptischen Priester, denen ihr Glaube die Beschneidung vorschrieb, sowie die Juden aus dem Gesetz auszunehmen.

König Agrippa sprach mit Wärme und doch mit großer Ruhe; das Gehuste und Geräusper, das Scharren der kalten Füße hörte auf, während er sprach. Nur von außen drang das Geräusch der Massen, die erregten, höhnischen Rufe der Gegner, die fanatischen Stimmen der Juden.

Konsul Pollio, nach der Rede des Agrippa, setzte die Befragung der Berufenen Väter fort; aber die Aufmerksamkeit der Senatoren war erloschen. Die meisten begnügten sich, formelhaft zu erklären: „Ich stimme dem Antist oder dem Agrippa oder dem Corvin bei." Endlich war es soweit, daß der Konsul die Debatte schließen konnte. Mit Hilfe seiner Beamten und Stenographen stellte er fest, daß insgesamt fünf Fassungen des Gesetzes vorgeschlagen waren. Er verlas die Fassungen und gab den Mitgliedern des Hauses eine Stunde Zeit, noch einmal reiflich zu erwägen, welcher dieser Versionen sie zustimmten.

Die Herren waren froh, aufstehen und sich die Füße vertreten zu können. Sie benutzten die Zeit, eine heiße Suppe oder dergleichen zu sich zu nehmen. Nach Wiederbeginn der Sitzung forderte der Konsul die Urheber der fünf verschiedenen Versionen auf, aus ihren Bänken herauszutreten, und die Senatoren, sich demjenigen Antragsteller anzureihen, dessen Fassung sie angenommen wünschten. Es ergab sich, daß, wie man schon während der Pause hatte errechnen können, die meisten der Berufenen Väter sich um Agrippa scharten.

Seine Version aber lautete in letzter, schriftlicher Formulierung: „Wer einen Menschen, sei dieser ein Freigeborener oder Leibeigener, kastriert, das heißt, seine Geschlechtsteile verstümmelt oder ihn beschneidet, verwirkt die in dem Gesetz des Cornel über Körperverletzung vorgesehenen Strafen. Die gleichen Strafen verwirkt, wer eine solche Kastrierung veranlaßt oder dazu Beihilfe leistet. Ausgenommen aus diesem Gesetz sind die ägyptischen Priester, denen ihr Glaube die Beschneidung vorschreibt, sowie die Angehörigen der jüdischen Nation, die ihre in ihrer Mund befindlichen Söhne den Gesetzen ihres Glaubens gemäß beschneiden oder beschneiden lassen."

Der Vorsitzende schlug vor, diesem Gesetz den Namen des Antragstellers Antist zu geben. Alle stimmten zu. Daraufhin teilte er mit, daß die Beschlußfassung zustande gekommen sei, und zwar noch vor Sonnenuntergang, und forderte den Chef des Kaiserlichen Protokolls auf, davon Kenntnis zu nehmen. Dann erhob er sich, grüßte die Versammlung, den Arm mit der flachen Hand ausgestreckt, und entließ sie mit der Formel: „Ich halte Sie nicht länger auf, Berufene Väter." Eilig entfernte man sich, um in gut geheizte Räume zu kommen.

Die Hausbeamten des Tempels waren noch lange beschäftigt, das Gebäude zu reinigen und zu lüften. Tief in die Nacht hinein arbeiteten sie beim Scheine der Leuchter und Fackeln. Einsam in dem großen, leeren Saal standen die Bilder der Dichter und Denker, und der Kopf des Josephus schaute über den Raum, hager, fremdartig schimmernd.

Der Wortlaut der Vorlage und der Kaiserlichen Genehmigung wurde in Erz gegraben, und am Morgen nach dem zehnten Tag, vor dessen Ablauf kein Gesetz Geltung erlangte, wurde die Erztafel, die dieses „Gesetz des Antist" enthielt, versehen mit der Bezeichnung Nummer 2217, im Staatsarchiv hinterlegt. Abschriften des Gesetzes in griechischer und lateinischer Sprache wurden in alle Provinzen gesandt, und der Bürgermeister jeder einzelnen Stadt teilte seinem Magistrat mit, es sei ein Schreiben des Kaisers und des Senats angelangt. Er reichte das Schriftstück herum, auf daß man sich von der Echtheit der Siegel überzeuge, und alle Mitglieder des Magistrats, auch die jüdischen, hatten, so wollte es die Vorschrift, das Dokument in stehender Haltung, entblößten Hauptes, an die Brust zu drücken und zu küssen. Dann erst wurde es verlesen.

Die kaiserlichen Minister und die Mitglieder der gesetzgebenden Körperschaft waren gute Psychologen und hatten dem Beschluß eine milde Fassung gegeben. Immerhin wurde durch das „Gesetz des Antist“ eine Sitte, die den Ägyptern teuer war, als barbarisch gebrandmarkt, und die Juden durften zwar auch in Zukunft die in ihrer Nation Geborenen in den Bund ihres Gottes aufnehmen, aber sie sahen sich verhindert, diesen Bund über die Erde weiterzuverbreiten, wie ihre Propheten es ihnen vorschrieben. Die Erregung war groß. Zum erstenmal, seitdem die Stadt Alexandrien, die Hauptstadt des Ostens, existierte, fand dort eine Versammlung statt, in der Juden und Ägypter gemeinsam gegen ein römisches Gesetz demonstrierten.

Im ferneren Osten, im Gebiet des Euphrat, wo viele Juden saßen, wuchs die Gegnerschaft gegen das Reich. Das neue Regime, hieß es, die neue Dynastie, wolle Freiheit und einheimische Sitte unterdrücken. Es stand in dieser Gegend ein Mann auf und gab vor, er sei der Kaiser Nero, es sei ihm gelungen, vor zwölf Jahren den Nachstellungen des Senats zu entkommen, und er rüste sich nun, nach Italien und nach Rom zurückzuziehen und dem Volke die Freiheit wiederzubringen, die die neue Dynastie und die despotische Aristokratie der Hauptstadt ihm genommen. Der Mann fand viele Anhänger, am Hofe des Partherkönigs erwog man ernstlich, ob man ihn nicht offiziell anerkennen solle, und der Gouverneur der Provinz Syrien mußte ansehnliche Truppenkontingente gegen ihn vorschicken.

Einer der wenigen Juden, auf die das Gesetz gegen die Beschneidung keinen Eindruck machte, war der Schauspieler Demetrius Liban. Er war von seinen beruflichen Sorgen so angefüllt, daß ihm die übrige Welt versank.

Es war falsch gewesen, daß er sich anläßlich der Hunderttägigen Spiele zur Darstellung des Juden Apella hatte überreden lassen. Er hatte nicht nur mit schlechtem Gewissen, sondern auch mit schlechter Kunst gespielt. Trotzdem er jetzt doch reifer war als vor sechzehn Jahren, war sein Apella schlechter ausgefallen als damals. Die Furcht vor den politischen Folgen des Stückes hatte ihn gehemmt, so daß er nicht wagte, aus sich herauszugehen. Er war lahm geblieben, weder tragisch noch komisch, die Römer waren gelangweilt gewesen, die Juden erbittert, und beide, Demetrius hatte Urteil genug, das zuzugestehen, hatten recht.

Das Schlimmste aber war, daß der Intendant versuchte, ihn um den Preis seines Opfers zu prellen. Er drückte sich um sein Versprechen herum, ihn endlich den Seeräuber Laureol spielen zu lassen. Mit vielwortiger, tückischer Freundlichkeit stellte er ihm vor, es liege in des Schauspielers eigenem Interesse, mit dem „Laureol" zu warten, bis man den Mißerfolg des „Apella" vergessen habe. Mit seinen ewigen Sticheleien, mit seinen süßen Reden, wie pfleglich man den Ruhm eines Schauspielers behandeln müsse, brachte er ihn zum Rasen.

Es war Marull, der eine Lösung fand. Er hatte an dem „Laureol" mit Liebe gearbeitet und war nicht geduldig genug, die Verzögerungstaktik des Palatin hinzunehmen. Er erbot sich, bei Domitian dahin zu wirken, daß der bei der Eröffnung des Theaters von Albanum den „Laureol" aufführe. Demetrius zögerte. Der Vorschlag war gefährlich. Wenn er jetzt den Laureol statt in einer vom Palatin veranstalteten Aufführung in einer Vorstellung des Domitian spielte, konnte er sich leicht die dauernde Ungnade des Titus zuziehen. Es schien sein Verhängnis, sich die Ausübung seiner Kunst immer wieder mit Gefahren erkaufen zu müssen. Als er in dem „Cato" des alten Rebellen Helvid spielte, war es geradezu um seinen Kopf gegangen. Allein er war zermürbt von dem langen Warten auf den „Laureol". Mochte erfolgen, was immer, er nahm das Anerbieten des Marull an.

Solange Titus den Demetrius bevorzugte, hatte Domitian von ihm mit Verachtung gesprochen. Nun der Kaiser ihn anscheinend fallenließ, erklärte sich Domitian bereit, das Theater der Lucia mit dem „Laureol" zu eröffnen.

Demetrius, während er das Publikum beobachtete, das sich in Albanum einfand, beglückwünschte sich, daß er für Domitian spielte, nicht für Titus. Das Theater der Lucia war kein großer Bau, es faßte knapp zehntausend Zuschauer, aber es war von luxuriöser Schlichtheit, im Stil gewisser moderner griechischer Theater, sehr geeignet für den „Laureol", raffiniert in die Landschaft eingebaut, mit schönem Blick übers Meer und über den See. Auch freute es den Demetrius, daß er den Laureol nicht dem großen, jauchzenden Pöbel Roms vorzuführen hatte, sondern einer ausgewählten Versammlung von Kennern.

Der Kaiser langte an, die Einweihungszeremonien fanden statt, die Priester besprengten die Türen und den Altar mit dem Blut von Schwein, Lamm und Stier. Endlich senkte sich der Vorhang in den Boden.

Es war dieser neunzehnte März ein schöner Tag, nicht zu warm und nicht zu kalt, das Publikum war gut gelaunt, neugierig, aufnahmefähig. Man hörte interessiert zu und lachte herzlich über die ersten Szenen und Lieder. Bald aber ließ die Aufmerksamkeit nach. Niemand hätte angeben können, wieso und warum; das Stück war gut, Demetrius hatte niemals eine Rolle gespielt, die ihm besser gelegen wäre. Aber die Zuschauer langweilten sich, die Witze fielen lahm zu Boden, die Couplets wirkten frostig, fast alles verpuffte. Mit einer so dankbaren Rolle wie dem Laureol ein römisches Publikum zu ermüden, wäre selbst einem unbegabten Darsteller schwergefallen: der große Schauspieler Demetrius brachte das Kunststück fertig.

Marull, der Stoiker, der sich dazu erzogen hatte, daß Glück und Unglück an ihm abprallten, ärgerte sich. Es ging ihm nicht um sein Stück. Er wußte, daß die bittere, elegante Posse, die er geschrieben hatte, gut war. Er wußte auch, daß jede Theateraufführung abhing von tausend Zufällen und daß vielleicht die Änderung irgendeiner winzigen, unwägbaren Äußerlichkeit genügt hätte, genau das gleiche Publikum, das sich jetzt in guter Haltung langweilte, jubeln zu machen. Dies alles wußte er, damit hatte er sich längst abgefunden. Trotzdem kränkte ihn das Mißgeschick der Aufführung und des Demetrius Liban mehr als irgendein Erlebnis seit vielen Jahren. Dabei schien Demetrius von dem, was vorging, nichts zu merken. Dieser Mann, sonst abhängig von jeder Regung seines Publikums, wollte die Frostigkeit seiner Hörer nicht wahrhaben. Er wußte: was er gab, war Kunst, und wenn kein anderer diese Kunst genoß, so genoß er sie. Er ließ nicht nach, er erlahmte nicht. Er spielte sich das Herz aus dem Leib, sein tapferes, feiges, ruhebedürftiges, von allen Eitelkeiten zerrissenes Herz. Die Szene kam, da Laureol dem Gericht die Beweise bringt, daß er er ist. Demetrius trat vor, sang sein Couplet: „Ja, das ist die Haut, / Ja, das ist das Haar, / Ja, das ist der ganze Räuber Laureol." Und jetzt endlich ging selbst dieses Publikum mit, das mit seinem Urteil längst fertig und gewillt war, Stück, Darstellung und Theater schlecht zu finden, und man verlangte das Couplet noch einmal und ein drittes Mal, und auch beim drittenmal hörte man schallend, herzhaft und voll das Lachen der Prinzessin Lucia. Aber das nützte nun nichts mehr.

Demetrius-Laureol wurde exekutiert. Er hing am Kreuz. In bitteren Versen überlegte er sterbend, ob er nicht doch besser daran getan hätte, auf die Ehren des Räubers zu verzichten und sein Leben in ländlicher Stille zu Ende zu führen, trumpfte aber gleichzeitig vor seinen Genossen ein letztes Mal auf, daß die Fülle seiner Leiden trotz allem das ihre übertreffe. Und jetzt endlich, dies alles den Zuschauern vorlebend, gestand er sich in seinem heimlichsten Herzen ein, daß, was er gab, zwar große Kunst, aber seine Karriere endgültig vorbei war.

Prinz Domitian wollte lange nicht wahrhaben, daß die Eröffnung des Theaters der Lucia ein Mißerfolg war. Ihm selber gefiel die Vorstellung nicht sonderlich. Aber da Lucia und Marull fanden, das Stück sei geglückt und Demetrius-Laureol unübertrefflich, so war es nicht ein Durchfall der Aufführung, sondern böser Wille der Hörer. Es war auch kein Wunder, daß sie sich nicht zu freuen wagten, wenn sie die gelangweilte Fratze anschauten, die sein Herr Bruder zu schneiden beliebte.

Sie saßen in der Loge, nebeneinander in einer Reihe, er, Titus, Julia und Lucia. Bübchen schaute über die Schulter nach den Gesichtern der andern, sah das interessierte, belustigte Antlitz der Lucia, das schlaffe seines Bruders. Sicherlich ahnte, wahrscheinlich wußte Domitian, was zwischen ihr und Titus war, aber er wollte es nicht wissen. Sosehr es in seinem Innern nagte, daß Lucia sich gerade diesen ausgesucht hatte, er erlaubte sich trotzdem nicht, vor sich selber seinen täglich wachsenden Haß gegen den Walfisch anders zu begründen als bisher. Jetzt, da er das müde, gelangweilte Gesicht des Titus sah, sagte er sich nur, so tief also hasse ihn der Bruder, daß er ihm selbst die harmlose Freude an der Eröffnung seines Theaters durch offensichtliche Teilnahmslosigkeit vergällte. Immer heftiger fraß sich der Verdruß in ihn ein. Titus, einfach durch sein Gesicht, verbot seinen, des Domitian, Gästen, sich des Schauspiels zu freuen, befahl ihnen, Langweile, Mißbilligung an den Tag zu legen, weil sie in einem Theater des Domitian saßen. Und während Laureol am Kreuz seine Genossen herausforderte, wo sei jetzt einer, dessen Leiden an das seine herankönne, kam Domitian zu der Überzeugung, daß auf der bewohnten Erde nicht Platz genug war für ihn und seinen Bruder.

Unmittelbar hinter Titus saß sein Leibarzt, der Doktor Valens. Domitian, die Arme eckig nach hinten, die Oberlippe kräftig vorgewölbt, beschaute aufmerksam das blasse, lange Gesicht des Mannes. Marull hatte ihm berichtet, wie sehr es den Valens gekränkt hatte, daß der Walfisch während der Epidemie ägyptische und jüdische Ärzte herangezogen. Das Gesicht des Titus sah gedunsen aus, kränklich und wenig nach „Liebe und Freude des Menschengeschlechts". Vielleicht war Valens mit seiner Augendiagnose ein brauchbarer Mann. Er hatte das Vertrauen des Titus und fühlte sich hintangesetzt. Marull klagte immerzu, daß die Ärzte ihm gegen sein Zahnleiden nicht helfen konnten. Wie wäre es, wenn Marull einmal den Valens zu Rate zöge und bei dieser Gelegenheit ein Wörtchen über des Titus Krankheit fallenließe? Vielleicht fiele ein solches Wörtchen auf guten Boden.

Der Knabe Paulus lebte wie früher im Hause des Josef. Das Haus schien ihm noch finsterer; seine Mutter und sein Lehrer Phineas waren nicht mehr da. Josef erlaubte, daß er alle vierzehn Tage nach Albanum hinausfuhr, um Dorion zu besuchen. Allein Phineas, das hatte er zur Bedingung gemacht, durfte dann nicht dort sein. Josef selber pflegte den Knaben nach Albanum zu begleiten. Er ging während der zwei Stunden, die Paulus im Hause der Mutter verbrachte, in der hügeligen Landschaft herum, wartend, wann endlich die Zeit vorbei sei, und der Gedanke an den wartenden Vater nahm dem Jungen die unbefangene Freude an der Mutter.

Josef widmete sich seinem Sohne mit ganzem Herzen und mit ganzem Vermögen. Er lernte mit, was der in der Schule studierte. Arbeitete an der Verbesserung seines eigenen griechischen Akzents. War im Gespräch mit dem Sohn um die Reinheit des griechischen Wortes mehr bemüht, als wenn er vor dem Kaiser und den Literaten Roms rezitierte. Nahm alle Mahlzeiten zusammen mit Paulus. Bekümmerte sich um seine kleinen Liebhabereien. Versuchte selber, übrigens ohne Glück und Talent, Tonfigürchen zu kneten. Schrieb an den Verwalter seiner Güter in Judäa, um Einzelheiten zu erfahren, wie man dort die Ziegen nähre und halte; denn die Ziegen Judäas waren die schönsten und kräftigsten. Die Geißböcke Hiobs hatten es mit Wölfen aufgenommen, und die des Doktor Chama hatten Bären bewältigt. Allein Paulus hörte diese Geschichten mit höflichem Unglauben an, und das Laub vom Zimtbaum, das der Verwalter als besonders heilsam für Ziegen sandte und das ziemlich verwelkt ankam, empfing er mit wohlerzogenem Dank, ohne Schwung.

Josefs seltene und behutsame Versuche, dem Sohn jüdische Wissenschaft beizubringen, waren wenig glücklich. Ach, er durfte nicht daran denken, mit ihm das Buch Kohelet zu studieren, von seinen Lippen die vertrauten hebräischen Worte zu hören. Paulus las höflich und aufmerksam in dem großen Buch der Geschichten des jüdischen Volkes diejenigen, die der Vater ihm empfahl, die Geschichte Davids und Goliaths etwa oder die des Simson oder die Esthers oder die des Josef, Ersten Ministers des Pharao von Ägypten. Die Übersetzung der Siebzig war leicht zu lesen, Paulus faßte schnell auf, und sein Gedächtnis war gut trainiert. Aber in diesen letzten Monaten hatten ihm die Mutter und Phineas die Überzeugung tief eingebrannt, daß die Lehre der Juden barbarisch sei. Soviel Freude er an den Erzählungen von Odysseus und Polyphem hatte, so sehr sträubte er sich gegen die Geschichte von David und Goliath. Er begeisterte sich an dem Freundespaar Nisus und Euryalus und an den Taten des Herkules, aber David und Jonathan und die Taten Simsons ließen ihn kalt.

Er spürte gut, wie sein Vater mit aller Kraft des Herzens um ihn bemüht war. Manchmal auch fühlte er Stolz darüber und versuchte, die Liebe des Vaters zu erwidern. Aber es ging nicht. Er war von jeher hochmütig gewesen, und Phineas und die Mutter hatten sein prinzliches Selbstgefühl genährt. Er begriff nicht, daß sich sein Vater nicht einfach zu den Griechen oder Römern bekannte. Warum wollte man gerade ihn, Paulus, zwingen, zu den Juden herunterzusteigen? Und warum konnten seine Mutter und Phineas, die ihn doch liebten, ihn nicht vor diesem Schicksal bewahren? Immer fremder erschien ihm sein Vater, immer mehr an ihm fand er unwürdig, und wenn Josef noch so reines Griechisch sprach, glaubte Paulus, den verhaßten Dialekt des rechten Tiberufers durchzuhören.

Einmal freilich vermeinte Josef, er habe das Herz seines Sohnes gewonnen. Der nämlich überwand eines Tages seine Scheu, begann davon zu sprechen, daß er doch einen Bruder gehabt habe, Simeon, fragte den Vater, warum er ihn nie mit diesem Bruder zusammengebracht habe, und bat ihn, von Simeon zu erzählen. Josef willfahrte gern. Es schien ihm ein großer Sieg und eine Erfüllung, daß Paulus ihn fragte, und er sprach mit lebendigen und beredten Worten von seinem verlorenen, jüdischen Sohn. Er wußte nicht, daß es Neid war, der Paulus trieb, sich nach dem Toten zu erkundigen. Paulus beneidete den Toten.

Phineas hatte ihn, stoischen Prinzipien gemäß, gelehrt, daß der Mensch durch die Kraft des Gemütes den Schmerz besiegen und auch das Widerwärtigste ertragen könne. War der Mensch am Ende seiner Kraft, dann gab es einen würdigen Ausweg, der ihn mächtiger machte als selbst die Götter: es stand ihm frei, sich den Tod zu geben. Viele große Männer hatten das getan, es war ein würdiges Ende, ein Ausblick, der dem Paulus in letzter Zeit immer mehr Trost gab. Manchmal, wenn er in den Stall ging, um das Futter im rechten Maße zu mischen, versank er, kauerte in seiner Ecke, und selbst das Gemecker seines Ziegenbockes Paniscus konnte ihn nicht aus seiner Versunkenheit retten. Er dachte, wie das sein wird, wenn er sich den Tod gibt. In der Schule hatten sie Aufsätze schreiben müssen über jene Arria, die, ihrem Gatten in den Tod vorangehend, ihm den Dolch reicht mit den Worten: „Mein Pätus, es tut nicht weh." Er stellte sich vor, wie man künftig in den Schulen Aufsätze schreiben wird: „Paulus, vor die Wahl gestellt, Barbar zu werden oder zu sterben, zieht den Tod vor. Welches sind seine Gedanken vor dem Ende?" Früher, das wußte er, war es leicht gewesen, sich Gift zu verschaffen. Jetzt machten sie einem das schwer. Aber er konnte sich zum Beispiel im Bad die Pulsadern öffnen. Oder er konnte, das schien ihm noch reizvoller, Goldstaub einhandeln und ihn einatmen. Wenn er seine Ziegen verkauft, bekommt er genug Goldstaub dafür. Wenn er erst tot daliegt, dann sieht sein Vater, was er erreicht hat. Jeder muß die Größe eines solchen Todes begreifen, und sosehr Phineas und seine Mutter um ihn trauern werden, sie werden seinem verklärten Genius mit Stolz Opfer bringen.

Weder Josef noch der Knabe sprachen über das, was ihnen das Herz abdrückte. Josef, bei Tische, zitierte Homerverse, sprach von Reisen, von Büchern, von Stadtereignissen, von des Paulus Schule und seinen Kameraden. Er sah, daß der blasse, bräunliche Kopf seines Jungen immer blasser und hagerer wurde. Er sah, daß er an den Knaben nicht herankam. Sein Sieg war wertlos. Dorion hatte recht gehabt: der Widerstand kam aus dem Innern des Knaben, der Knabe war ein Grieche und ließ sich nicht zum Juden machen. Was er dem Knaben geben konnte, nutzte dem nichts. Josef erreichte nur, daß der Knabe verkümmerte. Es gibt Tiere und Pflanzen, die sich von Stoffen nähren, die den Menschen töten würden; sie aber können ohne diese bösen Stoffe nicht leben. So kann sein Junge nicht leben ohne Dorion und Phineas.

Langsam, in schlaflosen Nächten, grübelte Josef über den Sinn, der hinter all dem stecken mochte. Wenn er es nicht einmal erwirken konnte, daß sein Sohn, sein Fleisch und Blut, einen Funken seines Geistes aufnahm, was bedeutete das? Hatte er sich vermessen? War er, der jüdischen Geist in der Welt verbreiten wollte und ihn nicht einmal auf seinen Sohn übertragen konnte, von Gott als zu schwach befunden worden und verworfen? Oder war der Sinn des Zeichens ein anderer? Von den Römern und Griechen verlangte er dreist und kühn, sie sollten auf das verzichten, was sie für den besten Teil ihrer Nationalität hielten: haftete nicht vielleicht er selber zu fest an seinem Judentum? War das der Sinn des Zeichens? War das Versagen vor seinem eigenen Sohn eine Mahnung an ihn, mehr von seinem Judentum aufzugeben?

Nein, so konnte es nicht gemeint sein. Es gab keinen andern Weg zum Weltbürgertum als den über die jüdische Lehre. Die Götter Roms und Griechenlands trugen viele Gesichter, doch es waren lauter nationale Gesichter: der unsichtbare Gott Jahve war ein Gott *über* den Nationen, er rief alle zu sich. „Es ist ein Geringes", so hatte er sich seinem Propheten Jesajas offenbart, „daß du die Söhne Jakobs aufrichtest; vielmehr habe ich dich zum Licht der Heiden berufen." Jahve schloß keinen aus, nicht Griechen und Römer und nicht die verachteten Ägypter und Araber. Er verkündete, als einziger von allen Göttern er, durch den Mund seiner Propheten den ewigen Frieden zwischen allen Völkern, eine Welt, da die Wölfe bei den Lämmern liegen würden und da die Erde voll sein sollte von friedlicher Weisheit wie das Meer von Wasser. Es gab keine Leiter zu der Höhe dieses Gedankens als die jüdische Lehre. Solange nicht ein zweiter, glücklicherer Dädalus eine Maschine erfand, mit der man fliegen konnte, mußte man, um auf den Gipfel eines Berges zu gelangen, ihn ersteigen und konnte sich den Aufstieg nicht sparen. Heute aber und in dieser Welt heißt der Berg und sein Aufstieg: Judentum.

Und doch, das alles sind Sophistereien, mit denen er den eigenen Nationalismus verkleiden will. Er hat, des Geistes voll, den Kosmopolitischen Psalm geschrieben: aber es ist nicht schwer, am Schreibtisch kühn und ein Kosmopolit zu sein. Es ist nicht schwer, Kosmopolit zu sein, solange Opfer nur den andern abgefordert werden, nicht einem selber.

Dem Abraham wurde auferlegt, daß er seinen Sohn opfere für seine Sendung. War das, was er jetzt durchmachte, eine Prüfung?

> Lobet Gott und verschwendet euch über die Länder.
> Lobet Gott und vergeudet euch über die Meere.
> Ein Knecht ist, wer sich festbindet an ein einziges Land.
> Nicht Zion heißt das Reich, das ich euch gelobte,
> Sein Name heißt: Erdkreis.

Das waren tapfere Verse. Aber es waren Verse. Der Knabe war Fleisch und Bein. Es war das erstemal, daß der Jude Josef beweisen sollte, daß er mehr war als ein Jude. Es war billig, sich im Geist über die andern hinauszuheben und dann, wenn es einen sichtbaren Verzicht galt, brav und träg dem ererbten Gefühl zu folgen gegen die bessere, schmerzhafte, neue Einsicht. Nein, er wird sich nicht drücken.

Doch wenn er jetzt den Knaben preisgibt, wird niemand, auch Alexas und Licin nicht, das begreifen. Man hatte gespannt darauf geachtet, wie sein Streit um Paulus enden wird, es war ein Kampf um große Prinzipien gewesen, er hatte gesiegt. Wenn er jetzt freiwillig auf die Frucht dieses Sieges verzichtet, wenn er sich fallenläßt, wenn er seinen Sohn nicht zum Juden macht, dann wird er in den Augen aller nicht etwa ein Held sein, sondern eine Possenfigur, oder bestenfalls ein Komödiant. Nicht beispielhaft wird seine Entsagung sein, nur lächerlich. Die Juden werden glauben, er wolle sich durch seinen Verzicht bei Griechen und Römern einschmeicheln. Die

Griechen werden ihn einfach für wahnsinnig halten. Die Kollegen werden erklären, er wolle durch Snobismus für seine Bücher Reklame machen.

Er muß die Kraft haben, der Stimme in sich zu folgen, nicht der Stimme der andern.

Er überwand sich. Er sagte dem Paulus, er könne zu seiner Mutter zurückkehren und in Albanum weiterleben. Zum erstenmal, seitdem der Knabe wieder in seinem Hause war – Josef sah es mit zerreißendem Gefühl –, leuchtete sein Antlitz auf. Er nahm die Hand seines Vaters und drückte sie heftig.

Josefs Verzicht auf den in so heißem Kampf erstrittenen Sohn erregte den Sturm, den er erwartet hatte. Man hielt ihn für einen Narren oder für einen Lumpen oder für beides. Er hatte das vorausgesehen; trotzdem füllte es ihn mit Zorn und Verzweiflung. Er sagte sich, es sei aussichtslos, an einer Verständigung zwischen Juden und Griechen zu arbeiten, es gebe keine Verständigung. Dann wieder, mit der gleichen Heftigkeit, wies er sich zurecht, es sei wohlfeiles Ressentiment. Sein eigenes Schicksal, eine kurze Gegenwart, beweise nichts. Die Verschmelzung, von der er träumte, sei nicht eine Sache von zehn oder zwanzig Jahren, sie sei ein Geschäft für Jahrhunderte.

Doch diese Gedanken halfen ihm nicht über seinen Grimm hinweg. Er war zumeist allein in diesen Tagen, er verließ sein Haus nicht, und Besucher meldeten sich nicht.

Nach einer Woche ging er zu Claudius Regin. Er wollte seinen Zorn gegen die Menschen um sich und gegen sich selber an ihm auslassen. Es war ein milder Frühlingstag, aber der sonst so sparsame Regin, gegen Kälte empfindlich, hatte sein ganzes, mit einer Zentralheizung versehenes Haus wärmen lassen. Josef war es willkommen, daß er an dem Ärger über den Widerspruch zwischen den Sparsamkeitspredigten des Regin und dieser offensichtlichen Verschwendung seinen Grimm noch mehr schüren konnte. Er forderte zunächst, und das in einem frechen, herausfordernden Ton, Geld, eine größere Summe. Er brauche das Geld für den Bau der Josef-Synagoge, erklärte er. Das war unwahr. Nach den letzten Ereignissen war es überhaupt fraglich, ob man die Stiftung von ihm annehmen werde. Josef erwartete denn auch, der Verleger werde ihm ironisch erwidern, wie die Dinge jetzt lägen, sei es vielleicht angemessener, daß Josef dem Jupiter oder der Minerva einen Beitrag stifte statt dem Jahve. Doch Regin versagte sich jeden übellaunigen Kommentar. Er begnügte sich mit einem „Schön“, setzte sich hin und schrieb die Anweisung.

Dann sagte er: „Schimpfen Sie, mein Josef, fluchen Sie, schimpfen Sie sich das Herz frei. Sie sind in Wahrheit ein geschlagener Mann.“ Er sagte das ohne Hohn, voll ehrlichen Mitgefühls.

Josef sah erstaunt hoch. Was wollte Claudius Regin? Es war nicht die Art dieses Finanzmannes, sich über eine Handlung wie den Verzicht auf Paulus in sentimentalen Reden zu ergehen. Was also meinte er? „Ich verstehe Sie nicht“, sagte Josef böse, mißtrauisch.

„Ich habe mich bitter getadelt“, sagte Regin, „daß ich Ihnen nicht von der Audienz abriet. Ich hätte mir sagen müssen, daß, wenn Sie etwas dergleichen unternehmen, es zum Unglück ausschlägt. Sie haben dem Manne wirklich die Entscheidung leicht gemacht, die ihm vorher so schwerfiel. Es war naheliegend, daß ein Sohn des Vespasian für die Gefälligkeit, die er Ihnen persönlich bezeigte, die Gesamtheit tausendfach bezahlen ließ.“

Josef begriff sogleich. Aber er stand blöd und hilflos da; der Schlag traf ihn unerwartet. Was Regin sagte, stimmte natürlich, und es war sinnlos, sich seiner Erklärung zu verschließen. Nachdem Titus ihm den Paulus konzedierte, hatte er sich berechtigt geglaubt, seinen Römern das Gesetz gegen die Beschneidung zu konzedieren. „Er hatte es eilig“, fuhr Regin fort, wie um seine Behauptung zu erhärten. „Noch am gleichen Tag, an dem er Caecil mit dem Gutachten über Ihre Sache beauftragte, hat er den Konsul wissen lassen, daß er gegen die Vorlage des Antist kein Veto einlegen werde.“

Ja, es war so klar, daß einem die Augen weh taten. Es war genauso gegangen wie damals in der Sache der drei Doktoren. Er, mit seinem unseligen Eifer, gab Rom die Möglichkeit, die Maske erhabener Parteilosigkeit zu wahren. Sie erwiesen ihm den kleinen Dienst, den er begehrte, und holten sich dafür von der Gesamtheit, was sie wollten. Damals hatte die Gesamtheit der Juden für seinen Ehrgeiz bezahlen müssen, jetzt zahlte sie für die Liebe zu seinem Sohn.

Warum wurde gerade er so heimgesucht? Warum schlug, was er anpackte, zum Bösen für alle aus? Es war sinnlos, darüber zu grübeln. Auch der höllisch kluge Mann vor ihm konnte ihm nichts dazu sagen. „Denn meine Gedanken sind nicht eure Gedanken, und eure Wege sind nicht meine Wege."

„Erklären Sie mir *eines*, Claudius Regin", bat er, scheinbar ohne Zusammenhang, und seine Stimme klang rostig: „Sie wissen, mir ist Jahve in Wahrheit kein nationaler Gott, sondern der des Erdkreises. Erklären Sie mir, warum reißt es so in mir, daß ich auf das Judentum meines Paulus verzichten mußte?"

„Sie wollen alles geschenkt haben", quäkte auf seine alte, unwirsche Art Regin. „Sie wollen für Ihre Erkenntnisse nichts bezahlen. Haben Sie noch nicht gemerkt, daß der Kopf rascher weiser wird als das Herz? Glauben Sie, daß die bessere neue Einsicht so ohne weiteres die alten Gefühle wegwischt, die aus der früheren Erkenntnis stammen? Und es ist auch gut", fuhr er grimmig fort, „daß man für Erkenntnisse zahlen muß. Nur was man teuer bezahlt hat, hält man in Ehren. Jetzt gibt es nicht viele, die sich um Erkenntnisse reißen, aber wer einmal dafür bezahlt hat, dem sitzen sie fest."

„Was soll ich tun?" fragte unterwürfig, geradezu hilflos, Josef.

Regin schwieg lange. Dann, ein bißchen maulfaul wie stets, aber ungewohnt behutsam, sagte er: „Am besten wäre es vielleicht, wenn Sie, ohne sich um Juden und Griechen zu kümmern, an Ihre ‚Jüdische Geschichte' herangingen. Es gibt jetzt in Ihrem eigenen Leben Geschichten und Situationen genug, die mit denen der jüdischen Historie parallel gehen. Ob Sie Abraham oder Josef, Juda Makkabi oder Hiob darstellen, an innerer Anteilnahme dürfte es Ihnen nicht fehlen."

Josef erschrak geradezu vor Regins Spürsinn. Es war unheimlich, wie dieser Halbjude ihn ausdeutete und aussprach, was er selber kaum zu denken gewagt hatte. Abraham, der die Hagar austreibt, Josef, der des Pharao Günstling wird, Juda Makkabi, der das Volk in den Krieg führt, Hiob, der alles verliert, und wieder Abraham, der seinen Sohn opfert: wahrhaftig, ihm schien auferlegt, die Geschichten und Situationen der Bibel auf eine bittere, sonderbar verzerrte Art neu zu erleben.

Regin war nicht gewillt, ihn diesen Gedanken eitel zu Ende denken zu lassen. „Mißverstanden werden Sie immer", sprach er weiter. „Schreiben Sie so kompromißlos, wie Sie jetzt, zum erstenmal in Ihrem Leben, kompromißlos gehandelt haben. Ich gebe übrigens zu, es ist schwerer, kompromißlos zu schreiben als zu handeln. Aber versuchen sollten Sie es einmal. Ich habe so viel Geld in Sie gesteckt, daß ich ein solches Experiment von Ihnen verlangen kann."

Josef merkte gut, daß der Mann, so unwirsch spaßhaft er sich gab, ihm wohlwollte und ihn besser verstand als irgendeiner sonst. Trotzdem zögerte er. „Ich kann jetzt nicht arbeiten", verteidigte er sich. „Meine Gedanken streiten miteinander. *Sie* verstehen mich vielleicht, Claudius Regin, aber ich fürchte, ich kann mich keinem Dritten klarmachen."

Regin sagte: „Sie sind so weit gegangen, daß Sie nicht mehr zurück können. Es bleiben Ihnen nur zwei Wege. Sie können entweder, was Ihnen an Judentum geblieben ist, ganz abtun, es ist kein großer Schritt, und vollends zum griechischen Schriftsteller werden. Reizt es Sie, eine junge Dame aus guter römischer Familie zu heiraten? Das wäre zu machen. Es wäre keine originelle Lösung, aber sie hätte ihre Vorteile, und ich käme zu meinem Geld."

Josef wartete auf den zweiten Weg, von dem Regin gesprochen hatte. Aber der begnügte sich mit dem „Entweder" und bückte sich ächzend, seinen losen Schuhriemen zu binden. So nahm, nach einer Weile Schweigens, Josef wieder das Wort und sagte: „Ich kann hier in Rom nicht arbeiten. Ich sehe nichts. Ich spüre nichts. Ich habe meinem Sohn jüdische Geschichte nicht klarmachen können: wie soll ich sie andern klarmachen? Es gab eine Zeit, da habe ich Geschichte *gesehen*, Moses, David, Jesajas. Jetzt ist mir alles dick vor den Augen, und ich sehe nichts mehr." Regin hörte aufmerksam zu, aber er schwieg. Wieder nach einer Weile fuhr Josef fort: „Vielleicht wäre es gut, nach Judäa zu gehen."

Und jetzt, endlich, sprach auch Regin wieder. Immer noch mit seinem Schuhriemen beschäftigt, zitierte er den Horaz, merkwürdig kamen die edeln Worte von seinen dicken Lippen: „Es schmilzt der bittere Winter vor dem lieben Wechsel des lenzlichen Südwinds. Auf trockenen Schienen gleiten die Schiffe ins Meer."

„Ich will Galiläa wiedersehen", sagte mit auflebendem Entschluß Josef, „die neuen griechischen Städte und die alten jüdischen. Ich will das verödete Jerusalem sehen. Ich will Flavius Silva sehen und die Doktoren in Jabne."

„Richtig", sagte befriedigt Regin. „Das ist der zweite Weg, den ich meinte."

Viertes Buch
Der Nationalist

Scheu drückten sich die besiegten Juden in dem Land herum, das ihr Gott Jahve ihnen gegeben hatte, gerade noch geduldet auf dem Stück Erde, auf dem sie noch vor einem halben Menschenalter die Herren gewesen waren. Ein großer Teil von ihnen war getötet oder in die Leibeigenschaft überführt und ihr Besitz zum Eigentum des Kaisers erklärt worden. Noch immer wurde der und jener verdächtigt, am Aufstand teilgenommen zu haben, und auf jedem lastete die Sorge, der böswillige Konkurrent oder Nachbar könnte ihn unter solche Anklage stellen. Viele wanderten aus. Die Siedlungen der Juden wurden spärlicher, verkümmerten, das Land bevölkerte sich immer dichter mit Syrern, Griechen, Römern. Die heidnischen Städte Flavisch Neapel und Emmaus wurden die ersten des Landes, und während Jerusalem verödet lag, strotzte die neue Hauptstadt, Cäsarea am Meer, von Prunkbauten, Heiligtümern der fremden Götter, Regierungspalästen, Bädern, Stadien, Theatern; Juden aber durften weder das zerstörte Jerusalem noch die neue Hauptstadt ohne Sondererlaubnis betreten.

An Stelle der Aristokraten und der Tempelpriester von Jerusalem, von denen im Krieg die meisten umgekommen waren, hatten die Schriftgelehrten die Führung übernommen, die Juristen und Doktoren. Der Großdoktor Jochanan Ben Sakkai hatte, um die Einheit der Nation zu erhalten, den schlauen und kühnen Plan ersonnen, den Staat durch die Lehre zu ersetzen; sein Nachfolger, Gamaliel, führte diesen Plan mit Kraft und Umsicht zum Ziel. Das von ihm und seinem Kollegium in Jabne bis ins kleinste ausgetiftelte Zeremonialgesetz hielt die Juden fester zusammen als früher der Staat.

Allein dieses System zwang die Doktoren, die Lehre immer mehr einzuengen und ein bestes Teil von ihr preiszugeben: ihren Universalismus. „Der Fremde soll bei euch wohnen wie ein Einheimischer, und du sollst ihn lieben wie dich selber", hatte, durch den Mund des Moses, Jahve befohlen, und, durch den Mund Jesajas: „Es ist ein Geringes, daß du die Stämme Jakobs aufrichtest; vielmehr habe ich dich auch zum Licht der Heiden bestimmt." Auf diese kosmopolitische Sendung, bisher Jahrhunderte hindurch treulich erfüllt, begannen die Juden jetzt zu verzichten. Nicht mehr der ganzen Erde verkündeten sie ihre Botschaft, sondern viele hielten dafür, nach der Zerstörung des Tempels sei das Volk Israel Jahves Haus, und allein diesem Volke gehöre er. Der Druck der Römer, das Beschneidungsverbot vor allem, machte, daß immer mehr Mitglieder des Doktorenkollegiums dieser fremdenfeindlichen Auffassung zufielen. Sie glitten hinweg über die Stellen, in denen die Schrift die Juden an ihre Weltmission mahnte, und ihr Mund war voll von jenen Sätzen, in denen sie das Bündnis Jahves mit Israel als mit seinem Lieblingsvolk feierte. Mit Hilfe des Zeremonialgesetzes nationalisierten sie das Leben der Juden. Sie verboten ihnen, die Sprache der Heiden zu erlernen, ihre Bücher zu lesen, ihr Zeugnis vor Gericht anzuerkennen, Geschenke von ihnen anzunehmen, sich mit ihnen durch Beischlaf zu mischen. Der Wein war unrein, den eine nichtjüdische Hand berührte, die Milch, die eine nichtjüdische Hand molk. In strengem, blindem Hochmut schieden sie durch immer höhere Mauern das Volk Jahves von den andern Völkern der Erde. So hielten es fast alle Führer der Juden, auch ihre Sektierer, die Essäer, die Ebioniten, die Minäer oder Christen. Jenem Manne zum Beispiel, den diese Minäer als ihren Messias priesen, dem Jesus von Nazareth, legte einer seiner Schüler, ein gewisser Matthäus, die Worte in den Mund: „Geht nicht auf der Straße der Heiden und zieht nicht in die Städte der Samariter, sondern geht nur hin zu den verlorenen Schafen aus dem Hause Israel."

Binnen kurzer Frist wurden die Juden, die als die ersten auf der bewohnten Erde verkündet hatten, ihr Gott gehöre nicht ihnen allein, sondern der ganzen Welt, zu den fanatischsten Partikularisten. Die Doktoren zentralisierten die Lehre immer strenger, verboten immer unduldsamer jeden Widerspruch. Viele freilich sträubten sich. Die Juden waren von jeher eigenwillig gewesen, keine einheitliche Masse, sondern ein Volk von vielen Individuen und vielen Meinungen. Es gab unter ihnen Traditionalisten und Neuerer, Pharisäer, Sadduzäer, Essäer, Tolerante und Intolerante, Anhänger Hillels und Anhänger Schammais, Priestergläubige und Prophetengläubige. Manche Sekten waren mit dem Staat und dem Tempel verschwunden, aber die Spaltung innerhalb des jüdischen Volkes hatte nicht aufgehört.

Von jeher hatte es Juden gegeben, die, gierig auf die Erkenntnisse der andern, in der Wissenschaft der fremden Völker geforscht hatten. Sie wollten sich das jetzt nicht nehmen lassen. Führer der Juden, der große Denker Philo an ihrer Spitze, hatten sich seit Jahrhunderten bemüht, griechische Bildung organisch mit ihrer eigenen Lehre zu verbinden, „die Schönheit Jaffets in den Zelten Jakobs wohnen zu machen". Wie, und auf einmal sollte das ein Verbrechen sein? Und viele fügten sich nicht, anerkannten nicht die Autorität der Doktoren, nahmen den Bann auf sich, verließen das Land, ehe sie ihr griechisches Teil an Erkenntnis preisgaben.

Die Doktoren hielten fest an ihrem Plan. Sollten die Juden nicht in den andern Völkern aufgehen, dann mußte ihre Lehre klar sein, einheitlich bis ins Letzte. *Ein* Brauch und *eine* Sitte mußte sein, an der man die Juden von den andern unterschied. Das ganze Leben mußte unter das Gesetz gestellt, keine Abweichung durfte geduldet werden.

Bis jetzt hatte es über den Messias viele Meinungen gegeben. Die einen glaubten, er werde das Schwert, die andern, er werde die Palme des Friedens bringen. Viele hatten in vielen den Messias gesehen, man hatte sie gewähren lassen. Jetzt schrieben die Doktoren den Glauben an einen einzigen Messias vor, der da in Bälde erscheinen, die Römer aus dem Land werfen, Jerusalem wieder aufrichten und alle Völker zwingen werde, den Gott Israels anzuerkennen.

Da gab es aber Leute, die Minäer, die „Gläubigen", auch Christen genannt, die da erklärten, der Messias sei bereits erschienen; seine Sendung sei freilich nicht von dieser Welt gewesen, vielmehr sei er gekommen, um allem Volk den Weg der Gnade zu zeigen, so daß nicht nur die Doktoren, sondern ein jeder, auch der Einfältige im Geiste, fähig sei, Jahve zu erkennen. Man habe aber dem Messias nicht geglaubt, sondern ihn verleugnet und schließlich umgebracht.

Schon vor dem Fall des Tempels hatten einige das verkündet, aber sie hatten wenig Anhänger gefunden. Jetzt sagten sie: „Seht ihr, weil die Priester und Doktoren den Messias getötet haben, darum ist Jerusalem zerstört worden", und viele begannen zu sinnieren: Haben sie nicht recht? Waren nicht die Priester und Doktoren wirklich voll Wissensdünkel und Übermut? Es war schwer, einzusehen, warum sonst Jahve seinen Tempel sollte zerstört und sein Volk in die Gewalt der Heiden gegeben haben.

Auch was die Minäer weiter lehrten, ging den Leuten leicht in Sinn und Herz. Die Doktoren stellten das Leben unter das Gesetz, sie verordneten sechshundertdreizehn Hauptgebote und Hauptverbote, von denen ein jedes in zahllose kleinere Vorschriften zerfiel, sie regelten den Ablauf des Tages vom frühen Morgen bis tief in die Nacht hinein mit tausend kleinen, strengen Zeremonien und Gebeten und bedrohten jeden Verstoß mit Strafen in dieser und in jener Welt. Die Minäer hingegen lehrten, gut sei das Leben nach dem Gesetz; aber es genüge, an den lieben Messias zu glauben, der die Menschen entsühnt habe, um für die Entbehrungen dieser Erde durch ein süßes Jenseits entschädigt zu werden. Und sehr viele gaben sich der neuen, weicheren Lehre hin.

Die Doktoren hatten gegen diese alle zu kämpfen, gegen die griechischen, kosmopolitischen Neigungen der Gebildeten, gegen den linden Erlöserglauben der Armen im Geiste. Sie kämpften zäh und geschmeidig, bald mit Sanftheit, bald mit Gewalt, immer das Ziel vor Augen: die Einheit des Gesetzes.

Sie kämpften mit Erfolg. Die weitaus meisten unter den Juden vertrauten ihnen, unterwarfen sich ihrer Führung. Stellten das ganze Leben unter ihre Zeremonien und Vorschriften, vom ersten Erwachen bis in den Schlaf. Aßen und fasteten, beteten und verfluchten, feierten und arbeiteten, wann sie es ihnen befahlen. Verzichteten auf geliebte Träume und Meinungen, schlossen sich ab von den Nichtjuden, mit denen sie bisher Freundschaft gehalten. Freund wich vom Freund, wenn der Nichtjude war. Nachbar vom Nachbarn, Geliebter von der Geliebten. Sie nahmen auf sich das Joch jener sechshundertdreizehn Gebote und Verbote, machten ihr Leben eng und kahl, hielten sich aufrecht durch den Gedanken, daß sie das *eine,* auserwählte Volk Jahves seien, und durch die inbrünstige Hoffnung, daß bald der Messias in seiner Glorie erscheinen und die blinden Völker dem sehenden Volke unterwerfen werde. Sie starrten nach dem zerstörten Jerusalem, und das Jerusalem, das nicht mehr war, band die Juden, die im Lande Israel und die Verstreuten über die ganze Welt, enger zusammen als jenes Jerusalem, das einstmals weiß und golden und allen sichtbar den Tempel Jahves beherbergt hatte.

Schon lange vor Tag drängten sich die Juden auf dem Vorderdeck der „Gloria“ zusammen; man hatte ihnen gesagt, an diesem Morgen würden sie die Küste Judäas auftauchen sehen. Gespannt schauten sie in den dämmernden Osten. Die meisten hatten den schwarzgestreiften, viereckigen Gebetmantel umgeworfen mit den kostbaren, purpurblauen Fäden und um Stirn und Arme die Gebetriemen geschlungen. Lange sahen sie nichts als wolkigen Dunst. Dann tauchten zarte, violette Umrisse hoch: ja, das war das violette Gebirge Judäas. Und jetzt auch unterschied man den grünen Gipfel des Berges Karmel. Sie atmeten stärker, ihr Herz ging schneller. Die Luft, die von ihrem Land herüberwehte, war anders als sonstwo immer, leichter, tiefer, reiner, sie machte das Hirn rascher, die Augen glänzender. Inbrünstig beteten sie den Segensspruch: „Gelobt seist du, Jahve, unser Gott, der du uns hast erreichen, erlangen, erleben lassen diesen Tag.“

Der Schauspieler Demetrius Liban hatte schwere Wochen hinter sich. Die meiste Zeit war er seekrank, grünblaß, in Krämpfen in seiner Kajüte gelegen, sich sehnend nach Tod.

Aber nun er das Ziel vor sich sah, spürte er, er hatte die Wallfahrt zum Lande Jahves nicht zu teuer bezahlt.

Josef hielt sich abseits von den andern, doch ohne Prätention. Aber er schaute mit nicht weniger brennenden Augen hinüber nach dem blassen, violetten Glanz, sog nicht weniger gierig die leichte, erregende Luft ein. O ihr zarten Linien der Berge, o du höchst klares Licht, holde Küste, grüner Berg Karmel, o du mein Land, berückendes, zauberhaftes, Israels Land, Gottes Land.

Auch die Römer und Griechen an Bord, hohe Beamte und Offiziere, reiche Kaufleute, hatten sich allmählich versammelt, um die Küste näher kommen zu sehen. Lächelnd, hochmütig schauten sie auf die Gruppe der erregt gestikulierenden Juden, auf die „Eingeborenen".

Als die „Gloria" endlich im Hafen von Cäsarea ankerte, kam Polizei an Bord und sonderte die Römer und Griechen von den Juden. Jene konnten sich unbehelligt ausschiffen, die Juden mußten warten und viele umständliche Formalitäten über sich ergehen lassen. Nur unter scharfer Bewachung durften sie an Land, ihre Namen wurden notiert, den meisten wurde nicht erlaubt, länger als eine Nacht in Cäsarea zu bleiben.

Josef und Demetrius Liban hatten Pässe, die die Behörden zu besonderer Rücksicht aufforderten. Trotzdem durften auch sie das Gebäude der Hafenpolizei zunächst nicht verlassen, und für ihre Beschwerden hatte man nur grobe Worte. Josef war auf dieser Reise einfach gekleidet, und mit dem Bart, den er sich wieder hatte stehenlassen und der nicht, wie früher, geknüpft und gekräuselt war, sah er sehr jüdisch aus.

Endlich erschien der Adjutant des Gouverneurs, um sich ihrer anzunehmen. Er war überaus höflich und verwies den Hafenbeamten ihre Barschheit. Die murrten, als er sich entfernt hatte, und schikanierten die zurückbleibenden Juden um so mehr.

Des Abends, bei Tische, es waren noch eine Reihe höherer Beamter und Offiziere da, gab sich der Gouverneur jovial und lärmend wie immer. Er hatte in den letzten Monaten für sein

Buch über die Juden die Werke des Philo von Alexandrien studiert, des großen jüdischen Philosophen. „Er war sehr human, euer Philo, das muß man ihm lassen", meinte er, „noch humaner als unsere Stoiker. Haben Sie schon gemerkt, daß immer diejenigen am lautesten von Humanität schreien, die im Verlieren sind?" Er lachte auf seine offene Art und klopfte dem Josef auf die Schulter. „Er führt alle eure Lehren auf eine einzige goldene Regel zurück, euer Philo: ‚Tu nicht einem andern, was du nicht willst, daß man dir tue.' Klingt gut. Aber wohin, glauben Sie, käme *ich* mit solchen Grundsätzen? Wenn ich euch nicht täte, was ich mir von euch aufs strengste verbitten müßte, glauben Sie nicht, wir hätten morgen einen zweiten Aufstand, und einen siegreichen? Vielleicht wird sich einmal derjenige, der in hundert Jahren als mein Nachfolger hier in diesem Hause sitzt, erlauben dürfen, human zu sein. Wenn *ich* human wäre, dann gäbe es in hundert Jahren keinen Nachfolger von mir. Übrigens ist da ein Punkt, in dem ich mich euch gegenüber so human gezeigt habe, daß ich es schwer vor dem Palatin verantworten kann. Es sitzen hier im Lande noch immer Leute, von denen erst jetzt herauskommt, daß sie am Aufstand teilgenommen haben. Die greifen wir uns natürlich und konfiszieren ihren Besitz. Wissen Sie, daß die Doktoren von Jabne Order gegeben haben, die Auktionen zu boykottieren, auf denen wir diese konfiszierten Terrains versteigern? Sie anerkennen unsere Konfiskationen nicht als zu Recht. Finden Sie nicht, daß das ein Verstoß gegen die Staatsautorität ist? Aber ich dulde ihn stillschweigend." Er lächelte listig, vertraulich. „Das Land ist billig hier für meine Römer und Griechen infolge des Boykotts der Juden. Ich an Stelle Ihrer Doktoren hätte den Boykott nicht angeordnet. Wie immer, über mangelnde Humanität können sie sich in diesem Falle nicht beschweren."

Später sagte er: „Vielleicht haben wir manchmal fest zugepackt. Aber es ist etwas dabei herausgekommen, wir haben allerhand aus Ihrem Judäa gemacht, mein Flavius Josephus. Ich bin neugierig, was Sie als Sachverständiger dazu sagen werden. Sie, mein Demetrius", wandte er sich an den Schauspieler, „müssen sich vor allem das alte Sichem anschauen.

Das heißt jetzt Flavisch Neapel, und in zwei Monaten wird dort das Theater fertig; im September weihen wir es ein. Die Festspiele, die ich geben will, müssen den ganzen Osten auf den Kopf stellen, wir müssen Antiochien ausstechen. Es wäre großartig, mein Demetrius, wenn Sie sich entschließen könnten, dort zu spielen. Wir sind nicht der Palatin, aber über das Honorar", lockte er plump und schamlos den Schauspieler, „würden Sie sich nicht zu beklagen haben. Und das Publikum, das Sie bei uns finden, ist mindestens so empfänglich wie das römische. Wir sind dankbar. Wir sind mächtig ausgehungert. Nicht wahr, meine Herren?" forderte er die Zustimmung seiner Beamten.

Demetrius gab eine ausweichende Antwort, doch der Gouverneur ließ nicht locker. „Sie müssen mich beide einmal nach Flavisch Neapel begleiten", drängte er, „und mir erlauben, Ihnen meine Stadt persönlich zu zeigen. Flavisch Neapel, das kann ich Ihnen heute schon sagen, wird das kulturelle Zentrum nicht nur Judäas, sondern ganz Syriens werden." Stürmisch liebenswürdig rang er um die Anerkennung der beiden Männer.

Josef hatte seit jeher voll widerwilliger Bewunderung wahrgenommen, mit welcher Sicherheit die Römer es verstanden, von einer Sache Besitz zu ergreifen, und dieser erste Tag in Cäsarea hatte ihm einen neuen Beweis geliefert. Flavius Silva, er gestand es sich knirschend zu, war der rechte Mann, die Provinz zu romanisieren. In den anderthalb Jahrtausenden ihrer Herrschaft hatten die Juden nicht so viel getan, das Land zu ihrem eigenen zu machen, wie Silva in den acht Jahren seiner Regierung.

Josef begann zu wandern und zu sehen. Er mied fürs erste die Striche, die vornehmlich von Juden besiedelt waren, er zog durch das von Syrern bewohnte Samaria gegen Nordost, durch das Zehnstädteland bis an die Grenze der Auranitis. Hier hatte Hiob gelebt. Mechanisch, nachdenklich klaubte Josef einige jener runden, violetten Steinchen auf, welche die gläubige Einfalt der Eingeborenen für die versteinerten Würmer hielt, die aus den Schwären Hiobs zur Erde gefallen waren. „Ja, Mann", sagte sein Eseltreiber, „sammle sie nur auf, Mann. Nimm sie dir als Andenken mit. Und mögen sie dich lehren, im Glücke Jahves nicht zu vergessen und nicht im Unglück mit ihm zu hadern." Und wenn Josef am frühen Morgen über gebirgiges Ödland zog, dann fand er wohl den Boden bedeckt von jenen süßen, körnigen Flechten, die weiter unten im Süden viele für das Manna hielten.

Er wandte sich wieder zurück nach Westen, durchzog das Herrschaftsgebiet des Königs Agrippa, betrat endlich jüdischen Boden: Galiläa. In dieser Gegend hatte er seinen höchsten Aufschwung und seine tiefste Erniedrigung erlebt. Wieder wie damals, da er zum erstenmal hierhergekommen war, als Kommissar der Jerusalemer Regierung, ergriff ihn bis ins Innerste die Schönheit des galiläischen Landes. Reich und fruchtbar lag es in der Mannigfaltigkeit seiner Täler, Hügel, Berge, mit seinem See Genezareth, mit seinen zweihundert Städten, ein wahrer Garten Gottes in seiner zauberisch hellen Luft.

Die Juden freilich waren hier sehr viel weniger geworden. „Gau der Heiden" bedeutete der Name des Landes, denn es war spät unter jüdische Botmäßigkeit gekommen, und Flavius Silva hatte das Seine dazu getan, diesem Namen wieder Inhalt zu geben. Das Land war romanisiert. Ein dichtes Netz ausgezeichneter Straßen verband seine vielen Siedlungen untereinander, römische Straßen, gesäumt von Standbildern, die dem Merkur geweiht waren, dem Gotte des Verkehrs. Noch immer arbeitete man am Ausbau dieser Straßen, und man verwandte für dieses saure Werk vornehmlich jüdische Zwangsarbeiter, Restbestände aus der Kriegsbeute. Der Gouverneur, wie der Oberingenieur dem Josef auseinandersetzte, erwartete, die jüdischen Gemeinden würden sich noch eifriger bemühen, die Gelder für den Freikauf dieser Leibeigenen aufzubringen, wenn sie sahen, daß man sie nicht verhätschelte. Die Lösegelder deckten denn auch reichlich die Kosten, die Bau und Erhaltung der Straßen verursachten.

Josef zog also auf diesen guten Straßen im Land herum, auf gemieteten Pferden oder Eseln. Er verschwieg seinen Namen; der hatte keinen guten Klang hier. Durch diese Gegend war er vor dreizehn Jahren geritten, auf dem Pferde Pfeil, vor ihm die Standarte mit der Losung der Aufständischen „Makkabi". Hier hatte er seinen herrlichen und sinnlosen Krieg gemacht. Jetzt war alles vorbei, seine Glorie und sein Fall, keine Spuren des Krieges mehr waren zu sehen. Die zerstörten Städte und Festungen hatte man schöner wieder aufgebaut, ein kluges Bewässerungssystem machte das Land noch fruchtbarer als vor dem Krieg. Sonst hatte Josef nicht viel Auge für die Schönheit einer Landschaft, doch diese bezauberte ihn immer von neuem. Es war der Gau der Heiden, Galiläa, aber trotzdem jüdisches Land, sein Land, Heimat, leuchtende, süße, duftende. Gierig genoß er die reine Luft, das milde, klare Licht.

Mit zwiespältigem Gefühl, mit Grimm und Befriedigung, sah er, wie gut das Land verwaltet war. Die Methoden der Romanisierung waren listig und simpel, und die römischen Beamten, die er aufsuchte, machten kein Hehl daraus: die Regierung verlieh einfach den Städten mit griechisch-römischer Majorität Kolonialrecht. Durch die damit verbundenen Steuerermäßigungen und andere Privilegien erlangten diese Gemeinden schnell größere Prosperität als die jüdischen Siedlungen, und die Juden wurden so zu Bürgern zweiten Ranges in ihrem eigenen Land.

Gleichwohl ging es den Juden Galiläas nach der Niederlage wirtschaftlich besser als vorher. Die Römer waren gute Organisatoren. Waren die Juden also zufriedener? Wenn Josef Doktoren und Gemeindevorsteher aufsuchte, bekam er selten Bescheid; die meisten von ihnen hielten die sieben Schritte Abstand und weigerten sich, mit ihm zu reden. Aber kleine Leute, mit denen er sich in Unterhaltungen einließ, Zufallsbekannte, Herbergswirte, sagten gern ihre Meinung geschwätzig und ohne Rückhalt heraus. Sie gaben zu, daß die Römer das Land nicht schlecht verwalteten, aber sie haßten sie trotzdem. Die Fremden blieben ihnen unverständlich. Die Leute, die sich hier neu ansiedelten, Veteranen zumeist, denen man das Land umsonst anwies, oder syrische Kapitalisten, die die Terrains billig erwarben, hatten keinen Gott und liebten es nicht, sich über göttliche Dinge zu unterhalten. Sie hatten

Technik, aber sie hatten keine Seele. Josef dachte mit Hohn und Triumph an die Statistiken des Johann von Gischala. Die neuen Herren verschafften den Juden Galiläas Preise, die sie mehr befriedigten; dennoch zogen sie ihre früheren, eigenen, habgierigen Herren den besseren von heute vor.

Hatten sie freilich Vertrauen gefaßt, und ließen sie sich gehen, dann stöhnten sie über die Härte ihrer geistigen Machthaber von heute, der Doktoren von Jabne. Ihr Gesetz war streng, ihre Gerichte ahndeten peinlich jeden Verstoß. Man will an dem Glauben der Väter festhalten, aber die Herren in Jabne machen es einem höllisch hart. Sie erschweren einem Wirtschaft und Leben. Dazu sind sie hochmütig, sehen herab auf den gemeinen Mann, lassen ihn nicht teilhaben an der Lehre.

Josef nahm wahr, daß die patriotische Strenge und der Gelehrtendünkel der Doktoren ziemlich viele unter den Galiläern dem Glauben der Minäer, der sogenannten Christen, zutrieb.

Er zog hin und her im Land und suchte sich, Historiker, der er war, Auskunft über den Mann zu verschaffen, den diese Minäer als ihren Messias verehrten. Er glaubte Kunde zu haben von denen, die man im Lauf des Jahrhunderts als falsche Propheten vor Gericht gezogen hatte; doch von dem Jesus der Minäer hatte er nichts gehört. Dieser Jesus sollte unter dem Gouverneur Pontius Pilatus gekreuzigt worden sein. Aber wenn er gekreuzigt worden war, konnte kein jüdischer Gerichtshof ihn verurteilt haben; die Kreuzigung war eine Strafe, die nur die Römer verhängten. Wäre er von den Juden als falscher Messias verurteilt worden, dann hätten diese die Exekution selber vorgenommen, und zwar durch Steinigung; so war es das Gesetz. Pontius Pilatus, das war richtig, hatte einen Samariter kreuzigen lassen, der sich für einen Abkömmling Moses, des Gesetzgebers, und für den Messias ausgegeben und erklärt hatte, ihm eigneten uralte, heilige Gefäße, die sein Stammvater auf dem heiligen Berge Garizin vergraben habe. Vielleicht, daß die Minäer Züge von andern Messiassen auf diesen Mann übertrugen.

Auf alle Fälle benützte Josef, der Historiker, seinen Aufenthalt in Galiläa, um nach Spuren jenes Jesus der Minäer zu suchen. Er fragte hier und dort. Er fragte in Nazareth, wo der Mann geboren sein sollte, er fragte am See Genezareth. Aber in Nazareth und am See Genezareth sagten sie: „Hier ist nichts bekannt", und in Magdala sagten sie: „Hier ist nichts bekannt", und „Hier ist nichts bekannt", sagten sie in Tiberias und in Kapernaum.

In Kapernaum kam Josef an einer Schenke vorbei, einem vernachlässigten Haus, an dem eine Fahne herausgesteckt war, das Zeichen, daß neuer Wein eingetroffen sei. Josef erinnerte sich, vor Zeiten einmal in dieser Schenke gewesen zu sein und damals mit Galiläern von dem Messias gesprochen zu haben. Er trat ein.

Es war der gleiche, niedrige Raum wie damals, schlecht gelüftet, und wie damals saßen Leute an dem großen Tisch. Der Wirt war ein anderer, und die Leute waren andere, aber sie diskutierten wie damals.

Sie sprachen schwerfällig, in plumpem Aramäisch, die Sätze kamen langsam aus ihrem Mund, doch sie schienen erregt. Einer – „Käsesohn" nannten ihn die andern, das war offenbar ein Spitzname – hatte berichtet, es sei bei dem Gemeindevorsteher eine neue, strenge Weisung der Doktoren aus Jabne eingetroffen, am Sabbat werde sie verlesen werden. Die in Jabne wollen jetzt in aller Form verbieten, daß man Geflügel in Milch zubereite, das Fest- und Lieblingsgericht Galiläas.

Die Männer schimpften. Seit Jahrhunderten ist Streit darüber, ob das Verbot, Fleisch in Milch zu kochen, auch für Geflügel gelte oder ob Geflügel gleich Fischen eine Nahrungsart für sich sei. Immer wieder hatte Jerusalem den Galiläern ihr Huhn in Sahnensauce verbieten wollen; aber so streng die galiläischen Bauern alle andern Riten einhielten, in diesem Punkt blieben sie starrköpfig. Es war ein altes Privileg, sie ließen es sich nicht nehmen, mochte man sie deshalb noch so oft als dumme Bauerntölpel beschimpfen. Was Jerusalem ihnen nicht hat abtrotzen können, sollen sie sich das jetzt von Jabne verbieten lassen? Die Doktoren wollen keine Vernunft annehmen. Seitdem kein Tempel und keine Staatsgewalt hinter ihnen steht, verlangen sie immer mehr. Der Käsesohn gab dem Wirt Auftrag, jetzt für ihn gerade erst recht ein Huhn mit Sahne zuzubereiten. „Zwei Hühner", verbesserte er sich. „Der Herr ist auch eingeladen", und er wandte sich mit ungeschlachter Gastfreundlichkeit an Josef. „Oder ist der Herr etwa aus Jabne?" fragte er drohend. „Hält er zu den Doktoren? Verachtet er uns Bauerntölpel aus Galiläa?" Josef beeilte sich zu erwidern, wie geehrt er durch die Einladung sei, und setzte sich zu den Männern.

Diese ereiferten sich weiter über die Doktoren. „Das mit dem Verbot der Sahnensauce zum Geflügel", meinten sie, „ist erst ein Anfang. Sie werden immer mehr verbieten. Es wird noch so weit kommen, daß sie uns überhaupt verbieten, von den göttlichen Dingen zu reden. Einem immer mehr und immer schwerere Riten auflegen, das können sie; aber sie wollen nicht, daß der gemeine Mann über Jahve sinniert. Sie sind eifersüchtig auf ihren Jahve, die Herren in Jabne, sie wollen ein Monopol auf ihn, sie umgeben ihn mit lauter Geheimnis und schließen einen von seinem Angesicht ab. Sie drücken sich so aus, daß man sie nicht versteht. Wer zum Beispiel kann es begreifen, wenn sie einem den Untergang Jerusalems erklären? Da gibt es andere, die deuten einem das viel besser aus. Nicht wahr, Tachlifa?" wandte er sich an einen still dasitzenden jungen Menschen mit langem, strähnigem Haar.

Josef sah den jungen Mann interessiert an. Das war offenbar einer von den Minäern, den Christen. Er war ein kräftiger, sehniger, magerer Mensch von gutmütigem Aussehen; über einem mächtigen Adamsapfel und einem sanften Kinn stand ein breiter Mund mit schadhaften Zähnen halb offen. „Sagen Sie mir also, bitte, Herr Tachlifa", wandte sich Josef höflich an ihn, „warum ist Jerusalem zerstört worden?" Der junge Mensch drehte dem fremden Herrn freundlich sein Gesicht zu und erwiderte: „Es ist zerstört worden, weil es den Propheten des Herrn tötete und verstockt war gegen den Gesalbten." Er wollte weitersprechen. Aber der, den sie den Käsesohn nannten, schlug Josef klobig auf die Schulter und redete auf ihn ein: „Ja, fremder Herr, wenn Sie etwas wissen wollen, halten Sie sich nur an unsern Tachlifa. Es ist gut, wenn einem einmal unsereiner Gott und die göttlichen Dinge erklärt und nicht immer nur die Doktoren. Die sind so eingebildet, daß sie jeden Furz, den sie lassen, für heilig und für einen Weisheitsspruch halten. Oder ist es nicht so?" fragte er Josef und schwang seine mächtigen Hände. „Können Sie schlau werden aus dem, was man in Jabne sagt?", und er brachte sein weindunstendes Gesicht nah an Josef. Der hütete sich, zurückzuweichen, und erwiderte maßvoll: „Manchmal glaube ich es zu verstehen, manchmal verstehe ich es nicht."

Der Trunkene beruhigte sich. Josef bat Tachlifa, in seiner Erklärung fortzufahren. „Unsere Väter", setzte sachlich Tachlifa auseinander, „haben den Messias nicht erkannt. Er tat Zeichen und Wunder. Die Doktoren aber wollten nicht sehen, weil sie geizig waren mit ihrem Jahve, und wollten es nicht dulden, daß einer ihn aller Welt verkündete. Sie wollten Jahve einschließen wie ein Wucherer seine Denare und Verschreibungen. Sie achteten das sichtbare Haus Jahves mehr als den Unsichtbaren, dem es gehörte. Darum ließ Jahve den Messias ausgehen aus sich. Die Doktoren aber wollten noch immer nicht sehen. Da zerstörte Jahve den Tempel, der leer geworden war und ohne Sinn wie das Gehäuse einer Puppe, aus der der Schmetterling ausgegangen ist, auf daß alle sehen sollten. Und darum bekennen wir: der Messias ist erschienen. Er hat sich töten lassen, um uns die Sünde abzunehmen, die von Adam her auf uns lastet, und ist wieder auferstanden. Sein Name aber ist Jesus von Nazareth."

Der Käsesohn mischte sich wieder ein. „Ist das eine Erklärung oder nicht?" lärmte er herausfordernd. „Das ist einfach. Das muß jeder verstehen, auch Sie, fremder Herr. Die Doktoren haben Würmer im Hirn. Sie sagen, sie glauben an die Auferstehung. Warum soll dann der Messias nicht auferstanden sein? Bitte?" fragte er händelsüchtig den Josef und war wieder sehr nahe an ihm. „Laß den Herrn in Ruhe, Käsesohn", hielten ihn die andern zurück. „Er hat ja nichts gegen dich gesagt."

„Wann war das, daß er getötet wurde?" fragte Josef den Minäer. „Sie sagen, vor sieben mal sieben Jahren", erwiderte Tachlifa. „Er soll", wandte Josef ein, „hier in Galiläa seine Jugend verbracht haben. Es müßte wohl der eine oder andere noch leben, der ihn gekannt hat. Ich habe aber keinen gefunden." – „Wann je weiß man etwas von einem Propheten in seinem Vaterland?" meinte der Minäer. „Auch war der Krieg dazwischen, und viele, die ihn kannten, mögen umgekommen oder außer Landes sein."

„Er war ein Galiläer", sagte einer von den Männern, „darauf können wir stolz sein. Aber die Doktoren mögen ihn nicht, weil er ein Galiläer war. Sie mögen nichts, was aus Galiläa kommt." – „Darum verbieten sie uns auch das Geflügel mit Sahnensauce", sagte zornig ein anderer. Und ein älterer Mann sagte: „Die Doktoren wollen es nicht wahrhaben, daß einer einem die Sünden abnimmt. Sie wollen einem immer nur neue Lasten und Verbote auflegen." Der Käsesohn aber, jetzt auf der andern Seite des Tisches, lehnte sich grimmig querüber und zitierte dem Josef ins Gesicht drohend das Sprichwort: „Aber wenn die Last zu schwer wird, dann steht das Kamel nicht mehr auf."

„Paß auf, Tachlifa", sagte einer zu dem Minäer, „bald werden sie uns verbieten, mit dir zusammenzusitzen. Immer schon eifern sie, wir sollen nicht mehr mit euch über euern Messias und eure Lehren diskutieren." Der Minäer zuckte die Achseln. „Es wäre mir sehr leid, meine Brüder und Herren", sagte er auf seine sanfte Art, „wenn ich nicht mehr mit euch zusammensitzen dürfte." – „Was?" rückte ihm der Käsesohn auf den Leib. „Du willst nicht mehr mit uns verkehren, du Jammerlappen?" – „Wenn hier das Wort des Gesalbten steht", antwortete bescheiden, doch fest der Minäer, „und dort das Wort der Doktoren, dann folge ich dem Gesalbten." – „Ich will dir zeigen, wem du zu folgen hast", wollte der Käsesohn auf ihn los, aber die andern hielten ihn zurück.

„Bitte, sagen Sie mir, Herr Tachlifa", fragte wiederum Josef, „worin unterscheidet sich Ihre Lehre von denen dieser hier?" – „Ich glaube", erwiderte Tachlifa, „daß der Messias durch seinen Tod uns allen die Sünde abnahm. So hat er das Himmelreich leichter gemacht auch für die, die nicht gelehrt wie die Doktoren sind, sondern arm im Geiste und ohne umständliches Wissen vom Gesetz." – „Aber Sie halten weiter das Gesetz?" erkundigte sich Josef. „Jesus, unser Gesalbter", antwortete Tachlifa, „hat nicht das Gesetz aufgehoben, er kam, es zu erfüllen. Wir halten streng das Gesetz." – „Heißt das", fragte der Käsesohn und war schon wieder nahe an ihm, „daß du von meinem Sahnengeflügel nichts essen willst, du Hund, falls ich dir etwas anbiete?" – „Ich will dir kein Ärgernis geben", sagte nach einem kurzen Schweigen spaßhaft gutmütig der junge Mensch, und alle lachten.

Die Männer tranken langsam von dem schwarzen, gepichten Wein. Von der Herdstelle kam schwer der Rauch des Feuers, das der Wirt angezündet hatte, um die Hühner zu kochen, und füllte den ganzen, dumpfen Raum. „Wir wollen alle die Einheit der Lehre", sagte ein älterer Mann zu Josef. „Aber wenn die in Jabne uns das Leben weiter so erschweren, dann gehe ich wahrhaftig auch noch unter die Minäer. Das Gesetz ist gut, aber man hat nur zwei Schultern, um zu tragen, und der Glaube der Minäer ist leicht. Es ist nicht nur wegen der Sahnensauce. Schlimmer ist, daß sie uns nicht erlauben wollen, auf den römischen Auktionen Land zu kaufen. Wie sollen wir gegen die Syrer aufkommen, wenn die Terrains immer billiger werden und wir dürfen sie nicht kaufen?"

Josef dachte unbehaglich an die Ziffern und Statistiken des Johann von Gischala. Aber bevor er weiter fragen konnte, wurden die Hühner ans Feuer gestellt, und die Männer hörten auf, von den Doktoren und vom Messias zu reden, traten zum Herd, schnupperten, schmatzten und gaben dem Wirt Ratschläge.

Als er nach Gischala kam, hörte Josef die Leute mit Erbitterung von Johann sprechen. Der Freigelassene Junius Johannes hatte sich nicht um den Boykott der Auktionen geschert, den die Doktoren angeordnet, sondern hatte aus der Masse des von den Römern konfiszierten Terrains skrupellos gekauft. Die Galiläer empfanden es als zynische Herausforderung, daß der Mann, der seinerzeit diese ganze Gegend in den Krieg getrieben, jetzt, als römischer Freigelassener, den Römern Kriegsbeute abnahm.

Josef hatte gewußt, daß sein alter Feind ins Land zurückgekehrt war. Es lockte ihn, ihn aufzusuchen. Er zögerte. Schließlich tat er es.

Johann schmunzelte, als er ihn sah. Er führte ihn durch sein Besitztum. Es wäre vorteilhafter gewesen, Land im Süden zu kaufen, im eigentlichen Judäa, wo auch Josefs Güter lagen. Doch Johann hat eine alte Anhänglichkeit gerade an sein Gischala. Es sind weite Liegenschaften, die er gekauft hat. Noch ist sein großes Besitztum verwahrlost, aber es ist fruchtbar, Korn wächst, Öl, Obst, Wein. Er freut sich darauf, wie das in drei Jahren aussehen wird. Dabei war es unerhört billig. Die Leute hier sind Narren, daß sie die guten Terrains der Regierung nicht schon lange abgenommen haben. Der Boykott der Terrainauktionen ist läppisch. Er bewirkt nur, daß das Land immer mehr überfremdet wird. Wenn es so weitergeht, werden die Syrer und Römer noch den ganzen Boden Judäas für ein trockenes Johannisbrot erwerben. Er, Johann, macht da nicht mit. Er hat zugegriffen. Ein Skandal, daß die andern ihm nicht nachtun. Er muß in den nächsten Wochen nach Jabne fahren und den Doktoren ins Gewissen reden. Die Herren sind weltfremde Ideologen. Sie verstehen nichts von Ziffern. Er lächelte Josef von der Seite an.

„Was haben sie schon davon“, meinte er später, „wenn sie die Massen immer weiter gegen die Römer aufstacheln? Ihr Groll bleibt rein akademisch. Es wäre klüger, die Römer durch kluge Konkurrenz zu bekämpfen, wirtschaftlich, nicht politisch. Wir schneiden uns nur ins eigene Fleisch, wenn wir uns mit ihnen nicht vertragen. Das ganze Land ist nun doch einmal mit ihnen durchsetzt, und jeder ist auf seinen römischen, syrischen oder griechischen Nachbarn angewiesen.

Da ist zum Beispiel die Sache mit den Ochsen. Die Doktoren verbieten die Kastrierung der Stiere. Aber wenn man auf die Kühe allein angewiesen ist und sonst kein Zugvieh hat, wie soll man da auskommen? Bis jetzt hat man sich an seinen syrischen oder römischen Nachbarn gehalten und ihn ersucht, er soll einem den Stier stehlen und als Ochsen wieder zustellen. Die Syrer taten einem gern die Gefälligkeit, und die Geschichte war gemacht. Aber jetzt. Unter vierzig Sesterzien stiehlt einem jetzt keiner mehr den Stier, und dann macht das Pack gelegentlich noch den Spaß, einem den Stier als Stier wieder zuzustellen. Was soll man tun? Nicht einmal klagen kann man. Das Geschäft verstößt gegen die guten Sitten."

Josef hörte zu. Natürlich hatte Johann recht. Aber wenn er selber, ohne je im Ausland gewesen zu sein, als einer der Doktoren im Kollegium von Jabne säße, er machte es wahrscheinlich ebenso wie die andern. Da man die Lehre abzäunen mußte, wo sollte man den Zaun ziehen? Schon einmal war das ganze Land hellenisiert worden, und das Judentum war ernstlich Gefahr gelaufen, im Griechentum aufzugehen.

Er zog südwärts, kam nach dem eigentlichen Judäa. Nun er Land betrat, das zumeist von Juden bewohnt wurde, war er doppelt zurückhaltend. In der schönen Stadt Thamna zum Beispiel, im Gebirge Ephraim, hauste er bescheiden bei einem Ölhändler, zu dem der Verwalter seiner Besitzungen geschäftliche Beziehungen unterhielt. Josef hatte diesen seinen Gastfreund gebeten, seinen Namen nicht zu nennen. Bald aber hatte der und jener ihn erkannt, und am vierten Tag erschien bei Josef der Präsident der jüdischen Gemeinde mit zwei Vorständen, und sie hatten ein Anliegen an ihn.

Es war dies. Zwischen dem griechischen Bürgermeister der Stadt Thamna und der großen jüdischen Majorität des Magistrats war von jeher Feindschaft gewesen. Als nun der griechische Bürgermeister das Dokument, in dem der Senat der Stadt Thamna das Gesetz des Antist über das Verbot der Beschneidung mitteilte, vor der Verlesung vorschriftsgemäß den einzelnen Magistratsräten zum Kuß und zur Ehrenbezeigung überreichte, hatte der jähzornige Stadtrat Akawja geglaubt, der Bürgermeister lächle höhnisch, er hatte die Beherrschung verloren, das Schriftstück, statt es zu küssen, angespien und es in Stücke zerfetzt. Man hatte den Stadtrat als Majestätsverbrecher nach Cäsarea eingeliefert, und die römischen Richter unter dem Vorsitz des Gouverneurs hatten ihn zur Kreuzigung verurteilt. Akawja aber hatte als römischer Bürger von seinem Recht Gebrauch gemacht, an die Kronjuristen in Rom zu appellieren. Jetzt wartete er darauf, nach Rom gebracht zu werden. Die Juden von Thamna mittlerweile schickten Deputationen an Flavius Silva, erklärten, Akawja habe in einem Anfall plötzlichen Wahnsinns gehandelt, versuchten, bei dem Gouverneur seine Begnadigung zu erwirken.

Jetzt also waren sie bei Josef und forderten ihn auf, seinen Einfluß in Cäsarea für ihren Mitbürger einzusetzen. Die Herren waren befangen und anmaßend zugleich. Sie baten und sie verlangten. Josef hörte aus ihrer Rede heraus, daß sie nach allem Leid, das er der Gesamtheit zugefügt habe, ihn für verpflichtet hielten, jedem Juden zu helfen.

Er hatte während seiner Reise an Demut zugenommen. Daß sie sich an ihn wandten, kitzelte nicht seine Eitelkeit, und die Art, wie sie von ihm forderten, kränkte ihn nicht. Er sagte einfach: „Ich will versuchen, ob ich etwas für Ihren Mitbürger tun kann."

„Sie haben eine kurze Antwort für uns, Doktor Josef", sagte feindselig einer aus der Deputation. „Sie behandeln uns wie lästige Bittsteller. Ich sehe, Sie haben nichts vergessen. Ich habe von Anfang an gefürchtet, daß wir Ihnen lästig fallen, und habe abgeraten, zu Ihnen zu gehen."

Ein Jahr vorher hätte Josef hochmütig erwidert. Jetzt schwieg er. Er lächelte nicht einmal über den simpeln Verdacht des Mannes, der glaubte, ein Flavius Josephus werde seinen Zorn über die feindselige Haltung der gesamten Judenheit an diesem einen Akawja auslassen. Er sagte nur: „Ich habe viele Menschen am Kreuz gesehen. Ich möchte Ihrem Akawja helfen. Aber ich möchte auch vielen andern helfen, und meine Kraft ist gering." Der Präsident sagte: „Wir haben Ihnen auseinandergesetzt, wie der Fall liegt. Es geht wohl nicht nur um Akawja, es geht um alle Juden der Stadt Thamna, einer der noch jüdischen Städte dieses Landes, die aber vielleicht nicht mehr lange jüdisch sein wird. Tun Sie, was Sie für gut halten, Doktor Josef. Ich war es, der geraten hat, zu Ihnen zu gehen, und ich glaube auch jetzt, daß das kein schlechter Vorschlag war."

Endlich, nach mehr als einem Monat, entschloß sich Josef, seine Güter aufzusuchen. Es waren drei große Besitzungen in der Gegend zwischen den Städten Gazara und Emmaus. Sie umfaßten Bergland mit der Esche, Hügelland mit der Sykomore, Tiefebene mit der Palme.

Der Verwalter Theodor Bar Theodor, ein ruhiger, listiger, älterer Mann, empfing Josef erfreut. Er ließ ein besonders fettes Schaf schlachten und setzte seinem Herrn das beste Stück vor, das Schwanzstück. Sein stilles, schlaues Gehabe erinnerte Josef ein wenig an Johann von Gischala.

Er ritt, den Verwalter an der Seite, seine Besitzungen auf und ab, durch Öl- und Weinterrassen, zwischen Dattelpalmen, durch Weizenfelder, zwischen Granaten, Nüssen, Mandeln, Feigen. Oben lag uralt und trotzig die Stadt Gazara mit ihren von den Römern erneuerten Forts. Die Güter schienen musterhaft bewirtschaftet, zweihundertsiebzig Leibeigene waren beschäftigt, viele Schwarze unter ihnen, sie sahen gepflegt aus, ihre Arbeit war klug organisiert. Schade, daß soviel Mühe und Geschicklichkeit aus den fruchtbaren Besitzungen keine größere Rente herauswirtschaften konnte.

Theodor Bar Theodor setzte seinem Herrn auseinander, woran es lag. Die Güter waren nach der Stadt Gazara zuständig, die kein Kolonialrecht hatte, so daß Steuern und Abgaben sehr hoch waren. Die Stadt Emmaus, die, fast ausschließlich von römischen Veteranen des Feldzugs bewohnt, die Privilegien einer Kolonialstadt genoß, weigerte sich, Josefs Güter einzugemeinden. Die Gründe waren unsachlich. Hauptmann Pedan zum Beispiel, Josefs Gutsnachbar, hatte, als er seinen Abschied nahm, sich Besitz anweisen lassen, der überall in Josefs Gebiet einzackte und zum großen Teil der Stadt Gazara näher lag als der Stadt Emmaus. Trotzdem war das ganze Besitztum des Hauptmanns nach Emmaus zuständig, so daß es, obwohl es kleiner und schlechter bewirtschaftet war als Josefs Güter, infolge der niedrigeren Besteuerung eine größere Rente abwarf. Hauptmann Pedan konnte seine Erzeugnisse steuerfrei in Emmaus absetzen, Theodor Bar Theodor war auf die Städte Gazara oder Lud angewiesen, wo er riesige Abgaben zu zahlen hatte. Zudem weigerte sich die Majorität der jüdischen Bevölkerung, Erzeugnisse zu kaufen, die von den Gütern des Josef stammten, weil er von Jerusalem geächtet worden war, und die Griechen und Römer von Lud und Gazara nützten diese Zwangslage aus. Geteilten Gefühls sah Josef seinen fruchtbaren Boden, dessen Fett, Öl und Wein den fremden Eroberer des Landes nährte.

Der Verwalter, während Josef langsam auf seinem vorsichtig schreitenden Esel neben ihm herritt, erzählte weiter von den vielen Schwierigkeiten, die die Nachbarschaft des Hauptmanns Pedan bereitete. Da war zum Beispiel die Sache mit der Wasserleitung. Es wäre für beide Teile vorteilhaft, wenn man den ausgezeichneten Aquädukt von Emmaus nach Gazara weiterführte. Die Gemeinde Emmaus würde eine Menge Geld sparen, und man selber noch mehr. Aber die Stadtverwaltung von Emmaus sträubte sich. Schuld daran sei der Hauptmann Pedan. Der, als Träger des Graskranzes und Liebling der Armee, sei allmächtig in Emmaus. Seine Gründe gegen die Durchführung des Projektes seien offenbar rein persönlich; denn er, als Großabnehmer der Wasserleitung, würde selber den reichsten Gewinn daraus ziehen.

Josef meinte, er werde einmal zu Hauptmann Pedan hinüberreiten. Es war im Grunde nicht wegen des Geschäftes, von dem ihm der Verwalter sprach, vielmehr lockte es ihn, den Mann zu sehen, dessen Hand den Feuerbrand in den Tempel geschleudert hatte und dessen Name von ihm in seinem Buch nicht genannt worden war; denn sein Name sollte vergessen sein.

Erst am dritten Tag seines Aufenthalts besuchte Josef das Vorwerk „Brunnen der Jalta“, wo Mara lebte. Das Vorwerk sei verwildert, hatte der Verwalter Josef erzählt, aber Mara habe ihren Ehrgeiz darein gesetzt, es hochzubringen.

Josef traf Mara im Weinberg, in Arbeitskleidung, mit nackten, erdbeschmutzten Füßen und einem großen Hut gegen die Sonne. Er hatte sich nicht angemeldet und wußte nicht, ob sie von seiner Ankunft gehört hatte. Sie hockte auf der Erde, Gießränder für die Weinstöcke grabend, wie es schien. Als sie ihn erblickte, blieb sie hocken, sie lehnte den Kopf zurück, ihr rundes Gesicht wurde blaß unter seiner Bräune, ihre Augen weit, und, die Stimme gepreßt von Zorn und Schreck, rief sie ihm zu: „Kommst du, Schlächter des Herrn? Wagst du dich zu mir? Was willst du von mir? Bleib fern von mir, Geschlagener."

Er stand hilflos. Was konnte er ihr erwidern? Vor dem gemeinen Menschenverstand hatte er recht. Er konnte sagen: Wie soll man einen elfjährigen Jungen hüten? Kann man ihn immer am Gängelband halten? Auch wenn du in Rom geblieben wärst, hättest du nichts verhindern können. Aber wenn er ihr das sagte, was sollte es nützen? Er wagte ja nicht einmal, sich selber solche Dinge weiszumachen. Er wußte, daß der Tod Simeons seine Schuld war. Nicht, daß ein Richter ihn schuldig gesprochen hätte, wenn seine Sache in Rom anhängig gemacht worden wäre oder in der Quadernhalle des Tempels von Jerusalem. Trotzdem war er schuld. Er wußte es gut. Und als sie ihn anschrie, verändert, mit einer Heftigkeit, die er nie an ihr wahrgenommen, die bräunlichen Augen verwildert: „Du hast mich zu einem dürren Ast gemacht. Ich habe bei ihm bleiben wollen, du aber hast mich von ihm gerissen und hast ihn ausgelöscht", da konnte er nichts darauf sagen.

Schließlich sprach er trotzdem. Er stand in der hellen Sonne. Er arbeitete sich ab und redete ihr gut zu, aber er sah, daß er nur die Luft erschütterte. Sie erwiderte nichts mehr. Da drehte er sich um und ging.

Als er sich vor der Wegbiegung nach ihr zurückwandte, sah er, daß sie ihm nachschaute. Ihr Gesicht hatte sich jetzt verwandelt. Es war nicht mehr Schreck und Wut darin, sondern nur mehr eine große Trauer.

Unter den Leibeigenen des Josef war ein Minäer, der, wie der Verwalter erzählte, die Lehren dieser Sekte gut auszudeuten verstand, so daß er manche seiner Hörer für seinen Glauben gewonnen hatte. Josef versuchte, mit diesem Leibeigenen in ein Gespräch zu kommen. Doch das war nicht leicht. Trotzdem Josef sich vorhielt, er sei doch selber einmal Leibeigener gewesen, konnte er mit diesem Entrechteten nicht frei vom Herzen sprechen; gegen seinen Willen kam in seinen Ton etwas Herablassendes. Der Rechtssatz der Doktoren, daß Leibeigene wie Immobilien anzusehen seien, stak ihm im Blut.

Im Gespräch mit diesem samaritanischen Leibeigenen indes verlor sich seine Steifheit schnell. Wie der Mann ursprünglich geheißen hatte, wußte Josef nicht; der Verwalter hatte ihm einen der üblichen Leibeigenennamen gegeben, Samua, „der Gehorsame", und ließ ihn wie alle anderen Leibeigenen die Schelle tragen, die ihn als Hörigen, dem Vieh Gleichen, charakterisierte. Trotzdem und bei aller Dienstwilligkeit hatte dieser Samua den Anstand und das Gehabe eines freien Mannes. Wenn man ihm glauben wollte, dann war er, als die samaritanische Stadt Esdraela beim Anfang des Aufstands ihre Juden totschlug, für diese eingetreten, dafür von seinen Mitbürgern den Römern als Teilnehmer an dem Aufstand denunziert, von diesen festgenommen und in die Leibeigenschaft verkauft worden. Es war möglich, daß es so war, aber es war unbehaglich, es zu glauben. Auf alle Fälle beschloß Josef, den Verwalter anzuweisen, den Gehorsamen in Zukunft gleich einem jüdischen Leibeigenen zu behandeln, ihn also in Kleidung und Wohnung dem Herrn völlig gleichzustellen, gemäß der Vorschrift: „Daß du nicht etwa äßest weißes Brot und dein Leibeigener schwarzes, tränkest alten Wein und er jungen, schliefest auf Matratzen und er auf Stroh, wohntest auf dem Lande und er in der Stadt, oder du in der Stadt und er auf dem Lande." Der Verwalter wird darüber zwar nicht gerade erfreut sein.

Vorläufig unterhielt sich Josef mit dem Gehorsamen über die Lehren der Christen, und es ergab sich sogleich, daß dieser Samariter besser Bescheid wußte als jener Tachlifa in der Schenke von Kapernaum. Ja, wenn man ihn auch nicht gerade im Sinne der Doktoren gelehrt nennen konnte, so war er doch beschlagen in der Schrift und in ihrer mündlich überlieferten Ergänzung. Josef also fragte ihn: „Da du, Gehorsamer, wie ich sehe, dich gut auskennst in den Lehrmeinungen der Doktoren, sage mir, was hat dich dazu geführt, dich mit diesen Meinungen nicht zu begnügen, sondern über sie hinaus die Lehre der Minäer anzunehmen?" Der Gehorsame erwiderte: „Die Doktoren sind habsüchtig im Geiste. Sie haben das Wort der alten Propheten vergessen, Jahve sei der Gott aller Welt. Sie glauben, sie allein hätten das Recht gepachtet, sich mit seiner Lehre abzugeben und sie zu studieren. Darum auch waren sie eifersüchtig, als Jesus von Nazareth sich den Propheten Gottes nannte, und darum haben sie den Gesalbten getötet. Aber nun hat es sich ja erwiesen, daß Jahve nicht der Gott der Priester und der Doktoren ist. Warum sonst hätte er Jerusalem zerstört, ihren Sitz und sein früheres Haus? Darauf wissen sie keine Antwort. Sie sprechen viel von anderer Schuld und erklären, Jahve werde Jerusalem wieder aufbauen. Aber das ist eine Hoffnung, keine Antwort."

Da war es wieder, dieses Argument, das Josef schon in Galiläa gehört hatte und das die Christen offenbar für ihr wirksamstes hielten. Dieser Minäer führte es noch deutlicher aus. „Jahve", sagte er, „hat das Gefäß zerbrochen, in das bisher die Lehre gegossen war, Jerusalem und den Tempel. Unmöglich kann man eine andere Folgerung daraus ziehen als die, daß er die Lehre ausgegossen wissen will über die ganze Welt, über Laien wie über Gelehrte, über Heiden wie über Juden. Er wollte zeigen, daß er überall wohnt, wo der Glaube an ihn ist." Der Gehorsame sprach mit tiefer Stimme, leise, doch deutlich und entschieden. Er war ein kräftiger Mann, gebräunt von der Sonne. Wenn er sich bewegte, klingelte die Schelle seiner Leibeigenschaft.

Josef fragte ihn weiter aus. Was den Gehorsamen an der Lehre Jesus des Nazareners vor allem anzog, war die Verachtung des Reichtums und die Hochschätzung der Armut, die schlichte Lebensführung, die Brüderlichkeit. „‚Liebe deinen Nächsten wie dich selbst', heißt es in der Schrift", sagte er, „und die Doktoren verkünden als goldene Regel: ‚Was du nicht willst, daß man dir tue, das tue auch keinem andern.' Wir stellen an uns höhere Forderungen. Wir lehren, man soll nicht nur den Nächsten, sondern auch den Feind lieben wie sich selber, ja, man soll die andere Wange hinhalten, wenn man auf die eine geschlagen wird." Und, gutmütig lächelnd, fügte er hinzu: „Es kann, glaube ich, mein Doktor und Herr, den Besitzern von Leibeigenen nur angenehm sein, wenn ihre Leibeigenen Christen werden. Denn die christliche Lehre hebt jene Weisung auf, die Kanaan, das Urland der heidnischen Leibeigenen, diesen mitgegeben hat: ‚Liebet euch gegenseitig und hasset eure Herren, liebet den Diebstahl, liebet die Schwelgerei und hasset die Wahrheit.'"

Josef meinte, diese Moralprinzipien, Brüderlichkeit und Verachtung des Reichtums, seien ihm aus der Zeit seiner essäischen Studien und Moralübungen vertraut. Sie wichen im Grunde nicht ab von den Sätzen der Doktoren. „Was also ist es", fragte er, „worin die Lehre der Minäer abweicht von der der andern?"

„Soweit ich, ein ungelehrter Mann, es überblicken kann", erwiderte bescheiden der Gehorsame, „sind es zwei Grundsätze. Wir glauben, der Messias ist bereits erschienen, und es ist nicht gut, noch weiter zu hoffen, Jerusalem werde in Stein und äußerem Glanz wieder auferstehen. Und ferner halten wir dafür: Wissen und Werke sind gut, aber besser ist der Glaube. Und der Glaube ist jedem erreichbar, nicht nur dem Gelehrten, sondern auch dem Armen an Geist und Bildung wie hier dem Gehorsamen, deinem Knecht."

Josef fragte: „Kannst du mir nichts Näheres sagen, Gehorsamer, über die Taten und Aussprüche deines Jesus von Nazareth?"

„Es ist einer in der Nähe der Stadt Lud", erwiderte der Gehorsame, „in dem Dorfe Sekanja, ein gewisser Jakob. Der hat ein kleines Buch, darin sind die Lehren und Gleichnisreden unseres Gesalbten aufgezeichnet, desgleichen sein Leben und sein Wandel durch die Länder Galiläa und Juda. Dieser Jakob, trotzdem er drei große Güter hatte, gab sie auf und gehört zu uns, den Armen. Er ist ein Wundertäter, er heilt Kranke und macht Besessene frei. Erst eiferte Doktor Ben Ismael gegen ihn. Aber nach einigen Gesprächen änderte er seine Meinung. Jetzt sucht Doktor Ben Ismael die Gesellschaft des Jakob aus Sekanja und sitzt oft im Kreise der Gläubigen, trotzdem seine Kollegen in Jabne das nicht gerne sehen."

Josef beschloß, diesen Jakob aus dem Dorfe Sekanja aufzusuchen.

Die Hochschule der Stadt Lud hatte vor dem Krieg großes Ansehen genossen. Jetzt aber hatte sie ihre Privilegien verloren, die Regelung des jüdischen Ritus und die jüdische Gerichtsbarkeit lag ausschließlich in den Händen der Doktoren von Jabne; denn nur die dortige Hochschule war von den Römern anerkannt. Doch infolge der Strenge des neuen Großdoktors Gamaliel zogen sich manche der Doktoren grollend nach Lud zurück, und es sammelten sich Schüler um sie, trotzdem sie nicht graduiert werden konnten. Die Stadt Lud wurde allmählich zum Zentrum aller jener, die hellenistischen oder minäischen Lehrmeinungen anhingen.

Derjenige unter diesen rebellierenden Doktoren, von dem man am meisten sprach, war der junge Jannai, genannt der Acher, „der Andere", „der Abtrünnige". Einziger Sohn einer reichen Familie aus altem Priesteradel, sehr begabt, hatte er schon als Student die Aufmerksamkeit des Kollegiums auf sich gelenkt und seine Prüfung mit höchster Auszeichnung bestanden. Sehr bald darauf aber hatte der Fünfundzwanzigjährige sich von der Lehre der Doktoren losgesagt, die Laufbahn aufgegeben, die breit und sicher vor ihm lag, und jetzt sah man ihn mit einigen Genossen, älteren und jüngeren, in Lud herumgehen, die Bräuche und Gebote der Doktoren durch Wort und Tat verhöhnend. Sein vielfältiges Wissen, seine elegante Beredsamkeit, das Hell und Dunkle seiner Gottesanschauung blendete viele. Er hatte in griechischer Sprache eine Dichtung über das Jüngste Gericht geschrieben, er hatte sie nur in wenigen Exemplaren veröffentlicht, aber diejenigen, die sie kannten, waren von den aufregenden, vieldeutigen Versen tief angerührt. Sie zitierten mit Ehrfurcht, Grauen und Bewunderung vor allem jene dunklen, ketzerischen Strophen, in denen die Weltangst vor dem Jüngsten Gericht geschildert war und die in den Zweifel mündeten: „Wenn der Messias wirklich kommt, wer weiß, ob nach soviel Qualen das Menschengeschlecht noch die Kraft haben wird, ihn zu empfangen?" Jabne lud den jungen Doktor vor das geistliche Gericht, er erschien nicht. Man verbot seine Dichtung und tat ihn selber in Bann. Der Großdoktor Gamaliel strich mit eigener Hand seinen Namen von der Tafel der Doktoren, der er ihn vor kurzem beigefügt hatte, und belegte ihn mit einem neuen Namen, eben dem Namen Acher, „der Andere", „der

Ketzer". Allein Jannai nannte fortan sich selber und ließ sich von den andern mit Stolz bei diesem Namen nennen, und nach wie vor flogen die Herzen der Jugend ihm zu.

Josef wußte von dem Acher, daß dieser die Einfachheit der Gläubigen, die strenge Methode der Doktoren und die Schönheit griechischer Bildung zu vereinigen suchte. Er hatte eine der wenigen Abschriften seiner Dichtung gelesen, und sosehr er aller Mystik abhold war, dem dunkeln Glanz dieser Verse konnte er sich nicht entziehen. Unter den Doktoren der Stadt Lud war der Acher der erste, den Josef aufsuchte.

Doktor Jannai empfing ihn erfreut, interessiert, ein wenig spöttisch. Er sprach griechisch, langsam, aber gewählt, offenkundig erstaunt über Josefs schlechten Akzent. Er war etwas zu füllig für seine Jahre, die Stirn baute sich breit und massig über kleinen Augen. Er hatte über einem fleischigen Mund eine platte Nase; aber er hatte rasche, ja hitzige Bewegungen, er konnte nicht stillsitzen und gestikulierte viel mit auffallend schmalen Händen.

Josef sah bald, daß der junge, leidenschaftliche, beredte Mensch in Alexandrien oder in Rom auch unter den Juden viele Gleichgesinnte gefunden hätte, die ihn gern als ihren Führer anerkannt hätten. Er fragte ihn geradezu, warum er denn in der kleinen Provinzstadt bleibe, in dem besiegten Land, verachtet von den Siegern, geächtet von den Besiegten. Der Acher zerdehnte das massige Gesicht zu einem langsamen Lächeln. „Ich will es mir nicht leicht machen, Doktor Josef", sagte er. „Unter Römern und Griechen ein Weltbürger zu sein, scheint mir kein großes Verdienst: ich möchte als Jude unter Juden ein Weltbürger bleiben. Das haben die Leute nicht gern, das verzeihen sie einem nicht. Aber sehen Sie, Doktor Josef, erst wenn ich das aushalte, dann erst, finde ich, habe ich mich bewährt."

Später sprach er von der Aufnahme der Bücher Hoheslied und Kohelet in den Kanon der Heiligen Schrift; seit zehn Jahren konnte sich das Doktorenkollegium in Jabne darüber nicht schlüssig werden. Es ergab sich, daß der Acher gleich Josef unter allen Büchern der Schrift den Kohelet am meisten liebte. Er sprach davon, wie die Siebzig in ihrer griechischen

Übersetzung die edeln Verse des Originals banalisiert hätten, und sagte die oder jene Stelle in seinem eigenen Griechisch her. Während sie redeten, schlenderte faul und ungeniert eine junge, sehr schöne, dunkelbraune Frau herein, eine seiner Freigelassenen, wie der Acher erklärte. Sie beschaute neugierig, ohne Verlegenheit, den Fremden, hockte nieder, lässig, üppig. „Sie stört uns nicht", meinte der Acher. „Wenn man nicht von sehr platten Dingen spricht, versteht sie nichts. Sie hockt dann einfach da und ist erfreulich anzuschauen. Natürlich tadelt man mich und belegt mich mit allen Flüchen, weil ich meine frühere Leibeigene halte, als wäre sie meine Frau. Aber warum soll ich es nicht? Sie gefällt mir besser als die meisten Frauen, die zu ehelichen niemand mir verübelte. Ich kann schärfer und besser denken, wenn sie da ist und wenn ich sie anschaue."

Er ließ Wein und Konfekt bringen. Sein Haus war schön, das schönste in Lud, mit kostspieliger Einfachheit; Bildwerk lief die Wände entlang. Die Braune hockte auf ihrem Ruhelager. Der Acher sprach weiter von den Büchern Hoheslied und Kohelet. „Ich verstehe nicht", spottete er, „warum die Herren in Jabne so lange zögern, diese Bücher endgültig aus der Heiligen Schrift auszuschließen. Was verstehen sie vom Hohenlied, wenn sie es mir als Sünde anrechnen, daß ich in Gegenwart dieser meiner braunen Tabita in der Schrift lese? Was verstehen sie vom Kohelet, wenn sie es mir verbieten, mich auf meine Art mit dem Satan und dem Jüngsten Gericht auseinanderzusetzen? Schon in ihrer jetzigen Gestalt macht es die Schrift den Doktoren schwer genug, sie mit den hausbackenen Regeln ihrer nationalistischen Moral in Einklang zu bringen."

„Und doch", fragte Josef, „haben Sie Ihre ganze Jugend auf das Studium der Doktoren und ihrer Lehre verwendet?" Das fleischige Antlitz des jungen Menschen, das keine seiner Regungen verbarg, füllte sich mit grimmiger Trauer. „Es fehlte nicht viel", erwiderte er, „und ich hätte heute noch nicht mit ihnen Schluß gemacht. Mein Lehrer war Doktor Ben Ismael. Er suchte mich mit guten Gründen zu halten. Es war ihm schmerzlich, daß ich mich von Jabne abkehrte. Dabei geschah es um seinetwillen. Sie kennen Doktor Ben Ismael?" unterbrach er sich. Und da Josef verneinte, sagte er stürmisch: „Ein großer Mann. Sie müssen ihn sehen. Sie müssen ihn hören. Er ist das einzige, was in diesem Lande noch etwas taugt." Er sprang auf, lief hin und her.

„Man erzählt mir", sagte vorsichtig Josef, „Doktor Ben Ismael habe keinen leichten Stand vor dem Großdoktor Gamaliel, trotzdem er seine Schwester zur Frau hat." – „Sagt man Ihnen das?" fragte höhnisch der Acher zurück, grinsend über sein massiges Gesicht. „Hörst du es, Tabita?", und er rührte, leicht tätschelnd, die Schulter der Braunen. „Man sagt diesem Herrn, Doktor Ben Ismael habe keinen leichten Stand vor Gamaliel." Die Braune lutschte Konfekt, schaute lächelnd zu ihm auf. Der Acher ließ von ihr ab. „Man hat Sie richtig informiert, mein Doktor und Herr", wandte er sich wieder mit ironisch trockener Sachlichkeit an Josef. „Er hat keinen leichten Stand."

„Ich habe von einem Zwist gehört", tastete Josef sich weiter, „zwischen ihm und dem Großdoktor, am letzten Versöhnungstag."

„Ja", höhnte der Acher, „man kann es auch einen Zwist nennen." Seine kleinen Augen unter der breiten Stirn starrten heftig auf Josef. „Ben Ismael ist ein weiser Mann", sagte er, „der gelehrteste in Jabne. Und der Großdoktor ist ein Politiker." Es war erstaunlich, wieviel Haß und Spott der Acher in dieses Wort „Politiker" zu legen vermochte. „Es konnte nicht ausbleiben, daß es zwischen dem Weisen und dem Politiker zum ‚Zwist' kam."

Er setzte sich wieder, er wollte sich sichtlich zur Gelassenheit zwingen, er erzählte. „Seitdem Großdoktor Gamaliel im Amt ist, gab es zwischen ihm und dem Kollegium immer wieder Differenzen, wem die Fixierung des Kalenders und der Festtage zustehe, dem Großdoktor allein oder dem gesamten Kollegium. Dieses Jahr, zu Beginn des Monats Tischri, kam es zum offenen Konflikt. Die Mehrheit des Rats, Ben Ismael an der Spitze, erklärte die Mondzeugen des Großdoktors für unzuverlässig. Der Großdoktor beharrte, setzte den ersten Tischri, das Neujahrs-, Versöhnungs- und Hüttenfest gemäß der Aussage seiner umstrittenen Zeugen fest und ließ sie so als verbindlich durch das Land verkünden. Ben Ismael ist kein Kämpfer. Er fügte sich und hielt die Riten des Jahresersten an dem von dem Großdoktor festgesetzten Tag. Freilich auch an dem von ihm selber bestimmten. Aber Gamaliel wollte keinen Kompromiß, er wollte die Sache ein für allemal bereinigen. Es genügte ihm nicht, daß Ben Ismael bereit war, das Versöhnungsfest an seinem, des Gamaliel, zehnten Tischri zu feiern. Er wollte darüber hinaus, daß Ben Ismael den Tag, den er und seine Freunde als den zehnten Tischri und ihren Sabbat der Sabbate festgesetzt hatten, daß Ben Ismael diesen seinen Versöhnungstag *entweihe.* Er legte ihm auf, an diesem Tag ein Stück Weges zu Fuß zu gehen, in Wanderkleidung, und mit Stab, Ranzen und Geldbeutel vor ihm zu erscheinen. Der Großdoktor wollte, daß Ben Ismael dadurch vor allem Volk bekunde, daß sein Versöhnungstag, dieser angebliche zehnte Tischri, in Wahrheit ein gemeiner Werktag sei, gemäß der Verfügung des Großdoktors. Das ganze Kollegium bestürmte Gamaliel, abzulassen. Er gab nicht nach. Er berief sich natürlich, wie immer, auf die ‚Einheit der Lehre'. Es müsse Israel gezeigt werden, beharrte er frech und eisern im Kollegium, daß es nur *eine* gottbefugte Ausdeutung der Lehre gebe: die seine. Ben Ismael wurde mit Ausschluß und Bann bedroht, wenn er sich nicht füge."

Es hielt den Acher nicht länger auf seinem Sitz. Er sprang auf, wischte sich den Schweiß von der Stirn, lief wieder hin und her. „Wir alle", erzählte er weiter, „redeten auf Ben Ismael ein, seine Frau voran, die eigene Schwester des Großdoktors. Wir durften mit Recht hoffen, daß, wenn Ben Ismael sich weigerte, ein großer Teil des Rates ihm zufiel. Vielleicht konnte man Gamaliel absetzen. Vielleicht, wenn sich Ben Ismael und seine Freunde von dem Kollegium trennten, konnte man die unheilvolle, nationalistische Diktatur des Großdoktors brechen. Ben Ismael stöhnte. Alles in ihm bäumte sich. Wir hetzten ihn, wir ließen ihm keine Ruhe. Aber dieses höllische Wort von der Einheit der Lehre hatte es ihm angetan. Er riskierte nicht die Spaltung. Er fügte sich."

Der Acher stand jetzt vor Josef, er schnaufte stark, sein

massiges Gesicht war finster, traurig. „Ich sehe ihn noch", erzählte er, „wie er in Jabne ankam, bestaubt, der ganze, rüstige Mann *eine* Mühsal, als wäre der leichte Ranzen zentnerschwer. Die Leute von Jabne hatten ihre Häuser verlassen und standen an seinem Weg, niemand sagte ein Wort, alle standen bedrückt, und Ben Ismael schleppte sich die Stufen der Lehrhalle hinauf, wo der Großdoktor ihn erwartete. Ich habe, als Fünfzehnjähriger, gesehen, wie Jerusalem brannte und fiel. Aber eher werde ich das vergessen als den Anblick des gehetzten, traurigen Mannes mit dem Stab und dem Ranzen. Er hatte die Todsünde auf sich genommen um jener verfluchten Einheit der Lehre willen, er war der Bock, der die Sünde aller trägt, man sah, wie ihn die Last zusammenpreßte und ihm den Atem benahm. Aber er schleppte und trug. Das habe ich gesehen. Da sagte ich den Doktoren ab und ging fort von Jabne."

Den Acher genierte offenbar das Pathos seiner Erzählung. „Gib mir das Konfekt herüber, Tabita", bat er und nahm von dem Konfekt. „Die Herren in Jabne hätten mich gern gehalten", ergänzte er seinen Bericht. „Sie wären so weit gegangen, mir ausnahmsweise privatim meinen Philo und meinen Aristoteles zu erlauben. Sie sind bereit zu solchen Konzessionen: nur still muß man sich halten, und wenn man eine eigene Wahrheit findet, dann muß sie die eigene bleiben und darf beileibe nicht weitergesagt werden." Er spuckte das Konfekt aus. „Die Einheit der Lehre. *Ein* Gott, *eine* Nation, *eine* Auslegung. Die Doktoren erlauben nicht, daß man über die Bücher der Griechen diskutiert, über die Emanationen Gottes, über den Satan, den Heiligen Geist. Mit lauter Zentralisierung und Nationalisierung bringen sie die Lehre um ihren Sinn. Mit ihrer *einen* Auslegung deuten sie die Welt aus der Schrift hinaus und ein albernes, größenwahnsinniges Natiönchen in sie hinein. Wenn Jahve nicht der Gott der ganzen Welt ist, was ist er dann? Ein Gott unter vielen, ein nationaler Gott. Sie verkünden die Enge, die Herren in Jabne, sie wollen die Nation, und sie verbannen Gott. Sie berufen sich auf Jochanan Ben Sakkai. Aber ich wette diese meine Tabita hier gegen ein Johannisbrot, Jochanan hätte das Judentum lieber preisgegeben als es so verstümmelt und verknöchert. Jochanan wollte die Welt mit jüdischem Geist füllen, Gamaliel vertreibt den Geist aus den Juden. Die Massen verstehen nicht, worum es geht, aber das merken sie, daß es mit Jahve und den Doktoren nicht stimmt. Sie spüren, daß das Jerusalem im Geist, an dem die Doktoren bauen, noch enger, hochmütiger ist, als das steinerne, zerstörte war. Darum fallen so viele den Minäern zu."

Der junge Mensch rief sich zurück. „Ich lasse mich gehen", entschuldigte er sich. „Sicher denken Sie: Lauter Ressentiments. Wie der Junge übertreibt, weil man ihn ausgeschlossen und verbannt hat. Vielleicht übertreibe ich, aber ich glaube, nicht sehr. Genug davon. Essen Sie, bitte, trinken Sie, schauen Sie sich meine Tabita an. Ich bin ein schlechter Wirt. Es ist mir lieber, Sie halten mich für ein Schwein aus der Herde des Epikur als für einen pathetischen Esel." Er verzog sein fleischiges Gesicht zu einem Lachen. Allein Josef konnte sich die Trauer von diesem Gesicht nicht mehr wegdenken, auch wenn es lachte.

Es war bei dem Acher, wo Josef den Minäer Jakob aus dem Dorfe Sekanja traf, den Wundertäter, von dem sein Leibeigener, der Gehorsame, ihm gesprochen hatte. Der Minäer Jakob war anders, als Josef ihn sich vorgestellt, ohne Aufmachung und Gewese, ein bartloser, einfacher, höflicher Herr; in Rom hätte man ihn für einen Bankier oder Rechtsberater gehalten. Der Minäer Jakob hatte sich bereit erklärt, dem Acher und seinen Freunden eine Biographie und eine Sammlung von Aussprüchen des Jesus von Nazareth vorzulesen, die einer seiner Glaubensbrüder niedergeschrieben hatte.

Die Freunde, die der Acher noch geladen, waren Doktor Ben Ismael und dessen Frau, Channah. Ben Ismael, ein langer Herr mit milden, fanatischen Augen unter einer mächtigen, kahlen Stirn, sprach ruhig und wenig, doch mit einer tiefen, den Raum groß füllenden Stimme; trotz der Kraft seiner Erscheinung ging von ihm eine unendliche Müdigkeit aus. Um so lebendiger wirkte Channah; sie war jung, schön, heftig und führte die Sache ihres Mannes stürmisch und beredt.

Der Minäer Jakob begann bald zu lesen. „Es handelt sich", sagte er einführend, „um die Geschichte und um Aussprüche des Jesus von Nazareth, des Menschensohnes, wie sie ein Freund von mir nach dem Bericht eines gewissen Johannes-Markus, eines geborenen Judäers, für unsere kleine Gemeinde in Rom aufgezeichnet hat.“ Und er las vor, ein wenig im Singsang, wie er an den jüdischen Schulen üblich war, und mit stark aramäisch gefärbtem Griechisch, eine kurze Erzählung vom Leben des Jesus, eines Zimmermanns aus Galiläa, begnadet mit der Kraft eines Wundertäters. Er heilt Sieche, gibt Blinden das Augenlicht zurück, treibt aus Besessenen die bösen Geister. Auf solche Weise erwirbt er sich das Vertrauen des gemeinen Volkes. Er nimmt den Kampf mit den hochmütigen Doktoren auf und erregt durch absichtliche Verletzung der Sabbat- und der Speisegesetze ihr Ärgernis. Dann zieht er nach Jerusalem und streitet wider die Sadduzäer, die da halten, es sei keine Auferstehung, und gegen die „Rächer Israels“, denen er sagt, man solle dem Kaiser geben, was des Kaisers sei. Bald ist es so weit, daß er vor Gericht zitiert wird. Der Große Rat verurteilt ihn zum Tode und überstellt ihn dem Gouverneur Pilatus. Widerwillig nur, bedrängt von den Juden, befiehlt der Römer die Exekution des Menschensohnes. Der stirbt am Kreuz, wird von einem Josef von Arimathia begraben, ersteht auf und begabt seine Jünger mit der Kraft, Wunder zu tun und seine Offenbarung aller Kreatur zu predigen. In diese Erzählung eingestreut waren Sentenzen, Lobpreisungen der Armut, Gleichnisreden.

Josef hörte gut zu. Der Mann mit seinem Alltagsgesicht und seiner Alltagsstimme war sichtlich selber ergriffen von dem, was er vorlas. Merkwürdig eigentlich; denn was war das im Grunde anderes als Wundergeschichten, wie Josef sie oft gehört hatte, agitatorische Angriffe auf die Doktoren, hundertfach erzählte und widerlegte Berichte über solche, die sich für den Messias ausgegeben. Die Lehre der Minäer schien Josef wirklich nur für Leute geeignet, die sehr einfachen Geistes waren. Erstaunt nahm er wahr, daß die andern nicht seiner Ansicht schienen, daß sie vielmehr bewegt zuhörten, mit etwas leeren, aber hingegebenen Gesichtern, wie man wohl guter Musik zuhört. „Dies ist die Botschaft, wie sie mein Freund den Minäerbrüdern in Rom verkündet“, sagte schließlich Jakob aus Sekanja, rollte das Büchlein zusammen und steckte es zurück in den Behälter.

Alle schwiegen lange. Man hörte nur das starke Atmen des Acher. Josef schien es, als erwarte man, daß er, der Fremde, zuerst spreche. „Vieles scheint mir sehr schön", sagte er endlich, und obwohl der Minäer Jakob ohne Deklamation gelesen hatte, klang ihm seine eigene Stimme jetzt auffallend hart und nüchtern. „Aber was ist Neues an diesen Lehren und Botschaften? Stammen sie nicht fast alle aus der Schrift oder aus den Reden der Doktoren?" Der Minäer Jakob wandte ihm ruhig sein glattrasiertes Gesicht zu, und Josef glaubte unbehaglich, auf diesem Gesicht ein ganz kleines Mitleid mit solcher Krittelei zu entdecken. Aber Jakob aus Sekanja erwiderte ihm nicht. Vielmehr sprach an seiner Statt der Acher. „Sehr neu ist die Botschaft nicht", gab er zu. „Aber klingt nicht alles einfacher, gelöster, weicher, als wir es früher hörten? Spüren Sie nicht, welch erregende Süßigkeit ausgeht von dieser Lehre vom Nichttun? Nicht mehr kämpfen gegen die Römer und gegen die Welt, die Macht im Diesseits aufgeben, aufgehen in Gott, einfach glauben."

Josef ahnte, was den Acher an der Botschaft dieses Markus anzog; aber er selber spürte es nicht. Streitsüchtig, da es ihn verdroß, daß die andern ihn vielleicht für stumpf hielten, fuhr er fort: „Und sind nicht manche Widersprüche in der Lebensbeschreibung? Wenn Jesus von den Juden wegen Lästerung des Namens verurteilt wird, warum wird er da nicht gesteinigt? Wenn aber die Römer ihn als König der Juden verurteilen, also doch wohl wegen Aufruhrs und Majestätsverbrechens, wozu dann erst das Gericht der Juden? Und wenn Tausende ihm entgegenziehen und Hosianna rufen, wenn also alles Volk ihn kennt, wozu brauchen dann der Erzpriester und seine Leute den Verrat des Judas? Sicherlich sind diese Einwände sehr nüchtern, wenn Sie das Ganze als Dichtung nehmen. Aber wollen Sie nicht, daß es Wahrheit ist?"

„Ich behaupte nicht, und niemand von uns behauptet", sagte gelassen der Minäer Jakob, „daß der Bericht jenes Markus, wie mein Freund ihn aufzeichnete, Wahrheit im Sinn juristischer Akten enthält. Aber ich weiß aus eigener Erfahrung, daß ich nur dann die Kraft habe, Heilungen zu vollbringen, wenn meine Seele ein einziger Glaube ist an diesen Menschensohn Jesus von Nazareth.“ Er sprach so einfach, als ob er sagte: Für diesen Golddariken kann ich Ihnen sechshundertzwölf Sesterzien, ein As und zwei Unzen geben.

„Wenn der Bericht trotz seiner Unwahrscheinlichkeit wahr klingt“, versuchte der Acher Josef zu erklären, „dann wohl deshalb, weil *ein* Prinzip und *eine* Wahrheit nicht genügen, um die Welt zu begreifen. Es mögen die Taten und Meinungen vieler Messiasse sein, von denen dieser Johannes-Markus berichtet, wie sie in einem einzigen zusammengeflossen sind. Es wäre dann vielleicht falsch, von historischer Wahrheit, aber es wäre ebenso falsch, von Dichtung zu sprechen. Es ist beides in einem größeren Dritten.“

Doktor Ben Ismael mit seiner milden, tiefen Stimme fragte: „Bitte, deuten Sie mir aus, warum ist Ihr Jesus von Nazareth gestorben?“ – „Es geschah“, gab sachlich Jakob aus Sekanja Auskunft, „um die Menschen von der Sünde Adams, von der Erbsünde, zu erlösen. Denn es steht geschrieben: ‚Das Trachten des menschlichen Herzens ist böse von Jugend an‘, und: ‚Siehe, in der Sünde bin ich geboren worden, und in der Schuld empfing mich meine Mutter‘.“

„So viel mag richtig sein“, sinnierte Ben Ismael, „daß der Bock, den wir in die Wüste schickten, und die fleckenlos reine rote Kuh, die wir opferten, eine zu bequeme Lösung war.“ – „Eine Doktorenlösung“, warf höhnisch der Acher ein. Und Ben Ismael vollendete: „Es muß wohl wirklich ein lebendiger Mensch sein.“ Und alle, auch Josef, dachten an jenen Versöhnungstag, da er sich mit Stab und Ranzen die Stufen des Lehrhauses hinaufgeschleppt hatte.

Der Minäer Jakob, ohne die Stimme zu heben, doch entschieden, berichtigte: „Jesus von Nazareth hat die Sünde der ganzen Welt auf sich genommen, nicht nur *eines* Volkes.“

„Es ist eine gefährliche Lehre“, überlegte Channah, „sie legt alles dem Heiligen auf die Knie. Sie stellt vieles frei. Predigt sie nicht den Heiligen auf Kosten des Gerechten? Und ist es nicht oft schwerer, gerecht zu leben als heilig zu sterben?“

„Es scheint“, erwiderte trocken Jakob, und man mußte

scharf aufmerken, um den Spott herauszuhören, „daß ihr mit eurer Gerechtigkeit nicht weit gekommen seid. War es nicht aus Gerechtigkeit, daß ihr den Heiligen getötet habt? Und hat nicht diese Gerechtigkeit dahin geführt, daß ihr habt zusehen müssen, wie Jerusalem zerstört wurde?"

Josef dachte ärgerlich: Wo immer Minäer sind, sprechen sie vom zerstörten Jerusalem. Ohne das zerstörte Jerusalem gäbe es sie nicht.

Jakob entfernte sich bald, er wollte zurück in sein Dorf Sekanja. Josef, nachdem er gegangen war, fragte Ben Ismael: „Was ist es, mein Doktor und Herr, das Sie an der Lehre der Minäer anzieht? Denn was dieser Mann las, ist ärmlich, und dennoch hörten Sie mit Hingabe zu."

Ben Ismael erwiderte: „Ich glaube, Doktor Josef, wir sind zu überheblich; ich schäme mich des Dünkels auf unser Wissen. Diese suchen Gott einfältigen Sinnes und auf geradem Weg. Manchmal ist mir, als kämen sie Jahve näher als wir mit unserer verschlungenen Gelehrsamkeit. Und dann halten diese die Tür zu Jahve offen für alle Welt, während unsere Riten den Zugang zu ihm immer enger und schwieriger machen."

„Ich glaube, ich sehe, was Sie meinen", überlegte Josef. „Aber wie wirklich soll man es in Jabne halten, nachdem die Römer die Beschneidung verboten haben? Was soll man anfangen mit einem Heiden, der zu uns herüber will? Soll man ihm raten, die Beschneidung zu unterlassen und Todsünde zu begehen? Oder soll man ihn beschneiden und heraufbeschwören, daß die Römer Bekehrer und Bekehrten töten? Liegt es nicht an dem Zwang von außen, wenn die Riten immer enger und nationalistischer werden?"

„Es gibt Leute", sagte der Acher, „denen das Verbot der Beschneidung sehr gelegen kam. Der Großdoktor, glaube ich, sah es nicht ungern. Es war ihm ein guter Vorwand, die Lehre zu verengern."

„Ich bin überzeugt", eiferte die heftige Channah, „am liebsten hätte er selber die Römer gebeten, dieses Verbot zu erlassen. Er hat Furcht vor den Proselyten. Er möchte sie fernhalten. Er hat Furcht vor allem Neuen, das in die Lehre einströmen könnte. Ehe er Neues hineinnimmt, interpretiert er hinaus, was noch an Tiefe und Reichtum in der Lehre ist. Kahl und arm will er sie haben, übersichtlich. Ihre Gläubigen sollen eine einzige, große Herde sein, bequem zu hüten, einer brav wie der andere, einer wie der andere gestutzt, geglättet und gestriegelt. Und er ist der Hirt, und das Kollegium ist der Hund, und wer nicht pariert, wird geschlachtet."

Ben Ismael strich mit der langen Hand über die kahle Stirn, zupfte mit mechanischer Bewegung an seinen Brauen, sie glättend. „Schilt nicht ins Blaue, liebe Channah", bat er. „Das Amt des Großdoktors ist schwer. Wir haben die Neigung, uns zu vergießen über die ganze Erde. Es muß einer dasein, der uns zusammenhält."

„Da hören Sie ihn, Doktor Josef", klagte Channah. „Er verteidigt noch den, der ihn schlägt. Ja, die Einheit der Lehre ist da, der eiserne Rahmen ist da, der das Gesetz zusammenhält, aber er ist so eisern und eng, daß er alles totpreßt, was an der Lehre lebendig ist. Sie wissen von jenem Versöhnungstag, Doktor Josef? Da hat Ben Ismael den eisernen Rahmen zu spüren bekommen."

„Bleib vernünftig, Channah", mahnte die tiefe Stimme Ben Ismaels. „Es gibt kein Mittel, das Judentum zusammenzuhalten, außer der strengen Gemeinsamkeit der Bräuche und Werke. Man muß jeden einzelnen immerzu daran erinnern, vom Morgen bis zum Abend, daß jetzt mit ihm zusammen fünf Millionen andere den gleichen Gott anbeten. Er muß spüren, immerzu, daß er ein Teil dieser fünf Millionen und ihres Geistes ist. Wenn nicht, dann zerfällt das Volk und verschwindet." – „Und jetzt ist über den Bräuchen und Werken der Sinn und der Glaube verschwunden", konstatierte bitter der Acher.

„Vergeßt nicht", beschwichtigte Ben Ismael, „daß Gamaliel bisher keine einzige Äußerung gegen die Minäer getan hat. Sie feiern die Feste mit uns, sie gehen in die Synagogen, nichts und niemand wird unrein durch ihre Berührung. Sooft die Kollegen Helbo oder Jesus oder Simon der Weber im Rat die Frage anschneiden, wer alles unter den Begriff ‚Leugner des

Prinzips' fällt, niemals äußert Gamaliel ein Wort, sie zu unterstützen. Wenn heute die Lehre der Christen bloß als ‚Abweichung' gilt und nicht als ‚Leugnung des Prinzips', dann ist es allein ihm zu danken; denn jeder weiß, daß die Reden der Herren Kollegen nur auf die Minäer hinzielen. Aber er läßt sie reden und zieht keine Folgerungen daraus. Gamaliel liebt die Christen nicht, aber, das muß man ihm lassen, in dogmatischen Fragen denkt er liberal, liberaler vielleicht als ich." – „Weil er nichts davon versteht", konstatierte der Acher.

Channah aber richtete sich hoch. „Ich will euch genau sagen, wie es kommen wird", erklärte sie, „Ihnen, Doktor Jannai, und dir, mein Ben Ismael, und ich rufe diesen Doktor Josef zum Zeugen an, daß er meine Worte bestätige, wenn sie eingetroffen sind. Die Herren Helbo und Jesus und Simon der Weber werden noch oftmals im Kollegium darüber diskutieren, wo die ‚Leugnung des Prinzips' beginnt und wo sie aufhört, und alle werden wissen, daß diese Reden auf die Minäer gemünzt sind, und niemand wird sie ernst nehmen und Folgerungen daraus ziehen. Aber wenn erst Gamaliel mit seinem Rahmen um das Gesetz fertig ist, dann wird er darangehen, mit diesem Rahmen auch die Lehrmeinungen totzuschlagen, die ihm nicht passen. Und dann werden auf einmal die Diskussionen über die ‚Leugnung des Prinzips' mehr sein als theoretisches Geschwätz. Ich kenne meinen Bruder. Ich kenne ihn besser als ihr. Ich kenne ihn aus der Zeit, da er ein kleiner Junge war, und ich habe es erlebt, wie er auf jeden einschlug, der ihm nicht seinen Willen tat. Er liebt die Minäer nicht. Ich weiß nicht, auf welche Art er gegen sie vorgehen wird. Aber daß er es tun wird, das weiß ich, und sicher sehr anders, als es irgend jemand erwartet." Channah sprach nicht laut, aber sie betonte jede Silbe.

„Alle meine Freunde", erwiderte, jetzt etwas heftiger, Ben Ismael, „sind froh, daß die Minäer in der Welt sind. Es ist gut, daß Jahve den Doktoren nicht allein gehört, und es ist gut, daß Jahve den Juden nicht allein gehört. Und daß diese Erkenntnis in der Welt bleibe, dafür ist die Lehre der Christen gut. Niemals werden wir erlauben, daß ein Antrag gegen sie durchgeht."

„Natürlich werdet ihr euch sträuben, mein Lieber“, erwiderte mit grimmiger Ruhe Channah, „sehr heftig und mit triftigen Argumenten werdet ihr euch sträuben. Aber dann wird Gamaliel wieder von der Einheit der Lehre zu reden anfangen, und am Schluß wirst du einen zweiten Versöhnungstag feiern.“

„Niemals“, sagte Ben Ismael. Seine schönen, milden Augen waren fanatisch geworden, und sein tiefes Niemals füllte lange den Raum.

„Wenn man seine Stimme hört“, grollte Channah, aber durch ihren Groll hörte Josef ihre Bewunderung und ihre Neigung, „dann glaubt man, er bleibe unerschütterlich. Aber am Ende kommt doch alles, wie Gamaliel es will. Dieser da“, wandte sie sich an Josef, auf den Acher weisend, „ist zu hitzig, und dieser mein Mann weiß zuviel, und zuviel Wissen macht unfähig zum Widerstand. Mein Bruder versteht nichts, aber er weiß, was er will, und steckt sie alle mit dem Finger *einer* Hand in die Ärmel seines Kleides.“

„Noch nicht zwanzig von den zweiundsiebzig Mitgliedern des Kollegiums würden einen Antrag gegen die Minäer unterstützen“, sagte ruhig Ben Ismael. „Weil der Großdoktor ihn noch nicht unterstützt“, eiferte Channah, „weil er neutral bleibt. Laßt ihn erst sein Gesicht zeigen, und ihr werdet sehen.“

Josef schaute von der kahlen, mächtigen Stirn des Ben Ismael auf Channahs bewegtes Antlitz. Noch hatte er das tiefe Niemals Ben Ismaels im Ohr. Dennoch schien ihm, als sehe die Erbitterung Channahs weiter als die milde Zuversicht ihres Gatten.

Channah wandte sich jetzt an ihn. „Es gibt *ein* Mittel“, sagte sie, „den Sinn und die Vielfalt der Lehre zu erhalten und sie vor übler Nationalisierung zu schützen. Sie können uns helfen, Doktor Josef. Helfen Sie.“

Josef wandte ihr ein höfliches Gesicht zu, aber in seinem Herzen war Unbehagen. Wie sollte er diesen helfen? Was wollte man von ihm?

Channah sprach weiter: „Die Römer dulden unsere Schulen hier in Lud, aber sie anerkennen nicht die Autorität unserer Lehren und Beschlüsse. Jabne kann von einem Tag zum andern unsere Anstalten sperren. Sie haben Einfluß beim Gouverneur, Doktor Josef. Erwirken Sie, daß Rom der Schule von Lud in religiösen Fragen die gleiche Autorität zuerkennt wie der Universität Jabne. Dann ist die Despotie meines Bruders gebrochen, und für die Gebildeten unter den Juden ist griechische Dichtung und Weisheit, für die Massen die Lehre der Minäer gerettet."

Josefs erstes Unbehagen verwandelte sich in eine große Betretenheit, fast in Schreck. Wieder schob man ihm Entschlüsse zu, Verantwortung. Er war gekommen, sich in Judäa neue Kraft zu holen für sein Wirken in der Fremde. Jetzt verlangte Judäa Kraft von ihm, dem Versagenden.

Man war lange zusammen gewesen, schon machte Dämmerung die Wände verschwimmen und die Gesichter undeutlich. „Es wäre schön", kam durch diese Dämmerung die Stimme des Acher, „hier in Lud eine Hochschule zu gründen, auf der nicht über Gesetze und Bräuche disputiert wird, sondern über Gott und die Lehren. Wo nicht der Priester und Jurist herrscht, sondern der Prophet, wo man nicht formalistisch argumentiert, sondern sich bemüht, Schauen und Denken zu vereinen, wo man forscht, was wohl die alten Riten bedeuten, und nicht um ihre Äußerlichkeiten hadert. Wo man den hellen Philo ergänzt durch den dunkeln Kohelet und den dunkeln Hiob. Ich könnte mir vorstellen, daß man von hier aus wirklich jüdischen Geist in die Welt sendet und ihn erweitert, statt ihn zu verengen. Es müßte eine Hochschule sein, die Jahve nicht als Erbteil Israels, sondern als Gott der ganzen Welt verkündet und die Judentum, Minäertum, Griechentum dreieinig verbindet."

Man sah wenig mehr von dem fleischigen, traurigen Gesicht des Acher, und in seinen Worten war nichts von jener spielerischen Ironie, hinter welcher er sein inneres Pathos zu verstecken pflegte. Josef dachte an die Verse, die er gelesen, an diese geheimnisvollen, bitteren Prophezeiungen vom Jüngsten Gericht. Dieser Prophet, dieser Dichter und Besessene, war anders, als sonst Propheten waren. Er trug nicht groben Filz und nährte sich nicht von Beeren und Heuschrecken, vielmehr nährte er seinen fetten Körper mit erlesenen Speisen, pflegte ihn mit Bädern und Essenzen und hielt sich eine schöne, dunkelbraune Frau für sein Bett. Aber was aus ihm sprach, war darum nicht minder wild und inbrünstig als die Stimme derjenigen, die in der Wüste schrien. Josef spürte, wie heiß der junge Mensch um ihn warb, wie sehr er seine Zustimmung für die Hochschule von Lud ersehnte. Er spürte, wie begierig Ben Ismael auf seine Antwort wartete. Es wäre herrlich, mit Männern wie diesen zusammenzuarbeiten. Es wäre gut, in die eigene, helle Nüchternheit etwas von der erregenden Dunkelheit dieses jungen Menschen, von der milden Weisheit dieses älteren zu gießen. Sehr drängte es ihn, zu sagen: Ja, wir wollen hier eine Universität gründen von Juden, Griechen und Römern, eine Lehrschule für Weltbürger. Ich selber will hier bleiben. Laßt mich mit euch arbeiten.

Aber er war nicht mehr jung genug. Die Zweifel ringsum, die Müdigkeit, die Trauer des besiegten Landes waren ihm kein Ansporn, sie zu vertreiben, sie steckten ihn an und drückten ihn nieder. Wäre er dem Acher oder dem Ben Ismael wenige Jahre früher begegnet, er hätte wohl ja gesagt. Jetzt schwieg er.

Es war kein langes Schweigen. Doch auf eine so dringliche Werbung war nur ein schnelles, heißes Ja möglich, jedes Zögern war ein Nein. Die großen, träumenden Worte des Acher waren denn auch noch im Raum, als alle bereits spürten, daß Josef sich versagte.

Es war Ben Ismael, der ihn einer Antwort enthob und die Peinlichkeit seines Schweigens endete. „Kommen Sie zurück in die Wirklichkeit, mein Jannai", mahnte er den Acher. Und dann brachte man Licht und sprach von Dingen des Alltags.

Auf dem Gut des Pedan hatte man Josef gesagt, der Hauptmann sei zur Jahresmesse nach Emmaus gefahren. Josef wollte seinen Besuch nicht länger hinausschieben und ritt hin.

Er hatte Emmaus als einen hübschen, kleinen Kurort in Erinnerung; er fand eine ansehnliche, lärmende Stadt. Hier hatte Flavius Silva das Gros jener Frontsoldaten angesiedelt, die nach Beendigung des Krieges, den Dienst quittierend, im

Lande hatten bleiben wollen. Die Heilquellen hatte man mit einer modernen griechischen Badeanstalt umgeben, die Stadthalle und ihr Platz, das Zentrum der Messe, hätte ebensogut irgendwo in Griechenland liegen können wie in Judäa. Josef suchte die berühmte Säule, die an den Sieg erinnerte, den Juda Makkabi hier errungen hatte. Aber er fand die Säule nicht; sie war verdeckt von der Bude eines Schaustellers, der ein Kamel auf einem Schaffe tanzen ließ.

Josef ließ sich bei Pedan melden. Er hörte ihn quäken und sich lärmend mit dem Leibeigenen unterhalten, ob er den Juden nicht lieber hinausschmeißen solle. Schließlich wurde Josef in ein großes, unordentliches Zimmer geführt. Der Hauptmann, halbnackt, musterte ihn interessiert aus dem blinzelnden, blauen und dem toten Glasaug über der frechen, weitnüstrigen Nase. „Flavius Josephus", quäkte er, „der Herr Nachbar persönlich. Bisher habe ich nur das Vergnügen mit Ihrem Herrn Verwalter gehabt. Ein unausstehlicher Herr, Ihr Herr Verwalter. Liegt mir immer in den Ohren mit seiner verdammten Wasserleitung. Freut mich, einmal auch Sie kennenzulernen. Das heißt, eigentlich kennen wir uns ja vom Sehen, aus dem Krieg her. Erinnern sich aber wohl nicht gerne daran. Man hat mir gesagt, daß Sie in Ihrem Buch, um das sie soviel Lärm machen, den Hauptmann Pedan mit keiner Silbe erwähnen. Werden schon wissen, warum. Ich und der Walfisch, wir können's uns auch denken. Ich kann es verschmerzen. War nie ein großer Freund von Büchern. Am Wort läßt sich drehen und deuteln. Auf die Tat kommt es an, nicht wahr? Die bleibt.

Kommen mir, offen gestanden, im Augenblick nicht sehr gelegen. Man hat seine Sechzig auf dem Buckel, wer weiß, wie lange man es noch treibt. Bei so einer Messe will man sein Teil mitnehmen. Man will ausprobieren, Weine, Mädchen. Habe mir da eine Leibeigene reservieren lassen, unverschämt teuer, aber ich glaube, ich werde sie doch kaufen. Ich sage Ihnen, ein Rücken, erstklassig. Übrigens eine Landsmännin von Ihnen.

Setzen Sie sich. Lassen Sie sich anschauen. Haben sich nicht viel verändert, soweit ich mich an Ihr Gesicht erinnere. Wir haben es beide inzwischen zu allerhand gebracht. Ich wenigstens lebe hier angesehen und bequem. Man ist Herr im Land, und es tut wohl, zu wissen, daß man selber sein gut Teil zu dieser Herrenhaftigkeit beigetragen hat. Aber jetzt erzählen Sie, Flavius Josephus. Wie fühlen Sie sich, wenn Sie sich das da wieder einmal anschauen?"

„Das da", sagte der Mann. Konnte man sich frecheren Hohn vorstellen? Das da hatten die Soldaten den Tempel genannt, das Weiß und Goldene, das sich so lange stolz und unerreichbar vor ihnen gehoben hatte. Die Gier, das da herunterzureißen und unter ihre Stiefel zu treten, hatte sie halbverrückt gemacht, und schließlich hatte die rote, plumpe Hand dieses Hauptmanns Pedan das da wirklich heruntergerissen.

Josef sah auf die Hand. Sie war breit, bläulichrot, mit vielen weißlichblonden Härchen, häßlich, ungeschlacht. Aber lebendig war sie, die Hand; sicher verstand sie auch heute noch, gut zu packen und gut zuzuschlagen. Josef betrachtete den Mann, der zu der Hand gehörte. Der Mann ging vor ihm auf und ab, breit, sich wiegend, vierschrötig, mit nacktem, rotem Gesicht, das Haar blond, stark angegraut. Er trug nur das Unterkleid, vielleicht kam er gerade aus einer Umarmung. Pedan, der Träger des Graskranzes, der höchsten Auszeichnung, die ein Soldat erringen konnte, durfte es sich leisten, ihn so zu empfangen; er hätte wohl den Gouverneur selber so empfangen. Er hielt sich für den ersten Mann der Provinz, vielleicht war er es auch. Die geheimnisvolle Furchtbarkeit, die seit dem Krieg um ihn war, zeichnete ihn noch mehr aus als der Graskranz; denn trotz des Freispruchs vor dem Kriegsgericht wußte alle Welt, daß er es war, der die Brandfackel in den Tempel geworfen hatte.

So also ging Pedan seit zehn Jahren hier im Land herum und sonnte sich frech in jenem Feuer. Wie ertrugen die Juden in Emmaus, Gazara, Lud den Anblick dieser Hand, dieses nackten Gesichts, das Gequäk dieses Mundes? Wie konnte er selber, Josef, es ertragen?

„Soweit ich es bis jetzt beurteilen kann, Hauptmann Pedan", sagte er und bemühte sich, kalt zu sprechen, „scheint mir hier die Gegend fruchtbar und das Klima gut. Unsere Besitzungen, die Ihren und die meinen, scheinen zu gedeihen.

Sie könnten freilich, sagt mir mein Verwalter, noch besser gedeihen, wenn endlich die Frage der Wasserleitung vernünftig geregelt würde."

Der berühmte Zenturio der Fünften lachte hell, schallend. „Da hat Ihr Herr Verwalter wahrscheinlich recht, Flavius Josephus", sagte er gemütlich. „Aber sehen Sie, ich will nicht, daß die Frage der Wasserleitung vernünftig geregelt wird. Ich hätte dabei zu gewinnen, stimmt. Aber Ihr famoser Herr Verwalter hätte noch mehr zu gewinnen. Und, denken Sie an, das paßt mir nicht." Er blinzelte Josef aus seinem lebendigen, blauen Auge zu, groß und drohend starrte das gläserne; Kritias hatte es angefertigt, der beste jener Spezialisten, die den Statuen Augen einpaßten. „Man hat mir gesagt", fuhr er fort, „Sie verstünden einiges vom römischen Kriegswesen, mein Flavius Josephus: aber den Hauptmann Pedan scheinen Sie nicht zu verstehen. Der alte Kaiser Vespasian und der Walfisch haben mich mehrmals dringlich eingeladen, nach Italien zu kommen. Die Stadt Verona, in der ich geboren bin, ist eine schöne Stadt, und wenn sich der Träger des Graskranzes mit seinem guten Stück Geld dort niederließe, beim Herkules, er hätte ein höllisch angenehmes Leben. Warum, mein Flavius Josephus, sachverständiger Schilderer der römischen Armee, zieht er es vor, hier in Ihrem lausigen Judäa zu bleiben und sich mit Ihrem Herrn Verwalter herumzustreiten, den er nicht einmal auf gut römisch mit seinem Rebstock über den Kopf hauen kann? Da stehen Sie, sehr gelehrter Herr, und wissen keine Antwort."

Er trat an Josef heran und brachte sein nacktes, rosiges Gesicht so nahe an ihn, daß Josef seinen Atem roch, die Ausdünstung seines fleischigen Körpers. „Ich bin hier", sagte er, „weil zwar das da im Staube liegt, weil aber immer noch viel zuviel von euch steht. Sie haben seit einiger Zeit ein neues Wort in Rom, das heißt ‚Humanität'. Das ist ein dummes Wort, ich mag es nicht, man kommt nicht weiter damit. Vor allem nicht, wenn man es mit euch zu tun hat. Euch hätte man zertrampeln müssen, damals. Aber in Rom haben sie es mit ihrer verdammten Humanität und sagen nein und quasseln, man müsse unterscheiden zwischen Staat und Religion, und die

Religion sei erlaubt. Das habt ihr ihnen eingegiftet, ihr Bande. Ihr seid höllisch schlau. Habt ihr Triumph geheult, wie eure Berenike in Rom erschien, um den Walfisch zu angeln? Das haben euch ja nun die Götter glücklich versalzen. Aber ihr seid so zäh wie schlau, und mit euch kann man nicht vorsichtig genug sein. Und, sehen Sie, darum bin ich hier. Ich bin nämlich nicht für Humanität. Ich bin dafür, daß man das, was man nicht mag, ausreißt, ausrottet, austilgt, zertrampelt. Wenn ihr uns nicht gleich wieder über den Kopf wachsen sollt, muß ein Mann wie ich dasein. Schauen Sie sich unser Emmaus an. Es sind eine Menge Kameraden hier, Leute aus der Fünften, Offiziere und Mannschaften, Kerls, die sich sehen lassen können. Aber mit so listigen, leisen Burschen wie euch werden sie hier nicht fertig. Wenn ich nicht wäre, dann hätten sie sich vielleicht von euch breitschlagen lassen und hätten die gemeinsame Wasserleitung gelegt, weil es auf der Hand liegt, daß da für uns eine halbe Million Ersparnis im Jahr herausspringt. Aber daß für euch anderthalb Millionen herausspringen und daß ihr uns auf diese Art in zehn Jahren wieder unten habt, das sehen meine gutmütigen Fünfer nicht von allein, da muß man ihnen erst den Kopf darauf stoßen. Und dazu, mein verehrter Flavius Josephus, sitze ich in diesem lausigen Emmaus statt in meinem schönen Verona. Verstanden? Ich mag euch nicht, und ich hoffe, der Tag wird kommen, an dem man euch zertrampelt, und ich will dabeisein."

Der Hauptmann schnaufte. Er hatte eine lange Rede gehalten, eine gute Rede, fand er, und es hatte ihn erfrischt, sie gerade diesem schweigsamen Burschen in sein hageres, bärtiges Judengesicht hinein zu halten. Von unten herauf kam der Lärm der Meßgäste. Fernher irgendwo stieg das berühmte Lied der Fünften Legion in die Luft: „Wozu ist unsre Fünfte gut? / Der Legionär macht alles: / Kriege führt er, Wäsche wäscht er, / Throne stürzt er, Suppe kocht er . . . / Unsre Fünfte, die macht alles."

Josef hatte immer gewußt, daß in diesem Manne aller Haß Esaus gegen Jakob sich gesammelt hatte. Was hatte dem Pedan das Wasser getan, das seine Bäume und Felder wässern sollte? Aber er haßte es, nur weil es auch die Bäume und Felder des Juden zu wässern bestimmt war. Es war nicht angenehm, soviel schmutzigen Triumph aus diesem frechen Maul quäken zu hören. Aber man sah, was für ein weiter Weg es war, ehe man sich mit denen verständigen konnte, zu denen dieser Pedan gehörte, und das zu sehen war nützlich. „Es scheint", sagte Josef, und es war nicht einmal Ironie in seinen Worten, „daß es noch eine Weile dauern wird, ehe man sich über die Frage der Wasserleitung verständigt." – „Es scheint so", sagte grinsend der Hauptmann Pedan.

Der römische Wachtposten auf dem Hügel Schönblick im Norden der Stätte, wo vor zehn Jahren Jerusalem gestanden, hörte plötzlich zu gähnen auf, schaute schärfer. Wahrhaftig, der Mann ritt weiter, kam heran. Dabei sah man jetzt deutlich, wie jüdisch sein Gesicht ausschaute. Vielleicht gab es einen Spaß, vielleicht, wenn er nicht gute Ausweise bei sich trug, konnte man ihn körperlich untersuchen, ob er noch seine Vorhaut habe. Denn, wie die Inschrift hier nebenan lateinisch, griechisch, aramäisch besagte, Juden durften das Gebiet der früheren Stadt Jerusalem nicht betreten, und hier weiterzugehen war ihnen bei Todesstrafe verboten. Manchmal hatten sich die Soldaten den Witz geleistet, Leute, hinter denen sie Juden vermuteten, weitergehen zu lassen und sie dann erst zu untersuchen. Zweimal in den zehn Jahren hatte sich herausgestellt, daß wirklich Juden in das verbotene Gebiet eingedrungen waren.

Der Reiter war inzwischen näher gekommen, ein Mann in den Vierzig, von stark jüdischem Aussehen, einfach gekleidet. Er ritt geradewegs auf den Wachsoldaten los. War er ein Narr? Jetzt hielt er an und gab den Gruß. Der Soldat war gutmütig aufgelegt. „Hau ab, Mensch", sagte er, mit dem Kopf auf die steinerne Inschrift weisend.

Die andern waren inzwischen aus der Wachbaracke herausgekommen. Der Mann zog ein Papier aus der Tasche und hielt es dem Soldaten hin. „Rufen Sie Ihren Hauptmann", sagte er. Da das Papier das Siegel des Gouverneurs trug, rief man den Hauptmann. Der, nachdem er das Papier gelesen hatte, machte die Ehrenbezeigung. „Darf ich Sie zum Obersten begleiten, mein Flavius Josephus?" fragte er. Die Soldaten schauten sich an. Sie kannten den Namen. Es war, seitdem sie hier Quartier bezogen hatten, das erstemal, daß ein Jude die Stätte betrat.

Das Schreiben des Gouverneurs gab Order, Josef, wo immer er sich auf dem Gebiet des früheren Jerusalem ergehen wolle, passieren zu lassen und ihm in jeder Weise behilflich zu sein. Der Lagerkommandant, Oberst Gellius, nicht recht wissend, was er mit seinem vornehmen und unbequemen Gast anfangen sollte, bot ihm die Begleitung eines Offiziers an; aber Josef lehnte höflich ab.

Er strich durch die Hitze und Ödnis, allein. Als er vor zehn Jahren hatte mit ansehen müssen, wie über einen Teil der halbzerstörten Stadt dem Brauch gemäß der Pflug geführt wurde, war ihm gewesen, als ginge der Pflug über ihn selber. Doch die Ödnis und Verlorenheit, die er heute sah, schien ihm schlimmer. Was damals geschah, hatte einen hochgeschleudert und wieder in die Tiefe geworfen: die Stätte, wie sie heute war, schien einen einschlingen zu wollen in ihre Wüstheit und Leere, und niemals wird, wer sie sah, sich wieder befreien können von der lähmenden Traurigkeit ihres Anblicks.

Josef wanderte, den Schritt immer schleppender, hügelauf, hügelab. Von der ganzen, großen Stadt standen nur mehr die Türme Phasael, Mariamne und Hippikus und ein Teil der Westmauer; das hatte Titus seinerzeit stehenlassen zum Zeichen, wie herrlich befestigt dieses Jerusalem gewesen war, das seinem Glück hatte erliegen müssen. Alles sonst war mit Kunst und Energie dem Erdboden im Wortsinn gleichgemacht. Hacken, Spaten, Maschinen der Römer hatten sicher harte Arbeit gehabt, ehe sie die Riesenquadern des Tempels und der vielen Paläste so für die Ewigkeit hatten kaputtschlagen können. Ganz und gründlich hatten sie ihr Werk getan, das mußte man ihnen lassen. Fußhoch lag der graue, gelbliche Schutt; der feine Staub drang durch die Kleider in die Haut, füllte Mund, Nase und Ohren, Schutt überall, und darüber die flirrende, grelle, heiße Luft. Josefs Aug und sein Fuß suchten nach Erde, nach ein wenig guter, nackter Erde. Aber er fand nichts als den gelblichgrauen, gelblichweißen Staub. Selten einmal, daß dazwischen grasiges Unkraut sich hervorwagte oder daß aus dem zertrümmerten Stein ein kleiner, frecher Feigenbaum herausknorrte.

Mit Mühe, gedrückt, Fuß vor Fuß unsicher ins Geröll setzend, suchte Josef seinen Weg. Wenn einer, dann kannte er sein Jerusalem: aber nicht einmal mehr die Straßenzeilen waren zu erkennen; er konnte sich nur an den Hügeln und Tälern orientieren und an den spärlichen Wasserstätten, die die Soldaten nicht hatten verschütten können, weil sie sie brauchten.

Er klomm hinauf in den Tempelbezirk, über viele Unebenheiten, stolpernd, den Kopf zum Boden gesenkt. Oben hockte er nieder. Hier hatten zuerst Statthalter der Pharaonen gesessen, dann Häuptlinge der Jebusiter, dann hatte König David Burg und Stadt erobert. Mehrmals waren die Mauern geschleift worden, zuletzt hatte Babel sie zerstört, aber niemals seit Tausenden von Jahren war die Stätte so trostlos wüst gelegen wie jetzt. Erschütternd nackt ragte der Fels heraus, auf dem einst Abraham den Isaak hatte opfern sollen, der Nabel der Welt, von dem aus sie gegründet wurde, das Allerheiligste, das, Hunderte von Jahren hindurch, niemand hatte betreten dürfen, nur der Erzpriester am Versöhnungstag. Jetzt war der Fels wieder nackt, wie er vor zwei- oder dreitausend Jahren gewesen sein mochte, nichts darüber als der leere, blaue Himmel, nichts ringsum als Schutt und die römischen Soldaten, die diese Ödnis zu bewachen hatten, auf daß sie öd bleibe für die Ewigkeit.

Es war brütend heiß, die Luft flirrte, Mücken summten. Ein häßlicher Hund, er gehörte wohl einem der Soldaten, lief über den Schutt, dem Allerheiligsten zu, und bekläffte bösartig den einsamen Mann.

Der kauerte da, den Mund halb offen, die Glieder schwer, über und über bestaubt. In ihm waren die maßlosen Klageverse des Jeremias. „Ach und weh, wie hockt verlassen die Stadt, die volkreiche, einer Witwe gleich, die Herrin über die Völker. Sie heult in der Nacht, ihre Tränen bleiben auf ihren Wangen, niemand tröstet sie von allen ihren Freunden.

Weicht aus, unrein, ruft man vor ihr, weicht aus, rührt sie nicht an. Es reißen ihren Mund auf über sie alle ihre Feinde, pfeifen, zeigen hohnjubelnd ihre Zähne: der haben wir's gegeben, die ist hin. Ach und weh. Jahve brach wie ein Dieb in sein eigenes Haus und zertrat seinen Festplatz." Nicht jedermann ist es gegeben, daß ihm alte Verse Bilder und eigenes Gut werden. Dem Josef aber in dieser Stunde wurde die verschollene Klage Bild und ewiger Besitz, nicht mehr trennbar von seinem Wesen.

Staubig inmitten des mißfarbenen Schuttes sank er immer kleiner in sich zusammen, immer tiefer drang die Wüstheit des Ortes in ihn ein. Ein bohrendes Fragen war in ihm: warum? Warum brach Jahve ein wie ein Dieb in sein eigenes Haus? Josef kennt die Zusammenhänge. Er weiß genau, wie Titus die Zerstörung des Tempels gewollt und doch nicht gewollt hat. Es war klar, Titus war nur ein Werkzeug. Und es war lächerlich, zu glauben, daß dieser Hauptmann Pedan, die scheußliche Hand, die den Feuerbrand geworfen, mehr war als ein Werkzeug. Warum also? Die Antwort der Römer taugt nichts, und nichts die Antwort der Doktoren, und nichts die Antwort der Minäer. Schuld war da, soviel war gewiß, in Rom und in Judäa, unter den Doktoren und unter dem Volk, und Schuld, ungeheure, war in ihm selber. „Ja und ja, ich habe gesündigt, ja und ja, ich habe gefrevelt, ja und ja, ich habe gefehlt." Aber wo begann die Schuld, und wo endete sie?

Ein scharfes Schmettern riß ihn hoch. Einen winzigen Augenblick lang dachte er, es sei die Magrepha, die hunderttonige Schaufelpfeife, die früher von hier aus mit ihrem Gedröhn den Beginn des Tempeldienstes verkündet hatte, hörbar bis Jericho. Aber dann sah er, daß es die Hörner und Trompeten waren, die das Ende des militärischen Tages ankündigten. Sie schmetterten über die Wüstenei, einiges Gelärm war, Aufziehen und Ablösen von Wachen, Kommandorufe. Dann dämmerte es. Josef machte sich auf den Heimweg, zerschlagen.

Oberst Gellius und seine Soldaten waren froh, als sie den sonderbaren Gast fortreiten sahen.

Jetzt endlich, nachdem er soviel vom Lande gesehen, entschloß sich Josef, Jabne aufzusuchen, die Stadt, die nach dem Fall Jerusalems den Juden als ihre Hauptstadt galt; denn hier war der Sitz der jüdischen Universität und des Großen Rats.

Josefs Ankunft erregte die Doktoren und die Bevölkerung. Was sollte man tun? War der Bann noch wirksam, den einstmals Jerusalem gegen ihn ausgesprochen hatte? Man wußte natürlich, daß er in der Stadt Lud mit Ben Ismael, mit dem Acher und mit dem Minäer Jakob freundschaftlichen Verkehr gepflogen hatte. Er hatte vieles getan, dessenthalb man ihn vor das Gericht der Doktoren hätte zitieren und aus dem Judentum ausschließen können. Wenn man Doktor Jannai zum Acher, zum Ketzer gestempelt hatte, dann war dieser Josef Ben Matthias der Erzketzer. Andernteils war er in Rom mehrmals und mit Erfolg für die Gesamtheit der Juden, auch für die Universität eingetreten. Seine Gegenwart in Jabne war erregend, unbehaglich.

Der Großdoktor löste das Problem rasch und entschieden. Er lud Josef auf ungewöhnlich höfliche und herzliche Art zur Mahlzeit.

Josef war voll unruhig gespannter Erwartung, als was für eine Art Mann sich dieser Gamaliel erweisen werde, den die Juden zu ihrem Führer gewählt und den die Römer als solchen anerkannt hatten. Des Großdoktors Vater war Vizekanzler jener nationalen Jerusalemer Regierung gewesen, die vergeblich versucht hatte, den Josef abzuberufen, als er Kommissar in Galiläa war. Später dann war dieser gewalttätige Doktor Simon auf grausige Art umgekommen; der fanatisierte Pöbel, dem er noch immer nicht patriotisch genug gewesen, hatte ihn auf wüste Art zu Tode mißhandelt. Gamaliel war damals fast noch ein Knabe gewesen, er hatte soeben erst die geheimnisvollen Weihen des zum Erzpriester Bestimmten erhalten; denn als Sprößling eines uralten Adelsgeschlechts und als Nachfahr Hillels, des größten der Doktoren, wurde er von früh auf zum Herrschen erzogen. Jochanan Ben Sakkai hatte damals mit List und Energie bei den Römern freies Geleit für ihn erwirkt und ihn aus der belagerten Stadt gerettet. Es war natürlich, daß man nach dem Tod Jochanan Ben Sakkais ihm das Präsidium des Kollegiums von Jabne übertrug.

Was Josef über die Amtsführung des neuen Großdoktors gehört hatte, war widerspruchsvoll. Viele haßten, wenige liebten, fast alle achteten ihn.

Gamaliel kam Josef mit schnellem Schritt entgegen, begrüßte ihn respektvoll, umarmte ihn, küßte ihn, nannte ihn „Mein Doktor und Herr". „Es war Feindschaft zwischen meinem Vater und Ihnen", sagte er. „Ich habe mit Befriedigung gelesen, mit welch ritterlicher Sachlichkeit Sie in Ihrem Buch von meinem Vater sprechen. Ich danke Ihnen." Josef freute sich, daß er sich nicht hatte hinreißen lassen, heftiger über den gewalttätigen Doktor Simon zu schreiben.

Gamaliel war wenig über Dreißig. Josef wunderte sich, wie außerordentlich jung er aussah. Stattlich, von angenehmen, beherrschten Bewegungen, hatte er ein offenes, dunkelhäutiges Gesicht mit lebhaften, sehr gewölbten, braunen Augen; ein kurzer, rotbrauner Bart, viereckig, kantig geschnitten, zeigte mehr, als daß er es versteckte, das starke Kinn und den fleischigen Mund mit den großen, etwas auseinanderstehenden Zähnen.

Der Vorhang, der den Speiseraum abschloß, wurde hochgezogen, man ging zu Tisch. Die Räume waren weit, die Möbel, die Zurichtung der Tafel fürstlich; an den Wänden, auf dem Mosaik des Fußbodens, auf den Platten und Schüsseln war das Emblem Israels, die Weintraube. Der Großdoktor und seine Umgebung paßten zueinander; Josef sagte sich, daß Gamaliel auch im Senat von Rom gute Figur machen würde.

„Ich höre", wandte sich Gamaliel jetzt mit scherzhafter Offenheit an Josef, dem er den Ehrenplatz auf dem mittleren Speisesofa angewiesen hatte, „daß meine Doktoren Ihnen bei Ihrer Ankunft allerhand Schwierigkeiten gemacht haben. Man hat es nicht immer leicht mit meinen Doktoren", seufzte er lächelnd, unbekümmert darum, daß einige der Herren da waren. „Das weiß niemand besser als der Mann, der ihnen zu präsidieren hat. Sie haben für alles und in jeder Situation Argumente an der Hand. ‚Sie dienen mir mit triftigen Beweisen'", zitierte er griechisch den Aristophanes, „‚daß füglich und mit Recht der Sohn den Vater prügeln darf.'"

„Belehren Sie, bitte", sagte höflich Josef, „einen Mann, der durch zehnjährige Abwesenheit seinem Vaterland fremd geworden ist, wie es kommt, daß Sie griechische Schriften verbieten und selber griechische Verse zitieren."

„Mein verehrter Flavius Josephus", erwiderte in geläufigem Griechisch der Großdoktor, „die Politik zwingt uns, immerzu mit Griechen und Römern zu verkehren. Wir erlauben also nicht nur unsern Politikern, sondern wir machen es ihnen zur Pflicht, Griechisch zu studieren. Es ist freilich nicht immer leicht, abzugrenzen, wer diese Erlaubnis haben soll. Aber wir sind da nicht kleinlich. Wir haben es zum Beispiel auch gerne gesehen, daß Ihr Freund Jannai, genannt der Acher, sich mit griechischer Bildung befaßte. Höchstwahrscheinlich muß ich mit einigen meiner Herren in absehbarer Zeit selber nach Rom, um bei Hofe gewisse dringliche Geschäfte der Universität zu betreiben. Ich glaube, es wäre da nicht förderlich, wenn wir nur aramäisch sprächen. Übrigens jammern mir schon jetzt einige meiner Doktoren die Ohren voll über die Todsünde, am Sabbat auf See zu sein. Aber ich denke, die Wiederaufrichtung Judäas ist zwei oder drei Sabbate auf See wert."

Als Josef sich nach der Mahlzeit mit den andern entfernen wollte, hielt ihn der Großdoktor mit höflicher Dringlichkeit zurück. Josef blieb. „Sagen Sie, mein Doktor Josef", bat ihn Gamaliel mit der Vertraulichkeit, mit der ein großer Herr den Gleichgestellten fragt, „hat man Ihnen viel über mein despotisches Regiment vorgejammert? Bin ich ein jüdischer Caligula, ein jüdischer Nero?" – „Viele sprechen von Ihrer Tyrannei", sagte behutsam Josef. „Würden Sie", sagte der Großdoktor, „nach den andern auch mir erlauben, mich über meine despotischen Prinzipien zu äußern? Mir liegt daran, gerade Ihnen nicht in falschem Licht zu erscheinen. Ich weiß, ich darf Sie eigentlich nicht mehr zu den Unsern rechnen; ich müßte Sie, ginge ich nach dem Buchstaben, als Ketzer vor mein Gericht ziehen. Aber ich bin kein Narr, ich sehe die Menschen, wie sie sind, und ich möchte mit jenem Griechenkönig zu Ihnen sagen: ‚Da du bist, wie du bist, möchte ich, du wärest einer der Unsern.'"

Er war aufgestanden, bat aber den Josef, liegenzubleiben, lehnte an einem Türpfeiler, hielt eine Rede. Doch sprach er so schlicht, daß, was er sagte, nicht rednerisch wirkte, sondern als Erklärung von einem Mann zum andern. „Meine Gegner werfen mir vor“, begann er, „daß ich auf den Universalismus verzichte, den die Lehre vorschreibt. Ich verzichte nicht. Aber ich weiß, daß es zur Zeit unmöglich ist, diesen Universalismus in Wirklichkeit umzusetzen. Es sind in der Lehre Vorschriften, die jedes Zeitalter erfüllen kann, und Vorschriften so idealer Art, daß sie erst erfüllt werden können, wenn der Messias erschienen ist und der Wolf neben dem Lamme weidet. Ich habe mir den Wolf genau angeschaut: er bezeigt vorläufig wenig Neigung dazu. Das Lamm tut also gut, sich vorzusehen.

Ich kenne meinen Philo und weiß, das letzte Ziel bleibt, die Welt mit jüdischem Geist zu erfüllen. Aber bevor man das kann, muß man erst einmal zusehen, den jüdischen Geist vor dem Verschwinden zu bewahren; denn er ist sehr gefährdet. Zu Jesajas hat Jahve gesagt: ‚Es ist ein Geringes, daß du die Stämme Jakobs aufrichtest und mir die Bewahrten Israels erhältst. Vielmehr habe ich dich auch zum Licht der Heiden bestimmt, daß du mein Heil verbreitest über alle Erde.‘ Ich bin kein Jesajas. Ich begnüge mich mit dem ‚Geringen‘. Für mich ist es kein Geringes, für mich ist es sehr schwer. ‚Richtet einen Zaun auf um das Gesetz‘, hat Jochanan Ben Sakkai gelehrt, und das ist mein Amt, und den Zaun will ich aufrichten, und über den Zaun sehe ich nicht hinaus und will es auch nicht. Ich bin nicht hierhergestellt, um Weltgeschichte zu machen. Ich kann nicht auf die nächsten fünf Jahrtausende hinausdenken. Ich bin froh, wenn ich die Judenheit über die nächsten dreißig Jahre hinwegbringe. Mein Amt ist es, daß die fünf Millionen Juden der Erde Jahve weiter verehren dürfen wie bisher, daß das Volk Israel erhalten bleibt, daß die mündliche Lehre unverfälscht an die Späteren weitergegeben wird, wie sie mir überliefert wurde. Aber nicht mein Amt ist es, dafür zu sorgen, daß Jahve in der Welt herrscht. Das ist seine eigene Sache.“

Josef hörte zu. Er bemühte sich, das weise und traurige Gesicht Ben Ismaels im Geist vor sich hinzustellen, die große, kahle Stirn, die milden, fanatischen Augen. Aber es wurde zugedeckt von dem dunkelbraunen, tatkräftigen Antlitz des

Großdoktors, und es gelang Josef auch nicht, die tiefe Stimme Ben Ismaels mit seinem innern Ohr zu hören. Vielmehr hörte er nur die klare Stimme Gamaliels, die ihn an die Stimme des Titus erinnerte, wenn der von militärischen Dingen sprach.

„Ich bin Politiker", fuhr diese Stimme fort, „das wirft man mir vor. Ja, ich bin es. Ich gebe ohne weiteres zu, mich interessiert die Organisation des Kollegiums mehr als die Frage, ob ein Ei, das am Sabbat gelegt wurde, gegessen werden darf oder nicht. Worauf es mir ankommt, ist, daß darüber nicht sechs oder auch nur zwei Meinungen Gesetzeskraft haben, sondern *eine*. Ich möchte, daß das Ei entweder überall gegessen werden darf, in Rom und in Alexandrien und in Jabne, oder nirgends; aber nicht, daß Doktor Perachja es verbietet und Doktor Ben Ismael es erlaubt. Leider ist diese Einheit bei der Art unserer Doktoren nur durch Despotie zu erzielen. Wenn der Hirte lahm ist, sagt das Sprichwort, laufen die Ziegen auseinander. Ich lasse meine Ziegen nicht auseinanderlaufen.

Ich habe Ben Ismael gesagt: Ich denke nicht daran, dir deinen Glauben vorzuschreiben. Träume dir Jahve zurecht, wie du willst, glaube an Satan oder glaube an den Allguten. Aber das Zeremonialgesetz muß eindeutig sein, hier dulde ich keine Vieldeutigkeit. Die Lehre ist der Wein, und die Riten sind das Gefäß, und wenn das Gefäß einen Sprung bekommt oder gar ein Loch, dann rinnt die Lehre aus und verströmt. Ich dulde keine Durchlöcherung des Gefäßes. Ich bin nicht der Narr, jemandem seinen Glauben vorschreiben zu wollen: aber das Verhalten schreibe ich vor.

Regeln Sie das Verhalten der Menschen, ihre Meinungen regeln sich dann von selbst.

Ich bin überzeugt, die Gemeinschaft kann nur gewahrt werden durch gemeinsames Verhalten, durch ein strenges Zeremonialgesetz. Die Juden in der Diaspora würden sogleich absplittern, wenn sie da keine Autorität spürten. Ich muß mir die Befugnis wahren, das Zeremonialgesetz autoritativ zu regeln. Über Jahve mag jeder seine individuelle Meinung haben, aber wer seinen eigenen Ritus haben will, den dulde ich nicht in der Gemeinschaft." Sein Gesicht hatte sich gespannt, es war keine Höflichkeit mehr darin, es war stark, hart, solche Gesichter hatte Josef gesehen, wenn manchmal in der Hauptstadt Freunde von ihm sich unversehens aus verbindlichen, liberalen Herren in Römer verwandelten. „Ich führe nur die Sendung Jochanan Ben Sakkais aus", fuhr der Großdoktor fort, „nichts weiter. Ich ersetze den verlorenen Staat durch die Lehre. Man sagt, mein Zeremonialgesetz sei nationalistisch. Wie sollte es sonst sein? Wenn der Staat durch Jahve ersetzt werden soll, dann muß Jahve sich gefallen lassen, daß ich ihn mit den Mitteln des Staates verteidige, mit politischen, daß ich ihn nationalisiere.

Meine Herren sagen mir, man könne dem einzelnen nicht befehlen, gerade zwei Stunden vor Sonnenuntergang die Allgüte Gottes zu empfinden, und überdies in einem vorgeschriebenen Text. Mag sein, daß das letzte, innigste Gebet nur individuell sein kann, an keine Zeit gebunden und an keine Form. Trotzdem schreibe ich vor, daß die fünf Millionen Juden zu *einer* Stunde beten und mit den gleichen Worten. Immer mehr unter ihnen werden die Worte nicht nur sprechen, sondern auch denken, und in allen wird das Gefühl sein, daß sie das Volk *eines* Gottes sind, gemacht nach *einer* Art, erfüllt von *einem* Leben und schreitend *einen* Weg."

Der Großdoktor rief sich zurück, verlor seine Strenge, wurde wieder der höfliche, weltmännische Herr von früher. Er ging ganz nahe an Josef heran, legte ihm die Hand auf die Schulter, lächelte, daß die großen, auseinanderstehenden Zähne inmitten des rotbraunen, viereckigen Bartes sichtbar wurden. „Entschuldigen Sie, mein Doktor Josef", bat er, „ich habe Ihnen eine Rede gehalten, als wären Sie mein Schwager Ben Ismael. Glauben Sie mir übrigens", beeilte er sich hinzuzufügen, „wenn einer, dann liebe und verehre ich diesen Ben Ismael. Es hat mein Herz nicht weniger bedrückt als das seine, als ich ihm auflegen mußte, seinen Versöhnungstag zu entweihen. Ich hätte das an seiner Statt nicht über mich gebracht, ich gebe es offen zu. Er ist größer als ich. Schade, daß er ein Ideolog ist."

Und als Josef im Begriff war, sich zu verabschieden, versicherte er nochmals: „Sicher ist unter denen, die heute die

Lehre auslegen, Ben Ismael der tiefste und gelehrteste. Sie müssen oft mit ihm zusammenkommen, mein Doktor Josef. Niemand hat seinen Philo besser studiert und besser begriffen als er. Nicht einmal der Acher, und ich schon gar nicht. Aber *ein* Satz steht im Philo, den habe ich besser verstanden als die beiden Herren." Er lachte herzhaft, vertraulich, und zitierte den Satz: „‚Was nicht der Vernunft gemäß ist, ist häßlich.'"

Als Josef ein zweites Mal bei dem Großdoktor zum Mahle erschien, traf er zu seiner Überraschung Johann von Gischala. Johann war also wirklich nach Jabne gekommen, „um den weltfremden Ideologen ins Gewissen zu reden".

Der Großdoktor lächelte. „Ich weiß, meine Herren", sagte er, „daß Sie beide damals in Galiläa nicht gut miteinander auskamen. Aber mittlerweile ist viel Wasser den Jordan hinuntergeflossen, und Doktor Josef hat sich wohl inzwischen mit Ihnen wieder vertragen gelernt. Sprechen Sie, bitte, offen in seiner Gegenwart. Ich glaube zu wissen, worüber Sie sprechen wollen, und kann nur wünschen, Doktor Josef möge, wenn er wieder nach Cäsarea kommt, dem Gouverneur über diese Aussprache berichten. Ich bin nicht für diplomatische Heimlichkeit."

Johann von Gischala ging denn auch schlankwegs auf sein Ziel los. Der von den Doktoren vorgeschlagene Boykott der römischen Güterauktionen, führte er aus, sei sinnlos. Der Boykott sei als Protest und Rechtsverwahrung gedacht, weil die Regierung vier Jahre nach Beendigung des Krieges erklärt habe, der Aufstand sei liquidiert und das Land befriedet, trotzdem aber noch heute fortfahre, Juden wegen der Teilnahme am Aufstand unter Anklage zu stellen und ihre Güter zu konfiszieren. Diese Argumentation der Doktoren höre sich gut an. Aber die Römer hätten nun einmal die Macht, und wenn die Doktoren die Konfiskationen nicht anerkennten, so laufe das in der Praxis auf eine kindische, ohnmächtige Zorneskundgebung hinaus, deren Folgen sich nur gegen die Juden selber kehrten. Die Doktoren könnten ebensogut erklären, sie anerkennten nicht die Zerstörung des Tempels. Daß die Juden die Güterauktionen boykottierten, bewirke nur, daß Syrer und Griechen die Terrains zu noch niedrigeren Preisen einsteigerten. Der Großdoktor erwürbe sich zu seinen vielen Verdiensten um das Land ein neues, wenn er das Kollegium bestimmte, sich endlich auf den Boden der Tatsachen zu stellen, statt in theoretischem Nationalismus zu schwelgen.

„Sie haben sicher recht, mein Herr Johann", erwiderte der Großdoktor, stand auf, bat die Herren, sitzen zu bleiben, und ging auf und ab, wie es seine Gewohnheit war. „Aber Sie kennen ja die Mentalität meiner Doktoren. Sie sind störrisch wie Ziegenböcke. Sie anerkennen die Zerstörung des Tempels wirklich nicht. In jeder zweiten Sitzung führt einer in einer langen Rede aus, der Verlust der Souveränität sei nur ein Zwischenstadium, und es sei verfehlt, diesen temporären Zustand, das heißt die römische Herrschaft, durch Bestimmungen des Religionsgesetzes zu legalisieren. In jeder dritten Sitzung wird mit Aufwand von ungeheuer viel Geisteskraft darüber diskutiert, ob und wie der Opferdienst im Tempel von Jerusalem zu regeln sei, obwohl doch dieser Opferdienst nicht mehr existiert. In jeder vierten entstehen heftige Kontroversen über die Modalitäten der Exekution durch Steinigung, trotzdem wir doch keine Kapitalgerichtsbarkeit mehr haben. Meine Doktoren finden nun einmal, wir anerkennten die Konfiskation der Güter als zu Recht, wenn wir die Teilnahme an den Auktionen gestatteten: ein solches Verhalten aber wäre Verrat an Jahve und am jüdischen Staat. Wenn ich mir manchmal erlaube, die Herren sanft darauf hinzuweisen, daß dieser Staat doch de facto nicht existiert, errege ich Unwillen. Für sie genügt es, wenn er de jure existiert."

„Aber die Syrer und Griechen", ereiferte sich Johann, „lachen und stecken unsere Güter für ein trockenes Johannisbrot in den Ärmel. Ich rede nicht für mich selber. Ich persönlich habe nur Vorteile von der bisherigen Regelung; denn ich habe an den verbotenen Auktionen teilgenommen und werde weiter daran teilnehmen."

„Um Gottes willen", unterbrach ihn der Großdoktor und lachte mit all seinen großen Zähnen, „lassen Sie mich das nicht hören. Es ist mir natürlich bekannt. Immer wieder laufen Klagen bei mir ein und Anträge, Sie in Bann zu tun. Aber da stelle *ich* mich auf den De-jure-Standpunkt meiner Doktoren und nehme das Faktum nicht zur Kenntnis. Wenn die Herren davon anfangen, werde ich taub, ich höre einfach nicht, und solange ich nicht höre, existiert das Faktum de jure nicht." Groß, stattlich, lachend stand der junge Herr, an den Türpfeiler gelehnt, vor seinen beiden Gästen. „Ich bin eben ein Despot", scherzte er.

„Seien Sie Despot genug", sprach Johann von Gischala auf ihn ein, „um das Land vor weiterer Verwüstung durch die Ideologie der Doktoren zu retten."

„Ich freue mich", erwiderte ernsthafter der Großdoktor, „daß Sie gekommen sind, um mir die Lage mit kräftigen Worten auseinanderzusetzen. Ich habe Ihr Memorandum noch nicht ganz durchgearbeitet; Sie bringen viele Ziffern und Statistiken, die ernstlich überdacht sein wollen. Aber ich danke Ihnen von Herzen, daß Sie mir soviel beweiskräftiges Material an die Hand geben. Es wird freilich lange dauern, fürchte ich, ehe ich jene Bestimmung aus der Welt schaffen kann. Sie wissen, wie umständlich mein Kollegium arbeitet. Jeder will seinen Standpunkt zehnmal darlegen und sich vor sich selber, vor ganz Israel und vor Gott salvieren. Wenn wir Glück haben, kann ich die Abschaffung der Bestimmung in einem Jahr durchsetzen."

Allein der Großdoktor hatte zu schwarz prophezeit. Ein unvorhergesehenes Ereignis ermöglichte ihm, das Gesetz, das er für so verderblich hielt, viel rascher zu annullieren.

Es hatte sich nämlich herumgesprochen, zu welchem Zweck der Bauernführer Johann von Gischala in Jabne erschienen war. Auch ein gewisser Ephraim hatte davon gehört, ein Galiläer, der im Krieg ein Unterführer des Johann gewesen war. Er war, verwundet, in Gefangenschaft der Römer geraten, alexandrinische Juden hatten ihn aus einem Depot, das Material für die Fechterspiele enthielt, freigekauft. Dieser Ephraim hatte von den Ideen der „Rächer Israels" niemals abgelassen. Er war nicht gewillt, die Herrschaft der Römer hinzunehmen. Die Verräterei des Johann, die Abkehr von den Ideen, die er gepredigt, erfüllten ihn mit Zorn. Er folgte dem Johann nach Jabne, und einmal, kurze Zeit nach der Audienz bei dem Großdoktor, überfiel er ihn auf nächtlichem Heimweg aus dem Hinterhalt und versetzte ihm zwei Dolchstiche in die Schulter. Passanten retteten den Johann, bevor Ephraim sein Werk zu Ende führen konnte.

Das Attentat rief große Erregung hervor. Bis jetzt hatte Flavius Silva den Boykott-Erlaß des Kollegiums schmunzelnd hingenommen; denn, wie er Josef angedeutet hatte, der Boykott diente ja nur dazu, das Land in nichtjüdische Hände zu überführen und seine Romanisierungspläne zu fördern. Jetzt aber wird er wohl nicht umhinkönnen, den Boykott zur Kenntnis zu nehmen und gegen die Verletzung der römischen Souveränität vorzugehen. Der Zorn also über das Attentat und die Furcht vor den Römern ermöglichten dem Großdoktor, die Aufhebung des Gesetzes in einer schnellen, stürmischen Sitzung schon zwei Wochen nach jener Unterredung mit Johann durchzudrücken.

Gamaliel selber besuchte Johann auf seinem Krankenlager, um ihm dieses Ergebnis mitzuteilen. Der Galiläer war schwach und konnte nur mit Mühe sprechen, doch eine große Freude erfüllte ihn. Er spaßte über jenen Ephraim, der ihn verwundet hatte. Da hätten die Römer Geld und Mühe daran gewandt, den Kerl zu einem Fechter auszubilden, und jetzt bei dem Attentat habe sich gezeigt, daß sein Arm so wenig tauge wie sein Hirn. „Wieder einmal“, schloß Johann philosophisch, „offenbart sich, daß eine Vorsehung und ein allweises Schicksal existiert. Denn ohne die blöde Tat dieses Ephraim wäre das blöde Gesetz nicht so schnell abgeschafft worden. Somit ist erwiesen, daß die höchst unvernünftige Handlung im Sinn einer höheren Vernunft begangen worden ist.“

Und während er so sprach, dachte der Freigelassene Junius Johannes daran, daß er dem Marull schreiben müsse und daß der an einem solchen Gedankengang seine Freude haben werde.

Die Doktoren Helbo Bar Nachum, Jesus von Gophna und Simon mit dem Beinamen der Weber hatten im Kollegium wieder einmal die Frage angeschnitten, welche Lehrmeinungen unter die Kategorie „Ableugnung des Gottesprinzips“ fielen. „Leugnung des Prinzips" aber, Mord und Blutschande galten dem Judentum unter allen Verbrechen als die drei übelsten, und „Leugnung des Prinzips" war schlimmer als die beiden andern. Die Lehre der Minäer wurde bisher als Schittuf angesehen, als bloße „Abweichung", das Kollegium scheute sich, darüber hinauszugehen, und Diskussionen über die heikle Frage, wie weit man den Begriff „Leugnung des Prinzips" ausdehnen solle, waren nicht beliebt. Nur diese drei, Helbo, Jesus und Simon der Weber, stocherten immer von neuem an dem Problem herum. Auch diesmal ließen die andern Herren des Kollegiums die drei reden, es kam zu keiner rechten Debatte, kein Antrag wurde gestellt, kein Beschluß gefaßt.

Josef, sich des Gespräches in Lud erinnernd, nahm den Vorstoß der drei Doktoren zum Anlaß, Gamaliel über seine Haltung gegen die Minäer zu befragen. „Die Lehrmeinungen der Minäer", sagte der Großdoktor, „haben nichts mit meiner Politik zu tun, ich nehme sie nicht zur Kenntnis. Diese Leute glauben, wir Doktoren ließen ihnen kein genügend großes Teil von Jahve, und möchten sich auf eigene Faust ein größeres Teil herausschneiden. Warum soll ich ihnen diesen Spaß nicht lassen? Es sind überdies fast nur einflußlose Leute, die den Minäern anhangen, kleine Bauern, Leibeigene, und sie tasten das Privileg der Doktoren nicht an, das Gesetz autoritativ zu kommentieren und die Riten festzulegen. Sie befassen sich mit dogmatischen Dingen, die nicht ins Leben eingreifen, mit Träumen. Es ist eine Religion für Frauen und Leibeigene", schloß er wegwerfend.

Josef hörte überrascht und zweifelnd zu. „Sie lassen diesen Leuten ruhig ihren Messiasglauben?" fragte er. „Sie unternehmen nichts gegen ihre Propaganda?"

„Warum sollte ich?" fragte der Großdoktor zurück. „Einer meiner Herren hat einmal ein großes Projekt der Gegenpropaganda ausgearbeitet. Überall, wo Minäer ihre Lehre verkünden, sollten ihnen Wanderprediger von uns mit Argumenten der Vernunft entgegentreten. Er versprach sich besonders viel von dem Nachweis, daß der Prophet der Minäer, Jesus der Nazarener, überhaupt nicht existiert habe." – „Und?"

fragte gespannt Josef. Der Großdoktor lachte: „Ich habe selbstverständlich den naiven Herrn mit seinem Projekt nach Hause geschickt. Einer Volksversammlung, einer Versammlung von Gläubigen und Glaubenshungrigen, kann man doch nicht mit Argumenten der Vernunft kommen. Was die Minäer behaupten, hat nichts mit Vernunft zu tun, es ist jenseits der Vernunft, es ist mit logischen Argumenten weder beweisbar noch widerlegbar. Es interessiert diese Christen nicht, ob es aktenmäßige Beweise für die Existenz ihres Christus gibt. Da sie entschlossen sind, an ihn zu glauben, brauchen sie sie nicht. Schauen Sie sich den Mann an, der jetzt in Syrien aufgestanden ist und erklärt hat, er sei der tote Kaiser Nero. Seine Anhänger wollen glauben, Nero lebe: und siehe, er ist nicht tot. Zehntausende fallen ihm zu, der Gouverneur hat schon eine ganze Legion aufbieten müssen, um ihn zu bekämpfen."

„Es ist merkwürdig", überlegte Josef, „daß so viele sich weigern, das anzunehmen, was man ihnen sichtbar machen kann, aber blindlings glauben, was offenkundig nicht existiert hat."

„Sie können nicht einmal so glatt behaupten, Doktor Josef", meinte nachdenklich Gamaliel, „daß jener Jesus von Nazareth nicht existiert habe." Und da Josef überrascht hochsah, fuhr er zögernd fort: „Erinnern Sie sich an den Prozeß, den damals der Erzpriester Anan gegen jenen falschen Messias Jakob und seine Genossen führte?" – „Gewiß", erwiderte Josef. „Der Fall an sich war nicht weiter interessant. Ich glaube auch, es ging dem Erzpriester damals nicht um diesen falschen Messias; er wollte nur das Interregnum zwischen dem Tod des Festus und der Ernennung des neuen Gouverneurs benutzen, um die autonome religiöse Gerichtsbarkeit wiederherzustellen."

„Es wäre besser gewesen", sagte der Großdoktor, „er hätte diesen Versuch nicht unternommen." – „Ja", meinte Josef, „er ist gründlich mißglückt, und der Erzpriester hat ihn teuer bezahlen müssen."

„Das meine ich nicht", sagte langsam, ungewohnt zögernd, der Großdoktor. „Aber je länger ich es überdenke, um so mehr bin ich überzeugt: ohne diesen Prozeß existierte der Messias der Minäer nicht."

„Sie müssen noch ein Knabe gewesen sein", überlegte Josef, „als jener Prozeß geführt wurde." – „Ja", erwiderte der Großdoktor, er sprach immer noch ungewohnt langsam, „aber ich kenne die Akten. Als mich der Erzpriester in das Geheimnis des Gottesnamens einweihte, ließ er mich auch in die Protokolle dieses Prozesses Einsicht nehmen." – „Wollen Sie mir nicht mehr darüber sagen?" bat Josef. Sein Historiker-Interesse war wach geworden, und das Zögern des sonst so sichern und lebhaften Gamaliel schürte es noch mehr.

Der Großdoktor schwankte. „Ich habe noch mit keinem Menschen darüber gesprochen", sagte er bedenklich. „Hat es Sinn, nach der Entstehung des Minäerglaubens zu forschen? Es führt nicht weiter." Und halb scherzend, halb ernsthaft zitierte er die Schlußverse des Kohelet: „‚Laß dich warnen, mein Sohn. Des vielen Büchermachens ist kein Ende, und vieles Studieren reibt den Menschen auf.'" Josef, sehr neugierig jetzt, doch beklommen durch die Bedenklichkeit des Großdoktors, drängte weiter in ihn: „Warum halten Sie mir diese Verse vor? Sie wissen doch, daß sie gefälscht sind. Und denken Sie so gering von der Wissenschaft?" – „Ich wollte Sie nicht kränken", begütigte der Großdoktor. „Aber wir täten wahrscheinlich besser, diesen unseligen Prozeß zu vergessen." – „Jetzt haben Sie einmal davon begonnen", drängte Josef weiter, mit steigender Neugier und steigender Beklommenheit.

„Ich denke", entschloß sich endlich Gamaliel, „der Fall des Tempels hat die Pflicht des Geheimnisses gelöst, und ich darf Sie hineinschauen lassen in das, was damals geschah.

Jener Jakob", begann er zu berichten, „war also mit seinen Genossen – ob ein Jesus darunter war, kann ich heute nicht mehr mit Sicherheit sagen – in den Tempel eingedrungen und hatte die Kaufleute behelligt, die dort mit Opfergegenständen handelten. Er berief sich darauf, daß, gemäß dem Spruch der Propheten, zur Zeit des Messias kein Opferhändler mehr sein solle im Hause Jahves; er aber sei der Messias. Und des zum Zeichen rief er vor allem Volke Jahve bei seinem geheimnisvollen Namen, den zu nennen nur dem Erzpriester erlaubt ist am Versöhnungstag. Und als er unversehrt blieb und kein Feuer vom Himmel kam, liefen viele davon, und viele glaubten ihm."

„Soweit erinnere ich mich", sagte Josef, da der Großdoktor verstummte, „und daß dann der Erzpriester Anan ihn verhaften ließ und vor sein Gericht stellte. Mehr aber weiß ich nicht. Denn da es ein Prozeß um die Lästerung des Namens war und der Name somit von den Zeugen genannt werden mußte, wurde die Öffentlichkeit ausgeschlossen. Ich weiß nur mehr das Ende, daß das Priestergericht diesen Jakob und seine Genossen zum Tod verurteilte und steinigen ließ." Er wartete, sonderbar erregt, auf das, was der Großdoktor weiter berichten werde.

Der, zögernd, unbehaglich, als ob er trotz allem Bedenken trüge, seine Kenntnis weiterzusagen, erzählte: „Nach den Akten war es so. Als der Erzpriester Anan den Jakob befragte: ‚Bist du, wie du behauptest, der Messias, Gottes eingeborener Sohn?', da rief, statt aller Antwort, der Angeklagte von neuem den Gottesnamen, und ihm ins Gesicht. Dies aber war eine Antwort; denn der Name bedeutet, wie Sie wissen, ‚Ich bin es'. Und die Priester und die Richter erschraken in ihrem Herzen, und sie standen auf, wie es Vorschrift ist bei solcher Lästerung des Namens, und alle zerrissen ihre Kleider. Der Zeugen bedurfte es nicht erst. Der Prophet hatte die Lästerung den Richtern ins Gesicht wiederholt."

Gamaliel ließ dem Josef Zeit, über seinen Bericht nachzudenken. Josef dachte an das, was der Minäer aus dem Dorfe Sekanja im Hause des Acher vorgelesen hatte. Es war also nicht ganz müßiges Gerede, es schien Wahres und Erdichtetes wirr ineinandergefügt.

„Dies war der letzte Prozeß gegen einen falschen Messias", fuhr der Großdoktor fort, er sprach jetzt leichter, müheloser. „Es war seit Jahrzehnten der einzige Prozeß dieser Art, und es wäre besser, auch er wäre nicht gewesen. Und nun überlegen Sie, bitte", forderte er Josef auf. „Es ist Tatsache, daß einer, der sich für den Messias hielt, von dem Gouverneur Pilatus als König der Juden gekreuzigt worden ist, und es ist

Tatsache, daß ein anderer solcher Christus von uns hingerichtet wurde. Hat es unter diesen Umständen Sinn, mit den Minäern darüber zu rechten, wie weit ihr Bericht vom Leben und Leiden ihres Messias in den Einzelheiten stimmt? Daß er nicht so exakt ist wie der Report eines römischen Generals, wissen Sie selber. Aber ich glaube, es kommt Ihnen nicht darauf an."

Und, sachlich, faßte er zusammen: „Mögen diese Christgläubigen glauben, was sie wollen. Ich lasse jedem seine individuelle Meinung über Jahve und den Messias, solange er nicht gegen das Zeremonialgesetz verstößt. Die Minäer befolgen die Riten; ich weiß keinen einzigen Fall, daß sie sich dagegen aufgelehnt hätten. Beruhigen Sie Ihre Freunde", schloß er lächelnd. „Ich sehe keinen Anlaß, gegen die Christen vorzugehen. Solange sie mein Zeremonialgesetz nicht antasten, taste ich sie nicht an."

Josef berichtete in Lud über sein Gespräch mit dem Großdoktor; auch Jakob aus dem Dorfe Sekanja war da.

Channah fand die Versicherungen des Großdoktors keineswegs beruhigend. „Ich kenne meinen Bruder", meinte sie. „Er gehört zu den treuherzigen Heuchlern. Was er sagt, ist immer wahr: aber nur dem Worte nach. Er wählt seine Worte so, daß ihm sein Handeln offenbleibt. ‚Wer die Riten nicht antastet, den taste ich nicht an.' Und was, wenn er die Riten so verengert, daß man sie antasten muß? Haben wir nicht Beispiele? Er ist großzügig, er läßt Doktoren und Laien Meinungsfreiheit. Aber nur, weil er noch nicht die Macht hat, sie ihnen zu nehmen. Wenn ihm erst die Zeit reif scheint, dann wird er kurzerhand das Zeremonialgesetz für angetastet erklären und die Meinungsfreiheit unterdrücken."

Ben Ismael strich sich mit der langen Hand die Brauen unter der mächtigen, kahlen Stirn zurecht. „Ach Channah", sagte er, „für dich liegen die Dinge immer so einfach. Gamaliel ist kein Heuchler. Ich glaube es nicht. Der Sinn all seiner Handlungen ist Israel, nichts sonst. Er sagt: Jahve ist Israels einziges Erbteil; wenn es ihn verliert, wenn es ihn zu leichtsinnig den andern zeigt und ihn sich rauben läßt, was dann bleibt ihm? Also hütet er eifersüchtig seinen, unsern Jahve. Er verflacht die Lehre, gewiß. Aber er versteht nun einmal seine Sendung so, und er ist der rechte Mann für seine Sendung."

Der Minäer Jakob sagte: „Ich glaube, Channah hat recht, und finde wie sie die Worte des Großdoktors verdächtig. Wir sind Juden, wir halten gewissenhaft das Zeremonialgesetz, wir halten Gemeinschaft mit den andern und wollen sie weiter halten. Aber wie nun, wenn einer von den Nichtjuden zu uns kommt und sagt: ‚Ich will einer der Euern sein'? Dürfen wir ihm dann den Weg versperren, weil die Römer die Beschneidung verboten haben? Verstoßen wir gegen das Zeremonialgesetz, wenn wir ihm sagen: ‚Schiebe die Beschneidung auf, bis die Römer sie erlauben'? Verlangt der Großdoktor, daß wir einen, der guten Willens ist, von der Heilsbotschaft ausschließen? Die Werke sind wichtig, aber ist nicht der Glaube ebenso wichtig? Ist es nicht besser, die Heiden hereinzulassen auch ohne das Zeremonialgesetz, als sie auszuschließen?" Und da Ben Ismael nicht antwortete, fügte er hinzu: „Selbst die Armen im Geiste spüren, daß es nicht genügt, wenn Jahve der Gott nur *einer* Nation ist. Darum kommen sie zu uns. Das Volk will nicht Theologie, es will Religion. Das Volk will keine jüdische Kirche, es will Judentum."

„So ist es", sagte Channah.

„So sei es", sagte der Acher.

Ben Ismael aber schwieg, und der Acher verhöhnte ihn: „Von Gamaliel verlangen Sie so wenig, mein Doktor und Herr, und von uns so viel. Wenn der Großdoktor recht hat, warum begnügen wir uns nicht auch, unsern Jahve zu hüten? Warum legen wir uns so heiße und bittere Mühe auf, ihn zum Jahve aller Welt zu machen?"

„Weil wir", erwiderte Ben Ismael, „weniger kräftig und weniger schlau sind als Gamaliel, aber vielleicht weiser. Er hat die Mauern aufzurichten, wir die Tore. Er hütet das Gesetz, daß nichts Falsches eindringe, wir haben dafür zu sorgen, daß das Gute nicht eingesperrt bleibt, sondern ausgehen und sich verbreiten kann. Ich kann auf Israel nicht verzichten, und ich kann auf die Welt nicht verzichten. Gott will beides." Er sprach heftiger, als es sonst seine Art war, geradezu gequält.

Josef sagte langsam, die Gedanken entstanden in ihm, während er sprach: „Ich verstehe Sie nicht ganz, mein Bruder und Herr. Sie sagen, die Mittel, die der Großdoktor anwendet, um das Judentum zu erhalten, seien die rechten. Wenn aber das Judentum das Gesicht annimmt, das Gamaliel ihm aufprägen will, bekommt es dann nicht ein nur nationalistisches, eigensüchtiges, weltfeindliches Gesicht? Sie sagen, wir haben ein Und. Ich fürchte, wenn Gamaliel recht behält, dann haben wir nur ein Oder: Judäa *oder* die Welt. Und ehe das Judentum so wird, wie Gamaliel es will, ist es da nicht besser, zur Welt ja und zu Judäa nein zu sagen?" Und kühn dachte er den Gedanken zu Ende, den alle zu denken sich scheuten, und sprach ihn aus: „Ist es da nicht besser, wir geben zugunsten unseres Weltbürgertums unser Judentum auf?"

Ein bestürztes Schweigen war. Dann sagte zuerst der Acher, heftig: „Nein." Und, noch heftiger, Channah: „Nein." Und nein sagte Ben Ismael. Und nein sagte schließlich, zögernd, selbst der Minäer Jakob.

Josef, nach einer Weile, fragte: „Warum nein?"

Ben Ismael erwiderte: „Ich sehe keinen andern Weg zum Übernationalen als das Judentum; denn Israels Gott ist kein nationaler Gott wie die Götter der andern Völker, sondern unsichtbar, der Weltgeist an sich, und sicher wird einmal die Zeit kommen, da dieser Gestaltlose auch keiner Form mehr bedürfen wird, um begriffen zu werden. Vorläufig aber müssen wir ihm, um ihn überhaupt begreifbar zu machen, eine Form geben, vorläufig ist ein Jahve ohne Judentum nicht vorstellbar. Er würde sich, noch bevor eine Generation vergangen ist, ins Nichts verflüchtigen. Ist es nicht besser, wir geben Jahve vorübergehend nationale Embleme, als daß wir seine Idee untergehen ließen? Es ist nicht das erstemal, daß sich die übernationale Idee des Judentums unter einer plumpen, nationalen Maske verstecken muß. Die Mittel zum Beispiel, die Esra und Nehemia anwandten, um das Judentum zu erhalten, waren äußerst bedenklich. Aber ihre Gaukelei war heilig, und ihr Erfolg zeigt, daß Gott sie billigte. Die Heilige Schrift schleppt vieles mit, was nur taktischen Zwecken des Augenblicks diente: doch nur so konnte das Wesentliche, ihre übernationale Idee, gerettet werden. Ich finde, daß selbst manches lächerliche Nationale der Früheren heute geadelt erscheint durch die große, übernationale Idee."

„Sie verteidigen Gamaliel", sagte der Acher, und es war in seinen Worten mehr Trauer als Anklage.

„Ich muß wohl", sagte Ben Ismael, „da ihr ihn übers Maß hinaus angreift. Wir dürfen die nationale Tradition nicht abreißen lassen; wir verlören mit dem Körper, der die Idee trägt, die Idee selber. Es klingt widerspruchsvoll, daß der übernationale Geist nur in nationalem Gewand überliefert werden kann: es ist darum nicht minder wahr. Sie als Historiker müssen mich verstehen, Doktor Josef", wandte er sich dringlich an Josef. „Es wachsen einem jeden von uns aus der Geschichte der Väter neue Kräfte zu, über sein individuelles Leben hinaus, über seine individuellen Meinungen hinaus, und diese Kräfte sind mehr als national; denn die jüdische Geschichte ist die Geschichte des Kampfes, den der Geist immerzu gegen den Ungeist zu führen hat, und wer Anteil hat an der jüdischen Geschichte, hat Anteil am Geist an sich. Wenn wir dreimal am Tag das Bekenntnis zum jüdischen Gott aussprechen, dann bekennen wir uns dreimal am Tag zum Prinzip des Geistigen; denn Jahve ist der Geist an sich."

Der Minäer Jakob sagte: „Ich gebe zu, daß auch der reinste Geist sich nicht erhalten kann ohne eine Form. Aber was Sie sagen, Doktor Ben Ismael, bestätigt mich mehr, als daß es mich widerlegt. Ist es nicht gerade nach dem, was Sie sagen, unsere Pflicht, diejenigen aufzunehmen, die teilhaben wollen am Geiste? Dürfen wir sie zurückweisen, bloß weil die Römer die Beschneidung verbieten, weil sie es uns zur Zeit unmöglich machen, dem Geistigen die Form im Fleische zu geben? Ich glaube, gerade Sie, Doktor Ben Ismael, müßten Verständnis haben für den Ausweg, den einer unserer Brüder, ein gewisser Paulus, uns zeigt."

„Welches ist der Ausweg dieses Paulus?" fragte Ben Ismael.

Und der Minäer Jakob erwiderte: „Dieser Paulus lehrt: Für den als Juden Geborenen bleibt die Beschneidung verbindlich. Will aber einer unter den Heiden zu euch, meine Brüder, dann verzichtet auf die Beschneidung."

„Eine gefährliche Lehre", sagte Ben Ismael.

„Eine gute Lehre", sagte der Acher.

„Eine Lehre", sagte Channah, „aus der der Großdoktor nicht unterlassen wird gewisse Konsequenzen zu ziehen, falls ihr versucht, sie in die Praxis umzusetzen."

Josef aber, der seinen Sohn nicht hatte beschneiden lassen, wußte nicht, ob er zu dieser Lehre ja sagen sollte oder nein. Es war gut, daß ein Gamaliel da war, aber es war auch gut, daß der Minäer Jakob da war und der Acher und, vermittelnd zwischen diesen und dem Großdoktor, Ben Ismael.

Und Josef verließ die Gegend von Jabne und von Lud, um nach Cäsarea zu gehen, unschlüssig, ob er dort für die Hochschule von Lud eintreten solle oder nicht.

In Cäsarea empfing ihn Flavius Silva mit lärmender Freundschaftlichkeit und fragte ihn lange und bis in alle Einzelheiten aus, welchen Eindruck er von der Provinz Judäa habe. Josef lobte vieles und machte kein Hehl aus seinen Einwänden. Den Flavius Silva schien gerade diese halb widerwillige Anerkennung zu erfreuen.

Der Gouverneur war gut gelaunt. Sein Kollege in Syrien hatte wachsende Schwierigkeiten mit dem falschen Nero; er brauchte für die Bekämpfung des Unruhstifters Soldaten und Geld, und man begann sich in Rom über die lange Dauer zu wundern, die die Niederwerfung des lächerlichen Prätendenten erforderte. Flavius Silva machte es einem nicht schwer, aus seinem Bedauern über diese leidige Angelegenheit die Freude durchzuspüren, die er an dem Ärger des Kollegen hatte.

Er nahm seine jüdischen Gäste mit auf eine längst geplante Inspektionsreise nach Samaria. Vor allem lag ihm daran, ihnen seine Stadt Flavisch Neapel zu zeigen.

Es war wirklich erstaunlich, was er in so wenigen Jahren aus dem früheren samaritischen Städtchen Sichem gemacht hatte. Er sonnte sich in der Anerkennung der jüdischen Herren, war aufgeräumt, sehr zugänglich. Josef erkannte, daß jetzt der rechte Augenblick war, aus ihm allerhand für die Interessen der Juden herauszuschlagen. Jetzt müßte er die Frage der Universität Lud anschneiden.

Als guter Psycholog war er sich klar darüber, wie er es anpacken müßte. Er könnte dem Gouverneur zum Beispiel vorstellen, welch ein Vorteil es für seine Provinz wäre, eine Universität zu haben, die gleichzeitig griechische und jüdische Disziplinen lehrte. Die Hochschule von Antiochien, bisher die bedeutendste Asiens, kümmerte sich nicht um die Bedürfnisse der Juden und ließ die Neigung des Ostens außer acht, sich mit jüdischer Weltanschauung auseinanderzusetzen. Eine moderne Universität, die diesen Bedürfnissen entgegenkäme, müßte die von Antiochien rasch überflügeln und zum kulturellen Mittelpunkt des gesamten Ostens werden. Sie müßte reiche junge Leute aus aller Welt in Scharen in die Provinz ziehen. Argumente solcher Art könnten ihre Wirkung auf den Gouverneur kaum verfehlen.

Allein als Josef dem Flavius Silva von der Universität Lud zu sprechen beginnen wollte, sah er im Geist das kräftige, bräunliche Gesicht Gamaliels vor sich mit dem kurzen, viereckigen Bart und den vorstehenden Zähnen, und sein inneres Ohr hörte die souveränen, zynischen Sätze des Großdoktors über das Zeremonialgesetz, das allein den Bestand des Judentums sichern könne. Und als dann Josef wirklich zu reden anhub, nahm er zu seinem eigenen Erstaunen wahr, daß er nicht für die Stadt Lud sprach und ihre Universität, sondern für die Stadt Thamna und den Stadtrat Akawja.

Noch während er sprach, ärgerte er sich über sich selber. Er beschimpfte sich, daß er vor der größeren Aufgabe zurückwich und den günstigen Augenblick für eine so geringfügige Sache wie die des Akawja nützte.

Übrigens sprach er ohne Schwung und machte es dem Gouverneur nicht schwer, seine Bitte abzulehnen. „Wer sich den Luxus leistet", meinte behaglich Flavius Silva, „seine Gefühle so ostentativ zu zeigen wie Ihr Akawja, der muß auch bereit sein, dafür zu bezahlen. Wenn ich den Kerl laufenließe, würdet ihr mir in einem halben Jahr alle Edikte der Regierung anspeien und in zwei Jahren die Steintafeln zerschlagen, die sie auf den Plätzen verkünden."

Doch der sonst so prinzipientreue Gouverneur fiel im Falle des Stadtrats Akawja wider Erwarten schnell um. Ursache seiner Wandlung war der Gaul Vindex. Der hätte nämlich bei der Eröffnung des Stadions von Flavisch Neapel laufen sollen, verunglückte aber, als er in Joppe aus dem Schiff ausgeladen wurde. Den Gouverneur erreichte die Nachricht, jetzt, in Flavisch Neapel, kurz nach der Unterredung mit Josef. Er wütete. Dies Mißgeschick brachte ihn um die beste Attraktion für seine Festspiele. Er gab sogleich Order, die Leibeigenen, die mit dem Transport des Pferdes beauftragt waren, zu kreuzigen; aber das Programm seiner Festspiele wurde dadurch nicht besser. Er mußte, mußte Ersatz für den Gaul Vindex finden. Er kam zurück auf seinen alten Plan, den Demetrius Liban, der bisher seiner dringlichen Aufforderung zähen Widerstand entgegengesetzt hatte, jetzt, koste es, was es wolle, zu einem Auftreten in seiner Provinz zu bewegen. Beim Abendessen, in Gegenwart des Josef, fing er also von neuem von der Angelegenheit des Stadtrats Akawja zu reden an, setzte nochmals auseinander, was alles gegen eine Begnadigung sprach, und ging dann, unvermutet, zum Angriff auf den Schauspieler über. „Aber ich möchte nicht", schlich er sich an, „daß die Juden mich für ihren Feind halten. Ich möchte vor allem Ihnen, meine Herren, zeigen, wie sehr ich ihr Freund bin. Ich lege es in Ihre Hand, mein Demetrius, diesen Akawja zu retten. Beweisen Sie mir Ihre Freundschaft, und ich beweise Ihnen die meine. Wirken Sie bei meinen Festspielen mit, und ich schenke Ihnen das Leben Ihres Glaubensgenossen."

Liban erblaßte. Das Anerbieten des Silva, den Provinzlern hier zu zeigen, was ein wirklicher Schauspieler ist, war ihm von Anfang an eine große Verlockung gewesen, aber er hatte tapfer widerstanden. Er wollte sein Gelübde halten, wollte zu Ehren Jahves seiner Kunst entsagen, und war es nicht ein zehnfaches Verbrechen, im Lande Israel zu spielen, während einer Pilger- und Sühnefahrt? Doch dieser neue Antrag stürzte alle seine Erwägungen um. Jetzt ging es nicht mehr um ihn, jetzt ging es um das Leben eines Menschen, eines jüdischen Bruders, für den, wie es schien, ganz Israel kämpfte. War es ein Wink Jahves, oder war es wieder einmal eine Versuchung des Satans? Auf alle Fälle bedeutete dieser Antrag neuen Kampf für ihn. „Soll ich vielleicht den Juden Apella spielen?" fragte er bitter. Doch nur Josef verstand die Bitterkeit dieser Erwiderung. Der Gouverneur wußte nicht Bescheid in Theaterdingen, und, sogleich einhakend, lebhaft und ahnungslos, erwiderte er: „Was Sie wollen, mein Demetrius. Spielen Sie, was Sie wollen."

Mit dieser Antwort aber kam er seinem Ziele viel näher, als er selber erwartete; denn sie brachte in dem Schauspieler einen ganzen Berg verführerischer Phantasien ins Rollen. Der Gouverneur stellte ihm frei zu spielen, was er wollte. Wie, wenn er es nochmals mit dem Laureol versuchte? Vielleicht konnte er auf dem Umweg über die Provinz dem Stück in Rom zu einem nachträglichen Erfolg verhelfen und so die scheußliche Scharte von Albanum auswetzen. Sicherlich war es der Wille Jahves, daß er im Lande Israel spiele. Hätte Jahve sonst das Leben des Juden Akawja an sein Auftreten geknüpft? Wahrscheinlich wollte Jahve durch ihn den Heiden zeigen, was alles ein Jude vermöge, und ihnen auf solche Art Achtung und größere Milde für die gesamte Judenheit abnötigen. Viele Gedanken und Träume dieser Art bewegten schnell und wirr den Schauspieler, bis er gnädig und großspurig erwiderte: „Es ist schwer, einem so zähen Kunstfreund zu widerstehen wie Ihnen, Herr Gouverneur. Vielleicht werde ich mich entschließen, den Seeräuber Laureol zu spielen. Sie wissen, ich habe ihn für die Majestät und den Prinzen Domitian gespielt bei der Eröffnung des Theaters der Lucia." Silva wußte natürlich nichts. „Das wäre großartig", begeisterte er sich. „Ich werde es mir überlegen", gab Liban sich überwunden.

Josef aber schämte sich, daß er nicht von der Universität Lud gesprochen hatte, und wagte es nicht einmal vor sich selber, sich über den Schauspieler lustig zu machen.

Kurze Zeit darauf fragte der Gouverneur, was Josef über den Großdoktor denke. Er selber hielt große Stücke auf Gamaliel. Das sei ein Mann, mit dem man klar reden könne, ohne lange Umschweife. Er sei schlau, zielbewußt, bleibe immer sachlich: er verdiente, ein Römer zu sein. Daß er gerade das nicht wolle, sei sein einziger Fehler.

Und nun stellte sich etwas heraus, was die Bewunderung Josefs vor der Klugheit des Großdoktors noch erhöhte. Der Gouverneur hatte nämlich Gamaliel angeboten, ihn zum römischen Bürger zu machen und ihm den Goldenen Ring des Zweiten Adels zu verschaffen. Gamaliel indes hatte höflich und entschieden abgelehnt und hatte, darüber hinaus, seinen Juden das Anerbieten verheimlicht; sonst hätte Josef durch Ben Ismael oder den Acher sicherlich davon erfahren. Es war klug, daß der Großdoktor sich darauf beschränkte, Jude zu sein, noch klüger, daß er, um die Römer nicht durch öffentliche Ablehnung zu reizen, von seiner Chance, sich römische Ehren zu holen, den Juden nicht einmal sprach. Josef sagte sich, daß er selber an Gamaliels Stelle der Verlockung nicht hätte widerstehen können, den andern wenigstens von seiner Festigkeit zu erzählen.

Daß Flavius Silva Josefs Meinung über den Großdoktor erfragte, hatte seinen Grund. Gamaliel, eröffnete er ihm, werde bald Gelegenheit haben, seine vielgerühmte Sachlichkeit zu erweisen. Er, der Gouverneur, müsse ihn vor ein schwieriges Problem stellen. Die Hoffnung nämlich, die Juden würden nach dem Beschneidungsverbot endlich Ruhe geben und von ihrer fatalen Proselytenmacherei ablassen, habe sich leider nicht erfüllt. Im Gegenteil, in den letzten Monaten versuche man noch heftiger als früher, Syrer, Griechen und Römer zu den Lehren Jahves zu bekehren, die Wanderprediger nähmen überhand und gäben öffentliches Ärgernis. Bisher habe sich eine juristische Handhabe nicht gefunden, gegen die Burschen einzuschreiten; denn sie hüteten sich wohlweislich, ihre Zuhörer zur Beschneidung aufzufordern, und die jüdische Religion als solche sei ja erlaubt. Nun aber habe man ihm mitgeteilt, diese Bettelpropheten seien gar keine richtigen Juden, sie gehörten vielmehr einer zweifelhaften neuen Sekte an, deren Bekenner Minäer oder Christen genannt würden. Sie selber freilich bestritten das heftig und redeten sich darauf hinaus, Jude bleibe Jude, ob Pharisäer oder Minäer, genauso wie ein maltesischer Spitz nicht weniger ein Hund sei als eine molossische Dogge. Die jüdischen Sachverständigen hätten bisher zu dieser Frage nur langwieriges theologisches Gewäsch beigesteuert, nichts Greifbares, kein Ja und kein Nein. Er, Flavius Silva, habe das satt. Er habe also jetzt den Großdoktor und das Kollegium in Jabne amtlich aufgefordert, sich gutachtlich klipp und klar darüber zu äußern, ob diese Minäer den Juden zuzuzählen seien oder nicht.

Josef war bestürzt. Jabne hatte bisher den Minäern viel Toleranz gezeigt, trotzdem die meisten der Doktoren ihnen im Grunde abgeneigt waren. Wenn aber jetzt Rom dem Kollegium nahelegte, die Christen zu verleugnen, werden dann die Doktoren nicht dem doppelten Druck nachgeben und die gefährlichen, staatsfeindlichen Mitläufer abschütteln? Sicher werden sie das. Es traf Josef tief, daß Channah so schnell gegen ihren Mann Ben Ismael recht behalten sollte.

In rasender Eile überlegte er, ob es einen Weg gäbe, die Gefahr von den Minäern abzuwenden. Er sah, noch bevor der Gouverneur zu Ende war, daß es einen einzigen gab. Der Minäerfreunde im Kollegium waren wenige, aber ihre Stimmen hatten Gewicht. Sie konnten sich nur deshalb nicht durchsetzen, weil keine staatliche Autorität hinter ihnen stand. Wie aber, wenn man ihnen diese Autorität verschaffte? Wenn eine von Rom anerkannte Universität in Lud sich für die Minäer ausspricht, dann wird man in Jabne kaum wagen, durch ein Gutachten gegen die Minäer offenkundig zu machen, daß die Spaltung des Judentums selbst seine höchsten Wortführer trennt.

Die Frage: wenn man das Judentum nur erhalten kann, indem man es nationalisiert und seine kosmopolitische Sendung fahrenläßt, soll man es dann überhaupt erhalten?, diese Frage, noch in Lud ein blasses, fernes, theoretisches Problem, wurde mit einem Schlag eine Drohung von furchtbarer Aktualität. Bekannte man sich zu den Minäern, so forderte man das verärgerte Rom zu Repressalien heraus. Sagte man sich von den Minäern los, dann sonderte sich die jüdische Gemeinschaft noch strenger und hochmütiger von der übrigen Welt ab. Plötzlich bekam die Frage, ob er sich jetzt zum Fürsprecher der Universität Lud machte, ungeheures Gewicht. Er hatte das Ohr des Gouverneurs, die Situation war günstig, seine Argumente mußten einem Manne wie Flavius Silva bestechend klingen.

Alles, was in Josef an dunkler Sehnsucht nach Religion war, drängte ihn, jetzt für die Minäer zu sprechen, für Ben Ismael, für den Acher. Aber er hörte im Geist die klare Stimme Gamaliels: „Was nicht der Vernunft gemäß ist, ist häßlich." Das Ziel, das Ben Ismael und dem Acher vorschwebte, war unvernünftig. Wenn es auch vielleicht in tausend Jahren erreichbar sein mochte, heute war es Utopie, der nachzujagen die Existenz des Judentums gefährdete. Wer annahm, der Messias sei bereits erschienen, wer die Hoffnung auf die Wiedererrichtung des Tempels preisgab, gab die ganze jüdische Tradition preis. Wenn Josef jetzt für die Universität Lud sprach, dann nahm er die Zerstörung Jerusalems und des Tempels als ein für immer Gegebenes hin, dann schloß er sich selber aus dem Reich des künftigen Messias aus.

Er schwieg. Er sprach nicht von der Universität Lud.

Er wußte nicht, daß es Gamaliel selber gewesen war, der durch Mittelsleute den Gouverneur bewogen hatte, in Jabne das Gutachten über die Minäer einzufordern.

Es trieb Josef wieder nach Süden. Zuerst ging er auf sein Gut. Er wollte dort, bevor er seine Freunde in Lud und Jabne aufsuchte, in Ruhe darüber nachdenken, was er ihnen auf die Frage erwidern solle: warum hast du uns im Stich gelassen?

Er war kaum zwei Tage auf dem Gut, als sich ein überraschender Besucher einstellte: Justus von Tiberias.

Josef hatte diesen Mann seit sechs Jahren nicht gesehen. Er war ihm mehr verbunden und mehr feind als irgendwem sonst auf der Welt. Er hatte eine ewige Streitsache mit ihm, eine Auseinandersetzung, die vor sechzehn Jahren in Rom, als sie einander das erstemal begegneten, angefangen hatte, ein Gespräch, das nicht beendet und das der Sinn seines Lebens war. Immer in diesem Gespräch war Justus der Angreifer, er verfolgte ihn mit Hohn und Bitterkeit, mit dem Scharfblick des Hasses, und Josef seinesteils haßte den Mann, der seine Schwächen so gut kannte und so erbarmungslos ins Licht stellte; aber er lebte nur, um diesem Manne zu zeigen, wer er war. Daß er Justus zweimal das Leben gerettet hatte, ihn einmal sogar vom Kreuze herunterholend, war keine genügende Antwort gewesen, hatte das Gespräch nicht beendet. Diese Taten hatten denn auch Justus keineswegs zu Konzessionen bewogen; er hatte vielmehr, während alle Welt den „Jüdischen Krieg“ rühmte, das Buch zweideutig gescholten, schillernd, oberflächlich, und sich darangemacht, es durch ein tieferes zu verdrängen. Josef hatte alle die Jahre hindurch auf die Fortführung des Gespräches gewartet. Nun aber der Mann plötzlich vor ihm erschien, erschrak er wie ein kleiner Junge, der, von seinem Lehrer unversehens aufgerufen, keine Antwort weiß.

Während er den Gast begrüßte, vielwortig, um seine Unruhe zu verbergen, durchforschte er, zuerst scheu, dann immer kühner, das gelbe Gesicht des andern. Justus war dreiundvierzig Jahre alt wie er selber, und als sie sich vor sechzehn Jahren in Rom das erstemal trafen, hatten sie einander verblüffend ähnlich gesehen. Jetzt war wohl keine Ähnlichkeit mehr zwischen ihnen. Das Gesicht des Justus war härter geworden, trocken, zerfurcht, sein Gelb spielte ins Graue. Es war bartlos, sorglich rasiert und saß auf einem erschreckend dürren Hals. Justus war alt, verbraucht; er hielt sich sehr aufrecht, doch man sah, wieviel Mühe ihn das kostete. Damals, nach der Abnahme vom Kreuz, hatte man ihm den linken Arm überm Ellbogen amputieren müssen, und Josef suchte unwillkürlich nach dem Stumpf.

Während des Essens blieb Justus einsilbig und genoß wenig von den guten Speisen, die Josef auftragen ließ. Er wußte Bescheid über alles, was Josef in der Zwischenzeit getan und erlebt hatte. Bösartig meinte er, Josef sei sich in seiner Inkonsequenz konsequent geblieben und sei seinen Zickzackweg entschlossen weitergegangen. Nicht ohne Erfolg, wie man sehe. Der siegreich beendete Kampf um seinen Sohn Paulus habe ungemeine Ähnlichkeit mit seinem siegreichen Kampf um jene drei Doktoren, die er damals mit Hilfe der Kaiserin Poppäa gerettet habe; auch die Folgen seien einander ähnlich. Der gleiche Charakter erzeuge offenbar immer wieder die gleichen Situationen und das gleiche Schicksal.

Und Justus kicherte, eine unangenehme Gewohnheit, die der früher so gehaltene Herr in diesen letzten Jahren angenommen hatte.

Verachtung dringt selbst durch den Panzer einer Schildkröte, und früher hatte Josef oftmals geglaubt, er könne in der Verachtung des Justus nicht weiterleben. Doch diesmal nahm er die stacheligen Reden des bitteren Herrn mit Ruhe hin. Er sah, wie Justus trotz aller Mühe und Geschicklichkeit durch den Mangel des linken Arms beim Essen behindert war, so daß seine hurtige Hantierung befremdlich und er selber steif und jämmerlich wirkte. Ein warmes Gefühl für diesen harten, strengen und geschlagenen Mann stieg in Josef hoch, und er spürte kaum mehr die Kränkung seiner Worte.

Was ihn jetzt anfüllte, war eher Spannung, was der Mann wohl von ihm wolle. Sicher war Justus nach Judäa gekommen, um sich Kraft für sein Buch zu holen, und daß sie beide zur gleichen Zeit und aus dem gleichen Grund den heimatlichen Boden gesucht hatten, war ihm selber eine wichtige Bestätigung; denn Justus galt ihm als der größte Schriftsteller der Zeit, und sein Verhalten war ihm der Maßstab seines eigenen Lebens.

Doch Justus ließ während des Mahls nichts über den Zweck seines Besuches verlauten, auch hernach nicht, und sie gingen zu Bett, ohne daß Justus gesprochen hätte. Josef schlief schlecht. Die ganze Nacht hindurch stritt er im Geist mit Justus, und er fand treffende Antworten auf Sätze, die der andere leider nicht gesagt hatte. Die Kränkung, die nicht da war, solange Justus körperlich zugegen war, ätzte ihn nachträglich um so schärfer. Siebenundsiebzig sind es, die haben das Ohr der Welt, und ich bin einer von ihnen. Aber das Ohr dieses Justus hatte er nicht.

Am andern Tag konnte er sich nicht mehr bezähmen und fragte geradezu, ob er Justus und womit dienen könne. Justus erklärte, er brauche die Erlaubnis der Regierung, sich vier oder fünf Wochen in Cäsarea aufzuhalten. Josef, der sich durch seine Schriftstellerei die Gunst der Großen gewonnen habe, möge einem weniger glücklichen Kollegen in dieser Angelegenheit behilflich sein.

Josef sagte sogleich und mit Vergnügen zu. Verwundert fragte er, wie es komme, daß der Sekretär des Königs Agrippa sich um einer so geringfügigen Sache willen an ihn wenden müsse. Es ergab sich, daß Justus nicht mehr Sekretär des Agrippa war. Er hatte seit langem das Gefühl gehabt, er sei dem König um seiner Schärfe und Intransigenz willen unbehaglich, und in der letzten Zeit hatte Agrippa ihn immer weniger beschäftigt. Er aber hatte sein Gehalt nicht umsonst einstreichen wollen, und als Berenike auf der Rückreise von Rom nach Alexandrien gekommen war, hatte er sie aufgesucht, um vielleicht durch ihre Vermittlung dem Agrippa wieder näherzukommen. Berenike hatte ihn auch freundlich aufgenommen. Doch dann war man, Justus wußte nicht mehr, in welchem Zusammenhang, auf das Buch Esther zu sprechen gekommen, und Justus hatte sich ein wenig über Ahasver mokiert, jenen etwas schwachsinnigen Haremskönig, der sich von seiner Favoritin im Bett die Wünsche ihres Clans suggerieren läßt. Es schien, daß Berenike die Charakteristik des Justus auf ihren Titus bezogen und sich darüber merkwürdigerweise geärgert hatte. Jedenfalls war sie sichtlich verstimmt gewesen, und Justus, stolz und verdrossen, hatte gar nicht erst von seinen eigenen Dingen zu reden angefangen, sondern hatte es vorgezogen, Agrippa glattwegs um seine Entlassung zu bitten.

Josef hörte den Bericht mit viel Bedauern und ein ganz klein wenig Genugtuung. Er begriff gut, daß Agrippa das bösartige Kichern des scharfen Herrn nicht immer um sich haben wollte. Seltsam, daß ein Mann, der theoretisch soviel von Psychologie verstand wie Justus, sowenig praktische Menschenkenntnis besaß.

Wie die Dinge lagen, konnte Josef seinen Freund ohne große Mühe überreden, auf dem Gut zu bleiben, bis die Erlaubnis aus Cäsarea eingetroffen sei. Er wartete darauf, daß Justus ihn nach seinen Plänen fragen und von seinem eigenen Werk zu sprechen beginnen werde. Schließlich, da Justus schwieg, fragte er ihn geradezu, ob er um seiner Arbeit willen nach Judäa gekommen sei. Justus bejahte. Josef, erfreut, meinte, auch er selber verspreche sich mancherlei Vorteile für sein Werk von der Luft des Landes, seinen Farben, seinen Menschen, seiner Sprache.

Doch Justus verzog nur die dünnen Lippen. Er kam nicht aus Stimmungsgründen. Er suche Material, erklärte er trokken, Ziffern, Statistiken. Und Josef war erbittert, daß des Justus Reise nach Judäa eine Bestätigung des Johann von Gischala war, nicht eine Bestätigung seiner selbst.

Josef und Justus hatten eine Unterredung mit Josefs Leibeigenem, dem Gehorsamen, dem Minäer. Die beiden Herren befragten ihn um seine Glaubensgrundsätze, Justus aufreizend hochmütig. Man saß in einem niedrigen Raum, halb Küche, halb Wohnraum, es war Abend und sehr still. Fernher kam das Trappeln und Blöken der heimkehrenden Schafherden, irgendwo sangen Leibeigene eintönig in einer fremden Sprache. Die beiden Herren fragten den Gehorsamen aus wie Forschungsreisende den Angehörigen eines primitiven Stammes. Der Gehorsame ließ es sich nicht verdrießen, den offenbar skeptischen, zuweilen recht bissigen Zuhörern seinen Glauben mit Geduld darzulegen; leise, wenn er sich bewegte, klingelte die Schelle seiner Leibeigenschaft. Justus schien bei aller Überheblichkeit interessiert. Er fragte immer weiter, auch Josef hatte noch viel zu fragen, es wurde Nacht, man brachte Licht, sie fragten noch immer, und der Gehorsame gab unermüdlich Auskunft.

Als sie ihn endlich entlassen hatten, forderte Josef den Justus auf, mit ihm noch ein wenig spazierenzugehen. Justus war bereit, sie gingen, es war eine angenehme Nacht, und Josef fand seinen schwierigen Freund in ungewöhnlich zugänglicher, gelöster Laune. Er wollte diese Stimmung ausnutzen, um sich mit ihm über die Fragen zu unterhalten, die ihn bedrückten.

Sie ließen sich am Rand einer Zisterne nieder. Ein undeutlicher Mond in der Sichel des ersten Zunehmens schwamm am dunstigen, bläulichschwarzen Himmel, ab und zu kam ein halber Vogelruf durch die Nacht. Josef öffnete dem Justus sein Herz, zeigte ihm seine Zweifel, seine Wirrnis. Da waren die Ungelehrten, die Armen im Geiste, die auf einmal verlangten, an Jahve und der Lehre ebenso teilzuhaben wie die Gebildeten. Bestand ihr Anspruch zu Recht? Sollte man sie gewähren lassen? Da waren die toleranten Lehren des Ben Ismael und die höhnischen Angriffe des Acher, die ihn nach dieser, die realpolitischen Argumente des Gamaliel, die ihn nach der andern Seite zerrten. Ja, Josef fragte sich jetzt manchmal ganz ernstlich, ob seine ganze Gelehrsamkeit, seine mit soviel Mühen erworbene Methode mehr sei als bloßer Dunst, ob nicht Leute wie der Minäer Jakob oder selbst dieser Gehorsame, einfach durch ihren Glauben und ihre Intuition, eine tiefere Erkenntnis Jahves und der Welt besäßen.

Justus war sommerlich leicht angezogen; er sah erschrekkend mager aus, und der Armstumpf mit der trockenen, verschrumpften Haut ragte häßlich aus dem ärmellosen Unterkleid. So saß er dünn und hager im unsicheren Licht auf dem Brunnenrand neben Josef. „O mein Josef", sagte er und kicherte auf seine gewohnte Art, doch war sein Spott diesmal ohne Bitterkeit, „machen Sie sich darüber keine Sorgen. Selbst Ihre Gelehrsamkeit, trotzdem sie mir nicht eben gründlich scheint, taugt noch immer mehr als das aus ‚frommer Schau' stammende Wissen Ihres Leibeigenen oder Ihres minäischen Wundertäters. Ich habe oft den Versuch gemacht, aus der gerühmten, unverbildeten Seele des Laien irgendeine Erkenntnis herauszuziehen, aber wenn ich noch so objektiv prüfte, die Intuition des Laien hat mich niemals weitergeführt. Wenn es darum geht, einen Tisch zu zimmern, ein Bauernhaus zu bauen, eine Verstopfung zu kurieren, dann mag der gemeine Menschenverstand des Laien zur Not genügen; aber wenn ich einen richtigen Schreibtisch brauche, gehe ich zum gelernten Tischler, und wenn ich ein richtiges Haus haben will, gehe ich zum Architekten, und wenn ich Wundbrand habe, gehe ich zum Chirurgen. Ich sehe nicht ein, warum ich, wenn ich eine tiefere Erkenntnis Jahves haben will, zum Armen im Geiste gehen soll und nicht zum Spezialisten, der Jahves Bücher studiert hat. Ich kann mich nicht mit denjenigen befreunden, die gegen den Intellekt losziehen und nicht Rühmens genug von der Intuition machen können. Nicht mittels Intuition hat Pythagoras herausgefunden, daß die Summe der

Quadrate der beiden Katheten dem Quadrat der Hypotenuse gleich sei, und wenn der Ingenieur Sergius Orata sich auf seine Intuition verlassen hätte, dann wäre die Warmwasserheizung nie erfunden worden. Wenn es Rationalismus ist, die Reichen im Geist den Armen vorzuziehen, dann bin ich Rationalist."

Er zog mechanisch spielend an der Kette, die das Schöpfrad der Zisterne bewegte. Es gab ein so hartes Knarren, daß er erschreckt davon abließ. Er setzte sich bequemer zurecht und fuhr mit leiser, doch klarer Stimme fort: „Unsere Väter waren nicht viele, sie zogen durch die Wüste, feste Siedlungen waren ihnen unbekannt, sie kämpften mit wilden Tieren, mit den Unbilden eines harten Himmels, sie schlugen sich gegenseitig tot, sie hatten wenig Zeit für Forschung, sie waren auf Intuition angewiesen. Mittlerweile sind wir mehr geworden, wir haben gelernt, in Dörfern und Städten zu wohnen, und wir haben Methoden gefunden, auf logischem Weg unbestreitbare Tatsachen zu erkennen. Wir brauchen jetzt keine Intuition mehr, wir haben Wissenschaft. Ich bin froh, daß wir in einer Epoche der Städte und gesellschaftlichen Bindungen leben, ich sehne mich nicht zurück nach der Zeit der Wüste, der Intuition und der Propheten. Wenn einer sich heute für einen Propheten ausgibt, halte ich ihn für einen Schwindler oder für einen Narren, und wenn einer seine unbeweisbare Intuition gegen meine beweisbaren Fakten ausspielen will, werde ich unangenehm. Ich betrachte Leute, die mir verbieten wollen, meinen Kopf zu gebrauchen, als meine Feinde. Ich sehe nicht ein, warum einer, der Verstand hat, weniger fähig sein sollte, Gott zu erkennen, als einer, der keinen hat."

Josefs geistiger Hochmut hatte in diesen letzten Wochen viele Stöße erlitten; es tat ihm gut, die Worte des Justus zu hören, er verlangte nach mehr. Er sagte: „Sie wollen nicht sehen, mein Justus, worum es diesen Leuten geht. Diese Leute glauben, daß man, wenn man sich nur zur Genüge in sich selber versenkt, Gott in sich einatmen könne wie Luft; sie glauben, daß überhebliches Vertrauen in das eigene Wissen sich wie ein Panzer um das Herz legt, so daß es sich zusperrt und Gott nicht mehr empfangen kann, wenn er kommt. Ich kenne sehr gebildete Männer, bewandert in den Methoden logischer Forschung, die es gleichwohl nicht verschmähen, von den Minäern zu lernen."

Die Nacht war so still, daß einem das leise Knacken eines brechenden Zweiges laut schien; das bläuliche Dunkel schien noch dunkler durch die vielen, vag leuchtenden Insekten. „Die Melodie, die Sie mir da singen, ist mir sehr vertraut", kicherte der dünne Justus. „Zurück in die Wüste, fort von der Zivilisation, fort vom Denken, zurück zur reinen Schau: dann findet ihr Gott. Alle diejenigen, denen Gott Urteilskraft versagt hat, predigen das mit Inbrunst. Diejenigen aber, die es predigen, trotzdem sie denken können, werden lediglich aus Feigheit zu Verrätern am Geist: weil sie nämlich Angst haben vor ihren eigenen Erkenntnissen."

Josef, nach einer Weile, wagte sich weiter vor. Es drängte ihn sehr, in dem Zwiespalt, der ihn jetzt am meisten bedrückte, das Urteil gerade dieses Justus anzurufen; denn ihn allein anerkannte er als zuständigen Richter. „Vor kurzem", gestand er, und seine Stimme war auffallend weich und zaghaft, „lag es in meiner Hand, etwas Entscheidendes zugunsten der Minäer zu tun. Ich habe es nicht getan. Manchmal glaube ich, daß das falsch war; manchmal scheint mir, daß ich mich nicht hätte drücken sollen." Er wartete ängstlich, als hinge alles davon ab, auf die Antwort des Justus.

Der aber lachte und erwiderte, gutmütig geradezu: „Sie sind ein Narr, mein Josef. Daß Sie sich da gedrückt haben, war die erste vernünftige Tat Ihres Lebens." Und Josef freute sich, daß dieser ihn freisprach, er war glücklich und ihm sehr freund.

Justus aber redete weiter. Hochmütig, hart, scharf kam seine Stimme durch die laue Nacht: „Nein, mein Lieber, erwarten Sie sich nichts von der engbrüstigen, kurzatmigen Doktrin der Minäer. Ihre Lehre ist nur auf Schwächlinge berechnet. Es ist leicht, auf ein süßes Jenseits zu hoffen, das man durch bloßen Glauben erlangen kann. Daß einer für alle gelitten hat, so daß die andern dadurch ihr Teil Leidensverpflichtung los sind, diese Lehre ist mir zu wohlfeil. Und so simpel das Dogma der Minäer ist, so verstiegen ist ihre Moral. Schon wir verlangen viel. Daß man seinen Nächsten nicht hassen soll, ist eine harte Forderung; immerhin kann man sich mit viel Willenskraft vielleicht dazu erziehen. Daß man aber die linke Wange hinhalten soll, wenn der andere einen auf die rechte schlägt, das ist übermenschlich, unmenschlich und also verurteilt, ein schönes akademisches Ideal zu bleiben. Nein, mein Josef, kommen Sie mir nicht mit der bequemen Weisheit vom Nichttun und vom Verzicht."

„Sie müssen zugeben, mein Justus", brachte nach einer Weile Josef einen anderen Einwand, „daß unter den Juden, abgesehen von den paar Hellenisten, heute die Minäer die einzigen sind, die noch an der universalistischen Tendenz der Schrift festhalten."

„Das Weltbürgertum dieser Leute", sagte wegwerfend Justus, „ist ein Massenartikel wie alles, was sie lehren. Sie erkaufen sich ihren Universalismus durch Preisgabe alles dessen, was das Judentum an großer, starker Tradition besitzt, an geistgewordener Geschichte. Weltbürgertum will erworben sein. Man muß Nationalismus gespürt haben, um zu wissen, was Weltbürgertum ist. Wenn ich wählen soll zwischen den Doktoren und den Minäern, dann ziehe ich die Doktoren vor. Ihr spitzfindig enger Nationalismus ist widerlich: aber sie ergeben sich wenigstens nicht, sie kämpfen. Sie verlangen, daß man in der Erwartung eines aktiven, gefährlichen Messias lebe, dessen Erscheinen man überdies selber durch das eigene Verhalten beschleunigt oder verzögert. Die Minäer beschränken sich darauf, einfach zu verzichten. Die Aufgabe ist: sich nicht national zu verkrusten und sich trotzdem nicht in farbloses Gemengsel zu verflüchtigen. Die Doktoren haben diese Aufgabe nicht gelöst, aber die Minäer noch weniger."

Er verstummte. Sie standen auf. Schweigend gingen sie durch die Nacht. Als sie fast schon am Hause angelangt waren, fragte Josef, was er den andern schon einmal vor vielen Jahren in Rom gefragt hatte: „Was soll ein jüdischer Schriftsteller heute tun?" Aber der Hagere gab keine Antwort mehr. Er hob nur die Schultern; es sah seltsam aus, wie die linke Schulter ohne Arm sich hob, und Josef wußte nicht, ob es nicht eine Gebärde der Hoffnungslosigkeit war. Unter der Tür aber, sich verabschiedend, vielleicht in Erinnerung an einen Satz, den er bei dem ersten Zusammentreffen mit Josef geäußert, sagte Justus: „Es ist seltsam. Seitdem sein Tempel zerstört ist, ist Gott wieder in Judäa."

War das eine Antwort?

Am andern Tag traf der Paß des Justus für Cäsarea ein, und Justus reiste fort.

Josef aber, in Erinnerung an das Nachtgespräch an der Zisterne, schrieb an diesem Tage den „Psalm von den drei Gleichnissen".

Denen ich zugehöre,
Hat Jahve auferlegt,
Das Salz zu sein seiner Erde.
Wie aber sollen wir es anstellen, das Salz zu sein,
Da des Wassers viel ist
Und wir vergehen würden im Wasser,
Für immer uns auflösend ins Nichts,
So daß unser keine Spur bliebe und kein Geschmack
Und unsere Sendung verloren wäre?
Ich will nicht verloren sein.
Ich will nicht das Salz sein.

Oh, der Lust, Feuer zu sein,
Das abgeben kann von seiner Kraft
Und doch nicht weniger wird und nicht erlischt.
Glückliches Licht, glückliche Flamme.
Aber solche Gabe hat allein der brennende Dornbusch.
Selbst Mose, da er nach der Flamme griff,
Versengte sich den Mund
Und ward schwer von Wort und ein Stammler.
Wie dürfte mir Geringem träumen von solcher Gabe.
Ich kann nicht das Feuer sein.

Sinnlos vielleicht ist der schimmernde Bogen,
Wenn durch den Regen die Sonne bricht,
Vielleicht nur eine Freude der Kinder und Träumer.

Und dennoch war's dieser Bogen gerade,
Den Jahve sich ausersah zum Zeichen
Seines Bundes mit dem vergänglichen Fleisch.
Laß mich solch ein Regenbogen sein, Jahve,
Schnell erlöschend, doch neu geboren immer wieder,
Schillernd in vielen Farben und dennoch aus *einem* Licht,
Eine Brücke von deiner Erde zu deinem Himmel,
Gemisch aus Wasser und Sonne,
Immer da,
Wenn Sonne und Wasser sich mengen.

Ich will nicht das Salz sein.
Ich kann nicht das Feuer sein.
Laß mich Regenbogen sein, Jahve.

Josef begann, sich auf seinem Gut zu Hause zu fühlen. Das Gespräch mit Justus hatte ihm Sänftigung gegeben. Er war viel allein, machte lange, einsame Spaziergänge, aber er schloß sich nicht ab von den Menschen. Er tauschte ruhiges Gespräch mit dem Verwalter Theodor, mit dem Gehorsamen, mit andern seiner Knechte und Mägde.

Eines Tages in dieser besinnlichen Zeit ging er hinaus nach dem Vorwerk „Brunnen der Jalta", wo Mara lebte. Mara errötete jäh, als er kam, aber es war nicht die böse, zornige Röte ihres ersten Wiedersehens. „Heil Mara", begrüßte sie mit der üblichen, aramäischen Formel Josef, und „Friede mit dir, mein Herr", gab sie ihm die Formel zurück.

Dann aber fragte sie wie Dorion: „Was haben wir uns noch zu sagen?" Und da er schwieg, fügte sie hinzu: „Ich habe viel Arbeit. Die Weinberge sind verwildert, und die Früchte des Ölbaumes verkommen. Auch ist die hellfarbige, babylonische Eselin trächtig. Ihre Wartung erfordert Sorgfalt, und sie war sehr teuer."

„Laß mich hier sitzen und dir zuschauen", bat er. Und er saß still und schaute ihr zu. Er war nach dem Lande Israel zurückgekommen, um sich Klarheit zu schaffen, aber sein Aufenthalt in Cäsarea und in Galiläa, in Samaria und in Emmaus, in Lud und in Jabne hatte ihm nur tiefere Verwirrung gebracht. Die Ruhe, die Kraft zum Werke, die er brauchte, konnte er nur hier auf seinem Gut finden.

Er saß auf einer besonnten, kleinen Mauer und schaute Mara zu, wie sie arbeitete, barfuß, in dem breitrandigen Strohhut, der sie vor der Sonne schützte. Er saß still und ließ seine Gedanken treiben.

Bevor die Winterstürme kommen und die Schiffahrt eingestellt wird, will er zurück in Rom sein; so hat er es sich vorgenommen. Wäre es nicht vielleicht weiser, im Lande zu bleiben und in Ruhe die Geschichte Israels hier zu schreiben? Aber wenn er hier arbeitet, wird nicht gerade das Land selber ihn stören, die übergroße Nähe der Dinge und Menschen, die Wirrnis der noch fließenden Ereignisse ringsum? Braucht man, um Geschichte zu schreiben, nicht Distanz, auch räumliche?

So mag Boas auf Ruth geschaut haben, wie er jetzt sitzt und auf Mara schaut. Ruth war eine Moabitin, eine Fremde, eine Nichtjüdin, und gerade sie, erzählt die Schrift, wurde zur Stammutter Davids auserwählt. Die Schrift ist nicht eng und nicht nationalistisch. Jahve, erzählt sie ein andermal, zürnte dem Jona und strafte ihn, weil der sein Wort nur Israel weitergeben wollte und sich weigerte, es auch den Nichtjuden zu verkünden, der großen Stadt Ninive. So ist die Schrift. Er, Josef, hat die Nichtjüdin geheiratet, wie Mose die Midianitin. Aber er ist kein Mose, und seine Ehe hat kein gutes Ende genommen.

Das Levirat ist eine merkwürdige Einrichtung. Wenn ein Mann gestorben ist, ohne seiner Frau einen Sohn zu hinterlassen, dann hat der Bruder des Mannes die Pflicht, die Frau zu ehelichen und ihr Kinder zu machen. Wieviel mehr Verpflichtung hat ein Mann vor einer Frau, deren einziger Sohn durch seine Schuld umgekommen ist. Viele der Doktoren preisen die Wiederverheiratung mit der Geschiedenen als edle, verdienstliche Tat. Wenn jetzt hier in der Sonne um die arbeitende Frau Kinder von ihm spielten, das wäre ein erfreulicher Anblick. Gamaliel ist ein kluger Herr und ihm zugetan; er würde, wenn Josef diese Frau von neuem ehelichte, Mittel und Wege finden, zu erwirken, daß alle diese Ehe als eine vollgültige anerkennen.

Er saß still bis zum Abend und nötigte seinen Gedanken keine Folgerichtigkeit auf, sondern ließ sie kommen und gehen, wie sie wollten. Als es Abend wurde, rief Mara ihre Knechte und Mägde zum Essen. Er wartete, ob sie ihn nicht zum Bleiben einlade. Sie lud ihn nicht ein. Da grüßte er, ernst, höflich, und ging fort.

In der Stadt Lud wußte man offenbar noch nichts von dem Gutachten über die Minäer, von dem der Gouverneur dem Josef gesprochen hatte. Auch bedrängten ihn weder Channah noch der Acher noch gar Ben Ismael mit unbehaglichen Fragen, ob er bei Flavius Silva wegen ihrer Universität vorstellig geworden sei. Trotzdem war die Vertrautheit fort, die vor seiner Reise zwischen Josef und denen von Lud gewesen war. Er hatte zwar durch das Gespräch mit Justus viel von seiner früheren Sicherheit zurückgewonnen; trotzdem war es ihm leid, daß die in Lud ihn jetzt wie einen Fremden behandelten. Bestimmt hielt, trotz aller äußeren Höflichkeit, die heftige Channah ihn für einen Schwächling.

Seltsam war die Haltung des Acher. Er bat Josef in sein Haus, sie aßen gemeinsam zu Abend, die beiden Männer und die schöne, braune Tabita. Der Acher war heute nicht so gesprächig wie sonst. Josef, von dieser Schweigsamkeit bedrängt, redete um so mehr, erzählte von dem Gouverneur, von Flavisch Neapel, von Liban, dem Stadtrat Akawja, sogar von Justus. Der Acher wandte ihm langsam sein fleischiges Gesicht zu, blinzelte ihn aus traurigen, wissenden Augen an, sagte unvermittelt: „Sie haben in Ihrem Leben viel getan, viel geredet und viel geschrieben, mehr als die meisten andern Menschen. Sicher waren Sie immer bestrebt, Ihr Reden und Ihr Tun in Einklang zu bringen. Merkwürdig, daß es Ihnen so selten geglückt ist."

Josef war überrascht von diesem plötzlichen, robusten Anwurf. Wäre nicht das Gespräch mit Justus gewesen, er hätte wohl heftig erwidert. Nun aber war ihm die bittere Rede des jungen Menschen fast lieber als die Stummheit der andern. Für die Vergangenheit mochte dieser recht haben, für die Zukunft bestimmt nicht. Und er erwiderte nichts.

Die braune Tabita lag faul auf ihrem Speisesofa, schön und schläfrig. Der Acher sagte: „Ich habe übrigens Ihren Kosmopolitischen Psalm in griechische Verse gebracht.“ Josef war voll brennender Spannung, wie seine Strophen im Griechischen des Acher klingen würden; doch er wagte nicht, ihn zu bitten, sie ihm herzusagen. Allein der Acher, nachdem er Josef eine kurze Zeit hatte warten lassen, begann von selbst. „Hören Sie“, sagte er, stellte sich hinter den Tisch, stützte die Hände auf, schaute vor sich hin, die Augen gesenkt, begann, gesammelt zu sprechen, in seinem langsamen, reinen Griechisch.

Er hatte aber in seine Übertragung jede Schwingung, jeden Anklang der hebräischen Verse des Josef eingefangen. So, genauso, hätte Josef sein Gefühl Gestalt annehmen lassen, wenn er griechisch geboren wäre. Er war hingerissen von der Schönheit der Verse, wie sie jetzt in dem fremden, geliebten, gehaßten, ersehnten Idiom ihm ins Ohr und ins Herz drangen. Er sprang auf, umarmte den Acher, küßte ihn. „Sie müssen mit mir nach Rom kommen, mein Jannai“, bestürmte er ihn. „Wir müssen gemeinsam arbeiten. Wir müssen die ‚Universalgeschichte‘ der Juden zusammen schreiben, Sie und ich. Sie dürfen nicht hierbleiben. Es wäre ein Verbrechen an Ihnen selber, an mir, an Israel, an der ganzen Welt.“

Die Braune war durch die lauten, heftigen Worte Josefs vollends wach geworden, neugierig schaute sie auf ihn. Der Acher sagte, sie freundlich streichelnd: „Schlaf weiter, meine Taube.“ Doch zu Josef sagte er, trocken: „Sie vergessen, mein Flavius Josephus, daß ich es dahin bringen will, daß mein Leben zu meinen Worten stimmt. Aber es freut mich, daß meine Übersetzung Ihren Beifall hat.“

Josef war kaum in Jabne angekommen, als ihn der Großdoktor zu sich bat. Gamaliel schien davon zu wissen, daß Josef in Cäsarea nichts für die in Lud unternommen hatte. „Ich kann mir unschwer vorstellen“, sagte er, „daß unsere gemeinsamen Freunde Ihnen mit ihrem alten Anliegen kamen. Es muß für den Autor des Kosmopolitischen Psalms eine große

Versuchung gewesen sein, der nationalen Universität Jabne eine übernationale entgegenzustellen." – „So war es", sagte Josef aufrichtig. „Ich freue mich", erwiderte Gamaliel, „daß meine Gründe in Ihrem Gemüt Anklang fanden. Das erleichtert mir die Bitte, die ich an Sie habe." – „Hier bin ich", antwortete formelhaft Josef.

„Sie wissen", begann, fest zupackend, der Großdoktor, „daß Flavius Silva von mir ein Gutachten über die Minäer verlangt hat?" – „Ja", erwiderte Josef. „Ich höre", fuhr Gamaliel fort, „daß der Gouverneur den Stadtrat Akawja begnadigen will. Haben *Sie* das erwirkt?" – „Ich habe davon gesprochen", sagte Josef. „Der Gouverneur hat es Demetrius Liban zuliebe getan."

Der Großdoktor setzte sich dicht neben Josef, sprach zu ihm wie ein jüngerer Freund zum älteren, herzlich, vertraulich. „Es gibt viele schwebende Fragen zwischen Jabne und der Regierung in Cäsarea. Es wäre gut, wenn wir dort einen ständigen Vertreter hätten. Die Doktoren und das Volk zusammenzuhalten erfordert die ganze Kraft eines Mannes. Es geht über die Kraft eines einzelnen, die Judenheit auch noch vor Rom zu vertreten." Und, ganz leichthin, als spräche er vom Wetter, bot er ihm an: „Wollen Sie mir die Außenpolitik abnehmen, Doktor Josef? Sie sind in diesen Fragen erfahrener als ich und unter den Juden derjenige, vor dem man in Rom die größte Achtung hat. Ich könnte mir denken, daß, wenn ein so geschickter Mann wie Sie unsere Sache führt, Rom uns in fünf oder sechs Jahren mehr Befugnisse einräumt, so daß allmählich das Kollegium von Jabne aus der religiösen Vertretung der Juden auch wieder zu einer politischen wird. Ich habe immer ohne Rückhalt zu Ihnen gesprochen, Doktor Josef, ich nehme an, Sie halten mich für ehrlich. Teilen Sie die Macht mit mir. Lassen Sie mir die Innenpolitik, und seien Sie unser Gesandter in Cäsarea. Seien Sie unser Repräsentant vor Rom. Sie allein können es." Und, unvermutet in einen scherzhaften Ton übergehend, schloß er: „Sie müssen es tun, schon um meinen Doktoren neues Gezänk zu ersparen. Wenn Sie ablehnen, dann muß ich über kurz oder lang nach Rom. Bedenken Sie, was es dann für Debatten geben wird, ob ich die

Sabbatgesetze übertreten und die Seereise nach Rom unternehmen darf."

Josef war ein Mann des Augenblicks, sein hageres Gesicht gab jede Regung wieder, und es kostete Gamaliel nicht viel Mühe, zu sehen, wie sehr sein Antrag ihn bewegte. Viele Gedanken gingen in Josef hin und her. Das Amt, das Gamaliel ihm anbot, war geeignet, seinem Leben Rückgrat zu geben, und ließ ihm trotzdem Muße für seine Bücher. Süß und lieblich ist die Heimat. Als er auf der kleinen Mauer saß, in der Sonne, auf dem Vorwerk „Brunnen der Jalta", hat er davon geträumt, im Lande zu bleiben, auf dem Boden, der so lange seine Väter getragen, in der Luft, die sie so lange geatmet. Es ist ein verlockendes Amt, er könnte vermitteln zwischen denen in Lud und denen in Jabne. Mit diesem Gamaliel kann er sich leicht verständigen, und mit denen in Lud ist gut reden. Es wäre ein schönes Leben, das halbe Jahr in Cäsarea, das halbe Jahr auf seinem Gut, mit Mara. Er könnte sich entspannen, könnte aramäisch sprechen, wäre nicht der Fremde wie in Rom. Hier hat er gesehen, was alles ihm in Rom gefehlt hat. Wenn er mit Männern wie diesem Gamaliel, dem Acher, dem Ben Ismael zusammen ist, dann spürt er, daß hier seine Wurzeln sind, und selbst die schwerfälligen Meditationen der galiläischen Bauern und die abstrusen Diskussionen der Doktoren, ihr Singsang, ihre läppischen Streitigkeiten, gehören zu ihm. Es ist gewiß, daß ihm aus alldem Kraft zuwächst. Ist es nicht vermessen, auf diese Kraft zu verzichten, sich auf sich allein zu stellen?

Aber sein Werk, seine Geschichte? Wenn er sie hier schreibt, wird sie nicht gefärbt werden? Wird sich nicht notwendig der kleine, alberne Alltag der Provinz in sie einschleichen?

Gamaliel, als hätte er seine Gedanken erraten, fuhr fort: „Es ist Ihnen geglückt, die Geschichte des Krieges so zu schreiben, daß die Juden sie ohne Erbitterung lesen und die Römer mit Freude. Aber ich fürchte", und er wies auf das Mosaik des Fußbodens, das die Traube darstellte, das Emblem Israels, „es ist noch nicht soweit, daß einer gleichzeitig vom Saft der Traube und von der Milch der Wölfin trinken kann.

Gott hat Ihnen viel Kraft mitgegeben; aber man muß wohl vom Wuchs der alten Propheten sein, um beides zeitlebens verdauen zu können. Rom ist groß; wenn einer dort ist, liegt das Land Israel weit dahinten und sieht sehr gering aus. Die Fleischtöpfe Roms quellen über, hier sind Milch und Honig spärlich geworden." Er erhob sich, aber er ging nicht an den Pfeiler, um eine Rede zu halten, vielmehr blieb er vor Josef stehen und sprach ihm freundschaftlich zu, mit Wärme, ja, er legte ihm die Hand auf die Schulter. „Ich bin jünger als Sie, und vielleicht heißen Sie mich zudringlich. Ich gebe zu, bisher ist es Ihnen geglückt, gleichzeitig Römer und Jude zu sein, und wenn wir alle glaubten, jetzt könnten Sie nicht mehr aus, jetzt müßten Sie sich festlegen, dann fanden Sie noch immer eine Möglichkeit, auf beiden Schultern zu tragen. Aber wenn Sie jetzt zu Schiff gehen, um nach Rom zu fahren, dann, fürchte ich, ist das Ihre letzte Entscheidung, eine endgültige. Ziehen Sie es vor, griechischer Schriftsteller zu sein oder jüdischer? Sollen die Späteren Sie den Geschichtsschreiber des jüdischen Volkes nennen oder den des Palatin?"

Gamaliel sprach dringlich, werbend, und er hatte den rechten Ton getroffen, Josef war sehr gelockt. Das Land zog ihn an, die Menschen, das Geschäft, das dieser ihm anbot, der Mann selber, seine Jugend, seine Kraft, seine schlaue Gradheit, sein Schweigen, sein Reden. Es war reizvoll, Seite an Seite mit diesem Manne die öffentlichen Dinge der Juden zu ordnen. Aber war es nicht besser, statt im kleinen Geschichte der Juden zu machen, im großen Geschichte der Juden zu schreiben?

Gamaliel merkte, daß jedes Wort weiter seine Rede nur abschwächen werde. Er drängte nicht auf Antwort. „Überdenken Sie meinen Vorschlag in Ruhe", schloß er. „Sie haben Zeit, bis der Winter kommt und die Schiffahrt schließt."

Bevor der Großdoktor dem Kollegium die Forderung Roms amtlich mitteilte, berief er jene von den Doktoren zu sich, die als Freunde der Minäer galten, um mit ihnen zu beraten.

Bestürzt saßen Ben Ismael und seine Freunde in Gamaliels

Studierzimmer. Sogleich erkannten sie, worum es ging, daß man, wenn man sich schützend vor die Minäer und ihre Wanderprediger stellte, neue Bedrückung Israels durch Rom heraufbeschwor. Sie sahen sich an, sie sahen den Großdoktor an, sie wußten keinen Rat.

Schließlich mußte Gamaliel selber den Niedergeschlagenen Mut zusprechen. Ihm liege alles daran, erklärte er, eine Spaltung der Judenheit zu vermeiden. Fürs erste müßten natürlich die Christen, um Rom nicht weiter zu reizen, ihre nach dem Beschneidungsverbot doppelt gefährliche Propaganda unter den Nichtjuden aufgeben. Falls sie das täten, sehe er eine schwache Möglichkeit, sie weiter in der Gemeinschaft zu halten. Wenn auch manchmal unter ihnen Ansichten laut würden, die hart an „Leugnung des Prinzips" streiften, so wichen doch die meisten der Minäer nur in geringfügigen Punkten von der Lehre Jahves ab. Ihm scheine es das beste, die Führer der Minäer disputierten öffentlich und in Ruhe mit den Doktoren über die strittigen Fragen. Er hoffe sehr, eine solche Disputation werde dem Kollegium die gutachtliche Erklärung ermöglichen, die Christen gehörten der jüdischen Gemeinschaft an.

Selbst diejenigen unter den Doktoren, die Gamaliel trotz seiner bisherigen Neutralität für einen stillen Feind der Minäer hielten, mußten zugeben, daß sein Angebot außerordentlich fair war. Die Christen selber gestanden zu, daß in ihren Lehrmeinungen viel Wirrwarr sei. Eine Disputation, wie Gamaliel sie vorschlug, erlaubte den Führern der Minäer, ihre Glaubensgrundsätze, ohne Preisgabe des Wesentlichen, den Dogmen der Doktoren anzupassen. Der Vorschlag des Großdoktors wies den Christen einen Ausweg aus der bedrängten Lage, er legte großmütig die Entscheidung, ob sie künftighin in der Gemeinschaft bleiben wollten, in ihre eigene Hand. Die minäerfreundlichen Doktoren priesen die Weisheit und Milde Gamaliels, stimmten zu.

Doktor Ben Ismael übernahm es, dem Wundertäter Jakob aus dem Dorfe Sekanja als dem anerkannten Führer der Minäer in den Bezirken Lud und Jabne den Vorschlag des Großdoktors zu übermitteln. Es geschah, was Ben Ismael im geheimen gefürchtet hatte. Jakob lehnte, ohne auch nur eine Minute zu überlegen, das Angebot ab. Sein glattes, sachliches Bankiergesicht rötete sich ein wenig, er blieb ruhig, aber es war eine erkämpfte Ruhe.

„Wir rufen unsere Wanderprediger nicht zurück", führte er aus. „Dies wäre für uns das schlimmste Verbrechen, in Wahrheit, ‚Leugnung des Prinzips'. Denn uns bleibt Jahve der Gott nicht nur Israels, sondern der ganzen Welt, und wir lassen es uns nicht nehmen, seine Lehre, wie er es uns aufgetragen, unter den Heiden zu verbreiten, auch wenn die Römer die Beschneidung verboten haben. Wir verkünden unsern Glauben, wir freuen uns, wenn immer mehr Menschen ihn annehmen, denn wir haben an uns selber die Erfahrung gemacht, daß dieser Glaube ein großer Trost und daß, wer in ihm lebt, geborgen ist.

Auch mit den Doktoren über unsern Glauben zu disputieren, lehnen wir ab. Wir könnten es nicht, selbst wenn wir wollten. Keiner von uns darf sich erdreisten, für einen andern zu sprechen als für sich selber. Dies eben unterscheidet uns von den Doktoren, daß wir niemand auf eine bestimmte Lehrmeinung festlegen wollen. Wir wiegen nicht logische und theologische Argumente gegeneinander ab, wir versenken uns in die Geschichte unseres Heilands. Aus seinen Worten und aus unserm Herzen holen wir unsern Glauben. Wir erlauben einem jeden von uns, die Worte des Heilands auf seine eigene Weise zu verstehen. Keiner ist gebunden an die Auslegung eines andern. Deshalb nennen viele von uns sich ‚Gläubige', weil wir vorgeschriebene Meinungen nicht einfach annehmen, sondern weil jeder von uns gehalten ist, sich seinen Glauben aus der eigenen Brust herauszugraben.

Wir haben keine Grenzen für unsern Glauben, wir wollen keine haben. Wir haben nicht einmal einen gemeinsamen Namen. Bald nennen wir uns Gläubige, bald nennen wir uns Arme, bald nennen wir uns Christen. Wir müssen es den Doktoren überlassen, unsern Glauben zu definieren; sie haben mehr Vertrauen in ihre Weisheit. Wir selber können unser Gemeinsames nicht bei einem Namen nennen, wir wollen es auch nicht, wir sind zu demütig dazu.

Wir halten uns für Juden. Wir glauben, was die Doktoren glauben, wir halten die Gebräuche, wie die Doktoren sie uns vorschreiben. Aber wir glauben mehr, und wir stellen unser Leben unter strengere Grundsätze. Wir glauben nicht nur an die Priester, wir glauben auch an die Propheten. Wir geben dem Kaiser, was des Kaisers ist, aber wir glauben nicht, daß ein Verbot des Kaisers uns von der Verpflichtung entbinden kann, die Gebote Jahves zu halten. Und wir glauben, daß wir Kinder nicht nur eines jüdischen Gottes sind, sondern Gottes schlechthin. Wir wollen keinen aus seinen Grenzen herauslokken, der sich in seiner Enge wohl fühlt, aber uns ist aufgegeben, die Weite Jahves zu rühmen. Wir wollen Theologie, aber darüber hinaus wollen wir Religion. Wir wollen eine jüdische Kirche, aber darüber hinaus wollen wir Judentum.

Sehen Sie nicht, Sie, mein Doktor und Herr Ben Ismael, der es gut mit uns meint und unserm Glauben nicht fern ist, sehen Sie nicht, daß der Großdoktor uns mit seinem Vorschlag nur eine Schlinge legen will? Man wird uns Fragen stellen, auf die wir weder mit Ja noch mit Nein werden antworten können, man wird protokollieren, man wird statt eines Gutachtens das Protokoll den Römern vorlegen, man wird erreichen, daß die Römer unser Christentum für eine unerlaubte Religion erklären. Die Doktoren werden uns nicht ausschließen, sie werden es den Römern überlassen, uns zu bannen, so wie sie seinerzeit die Tötung des Messias den Römern zuschoben, und sie werden sich die Hände in Unschuld waschen.

Wenn *Sie* mich fragen, mein Doktor Ben Ismael, was ich glaube, dann forsche ich gern in meinem Herzen und lege vor Sie hin, was ich finde. Wenn einer schlichten und ehrlichen Gemütes zu uns kommt und Erläuterungen haben will, wir ruhen nicht Tag und Nacht, bis wir das rechte, einfache Wort gefunden haben. Aber es käme mir wie Lästerung vor, wenn ich mich im Lehrhaus von Jabne hinstellte und mit den Doktoren um die Einzelheiten meines Glaubens feilschte. Sollen sie uns verbieten oder uns von den Römern verbieten lassen. Ich will mir nicht die Duldung der Doktoren damit erkaufen, daß ich nur die halbe Wahrheit verkünde und die halbe unterschlage. Lieber verkünde ich geächtet und verfolgt die ganze. Wer die halbe Wahrheit sagt, den speit Gott aus seinem Mund. Selig sind, die um der ganzen Wahrheit willen Verfolgung leiden."

Sehr bald und auf bittere Art sollte Doktor Ben Ismael erfahren, daß Gamaliels Loyalität Verstellung war. Der Angriff kam wuchtig und unvermutet.

Es gab ein uraltes Gebet, das dreimal täglich zu sprechen alle Juden seit Jahrhunderten verpflichtet waren und das seit der Zerstörung des Tempels als Ersatz des Opfers galt: die Achtzehn Bitten. Einige von diesen Bitten, die sich mit dem Wohl der Gemeinschaft befaßten, hatten durch die Zerstörung des Tempels ihren rechten Sinn verloren und waren widerspruchsvoll geworden. Man hatte sie provisorisch durch einige Bittsprüche aus der Zeit Juda Makkabis ersetzt. Allein auch diese, trotzdem sie aus einer Zeit der Unterdrückung und des zerstörten Tempeldienstes herrührten, wollten nicht recht zu den heutigen Verhältnissen stimmen.

Unvermittelt nun, bei einer Debatte über die Revision des Lobspruches, der beim Brechen des Brotes zu sagen war, drängte Doktor Helbo Bar Nachum darauf, daß der Text auch der drei nationalen Bitten eine eindeutige, der heutigen politischen Situation angepaßte Fassung erhalte. Vor allem die Bitte um die Wiedererrichtung Jerusalems gebe in ihrer jetzigen vagen Formulierung Anlaß zu vielen Mißdeutungen; er habe mit eigenen Ohren gehört, wie Halbgläubige und sogar ganz Ungläubige dieser Bitte ihren eigenen, ketzerischen Sinn unterlegten. Leute, die verstockt und tückisch behaupteten, der Messias sei längst erschienen und die Zerstörung des steinernen Jerusalem sei verdiente Strafe und ein Segen gewesen, selbst solche Leute sprächen bedenkenlos die große und erschütternde Bitte um die Wiedererrichtung Jerusalems mit und sagten amen, wenn der Vorbeter sie spräche. Sie erklärten frech und einfach, es handle sich lediglich um die Wiederherstellung eines Jerusalem „im Geiste". Doktor Helbo war ein feister Herr mit mächtigem, fleischigem Kinn und einer tiefen Stimme, deren Grollen den Raum gewaltig erfüllte.

„Was meinen die Doktoren und Herren?" schloß er seine Rede und sah sich erwartungsvoll um.

Das Kollegium pflegte den Debatten über „Leugnung des Prinzips", wie er und die Doktoren Jesus und Simon der Weber sie immer von neuem anschnitten, ohne Teilnahme zuzuhören. Doktor Helbo wußte, man wollte die Entscheidung der heiklen Frage, ob man die Minäer als Juden gelten lassen solle, so lange wie möglich hinausschieben. Wagen aber die Kollegen auch jetzt noch, nachdem die Regierung das Gutachten eingefordert, der Debatte auszuweichen? Er blickte hinüber zu den Sitzen der Minäerfreunde. Die schauten einander unbehaglich an. Sie wußten nicht recht, worauf eigentlich Doktor Helbo hinauswollte. Sie zogen es vor, zu schweigen.

Da niemand sich meldete, stand Doktor Jesus aus Gophna auf und sprach. Er war ein ruhiger Herr und pflegte seine Worte zu messen. Auch ihm, führte er aus, komme es wie Gotteslästerung vor, wenn seine Gebete sich im Ohre Jahves mischten mit den Gebeten von „Leugnern des Prinzips". Das eigene Gebet scheine ihm verschmutzt, wenn der Nebenmann die gleichen Worte aufsteigen lasse, ihren Sinn bösartig ins Gegenteil verrenkend. Man könne nicht aus frommem Herzen amen sagen zu der Bitte um den Wiederaufbau der Stadt, wenn man neben sich ein Amen höre aus dem Munde eines Menschen, der die Zerstörung dieser Stadt für segensreich erkläre, ein verdeuteltes Amen also, eine Ketzerei. Notwendig schleiche sich da auch dem Ruhigsten Grimm über die Heuchler ins Herz, und statt sich durch das Gebet Verdienst zu erwerben, falle man in Sünde.

Man erwartete, jetzt werde ein Antrag kommen. Aber nein, auch Doktor Jesus begnügte sich mit der Konstatierung. Sollte, fragten sich die Minäerfreunde, auch diese Debatte wieder nur Stimmungsmache sein, oder glaubten es die drei an der Zeit, loszuschlagen?

Sie schlugen los. Simon der Weber bat ums Wort. Er fragte den Doktor und Herrn Helbo, ob der ein Mittel wisse, den Gottesdienst von dem bösen Gift zu befreien, davon er und der Kollege Jesus gesprochen.

Doktor Helbo wußte ein Mittel. Bei der flüchtigen Revision des Achtzehngebetes vor zehn Jahren hatte man eine der Bitten einfach getilgt, ohne sie zu ersetzen, und so den Grundrhythmus des Gebetes zerstört. Jetzt also erreichten die Bitten nicht einmal mehr die Achtzehn, die heilige Zahl des Lebens. Man möge endlich, schlug Doktor Helbo vor, diese ursprüngliche Zahl wiederherstellen, und zwar möge man die drei Bitten um Wiedererrichtung des Tempels und der Nation ergänzen durch ein Fluchgebet gegen jene Verderber am Wort, die diese Bitten durch Mißdeutung „ins Geistige" verfälschen wollten. Eine solche Regelung stelle nicht nur die ursprüngliche Ordnung des Gebetes wieder her, sondern sie beseitige auch die Gefahr, von der er und seine Kollegen gesprochen; denn eine solche Bitte könnten die Ketzer schwerlich mitsprechen, zu einer solchen Bitte könnten sie schwerlich amen sagen.

Jetzt wußten Ben Ismael und seine Freunde, worum es ging. Keiner der drei hatte die Minäer mit Namen genannt, aber es war klar, daß sie die Achtzehn Bitten zur Waffe machen wollten, die Christen aus den Synagogen und aus der Gemeinschaft zu vertreiben. Die Minäer hielten darauf, am Gottesdienst der Allgemeinheit teilzunehmen. Sie zitierten gern den Propheten: „Gebet ist besser denn Opfer", die uralten Achtzehn Bitten waren ihnen so teuer wie allen andern Juden. Sie liebten von ganzem Herzen den frommen, kunstlosen Gesang, mit dem die Bitten vorgetragen wurden, in vielen Gemeindehäusern stellten sie die Vorbeter. Wenn jetzt, wie Doktor Helbo vorschlug, mit deutlicher Hinzielung auf die Minäer eine Fluchbitte eingefügt wurde, dann konnten diese nicht, wie es Vorschrift war, dazu amen sagen, sie konnten nicht selber Jahve anflehen, sie auszurotten. Sie mußten aus den Bethäusern weichen.

Der Antrag war von den dreien klug ausgesonnen. Nahm man ihn an, so zwang man den Minäern nicht nur die Entscheidung auf, der sie bisher ausgewichen waren, sondern man vermied auch das Odium, den Römern durch das Gutachten den Vorwand für eine Verfolgung der Minäer zu liefern. Man konnte dem Flavius Silva schlicht erklären: es gibt ein einfaches Mittel, festzustellen, wer Jude ist, wer nicht. Unsere Lehren sind in den Achtzehn Bitten festgelegt. Wer sie mitspricht, wer zu ihnen amen sagt, ist Jude. Wer das nicht tut, gehört nicht zu unserer Gemeinschaft. Es stand durchaus bei den Minäern, ob sie zu der Fluchbitte gegen die Ketzer amen sagen wollten oder nicht.

Ben Ismael erkannte rasch die Gefahr, die in dem Antrag Doktor Helbos stak. Durch eine nicht unbillige liturgische Vorschrift um das peinliche Gutachten herumzukommen mußte den meisten der Doktoren als eine gesegnete Lösung erscheinen. Aber statt auf Mittel zu sinnen, wie man den gefährlichen Schlag parieren könne, quälte den Ben Ismael eine einzige Frage: war das bösartige Manöver von den dreien allein ersonnen, oder hatte sein Schwager Gamaliel es ausgedacht? Es hätte ihn in der Seele geschmerzt, Gamaliel im Bunde mit den dreien zu wissen.

Der Großdoktor überhob ihn rasch aller Zweifel. Er ergriff selber das Wort, meinte kurz und trocken, die Lösung, die Doktor Helbo gefunden, scheine ihm gerecht und weise; er pflichte ihr bei.

In Ben Ismaels großem Kopf wirbelten hundert bittere Gedanken, anklägerische, empörte, resignierte. Noch nicht viele Wochen war es her, da hatte er zu Channah gesagt, nie würden seine Freunde einen Antrag gegen die Minäer durchgehen lassen. Jetzt war die Forderung der Römer nach dem Gutachten dazwischengekommen, man konnte keinen mehr tadeln, der dem höllisch schlauen Antrag Helbos zustimmte; im Gegenteil, man mußte als Feind der Gemeinschaft erscheinen, wenn man ihn bekämpfte. Er war so betäubt, daß er nicht Worte fand, den dreien und dem Großdoktor zu erwidern.

An seiner Statt erwiderte einer seiner Freunde. Das Gebet, führte er aus, sei dazu da, von Gott Gnaden für sich selber zu erbitten, nicht Rache an andern; man müsse es Jahve überlassen, seine Leugner und Lästerer zu bestrafen.

Doch damit erwirkte er nur, daß Doktor Simon mit dem Beinamen der Weber ein zweites Mal aufstand und jetzt, nach dem Eingreifen des Großdoktors, in der Sicherheit des Sieges, ganz massiv und deutlich wurde. Man müsse, erklärte er, die Ketzer zwingen, ihr Gesicht zu zeigen, jene Zweideutigen, die da behaupteten, Juden zu sein, die aber götzendienerisch vor einem Halbgott knieten, der ihnen angeblich die Last ihrer Sünden abgenommen habe. Der Meinungen seien viele, manche seien gut und manche weniger gut, viele Wohnungen seien in Jahves Haus, aber kein Raum sei für jene, die durch den Glauben an diesen Halbgott verstießen gegen das ein und einzige Bekenntnis der jüdischen Lehre: „Höre, Israel, Jahve unser Gott ist einzig."

Wenn der Großdoktor jetzt hätte abstimmen lassen, dann hätten sicher sechzig von den siebzig Herren des Kollegiums für den Antrag Helbo gestimmt. Aber Gamaliel blieb loyal wie stets. Ihm scheine, schloß er die Sitzung, es hätten sich einzelne erzürnt, und er schlage vor, die Abstimmung auf den andern Tag zu verschieben; denn es sei nicht gut, eine so wichtige Entscheidung erregten Gemütes zu treffen.

Ben Ismael schlief nicht in dieser Nacht. Freunde waren um ihn, auch der Minäer Jakob war eilends aus seinem Dorfe Sekanja nach Jabne gekommen. Sie alle saßen um Ben Ismael in Bestürzung und Trauer.

Der Minäer Jakob sagte: „Ihr wißt, daß wir Juden sind und das Gesetz nicht verletzen wollen. Unser Messias ist gekommen, das Gesetz zu erfüllen. Wir sind friedfertige Leute. Schließt uns nicht aus. Es ist eine alte Lehre und eine neue Lehre. Wir glauben an die neue, aber wir verwerfen nicht die alte. Wenn ihr uns ausschließt, werden immer mehr Heiden zu uns kommen, es wird in unserm Glauben immer mehr von der neuen Lehre sein und immer weniger von der alten. Zwingt uns nicht, um der neuen Lehre willen die alte aufzugeben."

Channah saß finster und heftig unter den Männern. Sie beschwor sie, den Antrag abzulehnen und, falls sie überstimmt würden, aus dem Kollegium auszuscheiden. Viele aus dem Volk würden ihnen anhangen, und wenn man mit den Minäern zusammengehe, werde man denen in Jabne die Stirn bieten können.

Ben Ismael war in großer Not. So viel sah er: wenn der Antrag durchging, dann wurden die Riten unter den Minäern ausgelöscht, und wenn er nicht durchging, kam von den Römern neue Bedrückung über die Seinen. Lieb waren ihm die Minäer, viele ihrer Lehren waren seinem Herzen teuer. Aber teurer war ihm Israel und sein Bestand.

Er ging zur Sitzung des Kollegiums, ohne einen Entschluß gefaßt zu haben. Um so zielbewußter hatten die Gegner vorgesorgt. Sie drängten darauf, daß zuerst einmal der Inhalt der neuen Bitte klar festgelegt werde, nicht aber ihr Wortlaut. Es wurde bestimmt, daß sie den Fluch Jahves herabflehen solle auf zwei Kategorien von „Leugnern des Prinzips": auf diejenigen, die nicht an Jahves Einheit glaubten, sondern an einen Messias, der als Mittler zwischen ihm und den Menschen bereits erschienen sei, und auf diejenigen, die da glaubten, sie könnten aus dem eigenen Herzen ohne Hilfe der überlieferten mündlichen Lehre und ihrer gottbefugten Träger das Gesetz ausdeuten.

Ben Ismael und die Seinen, als man darüber Beschluß faßte, sagten weder ja noch nein. Der Antrag wurde mit großer Mehrheit angenommen. Die Sitzung hatte kurz gedauert; aber Ben Ismael war müde, als hätte er schwere körperliche Arbeit getan. Er sehnte sich nach seiner Stadt Lud. Wahrscheinlich wird er nie mehr nach Jabne zurückkehren. Er wird aus dem Kollegium ausscheiden, ohne Haß, doch müde des vielen, unnützen Redens, wird in Lud dem Studium der Lehre weiterleben, ohne Auflehnung gegen die Doktoren, ohne Schüler, für sich, für Channah, für seinen Freund, den Acher.

Doch als er und die Seinen schon gehen wollten, nahm Doktor Simon, mit dem Beinamen der Weber, noch einmal das Wort. Ben Ismael, erklärte er, habe geschwiegen und sich der Abstimmung enthalten. So tiefen Respekt er persönlich vor so milder Gesinnung habe, so sei es doch in einer Zeit wie dieser notwendig, auch den Anschein zu vermeiden, als halte es ein Mitglied des Kollegiums mit jenen Frevlern, auf die Gottes Fluch herabzuflehen der Rat soeben beschlossen habe. Wenn gar ein Mann von der Gelehrsamkeit und dem verdienten Ansehen Ben Ismaels in einen derartigen Verdacht komme, so tue das der Autorität Jahves schweren Abbruch. Es komme darauf an, vor allem den Millionen Juden des Auslands darzutun, daß nur *eine* Lehre gelehrt werde in Jabne. Er bedaure, daß Ben Ismael geschwiegen habe, und bitte das Kollegium, auf Mittel zu sinnen, wie ein solcher Schade gutgemacht werden könne.

Betretenes Schweigen war. Dann erhob sich Doktor Helbo. Wieder war er es, der das Mittel wußte. Ben Ismael, meinte er, sei von Jahve mehr als die andern mit der Gabe des Wortes begnadet, und den Gebeten, die von ihm stammten, eigne besondere Tiefe und Inbrunst. Man möge also Doktor Ben Ismael mit der Abfassung der neuen Bitte betrauen. Wenn er sie abfasse, dann habe man die Gewähr, daß die rechten Worte gefunden würden, und außerdem werde vor aller Welt die Einheit Jabnes und die Einheit der Lehre dokumentiert.

Die Rede Helbos war ziemlich lang. Ben Ismael, während er sprach, schaute vor sich hin, sein blasses Gesicht bewegte sich nicht. Erst gegen Ende sah er hoch, aber er sah nicht Helbo an, sondern seinen Schwager, den Großdoktor. Eine ganze Zeit saßen die beiden Männer Auge in Auge, doch ohne Drohung, betrachtsam eher und gespannt. Es war über Ben Ismael, sowie er Helbos Absicht erkannt hatte, eine eisige Ruhe gekommen, aber inmitten dieser eisigen Ruhe bewegten sich in schnellstem Ablauf seine Gedanken. Er zweifelte nicht daran, daß der Antrag Helbos eine mit dem Großdoktor abgemachte Sache war. Aber er spürte nicht wie gestern einen mit Verachtung gemischten Haß. Gamaliel wollte vernichten, was Israel schädigen konnte, und ihn hielt er für einen Schädling. Er war ein einzelner, der nichts von seinem Einzelglauben aufgeben wollte, und die Gemeinschaft hat die Tendenz, den auszutilgen, der an seinem Einzelwesen festhält. Gamaliel ist nicht sein Feind. Er achtet ihn, niemals würde er ihn kränken, wenn er ihm, einzelner dem einzelnen, gegenübersäße. Aber da sitzt er, Verkörperung der Gemeinschaft und also der Gemeinheit, und fühlt sich im Recht.

Der Bock, den man früher in die Wüste gesandt hat, um die Sünde loszuwerden, hat es nicht geschafft, und der Jesus der Minäer, der der Bock sein wollte, das Lamm, das die Sünde der Welt auf sich nimmt, hat es auch nicht geschafft. Denn warum sonst sollte Jahve *ihm* auflegen, was er ihm auflegt?

Wenn einer hier unter diesen Doktoren, dann will er die Minäer schonen, dann hat er Verständnis für die Weite und Milde ihrer Lehre. Jetzt wollen sie, daß gerade er sie verfluchen und aus der Gemeinschaft ausstoßen soll.

Es ist eine bittere Wahl. Er soll wählen zwischen Judentum und jüdischer Kirche und weiß doch, daß Judentum nicht möglich ist ohne diese Kirche.

Er kennt genau Gamaliels Beweisführung: wir sind gezwungen, einen Teil der Wahrheit preiszugeben, wenn wir sie nicht ganz preisgeben wollen. Ist aber die Wahrheit noch die Wahrheit, wenn ein Teil von ihr verleugnet wird? Aber hat nicht doch wieder Gamaliel recht: kann die Wahrheit bestehen, wenn nichts da ist, in dem sie sich verkörpert?

Langsam hebt er die Hand, streicht sich, immer ohne Gamaliel aus dem Aug zu lassen, über die kahle Stirn, zupft mit mechanischer Bewegung an seinen Brauen, sie glättend. Sie haben es höllisch schlau angefangen, Gamaliel und seine Genossen. Wenn er tut, was sie von ihm verlangen, wenn er denen flucht, denen er wohlwill, dann klagen ihn die Minäer mit Recht an, er sei der Mann, der sie ausgestoßen. Und wenn er es nicht tut, dann stoßen die andern ihn aus, und mit Recht; denn dann ist neuer Vorwand da für die Römer, der Lehre zu mißtrauen und sie zu verfolgen. Und ob er es tut oder nicht tut, in jedem Fall ist neue Spaltung in Israel.

Noch immer sitzt er vollkommen still, ein stattlicher Mann. Aber auf ihm ist eine ungeheure Last, wie damals am Versöhnungstag, als er nach seiner Wanderung mit Stab und Ranzen und Geldbeutel die Stufen des Lehrhauses erstieg, eine Schwere und Müdigkeit, ein unzähmbares Verlangen, nicht weiter zu denken, sich fallen zu lassen, in eine Ohnmacht zu entfliehen. Aber wie damals weiß er auch heute, daß er dieser Sehnsucht nicht nachgeben darf, daß er hier sitzen bleiben muß, den andern zu Ende hören und antworten.

Doktor Helbo ist mit seiner Rede fertig. Alle jetzt schauen auf Ben Ismael. Nach einem endlosen Schweigen sagt Gamaliel: „Ich bitte den Doktor und Herrn Ben Ismael, sich zu äußern."

Ben Ismael steht nicht auf. Er hält sich ruhig, man sieht ihm nicht an, daß er nicht aufstehen kann. Aber sein großer Kopf mit der kahlen Stirn ist überaus blaß. Und seine tiefe Stimme klingt hohl und rostig, als er schließlich erwidert: „Ich werde das Gebet abfassen."

Josef, bis in seine Grundfesten erbittert über die Brutalität, mit der man den milden Ben Ismael gezwungen hatte, seine eigene Sache zu verraten, ging zu dem Großdoktor. Scharf nagte ihn die Reue, daß er in Cäsarea nicht für die Universität Lud gesprochen hat. Er war entschlossen, Gamaliel ins Gesicht zu sagen, was er über seine Methode dachte, und ihm das angebotene Amt vor die Füße zu werfen. Ihn ekelte vor seiner Politik.

Der Großdoktor unterbrach seine wilde Anklagerede mit keinem Wort. „Sie sind so jung und ungestüm", sagte er, als Josef zu Ende war, und in seiner Stimme war Müdigkeit, Ironie und Neid.

„Sie haben mir erklärt", beharrte finster Josef, „hier in diesem Raume haben Sie mir erklärt, Sie würden die Minäer nicht antasten, wenn diese nicht das Zeremonialgesetz antasten."

„Sie haben es angetastet", erwiderte der Großdoktor. „Ich habe zuverlässige Berichte, daß sie in Antiochien, in Korinth, in Rom nach dem Vorgang eines gewissen Saulus oder Paulus lehren, an das Gebot der Beschneidung seien nur diejenigen gebunden, die vom Judentum zu ihnen übergingen, nicht aber die Heiden, die sich zu ihnen bekehren."

Josef erinnerte sich gewisser Worte Jakobs des Wundertäters. „Selbst wenn einzelne ihrer Prediger das lehren sollten", wandte er zögernd ein, „ist es nicht nur eine vorläufige Maßnahme, um dem Verbot der Römer auszuweichen?"

„Das ist mir zu minäisch gedacht", lehnte scharf der Großdoktor ab, und sein höfliches Gesicht wurde hart, römisch. „Ich kann nicht zugeben, daß die Motive eine Tat verändern. Ich kann nicht zulassen, daß einer in die Gemeinschaft Israels aufgenommen wird und unbeschnitten bleibt. Eine Sekte, die Unbeschnittene zuläßt, kann in unserer Gemeinschaft nicht geduldet werden. Gebrauchen Sie Ihre Vernunft, Doktor Josef", redete er dem andern zu. „Die Anerkennung eines solchen Lehrsatzes käme der Auflösung des Judentums gleich. Wir sind heute so weit, daß das Zeremonialgesetz die Juden, auch die im Ausland, so fest zusammenhält wie ehemals der Tempel, ja, sie schauen heute noch unverrückbarer nach Jabne als einstmals nach Jerusalem. Lasse ich die Riten ins Wanken kommen, dann stürzt dieser Zusammenhalt, dann stürzt alles." Und, näher an ihm, vertraulich, listig, geheimnisvoll, fügte er hinzu: „Ich gehe weiter. Daß die Römer die Beschneidung verboten haben, scheint mir ein Wink Jahves. Er will jetzt nicht noch mehr Heiden hereinnehmen in seinen Bund. Er will, daß wir uns zuerst festigen in uns selber. Er hat die Liste zeitweilig geschlossen."

Josef, finster, hielt ihm seine alten Einwände entgegen: „Was aber bleibt vom Weltsinn der Lehre, wenn Sie die Heiden der Möglichkeit berauben, Jahves teilhaftig zu werden?"

„Ich habe die Wahl", erwiderte der Großdoktor, „den Universalismus der Juden aufs Spiel zu setzen oder ihre Existenz. Soll ich um eines Teiles der Idee willen die ganze Idee gefährden? Ich ziehe es vor, das Judentum für eine Weile national einzuengen, statt es ganz aus der Welt verschwinden zu lassen. Ich muß die Gemeinschaft über die nächsten dreißig Jahre hinwegbringen, die gefährlichsten, seitdem Jahve den Bund mit Abraham schloß. Wenn diese Gefahr vorbei ist, mag sich der jüdische Geist von neuem universalistisch betätigen."

„Und war es notwendig", fragte nach einer Weile bitter Josef, „daß Sie Ben Ismael zum zweitenmal demütigten, und auf so harte Art? Denn Sie wissen, von diesem Schlag erholt der Mann sich nie mehr."

„Ich weiß es", gab Gamaliel zu. „Ich konnte ihn nicht schonen. Da der Schnitt gemacht werden mußte, war es notwendig, ihn wirksam zu machen. Sie wissen, wie besessen Flavius Silva ist von Haß gegen die Proselytenmacher. Er hat bestimmt sehr bösartige Repressalien vorbereitet für den Fall, daß wir uns nicht auf sichtbare Art von den Minäern scheiden.

Er hat da allerlei Mittel: er kann uns die Privilegien entziehen, die Gerichtsbarkeit, die Universität Jabne. Ich mußte das Haupt derer treffen, die im Verdacht standen, den Minäern zuzuneigen. Die Demütigung Ben Ismaels sichert die Privilegien Jabnes."

Wahrscheinlich hatte Gamaliel recht. Aber Josef dachte an das weiße, lange, schmerzhafte Gesicht Ben Ismaels; Trauer und Zorn schüttelten ihn, daß er die Fäuste vor die Augen preßte wie ein Kind.

„Ich liebe Ben Ismael", sagte nach einer Weile behutsam der Großdoktor. „Hier in diesem stillen Zimmer, im Gespräch mit Ihnen, wundere ich mich, wie ich es über mich gebracht habe, ihn bis in den Tod zu kränken. Hier hätte ich es nicht tun können. Gamaliel hätte dem Ben Ismael das nicht antun können, lieber wäre er selber außer Landes gegangen. Aber Gamaliel und der Großdoktor sind nicht dasselbe. Der Großdoktor bringt die Kraft auf, Gewalt zu tun und Menschen zu zertreten, wenn politische Vernunft es verlangt. Ich wäre ein Verbrecher, wenn ich, um den Mann Ben Ismael zu schonen, die Interessen der Gesamtheit geschädigt hätte."

„Ich könnte soviel Vernunft nicht aufbringen", sagte voll Verzicht und Bitterkeit Josef.

„Sie wollen nicht für uns nach Cäsarea gehen, mein Josef?" fragte Gamaliel und verhehlte nicht seine Enttäuschung.

„Ich bewundere die Folgerichtigkeit Ihrer Politik", erwiderte Josef. „Aber mich fröstelt, wenn ich daran denke, daß ich Ihnen beinahe ja gesagt hätte."

In das Achtzehngebet, nach der schönen elften Bitte: „Setze unsere Richter wieder ein wie früher und unsere Fürsten wie ehemals", wurde die neue Bitte eingefügt, die mit den Worten begann: „Den Ketzern sei keine Hoffnung", und die endete: „Gelobt seist du, Jahve, der die Ketzer zuschanden macht und aufs Haupt schlägt die Überheblichen."

Die Aufnahme dieser Bitte in das tägliche Gebet hatte die beabsichtigten Folgen. Wohl kehrten viele von den Minäern um, verleugneten die neue Lehre und sagten amen, wenn

Jahve angefleht wurde, diejenigen auszutilgen, die da an einen bereits erschienenen Messias glaubten. Viele aber, die meisten, verharrten in ihrem Glauben. Sie schieden aus der Gemeinschaft, sie nahmen es auf sich, von den andern gemieden zu werden. Manche wanderten außer Landes, unter ihnen der Wundertäter Jakob aus dem Dorfe Sekanja.

Die Anhänger der neuen Lehre übernahmen jetzt mit Entschiedenheit jene Mission, die früher die Juden als ihre wichtigste betrachtet hatten: die Verbreitung Jahves unter den Heiden. Wohl schleppte noch eines oder das andere der minäischen Bücher jenen alten Satz mit: „Geht nicht auf der Straße der Heiden und zieht nicht in die Städte der Samariter, sondern geht nur hin zu den verlorenen Schafen aus dem Hause Israel"; doch Grundpfeiler der Propaganda wurde jetzt die Lehre jenes Saulus oder Paulus, die Botschaft Jahves und seines Messias sei bestimmt, vor allem das Licht der Heiden zu werden. Während die Juden unter dem Druck des Beschneidungsverbots mehr und mehr auf die Propaganda verzichteten, ließen sich die Minäer durch Verfolgungen nicht abhalten, ihren Messias zu verkünden.

Immer schärfer sonderten sich die Christen ab von denen, aus deren Mitte sie kamen. Sie verleugneten das Zeremonialgesetz, das sie bisher gebunden. Heftig in ihren Heilsbotschaften sagten sie dem altgläubigen Judentum Feindschaft an. Haßvoll und für immer spaltete sich die neue, weltbürgerliche Lehre ab von der alten, jetzt volksgebundenen, um in dieser Gestalt die Welt zu gewinnen.

Josef, nach der Unterredung mit dem Großdoktor, war auf sein Gut zurückgekehrt. Er saß dort herum, führte ruhige Gespräche mit dem Verwalter, erwog, ob er seinen Leibeigenen, den Gehorsamen, nicht freilassen solle.

Noch zwölf Tage, dann fährt das Schiff „Glück", das ihn zurück nach Italien bringen wird, noch vier Tage, dann muß er nach Cäsarea aufbrechen.

Er ritt hinaus auf das Vorwerk „Brunnen der Jalta". Er setzte sich auf die kleine Mauer, die er liebte; aber diesmal war Mara nicht da. Still saß er in der Sonne, die nicht mehr heiß war. Nun er sich entschieden hatte, fortzugehen, spürte er doppelt die Sehnsucht, im Lande zu bleiben.

Wenn er in Rom wenigstens Söhne hätte, Söhne im Geist und im Fleische. Aber Simeon ist tot, und Paulus ist ihm verloren.

Ein Mann hat viel zu sühnen an einer Frau, deren einziger Sohn durch seine Schuld umgekommen ist. Aber wenn er sie wieder zu sich nähme, wäre das für ihn nicht eher Lohn als Strafe? Mara ist nicht da, aber er sieht sie im Geiste vor sich, barfuß, mit dem großen Strohhut, sitzend, stehend, hin und her gehend, wohl auch kniend, grabend, in der fetten, schwarzen Erde.

Viele der Doktoren preisen die Wiederverheiratung mit der Geschiedenen als verdienstliche Tat. Was für ein Gelächter gäbe es in Rom, wenn er, nach allem Vorhergegangenen, mit seiner ersten Frau wieder angerückt käme. Freilich täuscht man sich oft. Er hat nie gedacht, daß man ihn hier im Lande Israel so freundlich aufnehmen werde. Gamaliel ist in Wahrheit ein großer Mann. Es gibt keinen besseren, die Juden in dieser Zeit zu führen.

Es wäre gut, einen Sohn von Mara zu haben, von der Frau mit den bloßen Füßen und dem Strohhut. Es ist gleich, ob die Juden einen solchen Sohn anerkennen oder nicht. Wenn man ihn nur von Anfang an selber erzieht, zusammen mit der Frau mit den bloßen Füßen.

Als er anderen Tages wieder auf das Vorwerk kam, war Mara da. Sie arbeitete. Er stellte sich neben sie, sprach zu ihr. Sprach ihr von jener merkwürdigen Institution, dem Levirat. Setzte ihr auseinander, daß man diesen Begriff nicht zu eng fassen dürfe, daß er ihr gegenüber eine Verpflichtung spüre, daß ihm diese Verpflichtung willkommen sei. Sie arbeitete weiter, während er sprach, und sah nicht auf, so daß er nicht erkennen konnte, ob sie ihm zuhörte und wie sie seine Worte aufnahm; denn der große Hut beschattete ihr Gesicht, und er sah nicht, was darauf vorging.

Er fuhr fort, zu sprechen, und er sagte mehr, als er vorhatte. Er fragte, ob sie mit ihm nach Rom kommen und dort in seinem Hause leben wollte. Er werde das Bürgerrecht für sie erwerben, und wenn sie auf jüdische Art nicht sollten heiraten können, dann wolle er sie auf alle Fälle auf römische zu seiner Frau machen. Ihr Sohn solle seinen Namen tragen, Flavius Josephus solle er heißen, und sie solle wählen, ob sein Vorname Lakisch sein solle nach ihrem Vater oder Matthias nach dem seinen, und er solle ein Römer sein und vor allem ein Jude. Und sie beide gemeinsam würden ihn hüten und erziehen.

Er sprach nicht sehr deutlich, trotzdem er ein geübter Redner war; manchmal unterbrach sein erregter Atem seine Sätze.

Mara hatte zu arbeiten aufgehört. Sie kauerte auf der Erde, in der prallen Sonne, die stark und doch nicht heiß war, den Kopf gesenkt, so daß der große Hut sie völlig verbarg. Sie saß aber eine lange Weile reglos und sagte kein Wort. Endlich fragte Josef: „Hast du mich gehört, Mara?“, und da sie nur eine kleine Bewegung mit dem Kopfe machte, ging er näher an sie heran, beugte sich nieder, faßte ihre Hand, die rauh war, und sagte: „Willst du mir nicht dein Gesicht zeigen, Mara?“ Da hob sie den Kopf und lächelte unter dem Strohhut und sagte: „Woher weißt du, daß es ein Sohn sein wird?“

In ihm aber war eine große Freude, und er rief sie an: „Mara“, und sie erwiderte: „Hier bin ich“, und er zog sie herauf zu sich und führte sie ein kleines Stück Weges, und nun saßen sie beide auf der besonnten Mauer.

Sie aber sagte ernsthaft und entschieden: „Ich muß aber erst den Weinberg hier, den verwilderten, in Ordnung bringen, und auch warten muß ich, bis die hellfarbige Eselin, die babylonische, ihr Junges geworfen hat und es entwöhnt ist. Das ganze Gut hier muß ich erst in Ordnung bringen.“ – „Wie lange wird das dauern?“ fragte er. „Übers Jahr, denke ich, werde ich soweit sein“, erwiderte sie. „Das ist sehr lang“, sagte Josef. Doch schon überlegte er: „Dann will ich in der Zwischenzeit in Rom alles Nötige tun, damit du nur vor den Richter zu treten brauchst, um das Bürgerrecht zu erhalten.“

Am nächsten Tag versuchte Josef, sie zu überreden, sogleich mit ihm nach Rom zu kommen. Sie aber weigerte sich. Sie hatte viel mütterliche Arbeit in den verwilderten Boden gesteckt, sie wollte ihn nicht verlassen, bevor sie sicher war, daß er gedeihe. So mußte Josef nachgeben.

Allein er wollte nicht von Judäa fortgehen, bevor er seinen neuen Bund mit ihr besiegelt hatte. Er schlief mit ihr. Er wollte einen Sohn in Judäa zeugen.

Am vierten Tag, wie er es sich vorgenommen, verließ er das Gut, um nach Cäsarea und dann nach Rom zu fahren. Mara aber legte ein Hühnerei zwischen ihre Brüste, um zu sehen, ob ein Hahn oder eine Henne daraus werde.

Die Festspiele in Flavisch Neapel hatten zwar die syrischen nicht ausgestochen, aber alles in allem durfte der Gouverneur zufrieden sein. Daß die Hauptattraktion, der Gaul Vindex, weggefallen war, hatte die Wirkung beeinträchtigt, aber der „Laureol" war ein Erfolg gewesen. Die Festgäste, auch die aus Syrien – und das war in diesem Fall die Hauptsache –, waren aus dem Lachen, Staunen, Applaudieren nicht herausgekommen.

Demetrius Liban hatte nach diesem Beifall gedürstet wie der Hirsch nach Wasser. Aber er war klug genug, seinen Unwert zu erkennen. Das Auditorium war außergewöhnlich empfänglich, doch ebenso unkritisch. An Stellen, wo die Leute hätten jubeln müssen, waren sie totenstill geblieben, und wo sie hätten weinen sollen, hatten sie gelacht. Wenigstens herzhaft hatten sie gelacht; manchmal schienen selbst die mächtigen Steinstufen des Theaters erschüttert. Kam die Zeit zurück, da Demetrius „Statuen hatte zum Lachen bringen können"?

Er hatte den Laureol mit schlechtem Gewissen gespielt; daß die Sache gut ausging, war eine unverdiente Gnade Jahves. Jetzt war es seine Pflicht, im Lande zu bleiben. Übrigens sprachen auch äußere Gründe dafür; der Gouverneur, um ihn zu halten, bot ihm Landbesitz und große Privilegien an, so daß er, wenn er sich entschloß, in Judäa zu bleiben, wie ein Fürst leben könnte.

Er entschloß sich nicht. Gerade nach dem Sieg in Flavisch Neapel zehrte an ihm mit zwiefacher Heftigkeit der Grimm über jene Niederlage im Theater der Lucia. Es war eine unverdiente Niederlage gewesen. Jetzt hat es sich erwiesen, daß sein Laureol selbst vor einem naiven Publikum bestehen kann, das unfähig ist, seine Feinheiten zu schmecken. Nein, er wollte nicht in die Grube fahren, bevor er die Demütigung jener römischen Niederlage von sich abgewaschen hat. Mochte Jahve ihm zürnen, mochte die neue Seereise ihm neue Schrekken bringen: ihm oblag es, auch den Römern die Anerkennung seines Laureol abzuzwingen.

Er suchte nach einem Schiff, das eine möglichst ruhige Fahrt versprach. Nach vielem Hin und Her belegte er Kajüte auf dem Schiff „Argo“. Die war ein alter Kasten, doch breit und geräumig. Und vor allem ging sie nicht wie jenes Fahrzeug, nach dem sie hieß, auf abenteuerliche Reisen aus, im Gegenteil, sie vermied ängstlich den offenen Ozean, ihr Kurs führte immer die Küste entlang. Die Fahrt wird viele Wochen dauern, doch so schlimme Leiden wie auf der ersten Reise stehen ihm diesmal nicht bevor.

Er täuschte sich. In der dritten Woche trieb ein starker Sturm das Schiff von der Küste ab, der Steuermann konnte sein Ruder nicht mehr halten. Das Schiff trieb hilflos, überspült von immer neuen, kalten, weißgrauen Wellen. Die Matrosen bestreuten sich mit Asche, die Passagiere schrien zu ihren Göttern, die im Kielraum angeschmiedeten leibeigenen Ruderer heulten um ihr Leben. Bei alledem versicherte der Kapitän, man könne nicht sehr weit entfernt von der Küste sein.

Demetrius Liban lag, grau im Gesicht, mit eisigen Gliedern, in seiner Kajüte. Er war furchtbar schwach, den ganzen gestrigen Tag hindurch hatte er sich übergeben, ihm graute vor Essen, er lag, die Augen geschlossen, und schrie nach Tod. Wie auch könnte er gerettet werden? Das Schiff ist verloren, sagen sie, die zwei Boote reichen nicht aus. Freiwillig werden sie ihn nicht in ein Boot nehmen, und er ist nicht kräftig und kann nicht darum kämpfen. Zuerst hat man ihn mit großer Achtung behandelt, jetzt ist er für die andern ein Stück Holz, sie lassen ihn verrecken. Wäre es nur schon aus. Er schrie zu Jahve, wollte Gebetmantel und Gebetriemen anlegen, aber er war zu erschöpft.

Er hörte ein mächtiges Krachen und neues Geschrei vom Deck her. Gräßliche Angst packte ihn. Mit zerschlagenen Gliedern erkroch er das Oberdeck. Er fiel oftmals auf diesem Gang. Auf dem Oberdeck sahen sie ihn nicht und wollten ihn nicht sehen, jeder war mit sich beschäftigt. Seine Angst wuchs. Da er wahrnahm, daß die andern ihr Haar schoren, um es dem Neptun zu weihen, versuchte er, sein eigenes für den Gott auszureißen, dabei Jahve um Vergebung für den Götzendienst bittend.

Riesige Wellen waren; sie kamen, schien es dem Demetrius, von allen Seiten. Hatte der Wind sich gedreht? Jemand sagte, man sei näher an der Küste, man habe das Blei geworfen und gesehen, daß das Wasser nicht tief sei, man sei in Gefahr, aufzulaufen, doch mit den Booten könne man Land erreichen. Sie machten die Boote bereit, aber sie warteten noch, sie auszusetzen. Zuerst hatte Liban in einem Winkel Halt und Stütze, dann aber riß es ihn weg, und er rollte wie ein Toter.

Es ist aus, dachte er. Ich mache mir keine Hoffnung, ich will nichts berufen, ich will nichts hoffen. Aber wenn du mir diesmal noch hilfst, Jahve, nur noch dies einzige Mal, dann verzichte ich darauf, den Laureol in Rom zu spielen, dir zu Ehren verzichte ich darauf. Hilf mir lieber nicht, aber laß es gleich aus sein. Ertrinken ist gräßlich, man kann nicht mehr atmen, ich kann nicht schwimmen. Es ist gut, daß ich nicht schwimmen kann, auf diese Art wird es schneller aus. Vielleicht sollte ich mir die Adern öffnen. Mir graut vor dem Blut. Und wenn Jahve in seiner Gnade doch beschlossen haben sollte, mich zu retten, will ich ihm nicht voreilig zuwiderhandeln. Auf offener See sterben ist das Furchtbarste, man hat kein Grab. Seinem bittersten Feind flucht man: „Daß du auf offener See stürbest“, aber selbst einen Heiden so zu verfluchen, haben die Doktoren verboten. Man wird von den Fischen angefressen. Zuerst fressen sie die Augen, ist nicht in den „Persern“ des Äschylus so eine Stelle? Nein, dort ist sie nicht, aber das ist jetzt gleichgültig, laß mich vorher sterben, Jahve, und wie kalt es ist. Vielleicht erschlägt mich einer von den Leibeigenen oder den Matrosen, wenn ich ihm Geld gebe. Ich will nicht denken, ich will nur beten, aber was soll ich beten? „Ja und ja, ich habe gesündigt, ja und ja, ich habe gefrevelt, ja und ja, ich habe gefehlt." – „Höre, Israel, der Ewige dein Gott" – aber ich sollte nicht „Höre, Israel" sagen; denn wenn ich selber glaube, daß dies die Stunde meines Absterbens ist, dann berufe ich es herauf und beschwöre Jahve, mich zu verderben. Wenn ich gerettet werde, muß ich ein Stück Holz von dem Schiff mitnehmen, daß sie mir glauben, was das für ein Sturm war. Sie glauben es einem nie, wenn man eine Heldentat vollbracht hat. Ich müßte mir den Kopf kahl scheren, daß sie sehen, daß ich meine Haare dem Neptun geweiht habe, aber das wäre wieder eine Beleidigung für Jahve. Unter keinen Umständen darf ich jetzt daran denken, daß auch nur eine Möglichkeit des Untergangs ist. Wenn ich in Rom den Laureol spiele, werde ich in der dritten Szene „Kreuz" betonen und nicht „du". Und die Maske muß einen halben Zentimeter niedriger werden. Ich muß atmen, dann wird die Übelkeit besser. Wenn ich stark atme und die Arme ausstrecke, dann rolle ich auch weniger. Oh, da kommt schon wieder eine Welle. Wir haben es uns zu einfach vorgestellt, Marull und ich, Seeräuber zu sein. Wenn man denkt, daß die in einem solchen Sturm auch noch kämpfen müssen. Wäre es nur schon aus.

Als Liban so weit gedacht hatte, gab es einen scharfen Ruck und einen ungeheuren Krach. Das Schiff war aufgelaufen. Geschrei war. In aller Eile setzte man die Boote aus. Demetrius, trotzdem er wußte, daß es aussichtslos war, schrie, sie sollten ihn mitnehmen. Die Boote stießen ab, ohne ihn.

Auf der „Argo" waren ein paar Dutzend Menschen zurückgeblieben, Leibeigene, Kranke, Hilflose. Die Wellen drückten jetzt das stark beschädigte Hinterteil des Schiffes vollends ein. Demetrius mit einigen andern kroch zu der Stelle, die sie für die sicherste hielten, und klammerte sich fest. Der Sturm schien ein wenig nachzulassen, aber immer wieder kam eine Welle, schlug über ihm zusammen, drohte ihn wegzureißen, er japste nach Atem.

Noch bevor das Schiff vollends gesunken war, kamen Boote mit Menschen. Demetrius dachte, nun sei er gerettet; vielleicht auch dachte er es nicht, er hatte keine klaren Gedanken mehr. Waren, die da kamen, Laureol und seine Seeräuber? Sie hatten es eilig, sie hielten sich nicht viel mit Gerede auf, sie schleppten in hurtigem Hin und Her fort, was sie noch an Transportablem fanden. Um die Menschen kümmerten sie sich nicht; vielleicht schienen sie ihnen nicht wert, als Leibeigene aufgefüttert zu werden, vielleicht war es ihnen zu gefährlich, sie zu Leibeigenen zu machen. Die Menschen der Boote waren auf ihre Art gutmütig; dem einen oder andern der Schiffbrüchigen hauten sie auf den Kopf, damit er nicht zu lange zu leiden habe. Den Demetrius beachteten sie nicht.

Die Strandbevölkerung hatte in den nächsten Tagen viel zu tun. Es wurde allerhand angetrieben. Da war zum Beispiel ein Kasten aus Ebenholz, mit Elfenbeinreliefs ausgelegt, die Schmückung irgendeines Halbgottes darstellend, und versehen mit den Initialen D. L. Dieser Kasten schien den Strandleuten sehr kostbar; seinen Zweck freilich erkannten sie nicht, sie stritten lange darüber. Dem Demetrius Liban hatte er als Schminkkasten gedient. Auch ein Etui mit den Initialen D. L. wurde angetrieben, das sehr wertvoll aussah und ihnen große Hoffnung erweckte; aber als sie es begierig öffneten, war nichts darin, nur ein verwelkter Kranz.

Josef war froh, Justus noch in Cäsarea anzutreffen.

Sie saßen am Hafenkai, vor ihnen lag das Schiff „Glück", das Josef übermorgen nach Italien zurückbringen sollte. Lärm und Menschen waren um sie. Aber Josef sah nur das hagere, scharfe, gelbgraue Gesicht des Justus.

Der begrüßte es, daß Gamaliel endlich zu einer Aktion gegen die Minäer ausgeholt hatte. „Wahrheit", konstatierte er, „kann den Menschen ohne eine Beimengung von Lüge nicht beigebracht werden. Die Lüge, die die Doktoren der Wahrheit beimengen, ist weniger gefährlich als die der Minäer. Der Verzicht auf das Weltbürgertum fälscht die jüdische Idee, aber der Verzicht auf den Messias, der da kommen soll, fälscht sie noch mehr. Denn das Erscheinen dieses Messias muß durch das strenge Leben jedes einzelnen erst erkämpft werden, so daß also der Glaube, der Messias sei bereits erschienen, einem Verzicht auf die Idee des Fortschritts gleichkommt. Wer annimmt, das Tausendjährige Reich sei bereits da, kann es sich füglich schenken, weiter darum zu kämpfen. Es ist gut, daß Gamaliel gegen eine Lehre vorgegangen ist, die ihre Anhänger ermutigt, sich von dem Kampf um den Fortschritt zu drücken."

Josef, ihn von der Seite her betrachtend, haftete noch an seinen ersten Worten. „Sie glauben im Ernst", fragte er, „daß eine Wahrheit nur weitergegeben werden kann, indem man ihr Lüge beimischt? Sie glauben also, daß, was bleiben soll, ein Gemenge sein müsse aus Wahrheit und Lüge? Wollen Sie, daß ich das für mehr nehme als für einen Aphorismus?"

Justus wandte ihm höhnisch das Gesicht zu: „Sie gelten als ein großer Schriftsteller, Flavius Josephus, und haben mit dreiundvierzig Jahren noch nicht die Elemente unseres Handwerks begriffen? Schauen Sie sich die Messiaslegende der Minäer an. Was die Minäer da erzählen, ist voll offenbaren Widerspruchs; jeder Einsichtige muß begreifen, daß es so nicht gewesen sein kann, und noch leben Leute aus Jerusalem und Galiläa, die das gesehen haben müßten, was die Minäer berichten, und die es nicht gesehen haben. Beweist das nicht, wieviel stärker eine Legende ist, die den Menschen bequem eingeht, als eine unbequeme historische Wahrheit? Die Wirklichkeit ist bloßer Rohstoff und zum Gebrauch für das Gefühl wenig geeignet. Sie taugt erst, wenn sie zur Legende verarbeitet ist. Wenn eine Wahrheit sich halten soll, muß sie mit Lüge legiert werden."

Der Lärm um sie hatte zugenommen. Bekannte winkten Josef den Gruß. Der, während er ihn erwiderte, sah unverwandt auf den andern, der dünn und steif dasaß, befremdlich durch den fehlenden Arm, unangenehm kichernd, wie das in letzter Zeit seine Gewohnheit war. Josef hörte gespannt zu, aber er konnte die Worte des Justus so schnell nicht fassen und fragte, ein wenig töricht: „Was sagten Sie da, mein Justus?" Und Justus, wie einem Kinde, das schwer begreift, wiederholte ihm, jedes Wort betonend und in Aramäisch, während er bisher griechisch gesprochen hatte: „Wenn eine Wahrheit sich halten soll, muß sie mit Lüge legiert werden."

Doch Josef, gleichzeitig mächtig gelockt und gewaltig erzürnt, hielt ihm vor: „Das sagen Sie mir, Justus, der am bittersten jeden Kompromiß verlachte?" Justus aber erwiderte ungeduldig: „Verstellen Sie sich? Wollen Sie mich absolut nicht verstehen? Rede ich einem Kompromiß das Wort? Die reine, absolute Wahrheit ist unerträglich, niemand hat sie, sie ist auch nicht erstrebenswert, sie ist unmenschlich, sie ist nicht wissenswert. Aber jeder hat seine eigene Wahrheit und weiß auch genau, was seine Wahrheit ist; denn sie ist scharf umrissen und einzig. Und wenn er von dieser seiner individuellen Wahrheit nur um ein Jota abweicht, dann spürt er es und weiß, daß er eine Sünde begangen hat. Sie nicht?" fragte er herausfordernd.

„Was nützt es", fragte bitter Josef, „eine Wahrheit zu verkünden, wenn es doch nur eine subjektive Wahrheit ist, nicht *die* Wahrheit?"

Justus schüttelte über soviel Unverstand den Kopf. Dann, ein wenig ungeduldig, erklärte er: „Die Wahrheiten, die der Politiker heute in Taten umsetzt, sind die Wahrheiten, die der Schriftsteller gestern oder ehegestern verkündet hat. Ist Ihnen das nicht bekannt? Und die Wahrheiten, die der Schriftsteller heute verkündet, wird ein Politiker morgen oder übermorgen in Wirklichkeit umsetzen. Die Wahrheit des Schriftstellers ist unter allen Umständen reiner als die des Tatmenschen. Der Tatmensch nämlich, der Politiker, hat auch im besten Fall nicht die Chance, seine Konzeption, seine Wahrheit, rein zu verwirklichen. Sein Material sind die andern, sind die Massen, ihnen muß er immerfort Konzessionen machen, mit ihnen muß er arbeiten. Die Massen aber sind ihrer Natur nach dumm. Der Politiker arbeitet also mit dem undankbarsten, unanständigsten Stoff, den es gibt: er muß, der Arme, seine Wahrheit statt mit einer anständigen Lüge immerzu mit der Dummheit der Massen versetzen. So bleibt, was er auch macht, brüchig, zum Untergang verurteilt. Die Chance des Schriftstellers ist besser. Gewiß ist auch seine Wahrheit ein Gemenge aus den Fakten, der Umwelt, der Realität, und seinem eigenen, unbeständigen, gauklerischen Ich; aber diese seine subjektive Wahrheit darf er wenigstens rein ans Licht stellen, ja, er darf eine gewisse Hoffnung hegen, daß sie allmählich zur absoluten Wahrheit wird, einfach durch ihre Dauer; denn da die Tatmenschen immerzu mit dieser seiner theoretischen Wahrheit herumexperimentieren, besteht eine leise Möglichkeit, daß einmal, unter günstigen Umständen, die Wirklichkeit sich seiner Theorie fügt. Die Taten vergehen, die Legenden bleiben. Und die Legenden schaffen immer neue Taten."

Lastträger liefen hin und her, sie beluden das Schiff „Glück". Josef schaute ihnen zu, doch nur sein Auge nahm sie wahr, er war beschäftigt mit dem, was Justus sagte. Der wandte ihm jetzt sein Gesicht voll zu und fuhr fort, halb bedauernd, halb bösartig: „Freilich ist es dem großen Schriftsteller auch nicht immer leicht, seinen Wahrheiten treu zu bleiben. Es sind zumeist unbehagliche Wahrheiten, und sie gefährden seinen Erfolg in die Breite. Erfolg in die Breite hat auch ein Schriftsteller gewöhnlich nur, wenn er seiner eigenen Erkenntnis Bestandteile aus der Dummheit der Masse beimischt."

Josef fühlte sich unbehaglich. Justus, sehr höflich jetzt und wieder griechisch, sagte: „Glauben Sie, bitte, nicht, mein Josephus, daß ich mich über Sie lustig mache. Warum sollten Sie nicht um des Erfolges willen schreiben? Daß Sie gewisse unanständige Lügen geschrieben haben, hat Ihnen eine Büste im Friedenstempel eingebracht. Fast alle werden finden, das lohnt."

Und nochmals änderte sich sein Gesicht, er nahm eine listige und zugleich resignierte Miene an und rückte dem Josef näher. „Ich will Ihnen ein Geheimnis mitteilen", sagte er. Und mitten in dem Lärm des Hafens von Cäsarea, als wären sie ganz allein, brachte der dünne, kümmerliche, krüppelhafte Mann seinen Mund ganz nahe an Josefs Gesicht und sagte ihm sein Geheimnis ins Ohr: „Auch die Verbreitung der reinsten subjektiven Erkenntnis macht einem keine unbedingte Freude mehr, wenn man erst auf folgendes gekommen ist: daß alle Erkenntnis nur aus dem Streben entsteht, Beweisgründe für die eigene Art zu sammeln, daß alle Erkenntnis nur Mittel ist, das eigene Wesen herauszuarbeiten, gegen die Welt zu behaupten. Und wenn eine Erkenntnis nicht geeignet ist, das eigene Ich zu bestätigen, dann deutelt man so lange an ihr herum, bis sie es ist." Und kichernd, nach der Melodie eines beliebten Gassenhauers, sang er ein Sprüchlein vor sich hin, das wahrscheinlich erst entstand, während er es sang: „Dir erkennbar ist nur, was geeignet ist, / Dir jeweils zu bestätigen, / Daß du dich nach Lust betätigen / Und sein darfst, was du bist."

Josef wagte nicht, dem andern in die Augen zu schauen. „Warum verkleinern Sie unsere Arbeit, Justus?" klagte er.

„Unsinn", lehnte unwirsch Justus ab. „Ich halte meine Arbeit nicht für gering."

Josef aber, so tief ihn die Worte des andern trafen, spürte das Bedürfnis, solche Worte immer wieder zu hören. Er schaute auf das Schiff „Glück". „Wollen Sie mit mir nach Rom kommen, Justus?" bat er. „Ich brauche Sie."

„Ja", sagte barsch Justus.

Fünftes Buch
Der Weltbürger

Es war kalt, trüb und windig, als Josef mit Justus in Rom ankam. Trotzdem spürte er schon in der Sänfte, die ihn nach seinem Hause trug, ein tiefes Wohlgefühl, wieder in der Stadt zu sein. Er begriff nicht mehr, wie er vor kaum acht Monaten Judäa als seine Heimat hatte grüßen, wie er hatte fürchten können, in Rom werde er sich fremd fühlen. Gewiß, hier ist alles kahler, farbloser als in Judäa. Aber man kann nicht immer in einer Luft leben, die so anstrengend ist und zehrend wie die seiner Heimat, man kann nicht sein Dasein zu einem ewigen Buß- und Gerichtstag machen. Seine Reise nach Judäa war ein großes, heroisches Zwischenspiel gewesen. Hier in Rom ist sein Alltag, tätig, nüchtern, schmutzig. Hierher gehört er, der Welt gehört er, nicht der kleinen, leidenschaftlichen Provinz Judäa.

Noch am gleichen Tag nötigte er Justus, mit ihm durch die Stadt zu gehen. Noch tiefer jetzt schmeckte er das Gefühl der Heimkehr. Jedem Haus, jedem Stein hätte er zunicken wollen. Die Menschen bis herunter zu den schreienden Straßenhändlern, selbst die Tempel und Statuen der Götter gehörten zu ihm, waren ein Teil von ihm. Er war Judäa dankbar, daß es ihn so tief spüren ließ, wie sehr er Rom und der Welt gehörte.

Justus war schweigsam. Er ging durch die Stadt, ein kritischer Beschauer; er war lange nicht hier gewesen. In seinem Alexandrien war Leben und Verkehr bewegter. Doch die neue Dynastie, Vespasian und Titus, hatte es verstanden, auch am äußern Bilde Roms sichtbar zu machen, daß hier das Zentrum des Erdkreises war. Josef wies seinem einsilbigen Begleiter die neuen, weiß und goldenen Gebäude der Flavier, als wären sie sein eigenes Werk, prahlte mit dem Wachstum und der Größe der Stadt, seiner Stadt. Als sie an das Forum gelangten, kam gar die Sonne ein wenig heraus, man konnte unter der Rednertribüne an der Sonnenuhr, die man als das Herz der Welt ansah, die Zeit ablesen: Josef strahlte kindlich übers ganze Gesicht.

Aber als sie zum Marsfeld kamen, war es wieder wolkig, ein Geriesel aus Schnee und Regen kam vom Himmel, es wurde richtig winterlich, und sie beeilten sich, unter die neuen, nach dem Brand wiederhergestellten Arkaden zu flüchten. Die Leute dort fröstelten in ihren Mänteln, hatten rote Nasen, räusperten sich, hüstelten. Josef hielt seine Bekannten an. Die standen ihm nur widerwillig Rede, bemühten sich, kurz zu sein, traten ungeduldig von einem Fuß auf den andern, strebten aus der Kälte fort. Doch Josef suchte das Gespräch hinauszuziehen, fragte sie dies und jenes, stellte ihnen Justus vor. Die lateinischen Laute, vor denen ihm in Judäa unbehaglich gewesen war, klangen ihm lieblich ins Ohr, seine Augen hatten Freude an den römischen Gesichtern, den römischen Kleidern. Diese Leute waren römische Bürger, und römischer Bürger war er.

Justus blieb schweigsam, aber er machte sich nicht über Josef lustig. Sie gingen jetzt über das Forum des Vespasian. Ein weißes, mächtiges Gebäude stieg vor ihnen auf. „Der Friedenstempel?“ fragte Justus, aber es war mehr eine Konstatierung als eine Frage. Die andern neuen Bauten hatte Josef vielwortig erklärt, an diesem wollte er einsilbig vorbei. Doch Justus blieb stehen. Leicht fröstelnd, behindert durch den fehlenden Arm, hüllte er sich dichter in seinen Filzmantel, betrachtete das Gebäude. „Wollen wir nicht hineingehen?“ forderte er Josef auf. Der schaute ihm schräg ins Gesicht, argwöhnisch, ängstlich vor dem Augenblick, da Justus vor seinem Ehrenbild stehen werde. Allein das hagere Antlitz des Justus zeigte keinen Spott, nichts als Wißbegier. Josef zuckte die Achseln, sie stiegen die Stufen hinauf. Gingen vorbei an der Friedensgöttin, die sanft und ruhevoll im Schutz ihrer beiden Kaiser stand, vorbei an den prunkenden Gemälden und Statuen, an den Trophäen des jüdischen Krieges, dem siebenarmigen Leuchter, den Schaubrottischen. Justus ging langsam, betrachtete alles genau, atmete stark. Keiner von beiden sagte ein Wort.

Sie durchschritten die Bibliothek. Vor ihnen öffnete sich weit und still ein Saal. „Der Ehrensaal?“ fragte Justus. Josef nickte. Oft war er und in peinlichen Situationen vor das Antlitz von Männern getreten, die sein Schicksal in ihrer Hand hatten, doch nie hatte er ein so prickelndes Unbehagen gespürt wie jetzt, da er mit Justus vor seine Büste treten soll.

Groß und ruhig lag die Halle, die wenigen Menschen, die sich an diesem Tag hergewagt hatten, verloren sich in ihr, fröstelnd in der Ecke hockte der Diener. Sie traten ein. Standen vor den Erztafeln, auf denen die Namen der einhundertachtundneunzig eingemeißelt waren, die als die großen Schriftsteller aller Zeiten galten. Lange verweilte Justus, las sorgsam Namen für Namen, seine Lippen bewegten sich, während er las. Josef beschaute ihn gespannt, er zitterte vor Kälte, dabei schwitzte er vor Erregung, das Herz stieß ihm gegen die Rippen. Justus stand und las, und Josef sah ihn an, und Justus lächelte nicht. Wieder überkam Josef das erbärmliche Gefühl des Schuljungen, der seine Aufgabe nicht gelernt hat.

Endlich löste sich Justus von den Tafeln. Sie machten sich daran, die Bildsäulen zu beschauen, eine nach der andern, wie sie die eirunde Wand des Saales entlang standen. Jetzt waren sie am Kopf des Josef. In seinem korinthischen Erz schimmerte er, über die Schulter gedreht, hager, fremdartig, augenlos und doch voll wissender Neugier, hoch und hochfahrend. Der lebendige Josef sah jetzt keineswegs hochfahrend aus, seit langem hatte ihn keiner so klein gesehen. Was suchte sein Bild unter den Bildern dieser andern? Sein Ruhm war erschlichen; er war, nun dieser Justus das Bild beschaute, wie ein Dieb vor dem Bestohlenen.

Aber Justus, nach einem endlosen Schweigen, sagte nur: „Dieser Basil ist ein großer Künstler.“ Und als sie den Saal verließen, sagte er: „Einer fehlt, und es wäre vielleicht auch für Sie gut gewesen, wenn seine Büste vor der Ihren hier aufgestellt worden wäre.“ – „Ja“, sagte demütig Josef, und er begriff selber nicht, wie er hatte zulassen können, daß ihm ein

Bild in diesem Raum errichtet wurde, solange kein Bild des Philo darin stand.

Er fragte sich, was wohl in Justus vorgegangen sein mochte, während er das Ehrenbild beschaute. Justus war nicht neidisch, dazu war er zu stolz, aber es wäre ein Wunder gewesen, wenn ihn nicht die Läufte der Welt mit Bitterkeit erfüllt hätten. Justus blieb, gegen seine Gewohnheit, dunkel und sagte, während sie den Tempel verließen, nur: „Man hat es nicht leicht, als Jude demütig zu bleiben. Man braucht nicht viel Prophetentum, bloß ein wenig literarisches Urteil, um zu wissen, daß von all denen, die in unserm Jahrhundert griechisch schreiben, nur drei ihre Zeit überleben werden: der Jude Philo, der Jude Justus von Tiberias, der Jude Flavius Josephus." Er kicherte nicht, es war kein Spott in seiner Stimme.

Am nächsten Tag gab er dem Josef ein kleines Buch, die ersten zweihundert Seiten seiner Darstellung des jüdischen Kriegs. Es war für Josef ein Anerkenntnis und eine Bestätigung, daß Justus sie ihm gab. Er saß die Nacht hindurch wach über dem Manuskript. Erst wollte er es atemlos durchjagen, aber das ging nicht, der scharfe, dichte Stil des Werkes zwang den Leser, jedes Wort zu überdenken. Langsam also las er die klaren, gemeißelten Sätze des andern, die belegt waren mit Ziffern und Daten, und während er las und bewunderte, spürte er schmerzlich die eigene hinter soviel falschem Glanz verdeckte Unzulänglichkeit.

Dennoch drückte ihn das Werk des Justus nicht nieder. Ihm selber fehlte vieles, was jener besaß, doch vieles eignete ihm, was jenem mangelte. Jener hatte die schärfere Intelligenz, den weiteren Blick, allein ihm selber verdichtete sich, was er erlebte, zu Bildern und Gestalten von größerer Schaubarkeit. Und das Werk des Justus wurde ihm zum Stachel, der ihn nicht verletzte, sondern spornte.

So erfreut Josef seine Römer begrüßt hatte, mit solcher Unruhe sah er der ersten Begegnung mit den römischen Juden entgegen. Die Angelegenheit der Josef-Synagoge war noch immer nicht geklärt. Nach dem Sturm von Unwillen und Gelächter, den sein Verzicht auf den Knaben Paulus erregt hatte, war es zweifelhaft, ob Doktor Licin seine Absicht, der Synagoge den Namen Josefs zu geben, werde durchführen können. Voll unangenehmer Spannung also empfing Josef die Herren Cajus Barzaarone und Doktor Licin, als sie sich bei ihm meldeten.

Aber bald stellte sich heraus, daß die Herren vor Josef mehr Schuldbewußtsein hatten als der vor ihnen. Der joviale Cajus Barzaarone ließ während der Begrüßungssätze seine listigen Augen spähend über Josefs Gesicht gleiten, seine Gedanken zu erraten, und Josef merkte bald, daß die ehrenvolle Aufnahme, die er in Jabne gefunden, in Rom Eindruck gemacht hatte. Beredt rühmte der alte Vorsteher der Agrippenser-Synagoge die Weisheit des Großdoktors Gamaliel. In diesem Manne war den Juden nach soviel Fährnissen ein großer Führer erstanden, vergleichbar dem Esra und dem Nehemia. Zuerst hatten die römischen Gemeinden gefürchtet, ein so junger Herr werde sich in dieser schwierigen Lage zu Unüberlegtheiten hinreißen lassen. Allein Gamaliel verband die Kraft eines jungen mit der Weisheit eines alten Mannes. Mit wie fester Hand hält er die auseinanderstrebenden Juden zusammen. Mit welch meisterlicher Taktik hat er diese Minäer, deren unsinnige Propaganda die Römer immer von neuem gegen die Juden aufbrachte, aus der Gemeinschaft hinausgedrängt. Wie schmiegsam weiß er bei aller Autorität seine Theorie den Forderungen der Wirklichkeit anzupassen. Und Cajus Barzaarone erzählt ein Beispiel aus seiner eigenen Erfahrung. Da der Großdoktor so streng auf die Befolgung der Riten hielt, hatten die orthodoxen Hitzköpfe in Rom einen neuen Vorstoß gegen ihn, Cajus Barzaarone, gewagt, hatten die alte Geschichte mit den Tierornamenten an seinen Möbeln aufgewärmt, hatten versucht, ihn auf dem Umweg über Jabne zu stürzen. Aber der junge, weise Gamaliel hatte ihren Umtrieben schnell ein Ende gemacht. Selbstverständlich ist es besser, die erste Möbelfabrik Roms bleibt in jüdischen Händen, auch mit Tierornamenten, als daß das Präsidium der einflußreichen Tischlergewerkschaft an einen Goi übergeht. Ein weiser Gesetzeslehrer, ein großer Politiker.

Keine Rede war mehr davon, daß man einmal geschwankt

hatte, ob man dem neuen Bethaus am linken Tiberufer noch den Namen des Josef geben könne. Vielmehr lud ihn Doktor Licin dringlich ein, die Fortschritte des schönen Baus bald zu besichtigen.

Eine schwere Sorge fiel von Josef ab. Wie die Dinge jetzt liegen, werden die römischen Juden seiner neuen Ehe mit Mara sicher keine Schwierigkeiten bereiten.

Er ging zu Alexas. Es war keine leichte Aufgabe, diesem Manne, dem er befreundet war, mitzuteilen, was er mit Mara verabredet hatte. Der Glasfabrikant empfing ihn mit großer Spannung, fragte ihn nach allen Kleinigkeiten des judäischen Lebens; aber er zögerte, die Rede auf Mara zu bringen, offenbar hatte er Angst davor, und Josef selber drückte herum.

Sie saßen lange. Als sie über Judäa nichts mehr zu sprechen wußten, sprachen sie von Rom. Alexas erzählte Josef von den Gerüchten, die am rechten Tiberufer, unter den Juden, über Kaiser Titus umliefen. Josef hatte bereits davon gehört, daß der Gesundheitszustand des Kaisers zu wünschen übriglasse. Die Juden deuteten seinen zunehmenden Verfall auf ihre Art aus, raunten davon, daß die Hand Jahves den Zerstörer seines Tempels getroffen habe. Titus habe sich gebrüstet, Jahve sei Herr nur auf dem Wasser, darum auch habe er den Pharao Ägyptens nur bei dem Durchzug durch das Rote Meer vernichten können; zu Lande aber sei er, Titus, des Gottes ohne weiteres Herr geworden. Um ihn für seinen Übermut zu strafen, habe ihm Jahve jetzt eines seiner kleinsten Lebewesen gesandt, ein winziges Insekt, ihn zu vernichten. Das sei ihm durch die Nase ins Hirn gedrungen, lebe dort, wachse, ängstige den Kaiser bei Tag und Nacht, bis es ihn endlich töten werde.

Was immer diesen Gerüchten zugrund liegen mochte, so viel wußte Josef: glücklich war der Zerstörer Jerusalems nicht. Allein auch dieser Alexas, ein kluger, vernünftiger, nach dem Schönen und Guten strebender Mann, war wohl nicht glücklich. Er hing an seinem Vater, er hing an seiner Frau und an seinen Kindern, nur um seines Vaters willen war er in der Stadt Jerusalem geblieben, deren Untergang er früher und klarer als die andern vorausgesehen; aber er selber war merkwürdigerweise gerettet worden, und umgekommen waren die, um deren Rettung willen er geblieben war. Jetzt hat er alle seine Hoffnungen auf Mara gesetzt. Josef brachte es nicht über sich, ihm von seiner bevorstehenden Heirat zu erzählen.

Alexas forderte ihn auf, mit in die Fabrik hinüberzukommen. Der Glasfabrikant hatte sich mit der gewohnten Intensität auf seine Arbeit geworfen; er hatte die Verkaufsräume in die Arkaden des Marsfeldes verlegt, so daß das ganze Gebäude in der Subura für die Werkstätten frei wurde. In Schiffsladungen importierte er pulverisierten Quarzkiesel vom Flusse Belus, und mit Hilfe dieses Materials und seiner sidonischen Vorarbeiter führte er einen aussichtsreichen Kampf gegen die einheimische Industrie. In der Stadt selbst fabrizierte er jetzt jene kunstvollen Luxusgläser, die man bisher aus Ägypten und Phönizien hatte kommen lassen müssen.

Er führte Josef durch die Fabrik. Lange und hingegeben schaute Josef der Arbeit der großen Schmelzöfen zu. Er hockte nieder, sah in die bunte, von vielerlei Stoffen genährte Flamme. Alexas mahnte ihn zur Vorsicht, er selber sei die Flamme gewöhnt, aber die Augen des Ungewöhnten litten darunter. Doch Josef konnte den Blick nicht abwenden. Er sah die Flamme, er sah Sand und Soda und schaute zu, wie diese Stoffe inmitten der ungeheuren Hitze sich mischten und zu einer neuen Masse wurden.

Und während er so hockte und in die Flamme starrte, konnte er endlich dem Alexas erzählen. Er erzählte ihm, wie er Mara angetroffen und was er mit ihr besprochen hatte.

Alexas hörte trüb und resigniert zu. Es war ihm eine liebe Hoffnung gewesen, nach Judäa zurückzukehren, Mara zu ehelichen, sein Alter mit ihr im Lande Israel zu verbringen. Nur hatte er Mara ein, zwei Jahre Zeit lassen wollen, bis sie den Tod des Jungen verwunden habe, um ihr dann erst die Heirat von neuem anzubieten. Er hatte zuviel Takt, das war es. Mit Takt kam man nicht weiter. Wenn die Römer taktvoll gewesen wären, hätten sie nie die Welt erobert. Der andere war auch nicht taktvoll gewesen. Darum hat er sich Mara geholt.

Alexas hockte da; trotzdem er die Schultern fallen ließ, sah er breit und stattlich aus. Er hatte wieder ein wenig Fett angesetzt. Es war seltsam, dachte Josef, wie der Glasfabrikant mit zunehmendem Alter seinem Vater ähnlicher sah, trotzdem der eigentlich bis zu seinem Ende zufrieden und zuversichtlich gewesen war, Alexas selber aber von Jugend auf umschattet von dem Wissen um das Elend der Welt und die Brüchigkeit der menschlichen Dinge.

Übrigens spürte Alexas nicht einmal jetzt Zorn gegen Josef. Er stand vielmehr schwerfällig auf, verneigte sich mehrmals vor Josef, der immer noch in das vielfarbige Feuer starrte, sein Schatten, von der zuckenden Flamme grotesk verlängert und verkürzt, neigte sich mit ihm, und er sagte: „Ihnen, mein Doktor Josef, ‚Heil' oder ‚Gott segne dich' zu wünschen erübrigt sich. Sie sind in Wahrheit ein von Geburt an Gesegneter."

Auch Josef erhob sich, dehnte ein wenig die eingeschlafenen Glieder. Es fiel ihm nicht leicht, die Worte des andern mit der gebotenen Demut anzuhören und zu erwidern. Er war voll Stolz: Alexas hatte recht.

Marull, als Josef ihn aufsuchte, um mit ihm über die Erwerbung des Bürgerrechts für Mara Rates zu pflegen, war bissiger Laune. Seine Zahnschmerzen hatten sich mit Beginn des Winters verschlimmert. Zudem war das Schiff „Argo", auf dem sein Freund Demetrius Liban die Rückreise von Judäa angetreten hatte, längst überfällig. Ein wenig tröstete es ihn, daß eine riesige Weizenspekulation, die er zusammen mit Claudius Regin unternommen hatte, ungewöhnlich guten Erfolg brachte; das erfreulichste war, daß bei diesem Geschäft viele der republikanischen Senatoren, seiner Feinde, übel hereingefallen waren. Aber leider konnte man sich nicht lange an diesem ergötzlichen Gedanken weiden, der Geist war willig, sich die Bilder der Hereingefallenen immer wieder vorzustellen, doch das Fleisch war schwach, die Zahnschmerzen zerknabberten schnell die spärlichen Minuten seines Behagens und trieben den Sinn in unlustige Betrachtungen, zum Beispiel über das Schiff „Argo" und seinen Freund Demetrius Liban.

Ausführlich, vor Josef, verbreitete er sich über das Pech, das er mit seinen Freunden hatte. Erst hatte Johann von Gischala ihn verlassen, nur um in dieses alberne judäische Attentat hineinzurennen, von dessen Folgen er sich, wie man dem Marull mitteilte, kaum je ganz erholen wird. Und jetzt war, wie es schien, Demetrius in ein noch ferneres Land verschwunden als Johann; die „Argo" war verschollen, und es war wenig Hoffnung, daß Liban je wieder auftauchen werde. Noch auf der Heimreise, von Ephesus aus, hatte der Schauspieler ihm geschrieben, wie sehr er sich darauf freue, jetzt in Rom ein zweites Mal den Laureol zu spielen, und das Essen schmeckte einem nicht mehr, wenn man daran dachte, daß der Schreiber vielleicht schon ein Fraß der Fische gewesen war, als der Brief den Empfänger erreichte.

Josef, mit einer kleinen Reue, sagte sich, daß er diese ganzen Wochen hindurch den Schauspieler kaum vermißt habe. Dabei war sein Leben mit dem des Liban eng verknüpft. Niemals ohne ihn hätte er die Kaiserin Poppäa kennengelernt, wer weiß, ob er ohne ihn hochgekommen wäre, wer weiß, wann und wie der jüdische Krieg ohne seine Begegnung mit dem Schauspieler ausgebrochen wäre, und Demetrius seinesteils wäre ohne ihn nicht nach Judäa gefahren und untergegangen.

Marull sprach längst weiter. Sollte, überlegte er, Demetrius wirklich einmal zurückkehren, dann seien die Chancen für den „Laureol" ausnehmend gut. Abgesehen von der Sensation, die die Heimkehr des verloren Geglaubten erregen werde, könne jetzt, seitdem alle Welt wisse, daß Titus nie mehr ganz genesen werde, unmöglich ein von dem Prinzen Domitian protegiertes Stück durchfallen. Umständlich befragte er den Josef nach den Einzelheiten der Aufführung in Flavisch Neapel. Besonders interessierte ihn, ob Demetrius in der dritten Szene das Wort „Kreuz" oder das Wort „du" betont habe. Daß Josef es ihm nicht sagen konnte, enttäuschte ihn. Nun wird er es wohl niemals mehr erfahren.

Endlich ließ er von den Erinnerungen an Demetrius ab, und Josef konnte von seinen eigenen Angelegenheiten reden. Marull schien amüsiert über das verzwickte Hin und Her seiner Wünsche und Begierden. So geht das: erst hat Josef mit Opfern die Scheidung von Mara durchgesetzt, jetzt wendet er Zeit, Geld, Nerven, Leben daran, sie wieder zu heiraten; denn die Adoption einer volljährigen Jüdin sei eine umständliche, aufreibende Sache. Ein Mittel freilich gebe es, das Verfahren abzukürzen, die voraussichtlichen Widerwärtigkeiten und den drohenden Skandal zu vermeiden. Da nun einmal der Kaiser einen Narren an ihm gefressen zu haben scheine, wie wäre es, wenn er, wie das letztemal, geradewegs zu ihm ginge?

Josef meinte bedenklich, nach allem, was er höre, sei der Kaiser krank, schwer zugänglich, schrullenhaft. Marull musterte ihn durch den blickschärfenden Smaragd. „Sie haben recht gehört, mein Josephus", bestätigte er. „Die Absonderlichkeiten der Majestät haben während Ihrer Abwesenheit zugenommen. Der Kaiser versinkt immer öfter unversehens in sich selber und hört und sieht nichts mehr von den Menschen und Dingen ringsum. Die Prinzessin Lucia ist die einzige, deren Gegenwart er auf die Dauer ertragen kann."

Und dann stellte sich zur Verblüffung des Josef heraus, daß die Leute vom rechten Tiberufer nicht ganz unrecht hatten. „Sie wissen", fuhr nämlich Marull fort, „ich bin durch meine Zahngeschichten genötigt, manchmal den Doktor Valens zu konsultieren. Der, während er mir im Munde herumkratzt, erzählt mir kuriose Geschichten. Der Kaiser hat lange Anfälle heftigen Weinens. Dann wieder verlangt er dringlich nach Lärm. Einmal hat er mitten in der Nacht das Arsenal aufgesucht, hat die ganze Belegschaft alarmieren, alle Werkstätten in vollen Betrieb setzen lassen. Mitten in der Nacht. Er wünschte, und zwar sofort, betäubenden Lärm um sich zu haben. Dem erstaunten Valens hat er, halb im Scherz, halb im Ernst, erklärt, wenn das Tierchen in seinem Hirn den Lärm höre, dann erschrecke es und gebe Ruhe." Marull, nach einem kleinen Schweigen, schloß sachlich: „Auf alle Fälle, mein Josephus, tun Sie gut, sich um die Audienz möglichst bald zu bewerben."

„Beim Herkules, mein Junge", rief Lucia, als Josef bei ihr eintrat, „was haben Sie für einen schönen Bart gekriegt." Josef trug noch den Bart wie in Judäa, viereckig, ziemlich kurz, kantig, doch nicht gekräuselt und geknüpft wie früher. Sie ging um ihn herum, betrachtete ihn von allen Seiten. „Wissen Sie", wunderte sie sich, „daß Sie dieser Bart viel besser kleidet? Sie sehen jüdisch aus, doch nicht zu sehr, auch nicht so kunstvoll und geschniegelt wie unser Agrippa." Ihr dunkles Lachen, das Domitian so gern hörte, füllte den Raum. Sie setzte sich ihm gegenüber, groß, stattlich, mit dem mächtigen Turm ihrer Locken, Josef wirkte klein neben ihr. „Erzählen Sie von Judäa", bat sie. „Jetzt, nachdem wir Ihre Berenike los sind", gestand sie fröhlich, „habe ich wieder viel mehr Sympathie für Ihr Land." Josef erzählte. Er bemühte sich, anschaulich zu sein, amüsant. Lucia war auch amüsiert, rückte näher, tätschelte seine Hand. „Gut erzählen können Sie", lobte sie ihn. „Und schöne Hände haben Sie auch."

Josef fühlte sich in seiner besten Kraft und war kein Verächter des Lebens; doch vor dieser Lucia und ihrem Überschuß kam er sich arm vor. Sicher hatte sie nach wie vor ihr Bübchen auf ihre Art gern, sicher auch brachte sie für Titus wahre Neigung auf: dabei aber war Rom voll von Erzählungen, wie schamlos sie ihr Gefühl für Paris zeige, den jungen, eben in Mode kommenden Tänzer. In Gegenwart des Kaisers und Domitians hatte sie ihn in die Loge beschieden, vor zwanzigtausend Augen den Arm um seine Schulter gelegt: Sie stammte aus einem Geschlecht, das den Tod niemals gefürchtet hatte, war selber ohne Furcht, nahm von jedem Augenblicke, was er bot. Während die meisten alten Familien mit dem Wachstum Roms verkamen, als hätten sie ihre Kraft an Stadt und Reich abgegeben, war Lucias Geschlecht mit Rom gewachsen, und in ihr gipfelte Rom und ihr Geschlecht. Sie war in Wahrheit dieses Rom der Flavier, strotzend, niemals satt, mit Genuß immer mehr Leben in sich fressend.

Als Josef ihr von seinem Projekt sprach, Mara zur Vollbürgerin zu machen und zu heiraten, war sie amüsiert wie Marull. Allein trotz ihres offensichtlichen Wohlwollens trug sie Bedenken, Josef vor Titus zu lassen. „Ich zweifle", erklärte sie geradeheraus, „ob es klug ist, wenn ich Sie vor den Kaiser bringe. Der Osten ist ihm nicht gut bekommen, er hat sich ihm zu tief ins Blut gesetzt, und als er ihn zuletzt herausriß, blieb eine Narbe, die nicht heilen will. Der Kaiser Titus hat Judäa nicht vertragen." Sie wandte ihm ihre großen, kühnen, weit auseinanderstehenden Augen zu, ihre Stirn unter dem mächtigen Lockenbau schien rein und kindlich. „Andere vertrügen Judäa vielleicht besser", sagte sie langsam, nachdenklich, ihn unverwandt anschauend. Josef griff stürmisch nach ihrer Hand. „Nicht", sagte sie und schlug ihn so kräftig auf die Finger, daß es schmerzte.

Schon nach drei Tagen wurde er auf den Palatin beschieden.

Im Vorzimmer, bevor er zu Titus geführt wurde, suchte ihn der Leibarzt Valens auf. „Sie werden gebeten, mein Flavius Josephus", sagte er sehr höflich, „nicht länger als zwanzig Minuten bei der Majestät zu bleiben." Josef, leicht unbehaglich unter dem kalten, abwesenden und doch prüfenden Blick des Arztes, fragte: „Wer bittet mich?" – „Einer, der das Recht dazu hat", sagte dunkel Valens.

Titus war merklich gealtert. Sein rundes Gesicht war aufgeschwemmt, die Augen in dem breiten Kopf schienen noch enger, noch mehr nach innen gestellt: mit den kurzen, in die faltige Stirn frisierten Locken sah der Kaiser aus wie ein ergreistes Kind. Er freute sich sichtlich, Josef wiederzusehen. „Endlich, mein Jude", sagte er. Und „Erzähle mir von unserm Judäa", bat auch er.

Josef erzählte. Berichtete, das Land blühe und gedeihe. Der Gouverneur sei trotz einigen unangenehmen Eigenheiten der rechte Mann; seine Maßnahmen und die des sehr klugen Großdoktors wirkten so ineinander, daß die Römer mit den Juden halbwegs friedlich auskämen.

Der Kaiser schien enttäuscht. Nicht das wollte er hören. Er wartete offenkundig auf ein Bestimmtes und scheute sich nur, danach zu fragen. Josef zergrübelte sich den Kopf, worüber wohl der Kaiser Auskunft haben wolle, aber er fand es nicht. Schon waren die zwanzig Minuten beinahe vergangen, von denen Valens ihm gesprochen hatte. Titus erschlaffte zusehends, hörte kaum mehr auf das, was Josef sagte, starrte dahin, wo einmal das Bild der Berenike gewesen war.

„Warst du dort?“ entschloß er sich plötzlich, gradheraus zu fragen. Josef folgte dem Aug des Kaisers. „Wo dort?“ fragte er zögernd zurück, er dachte, der Kaiser meine vielleicht, bei Berenike. „In Jerusalem natürlich“, sagte, ein wenig ungeduldig, Titus, er hatte die Stimme gesenkt, er flüsterte beinahe.

„Ja, ich war dort“, erwiderte schließlich Josef. „Nun?“ fragte begierig Titus. „Es sind Baracken der Zehnten Legion dort, einige Wasserstellen und die Mauern der Türme Hippikus, Phasael und Mariamne.“ – „Das ist mir nicht unbekannt“, höhnte der Kaiser. Josef aber gedachte der großen Ödnis, er konnte nicht länger klug sein, er sagte, die Stimme nicht gehoben, doch jedes Wort gehämmert: „Sonst ist nichts dort.“

Titus schaute vor sich hin mit sonderbar suchenden, gequälten Augen. Er sprach jetzt so leise, daß Josef Mühe hatte, ihn zu verstehen. „Wir hätten es nicht tun sollen“, sagte er. „Wir hätten das da stehenlassen sollen. Ich hatte es ihr versprochen, und ich habe immer davon geträumt, wie sie die Stufen hinaufsteigt. Dann aber ist sie statt dessen die Stufen des Palatins hinaufgestiegen, und das war nicht das Richtige.“ Und als ob Josef einen Einwand vorgebracht hätte, fuhr er heftiger fort: „Ich sage dir, mein Jude, es war nicht das Richtige. Darum ist alles kaputtgegangen. Weißt du noch, wie wir das erstemal die Stadt sahen? Damals kam ein ungeheures Gedröhn aus euerm Tempel. Ich habe jetzt zuweilen Sehnsucht nach Gedröhn, aber jenes Gedröhn war nicht angenehm, es ging nicht mehr heraus aus meinem Schädel, es macht mir Kopfweh. Übrigens kann ich durchaus nicht mehr daraufkommen, wie das Ding hieß, mit dem ihr dieses Gedröhn gemacht habt.“ – „Es war die Magrepha“, sagte Josef, „die hunderttonige Schaufelpfeife.“ Die Worte des Kaisers rührten ihm das Innere auf; nicht was der Mann sagte, erschütterte ihn, sondern wie er es sagte, dieses leise, geheimnisvolle, abgestorbene Vor-sich-hin-Sprechen. „Ganz richtig“, sagte Titus, „die Magrepha. Euer Gott Jahve hat eine gewaltige Stimme. Hast du, wie du jetzt in Jerusalem warst, nichts mehr davon gehört?" erkundigte er sich interessiert. „Doch", erwiderte zögernd Josef, „die Stimme Jahves habe ich gehört."

„Siehst du", sagte, mit dem breiten, schweren Kopf nikkend, der Kaiser, und er sprach geradezu erfreut, als habe er diese Worte des Josef von Anfang erwartet. „Warum hast du mir das nicht gleich gesagt?" fügte er noch hinzu. „Weißt du übrigens", fuhr er fort, „daß der Hauptmann Pedan gestorben ist? Ja", berichtete er, da Josef betroffen hochsah, „er ist ganz plötzlich gestorben, während eines Banketts. Er ist nicht sehr alt geworden. Er war ein kräftiger Mann, und ich hätte ihm noch viele Jahre gegeben. Er war der Träger des Graskranzes, aber er war ein böser Mann. Wir hätten es nicht tun sollen", kam er auf seine früheren Worte zurück. „Dabei habe ich es eigentlich gar nicht tun wollen", grübelte er, „und wenn euer Gott Jahve ein gerechter Gott wäre, dürfte er mir nicht die Schuld geben. Aber ich glaube, er ist kein gerechter Gott, und ich werde es nicht mehr lange machen. Mein guter Valens versteht seine Sache, er vertröstet mich und gibt mir Hoffnung: aber was kann er ausrichten, wenn euer Gott Jahve so ungerecht ist?"

Josef fröstelte, als er den Herrn der Welt so sprechen hörte. Er dachte an den Hauptmann Pedan, an seine breite, ungeschlachte, mit weißlichblonden Härchen bewachsene Hand, die nun nicht mehr zupacken und zuschlagen konnte. Ganz flüchtig dachte er auch daran, daß jetzt die Stadt Emmaus wohl keine Einwände mehr gegen die Eingemeindung seiner Güter haben werde, und er freute sich, daß er seinen Einfluß bei Flavius Silva nicht für seine privaten Zwecke gebraucht hatte, sondern für den gemeinen Nutzen der Juden.

„Nein, ich habe es nicht gewollt", versicherte jetzt, nochmals, der Kaiser. „Und warum überhaupt hat euer Jahve sein Haus nicht beschützt und hat es zugelassen, daß an jenem Tag gerade dieser Pedan zur Übernahme der Befehlsausgabe kommandiert wurde? Ich finde, euer Gott hat sich nicht fair gegen mich benommen. Selbst wenn Valens recht hat und ich wieder hochkomme, euer Jahve hat mir mein Leben kaputtgeschlagen. Sie hätte die Stufen seines Tempels hinaufgehen sollen, und er hat gemacht, daß es die Stufen des Palatins waren.

Genug davon", unterbrach er sich plötzlich und versuchte den Ton zu ändern. Josef, bei diesem veränderten Ton, schrak auf aus seiner Versunkenheit und schaute auf die Wasseruhr. Die zwanzig Minuten waren längst vorbei. Aber mochte der, der die Macht hatte, tun, was ihm beliebte: vorläufig, jetzt, war er bei Titus, und er hatte noch gar nicht von seinem eigenen Anliegen gesprochen.

„Sie haben die Prinzessin Lucia schon gesehen?" schwatzte in frischerem, leichterem Ton der Kaiser weiter. „Ist sie nicht großartig? Ist sie nicht das ganze Rom? Sie ist ein starker Halt." Wieder schaute er nach der Stelle, wo einmal das Bild gehangen war. „Eine Berenike allerdings ist sie nicht", lächelte er. Und wiederum den Ton wechselnd, ernsthaft, sachlich, abschließend, konstatierte er: „Hören Sie, Flavius Josephus, mein Geschichtsschreiber, ich habe zwar das Vertrauen meiner Römer gewonnen und bin die ‚Liebe und Freude des Menschengeschlechts': aber meine eigene Freude, die große Chance meines Lebens, habe ich verloren."

Dann, höflich, gütig, fragte er Josef nach seinem Begehren. Nickte, lächelte, lachte, klatschte einen Sekretär herbei, und in einer Minute war die Einbürgerung der Mara, Tochter des Lakisch, zur Zeit wohnhaft auf dem Vorwerk „Brunnen der Jalta" bei der Stadt Emmaus, geregelt, wie Marull und Josef es wünschten.

Josef aber, als er den Palatin verließ, konnte kaum die rechte Freude über diesen günstigen Ausgang aufbringen. Noch lange verwirrten ihn die sonderbaren Reden des Kaisers.

Dorions Tage waren ausgefüllt. Sie besuchte mit ihrem Freunde Annius Bassus die Veranstaltungen, bei denen eine Frau von Welt sich zeigen mußte. Sie baute weiter an ihrer Villa in Albanum, die um ihrer Architektur, ihrer Inneneinrichtung willen weit gerühmt war. Sie liebte Komfort, sie hatte eine tiefe Freude an den schönen Dingen des Lebens, und wenn sie an das düstere, verwilderte Haus im sechsten

Bezirk zurückdachte, hatte sie alle Ursache, sich glücklich zu schätzen. Auch war es kein schlechter Tausch, statt des schillernden, unsichern Josef den Obersten Annius Bassus zum Freund und Beschützer zu haben. Es wird wohl nicht mehr lange dauern, bis Titus seinem Bruder Platz macht, und es besteht begründete Aussicht, daß dann Annius Chef der Garde wird, nach Domitian der einflußreichste Mann im Reich.

Trotzdem war Dorion seit ihrer Trennung von Josef sprunghafter, reizbarer als früher und zeigte vor allem ihrem Freunde Annius ein spröderes Gesicht. Annius liebte die Frau und nahm ihre Launen gelassen hin. Allein als einem Mann der Ordnung war es ihm unlieb, daß sie noch immer nicht das römische Bürgerrecht besaß, und er drängte darauf, ihre Beziehungen zu legalisieren. Doch Dorion entschloß sich nicht, die paar Formalitäten auf sich zu nehmen, die zu einer vollgültigen Eheschließung nötig waren, und wich seinen Bitten unter nichtigen Vorwänden aus.

Daß Josef ihr den Sohn zurückschickte, hatte sie aus ihrem Gleichgewicht geworfen, und monatelang war ihr kein Tag vergangen, ohne daß sie ihn wild gehaßt und brennend geliebt hätte. Sie hatte aufgeatmet, als er dann nach Judäa reiste. Er sollte nur zurückgehen in seine lächerliche, barbarische Provinz, dorthin gehörte er. Ihre Beziehungen zu Annius waren ausgeglichener geworden, vertrauter, und als er ihr zu Ende des Sommers sein kleines Stadtpalais zum Geschenk anbot, nahm sie an und übersiedelte für den Winter nach Rom.

Einmal, bald nach Josefs Rückkehr, bei einer großen Rezitation des Dio von Prusa im Friedenstempel, sah sie ihren früheren Mann. Er kam ihr verändert vor, jüdischer und jünger zugleich; so war er vor ihr gestanden in Alexandrien, als sie ihn zum erstenmal sah, und das Verlangen, das sie damals zu ihm hingezogen, schlug von neuem in ihr hoch. Sie hatte bemerkt, daß, nach Beendigung der Vorlesung, Josef sich in ihre Nähe zu drängen suchte, aber, ängstlich vor der Begegnung, hatte sie seinen Blick beharrlich vermieden und ihm keine Möglichkeit gegeben, sie anzusprechen. Seither war sie wieder reizbarer gegen Annius, und mit dem frühesten Frühjahr drängte sie darauf, Rom zu verlassen und nach Albanum zurückzukehren.

Annius, anläßlich ihres Wiedereinzugs in Albanum, brachte ihr ein Geschenk für ihren Salon: eine Figur aus korinthischer Bronze, bestimmt, als Leuchter zu dienen, die Statuette eines nackten, beschnittenen Juden. Die Arbeit war zierlich, frech, ein klein wenig obszön, ein Kunstwerk, wie es Damen gern in ihren Räumen aufstellten; es stammte aus der Werkstatt des Thermos, des großen Rivalen des Basil. Annius war erstaunt, als Dorion ihm für dieses Geschenk nicht nur nicht dankte, sondern ihm seine Geschmacklosigkeit heftig vorwarf. Er pflegte über solche Ausbrüche mit einem Witzwort wegzugleiten; diesmal ärgerte er sich. Er sagte ihr auf den Kopf zu, sie hänge noch immer an Josef. Sie erwiderte, Josef habe gewisse Eigenschaften, um die mancher Mann ihn beneiden sollte. In der Tat hatte sie begonnen, Annius mit den Augen des Josef zu sehen; seine Freundschaft mit dem künftigen Kaiser, seine militärische Begabung, seine sichere Aussicht, die Armeen des Reiches zu kommandieren, ließen sie kalt, seine laute, herzhafte Jovialität und seine soldatische Derbheit machten sie nervös. Es kam zu unangenehmen Charakteranalysen von beiden Seiten. Annius hielt sich mehrere Tage von Dorion fern.

Der Knabe Paulus fragte nicht nach den Gründen, aus denen Annius auf einmal wegblieb. Es war nie ganz leicht gewesen, dem Jungen näherzukommen, aber Dorion kannte ihn, sie wußte, daß er, seitdem Josef ihn ihr zurückgegeben hatte, nicht mehr so kritiklos an ihr hing wie früher. Sie selber liebte ihn nach wie vor zärtlich, doch ihr Benehmen zu ihm schwankte mit ihrem schwankenden Gefühl gegen Josef. Bald überschüttete sie ihn ohne sichtbaren Anlaß mit Beweisen ihrer Mütterlichkeit, bald, wenn er nach ihr verlangte, sperrte sie sich vor ihm zu. Sie wußte um diese ihre Sprunghaftigkeit, es verdroß sie, wenn sie zu dem Jungen kalt war, aber sie konnte sich nicht zähmen. Sie wußte auch, wie sehr Paulus unter ihren unklaren Beziehungen zu Annius litt. Die Prozesse um ihn herum, das Aufsehen, das er erregt hatte, hatten ihn für alles Zweideutige empfindlich gemacht. Sie wußte, wie brennend er, durch die Adoption Vollrömer geworden, wünschte, auch eine Vollrömerin zur Mutter zu haben. Sie wußte, wie zufrieden er Annius als Vater begrüßt hätte, seine Mannhaftigkeit, das Militärische an ihm sagten ihm zu, und er freute sich daran, selber so bald als möglich ins Heer einzutreten.

Dies alles bedachte Dorion in den Tagen, da Annius sich von ihr fernhielt; auch schien ihr, daß es dem Josef eine Genugtuung sein müßte, wenn es auch zwischen Annius und ihr zu einem endgültigen Bruch käme. Sie schrieb dem Annius einen kleinen, scherzhaften Brief, den er, wenn er wollte, für eine Entschuldigung nehmen konnte.

Als er wieder nach Albanum kam, hatte sie den Leuchter aufgestellt.

In Paulus selber hatte der Verzicht des Josef einen großen Umsturz bewirkt. Bisher hatte er für alle Dinge der Welt einen unbedingten Maßstab gehabt: das Urteil seines Lehrers Phineas. Die Tat seines Vaters bewies, daß Phineas diesem Mann unrecht getan hatte. Der Junge verehrte seinen Lehrer noch weiter, aber er war ihm nicht mehr das große, letzte Orakel.

Es war ihm auch jetzt nicht angenehm, daß seine Mutter und Phineas für das hochanständige Benehmen seines Vaters so wenig Anerkennung übrig hatten. Man hätte sich nichts vergeben, wenn man, zum Beispiel, manchmal mit ihm zusammengekommen wäre.

Er war deshalb froh überrascht, als einmal, bei Tische, in Gegenwart des Phineas, Dorion ihn unvermittelt fragte, ob er keine Lust habe, seinen Vater wiederzusehen. Der sonst so beherrschte Phineas legte die Speise, die er gerade zum Mund führen wollte, auf den Teller zurück, sein großer, blasser Kopf erblaßte noch tiefer; Dorion hatte ihm nichts von ihrem Entschluß mitgeteilt. Paulus sah von seiner Mutter zu seinem Lehrer, beide warteten auf seine Antwort. „Ich werde den Vater gerne besuchen“, erwiderte er.

Verlegen, nicht ohne frohe Spannung, betrat er das Haus im sechsten Bezirk wieder, in dem er sich so lange als Gefangener gefühlt hatte. Er hatte sich vorgenommen, sich vor Josef männlich zu geben, herzhaft, auf die Art des Annius. Aber der Vater, den er wiederfand, war nicht der Vater, den er kannte, es war ein fremder Herr mit einem unbekannten Bart.

Josef war sichtlich erfreut, daß sein Paulus kam, aber es war eine gelassene Freude, keine stürmische. Langsam nur kam die Unterredung in Gang. Josef erkundigte sich nach den Fortschritten des Paulus im Lenken seines Ziegengespanns, nach dem Bocke Paniscus. Paulus interessierte sich zur Zeit mehr für einen andern Sport, für die komplizierten Arten des Ballspiels. Im Dreispiel mit dem Lederball etwa, das durfte er wohl behaupten, war er bereits sehr gut, bald wird er sich sogar an den Glasball heranwagen dürfen. Das konnte man nur nach langem Training; denn Glasbälle waren teuer, ein Fehlwurf kostete ein kleines Vermögen. Am Ballspiel hatte auch Josef von jeher Gefallen gefunden, er selber stellte darin seinen Mann, und eine Zeitlang unterhielten sich Vater und Sohn angeregt. Doch bald wieder geriet ihr Gespräch ins Stocken, und Paulus griff mechanisch nach dem Ärmel seines Kleides, worin er noch vor kurzer Zeit Kitt für seine Tonfiguren verwahrt hatte. Vor ein paar Wochen, an seinem Geburtstag, hatte er sich gelobt, diese kindische Gewohnheit abzulegen.

Josef sah auf den schlanken, prinzlichen Jungen, seinen Sohn, er gefiel ihm, und er war ihm sehr zugetan. Aber war es ihm wirklich einmal bis ans Mark des Lebens gegangen, daß er zu diesem Knaben keinen Weg hatte finden können?

Paulus zermarterte sich den Kopf, wie er seinem Vater zeigen könnte, daß er es hochanständig fand, wie der sich damals benommen. Aber Josef erwähnte das Vergangene mit keinem Wort: das war taktvoll, erleichterte aber nicht das Vorhaben des Paulus. Der Knabe hatte nicht gelernt, zärtlich zu sein, im Gegenteil, Phineas hatte ihm beigebracht, ein Mann müsse seine Gefühle verbergen. Schließlich sagte er stockend: „Willst du mir nicht das Buch geben mit den Geschichten vom starken Simson? Ich möchte sie gerne noch einmal lesen." Josef schaute hoch, leicht überrascht. Aber er erwiderte nur: „Gewiß will ich es dir geben", und sah nicht, welche Überwindung es den Jungen gekostet hatte, ihn um das Buch zu bitten.

Alles in allem war das Zusammentreffen mit seinem Vater für Paulus eine Enttäuschung; dennoch war es ihm nicht unangenehm, daß Dorion auf eine Wiederholung dieses Besuches drängte. Es bildete sich der Brauch heraus, daß er jede Woche einmal zu Josef ging. Aber sie kamen einander nicht näher. Der Junge bot sich dem Vater auf seine zurückhaltende Art an, Josef zeigte sich ihm zugetan und sehr freund, aber eine wirkliche, letzte Vertrautheit wollte sich nicht einstellen.

Eines Tages fragte Paulus seinen Vater, wie schon früher einmal, nach seinem toten Bruder Simeon. Dieser sein toter Bruder beschäftigte seine Gedanken. Den Josef rührte die Frage auf. Aber dem Manne, der die Menschen und die Schlachten des jüdischen Krieges so lebendig hatte darstellen können, gelang es nicht, die Gestalt seines jüdischen Sohnes lebendig zu machen. Er erzählte mancherlei, aber nicht erzählte er, wie Simeon seinen Freund Constans in die Arena hineingeschmuggelt hatte und sich dadurch ein Eichhörnchen erworben hatte, nicht erzählte er von Simeons Vorliebe für den Gaul Silvan und von seinen Anstrengungen, das Modell der „Großen Deborah" anzufertigen, nicht von seiner Vorliebe für den Fluch „Beim Herkel". Vielmehr pinselte er eifrig bemüht ein blasses, idealisiertes Bild Simeon-Janikis zusammen, das Paulus nicht sehr gefiel. Und der Knabe fragte nicht länger nach seinem toten Bruder.

Manchmal, wenn Paulus zu Josef kam, begleitete ihn Dorion. Ihre Bekanntschaft mit Valer mußte ihr als Vorwand dienen. Sie suchte natürlich nicht Josef auf, sondern den alten, grollenden, ausgeschifften Senator. Valer wohnte im obern Stockwerk, sein Leibeigener ließ, wie es Sitte war, den Aufzugskorb an der Außenseite des Hauses nieder, um der vornehmen Besucherin das Ersteigen der Treppe zu ersparen. Allein Dorion erklärte, der Leibeigene des alten Valer sei so alt und klapperig, daß sie sich ihm nicht anzuvertrauen wage, und benutzte die Treppe.

Aber niemals begegnete sie ihrem früheren Gatten Josef.

Paulus, wenn seine Mutter den alten Valer besuchte, stieg oft hinauf, sie abzuholen. Der degradierte Senator hatte an jener Weizenspekulation gegen Marull und Claudius Regin teilgenommen, an der so viele Mitglieder der republikanischen Partei ihr Geld verloren hatten, und dabei die Reste seines Vermögens eingebüßt. Jetzt enthielt seine Wohnung nur mehr den notdürftigsten Hausrat, ihre Einrichtung bestand im wesentlichen aus den dichtgedrängten Wachsbüsten der Ahnen, ihren verstaubten Liktorenbündeln, vermotteten Prunkkleidern, zerfallenden Triumphatorenkränzen; sein ganzes Personal war jener alte, gebrechliche Leibeigene.

Valer selber war noch steifer und dürrer als früher. Mit der Armut stieg seine Würde. Nach wie vor lehnte er es ab, das verweichlichende Unterkleid zu tragen, das man in den letzten drei Jahrhunderten eingeführt hatte, und hielt fest an der rauhen, simpeln Tracht der Vorväter. Es kümmerte ihn nicht, daß er diese konservative Gesinnung mit einer Erkältung zu bezahlen hatte, die ihn den größten Teil des Jahres hindurch behelligte. Auf seine vielen stolzen Namen allerdings hatte er verzichtet. Nachdem mit Duldung der Regierung immer mehr Pöbel sich die alten Geschlechternamen anmaßte, hielt er, der einzige noch lebende Enkel des Äneas, es nicht für angebracht, mehr als zwei Namen zu tragen; er strich von seinen einundzwanzig Namen neunzehn und nannte sich schlicht Valerius Tullius.

Dorion war ihm ein willkommener Gast. Er anerkannte es, daß sie sich gegen seinen widerwärtigen Hausgenossen Flavius Josephus aufgelehnt hatte, diesen von der Hure Fortuna begünstigten Emporkömmling aus der barbarischen Provinz Judäa. Mit Vergnügen sah er den schlanken, stolzen, jungen Paulus, den sie den Juden entrissen und den Römern gewonnen hatte. Aber diese seine Freude an Dorion und dem Knaben machte ihn nicht umgänglicher; auch wenn sie da waren, hielt er sich würdig, bitter, wortkarg. Seine Tochter, die weißhäutige, schwarzhaarige Tullia, war nicht redseliger. Dorion mußte ihre Versuche, Josef zu Gesicht zu bekommen, teuer bezahlen.

Der Knabe Paulus schien sich in der strengen Atmosphäre Valers wohl zu fühlen. Da die Bindung zwischen ihm und der Mutter und zwischen ihm und Phineas nicht mehr so eng und sicher war wie früher, da es so schwerhielt, dem Vater näherzukommen, wußte er es zu schätzen, wenn man ihm Neigung entgegenbrachte, und er merkte trotz der Einsilbigkeit des Alten bald, daß der ihn mochte. Es schien ihm ehrenvoll, daß Valer in ihm einen heranwachsenden Römer sah, und wenn der Alte ab und zu ihn und seine Tochter Tullia seine Kinder nannte, war das für Paulus ein Fest.

Das Kind Tullia war immerhin zweiundzwanzig Jahre alt; doch hätte, wer nicht Bescheid wußte, sie eher für die Enkelin als für die Tochter Valers gehalten. Ihr langer, weißgesichtiger Kopf saß kindlich steif auf dem zierlichen Hals über den schmalen, fallenden Schultern, und unter der hohen, sehr schwarzen, kunstvollen Frisur wirkte die Haut des Gesichtes ungemein zart. Josef, der seine Hausgenossen vom obern Stockwerk so wenig liebte wie diese ihn und sich gern über sie lustig machte, hatte gelegentlich zu Marull gesagt, Tullia sei jetzt schon mit ihren zweiundzwanzig Jahren eine alte Jungfer, und als Marull erwiderte, er finde die steife, spröde Anmut des Mädchens nicht ohne Reiz, hatte Josef lebemännisch den Ovid zitiert: „Nur die ist keusch, um die keiner wirbt." Doch Marull war damit nicht einverstanden. Er fand, und nicht als einziger, Tullia zwar scheu, aber keineswegs säuerlich und sah in ihrem Hochmut nur eine Maske ihrer Verlegenheit. Wie sollte sie auch, von ihrem kauzigen, querköpfigen Vater zu einem abgesperrten Leben gezwungen, gesellige Talente entwickeln?

Um diese Zeit wurde der Tempel der Göttin Rom renoviert. Die flavische Dynastie pflegte den Kult der Göttin mit Eifer, und Titus beauftragte keinen Geringeren als den Bildhauer Basil, ein neues Erzbild der Göttin zu gießen. Raunzend unterzog sich der beschäftigte Mann der Aufgabe, und niemand bekam sein Werk zu sehen, bevor das Heiligtum neu geweiht wurde. Dann, zur Verblüffung aller, zeigte die Göttin ein sehr anderes Aussehen als bisher. Nicht die wuchtige Heroine, die man gewohnt war, hob sich auf dem Sockel, sondern eine schmale, strenge Mädchenfigur mit einem rührenden, ernsten und kindlichen Antlitz, und ihre gewaltigen Attribute, Mauerkrone, Füllhorn, Lanze und Schild, unterstrichen, durch den Gegensatz, die strenge Zartheit der Gestalt und des Antlitzes. Die eigenwillige Modernität des Bildwerks erregte in den Kunstkreisen Roms heftige Kontroversen. Auch Phineas ließ es sich nicht nehmen, mit seinem Zögling die Statue zu besichtigen.

Ihm, der von jeher ein Anhänger des Basil gewesen, gefiel dessen neue Schöpfung außerordentlich, und in lebhaften Worten setzte er dem Paulus die Schönheiten der Statue auseinander. Paulus stand lange vor dem Erzbild, betrachtete es aufmerksam, hingegeben, aber er äußerte kein Wort. Phineas fand, das Gesicht der Göttin sei ungeheuer lebendig, sicherlich sei es ein Porträt, es erinnere ihn auch an ein bestimmtes Gesicht. Lange besann er sich vergeblich, an welches. „Aber natürlich", erinnerte er sich endlich, „das ist doch unsere Tullia." Doch da wurde der bisher stille Paulus lebendig. Heftig schüttelte er den dünnen, braunhäutigen Kopf. „Nein, das ist nicht unsere Tullia", erklärte er, und „Das ist nicht unsere Tullia", beharrte er, als Phineas ihn auf die Ähnlichkeit der Einzelzüge hinwies.

Dorion war erstaunt, als, bei dem nächsten Zusammensein mit Valer, ihr Paulus plötzlich in eine der vielen Pausen des Gesprächs, sich an Tullia wendend, jungenhaft hineinplatzte: „Nein, er hat Sie nicht getroffen." Zuerst verstand Dorion nicht, was er meinte; Tullia aber verstand sogleich, und in ihr schmales, zartes Gesicht stieg eine leise Röte. „Was soll das heißen, Paulus?" tadelte Dorion. „Wer hat unsere Tullia nicht getroffen?" – „Der Bildhauer Basil natürlich", erwiderte Paulus, ein bißchen verlegen über sein früheres Ungestüm, und mit altkluger Sachverständigkeit verteidigte er sich: „Jedermann sagt, die Göttin Rom sei Tullia so ähnlich. Nicht wahr, mein Phineas, auch Sie haben es gesagt. Aber nein, es stimmt nicht, sie hat gar keine Ähnlichkeit." Dem Senator hatte es in seinem Innern geschmeichelt, daß man seine Tochter zum Modell der Göttin Rom erwählt hatte, aber „Es ist auch besser so", grollte er jetzt, während Tullia weiß, streng, unnahbar hochmütig dasaß. Dorion, mit einem ganz kleinen Lächeln, verwies ihren Jungen: „Du nimmst dir allerhand heraus, Paulus." Und zu Valer, entschuldigend, sagte sie: „Er glaubt, weil er der Enkel des Malers Fabull ist, sei er der geborene Kunstkritiker."

Als man sich zum Gehen anschickte, durchbrach Paulus seine Scheu noch mehr. Wider Willen errötend, den Atem nicht ganz in seiner Gewalt, fragte er Tullia, ob sie nicht einmal nach Albanum herauskommen wolle, damit er ihr sein Ziegengespann vorführen könne. Dorion war angenehm verwundert, daß ihr sonst so zurückhaltender Sohn in der verstaubten, musealen Luft dieses Hauses so aus sich herauszugehen wagte, und als er Tullia gar noch aufforderte, mit ihm in Albanum Ball zu spielen, unterstützte sie ihn: „Er ist wirklich kein schlechter Spieler. Sie werden keinen leichten Stand gegen ihn haben, meine Tullia." Das Mädchen erwiderte, sie habe nur als Kind Ball gespielt, solange sie noch das Gut in Campanien hatten; seither habe sie viel verlernt. „Man braucht Sie nur anzusehen", sagte stürmisch Paulus, „und man weiß, daß Sie der geborene Champion sind. Wenn Sie erst zweimal wieder gespielt haben, vertraue ich Ihnen ohne weiteres meine Glasbälle an." – „Wir könnten sie dir nicht ersetzen, mein Paulus", erwiderte das Mädchen, und das Lächeln, mit dem sie von ihrer Armut sprach, ließ sie noch stolzer erscheinen.

Paulus ging jetzt oft in den Tempel der Göttin Rom, trotzdem er nicht an seinem Wege lag, und die Priester und Tempeldiener freuten sich über den jungen, eifrigen Verehrer.

Übrigens riß sich Tullia wirklich aus dem Haus im sechsten Bezirk los und fuhr nach Albanum. Sie taute während des Ballspiels sichtlich auf und erwies sich als eine nicht ungeschickte Partnerin. Gleichwohl zog es Paulus auch beim viertenmal noch vor, mit Lederbällen zu spielen und seine Glasbälle zu schonen.

Seinem Vater erzählte er nichts von seiner neuen Freundschaft. Es war ein Zufall, der sie Josef entdecken ließ. Eines Tages nämlich, als er den Knaben allein hatte warten lassen, fand er ihn eifrig damit beschäftigt, wieder, wie früher, aus Kitt ein Figürchen zu kneten. Noch immer war in Josef der heftige Widerwille gegen alles Bilderwesen, und es verdroß ihn, daß der Junge jetzt von neuem damit anfing. „Was ist das, was du da machst?“ fragte er und nahm die halbfertige Figur in seine Hand. „Es sollte eine Göttin werden“, sagte, ein wenig befangen, Paulus. Den Josef kränkte es, daß sein Sohn in seinem Hause Götterbilder anfertigte. Aber er verbarg seinen Unmut und fragte ruhig: „Was für eine Göttin?“ Paulus hatte nicht gelernt, zu lügen. Überrötet sagte er: „Es ist die Göttin Rom. Aber eigentlich ist es keine Göttin, es ist deine Hausgenossin Valeria Tullia.“ Josef war erstaunt, er fragte weiter, und Paulus erzählte, ein wenig zögernd, aber ehrlich, von Tullia, der Göttin Rom und dem Ballspiel.

Natürlich wußte Josef, daß die Freundschaft zwischen seinem kleinen Sohn und Tullia nichts weiter war als eine Jungensneigung, wie er selber sie im Alter des Paulus oft gespürt hatte. Dennoch war es ihm unbehaglich, daß sich sein Sohn gerade in diese saure altrömische Tullia vergafft hatte. Die Verehrung des Malers Fabull für alles Römisch-Strenge, Traditionelle hatte sich offenbar auf den Knaben vererbt. Das verdroß Josef. Er wollte, daß sein Sohn was mehr sei als ein Römer. Zum erstenmal überkamen ihn Zweifel, ob er damals recht getan hatte, als er den Jungen an Dorion zurückgab.

Er begann sich eifriger um Paulus zu bemühen. Unvermittelt, hastig, dringlich warb er um ihn. Aber es war zu spät. Worte, die vor einigen Wochen den Knaben beglückt hätten, erreichten jetzt nur eben sein Ohr. Auch konnte Josef den Groll über sein römisch-griechisches Gehabe nicht immer zähmen. Die Wand zwischen Vater und Sohn wollte nicht fallen.

Eines Tages, als Paulus gerade zu Besuch war, kam Justus ins Zimmer; er hatte geglaubt, Josef sei allein. Er beschaute den Jungen, doch ohne Neugier. Das gefiel Paulus. Seit seinen Prozessen starrten die meisten, sowie sie erfuhren, wer er war, ihm frech und lange ins Gesicht. Justus aber saß dünn und streng da, beachtete ihn wenig, führte vielmehr eine gelassene Konversation mit seinem Vater, ihm oft widersprechend, ruhig und sachverständig, wie es schien. Der einarmige Mann mit den unnachgiebigen Ansichten machte Paulus einen immer stärkeren Eindruck, und er war verblüfft, als er aus dem Gespräch ersah, daß Justus Jude war. Als er gar erfuhr, daß er schon am Kreuze gehangen und lebendig wieder heruntergekommen war, ließ er alle stoische Zurückhaltung fahren. Knabenhaft dringlich fragte er ihn aus, lauschte offenen Mundes seinen Erzählungen.

Ja, dieser Jude Justus mit seinem erlesenen Griechisch, dieser Abenteurer, der aus seinem Heldentum kein Wesens machte, sondern es trocken ironisierte, nahm schon während der ersten Begegnung das Herz des Jungen gefangen. Nur schwer konnte sich Paulus vom Anblick seines entfleischten Gesichtes, seines leeren Ärmels losreißen, und als er, später als sonst, ging, erkundigte er sich eifrig, ob er ihn das nächste Mal beim Vater wiedersehen werde.

Josef wunderte sich, daß sein Sohn sich vor diesem Fremden mit einemmal so aufschloß. Es freute ihn, daß ein Jude dem Jungen so imponieren konnte, und es wurmte ihn, daß gerade Justus dieser Jude war. Als Paulus ihn eingehend befragte, wer und was denn dieser Justus sei, kämpfte er mit der Versuchung, ihm allerlei Unfreundliches über ihn zu sagen. Aber er überwand sich und erklärte seiner Überzeugung gemäß, dieser Mann sei unter den Lebenden der größte Schriftsteller. Ein klein bißchen kränkte es ihn, daß Paulus das ohne Widerspruch anhörte und nicht auf die Büste im Friedenstempel hinwies.

Mit geteiltem Gefühl sah er, wie sein Sohn mit wachsendem Eifer um den Einarmigen warb. So wortkarg sich der Junge im Gespräch mit ihm gegeben hatte, so gerne jetzt schwatzte er mit Justus. Sichtlich wurde die römische Tullia in seiner Neigung und Phantasie durch den Juden Justus abgelöst. Josef fand das gut, dennoch kratzte es ihn. Am meisten wurmte ihn, daß Justus sich die stürmische Liebe des Paulus gerade eben gefallen ließ. Er sah genau, was war: daß nämlich der Knabe der Werbende war und Justus ihn mehr abwehrte als ermutigte; trotzdem und wider alle Vernunft wuchs in ihm der Glaube, Justus nehme, ein unlauterer Rival, ihm seinen

Sohn weg. Hinterhältig begann er, Paulus auszuhorchen, ob nicht Justus ihn gegen den Vater hetze. Es stellte sich heraus, daß Justus niemals auch nur das leiseste abfällige Wort über ihn sprach. Aber das tröstete ihn nicht. Wird nicht der feinhörige Knabe, auch ohne daß der andere spricht, seine Meinung über ihn heraushören? Kann überhaupt, wer Justus verehrt, den Josef achten?

Einmal, unvermittelt und bösartig, brach er ein Gespräch über Paulus vom Zaun. „Gefällt Ihnen mein Paulus?“ fragte er. „Er gefällt mir nicht schlecht“, erwiderte harmlos Justus. „Sie finden ihn wohl sehr anders als mich?“ bohrte Josef weiter. Justus zuckte die Achseln, erwiderte scherzend: „‚Seid nicht wie eure Väter‘, heißt es in der Schrift.“ – „Ein Wort, das den wenig stört, der keinen Sohn hat“, meinte Josef. „Ich glaube nicht“, überlegte Justus, „daß ich es meinem Sohn verübelte, wenn er mir nicht nachschlüge. Die Generation von heute“, fuhr er auf seine verallgemeinernde Art fort, „hat wenig Ursache, es ihren Vätern nachzutun. Die haben ihren ungeheuer blöden Krieg gemacht und sind, mit Recht, fürchterlich geschlagen worden. Können Sie da verlangen, daß Ihr Sohn sich an seinen jüdischen Vater hält und nicht an sein griechisches Teil? Es war schön und gut“, setzte er fast mit Wärme hinzu, „daß Sie ihn sich selbst überlassen und nicht mit Gewalt zurechtgebogen haben.“

Josef schwieg eine kleine Weile. Dann, leise und grimmig, sagte er: „Ich wollte, ich wäre damals nicht so weich gewesen.“

Justus sah ihn erstaunt an. „Bitte, überlegen Sie“, erwiderte er, ungewohnt sanft, „was sollte heute ein jüdischer Sohn von seinem Vater anderes lernen, als das Gegenteil zu tun von dem, was der getan hat, und das Gegenteil zu glauben von seinem Glauben? Die Väter sind gegen Rom aufgestanden. Die Söhne glauben nicht mehr an die Aktion. Sie sind mißtrauisch gegen das Tun, sie fallen den Minäern zu und ihrer Lehre vom Nichttun und vom Verzicht.“

„Mir ist eine Nacht im Gedächtnis“, spottete Josef, „und ein Gespräch an einem Brunnen, da fand ein gewisser Justus sehr höhnische Worte über Nichttun und Verzicht.“

„Habe ich etwas gesagt", ereiferte sich Justus, „daß diejenigen recht haben, die an Nichttun und Verzicht glauben? Ich dachte nicht daran, und ich denke nicht daran. Ich verteidige nicht die Söhne. Sie sind aus dem gleichen schlechten Holz, die Jungen wie die Alten. Die Väter hatten kein Vertrauen in die eigene Kraft, sie fühlten sich, die einzelnen, schwach: darum machten sie sich eine Krücke, erfanden sich ihre Lehre von der Nation, bildeten sich ein, die Kraft und Größe der Nation stärke den einzelnen. Die Söhne haben sich für ihre Schwäche eine andere Krücke gezimmert, sie machen sich vor, ein Messias könne ihnen helfen, der für sie am Kreuz gestorben ist. Glaube an die Nation, Glaube an den Messias: Torheit beides, Ausfluß der eigenen Schwäche."

„Das sind kluge Abstraktionen", höhnte Josef, „und sie wären mir ein Trost, wenn ich keinen Sohn hätte. So aber habe ich einen Sohn, und er ist ein Grieche, kein Jude, und Ihre Allgemeinheiten helfen mir nichts." Und er schloß grimmig: „Sie sind ein großer Schriftsteller, Justus von Tiberias, ein viel größerer als ich. Meinem Griechisch können Sie nachhelfen, vielleicht sogar meiner Philosophie: aber mit meinem Wesen und meinem Leben, mit meiner Wirklichkeit, muß ich leider allein fertig werden."

Daß Josef dem Justus so bittere Worte sagte, geschah nicht nur um seines Sohnes Paulus willen. Vielmehr sprach aus ihm der Verdruß darüber, daß ihm sein neues Buch nicht gelingen wollte. Die Gegenwart des Justus hatte bald aufgehört, ihm Sporn und Stachel zu sein, jetzt war sie ihm ein Vorwurf wie früher. Von wo immer er seine „Universalgeschichte" anpackte, die Arbeit geriet nicht, seine Sätze blieben wie er selber unbeschwingt, und mehr und mehr lähmte ihn Unlust.

Justus hingegen sprach davon, daß seine neue Reise in die Welt, nach Judäa und nach Rom, ihn von vielen Ressentiments geheilt, ihn in seinem individualistischen Stolz und seinem Glauben an die Sendung des Schriftstellers bestärkt habe. Sie habe ihm von neuem gezeigt, wie sehr die Menschen jenem Auf und Ab von Ziffern und Daten unterworfen seien, jenen politischen und ökonomischen Zusammenhängen, die man Schicksal nenne, wie aber gleichwohl ein anderes Bild des Lebens nur entstehe, wenn ein einzelner diese trockenen Ziffern und Daten in sein Herz aufnehme, sie mit seinen Säften befruchtend. An diesem seinem wahren Bild des Lebens also arbeitete er jetzt und dies sichtlich mit Lust und gutem Gelingen.

Josef nahm es wahr, und Neid zernagte ihn. Gespannt bat er den Freundfeind, ihm zu zeigen, was er seit seiner Ankunft in Rom zustande gebracht habe. Justus zögerte eine ganz kleine Weile, dann gab er ihm sein Manuskript. Er hatte aber während dieser Woche jene fünfzig Seiten über die Belagerung Jerusalems geschrieben, die später die Kenner als die beste Prosa des Jahrhunderts rühmten.

Josef las. Wie war hier klar und leuchtend gemacht, was innerhalb der Mauern Jerusalems vorgegangen war und was außerhalb, die vorgeschobenen Gründe der Juden und der Römer und ihre wahren, dieses ganze Knäuel von wirtschaftlichen, sozialen, religiösen, militärischen Interessen, von Glauben und Aberglauben, von Politik und Gottessehnsucht, von Ehrgeiz, Liebe und Haß der einzelnen. Wovon Josef auf dreihundert Seiten eine dunkle Ahnung gegeben hatte, das war hier auf fünfzig klar und scharf ins Licht gestellt. Josef las, und es hob sein Herz, daß einer das hatte schreiben können. Josef las, und es zerfraß sein Herz, daß der andere es war, der das geschrieben hatte.

Er gab dem Justus das Manuskript zurück. Er sagte: „Das ist das Beste, was Sie gemacht haben, Justus. Das ist das Beste, was einer in unserer Zeit gemacht hat. Jetzt ist alles und für immer über den Krieg gesagt.“ Seine Stimme war heiser, aber er brachte es über sich, diese Wahrheit auszusprechen.

Als er allein war, wog er. Er hat sich umgetan im Leben und in der Wirklichkeit. Er war nicht nur Schriftsteller, er war Staatsmann und Soldat gewesen. Die Herren der Welt ehrten, die schönsten Frauen der Stadt liebten ihn. Er hat sein großes Buch geschrieben, seine Bildsäule stand im Friedenstempel. Aber was er in einem mühevollen Leben und in einem dicken Buch zu sagen sich vergeblich bemüht hat, das hat dieser Justus auf seinen fünfzig Seiten gesagt. Und der Knabe Paulus, um den er so lange mit Einsatz seines Lebens gerungen hat, diesem Justus ist er von selber zugefallen.

Er spürte eine tiefe Leere in sich. Nachdem er die Seiten des andern gelesen hatte, schien es ihm sinnlos, selber weiterzuarbeiten.

Er schrieb Mara. Bat sie, beschwor sie, bald zu kommen. Ihre Gegenwart, glaubte er, werde ihm und seinem Werk neuen Wind geben. Aber er wußte, daß Mara bei ihrem Vorsatz bleiben und das Gut „Brunnen der Jalta" nicht verlassen werde, bevor sie ihre Arbeit dort zu Ende geführt hat.

Winter und Frühjahr waren vorbei, und Dorion hatte keine Gelegenheit gefunden, Josef zu sehen.

Der Tag kam, an dem sie von seinem Plan erfuhr, Mara zurückzurufen, sie zur Vollrömerin zu machen, sie wieder zu heiraten.

Es war Marull, der ihr davon erzählte. Es gelang ihr, sich zu beherrschen, lächelnd von Gleichgültigem zu sprechen, solange Marull blieb. Dann freilich, als sie allein war, packte sie die Nachricht mit ganzer Gewalt, sie atmete heftig, ihr Kopf schmerzte unerträglich, mit verfallenem Gesicht lag sie bäuchlings auf ihrem Sofa.

Daß Mara durch Josef zur Vollrömerin werden sollte, während sie selber es noch immer nicht war, schien ihr eine unerhörte Schmach. Sie vergaß, daß seinerzeit sie selber sich dagegen gesträubt hatte, ihre Ehe mit Josef legalisieren zu lassen, und daß sie jetzt, um Römerin zu werden, nur ein Wort zu Annius Bassus sagen mußte. Sie wollte nicht durch Annius, durch Josef wollte sie Römerin werden, sie, nicht die andere. Was stand denn noch zwischen ihnen, seitdem er ihr den Jungen zurückgeschickt hatte? Schön, sie hatte darauf gewartet, daß dann er den ersten Schritt tun werde, und er hatte geglaubt, mit seinem Opfer genug getan zu haben. Ihr Standpunkt war gut, aber auch sein Argument ließ sich hören. Das Ganze war ein Mißverständnis. Das wäre ja zum Lachen, wenn sie, Dorion, diese Provinzjüdin nicht sollte aus dem Felde schlagen können.

Aber als zwei Stunden später Annius kam, hatte sie ihren

Vorsatz, sich Josef zurückzuholen, vergessen, und in ihr war nichts als Wut. Diesmal begann sie, vor dem erstaunten Annius den Josef herunterzureißen. Sie sprach nicht lärmend wie Annius, sie sprach leise und leicht, aber sie machte sich bitterer über Josef lustig, als Annius je es hätte tun können. Sie kannte Josefs Wesen und Leben bis ins letzte, und aus dieser intimen Kenntnis holte sie alle jene kleinen Züge und Episoden, die ihr geeignet schienen, ihn lächerlich und widerwärtig zu machen, und breitete sie vor Annius hin. Der lachte, lachte immer mehr, lachte schallend. Allmählich aber stieß der maßlose Haß ihn ab, der sich, bei aller Eleganz der Rede, vor ihm auftat. „Laß, bitte, Paulus nichts von diesen Dingen hören", war alles, was er am Ende auf Dorions Ausbruch zu erwidern hatte.

Mit diesem Ausbruch war übrigens Dorions Wut vorbei, und nichts mehr blieb als ihr Vorsatz, sich Josef zurückzuholen. Bevor Paulus das nächste Mal den Vater aufsuchte, gab sie ihm, die Stimme ein wenig gepreßt, Auftrag, ihn einzuladen, sich doch das Haus in Albanum anzusehen, das nun endlich fertig sei.

Zwei Tage später fuhr Josef nach Albanum. Er hatte kein Aug für die schöne, gewellte, frühsommerlich leuchtende Landschaft, kein Aug für die sanften Hügel, den lieblichen See, das weitstrahlende Meer, kein Aug für die schönen Villen die Hänge hinauf, die Seeufer entlang. Er kam ohne Plan, er wollte nichts von Dorion, aber er war seiner nicht sicher, wußte nicht, wie ihr Anblick, ihre Rede jetzt auf ihn wirken werde, war erregt und voll Unbehagen.

Diesmal erwartete sie ihn am Haupttor der Besitzung. Die Freude, ihn wiederzusehen, machte ihr Gesicht strahlen. Sie reichte ihm beide Hände, geleitete ihn ins Haus, war wie in ihrer besten Zeit, kindlich und spitz. Mit liebenswürdiger Aufmerksamkeit spähte sie nach jeder Änderung, die in ihm vorgegangen sein mochte, sagte ihm tausend nette, kleine Bosheiten, warb um ihn mit allem, was sie hatte. Jagte sogar den Kater Chronos aus dem Zimmer, als er Josef zu stören schien.

Sie gefiel Josef sehr, er kostete ganz aus, was an ihr reizvoll war. Doch das war alles. Er hatte sich dieser letzten Prüfung nicht ohne Angst unterzogen; bald und mit Freuden erkannte er: er hatte sie bestanden. Er war geheilt, und für immer, von jener Passion, die ihn so oft erniedrigt und ihn Dinge gegen seinen Willen und gegen seine Bestimmung hatte tun lassen. Er konnte mit dieser Frau Freundschaft halten, wenn sie wollte, aber niemals mehr wird er sein Leben oder sein Werk um ihretwillen gefährden. Er fühlte sich sicher und genoß mit Gelassenheit seinen Sieg.

Selbst den Phineas konnte er mit Gelassenheit sehen. Phineas hatte damit gerechnet, daß Josef ihm allerlei Bösartiges über ihre gemeinsame Vergangenheit sagen werde. Aber Josef sagte nichts dergleichen, er gestattete sich keine Äußerung billigen Triumphs, ja, er machte gutmütige, kleine Späße über das, was einmal ein Kampf auf Leben und Tod gewesen war. Diese Gelassenheit des Josef reizte den Phineas und machte ihn nervös, seine Überlegenheit schwand, sein großer Kopf wurde noch blasser und spannte sich angestrengt. Dorion aber fühlte sich durch die Wohltemperiertheit, die Josef in Rede und Verhalten bezeigte, tiefer gedemütigt, als jeder Hohn sie hätte demütigen können.

Als Paulus und Phineas sich entfernt hatten, machte sie einen letzten Versuch. Sie erzählte Josef, wie sehr Annius in sie dränge, ihn zu heiraten; allein er, Josef, habe nicht unrecht gehabt, Annius sei laut und falle ihr manchmal auf die Nerven, es fehle ihm für viele Dinge, die ihr am Herzen lägen, das innere Ohr. Sie gab ihren Soldaten preis und wartete darauf, daß Josef ihr jetzt vorschlagen werde, den Annius zu verabschieden und wieder mit ihm zu leben.

Doch Josef schlug ihr nichts dergleichen vor. Vielmehr zeigte er sich um Dorions äußere Zukunft kühl besorgt und meinte, Annius, als nächster Freund des Prinzen, werde sehr wahrscheinlich einmal das Oberkommando der Armee erhalten, und Dorion möge es sich zweimal überlegen, ehe sie um kleiner Bedenken willen eine solche Chance ausschlage.

Dorion war, als Josef ging, blaß vor Wut, ihr Herz drohte zu versagen. Sie stellte die Statuette des Beschnittenen wieder auf, die sie weggeräumt hatte, bevor Josef kam, und als Annius sie das nächste Mal bat, den Termin ihrer Hochzeit festzulegen, hatte sie keinen Einwand mehr.

Die äußeren Dinge Josefs standen in diesem Frühsommer nicht schlecht. Seine Gesundheit war gut, Claudius Regin war freigebig, so daß er die Schulden abzahlen konnte, die die Lösung von Dorion ihm aufgebürdet hatte, seine literarische Geltung war seit der Aufstellung seiner Büste unbestritten, die Feindschaft der Juden gegen ihn hatte merklich nachgelassen, seitdem man wußte, wie der Großdoktor ihn geehrt. Trotzdem war das Glücksgefühl längst verflogen, das ihn bei seiner Rückkehr nach Rom überkommen. Er litt an seiner Unfähigkeit zur Arbeit, und die Zeit, die ihm sein ganzes Leben hindurch zu kurz gewesen war, wurde ihm jetzt zu lang.

Viele Stunden saß er in den Werkstätten des Alexas. Der Glasfabrikant selber und seine Vorarbeiter zeigten ihm die Feinheiten ihrer Kunst, führten ihm vor, wie man in die erhärtete Glasmasse Figuren schneidet, wie man mit listiger und komplizierter Methode die Masse färbt, wie man den spröden, zerbrechlichen Stoff zu ganz feinen Fäden spinnt, mittels deren man Goldplättchen einfügt. Aber es waren nicht diese Raffinements, die Josef anzogen, vielmehr konnte er stundenlang hocken und vor sich hin in den Schmelzofen starren, in dem aus Sand und Soda der neue Stoff entstand, das Glas; eine winzige Veränderung der Dosierung machte diese neue Masse edel oder unedel, und mit letzter Sicherheit konnte selbst der Sachverständigste das Resultat nicht vorherbestimmen. Auch der Herstellung der einfachen Glasgeräte schaute Josef oft und lange zu. Es fesselte ihn, wie die Arbeiter ihre simpeln Formen, kleine und größere Gefäße, schmälere und mehr bauchige, mittels ihrer langen Pfeifen aus der heißen Masse herausbliesen, gegen eine eiserne Platte, dergestalt, daß die geblasene Masse die gewünschte Figur annahm. Immer von neuem wunderte er sich, wie dann ein Tropfen Wassers genügte, das Geblasene von der Pfeife zu sondern. Er schaute zu, wie zwei Arbeiter, jeder mit seiner Pfeife, Formen ineinanderbliesen, den Hals des Gefäßes der eine, den Bauch der andere, und es machte ihn nachdenklich, wie in jedem einzelnen Fall Kunst und Glück sich mischen mußten, ehe auch nur das Einfachste gelang. Denn auch dem Geübten konnte es geschehen, daß in der heißen Masse infolge irgendeines unvorsehbaren Zufalls ein Loch entstand, eine Höhlung, die das Geblasene wertlos machte oder es gar noch vor der Vollendung und mit Gefahr des Arbeiters zerspringen ließ.

Alexas hatte längst gemerkt, daß Josef nicht mehr der Mann war, der keinen Glückwunsch brauchte. Oft betrachtete er ihn, hockte sich wohl auch für eine Weile neben ihn, dick, trüb und schweigsam, und es war ihm sehr leid, daß nun auch dieser einzige Glückliche, den er kannte, nicht glücklich zu sein schien.

Josef aber saß und sah dem Werden der Glasfiguren zu: wie die erträumte Form bald glückte, bald mißlang, ein neckisches, tückisches Spiel, abhängig von der Kunst des einzelnen, doch nicht von ihr allein, ein Bild des Lebens. Denn wessen Leben war nicht gemischt aus seinem eigenen Wesen und aus einem Andern, Unerforschlichen, mochte man dieses Andere ökonomische Verhältnisse nennen oder Schicksal oder auch Jahve. Und wer selber wäre nicht gemischt wie der Stoff, aus dem diese Formen herausgeblasen wurden, aus vielen zufälligen Bestandteilen, die untrennbar ineinandergefügt waren und trotzdem so, daß einmal an seinem bestimmten Tag ein jeder von diesen Bestandteilen zu seiner Wirkung kam. War er selber, Josef, nicht gemacht aus Hohem und sehr Niedrigem, aus gemeiner Gier nach Geltung und Genuß und aus reiner Liebe zum Guten und Schönen, aus Schleim und Kot und Gottes Hauch und Lehre, aus der Geschichte seiner Väter und seinen eigenen Süchten, aus einem Stück Moses und einem Stück Korah, aus einem Stück Kohelet und selbst aus einem Stück Pedan? Und während die Flammen vielfältig und vielfarbig auf und nieder gingen, groteske Schatten werfend, dachte Josef an die zahllosen Bilder, aus denen sein Leben sich zusammensetzte, an die Ödnis Jerusalems, an seine Büste im Friedenstempel, an seinen Freund Justus, an seinen

Sohn Paulus, an das Werk, an dem zu arbeiten ihm aufgetragen war und das er wahrscheinlich nie wird vollenden können.

Er atmete auf, als Justus Rom verließ und nach Alexandrien zurückkehrte, um dort sein Werk zu vollenden.

Das Schiff, das Justus forttrug, hatte Josef Maras Antwort gebracht. Sie teilte ihm mit, daß sie ihm ein Kind geboren habe, ein Mädchen, und ihr Name sei Jalta. Sie werde mit dem Kind nach Rom kommen, doch sicher nicht vor dem späten Herbst, mit einem der letzten Schiffe.

Um diese Zeit schrieb Josef den „Psalm vom Glasbläser".

Der häßlichen, ungestalten Masse gleich
In der Pfeife des Glasbläsers
Sind wir, und keiner von uns weiß,
Was aus ihm wird.
Des Glasbläsers Hauch macht aus uns
Kleines bald, Niedliches, Puppiges,
Nett anzuschauen oder auch häßlich,
Dann wieder Großes, Bauchiges, gut zum Gebrauch,
Oder auch Plumpes, Ungefüges.

So formt uns unser Schicksal,
Die Welt der Daten und Ziffern um uns.

Doch nicht immer gerät
Nach Willen die Form
Dem Bläser. Oft in der Masse
Bläht es sich, daß sie
Zerspritzt, ihm versengend das Antlitz.

So hat auch ihre Grenze
Die Welt der Daten und Ziffern.
Über ihr ist
Ein Unerforschliches, die große Vernunft,
Und ihr Name ist: Jahve.

Ein hoher Anblick ist es, wenn plötzlich
Aus Sand und häßlichem Stoffe,
Ersehnt und doch niemals
Mit Bestimmtheit gewußt,
Das große, vielfarbige Glänzen aufzuckt,
Dem Meister zur Freude
Und jedem Beschauer.

Aber was denn zuvor war
Das große Glänzen?
Ein Körnchen Sandes, nichts sonst, ein winziges
Teilchen stumpfer, unscheinbarer Masse.

Darum überhebe sich nicht
Das Glänzende, sondern bleibe bewußt
Seines Ursprungs: daß nämlich vordem
Ein Körnchen Sandes es war,
Nichts sonst, und daß keiner
Vermuten konnte das Glänzen, das später
Herausbrach aus ihm, und keiner die Gnade,
Die jetzt aus ihm leuchtet.

Und darum, zum Zweiten, bleibe der Sandkörnchen
keines
Ganz ohne Hoffnung. Denn ihm gerade vielleicht
Ist es bestimmt, daß das Große
Aus ihm einst herausglänzt.

Und darum, zum Dritten, nicht stolz sei
Der Meister. Er haucht und haucht wieder
In den Stoff durch die Pfeife.
Doch nicht bei ihm steht es,
Ob die Form ihm gerät.
Diesem, er weiß nicht warum, verderben
Höhlen und Blasen sein Glas, und vergebens
Ist seine Mühe. Dem aber
Leuchtet, er weiß nicht warum, die Gnade, es wölbt sich
Schön ihm, wie er es wünschte, die Kugel,

Sein Glas ist
Edel und schimmernd des Lichtes.

Gegen Ende August, Josef war auf einige Tage nach Campanien gegangen, um der drückenden Hitze der Stadt zu entfliehen, teilte man ihm mit, der Bau der Josef-Synagoge sei nun so weit gefördert, daß die aus Jerusalem geretteten Thorarollen dort niedergelegt werden könnten.

Josef fuhr zurück nach Rom. Zusammen mit Doktor Licin besichtigte er das Bethaus. Der hohe, weiße Würfel des Baus paßte sich den Häusern ringsum an und wirkte dennoch fremdartig; während nämlich die Häuser ringsum sich dicht aneinanderpreßten, denn das Terrain war hier sehr teuer, stand der Rohbau der Synagoge hochmütig allein inmitten freien Raumes, schräg aus der Straßenzeile herausfallend; denn er war so gerichtet, daß die Beter das Antlitz nach Osten kehrten, nach Jerusalem.

Architekt Zeno führte die Herren. Das unterirdische Gewölbe, an dessen Ostwand der große Schrein stand, der für die siebzig Rollen bestimmt war, lag kühl, durch viele Luken fiel Licht ein, der Raum sah ruhevoll aus und doch voll Geheimnis.

Drei Tage später, in feierlichem Zug, brachten Josef und die Vornehmsten der römischen Juden die Thorarollen an den Ort ihrer neuen Verwahrung. Die Rollen waren umkleidet mit köstlich bestickten Geweben, geschmückt mit goldenen Kronen, aber darunter waren sie zerfetzt, blutbeschmiert, zertrampelt von den Stiefeln der Soldaten, die damals die Bethäuser des brennenden Jerusalem geplündert hatten. Josef rief sich zurück, wie er sie aus der Synagoge der alexandrinischen Pilger gerettet hatte. Er sah vor sich, wie er durch die Stadt gezogen war, sein goldenes Schreibzeug im Gürtel, in jedem Arm eine Schriftrolle, gefolgt von den gegeißelten, taumelnden Juden, denen er statt des Kreuzbalkens, an dem sie hatten sterben sollen, die Schriftrollen zum Tragen gegeben hatte. Er sah und hörte im Geist die Soldaten, die seine sonderbare Prozession verlachten. Jetzt lachte niemand über den Zug der würdigen Herren, die die Rollen in das von ihm erbaute Haus trugen; vielmehr schritten kaiserliche Beamte der Prozession voran und beschlossen sie, Soldaten der Leibgarde in ihren Paradeuniformen gaben das Schutz- und Ehrengeleit, und die Passanten, an denen der Zug vorbeikam, grüßten, neigten sich, verehrten die fremde Gottheit. Trotzdem hatte Josef ein unbehagliches Gefühl der Schutzlosigkeit und war froh, als die Rollen in dem kühlen, zwielichtigen Raum geborgen waren, in dem sie fortan verwahrt werden sollten.

Josef selber, als die andern gegangen waren, verweilte noch in dem Gewölbe, allein mit den Rollen. Er saß vor ihrem großen, schlichten Schrein, vor dem weißen, mit blassen Goldbuchstaben bestickten Vorhang, der vag an die Vorhänge des Tempels von Jerusalem erinnerte. Er wußte, daß eines der geschändeten Pergamente zwei Ausschnitte hatte in der Form von Menschenfüßen: ein Soldat hatte sich Einlagesohlen für seine Stiefel aus der Rolle herausgeschnitten, so daß in ihr die Stelle verstümmelt war: „Drücke den Fremden nicht in deinem Lande und liege ihm nicht hart an; denn ein Fremder bist du gewesen im Lande Ägypten."

Josef spürte sich mit einemmal diesen Rollen körperhaft verwandt. Hier in dem Schrein versammelt waren seine Väter und Vorväter, und sie alle hatten nur gelebt, um in ihn einzumünden. Es war der Sinn und die Erfüllung ihrer Geschichten, wie sie verwahrt lagen in diesem Schrein.

Die Könige der Ägypter glaubten, sie könnten den Tod besiegen, wenn sie ihre einbalsamierten Leiber in mächtige, spitze, dreieckige Berge einschlössen. Nein, sie hatten das Geheimnis nicht, diese Toten: wir haben es. Mit ein paar Buchstaben, durch die Magie des Wortes, besiegen wir den Tod. In diesen kleinen Rollen haben wir Judäas Leben eingefangen, so daß es nie auslöschen wird. Das Reich Israel konnte untergehen, das Reich Juda, das zweite Reich Judäa, der Tempel: der Geist der Rollen ist unzerstörbar.

Er hielt Zwiesprach mit den Rollen des Schreins. Der Ausschnitt in der einen, blutbesudelten Rolle wurde ein großer, klaffender Mund, der zu ihm sprach. Alle taten sie ihre Münder auf, die Rollen, und sprachen zu ihm. Das halbhelle Gewölbe um ihn füllte sich mit Gestalten, wuchs, weitete sich, schon sah man keine Wände mehr. Israel war um ihn, zahllos wie der Sand des Meeres, endlos im Raum, endlos in der Zeit.

Was Claudius Regin ihm einmal gesagt hatte von den Geschichten und Situationen der Bibel, die er selber und in sich erlebt habe, wurde ihm plötzlich aus einem Wort zu einer Wirklichkeit. Er schwatzte mit den Unsichtbaren im Raum, mit seinen längst toten Vätern und Onkeln und Vettern. Ließ sich von ihnen belehren. Stritt mit ihnen. Drohte scherzhaft denen, die sich in ihrem Eifer für ihr Volk übernommen hatten, dem Pinchas, dem Esra und dem Nehemia. Unterhielt sich kopfwiegend weise mit dem klugen Mardochai über Sinn und Unsinn des Nationalismus. Er hatte von jeher gewußt, daß die Größe und Geschichte einer Nation die Kraft nur desjenigen mehren kann, der schon von Natur stark ist, daß sie aber dem Schwachen nicht weiterhilft. Wenn der sich auf die Nation stützen will, erweist sie sich als ein trügerisches Rohr, und der falsche Hochmut auf ihre Kraft nimmt ihm nur die Einsicht in die eigene Schwäche. Hoffe keiner, der selber schwach ist, er könne sich helfen, wenn er sich an andere klammert. Einem jeden wird die Rechnung präsentiert, jeder hat für sich selber zu zahlen, Kraft stärkt nur den Kräftigen, den Schwachen stößt sie vollends hinunter. Der weise Mardochai nickte beifällig mit dem etwas wackeligen Kopf, er meinte, er habe es immer gesagt, so viele Judenfeinde hätte man nicht erschlagen müssen nach dem Sturze Hamans, es seien übrigens, unter uns, auch nicht so viele gewesen, wie der Verfasser des Esther-Buches angab. Und im Hintergrund, verdämmernd, stand die riesige Gestalt des Jesajas und nickte.

Josef hörte zu, fragte, gab Rede und Widerrede, groß angeregt. Nein, keiner konnte besser die Geschichte der Judenheit schreiben als er, der ihr Für und Wider in sich selber austrug. Vaterländisch mit seinem Herzen stand er bei seinen Juden, weltbürgerlich in seinem Hirn stand er über ihnen, und niemand besser als er erkannte die Grenzen, wo ihre Vaterlandsliebe anfing, Unsinn zu werden.

Er erhob sich, trat vor den Schrein, führte die Finger zum Mund, rührte den weißen, mit blassen Goldbuchstaben bestickten Vorhang, sich tief neigend. Und während er so stand, lastete auf ihm die Schwere seiner Aufgabe, aber gleichzeitig spürte er eine ungeheure Lust zum Werk und Zutrauen zu sich selber.

Beschwingt, voll von Gesichten, verließ er den Raum mit den Thorarollen, um den Weg zu beschreiten, den er bis in seine letzte Krümmung vor sich sah.

Claudius Regins fette Finger wirtschafteten in Papieren herum, holten Tabellen hervor, seine quäkende Stimme erläuterte sie. Der Gegenstand, über den er dem Prinzen Domitian vortrug, war schwierig. Es ging wieder einmal um jene Geländeschnitzel, die bei den Bodenzuteilungen an die Militärkolonien übriggeblieben und von den verteilenden Beamten oder von Privaten ohne weitere Rechtstitel eingesteckt worden waren. Der Brauch war Jahrzehnte hindurch geübt und von der Regierung geduldet worden. Vespasian aber hatte sich darangemacht, diesen unrechtmäßigen Besitz einzuziehen, und auf diese Art Terrains im Wert von zweihundertsechzig Millionen hereinbekommen. Als Stichtag, bis zu dem zurück man die Untersuchungen ausdehnte, hatte er den 9. Juni 821 seit Gründung der Stadt bestimmt, den Todestag des Kaisers Nero. Doch schon sein Kabinett hatte den Plan erörtert, den Stichtag noch weiter zurückzuverlegen, etwa bis zum 13. Oktober 807, dem Todestag des Kaisers Claudius. Die Werte, die man so konfiszieren hönnte, waren beträchtlich. Frage war nur, ob sich die neue Dynastie durch solche Enteignungen nicht zu viele politische Feinde schaffte. Regin nun wollte zum Stichtag ein noch viel früheres Datum bestimmen, den 24. Januar 794, den Todestag des Kaisers Gaius. An Hand von vielen mit Schlauheit und Umsicht zusammengestellten Tabellen bemühte er sich, dem Domitian nachzuweisen, daß der politische Schaden geringfügig sei, vergleiche man ihn mit dem wirtschaftlichen Gewinn.

Domitian hörte zu, die aufgeworfene Oberlippe scharf auf die Unterlippe gepreßt, wodurch sein Gesicht den Ausdruck gespannten Lauschens annahm. Er mochte den Claudius Regin nicht leiden, aber zweifellos gab es in wirtschaftlichen Fragen keinen bessern Sachverständigen. Domitian, nach etwa zehn Minuten, entschloß sich, auch in dieser Angelegenheit seinem Rat zu folgen.

Einmal entschlossen, hörte er dem Vortrag nun mehr mit halbem Ohr zu, ließ seine Gedanken abgleiten. Ekelhaft eigentlich, daß er mit Leuten wie diesem Regin soviel Zeit vertun muß. Aber man braucht sie fürs Regieren, sein Vater hat schon gewußt, warum er sich gerade mit diesem Halbjuden zusammentat, und er, Domitian, hat jetzt alle Ursache, sich einen genauen Plan zurechtzulegen für die Zeit, wenn er erst Kaiser sein wird. Die Berichte über das Befinden seines Bruders, die er auf dem Umweg über Marull erhält, beweisen, daß es höchste Zeit ist, sich vorzubereiten.

Er lächelt, wenn er daran denkt, daß er noch vor kaum einem halben Jahr ein sorgsames Projekt ausgearbeitet hat, aus der Hauptstadt, in der ihn der Argwohn des Titus festhält, nach Gallien zu fliehen oder nach Deutschland, um sich von den dortigen Armeekorps als Kaiser ausrufen zu lassen. Jetzt darf er solche phantastischen Projekte endgültig verabschieden, seine Aussicht auf den Thron ist gesichert. Erstaunlich übrigens, daß er, seitdem er diese Sicherheit hat, an Details, die ihn früher langweilten, ernsthaft Anteil nimmt. Mit der zunehmenden Gewißheit der Herrschaft wächst in ihm die vom Vater ererbte Lust am Organisieren, und wenn er sich von Annius Bassus übers Militärische, von Marull übers Politische, ja selbst wenn er sich von dem widerwärtigen Regin übers Wirtschaftliche vortragen läßt, diskutiert er leidenschaftlich jede Einzelheit ihrer komplizierten Darlegungen.

Er braucht, um folgerichtig denken zu können, Ruhe und Sammlung. Oft schließt er sich stundenlang ein; er weiß, seine Gegner behaupten, er verbringe diese Zeit damit, Fliegen aufzuspießen. Er läßt sie schwatzen. Mögen sie über seine Herrschsucht, über seine skrupellose Unsittlichkeit die tollsten Gerüchte verbreiten. Es ist ihm bekannt, daß man in den Kreisen des republikanischen Adels einen Brief von ihm herumzeigt, in dem er, damals fünfzehnjährig und von seinem Vater knappgehalten, dem Senator Palfurius Sura anbietet, die Nacht mit ihm zu verbringen, und dafür fünfhundert Sesterzien von ihm verlangt, eine beschämend niedrige Summe.

Palfurius Sura ist ein Idiot, daß er sich dieses Schreiben hat stehlen lassen, aber noch idiotischer sind die Leute, die sich daran ergötzen, es zu lesen. Es ist gleichgültig, ob der Brief echt ist oder gefälscht: er wird mit jedem Tag gefälschter, er wird mit jedem schwächeren Atemzug des Titus gefälschter, und der Tag ist nicht fern, da er vollends falsch sein wird.

Hundertdreiundvierzig Millionen, erklärt Claudius Regin, kann man scheffeln, wenn man, wie er will, den Stichtag auf den 24. Januar 794 zurückverlegt. Titus würde wahrscheinlich auf diese Summe zugunsten seiner Popularität verzichten. Er selber denkt nicht daran. Hundertdreiundvierzig Millionen sind viel Geld. Solange er genötigt war, Geld von seinem Vater und seinem Bruder zu verlangen, hat er über eine solche Ziffer die Achseln gezuckt. Nun er selber damit rechnen soll, verändert sich ihm ihr Aussehen. Er wird, wenn er erst an der Macht ist, viel Geld brauchen. Er wird in großem Stil bauen. Für Lucia. Lucia ist der einzige Mensch, an dessen Meinung ihm liegt. Kaufen zwar läßt sie sich nicht. Nicht einmal ihr Lachen kann man kaufen. Sie lacht, wenn sie will.

„Der Kreis der betroffenen Personen", sagt soeben Regin, „ist gar nicht so groß, wie man denken sollte. Es sind da . . ." Domitian zwingt sich, nicht an den Tänzer Paris zu denken und nicht an die fünf oder sechs anderen Männer, von denen Rom vermutet, daß Lucia mit ihnen schlafe. Aber ganz vertreiben kann er die Vorstellung nicht. Dieser Paris wird überschätzt, geht es ihm durch den Sinn. Das kommt, weil so wenig Menschen wissen, was gut und was schlecht ist. Auch dieser Jude Josephus wird überschätzt. Sein Buch ist nicht übel, wahrscheinlich ist es sogar gut, aber es ist Narrheit, was alles sie davon hermachen. Ich mag ihn nicht. Er ist noch unsympathischer als Regin. Diese östlichen Menschen sind falsch. Man kann sie nicht fassen, sie haben etwas Öliges, und dieser Josephus ist noch gefährlicher als die Jüdin, an der Titus kaputtgegangen ist.

Er setzte sich gerade, sehr aufrecht, die Arme eckig nach hinten. Ja, dachte er, Titus ist kaputt. Es ist ein Segen für ihn, wenn er bald ein Gott wird. Man darf diesen Prozeß nicht verzögern. Marull muß einmal wieder mit Valens sprechen.

„Man müßte“, sagte gerade Regin, „anläßlich der neuen Vermessung für die Provinzen Ägypten und Syrien neue Agrarsteuern anlegen; es ist höchste Zeit.“

Es war höchste Zeit für mich, dachte Domitian, endlich mit Titus abzurechnen. Sonst hätte er sich unter die Götter verdrückt, ohne daß unsere Rechnung beglichen wäre. Länger als fünf Jahre hätte er es wohl auch ohne mich nicht gemacht; aber daß er durch mich fünf Jahre früher fort muß, ist ein guter Coup. Nur: er weiß nicht, daß ich es bin, durch den er fort muß, und merken lassen darf ich es ihn auch nicht. Sonst packt er noch zu. Nein, die Sache mit Julia war schon die einzige Lösung. Die Heirat mit ihr erst abzulehnen und sie ohne Heirat zu beschlafen, das war eine gute Idee, und es muß ihn treffen. Vor allem, weil sie es nicht gewollt hat, und wenn ich nicht so zäh und kräftig wäre, hätte ich's nicht durchgesetzt. Dabei ist sie hübsch, weiß, fleischig und tut einem wohl. Ich gäbe ein paar Millionen darum, wenn ich wüßte, wie er darüber denkt, mein Herr Bruder. Bestimmt hätte er sie nicht diesem faden Sabin zur Frau gegeben, wenn er nichts gemerkt hätte. Und daß er so eisern schweigt, beweist nur, wie sehr ihm die Geschichte an die Nieren geht.

Daß des Titus Sache mit Lucia ihm selber nach Ansicht der Römer ganz anders an die Nieren gehen mußte, wollte er nicht wissen, und er wußte es nicht.

Ich werde viele Reden zu hören bekommen, dachte er weiter, was er für ein guter Herrscher war und was ich für ein guter Herrscher bin. Sogar dieser Josephus hat mich in seinem Buch vorsichtshalber ein paarmal gerühmt. Das ist natürlich pure Falschheit und Speichelleckerei. Er ist ein Arschkriecher, dieser Josephus, und es ist unwürdig, daß man sich überhaupt damit beschäftigt, was ein Jud über einen schreibt. Aber angenehmer ist es doch, daß er nicht schlecht über mich geschrieben hat. Wenn Titus erst ein Gott ist, dann bleibt von ihm nichts als dieser großmäulige, etwas schäbige Triumphbogen und das, was dieser Jud über ihn geschrieben hat. Ich könnte ihm eigentlich einen etwas anständigeren Triumphbogen hinstellen, wenn er erst ein Gott ist. Und so einen Kerl wie den Juden sollte man nicht reizen, daß er Schlechtes über einen schreibt. Aber ich mag ihn nicht. Ich begreife nicht, was Lucia an ihm findet.

Sie liebt Bücher. Die Memoiren ihres Vaters sind gut, ein wenig trocken, aber sehr klar. Ich glaube, im ganzen ist die Prosa unserer Epoche besser als ihre Verse. Mit meinen eigenen Versen ist auch nicht viel Staat zu machen. Mein Versroman über die Geschichte des Capitols ist eine Jugendeselei. Aber meine Prosa ist nicht übel. Jedenfalls habe ich, als ich den Essay „Zum Lob der Glatzköpfe" schrieb, ungeheuern Spaß daran gehabt. Und sicher ist es besser, ich selber lache über die Dünnheit meiner Haare als die andern.

Aber froh bin ich, daß ich es nicht mehr nötig habe, Verse zu machen. Wer selber verhindert ist, Taten zu tun, mag sich in Verse flüchten. Literatur ist ein guter Zeitvertreib für den, der sie schreibt, immer, und manchmal auch für den, der sie liest. Wenn ich erst soweit bin, werde ich die Literatur groß unterstützen. Das kostet nicht viel. Eine literarische Konkurrenz, auch wenn ich sie erstklassig aufmache, kostet noch nicht den hundertsten Teil eines anständigen Wagenrennens. Sie bringt natürlich auch weniger Popularität. Aber mehr Ehre. Wenn ich von den hundertfünfzig Millionen, die ich aus den enteigneten Terrainschnitzeln herausquetsche, nur drei Prozent für literarische Konkurrenzen und Preise stifte, dann sitze ich so dick in Ehre, daß das Gemecker über die Enteignungen nicht an mich herankann.

Unter dem Kaiser Domitian, meine Lieben, werden die literarischen Veranstaltungen anders ausschauen als jetzt. Ich muß es dahin bringen, daß man bei einer literarischen Konkurrenz nicht weniger fiebert als bei einem Wagenrennen. Nur: wen soll man heute zum Preisrichter machen? Pack. Gesindel. Sie wissen nicht, was gut ist und was schlecht. Man kann sie mit einem Hauch dahin bringen, daß sie schwarz heißen, was ihnen gerade noch golden war. Es lohnt nicht, ihr Kaiser zu sein. Bei den Ziffern dieses widerwärtigen Regin weiß man wenigstens, woran man ist. Man sollte meinen, Literatur, Verse, das sei jenseits ihres Schmutzes. Aber wenn sie den Olivenkranz anlangen, wird er genauso dreckig, wie wenn sie Geld anlangen.

Späße zu machen, hat der Alte verstanden. Aber die besten Späße, die höheren, subtileren, hat er sich entgehen lassen. Es ist eine Scheißgeneration. Man muß die Menschen klein machen und sie demütigen, immer noch kleiner; dann vielleicht hat man manchmal das Gefühl, man selber sei groß.

Regin war schon eine ganze Weile verstummt. Domitian fuhr auf, riß sich zusammen. „Ich danke Ihnen sehr, mein Regin", sagte er, „für Ihren Vortrag. Ich werde Ihrem Rat folgen, wenn es erst soweit ist."

Regin entfernte sich gut gelaunt. Domitian war ein Lump, seine Seele war zerfressen und verkommen. Aber von seinem Vater geerbt hatte er das Talent fürs Organisieren und eine gute Rechenhaftigkeit. Claudius Regin fühlte sich neu belebt, nun er Gelegenheit witterte, sein sportliches Interesse an der Ordnung der Reichsfinanzen wieder sinnvoll zu betätigen.

Im Spätsommer, als die Hitze nachließ, lebte Titus plötzlich auf. Am zweiten September wurde bekanntgegeben, daß der Kaiser, der sich ziemlich lange nicht mehr gezeigt hatte, am vierten der Eröffnung der Großen Spiele im Amphitheater beiwohnen werde.

Rom freute sich. Die Gerüchte von der Krankheit des Titus hatten die Stadt beunruhigt. Domitian war unbeliebt, die Furcht vor dem übeln Nachfolger steigerte die Liebe zu dem regierenden Kaiser. Zudem war die Stadt erregt durch Kundgebungen des falschen Nero, der noch immer nicht erledigt war. Jede Woche tauchten neue Proklamationen auf, in denen der Prätendent – Enkel des Augustus, Abkömmling des Julius Cäsar und der Göttin Venus nannte er sich – verkündigte, er sei den Nachstellungen eines verräterischen Senats entgangen und werde in allernächster Zeit aus dem Osten hervorbrechen, den Blitz in der Hand, um die flavischen Emporkömmlinge zu vernichten. Seit einem Jahr fast hielt dieser Nero die asiatischen Provinzen in Atem, offensichtlich unterstützt von den mächtigen Grenznachbarn der Römer, den Parthern. Schon sprach man von einem neuen parthischen Krieg, und es war gut, daß sich der Walfisch endlich einmal wieder seinem Volke zeigte.

Zehntausende also wohnten dem feierlichen Opfer bei, mit dem der Kaiser die Spiele einleitete. Der weiße Stier wurde herbeigeführt, der Großpriester hob das Messer, schon machte Titus sich bereit, mit der Schale das Blut aufzufangen, um es vor dem Altar auszugießen. In diesem Augenblick, unmittelbar vor dem tödlichen Stich, riß sich der Stier los und brach, den Strick noch um Bein und Hals, unter die schreiende Menge. Panik entstand, viele wollten später aus dem heitern Himmel Donner gehört haben. Titus tat, als schrecke ihn das böse Zeichen nicht. Sein schlaffer, breiter Knabenkopf, der in den letzten Tagen ein bißchen Farbe angenommen hatte, erblaßte freilich wieder, und die engen Augen, schläfrig und entzündet, verschwanden fast völlig unter den Lidern. Aber er stand ruhig da und wartete, bis der Stier wieder eingefangen und das Opfer vollendet war. Dann, wie er es angekündigt, fuhr er pomphaft ins Amphitheater.

Dort freilich saß er verfallen auf seinem mächtigen Sessel, und es kostete ihn Mühe, dem Zuruf der Massen gebührend zu danken. Der Anblick des gewaltigen Baus, der festlichen Zuschauer, der Menschen und Tiere, die in der Arena zu seinen Ehren und seinem Ergötzen starben, machte ihn nicht froh. In ihm war ein vages Gefühl, daß er das letztemal hier sitze und seine so teuer erkaufte Beliebtheit genieße. Daß das Opfer mißglückt war, ängstigte ihn. Es machte ihn trüb, daß es nicht gelang, das Andenken des Nero im Volke totzutreten, trotzdem er selber und seine Vorgänger in den vierzehn Jahren seit dem Sturz des Kaisers sich bemüht hatten, alle seine Bauten zu vernichten und seine sichtbaren Spuren zu tilgen. Nur mit Anstrengung hielt Titus die vier Stunden durch, die er der Sitte zufolge im Amphitheater bleiben mußte. Er wollte Rom los sein, er wollte unmittelbar nach der Eröffnung der Spiele auf seine Besitzung bei Cosa fahren, er freute sich auf die ländliche Ruhe dieses primitiven Gutes, das er belassen hatte, wie sein Vater und sein Großvater es übernommen. Er atmete auf, als endlich die vier Stunden vorbei waren und er den Wagen besteigen durfte.

Doch kaum hatte er das Weichbild Roms hinter sich, als ihn eine pressende Übelkeit anfiel. Er hatte sich danach gesehnt, die würdige Haltung aufzugeben, die er sich diese vier Stunden über hatte abzwingen müssen. Aber er durfte auch jetzt seine Erschlaffung nicht genießen. Krämpfe würgten, ein wildes Fieber schüttelte ihn. Der Arzt Valens schickte Kuriere nach Rom, die Kaisertochter Julia, Domitian, Lucia herbeizurufen.

In dem altmodischen Gutshaus dann, in der Nische, auf dem breiten Bett, das sich nur ein paar Handhoch über dem Boden erhob und in dem sein Vater gestorben war, lag der Kaiser Titus. Eine Woche lang lag er da und noch zwei Tage, und er wußte nicht, daß er dalag.

Manchmal unterhielt er sich mit Nero. Es war nicht ganz klar, mit welchem Nero, mit dem Jüngling, der schüchtern und ungelenk, mit dem Manne, der schön und bezaubernd, oder mit dem früh Gealterten, der fett und launisch wie ein verblühtes Weib war. Titus wollte gern herausbringen, mit was für einem Nero eigentlich und wieso überhaupt und worüber er mit ihm sprach. Aber das war schwer; denn Nero hatte einen goldenen Kopf auf wie die Kolossalstatue, und das Geglitzer des Kopfes machte alles undeutlich. War es denn überhaupt der richtige Nero? Er hatte doch selber Auftrag gegeben, den Kopf des Kolosses mit dem seines Vaters zu vertauschen, und jetzt hatte Nero trotzdem seinen eigenen Kopf. Das war eine ungeheure Frechheit und ängstigte den Titus. Wie soll man denn einen so gewaltigen Kopf abhauen, wenn er aus Gold und der Mann, dem er gehört, überdies schon tot ist? Er wandte sich an Britannicus, seinen Jugendgespielen, mit dem er erzogen worden war. Der hatte sich glücklicherweise in den langen Jahren seines Totseins nicht verändert. Aber auch er wußte keinen Rat, und trotzdem sie jetzt zu zweit waren, wollte es ihnen nicht glücken, Nero den goldenen Kopf abzuhauen. Der tat vielmehr immer wieder den Mund auf und sagte: „Ich, Claudius Nero, Enkel des Augustus, werde hervorbrechen aus dem Osten, den Blitz in der Hand."

Plötzlich wußte Titus, warum der Kopf nicht herunterging: es lag an dem Glasaug. Wenn aber der Mann das Glasaug hatte, war er doch gar nicht Nero. Titus suchte und suchte, er konnte nicht daraufkommen, wer er war, der mit dem Glasaug. Es handelte sich um die Befehlsausgabe, so weit sah er klar, und die Befehlsausgabe war gefährlich. Wohl hatte Titus am Wortlaut schlau und lange gebastelt, man konnte ihm auch nichts nachweisen, aber zweideutig blieb die Befehlsausgabe trotzdem, und der mit dem Glasaug merkte es auch, er schnupperte mit der frechen, weitnüstrigen Nase und blinzelte den Kaiser an. „Belästigt der Gegner die Lösch- und Aufräumekommandos", las er, und nun war es doch wieder Nero. Das Glasaug stand ausgezeichnet zu dem goldenen Kopf, der ganze Mann wirkte lasterhaft, aber eminent aristokratisch. Unsinn. Er hatte gar keinen goldenen Kopf, er hatte ein nacktes, rotes Gesicht und sah vulgär aus. Natürlich war das nicht Nero; denn diejenigen, die vulgär aussahen, das waren ja sie selber, die Flavier, während Nero auch in der letzten, schmutzigsten Ausschweifung der Aristokrat blieb, der Nachfahr des großen Julius und der Venus.

Wenn der Bursch die Befehlsausgabe falsch versteht, dann geht alles schief, dann wird geschossen, und der mühsame, kostspielige Neubau des Capitols fällt wieder ein. Er hat schon zu Ende gelesen, gleich wird er kehrtmachen. Titus muß den gefährlichen Befehl widerrufen, sofort, im nächsten Augenblick wird es zu spät sein. Er möchte auch, aber er kann nicht; das drückt ihm beinahe den Magen ab. Dabei steigt die Frau bereits die Tempelstufen hinauf. Es ist die Heilige Straße, und es ist die Äbtissin der Vestalinnen, und er, Titus, geleitet sie, denn als Kaiser hat er das Erzpriesteramt angenommen. Er bleibt ein wenig zurück, er muß sehen, wie sie geht, denn sie geht nicht, sie schreitet, sie „wandelt her", es gibt, um ihren Gang zu kennzeichnen, kein anderes als das homerische Wort. Er darf nicht länger hinter ihr zurückbleiben, er muß neben ihr gehen, das Zeremoniell verlangt es, und den Befehl muß er auch in Ordnung bringen. Sonst schießen sie. Wahrscheinlich werden sie schießen, wenn sie gerade auf den Stufen des Capitols ist, und dann zerschießen sie das Bein, und soll er es zerschießen lassen oder nicht? Seine Begierde, das Bein der Vestalin zu sehen, brennt ihn immer mehr, er muß es sehen, von der Sohle bis hinauf zu den Schenkeln, er muß es streicheln, drücken, kneten, pressen. Sie sollen schon schießen, er freut sich darauf, zuzuschauen, wie sie das Bein zerschießen. Worauf warten sie denn? Ja, natürlich, auf den Kerl, den Namenlosen mit dem goldenen Kopf und dem Glasaug. Der steht noch immer mit seinem Befehl. Aber jetzt dreht er sich um, und dann wird es gleich zu spät sein, dann schießt er, der Hauptmann Pedan.

Titus lacht, leuchtet auf. Pedan heißt er. Selbstverständlich. Daß ihm das nicht gleich eingefallen ist. Dreiundvierzig Jahre, und schon läßt sein Gedächtnis nach. Er stenographiert den Namen in die Luft: Pedan, Hauptmann Pedan von der Fünften. Er stenographiert ihn mehrmals, damit er ihn ja im Kopf behalte. Pedan von der Fünften, Inhaber des Graskranzes.

Die Frau mittlerweile schreitet noch immer. Jetzt hat sie ihr langes Priesterkleid gerafft wie eine Tänzerin, und er kann das Bein bis hinauf zu den Schenkeln sehen, nackt. Der Anblick ist erfreulich und äußerst unzüchtig. Wer hätte gedacht, daß die Äbtissin der Vestalinnen ein so junges, schönes Tänzerinnenbein hat?

Da ist man schon im Heiligsten des Tempels. Aber wo ist denn die Jupiterstatue geblieben? Ist der Capitolinische Jupiter auf einmal gestaltlos geworden? Haben diejenigen recht, die behaupten, es stehe nichts im Allerheiligsten? Das wäre ein Unglück. Man könnte dann ja gar nicht opfern. Es wird auch nichts mit dem Opfer. Der weiße Stier reißt sich los. Ein böses Zeichen. Aber er darf sich nicht anmerken lassen, daß ihm das etwas ausmacht. Es ist ihm furchtbar übel, aber er muß hier bleiben, aufrecht, und Disziplin wahren und warten.

Da steht ja doch etwas im Allerheiligsten. Das Bein steht darin, natürlich, das Bein der Frau, das herwandelnde, herrliche, dieses niederträchtige Bein, das ihm das Hirn verrückt gemacht hat. Es ist ein ungeheures Verbrechen, daß dieses Bein in der Zelle des Capitolinischen Jupiter steht. Es muß fort, er muß es zertreten, in Stücke schmettern, dem Erdboden gleichmachen. Es muß heraus, das da, das Bein. Hep, Hep, es muß herunter.

Plötzlich steht sein Vater hinter ihm; vertraulich, mit seiner knarrenden Stimme, gibt er ihm einen Rat. Es ist ganz einfach. Man muß nur das Bein durchhauen, dann fällt der Kopf des Nero von selber herunter. Da hat der Alte recht, wie so oft. Jedermann muß einsehen, daß es leichter ist, die Sehne eines fleischernen Beines zu durchschneiden als einen metallenen Kopf. Er nickt seinem Vater zu, hebt das Schwert.

Er fährt hoch. Etwas Scharfes, Schmerzvolles und gleichzeitig Wohltätiges schneidet in ihn ein. Man reibt ihm den Körper mit Schnee ab, der brennende Frost bringt das Fieber zum Fallen, dämmt seine Phantasien.

Er erkennt, wo er ist: im Gutshaus bei Cosa. Er lächelt. Hierher hat er gewollt. Es ist alles genauso gegangen, wie er es gewollt hat. Er hat durchgehalten, er hat die Spiele eröffnet, seine Römer haben sich gefreut. „O du Liebe und Freude des Menschengeschlechts", haben sie ihm zugerufen und, noch hat er ihren zärtlichen Tonfall im Ohr: „O du unser sehr gutes, sehr großes Walfischlein." Und jetzt ist er auf dem Gut und hat es überstanden. Zwei Wochen Ferien wird er sich gönnen, drei Wochen, während deren er nichts tut und nichts denkt. Und dann, wenn er ausgeruht nach Rom zurückkommt, wird er die Steuerprojekte überprüfen, die Claudius Regin ihm vorgelegt hat, und den Krieg gegen die Parther vorbereiten.

Da ist ja auch Bübchen. Bübchen hat sich gefügt, es ist Titus gelungen, ihn klein und geschmeidig zu machen. Geld freilich hat es gekostet. Wenn man hier das Gut bei Cosa mit Bübchens Bauten bei Albanum vergleicht: ein billiger Bruder ist Bübchen nicht. Und ganz zahm ist er auch noch nicht. Diese Sache mit Julia, sicher hat er ihm nur einen Tort antun wollen. Es ist ein kümmerlicher Tort, es ist merkwürdig, daß Bübchen nichts Besseres eingefallen ist, dieser Streich jedenfalls ist ihm gründlich danebengeglückt. Titus ist nicht weiter gekränkt. Wenn Bübchen seine Julia gefällt, dann gönnt er ihm und ihr das Vergnügen. Die weiße, fleischige Julia ist freilich etwas wählerisch, und es ist fraglich, ob ihr Domitian gefällt. Wie immer, es bleibt ein kahler, einfallsloser Spaß, durch den Bübchen es ihm zeigen will. Was ist das schon für eine „Rache"? Lucia, er hat dem andern Lucia ausgespannt, und wenn Julia auch sein eigen Fleisch und Bein ist, niemand kann sie im Ernst mit Lucia vergleichen. Im übrigen, Julia scheint nicht gewollt zu haben, Lucia aber hat gewollt. Und Titus lacht, er lacht hoch und fein, hi, hi, lacht er über die ärmliche, ohnmächtige Rache des andern.

Daran, daß er vielleicht deshalb hier liegt, weil Domitian es so gewollt hat, denkt er nicht.

Vielmehr richtet er – den Kopf kann er nicht bewegen, wohl aber die Augen – den Blick auf Lucia. Da ist sie ja, Lucia, denkt er. Wenn er ihr früher begegnet wäre, wäre sein Leben anders verlaufen. Aber auch so ist es gut. Die Anerkennung seiner Römer hat er, die Dynastie sitzt fest, kein Nero kann ihn mehr schrecken. Da liegt er und schwitzt. Es ist ein gesundes Schwitzen, diese Krankheit ist die Krise, und mit ihr schwitzt er den Osten völlig aus seinem Blut heraus. In Zukunft wird keine Jüdin ihn mehr in Versuchung bringen.

Aber warum sind sie eigentlich alle da, Bübchen, Julia und Lucia? Aha, wegen seiner Krankheit. Er war offenbar sehr krank. Aber jetzt hat er es hinter sich. Keine kleine Enttäuschung für Bübchen. Und Titus lächelt ihm zu, amüsiert, spöttisch, bittet ihn durch seine Miene geradezu um Entschuldigung, daß er kein Gott geworden ist.

Einen vermißt er. Einem muß er sagen, daß er jetzt genesen ist und den Osten aus seinem Blut herausgeschwitzt hat. Gerade dieser muß es erfahren, das ist wichtig, und so bald wie möglich, noch bevor er zurück nach Rom fährt, will er es ihm sagen. Er schickt einen Kurier nach Rom, in das Haus im sechsten Bezirk, um Flavius Josephus herbeizuholen.

Doch bald darauf, lange noch bevor Josef ankam, überfiel den Kaiser ein neuer Fieberanfall, schlimmer als der erste. Domitian befragte den Doktor Valens. Der schaute ihn mit seinem kalten, prüfenden Blick an und sagte: „Ich werde die Majestät in ein Schneebad bringen lassen. Wenn es gut geht, kommt der Kranke noch einmal zur Besinnung. Aber es besteht wenig Hoffnung, daß er den Tag überleben wird.“ – „Sie glauben“, fragte sachlich Domitian, „daß Kaiser Titus Flavius am 14. September ein Gott sein wird?“ – „Ich glaube es“, erwiderte der Arzt, und unter dem weiter fragenden Blick des Prinzen fuhr er fort: „Ich bin dessen sicher", und fügte die Anrede bei: „Majestät."

Wenn das Fieber gefährlich hochstieg, pflegten die Ärzte den Patienten in ein Schneebad zu stecken. Die Dauer eines solchen Bades richtig zu dosieren war schwierig und galt für den Prüfstein eines guten Arztes. Oft hatten Schneebäder den Patienten vor dem sichern Tod gerettet; doch manchmal auch starb ein Patient im Schneebad.

In der felsigen Grube des Hauses bei Cosa hielt sich der Schnee hart und gut. Man grub, unter Aufsicht des Arztes Valens, den schweren, glühheißen Körper des Kaisers tief ein. Die Damen Lucia und Julia – Domitian hatte das Gut verlassen – standen fröstelnd in dem Keller, die schmale Luke und der Schnee gaben mattes Licht, sie schauten widerwillig gespannt zu, wie man den Kaiser eingrub.

Titus kam zu sich. Er war ängstlich erregt, daß Josef noch nicht da war. Er wußte jetzt, daß er sterben werde. Er schauerte vor Schwäche und Frost. Seine Haut war bläulich; er preßte die Zähne zusammen, damit sie nicht klapperten. Man flößte ihm einen von Valens bereiteten Trunk ein, um seine schwindende Kraft aufzupeitschen. Er sprach nicht, auch die beiden Frauen schwiegen, es war finster und kalt. Erst ging Julia, dann ging auch Lucia. Als Josef kam, fand er niemand bei dem Kaiser, nur den Valens.

Titus schickte den Arzt weg. Josef stand allein vor dem Sterbenden, der mit starren Gliedern im Schnee lag. Nochmals neigte er sich tief und wiederholte den Gruß: „Hier bin ich." In ihm aber dachte es: Keine Weisheit ist außer der des Kohelet: „Der Mensch ist nicht mehr wert als das Vieh. Wie dieses stirbt, so stirbt jener, und alles ist eitel."

Titus schien unendlich schwach, geschüttelt von Frost und Schmerz, aber, vielleicht war es die Wirkung des Trankes, er war völlig klar. Das ererbte und anerzogene Römertum in ihm war stark genug, die Furcht der Kreatur in der Stunde des Absterbens zu besiegen. Zwar verlangte er nicht, im Stehen zu sterben, wie der Alte, aber auch er wollte, daß in seinen letzten Augenblicken keine Niedrigkeit sei, und ferner wollte er, daß gerade dieser Mann aus dem Osten mit ansehe und bezeuge: der römische Kaiser Titus starb nicht unwürdig. Nur mit Anstrengung tat er die bläulichen Lippen auf, doch seine Stimme war vernehmlich, ja, es war in ihr ein letzter Rest jenes schmetternden Kommandotones, den Josef so oft vor den Mauern Jerusalems gehört, und er sprach: „Ich habe dich herrufen lassen, Flavius Josephus, daß du etwas aufschreibst. Ich habe dir eine Ehrensäule hingestellt: halte du für die Späteren fest, was ich dir sage. Ich habe mich bemüht, die ‚Liebe und Freude des Menschengeschlechts' zu sein, ich war das sehr gute, sehr große Walfischlein, und ich habe zu dem Tag, an dem ich nichts Gutes tat, gesagt: diesen Tag habe ich verloren. Aber das ist es nicht, was du aufschreiben sollst. Ich habe viele Menschen umgebracht, und das war gut, ich bereue es nicht. Allein ein Einziges ist, das war nicht gut. Schreib das auf, mein Jude, du großer Geschichtsschreiber: der Kaiser Titus hat keine Tat seines Lebens bereut, nur eine einzige. Hörst du mich? Schreib es auf, mein Jude, mein Chronist."

Da Titus verstummte, fragte Josef: „Welche Tat, mein Kaiser?"

Doch Titus, statt aller Antwort, mit verlöschenden, sonderbar nach innen gestellten Augen, fragte: „Warum ist Jerusalem zerstört worden?"

Da packte den Josef ein lähmendes Entsetzen von seinen Eingeweiden her, und er stand steif und wußte nichts zu erwidern. Der Kaiser aber fuhr fort und bat: „Willst du mir nicht eine Antwort geben, mein Jude? So lange habe ich auf eine Antwort gewartet, und niemand kann sie mir geben, nur du, und wenn du sie mir jetzt nicht gibst, wird es zu spät sein."

Josef aber, mit all seiner Energie, riß sich zusammen und erwiderte, und das war die Wahrheit: „Ich weiß es nicht."

Doch Titus, aus dem Schnee heraus, fuhr jämmerlich fort: „Ich sehe, du willst es mir nicht sagen. Ihr habt ein gutes Gedächtnis, ihr Juden. Ihr seid wie euer Gott, eifervoll, ihr tragt einem ewig nach, was man einmal getan hat, und vergeßt nichts bis ans Ende." Und wie ein Kind klagte und maulte er weiter: „Ich war dir nie feind, mein Jude, und habe dich nicht entgelten lassen, was die Frau an mir getan hat. Ich bin dein

Freund geblieben, auch als sie wegging. Aber du willst mir nicht antworten."

Den Josef aber erschütterte der Wahn des Mannes. Da suchte er noch im Sterben ihn und sich selber zu belügen und machte sich vor, die Frau, die er weggeschickt hatte, habe ihn aus eigenem Willen verlassen, und er tat dies, um eine Antwort zu bekommen auf die Frage, warum diese Stadt Jerusalem zerstört worden sei, die er doch selber zerstört hatte. Das Grauen vor der Brüchigkeit der menschlichen Vernunft packte Josef derart, daß er darüber den Frost und die Dunkelheit des elenden Raumes vergaß und die schauerliche Verlassenheit dieses Sterbenden. Die Juden, die vom andern Tiberufer, hatten also doch recht: Jahve hatte dem Kaiser eine Fliege ins Hirn geschickt, die summte darin herum, kein Lärm des Arsenals hatte sie zur Ruhe bringen können. Titus war nur ein Werkzeug gewesen, nicht mehr als die rote, behaarte Hand des Hauptmanns Pedan. Jetzt berief er sich darauf, daß er ein Werkzeug war: doch damals, als er handelte, hat er es nicht wahrhaben wollen. Er hat sich übernommen, damals. Er hat gewußt, daß es darum ging, Ost und West zu vereinigen, aber er ist auf halbem Wege umgekehrt, hat den Osten, statt ihn zu gewinnen, kaputtgeschlagen und wurde wieder der Römer, der er von Anfang an gewesen, nur der Römer, nichts als das, ein armer Eroberer, ein kläglicher Mann des Tuns, ein Narr, der um die Nichtigkeit des Tuns wußte und doch nicht davon ablassen konnte. Jetzt hat er seinen Lohn dahin. Da liegt er, und das Gesicht ist das seines Vaters, das Gesicht eines alten Bauern: nur daß der Alte damit einverstanden und darauf stolz war, dieser aber sich dessen schämt. Der Herr der Welt, der Kaiser, der Römer, der mißratene Weltbürger, das Häuflein Dreck, der Mensch, der dahingeht wie das Vieh.

Und als der Mann im Schnee nochmals die bläulichen Lippen rührte – Josef konnte nichts mehr hören, aber er wußte, daß er seine Frage wiederholte und auf seiner Antwort bestand –, da überkam ihn das ganze Elend dieser Frage, und das Gefühl überwältigte ihn, wie nichtig er selber sei und alle Kreatur. Er konnte den Anblick des Sterbenden kaum mehr ertragen, er mußte sich bezähmen, um nicht hinauszustürzen, diesem Frager zu entfliehen, und er atmete auf, als der Arzt Valens eintrat.

„Ich trage keinen Anstand“, sagte Valens, „Sie diesmal schon nach einer Viertelstunde zu stören.“ Er wandte sich dem Mann im Schnee zu. „Der Kaiser Titus Flavius ist tot“, konstatierte er sachlich.

Domitian unterdes ritt eilends nach Rom zurück, ohne Begleitung. Nacht fiel ein, es war spärlicher Mond und sehr dunkel. Domitian schonte sein Pferd nicht. Nun es soweit war, wollte er nicht glauben, daß die Herrschaft, nach der er sich so lange und so verzehrend gesehnt, ihm wirklich zufallen werde, und er malte sich aus, was alles noch zwischen ihn und die Erfüllung treten könnte. Wie, wenn dieser Valens ihn verriet und dem Titus von den Gesprächen mit Marull erzählte? Titus war ein Schwächling und besessen von seinem närrischen Wunsch, der Dynastie die Erbfolge unter allen Umständen zu erhalten. Aber wenn er auch Julia und alles Vorhergehende vergaß, so närrisch konnte er nicht sein, daß er nicht nach einem solchen Verrat zupackte und ihm und dem Marull den Henker schickte.

Unsinn. Man brauchte keinen Arzt, um zu erkennen, daß Titus im Sterben lag, mit oder ohne Schneebad. Selbst wenn Valens sich täuschte, wenn Titus noch einen Tag, ja wenn er noch eine ganze Woche leben sollte: gegen ihn, Domitian, hat er ausgespielt. Er wird sich jetzt, sowie er nach Rom kommt, einfach der Garde versichern, alles ist vorbereitet. Mit Hilfe der Garde kann er sich, was immer kommen mag, so lange halten, bis Titus hinüber ist.

Er ist hinüber, er ist bereits ein Gott, er lebt nicht mehr. Domitian spürt es tief in seinem Innern. Er ist tot, der andere, der Bruder. Nie mehr wird er das unangenehme Schmettern seiner Kommandostimme hören müssen, nie mehr sein überlegen humoristisches Zureden. Es ist aus. Das ist gut, auch für Lucia. Sicher wird sie sich darüber freuen. Domitian, während er durch die Nacht dahinjagt, rötet sich. Sie *muß* sich darüber freuen.

Es ist merkwürdig, daß eine Frau wie Lucia den Titus nicht

verachtet, den Narren und Schwächling. Was er zum Schluß wohl noch mit dem Juden zu reden hatte? Er braucht Popularität, auch nach dem Tode, er braucht den Geschichtsschreiber, er stirbt für den Geschichtsschreiber, wie er für ihn lebte. Er braucht künstliche Stützen, das ist es, er genügt sich selber nicht. Immerhin wäre es nicht uninteressant, zu wissen, was er mit dem Juden besprochen hat. War es wegen Julia? Schade, daß nicht er selber, Domitian, heute davon anfing. Jetzt ist es aus, und er wird nie mehr erfahren, ob der andere es auch ganz gespürt hat, daß das Konto bereinigt war. Ob der Jude ihm verraten wird, was Titus ihm anvertraut?

Er selber wird keinen Juden und Geschichtsschreiber brauchen, wenn er stirbt. Er ist seiner sicher. Das einzige, was ihm noch fehlte, war der garantierte, legitime Besitz der Macht. Nun er sie hat, braucht er keinen Chronisten. Ob er den Josef umbringen lassen soll? Der Mann weiß vieles, was besser nicht gewußt wird. Aber es wird Lucia nicht angenehm sein, wenn der Mann nicht mehr da ist. Wer die Macht hat, dem genügt das Gefühl, daß er seinen Lüsten nachgeben könnte: er braucht ihnen nicht nachzugeben. Lassen wir den Mann leben.

Domitian ritt in Rom ein. Ritt, es war jetzt tiefe Nacht, in die Kaserne der Leibgarde auf dem Palatin. Befahl den Kommandanten zu sich. Teilte dem Erschreckten mit, daß der Kaiser gestorben ist. Ließ Alarm schlagen. Aus dem ersten Schlaf auftaumelnd, versammelten sich die Mannschaften in den Höfen. Man gab ihnen bekannt, Titus sei gestorben; die erste Amtshandlung des neuen Kaisers bestehe darin, daß er ihnen eine Gratifikation von achthundert Sesterzien pro Mann anweise. Die gleiche Kundgebung wurde in den andern Kasernen der Stadt verlesen. Offiziere und Soldaten wurden auf den Kaiser Flavius Domitian vereidigt. Klirrend, befriedigt grüßten sie den neuen Herrn und blieben gern die Nacht über unter Waffen.

Durch alle Straßen der Stadt jagten Kuriere. Bewegung war, Fackeln, Patrouillen, die Häuser erleuchteten sich. Viele Senatoren, ohne daß die Konsuln sie entboten hätten, begaben sich hastig und erregt in die Julische Halle. Sie fanden das

Gebäude besetzt; alle strategischen Punkte der Stadt waren besetzt. Es wurde jedem einzelnen Senator mitgeteilt, Kaiser Domitian erwarte ihn in der Bibliothek des Palatin. Unbehaglich sahen die Herren, daß sich jedem von ihnen ein Detachement Soldaten anschloß, keineswegs in verletzender Form, eher wie ein Ehrengeleite. Unbehaglich sahen sie die Truppen vor allen wichtigen Gebäuden der Nacht, unbehaglich den wie eine Festung bewachten Palatin.

Durch verstörte Dienerschaft, über schlecht erleuchtete Korridore, auf denen Offiziere beschäftigt hin und her eilten, wurden die Herren in die Bibliothek geführt. In betretenen Gruppen standen die Berufenen Väter zusammen, aus dem Schlaf aufgestört, viele nur notdürftig angezogen. Man bezweifelte die Authentizität der Todesnachricht, aber keiner traute dem andern, man wagte nur flüsternde Worte über das, was alle bewegte; laut machte man wortkarge Konversation über Nebensächliches, daß man eigentlich bereits heizen müsse und dergleichen. Endlich, von den wachhabenden Offizieren mit der Ehrenbezeigung und dem Gruß, der dem Kaiser vorbehalten war, empfangen, erschien Domitian. Die Arme eckig nach hinten, sorgfältig angezogen, doch ohne andere Insignien als die der senatorischen Würde, auch ohne Abzeichen der Trauer, ging er zwischen den einzelnen Gruppen herum, ausgesucht höflich, ja mit gespielter Schüchternheit und Demut. Man war sich im unklaren, was er eigentlich wollte. Es war keine Frage, daß man ihm den Huldigungseid leisten werde, es hätte dazu des Truppenaufgebots nicht bedurft. Aber was die Herren ängstigte, war der Zweifel, ob er die Privilegien der einzelnen bestätigen werde; vor allem die Freunde des Titus fürchteten eine Minderung ihrer Stellung und ihres Einkommens. Wie überhaupt wird es der neue Herr mit dem Andenken seines Bruders halten? Wollte er, daß man sich freue, einen neuen, so begnadeten Kaiser bekommen oder einen so begnadeten Kaiser verloren zu haben? Man wußte natürlich, wie sehr Bübchen seinen Bruder gehaßt und verachtet hatte. Aber wird er nicht, um das Ansehen der Dynastie zu erhöhen, wünschen, daß man ihn, nun er tot war, wie den Vater unter die Götter erhebe? Dieser Zweifel beschäftigte die Herren so, daß sie nicht einmal in Gedanken mehr wagten, Domitian Bübchen zu nennen oder sich einzugestehen, daß er einen beginnenden Bauch habe und daß seine eckig starre Haltung diesen Bauch betone.

Domitian, sicher im Schutz seiner Garde, spürte bald, wieviel er sich mit diesem Senat erlauben dürfe. Er begann, sich an der Unsicherheit der Herren zu weiden. Er dachte an jene Nacht des zwanzigsten Dezember, da, während Vespasian und Titus in Judäa standen, in Rom die Anhänger des Vitell und des Vespasian um die Macht gekämpft hatten. Damals waren er, sein Onkel Sabin und die dem Vespasian anhangenden Senatoren auf dem Capitol belagert gewesen, dann war das Capitol im Sturm genommen, Sabin und die meisten andern ermordet worden, und er selber hatte sich, als Isispriester verkleidet, nur mit genauer Not retten können. An die Angst jener Nacht also dachte er, und es machte ihm Spaß, jetzt die Angst der Freunde des Titus auszukosten, sie durch finstere Späße zu steigern.

„Scheint es Ihnen nicht angebracht, mein Älian", fragte er etwa, „die Majestät meines toten Bruders wie die meines Vaters unter die Götter zu erheben?" Aber als Senator Älian rasch und stürmisch ja sagte, schaute er ihn sorgenvoll an und gab ihm, fast unterwürfig, zu bedenken: „Muß man nicht, mein Älian, die Verdienste eines Fürsten sehr sorgfältig prüfen, ehe man ihm eine solche Ehrung zubilligt?" Und „Was meinen Sie, mein Rutil?" wandte er sich an einen andern. Und als der verwirrte Senator Rutil zögerte, wunderte er sich, höflich, doch mit sichtlicher Mißbilligung: „Merkwürdig, daß nicht einmal ein Mann, der dem Verstorbenen so eng befreundet war wie Sie, mein Rutil, von allein daran denkt, ihm eine solche Ehrung zu erweisen." Der unglückliche Rutil begann schnell etwas zu stammeln, doch Domitian hatte sich schon einem Dritten zugekehrt.

Alle atmeten auf, als der neue Herr sie verließ. Sie mußten bis zum Aufgang der Sonne warten, ehe die Sitzung beginnen konnte. Und was sollte man dann beschließen? Bübchen machte sich das Vergnügen, sie im unklaren zu halten. Es war noch lange vor dem Morgen, sie fühlten sich frostig und übermüdet, und es waren zu wenig Sitzgelegenheiten da. Manche hockten auf dem Boden nieder oder streckten sich aus, um ein wenig zu dösen.

Endlich erschien Annius Bassus und unterrichtete sie, der Kaiser erwarte, der Senat werde seinen Bruder in der gleichen Weise ehren wie seinen Vater. Jetzt wußte man wenigstens Bescheid, und man durfte die Augen zumachen, bis die Sitzung beginnen wird. Aber an diese Nacht wird man noch lange denken.

Domitian indes hatte sich allein mit seinem Zwerg Silen in seinem Arbeitszimmer eingeschlossen. Der Zwerg, in steife, schwere, rote Seide gekleidet, hockte in seinem Winkel. Mögen sie jetzt glauben, ich spieße Fliegen auf, dachte Domitian, grimmig vergnügt, schnalzte mit der Zunge, ging auf und ab. Der Zwerg tat ihm nach, schnalzte, ging auf und ab.

Domitian hatte Weisung gegeben, die Nacht hindurch außer Lucia und Flavius Josephus niemanden vorzulassen. Er wollte die Nachricht vom Tod des Titus und die Bestätigung seiner Herrschaft aus keines andern Munde haben als aus dem eines dieser beiden. Am Hause des Josef hatte er einen Kurier postiert, der ihn sogleich nach seiner Rückkehr zum Palatin führen sollte, und er wettete mit sich selber, wer als erster ihm die Nachricht bringen werde, Lucia oder Josef. Bringt sie Lucia, ist es ein gutes, bringt sie Josef, ein schlechtes Zeichen.

Eine Stunde vor Tag kam Lucia. „Er ist tot", sagte sie. „Er hat kein leichtes Ende gehabt." – „Ich bin Kaiser", sagte Domitian, „ich bin Kaiser, Lucia." Er lachte, die Stimme kippte ihm über, vor ihr ließ er sich gehen. „Wir sind Kaiser", krähte der Zwerg ihm nach. Domitian schwamm in seinem Triumph: „Das war es, was ich mir zum Ziel genommen von jener Zeit an, da ich das Capitol gegen Vitell hielt. Es war ein steiler Weg, ich bin ihn ohne Krümmung gegangen, pfeilgerad aufwärts. Ich bin ihn deinetwegen gegangen, Lucia. Ich habe dich zur Kaiserin gemacht, wie ich es dir versprochen habe." Lucia hatte sich gesetzt; die letzten Stunden des Titus, die nächtliche Reise nach Rom hatten sie mitgenommen, sie war sehr müde. Sie betrachtete den auf und ab rennenden Mann, gähnte. „Du solltest mehr Sport treiben, Bübchen", sagte sie. „Beim Herkules, du kriegst einen Bauch."

„Du weißt nicht, wie das ist, Kaiser sein, Lucia", sagte Domitian. „Du hättest sehen sollen, wie sie vor mir gekrochen sind." – „Das ist nichts Neues, daß es in Rom nicht mehr viele Männer gibt", sagte Lucia; es klang unangenehm sachverständig. „Im Senat gibt es nicht viele", stimmte Domitian zu, halb mit Genugtuung, halb mit Ärger. „Ich werde jetzt schlafen gehen", sagte Lucia, „ich bin sehr müde." – „Bleib noch ein wenig", bat Domitian. „Vor Sonnenaufgang können sie Titus nicht zum Gott und mich nicht zum Kaiser machen. Ich will noch ein paar von ihnen herkommen und tanzen lassen." – „Das interessiert mich nicht", sagte Lucia. „Aber es ist amüsant", meinte Domitian, und „Bleib, meine Lucia", bat er, beharrte er.

Er ließ einige der Herren aus der Bibliothek herüberbitten. Steifbeinig, die Arme eckig nach hinten, den Bauch heraus, hielt er Cercle, ging leutselig von einem der sorgenvollen, um ihre Privilegien Bangenden zum andern. Machte literarische Konversation. „Haben Sie meinen Essay über die Glatzköpfe gelesen, mein Älian?" fragte er. Der Senator schaute den dünnbehaarten Kopf des neuen Herrschers an; er erinnerte sich dunkel des Essays, es war ein „Lob der Glatzköpfe", im Stil modischen Humors, man wußte nicht recht, was war ernst gemeint, was spaßhaft. „Ja, Majestät", erwiderte er zögernd; schon war er gewiß, daß Domitian ihn wieder werde hereinfallen lassen. „Was halten Sie davon?" fragte denn auch mit tückischer Höflichkeit der Kaiser. „Ich finde den Essay großartig", entschloß sich Älian stürmisch zu erwidern, „ernst und spaßhaft zugleich. Ich habe über ihn Tränen gelacht und Tränen geweint." – „Ich finde ihn erbärmlich", konstatierte trocken Domitian. „Ich schäme mich im Zeitalter eines Silius Italicus, eines Statius, solches Zeugs geschrieben zu haben. Was halten Sie von Silius Italicus, mein Varus?" wandte er sich an den nächsten. „Er ist der größte Dichter der Nation", sagte mit Schwung Senator Varus. „Aber langweilig", meinte Domitian und schaute den Senator nachdenklich an, bedauernd, treuherzig, „sehr langweilig, stinklangweilig. Mein ‚Lob der Glatzköpfe' ist wenigstens amüsant. Was ziehen Sie vor, mein Rutil?" pickte er sich von neuem diesen Günstling des Titus heraus. Rutil suchte mit hilflosen Vogelaugen seinem starren Blick auszuweichen. „Los, los, mein Rutil", drängte der Kaiser. „Los, los, mein Rutil", drängte der Zwerg. „Ich ziehe den Silius Italicus vor", entschied sich schließlich mit verzerrt schalkhaftem Lächeln Rutil. „So sind unsere Senatoren", sagte Domitian und schnalzte mit der Zunge. „Selbst etwas so Langweiliges wie den Silius Italicus ziehen sie meinen Späßen vor." Er wandte sich um, er glaubte zu Lucia gesprochen zu haben. Aber nur der Zwerg stand hinter ihm, Lucia war gegangen.

„Es wird Tag", sagte der Kaiser zu den bedrückten Senatoren, „und Sie müssen sich daranmachen, dem Senat und Volk von Rom einen neuen Führer zu finden. Ein schwerer Tag für Sie. Ein schwerer Tag auch für mich, der ich mich wohl werde entscheiden müssen, wessen Privilegien ich bestätigen soll, wessen nicht. Mögen die Götter Ihr und mein Urteil erleuchten, Berufene Väter", entließ er die Herren.

Unmittelbar vor dem Morgen traf Josef ein. Domitian hatte von Lucia erfahren, daß dieser Mann der letzte gewesen war, mit dem sein Bruder gesprochen hatte. Wahrscheinlich war der Jude der einzige, der wußte, ob und wie tief sein guter Spaß mit Julia, dieser Ausgleich seiner alten Rechnung, den Toten getroffen hatte.

„Sie wohnen doch noch im sechsten Bezirk", begann der Kaiser das Gespräch, „in der Straße zum Granatapfel?" – „Ich schätze mich glücklich", erwiderte Josef, „daß die Gnade des Kaisers Titus mir das Haus belassen hat, das der Gott Vespasian mir angewiesen." – „Es ist Ihnen bekannt, daß ich in diesem Hause geboren bin?" fragte Domitian. „Gewiß, Majestät", erwiderte Josef. „Arbeiten Sie gern in diesem Haus?" erkundigte sich Domitian weiter. „Und wird Ihre Arbeit dort gut?" – „Das Haus ist mir sehr lieb", erwiderte Josef, „und ich arbeite gern dort. Ob die Arbeit gut wird, darüber zu urteilen steht nicht bei mir." – „Es tut mir leid", erwiderte Domitian und kam mit seinem steifen, merkwürdig leisen Schritt sehr nah an Josef heran, „daß ich Sie werde ausquartieren müssen. Ich will das Haus, in dem mein Vater, der Gott Vespasian, so lange gewohnt hat und von dem soviel Glück für das Reich ausging, den Göttern weihen und es zu einer nationalen Gedächtnisstätte machen."

Josef erwiderte nichts. Er wußte, welchen Einfluß Marull auf Domitian hatte, aber auch, welchen Einfluß Annius Bassus, er wußte, wie launisch Domitian und daß er selber gefährdet war. Aber er war ohne Angst, er fühlte sich seltsam sicher. Eitelkeit, Triumph, Niederlagen, Schmerz, Genuß, Wut, Trauer, Dorion, Paulus, Justus, das alles lag hinter ihm, und vor ihm lag nichts als sein Werk. Alles, was bisher in seinem Leben gewesen war, hatte sich als gut für das Werk erwiesen und bekam Sinn, sowie er es auf das Werk bezog. Jahve wird, des war er gewiß, seine Hand über ihn halten, daß ihm nichts zustoße, was das Werk gefährden könnte.

Mit ruhiger Neugier also wartete er darauf, was Domitian von ihm wolle. „Sie hatten das Glück", sagte der jetzt, „dem Tod und der Verklärung meines Bruders, des Kaisers Titus, beizuwohnen. Was wollte mein Bruder zuletzt noch von Ihnen?" Die Frage sollte ruhig klingen, aber Domitian konnte sich nicht bezähmen, sein Gesicht rötete sich, die Stimme kippte ihm über. „Kaiser Titus", berichtete Josef, „wünschte, mir einen Auftrag zu erteilen." Domitian schaute ihm fast mit Angst auf den Mund. „Er forderte mich auf", erzählte Josef, „für die Späteren aufzuschreiben, daß er eine einzige Tat seines Lebens bereue." – „Welche?" fragte Domitian. Aha, dachte er, die Sache mit Julia hat ihn also doch getroffen. Er hat ihm gesagt, er bereue es, mich nicht aus der Welt geschafft zu haben. Und den Mund geöffnet, wartete er auf Josefs Antwort. Aber „Er kam nicht mehr dazu, es mir zu sagen", war alles, was Josef noch zu berichten hatte.

Domitian atmete hoch. Doch schon den Augenblick darauf war er enttäuscht. Niemals also wird er erfahren, welche Wirkung die Sache mit Julia getan hat. Natürlich, dachte er, hat Titus es ihm gesagt, und der Schlauberger will es mir nicht verraten. Laut äußerte er: „Es gibt unter uns nicht viele, die von ihren Taten nur eine einzige zu bereuen hätten. Mein Bruder war ein tugendhafter Mann. Mein Bruder", fuhr er fort, ein kleines finsteres Lächeln auf dem Gesicht, „war außerdem ein glücklicher Mann." Und mit zweideutiger, gefährlicher Vertraulichkeit erläuterte er: „Er ist auf dem Gipfel seines Ruhmes gestorben. Wenn er später gestorben wäre, wer weiß, ob er seinen Ruhm hätte halten können, und ihm lag viel an seinem Ruhm. Die ihn zu früh haben sterben lassen", schloß er, und sein freches, finsteres Lächeln vertiefte sich, „haben zu seinem Besten gehandelt."

Als er mit diesen Worten den Josef entließ, war die Sonne aufgegangen, und der Senat von Rom schickte sich an, Titus unter die Götter und Domitian zum Kaiser zu erheben.

Drei Tage später, am ersten Tischri und somit am Neujahrstag des Jahres 3842 jüdischer Rechnung, stand Josef in der Synagoge, die seinen Namen trug. Das Widderhorn, das scharf, gell, häßlich zur Buße rief, erschütterte ihn bis in die Eingeweide, riß ihm das Innere auf. Es war ein wohltätiges Aufreißen, seine Seele wurde gepflügt zur Aufnahme der Saat. Als er des Nachmittags an das Ufer des Flusses Tiber trat, um, wie es Vorschrift war, seine Sünden von sich in den Fluß zu schütten, auf daß das fließende Wasser sie zum Meer trage und sie dort ersäufe, fühlte er sich in Wahrheit gereinigt.

Am ersten Tischri wirft Jahve die Lose, doch erst am zehnten, am großen Sühnetag, am Sabbat der Sabbate, siegelt er sie; diese Frist gab er den Männern seines Volkes, damit sie durch Buße das Gericht abwenden könnten. Mehr als die andern hatten in jener Zeit die Juden die Fähigkeit der Buße; sie waren durch mehr Schuld und mehr Elend gegangen, sie wußten, daß Schuld und Elend kein Ende sein muß, sondern ein Durchgang sein kann vor neuem Beginn. Josef insbesondere, der ewig Wandelbare, konnte seine Vergangenheit abschütteln wie glatte Haut das Wasser, und wie ein Neugeborener von seinen Vätern und Vorvätern wohl ihr Wesen überkommt, aber nicht ihr Schicksal, so konnte er jetzt, zu Anfang seines neuen, großen Werkes, sein Dasein beginnen, ohne daß seine Vergangenheit ihm zur Last gewesen wäre. Unverloren blieb ihm, was an ihr nützlich war, und was an ihr schlecht war, strich er aus.

Am zehnten Tischri dann stand er wie die andern in seiner Synagoge, im einfachen, weißen Kleid, in jenem Linnen, in dem er nach seinem Absterben in den Sarg gelegt werden sollte; denn als ein zum Tod Bereiter hat man an diesem Tage vor Jahves Antlitz zu treten.

Das Kollegium von Jabne hatte angeordnet, daß das große Opfer, das früher, in den Zeiten des Tempels, am Sühnetag dargebracht worden war, jetzt durch eine Schilderung des Opferdienstes ersetzt werden sollte. Der Levit Jubal Ben Jubal, einer der wenigen Sänger und Musiker des Tempels, die sich aus der Zerstörung gerettet hatten, war zum Vorbeter der Josef-Synagoge bestellt worden. Er also, im Wechselgesang mit der Gemeinde, trug die Schilderung des Tempeldienstes vor. Er kannte gut die altererbten Melodien, und an der rechten Stelle, wenn er vom Sündenbekenntnis sagte und sang oder vom Zählen der Güsse des Opferblutes, das der Erzpriester gesprengt hatte, dann wob er den wilden, eintönigen Singsang hinein, den die Leviten bis heute bewahrt hatten aus jener Urzeit, da die Juden noch in der Wüste gewandert waren.

Heil dem Auge, sang er, das die vierundzwanzigtausend jungen Priester gesehen, die Geräte des Tempels, die Pracht des Dienstes; wenn unser Ohr jetzt davon vernimmt, wird uns die Seele trüb. Heil dem Auge, das den Erzpriester gesehen, wenn er aus dem Allerheiligsten trat, versöhnt, in Frieden, unversehrt, verkündend, daß der rote Faden der Schuld weißgewaschen sei durch Jahves Gnade. Heil dem Auge, das ihn so gesehen; wenn unser Ohr jetzt davon vernimmt, wird uns die Seele trüb.

Denn wir, sang er weiter, wir, ach, durch das Übermaß unserer Sünden, haben keine Entsühnung mehr. Preisgegeben den Frevlern ist das Land, die Fremden sind der Kopf geworden, wir die Fußsohle. Ohne Propheten tasten wir umher, gleich Blinden, ohne Weissagung. Und keine neue Reinigung winkt uns mehr. Keinen Erzpriester haben wir mehr, die Opfer für uns darzubringen, keinen Sündenbock, unsere Schuld in die Wüste zu tragen.

Und er sprach und sang von den Einzelheiten dieses großen Sühneopfers. Wie der Erzpriester sieben Tage zuvor sich abgeschlossen hielt von jeder Berührung mit der Welt, sein Herz nur auf sein heiliges Amt gerichtet. Wie er in der Nacht vor dem großen Sühnetag ohne Schlaf und Speise blieb, beschäftigt damit, die Schrift zu lesen und zu hören. Wie er dann am Morgen, in weißen Gewändern, prangend im Tempelschmuck, zur Ostseite des Vorhofs schritt, wo, gehütet von Priestern, die beiden Ziegenböcke angepflockt standen, einander völlig gleich in Größe und Gestalt, für deren Bereitstellung jedermann in Israel den Bruchteil eines Hellers gespendet hatte. Wie er weiter aus der Urne die goldenen Lose zog und bestimmte, welcher von den beiden Böcken Jahves sein solle und welcher der Wüste. Wie er jetzt, die Hände auf dem Haupt des Bockes, vor allem Volk die Sünden bekannte, die er, sein Haus, sein Stamm, ganz Israel begangen, sie dem Bock aufs Haupt legend, und wie er ihm diese Sünden, in Form eines roten Fadens, ans Horn band und ihn fortschickte, daß er sie in die Wüste trage. Wie er schließlich ins Allerheiligste eintrat und Jahve anrief bei seinem wirklichen, erhabenen, furchtbaren Namen, der sonst nie und von keinem genannt werden durfte, und wie alles Volk, wenn der Name aus seinem Munde drang, sich hinwarf aufs Angesicht.

So sagte und sang der Levit Jubal Ben Jubal. Josef hatte alles miterlebt, wovon er sang, den ganzen Dienst, er war während dieses Dienstes auf den Stufen des Tempels gestanden, in der ersten Reihe, und wenn Augen selig waren, die das mit angesehen, dann die seinen, und wenn einem die Seele trüb werden mußte, der jetzt davon vernahm, dann ihm. Er hatte ferner, aus größerer Nähe als irgendeiner unter den Lebenden, mit angesehen, wie dieser Tempel und sein Allerheiligstes zerstört wurde und seine Priester erschlagen. Er hatte schließlich, als einziger unter den Juden, die Stätte in ihrer Ödnis gesehen, dem Erdboden gleich. Er hatte das Verlorene gesehen, den Verlust miterlebt und dieser Wirklichkeit standgehalten. Als er aber jetzt die Schilderung des Verlorenen hörte, hielt er nicht stand. Sein Herz versagte, stockte, die Augen, die den Brand und Sturz des Tempels hatten sehen können, trübten sich, die Ohren, die das Krachen und Bersten des Tempels hatten hören können, konnten nicht die Schilderung des Tempeldienstes hören, und der Weltbürger Flavius Josephus, während der Levit weitersang von der verlorenen Größe seiner Nation, brach nieder und lag ohnmächtig in dem einfachen, weißen Kleid, in dem er einstmals begraben werden sollte.

Seitdem der Kaiser ihn aus seinem früheren Haus ausquartiert hatte, wohnte Josef in dem Bezirk „Freibad", einer wenig vornehmen Stadtgegend im Süden, in einem kleinen Haus, das zwischen hohen Mietkasernen eingepreßt lag. Er lebte da inmitten tätigen, lärmenden Volkes, sehr zurückgezogen. Justus hatte, als Josef sein früheres Haus verlassen mußte, eine eigene kleine Wohnung genommen. Paulus, wohl auf Weisung der Mutter, kam nicht mehr. Josef war die meiste Zeit allein, er arbeitete, wartete auf Mara. Er arbeitete nicht schlecht in seiner neuen Wohnstätte; im Grunde war es für einen Mann wie ihn gleichgültig, wo sein Schreibtisch stand.

Und dann kam Mara mit dem Kind.

Tüchtig, ohne viele Worte übernahm sie die Führung des Hauses, und nach vierzehn Tagen war es, als wäre sie immer dagewesen.

Wochen vergingen, Monate vergingen. Die Menschen kümmerten sich wenig um Josef, er sich wenig um die Menschen, er arbeitete und war einverstanden mit seinem Schicksal.

Eines Tages überkam ihn Lust, sein früheres Haus wiederzusehen, das Domitian, weil es so lange die Wohnung seines Vaters, des Gottes Vespasian, gewesen und weil er selber darin geboren war, in einen Tempel des Flavischen Geschlechts hatte umbauen lassen. Josef machte sich auf und ging in den sechsten Bezirk.

Mit Neugier und einem kleinen, leicht spöttischen Unbehagen betrachtete er das Haus, in dem er soviel erlebt hatte. Die Fassade war kaum verändert, ihr schlichter Charakter sollte offenbar gewahrt werden. Er betrat das Innere. Ein leiser, süß und fader Geruch von Räucherwerk schlug ihm entgegen. Es war Nachmittag, bald wird man den Tempel schließen, nur sehr wenig Menschen waren da. Zwischenwände, Decken und Böden hatte man entfernt und so dem Raum mehr Höhe und Weite gegeben. Jenes Halbdunkel aber, das so lange Dorions großer Kummer gewesen war, hatte man, wohl weil es sich gut für einen Tempel schickte, belassen, und Josef brauchte eine kleine Zeit, ehe er, aus der Helle der Straße in das Dämmer tretend, sich zurechtfand. Dann sah er.

In drei großen Nischen standen die Bilder der Götter, denen das Haus geweiht war. In der Mittelnische die Göttin Rom, dargestellt diesmal in der traditionellen Art, mächtig, heroisch. Rechts von ihr ragte wuchtig, in Rüstung, der Gott Vespasian; seltsam kontrastierte das Haupt der Meduse auf seinem Brustpanzer mit seiner untersetzten Figur und seinem schlauen Bauernschädel. Die linke Nische aber, der Platz, wo früher der Schreibtisch des Josef gestanden, war in eine Kapelle des Titus verwandelt worden. Die Statue des neuen Gottes füllte, ein kühnes und merkwürdiges Bildwerk, die ganze Nische. Titus ritt auf einem Adler. Den Schnabel schräg nach links oben gerichtet, hob der Vogel die umbuschten Fänge, breitete die Schwingen; gewaltiges Gefieder hüllte ihn ein. Der Gott Titus aber hockte auf ihm, die Beine halb verdeckt von dem Gefieder, und sein gedrungener Leib schien eins mit dem Leib des Vogels.

Betreten starrte Josef. Der Kopf da vor ihm war der Kopf des Titus, den er gut kannte: das runde Gesicht, das kurze, kräftig vorgestoßene, scharf dreieckig einzackende Kinn, die in die Stirn frisierten Locken. Das waren die engen, nach innen gerichteten Augen, die so oft die seinen gesucht hatten. Und dennoch war dieser Kopf, der, kaum erhöht über den des Vogels, auf Josef schaute, ein anderer. Wohlbegründet war der Haß der Schrift gegen alles Bildwerk, und der Künstler Basil hatte recht gehabt, als er, bevor er den Josef modellierte, seine Schüler warnte: „Schaut euch den Kopf gut an, so wie er jetzt vor euch ist. Wenn ich ihn erst einmal modelliert habe, dann werdet ihr ihn nur mehr sehen, wie ich ihn sah."

Verfluchtes Bild. Abstoßend und gleichzeitig lockend hob es sich vor ihm. So unheimlich gelockt mochten seine Vorväter gestanden haben vor dem Bild der ehernen Schlange oder des goldenen Stiers, den ihre Propheten höhnisch ein Kalb nannten. Er versuchte, sich das Gesicht des lebendigen Titus zurückzurufen, mit dem er so oft zusammen gewesen. Aber schon gelang es ihm nicht mehr. Schon verdrängte der höhnisch triumphierende Kopf des Gottes Titus, der auf dem Adler zum Olymp reitet, den des wirklichen: des Titus der Leichenschlucht, des Palatin, des Schneebads.

Josef wollte sich nicht unterkriegen lassen. Er riß sich zusammen. Versuchte Zwiesprach mit dem Manne zu halten, wie er es so oft getan. „Ist es nicht merkwürdig, mein Kaiser Titus", fragte er den ehernen Kopf, „daß an der Stelle, wo ich mein Buch über Ihre Taten schrieb, jetzt Sie selber stehen? Sind Sie nun der Lösung des Problems näher, warum Jerusalem zerstört worden ist?"

Allein damit war seine Zwiesprach schon zu Ende; ihm bangte vor seiner eigenen Kühnheit. Zaghaft, als ob die andern seine Gedanken hätten hören können, schaute er sich um. Aber die andern waren gegangen, er war allein mit dem Gotte Titus. Dünn, unscheinbar stand er vor dem massigen Bildwerk, starrte auf den Kopf, und der Kopf schaute zurück, höhnisch, ehern, stumm. Nein, für den war der Untergang Jerusalems bestimmt kein Problem mehr. Jerusalem hat sich aufgelehnt, und Rom hat es vernichtet; das ist ja Roms Sendung, die Welt zu regieren, die Unterwürfigen zu schützen, aufs Haupt zu schlagen die Frechen. So, sicherlich, lautete die Antwort des Gottes auf dem Vogel. Denn der war ein anderer als der Mann, der an Josef scheue, flüsternde Fragen gestellt und der sich von Josef hatte einreden lassen, Rom sei nicht die Welt, es gelte erst, Rom, Griechenland, Judäa zu vereinen. Nein, dieser Titus hatte ihn widerlegt: Rom *war* die Welt. Die eherne Stummheit des Toten schrie diese Wahrheit lauter hinaus, als die schmetterndste Kommandostimme des Lebenden es hätte tun können. Rom hatte die Welt eingeschluckt und verdaut, Roms Macht und Leibhaftigkeit verhöhnte die leeren, lächerlichen Ansprüche des Geistes. Er, Josef, der die

Welt suchte, war ein Narr und ein Betrogener: er fand nur Rom.

Er wollte fort. Aber er konnte sich nicht losreißen von dem ehernen Anblick des Mannes auf dem Vogel. Der war in Wahrheit ein Gott; nie vermochte ein Sterblicher soviel Stolz und Kraft aufzubringen. Vergeblich empörte sich Josefs ganzes Wesen gegen den ungeheuern Übermut des Bildes. Justus hatte recht: das kunstvolle Gemisch aus Wahrheit und Lüge war stärker als die Wirklichkeit. Schon verblaßte vor diesem verfluchten, verlogenen, grotesken, zauberhaften Bild der klägliche Mensch, den er so gut gekannt, und verwandelte sich selbst für ihn in den fernen römischen Kaiser.

Zerschlagen kehrte er in sein Haus zurück, froh, als an Stelle des schweigenden, weihraucherfüllten Tempels der Lärm, die Menschen und Gerüche seines Stadtteils wieder um ihn waren.

In dem Bezirk „Freibad" erregte es großes Aufsehen, als eines Tages zwei kaiserliche Kuriere erschienen, den glückkündenden Lorbeer auf ihren Botenstäben. Sie begaben sich feierlich vor das Haus Josefs, traten ein, und während vor dem Haus eine riesige Menge wartete, überbrachten sie ihm in altertümlicher Form die Einladung des Kaisers, gegenwärtig zu sein, am vierten Tag von heut an, in der fünften Stunde nach Sonnenaufgang, wenn der Kaiser der Stadt den Triumphbogen übergeben wird, den er zu Ehren des Gottes Titus errichtet hat.

Josef erschrak. Aber er neigte sich sogleich und erwiderte, wie es der Brauch verlangte: „Ich höre, danke und gehorche."

Er sprach mit niemandem über dieses Ereignis, und niemand sprach darüber mit ihm. Aber er war sicher, daß alle darum wußten. Die Art, wie man ihm die Einladung überbracht hatte, bewies, daß dem Palatin daran lag, die ganze Stadt darum wissen zu lassen. Offenbar erhoffte man sich Spaß von seiner Teilnahme an der Zeremonie.

Mit Ingrimm nämlich hatten die Juden das neue Monument wachsen sehen, durch das Domitian das alte, schäbige Ehrenmal in der Großen Rennbahn zu ersetzen gedachte.

Der Triumphbogen wurde auf der Höhe des Heiligen Wegs errichtet, dem Capitol gegenüber, im Mittelpunkt der Stadt, und war dazu bestimmt, das Gedächtnis der jüdischen Niederlage durch Titus für alle Zeiten festzuhalten. Schon während der Monate, da man an dem Bogen baute, hatten die Juden die Heilige Straße, die Hauptverkehrsader über das Forum, vermieden und lieber weite Umwege gemacht, nur um nicht dieses Monument ihrer Schande passieren zu müssen. In drei Tagen also soll er, Josef, im Gefolge der Herren Roms den Bogen durchschreiten und sich neigen vor dem Gott und Sieger Titus. Domitian hat sich lange nicht um ihn gekümmert: bei diesem Anlaß hat er geruht, sich seiner zu erinnern, und nun freut er sich, und mit ihm die Stadt, auf das Schauspiel, wie Josef seinen Nacken unter das Joch beugen wird.

Wenn es sich um eine seiner bösartig spaßhaften Launen handelte, pflegte der Kaiser alles gut vorzubereiten. Bald nach den Kurieren, am gleichen Tag, erschien bei Josef der Leibarzt Doktor Valens. Man sprach von dem und jenem, und gelegentlich streute Valens die Bemerkung ein, wie sehr er sich freue, Josef bei so guter Gesundheit anzutreffen; auch der Majestät werde es angenehm sein, sich bei der Feier anläßlich der Enthüllung des Triumphbogens persönlich von Josefs Wohlbefinden zu überzeugen. Es war nicht schwer, die Warnung herauszuhören.

Josef hätte auch ohne den Besuch des Arztes kaum den Ausweg benützt, aus Gesundheitsrücksichten fernzubleiben. Ja, er hätte, selbst wenn er todkrank daniedergelegen wäre, seine letzte Kraft aufgeboten, um sich an dem Zug zu beteiligen. Noch bevor die Kuriere zu Ende gesprochen hatten, war ihm klar gewesen, daß er unter allen Umständen der Aufforderung folgen und den Bogen im Zug der andern geneigten Hauptes durchschreiten müsse. Weigerte er sich, trotzte er, so hätte das nur jenen falschen Patriotismus gefördert, der noch immer nicht begriff, daß die politische Sendung Judäas zu Ende war, und niemand hätte von einer solchen Weigerung Gewinn gehabt als die Nachfahren der „Rächer Israels", jene Unsinnigen, die sich seit dem Regierungsantritt Domitians von neuem rührten. Davon abgesehen, zerstörte Josef, wenn er trotzte oder auch nur auswich, seine eigene Position. Noch hat er, der große Schriftsteller, Geltung bei Hof und in der Welt. Aber Domitian liebt ihn nicht, viele lauern darauf, den unbequemen, talentierten Konkurrenten loszuwerden, und Josef wäre ein Narr, wenn er ihnen selber Vorschub leistete. Sein Tun ist klar vorgeschrieben. Er wird am vierten Tag von heut an, wie der Kaiser es wünscht, am Festzug teilnehmen.

Er arbeitete wenig an diesem Tag, und er schlief nicht gut in dieser Nacht.

War ihm am ersten Tag die Aufgabe, die sein Entschluß ihm aufbürdete, schwer erschienen, so fand er sie am zweiten unerträglich. Er beschloß zu fasten, wie er es gewohnt war, wenn ihm harte Dinge bevorstanden. Er las im Livius die Schilderung der Gefangenen, die unters Joch geschickt wurden: zwei Lanzen in die Erde gesteckt, eine dritte darüber, so niedrig, daß der Gefangene, der sie durchschreitet, sich tief beugen muß. Unters Joch geschickt zu werden schien den Römern das Schimpflichste, was einem Menschen angetan werden konnte, und die seltenen Male, da Römer unters Joch geschickt worden waren, brannten noch in den Herzen der Heutigen als Merktage tiefster Schmach. Aber er ist kein Römer, und vor der Vernunft, vor Gott wird die „Ehre" eines Menschen mit anderm Maß gemessen als auf dem römischen Forum.

Das sind schöne Erwägungen hier an seinem Schreibtisch. Aber wenn er, übermorgen, vor dem Triumphbogen, vor dem Joch der Schmach stehen wird, dann wird er die Zähne verdammt fest aufeinander beißen müssen. Er hatte die Erfahrung gemacht, daß ihm schwere Dinge leichter fielen, wenn er ihre Bitterkeit vorher in seiner Phantasie ganz ausgeschmeckt hatte, und er malte sich in starken Farben das Bild seiner Demütigung: das Pfeifen und Lachen der Römer, den Haß und die wilde Verachtung der Juden. Denn unter den Juden werden nur wenige sein, die ihn verstehen, und selbst die werden, aus guter Politik, ihn nicht schützen.

Er saß vor seinem Schreibtisch, reglos. Er spürte nicht das Nagen des Hungers; viel schlimmer, körperhaft geradezu, wühlte in ihm die Vorstellung, wie verhaßt und wie verachtet er sein wird. Er kannte sie, die eisige Verachtung seiner Juden, und Verachtung dringt selbst durch den Panzer einer Schildkröte.

Er hat damals den Triumph des Titus nach dem Krieg mit angesehen, als einziger Jude er. Er hat die Führer des Aufstands, Simon Bar Giora und Johann von Gischala, an sich vorbeigehen sehen, gefesselt, zum Tod bestimmt, mit einer Krone aus Brennesseln und dürren Reisern den einen, den andern in einer komischen, blechernen Rüstung. Er entsann sich genau der pressenden, würgenden Furcht, die ihn damals angefallen, sie möchten herschauen. Er hat viel Übles erlebt, Hunger und letzten Durst, Geißelung, jede Art Schmach, und wie oft ist er vor dem Tod gestanden. Aber das war das Schlimmste, was er durchgemacht hat; das war nicht mehr menschlich. Soll er das jetzt ein zweites Mal über sich ergehen lassen?

Damals hat er einen guten innern Halt gehabt: er war der Geschichtsschreiber, er mußte sehen, er mußte dabeisein, es war seine Pflicht, zu sehen. Sind seine Gründe von heut weniger stark? Nein, im Gegenteil: seine Überzeugung steht fester. Die Rücksicht auf das Wohl der Gesamtheit und auf sein eigenes verlangt, daß er sich beugt. Die Vernunft verlangt es, und der Vernunft zu dienen, ist er da. Er gäbe, beugte er sich nicht, den Sinn seines ganzen Lebens preis, alles dessen, was er bisher getan, geschrieben, durchgemacht hat.

Mit der flachen Hand streicht er durch die Luft, streicht er alle Zweifel fort. Sein Entschluß steht fest, es ist ein guter Entschluß, der einzig mögliche. Und nun wird er nicht länger an diese widerwärtige Sache denken. Er holt sein Manuskript hervor. Arbeitet.

Eine halbe Stunde lang, dreißig volle Minuten, gelingt ihm das. Dann, sosehr er sich dagegen sträubt, steigen lockende Bilder in ihm hoch, wie es wäre, wenn er sich weigerte, dem Befehl des Kaisers trotzte, sich nicht beugte, finster und groß abseits stünde. Süß und herrlich wäre das, denkt er. Die Brust würde mir weit wie damals, als ich an der Spitze der Aufständischen einherritt auf dem Pferde Pfeil, das Banner voran mit der Inschrift Makkabi. Welch eine Seligkeit, das noch einmal zu spüren. Was immer dann geschieht, dieses Glück wäre des Schlimmsten wert gewesen. Und für immer dann wird die Geschichte der Juden von Josef Ben Matthias sprechen, dem Märtyrer, und der Geschichtsschreiber Flavius Josephus hätte keinen Nachteil davon.

Domitian selber, auch wenn er mich exekutieren läßt, wird nicht umhinkönnen, mich zu bewundern. Und unter den Juden werden selbst diejenigen, die meine Tat mißbilligen, Alexas, Cajus Barzaarone, der Großdoktor, meiner voll Achtung gedenken. Für den Bruchteil eines Augenblicks freilich taucht ein braungelbes, hageres, bitteres Gesicht vor ihm auf, keineswegs voll Achtung, aber das heißt er schnell zurück in den Schatten gleiten. Um so länger verweilt er bei Phineas. Wie wird der, wenn er von meiner Tat hört, verwirrt sein, er wird ein paar ablehnende Worte suchen, aber Achtung wird er meinem Stoizismus nicht versagen können. Und Paulus gar: der tote Vater wird die Hingabe ernten, die der Lebende niemals gewinnen konnte.

Ist es denn überhaupt gewiß, daß es böse Folgen haben muß, wenn ich meinem Gefühl gehorche und Würde bezeige? Muß es nicht den Römern Eindruck machen, wenn ich dem Kaiser trotze? Sie verhöhnen die Juden, ihre Feigheit, ihr Sichducken, ihre Würdelosigkeit. Wenn ich mich weigere, in so großer, allen sichtbarer Form, zeige ich damit nicht den Römern: schlagen kann man die Juden, töten kann man sie, aber beugen kann man sie nicht? Zwei Dinge sind, die die Geschichtsschreiber aller Zeiten und aller Völker auf die gleiche Art rühmen: Erfolg und Würde. Die Lesebücher sind voll von erfolgreichen Handlungen und von würdevollen: von vernünftigen wissen sie wenig zu berichten, und Vernunft hat noch kein Geschichtsschreiber gepriesen.

Allein noch während er so denkt, schämt er sich. Er will nicht eitel denken, nicht schief und auf kurze Sicht. Er will kein Lesebuchheld sein.

Auch in der Nacht dieses zweiten Tages findet er keinen Schlaf. Gegen Morgen liest er im Philo. „Was gegen die Vernunft ist“, liest er, „ist häßlich. Die Vernunft“, liest er, „der Logos, ist Gottes erstgeborener Sohn.“ – „Sehr richtig“, sagt er ganz laut. „Aber steht nicht geschrieben: Du sollst Gott lieben mit dem guten und mit dem bösen Trieb?" Er zwingt vor sich seine Freunde, Justus, den Großdoktor, Ben Ismael, den Acher. Im Geist rechtet er mit ihnen, gibt Rede und Gegenrede.

„Diese Zeit des Elends", hebt mit seiner klaren, verbindlichen Stimme der Großdoktor an, „verlockt mehr als viele andere Epochen, dem bösen Trieb zu folgen, dem dummen, patriotischen Instinkt. Ich verdenke es auch keinem, der seinem Patriotismus die Zügel schießenläßt, dem römischen Kaiser trotzt und Zeugnis ablegt für sein Judentum. Aber ist nicht ein gewisser Josef Ben Matthias mehr als andere verpflichtet, diesem Trieb zu widerstehen?" Der Großdoktor schweigt, aber kaum ist er verstummt, nimmt sein Feind, der Acher, seine Rede auf und sagt, stark atmend, schnaufend: „Ist nicht der besagte Doktor Josef in einem langen, nicht immer leichten Leben zu dem Resultat gelangt, daß Jahve nicht der Protektor des Staates Judäa ist, sondern eben der Logos, die große Vernunft?" Und kaum hat der Acher geendet, als, hart und scharf wie immer, Justus ergänzt: „Ein General, ein Dreiheller-Staatsmann mag sich verlocken lassen, die schöne, patriotische Geste zu machen: Sie, Josephus, sind Schriftsteller." Und ihrer aller Worte beschließt die tiefe, raumfüllende Stimme Ben Ismaels: „Sie, mein Doktor Josef, wenn Sie groß und billig trotzen, sind ein ‚Leugner des Prinzips'. Sie verraten die Idee, derenthalb Sie soviel Unerträgliches auf sich genommen und von andern verlangt haben."

„Ich bin noch nicht alt genug", wehrt sich Josef, „nur der Vernunft zu folgen. Das Leben ist nicht lebenswert, wenn man immer nur der Vernunft folgt."

„Sie sind immerhin fünfundvierzig Jahre alt", meint höflich und ironisch der Acher. „Sie haben Gott lange genug mit Ihrem bösen Trieb gedient." Und wieder fällt ihm Justus ins Wort: „Was Sie, Kollege Josephus, sich an Würde und solchem Unfug geleistet haben, reicht für das Leben eines Methusalem." Und er kichert unangenehm.

„Ich bin heute der einzige", gibt Josef zu bedenken, „der den Römern zeigen kann, daß ein Jude Würde hat."

„Und was werden Sie gewonnen haben", fragt höflich der Großdoktor, „wenn Sie das den Römern zeigen? Die ‚Rächer Israels' werden Ihre Demonstration für eine Aufforderung nehmen, sich von neuem zu erheben. Glauben Sie, daß eine solche Erhebung heute sinnvoller wäre als vor fünfzehn Jahren, erfolgreicher?" Und der ungeduldige Justus konstatiert schneidend: „Mit Ihrer schönen Geste werden Sie sich wahrscheinlich eine halbe Stunde tiefer Befriedigung verschaffen und sich als großer Mann vorkommen. Aber Zehntausende werden für dieses halbstündige Glück des Schriftstellers Josephus mit dem Tod oder einem Leben voll Elend zahlen."

Auf solche Art debattierte Josef mit seinen Freunden. Aber lange konnte er ihre Stimmen nicht festhalten. Wieder dehnte sich ihm endlos der Tag. Wenn es nur erst soweit wäre. Die Demütigung selber wird er ertragen, wie er so vieles andere ertragen hat. Und wenn sie die Zeremonie noch so lang hinzögern, wenn sie vom Palatin zur Höhe des Bogens einen noch so weiten Umweg machen, länger als eine Stunde können sie ihn nicht mitschleppen, und unter dem Bogen durchzugehen, das ist der Bruchteil einer Minute: aber jetzt auf den nächsten Morgen zu warten, das ist die Ewigkeit.

Und wie er am Abend gesagt hatte: „O wäre es Morgen", so sagte er jetzt zum Morgen: „O wäre es Abend."

Als dann der Abend dieses zähen, bleiernen Tages heranschlich, konnte er seine Qual nicht länger stumm herumtragen, er ging zu Mara. Sprach vor ihr.

Sie saß still da, das Kind auf dem Schoß, und er ging auf und ab, und seine ganze, aufgestaute Pein quoll aus ihm heraus. Er suchte die einfachsten Worte, simple, aramäische, aber es wurden viele, und er kam nicht zum Ende. Er sagte ihr, was man von ihm verlangte, und warum er es tun müsse, und warum sich alles in ihm dagegen sträube. „Die, zu denen ich ja sagen und vor denen ich mich beugen soll", empörte er sich, „das sind Leute, die den Tempel verbrannt haben und die vierundzwanzigtausend Priester gemetzelt. Und der ganze Tempelberg glühte im Feuer, und alle Höhen waren voll von Kreuzen, und unter der Erde, in den heimlichen Gängen, schlugen sie sich tot um ein Stück schimmeliges Brot. Der, vor dem ich mich beugen soll, ist der Sohn des Mannes, der, alt und geil, dich entjungfert hat und der, um uns beide zu verhöhnen, unsere erste, lächerliche Hochzeit ausrichtete. Soll ich jetzt, nach dreizehn Jahren, nochmals voll Verehrung ja zu alledem sagen? Gott will, daß ich es tue, die Vernunft verlangt es. Aber alles Blut steigt mir in den Kopf, wenn ich daran denke, daß ich unter dem Bogen durchgehen soll, und ich muß schlucken, daß ich fast ersticke, und ich kann es nicht. Und ich werde den Römern zum Hohn sein und den Juden zum Haß. Und Vernunft ist schön und gut, und einmal auch bekommt man seinen Lohn dafür, in fünfhundert Jahren. Und die Vernunft ist Gottes erstgeborenes Kind, aber Gott selber zahlt dafür erst, wenn man tot ist, und solange man lebt, hat man nichts dafür als Fußtritte und Dreck." Er ging auf und ab vor Mara, er war dürr und schlaff, sein Kleid schleifte nach, seine Augen standen groß, trüb und fieberig in seinem hohlen Gesicht, Bart und Haar kräuselten sich schmutzig, verfärbt, und seine Stimme war so verfallen wie sein Antlitz.

Mara saß still da, sie folgte ihm mit den Augen, während er hin und her ging. Sie war jetzt siebenundzwanzig Jahre alt, ein wenig dicklich, doch prall, voll Kraft und keineswegs verblüht. Das scheue, mondlich Strahlende ihrer ersten Jugend freilich war fort. Sie war durch vieles hindurchgegangen, hatte Leben und Tod gesehen, Jubel und Verzweiflung, Greise und Kinder, Judäa und die Welt. Auch diesen Doktor und Herrn Josef Ben Matthias hatte sie gesehen, wie ein großes Strahlen und Blühen von ihm ausging. Ein ganzes Volk hatte dieses Strahlen in sich aufgenommen, war durch ihn über sich hinausgehoben und glücklich geworden. Heute noch gilt er Hunderttausenden als ein großer Jude und ein großer Mann, in Judäa neigt man sich vor ihm, er ist Priester der Ersten Reihe, ein Auserwählter Gottes, und gleichzeitig römischer Ritter, Tischgenosse dreier Kaiser, und sein Bild steht im Ehrensaal. Aber da läuft er vor ihr auf und ab, jämmerlich, und schreit seine Pein hinaus wie ein gehetztes Tier. Gott hat ihm schwerere Prüfungen auferlegt als den andern. Sie versteht nicht alles, was er sagt, aber das versteht sie, daß er sehr elend ist. Sie hat ihn immer geliebt, sie weiß jetzt, daß sie ihn liebte, auch wenn sie ihn zu hassen schien, und ein süßes, schmerzvolles Mitleid füllt sie von der Sohle bis zum Haar. Brennend wünscht sie ihren Doktor und Herrn Josef strahlen zu sehen wie früher, erhöht über die andern, wie Saul erhöht war über die andern in Israel. Sie spürt mit ihm, wie groß und herrlich es wäre, dem römischen Kaiser zu trotzen, dem Judenfeind, dem Verbrecher, dem Hund. Aber wenn ihr auch die rechten Worte fehlen, sie weiß genau, worum es geht, daß es in Gottes Augen wohlgefällig ist, wenn er sich die strahlende Tat versagt und das Joch der Schmach auf sich nimmt.

Der Mann, ihr Mann, spricht weiter, und seine Stimme, von der einmal soviel Zauber und Überredung ausging, ist hohl und rostig. „Was soll ich tun, Mara?" fragt er. „Wenn ich mich füge und das Vernünftige tue, dann scheine ich ein Verräter an meinem Volk, und Hunderttausende hassen und verachten mich. Wenn ich mich nicht füge, dann bin ich ein Verräter am wahren Israel, an Gott und an mir selber. Gib mir einen Rat, Mara." Er schwieg, hockte nieder, schloß die Augen, erschöpft.

Mara sagte: „Schwer muß es sein, den Übermütigen die Hand zu lecken und den Staub ihrer Füße zu küssen, und ich, Mara, könnte es nicht. Es wäre schön und meinem Herzen eine Freude, wenn du nein sagtest und dem Kaiser der Römer den Hohn in sein Gesicht zurückspieest; denn er ist der Sohn des Mannes, der mir Schmach antat und auf mir lag in seinem Hurenbett. Aber du bist weise, und ich, Mara, bin unweise, und wenn du sagst: ‚Mein Wille will es, aber meine Vernunft verbietet es', dann muß es für dich ebenso schwer sein, zu trotzen wie nicht zu trotzen, da dein Wille stark ist, o Herr, und deine Vernunft sehr groß. Ich, Mara, dein Weib, habe dich gehört und bin stolz, daß du zu mir gesprochen hast. Aber ich kann dir nichts sagen, nur, daß mir deine Bedrükkung auf dem Herzen liegt, als wäre es meine eigene. Geh nach rechts, mein lieber Herr, oder geh nach links: du bleibst mein Herr und Geliebter."

Josef hörte sie, und er schämte sich. Er hatte vor ihr alles ausgesagt, was ihn drückte. Eines aber hatte er verschwiegen:

daß er, wenn er sich beugte, Furcht hatte vor dem Gesicht eines einzigen Menschen, dem seines Sohnes Paulus, und daß er, wenn er sich nicht beugte, Furcht hatte vor dem Gesicht eines einzigen Menschen, dem seines Freundes Justus.

Am andern Morgen stand Josef sehr früh auf. Er badete, salbte und parfümierte sich, der Friseur richtete ihm Bart und Haar. Er zog sich sorgfältig an, das Galakleid des Zweiten Adels mit dem Purpurstreif, den Goldenen Ring, den roten Überwurf. So ging er zum Palatin, wo der Festzug sich ordnen sollte.

Der Zeremonienmeister wies ihm seinen Platz im Zug an. Langsam schritt die Prozession den Palatin hinunter und erstieg die kleine Höhe zum Triumphbogen. Überall waren Menschen, dicht gedrängt standen sie in den Vorhallen, auf den Dächern der Gebäude, hingen, klammerten mit Lebensgefahr an Säulen, an Vorsprüngen. Josef schaute bleich aus, doch gelassen und würdig; der kurze, jüdische Bart wirkte fremdartig zur römischen Galatracht. Das goldene Schreibzeug, das Titus ihm geschenkt hatte, trug er im Gürtel.

Er hält den Kopf hoch, er sieht gerade vor sich hin. Sieht ein Meer von Köpfen, neue Wellen bei jedem Schritt. Er kann kein einzelnes Gesicht unterscheiden, aber immer wieder glaubt er das Antlitz seines Sohnes Paulus wahrzunehmen, den dünnen, bräunlichblassen Kopf auf dem langen Hals, die leidenschaftlichen, heftigen Augen, seine eigenen Augen, jetzt finster vor Zorn über die Schmach, die sein Vater ihm antut, finster vor Verachtung. Alle werden ihn verachten, die republikanischen Senatoren, Phineas, Dorion, und vielleicht sogar, trotz aller Vernunft, Marull. Am meisten aber wird sein Sohn Paulus ihn verachten.

Schon ist man nah am Triumphbogen. Die Umschalung ist entfernt; stolz und weiß, aus parischem Marmor, hebt er sich, nicht sehr hoch, doch edel von Form, geschmückt mit Reliefs aus der Werkstatt des Bildhauers Basil. Basil hat wie stets gestöhnt und geschimpft über die unwürdige, unkünstlerische Eile, zu welcher der Monarch ihn nötigte; aber er scheint trotzdem gute Arbeit geleistet zu haben. Seit Wochen jedenfalls spricht Rom von seinen Reliefs, und Josef weiß seit langem, was sie darstellen: den Triumphzug des Titus, die Beute der besiegten Juden, die Tempelgeräte; vielleicht sogar hat der ironische Basil seinen, des Josef Kopf auf den Reliefs angebracht.

Langsam erschreitet der Zug die kleine Höhe. Vor Josef schimmert der Bogen. Er ist hoch genug, daß man erhobenen Hauptes durchgehen könnte, aber Josef wird er niedrig wie das Joch der Schmach und Niederlage, zwei Lanzen in die Erde gesteckt, eine dritte darüber, so niedrig, daß man sich tief zur Erde beugen muß. Er muß sich beugen. Wieder einmal muß er die Niederlage seiner Juden feiern, sich neigen vor dem Sieger, verleugnen sein eigenes Volk. Und wenn seine Demütigung auch diesem Volke hilft, wer sieht das? Aber daß er es verleugnet, sehen alle, die Zehntausende ringsum auf den Dächern, und sein Sohn sieht es.

Josef schreitet im Zug, Schritt setzt er vor Schritt. Er schreitet auf harten Quadern, wohlgeformten, geglätteten, auf denen es sich gut geht, und er hat keinen langen Weg mehr vor sich; fünfzig Schritte mögen es noch sein bis zum Bogen. Es werden fünfzig harte Schritte sein. Aber gehen wird er sie, beugen wird er sich. Es ist sein Vorsatz, er hat ihn hin und her gewälzt in diesen drei furchtbaren Tagen, es ist ihm auferlegt, und er hat es auf sich genommen. Und jetzt führt er es durch, jetzt zieht er hin, sich zu demütigen und sein Volk zu verleugnen.

Es ist ein angenehmer Tag, nicht heiß; aber Josef schwitzt, er ist sehr blaß, das Innere seines Leibes ist ausgehöhlt. Er hat geglaubt, die Erwartung sei das Schwerste. Das war ein Irrtum. Wieviel Schritte mögen es jetzt noch sein? Fünfundvierzig. Nein, nur mehr vierzig. Den Fuß hoch: hat er denn Blei unter den Sohlen?, und er hebt den Fuß. Er malmt mit den Zähnen, er knirscht. Das darf er nicht, die um ihn könnten es hören.

Plötzlich ist in seiner Vorstellung der Mann Bileam, ein großer Zauberer und Prophet unter den Heiden, der da auszog, das Volk Israel zu verfluchen, dem aber Jahve die Worte im Mund verkehrte, so daß er segnen mußte. Ich bin ein umgekehrter Bileam, denkt er. Ich ziehe aus, um meinem Volk

Gutes zu tun, und allen scheint, ich verleugnete es. Um sich das Gehen zu erleichtern, klammert er sich an die Verse, die uralten, die die Schrift dem Bileam in den Mund legt, und an ihren Rhythmus: „Wie mag ich verwünschen / Schritt / wen Gott nicht verwünscht / Schritt / und wie mag ich schelten / Schritt / wen Jahve nicht schilt / Schritt / Sieh da ein Volk / Schritt / das abseits wohnt / Schritt / und unter die andern / Schritt / zählt es sich nicht / Schritt / Wer mißt den Staub Jakobs / Schritt / wer Israels Heerschar / Schritt / Wie schön sind deine Zelte, Jakob / Schritt / deine Wohnungen, Israel / Schritt / Wer dich segnet, ist gesegnet, / Schritt / Wer dir flucht, ist verflucht / Schritt / Ich sehe ihn / Schritt / doch nicht schon jetzt / Schritt / ich schaue ihn / Schritt / doch nicht nahe / Schritt / Es strahlt auf ein Stern aus Jakob."

Und nun sind es höchstens noch zwanzig Schritte.

Es ist plötzlich, sicherlich ist das Weisung, leerer Raum um ihn, in dem gedrängten Zug geht er ganz allein. Die Beine bis herauf zu den Hüften hängen an ihm leblos, schwer; gleich wird er, so stark er es will, den Fuß nicht mehr heben können. Aber er hebt ihn. Ja, sein Gesicht bleibt dabei ganz ruhig; die Zähne freilich preßt er so heftig zusammen, daß die Kaumuskeln sich aus den Wangen herauswulsten. Und er hebt den Fuß nochmals, und nochmals, und leerer Raum ist vor ihm, und leerer Raum ist hinter ihm.

Nein doch. Hinter ihm, in kleinem Abstand, jede seiner Bewegungen nachäffend, geht des Kaisers Zwerg, der dicke, behaarte, bösartige, närrische Silen.

Josef weiß, alle die Tausende schauen jetzt nur auf ihn, warten mit höhnischer Spannung darauf, wie er sich unters Joch ducken wird. Ein gelles, ungeheures Pfeifen wird im nächsten Augenblick anheben und durch ganz Rom gehen, ein Orkan von Hohn und Gelächter. „Wie hat er sich geduckt. Wie tief und sklavisch hat er sich geduckt. Was für Schisser und feige Hunde sind diese Juden. Was für ein feiger Hund ist dieser Jud Josephus." Und hunderttausend Juden in Rom und in zwei Wochen fünf Millionen Juden überall in der Welt werden das Gesicht verzerren und fluchen: „Wie hat dieser Lump Josef Ben Matthias wiederum sein Judentum besudelt und die ganze Judenheit. Was für ein Lump und feiger Hund ist dieser Josef Ben Matthias." Und alle, Juden wie Römer, werden grinsen, höhnen, fluchen: „Ho, Josef der Hund. Ho, Josef der Lump."

Vor ihm heben sich die lateinischen Buchstaben des Bogens, eine schlichte Inschrift an Stelle der prunkvollen früheren: „Senat und Volk von Rom dem Gotte Titus, Sohn des Gottes Vespasian." Er liest die lateinischen Worte, aber gleichzeitig in ihm denkt es, aramäisch: Jetzt stehenbleiben dürfen, umkehren. Wie glücklich waren jene, die damals die Waffen gegen Rom hoben und den Cestius Gall totschlugen und seine Legion. Verrückt waren sie und glücklich. Selig sind die Armen im Geiste, selig die Unvernünftigen. Wie glücklich war ich selber, als ich in Galiläa einherzog, vor den Aufständischen, auf meinem Pferde Pfeil. O meine Kraft, o meine Freude, o meine Jugend, und ich bin noch nicht alt.

Nur die letzten Schritte noch trennen ihn von dem Bogen. Schon sieht er an den Innenwänden die verhaßten Steinbilder, die beiden vielbesprochenen Reliefs, auf der einen Seite die erbeuteten Geräte, hoch erhoben, auf der andern Titus auf dem Triumphwagen. Schon gibt ihm die Wölbung des Bogens den Blick frei auf das Capitol, das sich am andern Ende des Heiligen Weges erhebt, dem Jupiter errichtet von dem Geld der unterworfenen Juden: Rom triumphiert über Judäa.

In diesem Augenblick gewahrt er, und zwar auf der Tribüne vor dem schmalen Gebäude der Neuen Münze, das Gesicht seines Sohnes Paulus. Sogleich wieder war es untergetaucht in der Flut der andern Gesichter. Aber Josef hatte es deutlich gesehen, bräunlichweiß, dünn, fast durchsichtig schimmernd, dabei verzerrt von Haß und Verachtung. Auch daß Paulus gegen seine Gewohnheit den Mund weit aufriß, hatte er gesehen. Ja, so ist es, sein Sohn Paulus schreit wie die andern. Nein, nicht wie die andern. Die jauchzen: „O du sehr guter, sehr großer Kaiser und Gott Titus." Sein Sohn Paulus aber, Josef weiß es genau, schreit: „Mein Vater der Lump, mein Vater der Hund", und sein Gesicht ist entstellt und scheußlich.

Josef steht vor dem Bogen. Für einen Augenblick setzt das

Geschrei ringsum aus; der Zug selber und die Tausende von Zuschauern sind erstarrt in Erwartung. Ein unzähmbarer Drang packt Josef, nicht weiterzugehen, umzukehren, sein Schreibzeug dem Zwerg in die häßliche Fratze zu schlagen. Gott hat verlangt, denkt es in ihm während dieses endlos langen Augenblicks, daß Abraham seinen Sohn opfere. Seinen Sohn opfern, das kann man. Aber so handeln, daß das Gesicht des eigenen Sohnes sich verzerrt wie dieses da, das geht über die Kraft, das darf man keinem Vater zumuten. Nein, denkt es in ihm, ich kann das nicht. Ich brenne ja am ganzen Leib, und vor mir ist Feuer, und hinter mir ist Wasser, und ich gehe nicht weiter, und jetzt kehre ich um.

Unsinn. Woher will ich denn wissen, was Paulus geschrien hat? Er hat geschrien, weil die andern geschrien haben, und jedes Gesicht verzerrt sich beim Schreien. Ich rede mir was ein, weil ich eine Ausflucht haben, weil ich umkehren will. Großartig wäre das ja, umkehren. Labsal und Kühlung wäre es, süß und ehrenvoll wäre es.

Verbrecherisch unvernünftig wäre es, ruft er sich scharf zurück. Es ist nicht leicht, vernünftig zu sein, und es bringt keinen Dank. Aber die Vernunft ist Gottes erstgeborenes Kind, und ihr hange ich an.

Und der Weltbürger Josef Ben Matthias, genannt Flavius Josephus, wissend, daß er die Achtung der Römer und der Juden für immer zertritt und für immer die Liebe seines Sohnes Paulus, nahm sein Herz in beide Hände, riß seinen Willen zusammen und tat den letzten Schritt. Neigte, wie es Vorschrift war, tief das verhüllte Haupt, führte die Hand zu dem bärtigen, jüdischen Mund, warf dem Bild des vergotteten Titus den Kuß zu und ging durch die Wölbung des Bogens, über sich und zu beiden Seiten die triumphierende Göttin Rom, den Siegeswagen des Kaisers, die schimpflich gefangenen Juden.

Und hinter ihm der Zwerg Silen ahmte jede seiner Bewegungen nach.

Hier endet der zweite der drei Romane über den Geschichtsschreiber Flavius Josephus.

Der Roman „Josephus" sollte ursprünglich nur zwei Teile umfassen. Der zweite, abschließende Band war im Jahr 1932, als ich den ersten veröffentlichte, bis zu seinem Ende entworfen und zu einem großen Teil ausgeführt.

Als aber im März 1933 die Nationalsozialisten mein Haus in Berlin plünderten, vernichteten sie das ausgeführte Manuskript dieses Schlußbandes sowie das vorhandene wissenschaftliche Material.

Den verlorenen Teil in der ursprünglichen Form wiederherzustellen erwies sich als unmöglich. Ich hatte zu dem Thema des „Josephus": Nationalismus und Weltbürgertum manches zugelernt, der Stoff sprengte den früheren Rahmen, und ich war gezwungen, ihn in drei Bände aufzuteilen.

L. F.

AtV

Band 5030

Lion Feuchtwanger
Josephus-Trilogie

Der jüdische Krieg
Die Söhne
Der Tag wird kommen

3 Bände im Schuber
ISBN 3-7466-5030-5

Mit den Freiheiten eines historischen Romans erzählt Lion Feuchtwanger das Leben des jüdischen Geschichtsschreibers Flavius Josephus (37–100 u. Z.). Im Hintergrund die Verhältnisse im damaligen Palästina und am römischen Hofe.
Im Zentrum Fragen der Gegenwart: Nationalismus oder Weltbürgertum.

AtV

Band 5021

Lion Feuchtwanger
Erfolg

Drei Jahre Geschichte einer Provinz

Roman

816 Seiten
ISBN 3-7466-5021-6

Der Münchner Museumsdirektor Martin Krüger hat sich unbeliebt gemacht. Eine Menge Leute wären ihn gern los. Der Meineidprozeß, den man ihm anhängt, geht deshalb auch nicht gut für ihn aus. Aber er hat Freunde, die seine Unschuld zu beweisen versuchen. Die vielfältigen Bemühungen für und gegen Krüger sind Drehpunkt eines grandiosen Zeitromans über die politischen und kulturellen Ereignisse in der Stadt München, im Land Bayern, zur Zeit der Inflation und der ersten Versuche der Nationalsozialisten, an die Macht zu gelangen.

AtV

Band 5024 **Lion Feuchtwanger**

Die Geschwister Oppermann

Roman

368 Seiten
ISBN 3-7466-5024-0

Sie sind mit sich und der Welt zufrieden: der jüdische Fabrikant und Schriftsteller Gustav Oppermann und seine Brüder. Bis die Nazis sie zu Verfemten, Gejagten, Vertriebenen machen und zu Entscheidungen auf Leben und Tod zwingen. Der zweite Teil der »Wartesaal«-Trilogie ist ein großartiges Dokument der faschistischen Gewaltherrschaft und ihrer Folgen für den einzelnen.

AtV

Band 5022

Lion Feuchtwanger
Exil

Roman

856 Seiten
ISBN 3-7466-5022-4

In jener Nacht, in der das Auto über die Schweizer Grenze rast, ist der Schlagbaum auf deutscher Seite nicht geschlossen: Die Entführung des Journalisten Friedrich Benjamin geschieht im Auftrag deutscher Behörden. Sie ist Teil einer Kampagne der Nationalsozialisten gegen die Emigrantenpresse. Ein Tauziehen beginnt zwischen der NS-Parteizentrale und den in Paris lebenden Exulanten um das Leben des Mannes Benjamin, um die Existenz der Zeitung »Pariser Nachrichten«. Private Interessen mischen sich mit politischen, das Engagement für oder gegen Benjamin bleibt nicht ohne Wirkung auf Lebensschicksale der Emigranten und ihrer Gegenspieler.

AtV

Band 5025 **Lion Feuchtwanger**

Goya

oder Der arge Weg der Erkenntnis

Roman

Mit einem Nachwort von Fritz Rudolf Fries

597 Seiten
ISBN 3-7466-5025-9

Der spanischen Inquisition sind die »Caprichos« des Malers Francisco de Goya überbracht worden, ketzerische Zeichnungen, Impressionen des Schreckens, visionäre Bilder der Anklage. Brutal, barbarisch, geschmacklos – urteilt die Herzogin von Alba, die Frau, mit der Goya aufs engste verbunden ist. Don Francisco macht die Angst sichtbar, die auf dem ganzen Lande liegt, rühmt der Dichter Quintana. Es scheint eine Frage der Zeit, bis das Heilige Tribunal den Ketzer und sein Werk vernichten wird. Aber die kühne, eigenwillige Kunst Goyas triumphiert über den Geist klerikaler Willkür.

AtV

Band 5027

Lion Feuchtwanger
Jud Süß

Roman

480 Seiten

ISBN 3-7466-5027-5

Der ehrgeizige, in die Intrigen am württembergischen Fürstenhof verstrickte Finanzmann Jud Süß gehört zu den schillerndsten Figuren aus Feuchtwangers historischen Romanen. Sein in ein großartiges Kultur- und Sittenbild des 18. Jahrhunderts eingebettetes Schicksal ist ein Gleichnis für die Sinnlosigkeit allen Machtstrebens. Das mehrfach verfilmte Buch wurde ein Welterfolg.